ДАНИЭЛА СТИЛ

ДОРОГА СУДЬБЫ

аст
ИЗДАТЕЛЬСТВО
Москва
2000

ББК 84 (7США)
С80

Danielle Steel
THURSTON HOUSE
1983

Перевод с английского

Серийное оформление А.А. Кудрявцева

Компьютерный дизайн Е.Н. Волченко

Стил Д.
С80   Дорога судьбы: Роман/Пер. с англ. — М.: ООО «Фирма «Издательство АСТ», 2000. — 464 с.

ISBN 5-237-02752-0

Брак немолодого миллионера и юной красавицы должен был
завершиться – и завершился – крахом. Но от этого брака родилась
Сабрина Терстон, наследница фамильного состояния и семейного
дела, женщина, которой предстояло множество испытаний и
нелегкий путь к счастью. Женщина, которая была истинной
хозяйкой своей судьбы...

Книга I

ИЕРЕМИЯ АРБАКЛ ТЕРСТОН

Глава 1

Солнце медленно опускалось за холмы, окаймлявшие сочную зелень долины Напа. Иеремия смотрел на яркие оранжевые полосы, постепенно переходившие в розовато-лиловую дымку, однако мысли его были за тысячу миль отсюда. Это был высокий мужчина с широкими плечами, прямой спиной, сильными руками и теплой улыбкой. К сорока трем годам в его волосах проступала обильная седина, но руки оставались такими же сильными, как много лет назад, в молодости, когда он сам добывал золото и приобрел свой первый прииск в долине Напа. Давненько это было... В восемьсот шестидесятом. Он сам застолбил участок и первым обнаружил здесь ртуть. Тогда ему только-только исполнилось семнадцать и он больше походил на мальчишку, однако уже несколько лет не помышлял ни о чем, кроме старательского труда, как и его отец.

Отец Иеремии перебрался сюда с Востока в пятидесятом, и его надежды найти золото на Дальнем Западе оказались ненапрасными. Прожив здесь полгода и набив карманы, он вызвал к себе жену с сыном, и те отправились в путь. Однако до отца добрался один

Иеремия. Мать умерла по дороге. Следующие десять лет отец и сын трудились рука об руку, добывая сначала золото, а потом, когда оно стало иссякать, — серебро. Как только Иеремии исполнилось девятнадцать, отец умер, оставив сыну такое состояние, о котором тот и не мечтал. Ричард Терстон передал наследнику все, что имел, и Иеремия неожиданно стал едва ли не самым богатым человеком в Калифорнии.

Однако это его не слишком изменило. Он продолжал трудиться на приисках вместе с рабочими, покупал копи, землю, строил, расширял владения, разрабатывал недра. Работавшие с ним люди утверждали, что Иеремия обладал неоценимым даром: любое дело, за которое он брался, приносило успех и росло как на дрожжах. Так случилось с рудниками, где стали добывать ртуть, когда запасы серебра в долине Напа подошли к концу. Он был скор на мудрые решения, и тугодумам оставалось лишь хлопать глазами, гадая, почему он поступил так, а не иначе. И край этот Иеремия любил больше всего на свете. Так и пропускал бы сквозь пальцы плодородный бурозем, так и сжимал бы его в ладони. Ему нравилось ощущать тепло и плотность этой земли, нравилось окидывать взглядом ее бескрайние просторы: холмы, деревья, уютную долину, расстилавшийся перед ним сочный зеленый ковер...

Он купил несколько виноградников и начал делать приятное легкое вино. Ему нравилось все, что давала эта земля: яблоки, грецкие орехи, виноград... руда... Эта долина значила для него больше, чем что-нибудь другое... или кто-нибудь другой. Из сорока трех лет жизни тридцать пять он провел здесь, глядя на все те же чуть скругленные холмы. Когда он умрет, пусть его похоронят здесь. Здесь его настоящая родина, единственное место на свете, где он мог бы жить. Куда бы ни забрасывала его судьба — а Иеремии Терстону пришлось поездить по свету, — ему хотелось жить только тут, в долине Напа, стоять и на закате любоваться своими холмами.

Горизонт понемногу затягивался пурпурно-серым бархатом, и душа Иеремии унеслась отсюда за тридевять земель. Вчера ему предложили выгодную сделку. Почти тысяча фляг ртути, и цена подходящая, но... было в этом что-то подозрительное... У него было какое-то странное предчувствие, но откуда оно взялось, Иеремия понять не мог.

Сделка выглядела безупречной, однако он все же обратился в свой банк с просьбой проверить финансовое положение предложившего ее бизнесмена. Ему не нравилось полученное письмо, не нравился его стиль. Оно беспокоило Иеремию. Слишком прямолинейным, нахрапистым и самонадеянным был его автор. Орвиль Бошан возглавлял солидную компанию, и было бы глупо требовать от него цветистых фраз, но... какое-то шестое чувство предостерегало Иеремию от этого человека.

— Иеремия!

Он улыбнулся при звуке знакомого голоса. Ханна... Она работала у него уже почти двадцать лет, муж ее умер от гриппа, незадолго до этого унесшего жизнь невесты Иеремии. Однажды Ханна пришла на прииск в траурном вдовьем платье, осуждающе посмотрела на него и ударила зонтиком в пол.

— У тебя не дом, а позорище, Иеремия Терстон!

Тогда он с удивлением взглянул на женщину, пытаясь сообразить, какого черта ей от него надо, и вдруг понял, что это тетка одного из его бывших рабочих и что пришла она к нему в поисках места. Еще в пятьдесят втором отец Иеремии построил маленький домик в дальнем конце своих владений. Сам Иеремия прожил в нем долгие годы и не переезжал оттуда даже после смерти отца, однако постепенно его владения все более расширялись, он приобретал в долине Напа новые земли, присоединяя их к оставленным отцом.

В двадцать пять лет Иеремия начал подумывать, что пора бы и жениться. Ему хотелось иметь детей, хотелось, чтобы кто-то ждал его по вечерам, хотелось поделиться с кем-нибудь своим богатством. Пока у него не было времени тратить деньги, и он бы с удовольствием побаловал какую-нибудь хорошенькую девушку с ласковыми глазами, нежными руками и милым лицом, чье тело согревало бы его по ночам. Именно с такой юной леди и познакомили его друзья. Спустя два месяца после их первой встречи Иеремия сделал девушке предложение и начал строить для нее роскошный дом. Он выбрал место в середине своих владений, откуда открывался вид на необозримые горизонты. Четыре огромных дерева образовали красивую естественную арку, которая должна была защищать дом от летней жары. В общем, это был настоящий дворец. По крайней мере так казалось местным жителям.

Новый дом был трехэтажным. На первом этаже находились две великолепные гостиные, столовая с обшитыми деревянными панелями стенами, большая удобная кухня с огромным очагом, в котором мог бы уместиться сам Иеремия. На втором этаже располагались небольшой кабинет, хозяйская анфилада и солярий для его невесты, а на третьем — целых шесть спален. Дом был рассчитан с запасом. Иеремия не собирался перестраивать его после того, как у них появятся дети. Дженни осталась очень довольна. Ей понравились высокие окна с цветными стеклами и огромный рояль. На нем она собиралась играть по вечерам.

Однако судьба распорядилась иначе. Во время эпидемии гриппа, обрушившейся на долину в 1868 году, Дженни заболела и через три дня скончалась. Впервые счастье изменило Иеремии. Он оплакивал невесту, как мать оплакивает умершего ребенка. Ей едва исполнилось семнадцать, и она наверняка стала бы прекрасной супругой. Некоторое время он как неприкаянный бродил по огромному дому, пока наконец не закрыл его и не перебрался в свою старую лачугу. Но теперь она показалась Иеремии неудобной, и весной 1869 года он все-таки вернулся во дворец, в котором собирался жить вместе с Дженни... Дженни... Он не мог находиться в комнатах, предназначавшихся для нее, не мог вынести мыслей о том, какой была бы их совместная жизнь.

Сначала Иеремия регулярно навещал родителей Дженни, но старался не смотреть им в глаза, видя в них отражение собственной боли, и избегал жадных взглядов, которые бросала на него куда менее привлекательная старшая сестра Дженни. Вскоре он запер двери комнат, которыми не пользовался, и перестал подниматься на второй и третий этажи, привыкнув жить только на первом. Постепенно две комнаты, которые занимал Иеремия, стали выглядеть не лучше его старой лачуги. В одной из них он устроил спальню, абсолютно не заботясь о том, чтобы обставить другие помещения в доме. К громадному роялю никто не подходил с тех пор, как к его клавишам прикоснулась рука Дженни. Иногда Иеремия открывал дверь огромной кухни, чтобы поужинать там в компании друзей. Ему нра-

вилось сидеть за одним столом с другими людьми, которым было по
душе в его доме. Иеремия не был ни замкнутым, ни высокомерным.
Он всегда помнил о том, откуда пришел, о нищем домике на Востоке, пронизываемом зимними ветрами, о том, как они с матерью
гадали, хватит ли им припасов, чтобы преодолеть Скалистые горы и
наконец увидеть реки, пыль и прииск, где Иеремии предстояло работать рядом с отцом. И если теперь он сделался обладателем огромного состояния, то это случилось только благодаря его неустанному
труду и стараниям отца. Он ничего не забыл и никогда не забудет...
Так же, как никогда не забудет Дженни... или своих друзей.

За эти годы ему ни разу не хотелось жениться. Какими бы
привлекательными ни выглядели другие девушки, ни одна из них не
казалась Иеремии такой же доброй и такой же веселой, как Дженни. Он годами помнил ее смех и восхищенный вздох при взгляде на
то, как быстро возводится новый дом. Иеремии хотелось поскорее
закончить стройку и подарить ей дом на память об их любви, но
после того как Дженни умерла, Терстон абсолютно охладел к нему.
Иеремия не обращал внимания на облупившуюся краску, на протек-
шие потолки в нежилых комнатах. Посуда, которой он пользовался,
постепенно покрылась несмываемым слоем грязи. Ходили слухи,
что гостиная, в которой он спал, выглядела как хлев. Так продолжалось до тех пор, пока в доме не появилась Ханна. С ее приходом
здесь все изменилось и он стал выглядеть так, как подобает челове-
ческому жилью.

— Взгляни на этот дом, парень! — таковы были первые слова
Ханны, когда он привез ее сюда прямо с рудника, еще сам точно не
зная, что с ней делать. Но Ханне была позарез нужна работа.
После смерти мужа ей нечего было делать, а Иеремии без нее не
обойтись. По крайней мере так говорила сама Ханна. — Ты что,
свинья?

Он рассмеялся, увидев ее сердитое лицо. Двадцать лет ни одна
женщина не разговаривала с ним таким тоном. Стоило дожить до
двадцати шести лет, чтобы завести себе приемную мать... На следующий день она начала работать у него в доме. Вернувшись вечером,
Иеремия нашел комнаты, где он жил, безупречно чистыми. Нигде
не было ни пятнышка. Он чуть не вышел из себя и в стремлении

придать комнате обжитой вид разбросал по комнате бумаги, стряхнул на ковер пепел от сигары и удачно разбил бокал с вином. Утром, к немалому огорчению Ханны, все в доме выглядело по-старому.

— Мальчишка! Я прикую тебя к умывальнику, если ты не будешь вести себя как положено. И выброси наконец эту чертову сигару, ты засыпал пеплом всю анфиладу!

Ханна вырвала сигару у него изо рта и бросила ее в бокал с остатками вчерашнего вина, заставив Иеремию задохнуться от изумления. Впрочем, они с Ханной друг друга стоили. Она никогда не сидела без работы, едва успевая убирать за ним пепел и грязь и наводить порядок в доме. Впервые за много лет она почувствовала себя кому-то нужной и любимой, и к Рождеству они с Иеремией стали неразлучными друзьями. Она приходила к нему домой ежедневно, отказываясь взять хоть один выходной...

— Ты что, рехнулся? Знаешь, что будет, если я не появлюсь здесь пару дней? Нет, сэр, вам не выставить меня из этого дома не то что на целый день, а даже на час, понятно?

Ханна держала Иеремию в строгости, однако его всегда ждал горячий ужин, постель оставалась чистой, а в доме царил порядок. Ханна заботливо следила даже за теми комнатами, в которых он никогда не появлялся, а если Иеремия приглашал к себе дюжину людей с приисков, чтобы обсудить с ними очередной план расширения владений или просто выпить вина с собственных виноградников, Ханна никогда не жаловалась, как бы они ни напивались и ни буянили. Иногда Иеремия нещадно высмеивал ее слепую преданность, но все же никого так не любил, как Дженни... У Ханны хватало ума не задавать лишних вопросов. Однако когда Иеремии исполнилось тридцать лет, она начала мучить его, уговаривая заняться поисками жены.

— Я уже слишком стар, Ханна. Все равно никто не умеет готовить лучше, чем ты.

В ответ она обычно коротко бросала свое неизменное «осел упрямый!». Ханна намекала, что Иеремии нужна жена, женщина, которую он будет любить и которая родит ему сыновей, но он больше не желал и думать об этом. Похоже, он боялся, что стоит ему полюбить кого-нибудь, и этот человек умрет, как умерла Дженни. Он не хотел забивать себе голову, не хотел строить никаких надежд.

Боль от раны, нанесенной ему смертью Дженни, с годами утихла. Все было кончено, и его вполне устраивало теперешнее положение.

— А что будет, когда ты умрешь, Иеремия? — Старуха не отрываясь смотрела на него. — Что тогда? Кому ты все это оставишь?

— Тебе, Ханна, кому же еще? — поддразнивал ее Иеремия, и она укоризненно качала головой.

— Тебе нужна жена... и дети...

Однако он не соглашался. Ему хватало и того, что у него было. Он чувствовал себя полностью удовлетворенным. Терстон владел самыми крупными копями в штате, землей, которую он любил, виноградниками, доставлявшими ему удовольствие, у него была женщина, с которой он спал каждую субботу, и Ханна, содержащая в чистоте его дом. Ему нравились работавшие с ним люди, у него были друзья в Сан-Франциско, с которыми он время от времени встречался. Когда он чувствовал, что ему необходимо встряхнуться, то уезжал на Восток, а то и в Европу. Больше он абсолютно ни в чем не нуждался и тем более в жене.

Иеремию вполне устраивала Мэри-Эллен, с которой он встречался по крайней мере раз в неделю. Вспомнив о ней, Иеремия улыбнулся. Завтра он поедет к ней прямо с рудника... как всегда... Он уйдет из конторы в полдень, но сначала собственноручно запрет сейф, так как по субботам в конторе редко кто оставался. Он поедет верхом в Калистогу и войдет в крошечный домик. Когда-то он старался остаться незамеченным, но их связь давным-давно перестала быть тайной, а сама Мэри-Эллен не обращала внимания на то, что о ней говорят. Какое им дело до сплетен? Он давно сказал ей об этом, когда все немного запуталось, но не слишком... Он удобно устроится возле камина и будет любоваться ее медными волосами, или они усядутся на качели во дворе, поглядывая на скрывающий их от посторонних взглядов старый вяз, а потом он обнимет ее и...

— Иеремия! — В его мечты ворвался голос Ханны. Солнце спряталось за холмом, и в воздухе сразу почувствовалась прохлада. — Проклятый мальчишка! Ты что, не слышишь, что я тебя зову?

Иеремия улыбнулся. Ханна обращалась с ним так, как будто ему было пять лет, а не сорок три.

— Прости... я кое о чем задумался... Кое о ком... — Иеремия поднял взгляд на мудрое лицо старой Ханны, и в его глазах загорелся огонек.

— Вся беда в том, что ты ни о чем не думаешь... не слушаешь... не хочешь слышать...

— Может, я оглох? Тебе это не приходило в голову? Ведь я почти старик.

— Может, и так.

Насмешливый огонек в глазах Иеремии погас, едва он увидел пламя, горевшее в зрачках Ханны. Он любил эту старуху, несмотря на ее далеко не ангельский характер. Она долгие годы задавала ему жару, и Иеремия терпел это. Сварливость придавала Ханне известное обаяние и добавляла соли в их добродушные перебранки. Однако сейчас ее лицо было серьезным. Ханна смотрела на него сверху вниз, стоя на высоком крыльце.

— На приисках Харта беда. Не слыхал?

Иеремия нахмурился. Между бровями залегла морщинка.

— Нет. Что случилось? Пожар?

Этого здесь боялись больше всего. Вырвавшемуся на свободу огню ничего не стоило охватить целый рудник и унести жизни многих людей. Иеремия боялся даже подумать о пожаре, но Ханна отрицательно покачала головой.

— Пока неизвестно. Похоже на грипп, хотя кто его знает. Распространяется, как лесной пожар. — Ей не хотелось говорить об этом Иеремии, не хотелось будить воспоминания о Дженни, какими бы далекими они ни казались. Голос Ханны зазвучал тихо, когда она наконец продолжила: — Сегодня у Джона Харта умерла жена... вместе с дочерью... Говорят, его сын тоже плох и может не дожить до утра...

На лице Иеремии появилось выражение боли. Отвернувшись, он закурил сигару и некоторое время молча вглядывался в вечернюю темноту, а потом опять посмотрел на Ханну.

— Рудник пришлось закрыть. — Рудники Харта по своим размерам уступали в долине только приискам самого Иеремии.

— Мне очень жаль его жену и дочку, — хрипло произнес Иеремия.

— На этой неделе у него умерло семеро. Говорят, еще тридцать очень плохи.

Это напоминало эпидемию, унесшую жизнь Дженни. Тогда тоже никто ничего не мог поделать. Совсем ничего. Когда Дженни умерла, Иеремия был рядом с ее отцом. Они молча сидели в гостиной, а душа девушки отлетела, и им оставалось только безнадежно смотреть друг на друга. Вспомнив об этом, Иеремия почувствовал, как на его сердце лег камень. Он не мог представить себе, какое горе должен пережить человек, теряющий ребенка.

Иеремия не был другом Джона Харта, но многое в нем его восхищало. Харт приложил немало усилий, чтобы довести до ума свой любимый рудник, а с таким конкурентом, как Терстон, сделать это было совсем не просто. Ему пришлось гораздо тяжелее, чем Иеремии, когда тот начинал свое дело. Прииск Харта был основан четыре года назад, когда хозяину едва стукнуло двадцать два. За это время он сам и его работники добились поистине невероятных успехов. Он не был добрячком, и Иеремия не раз слышал от тех, кто раньше работал у Харта, а потом перешел к Терстону, что Джон слишком вспыльчив, плохо ладит с рабочими, бывает груб и часто пускает в ход кулаки.

Однако у него было золотое сердце. Он славился своей честностью и порядочностью, вызывавшей у Иеремии восхищение. Ему пару раз довелось встречаться с Джоном, и Иеремия сразу обратил внимание на несколько ошибок, которые собирался сделать этот юноша, однако Харт не пожелал слушать советов. Он вообще не хотел ничего ни от кого принимать. Джон хотел все сделать сам и со временем непременно сделал бы. Но сейчас Иеремия искренне переживал за него. Судьба обошлась с Джоном еще круче, чем когда-то поступила с ним самим. Иеремия посмотрел на Ханну, спрашивая взглядом, как ему теперь быть. Они с Джоном Хартом никогда не водили дружбы. Харт смотрел на Иеремию как на соперника, предпочитая держаться от него на расстоянии, и Иеремия относился к этому с уважением.

— Не валяйте дурака, Терстон, я вам вовсе не друг и не собираюсь им становиться. Я чертовски хочу перещеголять вас, и я добьюсь этого в честной и открытой борьбе. Если мне это удастся, через годик-другой вам придется закрыть все ваши прииски, потому что я куплю всех и вся до самого Нью-Йорка.

Иеремия только улыбнулся, услышав эти дерзкие слова. На самом деле им обоим хватило бы места, но Джон Харт отказывался это понять. При встречах с Иеремией он держался вежливо, но не уступал ни дюйма. У него уже было два пожара и одно наводнение. Когда Иеремия попробовал предложить Джону продать ему рудник, тот обещал расквасить ему физиономию, если Иеремия не уберется с его земли, прежде чем Джон сосчитает до десяти. Однако то, что случилось сейчас, не имело к этому никакого отношения. Собравшись с мыслями, Иеремия направился к лошади. Ханна знала, что он поступит именно так. Таков был его характер. В его большом сердце хватит места для всех, даже для Джона Харта, каким бы вспыльчивым и злым на язык ни был этот мальчишка.

— Не жди меня к ужину.

Он мог не говорить этого. Ханна все равно никуда не уйдет, даже если ей придется провести здесь всю ночь.

— Иди домой и отдыхай.

— Черт побери, занимайся своим делом, Иеремия Терстон. — Вдруг Ханну осенило: — Подожди! Им сейчас не до того, чтобы думать о еде.

Бросившись на кухню, она завернула в салфетку жареного цыпленка и положила его вместе с фруктами и куском пирога в прихваченную с собой седельную сумку. Бегом вернувшись назад, Ханна протянула ее улыбающемуся Иеремии.

— Они точно помрут, если отведают твоей стряпни.

Ханна только усмехнулась:

— Смотри не забудь перекусить сам и не подходи ни к кому слишком близко. Не пей там ничего и не ешь из их посуды.

— Хорошо, мамочка! — С этими словами он развернул лошадь и рванулся в бархатно-черную ночь. Галопом скача через холмы, он предавался своим невеселым думам.

Иеремии понадобилось всего двадцать минут, чтобы добраться до окрестностей приисков Харта, и он с удивлением заметил, что они здорово разрослись за последнее время. Дела у Джона Харта шли неплохо, однако сейчас любой мог понять, что случилась какая-то беда.

Поселок погрузился в зловещую тишину, между домами не видно было ни души, однако в окнах горел яркий свет, особенно в большом здании на вершине холма. В хозяйском доме, кажется, не осталось ни одной неосвещенной комнаты, у входа выстроилась длинная цепочка людей, пришедших выразить соболезнование Джону Харту.

Спешившись и привязав лошадь к дереву, стоявшему немного поодаль, Иеремия взял сумку, переданную ему Ханной, и пристроился к очереди. Его тут же узнали, и из конца в конец цепочки прокатилось:

— Терстон... Терстон...

Не успел Иеремия пожать руки знакомым, как на крыльце появился Джон Харт. Его лицо казалось изможденным, словно от тяжелой болезни. Из стоявшей позади толпы послышался сочувственный шепот. Джон посмотрел на собравшихся людей, узнавая каждого и отвечая кивком на исполненные соболезнования взгляды. Потом он заметил Иеремию и остановился, глядя, как тот приближается и протягивает ему ладонь. Взгляд Иеремии говорил о том, что он понимает, как страдает сейчас Харт. Остальные немного подались назад, оставив их наедине. Иеремия пожал Джону руку.

— Я сожалею о твоей жене, Джон... Я... я тоже потерял любимого человека много лет назад... во время эпидемии в шестьдесят восьмом году.

Слова казались невнятными, но Джон Харт знал, что Иеремия все понимает. Он поднял полные слез глаза. Джон был высок, почти одного роста с Иеремией, с иссиня-черными гладкими волосами и темными, как ночь, глазами. Его большие ладони оказались на удивление мягкими. Джон и Иеремия, как ни странно, чем-то напоминали друг друга, несмотря на почти двадцатилетнюю разницу в возрасте.

— Спасибо, что приехали. — Голос Джона звучал глухо, в нем чувствовались опустошенность и тоска. Увидев, что по щеке молодого человека скатились две слезы, Иеремия почувствовал, как у него шевельнулась старая боль.

— Я могу чем-нибудь помочь? — Он вспомнил о взятой с собой еде. Может, кому-нибудь в доме она и пригодится.

Джон Харт заглянул в глаза Иеремии.

— Сегодня умерло семь человек... Матильда... Джейн... — Его голос дрогнул. — Барнаби... — Упомянув имя сына, Джон не смог договорить до конца. Он снова посмотрел на Иеремию. — Врач сказал, что ему не дожить до утра. У троих моих рабочих умерли жены... Пятеро детей... Не следовало вам приезжать сюда. — Джон вдруг понял, как рисковал Иеремия, и это его тронуло.

— Я уже пережил такое однажды и решил узнать, могу ли что-нибудь сделать для тебя. — Он заметил, что лицо собеседника казалось мертвенно-белым, но решил, что Джон побледнел от тоски, а не от ужасного гриппа. — Тебе сейчас не помешает выпить. — Иеремия достал из седельной сумки серебряную фляжку и протянул ее Джону.

Немного поколебавшись, тот взял ее и кивком указал на дверь.

— Не хотите зайти в дом?

Джон подумал, что Иеремия может испугаться, однако Терстон склонил голову в знак согласия:

— Конечно. Я привез тебе поесть. Если ты, конечно, в состоянии...

Джон удивленно посмотрел на Иеремию. Эти слова поразили его. Он ведь чуть не вышвырнул Иеремию вон во время их последней встречи... Тогда он ни за что на свете не желал принять помощь. Но теперь дело обстояло совсем по-другому. Эта беда была совсем иного рода, чем пожар или затопление рудника. Джон тяжело опустился на обитую бархатом кушетку, стоявшую в гостиной, и надолго припал губами к фляжке. Он не торопился вернуть ее, глядя на Иеремию невидящими глазами.

— Я не верю, что их больше нет... Вчера вечером... — Джон судорожно сглотнул, пытаясь сдержать слезы. — Вчера вечером... Джейн сама спустилась по лестнице и поцеловала меня перед сном, несмотря на жар... А сегодня утром Матильда сказала... Матильда сказала... — Из глаз у него полились слезы, он больше не мог их скрывать. Иеремия обнял Джона за плечи и не отпускал, пока тот плакал. Ни он и никто другой ничем не могли помочь, кроме как оставаться с ним рядом. Наконец Джон посмотрел на Иеремию и увидел, что он тоже плакал. — Как мне жить без них? Как?.. Мэтти... И моя малышка... А если Барнаби... Терстон, тогда я умру. Я не смогу жить без них.

Иеремия молился про себя, чтобы Джон не потерял сына, понимая, что это вполне может случиться. Стоя возле дома, он слышал, что мальчику очень плохо. По крайней мере так говорили окружавшие его люди.

— Ты еще молод, Джон, у тебя впереди целая жизнь. Сегодня говорить об этом кощунство, но ты снова женишься, и у тебя опять будут дети. Сейчас ты переживаешь самый страшный момент в жизни, но ты выдержишь... Ты должен это сделать... Так оно и будет.

Иеремия снова протянул Джону фляжку, и тот сделал еще один глоток, тяжело качая головой. По его щекам одна за другой стекали слезы.

Не прошло и часа, как в дверях появился врач. Джон подпрыгнул, словно в него ударила пуля.

— Барнаби?

— Он зовет вас.

Врач не отважился сказать большего, но, увидев вопрос в глазах Иеремии, только покачал головой. Джон бросился по лестнице. Сидя внизу, Иеремия услышал ужасный вопль, донесшийся из маленькой комнаты наверху. Он понял, что мальчик скончался. Наверное, сейчас Джон Харт стоит на коленях с ребенком на руках, оплакивая семью, которую потерял в считанные дни. Тяжело ступая, Иеремия медленно поднялся наверх и осторожно открыл дверь. Взяв мертвого мальчика из рук отца, Терстон положил его на кровать и закрыл ему глаза. Потом он вывел из комнаты Джона, с рыданиями повторявшего имя сына. Иеремия заставил Харта выпить и оставался с ним до утра, пока не приехал брат Джона с несколькими друзьями. Только тогда Иеремия незаметно удалился. Бедняга Джон... Когда Иеремия потерял Дженни, ему было столько же лет, сколько сейчас Харту. Терстон думал, как это может отразиться на молодом человеке. Судя по тому, насколько он знал Джона, тот должен был скоро оправиться.

Иеремия подъехал к дому, когда утреннее солнце поднялось высоко над горизонтом. Он спешился и бросил взгляд на любимые холмы, подумав о том, насколько жестокой бывает судьба, если она с такой легкостью распоряжается жизнью и смертью... Как быстро уходит от нас самое лучшее на свете...

Иеремия распахнул дверь дома, и ему показалось, что он слышит звонкий смех Дженни. Шагнув в кухню, он увидел Ханну, уснувшую прямо на стуле. Он молча прошел мимо нее в гостиную, куда никогда не заглядывал, и уселся рядом с роялем, купленным когда-то для девушки со смеющимися глазами и подпрыгивающими золотистыми локонами, для прекрасной девушки... Он попытался представить, какой бы могла быть их семейная жизнь, сколько бы детей у них родилось. Впервые за долгие годы он позволил себе подумать об этом. Вспоминая об умершей дочери и сыне Джона Харта, Иеремия от души понадеялся, что тот скоро женится снова. Сейчас Харт нуждался именно в этом — в новой жене, чтобы заполнить пустоту в сердце, и в новых детях, которые придут на смену умершим.

Однако сам Иеремия не стал этого делать. Прошедшие восемнадцать лет он прожил в одиночестве, и теперь было слишком поздно что-либо менять. Он сам этого не хотел. Но сейчас, глядя на пожелтевшие клавиши рояля, к которым так и не притронулась ничья рука, он подумал: не стоило ли ему самому поступить так, как, по его мнению, должен поступить Джон Харт? Следовало ли ему жениться на ком-нибудь, чтобы в этом пустом доме появилась целая дюжина детей? Однако он не встретил никого, к кому можно было бы привязаться всем сердцем, кого бы он мог полюбить и взять в жены. Нет, у него никогда не будет детей. Но стоило Иеремии мысленно произнести эти слова, как он почувствовал укол в сердце, словно его пронзило крошечное копье... Он бы радовался, если бы у него родился ребенок... Дочь... Или сын. Но тут он вспомнил детей Джона Харта, и у него сжалось сердце. Нет. Ему не вынести еще одной потери. Он расстался с Дженни. Этого достаточно. Ему больше не стоит испытывать судьбу... Зачем это нужно?

— Что случилось? — Иеремия вздрогнул, услышав голос Ханны.

Подняв глаза, он увидел, что она стоит в пустой комнате и смотрит, как он водит пальцами по клавишам рояля. Остановившись, Иеремия устало и подавленно посмотрел на Ханну. Он пережил одну из самых долгих и печальных ночей в своей жизни.

— Мальчик Харта умер. — Иеремия с трудом сдержал дрожь, вспомнив, как закрывал глаза ребенка и силой выводил Джона Харта из комнаты. Покачав головой, Ханна заплакала. Иеремия подошел к ней, обнял за плечи, и они вместе вышли из комнаты. Он больше ничего не мог сказать ей. — Иди домой и поспи немного.

Она всхлипнула, посмотрела на него, утирая стекавшие по щекам слезы.

— Тебе тоже нужно отдохнуть. — Однако Ханна слишком хорошо знала Иеремию. — Ты ляжешь спать?

— Мне нужно кое-что сделать на руднике.

— Сегодня суббота.

— Бумаги на моем столе об этом не знают. — Иеремия устало улыбнулся. Сейчас он все равно не смог бы заснуть. Образы Барнаби Харта и его скорбящего отца стояли перед его мысленным взором. — Я не задержусь там слишком долго. — Об этом Ханна тоже знала. По субботам Иеремия отправлялся в Калистогу, где его ждала Мэри-Эллен Браун. Однако Ханна понимала, что сегодня у Иеремии не лежала к этому душа.

Терстон налил чашку кофе из кофейника, стоявшего на плите, и посмотрел на старую подругу. Прошедшая ночь заставила его задуматься.

— Я сказал, ему нужно жениться и снова завести детей. Я был прав?

Ханна покачала головой:

— Ты сам должен был так поступить восемнадцать лет назад.

— Я только что думал об этом. — Иеремия посмотрел в окно, окинув взглядом холмы. Он так и не разрешил Ханне повесить в доме ни одной занавески, потому что ему нравился вид долины. Кроме того, на несколько миль вокруг все равно не было ни души.

— Тебе еще не поздно это сделать. — Голос Ханны звучал постарчески печально. Она жалела Иеремию. Он был одинок, понимал он сам это или нет, и Ханна надеялась, что Джон Харт не изберет себе такое же будущее. Она считала это ошибкой. У Ханны никогда не было детей, однако это случилось по воле судьбы, а не по ее желанию. — Ты еще молод и можешь жениться, Иеремия.

Терстон только рассмеялся в ответ:

— Нет, я-то как раз слишком стар, а потом... — Он нахмурился от нахлынувших мыслей, снова встретившись с Ханной взглядом; оба они сейчас думали об одном и том же. — Я никогда не мог представить себя мужем Мэри-Эллен, а кроме нее, у меня больше никого не было. Уже много лет.

Ханна знала, что Иеремия встречается только с Мэри-Эллен, но после того, что он пережил этой ночью, ему нужно было поговорить с ней, и она сама это понимала. Она была его другом.

— Почему тебе ни разу не захотелось жениться на ней? — Ханна всегда недоумевала по этому поводу, хотя, как ей казалось, она знала, в чем причина. И была не слишком далека от истины.

— Она не та женщина, которая мне нужна, Ханна. И я не имею в виду ничего плохого. Сначала она действительно не хотела выходить за меня замуж, хотя мне казалось, рано или поздно ей этого захочется. Она хотела быть свободной. — Иеремия улыбнулся. — Это очень независимое маленькое существо, которому всегда хотелось самой воспитывать своих детей. По-моему, она испугалась, что люди будут говорить, что она, дескать, вышла за меня замуж ради корысти или решила нажиться за мой счет. — Иеремия вздохнул. — Вместо этого ее стали называть шлюхой. Только она, кажется, не слишком переживала из-за таких вещей. Она всегда говорила, что считает себя порядочной женщиной и что у нее нет никого, кроме меня, так что ей наплевать на всякую болтовню. Однажды я сделал ей предложение. — Увидев ошеломленное лицо Ханны, Иеремия усмехнулся. — Она мне отказала. Это случилось как раз тогда, когда проклятые бабы в Калистоге стали говорить о ней бог знает что. Мне всегда казалось, что это дело рук ее матери. Ей хотелось, чтобы я взял Мэри в жены. Возможно, так оно и было бы, только Мэри-Эллен послала меня ко всем чертям. Она заявила, что не станет выходить замуж из-за каких-то старых вешалок. По-моему, она тогда еще любила своего пьяницу-мужа. Он ушел от нее два с лишним года назад, но Мэри продолжала надеяться, что он все-таки вернется. Я понял это из ее разговоров. — Иеремия снова улыбнулся. — Я рад, что он так и не пришел. Мне было хорошо с ней.

А ей было хорошо с ним. Иеремия обставил дом Мэри и покупал вещи для ее детей, когда она соглашалась принимать подарки. Они провели вместе уже семь лет, а мужа Мэри уже два года как не было в живых. Они оба привыкли к установившимся между ними отношениям. Каждый субботний вечер Иеремия приезжал в Калистогу и оставался у нее на ночь. Детей на это время отправляли к матери Мэри. Теперь они уже не старались скрывать свою связь так, как делали это раньше. Им больше незачем было таиться: все в городе знали, что Мэри стала подругой Иеремии Терстона... Терстоновской потаскухой, как называли ее раньше. Однако теперь этого уже никто не осмеливался повторить. Иеремия лично разделался кое с кем, повторившим эти слова. Однако он сам понимал, что представляла собой Мэри-Эллен. Таких, как она, женщины всегда недолюбливают и ревнуют к ним мужчин. Рыжие волосы, длинные ноги и полные груди делали ее красоту вызывающей, сразу заставляли обращать на нее внимание. Мэри специально носила слишком короткие платья, чтобы какой-нибудь проезжающий мимо ковбой поглядел на ее ноги, когда она, уступая ему дорогу, стояла на обочине с приподнятым выше лодыжек подолом. Именно так познакомился с ней сам Иеремия. Когда он освободил Мэри от остальной одежды, она оказалась еще прекраснее, чем он предполагал. Она так очаровала Иеремию, что через некоторое время он вернулся к ней снова. Вскоре Терстон убедился в ее редкостной доброте и порядочности, в том, как ей хотелось доставить ему удовольствие. Она беззаветно любила своих детей: казалось, она была готова сделать для них что угодно. Муж ушел от Мэри два года назад, и она теперь работала в гостинице на ближайшем курорте. Мэри одновременно была официанткой, танцовщицей и горничной. Она продолжала работать даже после того, как завязался их роман. Она без конца твердила, что ей от него ничего не нужно. Иеремия несколько раз пытался выбросить Мэри из головы, однако все равно тянулся к ее теплоте и нежности. Она заполняла пустоту у него в сердце, и Терстона влекло к ней неистребимое желание быть кому-то в радость. Вначале он приезжал в Калистогу по нескольку раз в неделю, однако она не знала, куда деть детей, и к концу первого года знакомства они стали регулярно встречаться по субботам. Казалось невероятным, что с тех пор прошло уже семь лет. Особенно в те минуты, когда Иеремии случалось видеть ее детей. Самой Мэри-Эллен исполнилось тридцать два, но она оставалась по-прежнему красива. И все же Иеремия так и не мог представить ее в роли жены. Она казалась ему слишком умудренной опытом, слишком откровенной, слишком знакомой. Тем не менее ему нравились ее порядочность, откровенность и смелость. Она ни разу не пыталась идти на попятную из-за того, что люди могли сказать об их отношениях с Иеремией, хотя он понимал, что ей подчас бывало очень нелегко.

— Ты бы женился на ней сейчас?

Иеремия не стал уклоняться от ответа. Нет, даже теперь, спустя семь лет, он совершенно не представлял себя мужем Мэри-Эллен.

— Не знаю. — Вздохнув, он посмотрел на пожилую женщину. — Я, наверное, уже слишком стар, чтобы задумываться о таких вещах. Тебе так не кажется? — Вопрос был риторический, однако Ханна не задержалась с ответом:

— Нет, не кажется. По-моему, тебе как раз нужно это сделать, пока еще не поздно, Иеремия Терстон. — Впрочем, Ханна не считала, что его женой должна стать именно Мэри-Эллен, как бы она ей ни нравилась. Ханна знала ее всю жизнь, она видела ее насквозь, и иногда Мэри-Эллен казалась ей непроходимой дурой. Ханна первой назвала глупостью ее открытую связь с Иеремией. Однако Мэри просто невозможно было не любить из-за ее доброго сердца... Как бы там ни было, ей уже исполнилось тридцать два года, а Иеремии нужна молодая женщина, которая рожала бы ему детей. У Мэри-Эллен было целых трое своих, и она едва не умерла, рожая последнего. Только сумасшедшая на ее месте попробовала бы рожать еще раз, и она сама это понимала. — Мне хочется увидеть малыша в этом доме прежде, чем я умру, Иеремия.

Иеремия печально улыбнулся, вспомнив о недавно умерших детях Харта.

— И мне тоже, Ханна. Только, по-моему, вряд ли кто-нибудь из нас этого дождется. — Раньше он никогда не говорил так ни Ханне, ни кому-либо еще.

— Не упрямься. У тебя было достаточно времени. Если бы ты поискал, ты бы уже давно нашел подходящую девушку.

Эти слова заставили Иеремию вспомнить о Дженни, и он покачал головой, как будто стараясь избавиться от мыслей о ней.

— Я слишком стар для девушек. Мне почти сорок четыре года.

— Ты говоришь так, как будто тебе все девяносто. — Ханна сердито фыркнула.

Улыбнувшись, Иеремия провел рукой по щетине на лице.

— Иногда мне кажется, что так оно и есть. Интересно, почему только Мэри-Эллен до сих пор не дала мне от ворот поворот?

— Ей надо было сделать так давным-давно, Иеремия. Но ты знаешь, что я думаю на этот счет. — Он действительно знал это, но Ханна никогда не боялась повторять свое мнение. — Вы оба сделали глупость и теперь расплачиваетесь за нее сполна.

Раньше она так не высказывалась, и Иеремия бросил на нее удивленный взгляд:

— Оба?

— Ее чуть было не выгнали из города ко всем чертям, а ты так и не нашел жену, которая бы нарожала тебе детей. Теперь можешь жениться на ней, если тебе так хочется, Иеремия.

Он нежно посмотрел на Ханну:

— Я передам ей твои слова.

Хмыкнув, Ханна взяла шаль со спинки стула. Иеремия исподволь наблюдал за ней. Он хотел побриться и вымыться, прежде чем ехать на рудник, и ему позарез нужно было выпить еще одну чашку крепкого черного кофе. Он провел с Джоном Хартом долгую бессонную ночь, пока к тому не приехали родственники.

— Кстати, Джон поблагодарил тебя за еду, Ханна. Утром я заставил его поесть.

— Он хоть немного поспал?

Иеремия отрицательно покачал головой. Разве он мог?

— И ты, наверное, тоже.

— Ничего. Я отосплюсь вечером.

Стоя на пороге, Ханна ехидно усмехнулась:

— Тогда Мэри-Эллен не позавидуешь, правда?

Иеремия рассмеялся, и Ханна вышла, закрыв за собой дверь.

Глава 2

В субботу на рудниках воцарилось мрачное молчание, которое его даже порадовало. Все было безмолвно: не раздавалось ни голосов, ни душераздирающих воплей, ни гула печей. Лишь два охранника пили кофе, коротая мартовское утро, когда Иеремия спешился, привязал Большого Джо к его обычному месту и прошел в контору.

Ему предстояло просмотреть накопившиеся бумаги, контракты на добываемую ртуть и планы четырех новых хижин для его рабочих. Рудники Терстона давно превратились в небольшой поселок, в котором стояло семь больших общежитий, окруженных хижинами для рабочих, приехавших с семьями. Жизнь у них была тяжелая, и Иеремия с сочувствием относился к их желанию жить вместе с женами и детьми. Он давно принял это решение, и люди были благодарны ему. Сейчас он сидел, знакомясь с планами новых жилищ и думая о том, как бы сделать их еще более удобными. Поселок рос не по дням, а по часам, как и продукция рудников. Иеремию обрадовали лежавшие перед ним контракты, особенно один — с неким Орвилем Бошаном из Атланты — на поставку девятисот фляг ртути общей стоимостью около пятидесяти тысяч долларов. Бошан, в свою очередь, собирался снабжать ею весь Юг. Просмотрев контракт, Иеремия пришел к выводу, что имеет дело с умным бизнесменом. Тот представлял группу из семи человек и был уполномочен ими для переговоров. Дело было настолько важным, что Иеремия решил на следующей же неделе съездить в Атланту, встретиться с членами этого консорциума и заключить с ними договор.

В полдень Иеремия посмотрел на карманные часы, поднялся из-за стола и потянулся. Он мог бы еще поработать, однако после бессонной ночи чувствовал себя утомленным. Внезапно ему захотелось увидеть Мэри-Эллен, ощутить тепло ее тела и обрести спокойствие. Он снова и снова вспоминал о Джоне Харте и о его погибшей семье. Нестерпимая тяжесть лежала у него на сердце, и чем дольше тянулись утренние часы, тем чаще он думал о Мэри-Эллен. Сразу после полудня Иеремия вышел из конторы и направился к тому месту, где оставил Большого Джо.

— Здравствуйте, мистер Терстон. — Один из охранников приветствовал его взмахом руки.

Вдалеке, на склоне холма, Иеремия увидел нескольких ребятишек, игравших позади домов для семейных шахтеров. Глядя на них, он вновь вспомнил об эпидемии гриппа на приисках Харта, мысленно моля Бога, чтобы она пощадила его людей.

— Здравствуйте, Том.

На трех рудниках Терстона работало теперь почти пятьсот человек, но он до сих пор знал многих по именам. Большую часть времени Иеремия проводил на первом руднике — руднике Терстона, стараясь регулярно посещать остальные, где распоряжались хорошо знающие дело управляющие. При малейшей неприятности Иеремия спешил туда сам, зачастую оставаясь там на несколько дней. Каждую зиму на каком-нибудь из приисков случалась авария.

— Похоже, весна пришла!

— Точно. — Иеремия улыбнулся.

Дожди шли два месяца подряд, и вода стала настоящим бедствием. На одном руднике погибло девять шахтеров, на другом — семь и еще трое — здесь. Зима выдалась суровой, но теперь от нее не осталось и следа. Солнце светило вовсю и припекало спину Иеремии, скакавшего на старом Джо по дороге Сильверадо, ведущей в Калистогу. Иеремия погонял коня, и тот стрелой пролетел последние пять миль, так что борода и волосы всадника растрепались от встречного ветра. Мысли Иеремии были заняты Мэри-Эллен.

На главной улице Калистоги ему попалось несколько женщин, прогуливавшихся под кружевными зонтиками, спасавшими их от солнечных лучей. Те, кто приехал из Сан-Франциско на воды, обращали на себя внимание туалетами, резко отличавшимися от скромных нарядов местных жительниц. Их турнюры казались более приподнятыми, перья на шляпах более густыми, а шелк платьев слишком ярким для сонной маленькой Калистоги. Иеремию так и тянуло улыбнуться женщинам, а они тоже с интересом осматривали проезжавшего мимо темноволосого всадника на белом жеребце.

Иногда, находясь в игривом настроении, Иеремия приподнимал шляпу и галантно кланялся с высоты седла. При этом в глазах его зажигался озорной огонек. Сегодня ему встретилась красивая женщина, выделявшаяся среди подруг: рыжеволосая, в зеленом шелковом платье, цвет которого напоминал листву росших на холмах деревьев. Однако ее волосы лишь напомнили Иеремии, зачем он приехал в Калистогу. Пришпорив коня, он вскоре оказался рядом с маленьким аккуратным домиком Мэри-Эллен, стоявшим на Третьей улице в наименее фешенебельном районе города.

Здесь сильнее ощущался запах серы из источников, однако и Мэри, и Иеремия давно привыкли к нему. Сейчас, привязав Большого Джо и быстро поднимаясь по ступенькам заднего крыльца, он думал не о курорте, не о сернистых источниках и даже не о собственных рудниках. Иеремия знал, что его ждут, поэтому сразу распахнул дверь. Сердце у него отчаянно билось. Как бы он ни относился к этой женщине, он твердо знал только одно: она до сих пор обладала магической властью над ним, такой же, как в день их первой встречи. У Иеремии захватило дух, он почувствовал прилив такой страсти, какой не испытывал ни к одной из немногих женщин, которые были у него до и после встречи с Мэри-Эллен. Впрочем, вдали от нее он легко мог обходиться без ее общества. Именно по этой причине он никогда не пытался изменить сложившегося положения вещей. Но, оказавшись с ней рядом, ощущая ее присутствие в соседней комнате, он забывал обо всем, кроме желания обладать ею.

— Мэри-Эллен? — Иеремия распахнул дверь в маленькую гостиную, где она иногда ждала его днем по субботам. Утром она, наверное, отвела детей к матери, а потом вернулась, чтобы принять ванну, завить волосы и принарядиться для Иеремии. Их встречи всегда чем-то напоминали медовый месяц, поскольку они виделись друг с другом только раз в неделю или реже, если на приисках что-то случалось и Иеремии приходилось уезжать. Мэри-Эллен ненавидела эти разлуки. Каждый вечер, каждое утро, каждый день она ждала, когда наступит уик-энд, чтобы провести его вместе с ним. Странно, но с годами она стала все больше зависеть от Иеремии. Однако Мэри-Эллен не сомневалась в том, что он этого не замечает. Он уделял слишком много внимания физической стороне их отношений, чтобы обратить внимание на то, что ее стремление к независимости с каждым разом слабеет. Иеремия любил приезжать к ней в Калистогу. Он чувствовал себя уютно в этом небогатом маленьком домике и никогда не приглашал ее к себе в Сент-Элену. Мэри-Эллен только однажды довелось увидеть дом Иеремии.

— Он точно не женат? — интересовалась на первых порах ее мать, однако все кругом знали, что у Иеремии Терстона никогда не было жены. — И наверное, так и не будет, — ворчала мать спустя несколько лет после начала их взаимного увлечения. Теперь эти разговоры прекратились. Что еще она могла сказать после субботних встреч в течение семи лет? Она просто молча забирала детей. Ее старшей внучке исполнилось четырнадцать лет. Сама Мэри-Эллен была ненамного старше, когда вышла замуж. Мальчику было двенадцать, а младшей дочери — девять. Но они знали достаточно много, чтобы не говорить об этом бабушке.

— Мэри-Эллен... — снова позвал Иеремия. Обычно она ждала его внизу. Иеремия стал медленно подниматься на второй этаж, где находились три маленькие спальни. В одной спала сама Мэри-Эллен, в другой — дочери, а в третьей — сын. Однако, вместе взятые, они оказались бы меньше любой комнаты в доме Иеремии. Но Терстон давно перестал переживать из-за этого. Мэри-Эллен гордилась тем, что у нее есть собственный дом, и он ее вполне устраивал. Он нравился ей. Наверное, дом Иеремии, если бы ей довелось там жить, понравился бы ей куда меньше. Дом Мэри-Эллен выглядел более уютным. Или Иеремии это только казалось? А его нежилая громадина пустовала с тех пор, как ее построили. Иеремия занимал в ней лишь несколько комнат. Ему хотелось, чтобы в доме жили дети, чтобы они смеялись и шумели, а вместо этого вот уже почти двадцать лет там царила тишина. Не то что в этом доме, хранившем следы заботливого ухода, обветшания, детских пальцев, чертивших на стенах узоры, которые так давно стали неотъемлемой принадлежностью некогда розовых обоев, что их попросту перестали замечать.

Тяжело ступая, Иеремия поднялся по лестнице. Ему показалось, что из спальни Мэри-Эллен доносится запах роз. Издалека послышался знакомый голос, как будто Мэри-Эллен что-то мурлыкала себе под нос. Она здесь. На какое-то безумное мгновение ему почудилось, что впервые за семь лет он не застанет ее дома, но она была здесь. Какое счастье... Иеремия тихо постучался, ощутив себя нерешительным юнцом. Она умела сделать его таким. Когда он приходил к ней домой, у него всегда захватывало дух.

— Мэри-Эллен... — На этот раз голос его звучал нежно, тихо и ласково.

— Входи... Я в... — Она хотела сказать «в спальне», но этого ей не понадобилось, потому что Иеремия уже вошел. Его широкоплечая фигура заполнила всю комнату. Мэри-Эллен почудилось, что у нее в жилах остановилась кровь. Она смотрела на него не отрываясь, кожа ее казалась такой же кремово-белой, как лепестки роз, стоявших рядом с кроватью, а волосы светились медью под лучами падающего в окно солнечного света. Она пыталась надеть отделанное кружевами платье поверх кружевного корсета, стянутого розовыми лентами, концы которых перехватывали панталоны у колен.

Взгляд Иеремии заставил Мэри-Эллен покраснеть и отвернуться, как молоденькую девушку. Она изо всех сил пыталась справиться с непокорным платьем. Обычно Мэри встречала его одетой, но сегодня задержалась, срезая розы для спальни. — Я сейчас... Я только... Ради Бога... Я не могу! — Сама невинность сражалась с непокорными кружевами.

Иеремия подошел, собираясь помочь ей, но, вместо того чтобы одернуть платье, неожиданно для самого себя медленно потянул вверх, стаскивая его через рыжую голову Мэри-Эллен. Бросив платье на кровать, Иеремия прижался губами ко рту медноволосой красавицы и притянул ее к себе. Хоть он и бывал здесь каждую неделю, но всякий раз удивлялся тому, как изголодался по ней, по ее атласному телу, по душистым волосам, пахнущим розой. Этот аромат был частью Мэри-Эллен, умевшей заставить Иеремию забыть о том, что у нее есть и другая жизнь. Лежа в его объятиях, она не вспоминала ни о детях, ни о работе, ни о борьбе за существование. Так продолжалось из недели в неделю, из года в год. Она смотрела в глаза любимого человека, который никогда не понимал, сколь велика ее любовь. Но она знала Иеремию, как он свои пять пальцев. Он любил свое одиночество, свою свободу, свои виноградники и прииски. И не смог бы изо дня в день жить с женщиной и тремя чужими детьми. Для этого он был слишком занят, слишком погружен в дела собственной империи, которую построил и продолжал строить. Она уважала его за это, любила и не требовала того, чего ей не хотели дать. Она брала только то, что ей давали: одну ночь в неделю. Отказ разделить быт не давал охладеть взаимной страсти. Иногда Мэри-Эллен приходило в голову, что их отношения могли бы стать другими, если бы она родила Иеремии ребенка, однако думать об этом было поздно. Врач предупредил ее об опасности, а сам Иеремия, похоже, не хотел детей. По крайней мере он ни разу не заговаривал об этом, хотя не обижал ее дочерей и сына, когда видел их. Но, приходя сюда, он думал вовсе не о детях. Все его мысли и чувства занимало то, что находилось сейчас перед его глазами: нежная, как тонкий пергамент, пахнущая розой кожа и зеленые изумруды очей, блеск которых отражался в его собственных глазах. Иеремия осторожно опустил Мэри-Эллен на постель и принялся развязывать розовый корсет, который удивительно быстро поддался его опытным пальцам. С длинных, красивых ног соскольз-

нули панталоны, и вскоре Мэри-Эллен лежала перед ним, сверкая
наготой. Вот зачем он приезжал сюда каждый раз... Чтобы пожи-
рать ее глазами, языком и руками до тех пор, пока она не окажется
под ним, задыхающаяся от неистового желания принадлежать ему.
Давно Иеремии не хотелось обладать ею так, как сегодня. Казалось, он не мог насытиться пьянящим ароматом ее волос, ее плоти и
духов. Иеремии хотелось отогнать воспоминания о давно умершей
невесте и о печальной ночи, которую он провел с Джоном Хартом.
И Мэри-Эллен должна была помочь ему в этом. Она почувствовала, что у Иеремии выдалась нелегкая неделя, хотя и не знала, что
именно случилось, и постаралась отдать ему как можно больше,
чтобы заполнить возникшую пустоту. Она была не мастер выражать
чувства словами, но понимала его инстинктом, как животное. Сон-
ная, умиротворенная Мэри-Эллен лежала в объятиях Иеремии и
легонько касалась его бороды.

— Тебе хорошо, Иеремия?

Терстон улыбнулся, в который раз убедившись в том, насколько
она его знала:

— Да... Спасибо тебе... Ты такая милая, Мэри-Эллен...

Она обрадовалась. Казалось, Иеремия оценил ее старания.

— У тебя что-то случилось?

Иеремия долго колебался. То, что довелось ему испытать прошлой ночью, странным образом переплеталось с его давними чув-
ствами к Дженни. Почему он вспомнил об этом? Ведь прошло
восемнадцать лет...

— Тяжелая ночь. Я был у Джона Харта...

Удивленная, Мэри приподнялась, опершись на локоть.

— Я не знала, что вы разговариваете...

— Вчера вечером я был там. У него умерли жена и дочь... —
Иеремия осекся и закрыл глаза, вспомнив лицо мертвого Барнаби. —
Его сын скончался уже при мне. — По его щеке покатилась слеза.
Мэри-Эллен осторожно утерла ее и обняла Иеремию. Высокий,
сильный, мужественный, а такой мягкий и добрый... Она еще больше любила его за эту слезу, не оставшуюся одинокой. — Он был
совсем маленький... — Оплакивая мальчика, которому закрыл глаза
прошлой ночью, он прижал к себе Мэри-Эллен, стыдясь чувств,
которые не смог сдержать. Этот поток хлынул из глубины его
души. — Бедняга, потерял всех троих разом...

Чуть успокоившись, Иеремия сел на постели и посмотрел на Мэри-Эллен.

— Ты хорошо сделал, что поехал к нему, Иеремия. Никто бы не поступил так на твоем месте.

— Я знал, каково ему.

Она слышала о Дженни от Ханны, знавшей Мэри-Эллен с детства и часто встречавшейся с ней на рынке в Калистоге. Однако сам Иеремия ни разу не вспоминал о своей умершей невесте.

— Со мной однажды тоже случилось нечто подобное.

— Я знаю. — Ее голос был нежным, как лепестки роз, лежавшие возле кровати.

— Я догадывался. — Иеремия улыбнулся и вытер слезы. — Прости меня... — Он вдруг застеснялся, но ему полегчало. Ах, Мэри-Эллен, добрая душа... — Бедный парень, ему придется нелегко.

— Он выдержит.

Кивнув, Иеремия посмотрел на Мэри-Эллен.

— Ты знаешь его?

Она покачала головой:

— Я встречала его в городе, но мы никогда не разговаривали. Говорят, он упрям как мул, и даже еще упрямее. Такие люди обычно не сдаются, что бы с ними ни случилось.

— Я так не думаю. По-моему, он просто очень молод, очень силен и если чего-то хочет, то хочет по-настоящему. — Иеремия улыбнулся. — Я бы не стал с ним работать, но восхищаюсь тем, чего он добился.

Мэри-Эллен пожала плечами. Она не слишком интересовалась Джоном Хартом. Иеремия Терстон интересовал ее гораздо больше.

— А я восхищаюсь тобой. — Она улыбнулась и придвинулась к нему поближе.

— Не знаю, за что. Я и есть тот самый старый мул, о котором ты только что говорила.

— Но ты мой мул, и я люблю тебя.

Ей нравилось говорить так. Эти слова заставляли Мэри поверить в себя. Пусть и Иеремия послушает... Мэри-Эллен понимала, что он никогда не принадлежал ей, однако раз в неделю она могла позволить себе помечтать, и это приносило ей удовлетворение. Выбирать не приходилось. Однажды Иеремия сделал ей предложение, но тогда она не захотела выходить замуж, а теперь было слишком поздно. Ему было достаточно встречаться с ней раз в неделю. Сейчас, когда Джейк умер и его возвращение никому не грозило, Мэри-Эллен с радостью вышла бы за Иеремию, однако она понимала, что повторного предложения не будет. Иеремия больше не хотел этого, и она давно распрощалась с надеждой. Она сделала глупость, не настояв на этом сразу. Но тогда оставалась надежда, что вернется Джейк... этот вечно пьяный сукин сын...

— О чем ты сейчас думала? — Иеремия внимательно посмотрел ей в лицо. — Похоже, ты сердишься.

Мэри-Эллен засмеялась, удивившись его проницательности. Впрочем, он всегда был чуток.

— Ничего особенного.

— Ты сердишься на меня?

Она быстро покачала головой и нежно улыбнулась. Иеремия редко давал ей повод к обидам. С Джейком все обстояло иначе. Боже, что за ублюдок! Пятнадцать лет жизни коту под хвост... Пять из них она ждала его возвращения, а Джейк тем временем завел себе другую женщину в Огайо. Об этом Мэри-Эллен узнала уже после его смерти, когда к ней заявилась эта девчонка. Она, оказывается, даже успела прижить от Джейка двух сыновей. Мэри-Эллен почувствовала себя дурой. Она долго сторонилась Иеремии, надеясь, что муж все-таки вернется... Муж... Смех, да и только...

— Я никогда не сержусь на тебя, дурачок. Ты не даешь мне повода.

Она говорила правду. Иеремия — прекрасный человек, он так добр к ней. Даже слишком. Он был щедр, вежлив, внимателен, но всегда держал ее на расстоянии, не оставляя надежд на будущее. Сегодня суббота, суббота через неделю — и так было целых семь лет. Нет, Мэри-Эллен не сердилась, только время от времени грустила и ждала, ждала, ждала...

— Мне скоро придется уехать. — Иеремия всегда предупреждал ее заранее, это было его правило. Внимательный, порядочный, заботливый.

— Куда на этот раз?

— На Юг. В Атланту. — Иеремия часто бывал в Нью-Йорке, а год назад ездил в Чарлстон, в штат Южная Каролина. Однако он никогда не брал ее с собой. Бизнес есть бизнес, а тут дело другое... —

Надолго не задержусь. Туда и обратно, да еще несколько дней на переговоры. Самое большее — две недели. — Иеремия ткнулся носом в шею Мэри-Эллен и поцеловал ее. — Будешь скучать по мне?

— А ты как думаешь? — От желания голос ее стал глуховатым, и они снова скользнули в постель.

— Думаю, я сошел с ума, решив куда-то ехать, вот что я думаю...

И Иеремия подтвердил свои слова делом. Он заключил Мэри-Эллен в объятия, заставив ее трепетать и громко кричать от наслаждения. Они всполошили бы всех соседей, не догадайся Иеремия заранее закрыть окна. Он хорошо знал эту женщину. Субботние ночи были в радость не только ему.

На следующее утро Иеремия чувствовал себя другим человеком, наблюдая за Мэри-Эллен, которая варила сосиски и яйца, жарила большой бифштекс и кукурузные лепешки на старой кухонной плите. Прошлой зимой он предлагал купить ей новую плиту, но она отказалась, заявив, что ни в чем не нуждается. Жадность не была ей свойственна, к вящей досаде матери, часто напоминавшей дочери, что Иеремия один из самых богатый людей в штате и что она самая большая дура, которая когда-либо жила на свете. Однако Мэри-Эллен не обращала на ее слова никакого внимания. Она получила все, что хотела... Почти все... По крайней мере раз в неделю. И это устраивало ее больше, чем семейная жизнь с каким-нибудь замухрышкой. Она ни на что не жаловалась и могла делать все, что хотела. Иеремия никогда не интересовался, чем она занимается в другие дни недели. У нее уже много лет не было других мужчин, но лишь потому, что она сама этого не желала. Если бы ей встретился человек с серьезными намерениями, она бы могла уйти к нему. Иеремия вел себя очень деликатно и ничего не требовал от нее.

— Когда ты едешь на Юг? — Она ела лепешку и смотрела ему в лицо. Чудесные голубые глаза Иеремии всегда заставляли ее таять.

— Через несколько дней. — Иеремия улыбнулся, ощущая новый прилив сил. Он хорошо выспался после того, как несколько часов занимался любовью. — Я сообщу сразу, как только вернусь.

— Если не встретишь в Атланте девушку своей мечты.

— С чего бы это? — рассмеялся Иеремия, поднося к губам чашку с кофе. — Как ты можешь говорить такое после нашей ночи?

Мэри-Эллен довольно улыбнулась:

— Откуда нам знать, когда это случится?

— Не болтай чепухи. — Иеремия наклонился и поцеловал ее в кончик носа. Когда она подалась ему навстречу, Терстон увидел соблазнительную ложбинку. Мэри-Эллен надела розовый атласный халат, который Иеремия привез из своей последней поездки в Европу. Тогда ему удалось побывать во Франции, славящейся виноградниками. Рука Иеремии скользнула в вырез халата, и он ощутил ладонью тепло ее груди. По телу Иеремии пробежала невольная дрожь. Отставив чашку в сторону, он обошел стол. — Что ты сказала, Мэри-Эллен? — хрипло прошептал Терстон, взял ее на руки и стал подниматься по лестнице со своей драгоценной ношей.

— Я сказала... Не уезжай...

Поцелуй заставил ее замолчать. Иеремия опустил Мэри-Эллен на кровать, без усилий снял халат, обнажив плоть, столь нежную, что трудно было понять, где кончалась атласная ткань и начиналась гладкая шелковистая кожа. Иеремия прижался к Мэри всем телом и вновь овладел ею. Они еще раз испытали наслаждение, которое продолжалось не только до вечера, но и тогда, когда Иеремия наконец отправился домой, усталый, счастливый и сытый. Мэри-Эллен Браун сослужила ему хорошую службу, и он уже не вспоминал о тоске предыдущей ночи, когда ставил коня в стойло Сент-Элены. Он вошел в дом и собрал остатки сил, чтобы снять одежду. Раздевшись, Иеремия все еще ощущал аромат розового масла, пропитавший его тело. Он улыбнулся и отправился спать, думая о Мэри-Эллен.

Глава 3

— Смотри веди себя хорошо. — Ханна строго посмотрела на него, погрозив пальцем, словно мальчишке.

Иеремия рассмеялся:

— Ты говоришь прямо как Мэри-Эллен.

— Потому что мы обе знаем тебя как облупленного.

— Ладно, я постараюсь! — Он шутя ущипнул Ханну за щеку. Иеремия выглядел усталым. Неделя выдалась нелегкой, и Ханна знала об этом. Он присутствовал на похоронах жены Джона Харта и его двоих детей. На шахтах Терстона несколько человек тоже заболели гриппом, но пока ни один из них не умер. Иеремия требовал, чтобы люди обращались к врачу при первых признаках недомогания. Он предпочел бы отложить поездку на Юг, однако у него не оставалось выхода. Орвиль Бошан настаивал на его приезде. В ответ на телеграмму Иеремии он сообщил, что Терстону нужно заключить эту сделку лично. Иеремия чуть было не послал его ко всем чертям, ему захотелось передать предложение Бошана Джону Харту, но тот сейчас не мог и слышать о делах, тем более о поездке на Юг, поэтому Иеремия решил взять все в свои руки и отправиться в Атланту. И все же этот бизнесмен из Джорджии по-прежнему вызывал у Иеремии какое-то непонятное чувство, несмотря на выгодные условия сделки.

Иеремия наклонился, поцеловал Ханну в макушку и вышел, окинув взглядом уютную кухню. В одной руке он держал кожаный саквояж, а в другой — потертый портфель. Крепко зажав в зубах нещадно дымящую сигару, он посматривал по сторонам. Большая черная шляпа, низко надвинутая на глаза, придавала ему зловещий вид. Иеремия быстрыми шагами подошел к ожидавшей его коляске, забросил в нее вещи и вскочил на козлы. Усевшись рядом с мальчиком, правившим лошадью, Терстон отобрал у него вожжи.

— Доброе утро, сэр.

— Здравствуй, сынок. — Иеремия выпустил огромный клуб дыма и подстегнул лошадей, тут же побежавших мерной красивой рысью. Сидя на козлах, Терстон молча обдумывал сделку, которую предстояло заключить в Атланте. А мальчик тем временем с безмолвным восхищением разглядывал хозяина: его прищуренные глаза с глубокими складками вокруг, лоб, изборожденный морщинами от размышлений, элегантную шляпу, широкие плечи, большие руки и подчеркнуто аккуратную одежду. Мальчику казалось, что Иеремия чересчур чистенький, однако он знал, что Терстон начинал простым рудокопом. Он с трудом представлял, как такой мощный, огромный человек протискивался в узкие штреки. Он казался мальчишке настоящим гигантом.

Они успели проехать полдороги до Напы, когда Иеремия обернулся и с улыбкой спросил:

— Сколько тебе лет, сынок?

— Четырнадцать... — Мальчику нравилось просто сидеть рядом с Терстоном. Он с наслаждением вдыхал терпкий дым сигары, запах которой, как ему казалось, подчеркивал мужественность человека. — Будет в мае.

— Не трудно тебе работать на приисках?

— Трудно, сэр. — Голос мальчика слегка дрожал. Впрочем, Иеремию не слишком интересовала жизнь этого паренька. Просто он вспомнил самого себя в четырнадцатилетнем возрасте.

— В твои годы я тоже работал на руднике. Это нелегкий труд для мальчишки... Да для кого угодно. Тебе нравится твоя работа?

Мальчик долго молчал, а потом вдруг решил ответить честно. Он доверял этому сильному и доброму человеку с сигарой.

— Нет, сэр, не нравится. Она слишком грязная. Я хочу заняться чем-нибудь другим, когда вырасту.

— Чем, например? — Иеремия с любопытством посмотрел на мальчишку. Ему понравилась его откровенность.

— Чем-нибудь почище. Может, буду работать в банке. Отец говорит, что это занятие для слабаков, но мне оно, наверное, подойдет. Я люблю арифметику и считаю в уме быстрее, чем другие на бумаге.

— Правда? — Иеремия старался сохранять серьезное выражение лица, но в глазах таилась смешинка. Целеустремленность мальчишки внезапно тронула его. — А ты не смог бы помогать мне по субботам?

— Помогать вам? — Мальчик не верил своим ушам. — Да, конечно, сэр!

— В субботу я работаю до обеда, потому что в конторе тихо и мне никто не мешает. Когда я вернусь, приходи ко мне в первую же субботу утром. Ты будешь помогать разбираться с бухгалтерией. Я считаю медленнее тебя. — Иеремия засмеялся. Черные глаза мальчишки вдруг расширились до размеров двадцатипятицентовой монеты. — Что ты на это скажешь?

— Отлично!.. Здорово!.. — Мальчик затрясся от радости, однако тут же взял себя в руки, вспомнив, что мужчине не положено проявлять свои чувства. Это показалось Иеремии занятным. Мальчишка ему понравился. Он вообще любил детей, и они любили его. Погоняя лошадей, он невольно вспомнил о детях Мэри-Эллен. Они казались ему очень милыми и неплохо воспитанными. Иеремия понимал, что на плечах Мэри-Эллен лежит немало забот, но она никогда не позволяла помогать ей. Честно говоря, он ничего не сделал для ее детей. Иеремия встречался с ними только иногда, на каком-нибудь пикнике в воскресенье. Его не было рядом с Мэри-Эллен, когда той приходилось ухаживать за больными детьми или когда она раздавала им шлепки за шалости в школе. Он видел их только по воскресеньям, и то не слишком часто. Иеремия старался понять, не допустил ли он ошибку, однако сама Мэри-Эллен, похоже, не ждала от него никакой помощи. Она не требовала больше того, что получала: два дня в маленьком домике в Калистоге. Слияние тел и ни с чем не сравнимое наслаждение... Иеремия вдруг спохватился и тревожно посмотрел на мальчика, словно тот мог прочитать его мысли.

— Сынок, тебе нравятся девочки? — Он не помнил, как звали мальчика, но не хотел спрашивать его об этом. Достаточно и того, что он хорошо знал отца ребенка, одного из самых надежных рабочих на его рудниках. Кажется, у него было еще девятеро, большей частью девочки. Этот паренек работал на прииске вместе с тремя старшими братьями.

Прежде чем ответить на вопрос, мальчишка пожал плечами:

— Они слишком глупые. У меня семь сестер, и почти все они круглые дуры.

Этот ответ заставил Иеремию рассмеяться.

— Не все женщины глупы. Поверь, малыш, таких гораздо меньше, чем нам кажется. Гораздо меньше! — Продолжая хохотать, он затянулся сигарой. Ни Ханну, ни Мэри-Эллен, ни большинство других женщин, которых он знал, никак нельзя было назвать глупыми. Наоборот, все они были настолько хитры, что умели скрывать свой ум от окружающих. Иеремии нравилась эта черта женского характера — притворная беззащитность и простота, под которыми скрывался острый как бритва ум. Эта игра развлекала его. И тут Иеремия внезапно понял, почему он не захотел жениться на Мэри-

Эллен. Она не играла. Она была прямой, откровенной, любящей и чертовски сексуальной, но в ней не было тайны. Он всегда точно знал, чего хочет от этой красавицы, а остальное его не волновало... Ему не приходилось ломать голову над ее загадками, открывать для себя что-то новое, под кружевами ее нарядов не скрывалось никаких маленьких тайн, которые так привлекали Иеремию. В последние годы ему стали все больше нравиться сложности, и однажды он подумал, не признак ли это подкрадывающейся старости. Мысль показалась Иеремии забавной. Он посмотрел на мальчика с многозначительной улыбкой. — На свете нет ничего лучше красивой женщины, парень. — Он опять засмеялся. — Разве что цветущий луг на склоне холма. — Иеремия бросил взгляд на один из таких холмов неподалеку от дороги, и у него защемило сердце. Очень не хотелось уезжать отсюда. Ему будет не хватать этих мест, он будет тосковать, пока не вернется обратно. — Ты любишь эту землю, сынок?

Похоже, вопрос не произвел на мальчика должного впечатления. Он не понял, что имел в виду Иеремия, и решил на всякий случай промолчать. Он и так вел себя сегодня слишком дерзко и теперь боялся, как бы мистер Терстон не передумал насчет помощи по субботам.

— Да.

Но по его ничего не выражающему тону Иеремия догадался, что мальчик не понял, о чем идет речь. Земля... почва... Иеремия до сих пор помнил, как в детстве его охватывала дрожь, когда он зачерпывал горсть бурозема и сжимал ее в кулаке.

«Это твое, сынок... Все твое... Так что всегда относись к этому бережно...» В ушах Иеремии звучал голос отца. Он начинал с малого. Став продолжателем его дела, Иеремия расширял и улучшал то, что досталось в наследство, пока не сделался владельцем обширных земель в любимой долине. С этим чувством нужно родиться, его нельзя приобрести. Иеремию удивляло, почему то, что он сам давно знал, оставалось неизвестным большинству людей. Они никогда не понимали его страсти к «куче грязи», как однажды выразился кто-то из них. Им никогда этого не понять. Так же, как и сидящему рядом мальчишке. Однако Иеремия не огорчался. Когда-нибудь мальчик получит место в банке и будет до конца дней с удовольствием возиться с бумагами и цифрами. В этом нет ничего странного. Но если бы Иеремия мог жить так, как ему хотелось, он бы до самой смерти копался в земле, бродил по виноградникам и работал на собственных рудниках, возвращаясь по вечерам домой смертельно усталым, но безмерно довольным. Коммерческая сторона дела интересовала его куда меньше, чем красота природы и необходимый для ее поддержания физический труд.

К полудню они наконец добрались до Напы, оставив позади сначала пригородные фермы, а потом уютные особняки на улицах Пайн и Кумбс с аккуратными газонами и тщательно подстриженными деревьями, мало чем отличавшиеся от дома Иеремии в Сент-Элене. Разница заключалась только в том, что в нежилом и запущенном доме Терстона обитал холостяк, и это сразу чувствовалось, несмотря на все старания Ханны. Тут Иеремия проводил время, ночевал, однако земли и рудники значили для него гораздо больше. Да, это бросалось в глаза. Рука Ханны чувствовалась только на уютной кухне и в огороде, в то время как здесь, в домах Напы, распоряжались хлопотливые хозяйки, заботившиеся о том, чтобы кружевные занавески на окнах всегда оставались чистыми, чтобы сад наполняли цветы и чтобы на верхних этажах всегда было полно детей. Особняки выглядели красиво, и Иеремия всегда с удовольствием разглядывал их, проезжая мимо. Он знал многих из живущих в них людей, а они знали его, однако в отличие от обитателей Напы Терстон чувствовал себя скорее сельским жителем, чем городским, которого дела интересуют гораздо больше светских событий.

Прежде чем сесть на пароход, Иеремия заехал в банк на Первой улице, чтобы снять со счета деньги, необходимые для поездки в Атланту. Мальчик ждал его у входа, сидя в коляске. Через несколько минут Иеремия вышел с довольным выражением на лице и посмотрел на карманные часы. До отправления парохода на Сан-Франциско оставалось мало времени, и мальчик вовсю нахлестывал лошадей, стараясь угодить хозяину, который просматривал на ходу какие-то бумаги. Они подъехали к причалу как раз вовремя. Иеремия спрыгнул и взял у мальчика вещи, улыбнувшись на прощание.

— Я буду ждать тебя в первую субботу после того, как вернусь. Приходи в контору в девять утра. — И тут он наконец вспомнил, что мальчишку зовут Дэнни. — До свидания, Дэнни. Смотри будь осторожен, пока я не приеду. — Иеремия невольно вспомнил о Барнаби Харте, умершем от гриппа, и почувствовал, как к горлу подкатился комок. А мальчик тем временем с радостной улыбкой смотрел, как Терстон поднялся на палубу парохода, уходящего в Сан-Франциско. Иеремия прошел в отдельную каюту, которую всегда бронировал для поездок, и, устроившись за столиком, достал из портфеля стопку бумаг. За пять часов пути до Сан-Франциско Иеремия собирался как следует поработать. «Зинфандел» был очень красив, и Дэнни, не отрываясь, смотрел на мелькающие плицы отходившего от причала парохода.

В обед Иеремия вышел из каюты и в одиночестве расположился за столом. Из противоположного конца зала на него несколько раз посмотрела женщина, путешествовавшая вместе с нянькой и четырьмя детьми. Однако он, похоже, совсем не обращал на нее внимания. Прежде чем выйти из столовой, матрона наградила его презрительным и высокомерным взглядом, недоумевая, почему этот статный великан остался к ней совершенно равнодушным. Вскоре Иеремия поднялся на палубу и закурил сигару, глядя на городские огни. Пароход приближался к порту Сан-Франциско. Сегодня Терстон вспоминал Мэри-Эллен чаще, чем обычно. Этим вечером Иеремия чувствовал себя непривычно одиноко. Когда «Зинфандел» пришвартовался, Терстон нанял экипаж, чтобы ехать в гостиницу «Палас», где всегда останавливался в одном и том же номере. Иногда он посещал здесь пользующийся дурной славой дом, в котором ему понравилась одна из женщин. Однако сегодня Иеремия не испытывал такого желания. Вместо этого он остался у себя в номере, глядя из окна на город и размышляя о прожитых годах. Меланхолия овладела им еще в ту ночь, когда ему пришлось остаться с Джоном Хартом, и он никак не мог избавиться от нее даже сейчас, вдали от Напы с ее красотами и печалями.

Гостиницу построили одиннадцать лет назад, и ее постояльцы могли рассчитывать на все мыслимые и немыслимые удобства. Наконец, не в силах заснуть, Иеремия решил прогуляться по вестибюлю. Там было множество богато одетых людей, на женщинах сверкали драгоценности... Постояльцы возвращались со званых обедов, из театров и с вечерних приемов. Атмосфера внизу казалась почти праздничной, и Иеремия вышел из гостиницы, чтобы немного пройтись по Маркет-стрит, а потом вновь вернуться в отель. На завтра он назначил несколько деловых встреч, а вечером ему предстояло сесть на поезд. Иеремия не испытывал никакой радости от мысли о том, что ему придется провести несколько дней в тесном вагоне. Поезда всегда действовали на него угнетающе. Прежде чем заснуть, он сладострастно улыбнулся. Почему ему ни разу не приходило в голову взять с собой Мэри-Эллен? Однако сама мысль об этом показалась ему нелепой... Мэри-Эллен не имела никакого отношения к этой части его бытия... Впрочем, как и любая другая женщина... Бизнес — его личное дело, которое никого не касается. Как и частная жизнь... Что, разве не так? Иеремия заснул, так и не сумев ответить на этот вопрос, а утром уже не вспоминал о нем, ощущая только какую-то непонятную тоску. Иеремия вызвал коридорного и заказал завтрак. Через полчаса завтрак доставили в номер на большом серебряном подносе, а заодно принесли отданный в глажку сюртук и безупречно начищенные туфли. Да, без сомнения, «Палас» действительно был лучшим отелем в стране. Иеремия знал, что в Атланте не увидит ничего подобного, однако это его не слишком заботило. Сейчас он со страхом думал о шестидневном путешествии в Джорджию по железной дороге.

Поскольку в поезде не было отдельных купе, Иеремия забронировал сразу целый вагон с небольшим буфетом в углу, столом, за которым он мог работать в пути, и откидной кроватью. В поезде он всегда чувствовал себя, словно зверь в клетке. Единственное преимущество заключалось в том, что в дороге будут все условия для работы, потому что его никто не станет беспокоить в течение целых шести дней. Шутка ли, пересечь почти всю страну...

На следующий день, уже основательно измотанный поездом, он вышел на станции Элко в штате Невада и направился в ресторан, чтобы проглотить несъедобный ленч, состоявший исключительно из жареной снеди. Здесь ему на глаза попалась поразительно привлекательная женщина. Миниатюрная и изящная, с такими же иссиня-черными волосами, как и у него, она выглядела лет на тридцать пять. У нее были глаза неправдоподобно фиалкового цвета и молочно-белая кожа. Иеремия обратил внимание на ее великолепное бархатное платье, которое могли сшить только в Париже. Он не отрываясь смотрел на незнакомку во время ленча и не мог удержаться, чтобы не завести разговор, когда они вместе второпях выходили из ресторана, боясь опоздать на поезд. Иеремия распахнул дверь, пропуская женщину вперед, а она улыбнулась и вдруг густо покраснела. Это показалось Терстону очаровательным.

— Утомительное путешествие, правда? — заметил он, когда они поспешили к составу.

— Просто ужасное, — засмеялась женщина.

По ее выговору Иеремия понял, что перед ним англичанка. На левой руке у нее блестело кольцо с большим сапфиром изящной огранки, однако обручального кольца Терстон так и не заметил. Это показалось Иеремии настолько интригующим, что во второй половине дня он прошел весь поезд из конца в конец, пока не увидел ее в пульмановском вагоне сидящей за чашкой чая с книгой в руках. Она с удивлением подняла на него глаза, и Иеремия улыбнулся ей с высоты своего роста. Вдруг его обуяла застенчивость. Что ей сказать? С первой минуты он принялся думать о ней и не мог избавиться от этих мыслей, что случалось с ним крайне редко. В ее облике было что-то притягательное и волнующее. Оказавшись рядом, Иеремия ощутил это с необыкновенной силой. Неожиданно женщина кивком указала ему на свободное сиденье рядом.

— Может, присядете?

— А вы не передумаете?

— Ни в коем случае.

Иеремия уселся напротив, и они представились друг другу. Женщину звали Амелия Гудхарт. Иеремия скоро узнал, что она овдовела более пяти лет назад, а сейчас ехала на Юг навестить дочь и взглянуть на недавно родившегося второго внука. Ее первый внук появился на свет в Сан-Франциско тоже всего несколько недель назад. Сама Амелия Гудхарт жила в Нью-Йорке.

— Вас разбросало по всей стране, — улыбнулся Иеремия, любуясь ее усмешкой и необыкновенными глазами.

— Боюсь, даже слишком. Две мои старшие дочери вышли замуж в прошлом году, а остальные трое детей пока живут со мной.

Ей было сорок лет, но Иеремия редко встречал таких красивых женщин. Он не сводил с нее глаз, а поезд все мчался и мчался вперед. Ближе к обеду он наконец собрался с силами, чтобы уйти, и неожиданно предложил Амелии пообедать вместе. Поезд остановился на очередной станции. Они вышли из вагона, держась за руки. Иеремия вдруг почувствовал, как у него в душе что-то дрогнуло от ее близости. Рядом шла именно та женщина, которую хотелось защищать, охранять от всех бед и в то же время гордиться ею: «Смотрите, она моя!» Нельзя было представить ее одинокой хотя бы на час. Она была весела, добра и обладала умом, острым как бритва. Во время разговора с ней Иеремия чувствовал себя школьником, готовым пасть у ее ног. Он тут же увлекся ею и после обеда пригласил к себе в вагон на чашку чая. Амелия с теплотой и нежностью рассказывала о покойном муже. Она призналась Иеремии, что целиком и полностью зависела от своего супруга, а теперь наконец впервые попробовала отправиться в поездку одна, чтобы навестить двух старших дочерей. Иеремия и так понял, что это было ее первое самостоятельное путешествие. Его только удивляло, почему она не пыталась сделать это раньше. Маленькие неудобства в пути, похоже, нисколько ее не беспокоили. Она казалась образцом совершенства. Глядя на Амелию, Иеремия все больше убеждался, что никогда не встречал женщины прекраснее.

Впервые за много лет нашелся человек, сумевший заставить его забыть о Мэри-Эллен Браун. Какими они были разными! Одна — простая, преданная, закаленная жизнью и сильная, а другая — более утонченная, элегантная и воспитанная, но тем не менее, возможно, в чем-то более сильная, чем Мэри-Эллен. Иеремию неодолимо влекло к обеим, но сейчас он сосредоточился на Амелии. В разговоре она заметила, что взяла с собой в дорогу только служанку. Ее старшая кузина, собиравшаяся сопровождать ее в пути, заболела перед самым отъездом, и Амелия решила ехать одна. Ей хотелось повидаться с дочерьми.

— Честно говоря, мне вообще незачем было брать с собой еще одну женщину. Сестра Маргарет вряд ли сумела бы обо мне позаботиться.

Эта мысль развеселила Амелию, и Иеремия улыбнулся в ответ. Во взгляде ее фиалковых глаз читалась ранимость, и Терстону вдруг нестерпимо захотелось обнять ее, но он не осмелился. Они говорили о Европе, о Напе, о его винах и детских годах, о ее детях и о его работе. Иеремия с удовольствием просидел бы до утра, разговаривая с ней, однако после полуночи он заметил, что Амелии с трудом удается сдерживать зевоту. Они провели вмести почти восемь часов, но ему все равно не хотелось расставаться.

— С вами точно ничего не случилось? — В его голосе слышалась тревога, и Амелия улыбнулась.

— Думаю, что нет. — А потом добавила с новой, еще более теплой улыбкой: — Я чудесно провела время. Большое спасибо. — Амелия подала на прощание руку, и Иеремия внезапно вновь ощутил запах ее духов. Этот аромат стоял теперь в его вагоне, и Иеремия вновь почувствовал его, когда вернулся. Он показался Терстону экзотическим, острым, создававшим ощущение свежести и в то же время безумно чувственным. Этот запах настолько сочетался с ее внешностью, что Терстон, томившийся от одиночества в своем вагоне, не мог отделаться от мысли, что она никуда не уходила. И ему очень хотелось, чтобы это действительно произошло и продолжалось всю бесконечную дорогу.

Казалось, ночи не будет конца. Иеремия с нетерпением ждал, когда же наступит утро, неотступно думая о прекрасной женщине, спящей в одном с ним поезде. Он уже давно не испытывал ни к кому такой тяги, поэтому торопливо вышел на первой же остановке в надежде увидеть ее, прогуливающуюся по перрону на свежем утреннем воздухе. Однако ему встретились только несколько служанок с собачками и пара одиноких мужчин, решивших немного размять ноги. Амелии нигде не было. Иеремия вернулся к себе в вагон, расстроенный, словно ребенок. Наконец днем, решив снова пройти через весь состав, он опять увидел ее с книгой на коленях и чашкой чая в руках.

— Вот вы где! — воскликнул Иеремия так, будто нашел пропавшего малыша, и Амелия широко улыбнулась в ответ:

— Разве я потерялась?

Он с любовью ловил взгляд женщины, смотря на нее сверху вниз.

— Это я вас потерял и ищу с самого утра.

— Я никуда не уходила.

Иеремии не терпелось остаться с Амелией наедине, и он поспешил пригласить ее в свой вагон. Женщина без колебаний согласилась и отправилась вместе с ним. Иеремия невольно подумал, не ставит ли он ее в неловкое положение. Он был холост, а люди могли не знать, кто едет с ним в поезде... Его редко беспокоили такие вещи, но причинять Амелии неприятности было ни к чему.

— Не говорите глупостей, Иеремия. Я ведь не девочка.

Амелия рассеяла его тревогу одним взмахом изящной руки, и Терстон заметил, что сегодня она надела кольцо с великолепным изумрудом. Он удивился, как Амелия не боялась носить украшения в поезде, но сама она, казалось, не проявляла ни малейшего беспокойства на этот счет. Ее сейчас занимали куда более приятные мысли, чем россказни о ворах, охотящихся за драгоценностями, или страхи, обычно свойственные другим женщинам. К концу второго дня их совместной поездки Иеремия не скрывал своего восхищения. Он жалел, что не встретил Амелию несколько лет назад, и сказал ей об этом. Она была тронута и ласково посмотрела ему в лицо.

— Как это мило...

— Я обдумал каждое слово. Я еще не встречал никого, похожего на вас... Такого живого, как вы, Амелия. — Иеремия нежно заглянул ей в глаза. — Ваш муж был счастливчиком.

— Это я была счастливицей. — Ее голос был ласковым, как летний ветерок, и Иеремия протянул ей руку. Они молча сидели рядом, не обращая внимания на сменявшиеся за окном пейзажи и глядя в глаза друг другу. Окружающий мир просто перестал существовать.

— Вам никогда не хотелось снова выйти замуж?

Амелия покачала головой и слегка улыбнулась:

— Честно говоря, нет. Я живу сама по себе. У меня есть дети, которые приносят радость, не позволяют сидеть без дела и наполняют мое существование смыслом... Дом... Друзья...

— Но этого мало.

Они вновь обменялись улыбками, и Иеремия осторожно дотронулся до ее руки. У Амелии были поразительно красивые кисти. Неудивительно, что муж дарил ей такие великолепные кольца. Они необыкновенно шли ей, так же как и дорогие наряды. Глядя на нее, Иеремия внезапно задумался над тем, что было бы, если бы он женился на ней. Впрочем, что делать Амелии в Напе? Целый день ждать его возвращения с рудников?

— О чем вы только что думали? — Амелию заворожил его необыкновенно глубокий и грустный взгляд.

— О Напе... О моих приисках... Попробовал представить вас там.

Казалось, его слова ошеломили Амелию, но вскоре она пришла в себя и улыбнулась:

— Наверное, там интересно. Совсем не такая жизнь, как в Нью-Йорке. — Она не могла представить себе ничего подобного. — Там, где вы живете, есть индейцы?

Иеремия рассмеялся:

— Немного есть. Но они давно стали мирными и не слишком отличаются от всех остальных.

— Они не кричат и не швыряют томагавки?

На лице Амелии появилось выражение разочарования. Иеремия покачал головой и вновь рассмеялся:

— Боюсь, что нет...

— Ах, какая досада!

— Мы найдем другие развлечения.

— Какие?

Иеремии тут же вспомнились субботние ночи в Калистоге, но он заставил себя думать о других вещах.

— От нас до Сан-Франциско всего семь-восемь часов.

— И вы часто там бываете?

Иеремия покачал головой:

— Честно говоря, нет. Я встаю в пять утра, завтракаю в шесть, потом уезжаю на прииски и возвращаюсь, когда садится солнце. А иногда и гораздо позже. По субботам я тоже работаю, — Иеремия сделал короткую паузу, — а по воскресеньям стучу ногами от нетерпения, дожидаясь момента, когда опять смогу вернуться на рудник.

— По-моему, вам там очень одиноко, Иеремия. — Теперь загрустила Амелия, и это тронуло его сердце. С какой стати ей было переживать из-за того, что он трудится до седьмого пота и страдает от одиночества? — Почему вы так и не женились? — Казалось, она искренне огорчена.

— Наверное, потому, что я слишком занят. Я чуть не женился, но это было почти двадцать лет назад. — Он улыбнулся, стараясь выглядеть беззаботным. — Наверное, так на роду было написано.

— Ерунда! Никто не должен стареть в одиночестве. — Но именно это она и делала, иначе давно бы снова вышла замуж.

— Ну, если уж мы заговорили об этом... Неужели люди женятся, только чтобы не остаться одинокими под старость?

— Конечно, нет. Близость. Дружба. Любовь... Чтобы было с кем посмеяться, поговорить, разделить боль и горести, чтобы было кого баловать и любить, к концу дня спешить домой и с кем выбежать из дома, радуясь первому снегу... — Сказав так, Амелия вспомнила взгляд дочери, беззаветно любящей мужа и новорожденного сына, и снова подняла глаза на Иеремию. — По-моему, вы вряд ли до конца понимаете, о чем я сейчас говорю, но вы упустили очень многое. Дети стали для меня величайшей радостью в жизни, и вам еще не поздно сделать то же. Иеремия, не будьте глупцом. На свете найдется тысяча женщин, готовых связать с вами судьбу. Выберите себе одну, женитесь на ней, и пусть у вас родится целая куча детей, пока не поздно. Не обездоливайте себя...

Иеремия удивился горячности тона Амелии, и ее слова запали ему в душу.

— Вы заставили меня всерьез задуматься о своей прежней жизни. — Улыбнувшись, Иеремия сел напротив Амелии на обитую темно-зеленым бархатом скамью. — Может быть, вам удастся спасти меня от самого себя, выйдя за меня замуж на ближайшей станции? Как вы думаете, что бы сказали об этом ваши дети?

Амелия рассмеялась, но ее взгляд по-прежнему оставался добрым. Наконец она ответила:

— Они бы подумали, что я окончательно рехнулась, и были бы совершенно правы.

— В самом деле? — Иеремия не отрываясь смотрел ей в глаза.

— В самом деле.

— Неужели это действительно похоже на безумие?.. Если мы с вами...

Амелия почувствовала странный холодок, пробежавший по спине. Взгляд спутника был вполне серьезным. Это не было игрой. Случайное вагонное знакомство... Да, ее тянет к Иеремии, но она еще не выжила из ума. У нее своя жизнь, дом в Нью-Йорке, трое детей на руках, две взрослые дочери и два зятя. Со всем этим приходилось считаться.

— Иеремия, не шутите, пожалуйста, такими вещами. — Ее голос был мягким, как шелк, и нежным, как прикосновение губ к щеке ребенка. — Вы мне очень нравитесь. Я хочу, чтобы мы остались друзьями даже тогда, когда сойдем с поезда.

— Я тоже. Выходите за меня замуж.

Он ни разу в жизни не говорил ничего глупее. Но то, что он собирался сделать, было бы во сто крат глупее. Впрочем, Иеремия и сам это понимал.

— Я не могу. — Амелия вдруг побледнела, потом вспыхнула и побледнела снова.

— Почему? — Иеремия говорил серьезно, и это все испортило. Амелия боялась смотреть ему в глаза.

— Ради Бога, я воспитываю троих детей. — Отговорка была слабая, но Амелия не могла придумать ничего другого.

— Ну и что? Мы возьмем их в Сент-Элену. Там тоже воспитывают детей. Это вполне приличное место, несмотря на индейцев. — Иеремия улыбнулся. — Мы построим им школу.

— Иеремия! Прекратите! — Амелия вскочила с места. — Прекратите, это безумие! Вы мне нравитесь, вы самый необычный, самый интересный и привлекательный мужчина, которого я когда-либо встречала. Но мы едва знакомы. Вы совсем не знаете меня, а я вас. А вдруг я пьяница или полусумасшедшая? Вдруг я убила собственного мужа? — В глазах Амелии появилась слабая улыбка, и Иеремия протянул ей руку. Амелия тут же поднесла ее к губам и поцеловала. — Милый, будьте добры, не дразните меня. Иеремия, следующей весной мне исполнится сорок один год. Я слишком стара для таких игр. Я вышла замуж в семнадцать лет, и мы счастливо прожили вместе целых восемнадцать. Но я уже не девочка, и у меня больше не будет детей... Я уже бабушка... Я давно вышла из того возраста, чтобы очертя голову бежать с вами в Калифорнию. Я бы с удовольствием так поступила, это было бы ужасно смешно, но только здесь и только сейчас... Через несколько дней вы приедете в Атланту, а я — в Саванну, посмотреть на второго внука. Мы должны держать себя в руках, чтобы никому из нас потом не было плохо, и я совсем не хочу, чтобы было плохо вам. Знаете, чего я вам желаю? Прекрасную девушку в жены, дюжину детей и любви — такой же, какая двадцать лет была у меня. Я испытала ее, а вы —

нет, и я надеюсь, что скоро вы ее найдете. — Глаза Амелии наполнились слезами, и она отвернулась. Иеремия шагнул к ней, не говоря ни слова, заключил Амелию в объятия, крепко прижал к себе и нашел ее губы. Она и не пыталась сопротивляться. Амелия ответила ему со всей долго сдерживаемой страстью. Наконец они оба опустились на скамью, едва дыша.

— Вы сумасшедший, Иеремия. — Похоже, она ничего не имела против, и Терстон только улыбнулся в ответ.

— Нет. Что угодно, но только не это. — Иеремия снова пристально посмотрел Амелии в глаза. — Вы самая поразительная женщина, которую я когда-либо встречал. Надеюсь, вы это знаете. Это не слепое увлечение, не каприз. За сорок три года я делал предложение только двум женщинам. И я бы женился на вас на ближайшей станции, если бы вы согласились. Знаете что? Мы бы счастливо прожили остаток жизни. Я в этом уверен так же, как в том, что сижу здесь.

«Самое смешное, что он абсолютно прав», — подумала Амелия, а вслух произнесла:

— Может, да, а может, и нет. Но я думаю, лучше не искушать судьбу.

— Почему?

— Наверное, я не такая смелая, как вы. Я бы предпочла остаться друзьями.

Однако после того как Амелия только что пылко поцеловала его, Иеремия сомневался в искренности ее слов. Стараясь ослабить вновь возникшую напряженность, он поднялся и направился к отделанному орехом буфету, чтобы достать оттуда бутылку лучшего вина со своих виноградников.

— Хотите выпить? Я захватил с собой немного собственного вина.

— С удовольствием, Иеремия.

Терстон откупорил бутылку и наполнил два бокала великолепным выдержанным красным вином. Он вдохнул в себя аромат и с довольным видом протянул бокал спутнице.

— Здесь никто не увидит, что вы выпиваете.

Амелия и не стала бы пить в другом месте, но внезапно почувствовала жажду. Сделав первый глоток, она несказанно удивилась. Вино было прекрасное. Ему опять удалось произвести на нее впечатление. Поставив бокал на стол, Амелия грустно посмотрела на Иеремию:

— Я жалею о том, что вы мне так понравились.

— А я о том, что не понравился вам еще больше.

Они оба рассмеялись, а на следующей станции сошли с поезда вдвоем, чтобы успеть пообедать до его отправления. Здесь они купили огромную корзину фруктов. У Иеремии со вчерашнего дня осталось немного сыра, и они ели фрукты и сыр, запивая это вином. Пир затянулся до поздней ночи. Они спорили о нынешнем состоянии человеческой расы и, постепенно пьянея, от души смеялись. Каждый из них догадывался, что приобрел закадычного друга. Иеремия до сих пор не встречал женщины мудрее Амелии, и все последующие дни он упивался каждым ее словом. Впрочем, это не помешало им прикончить запасы вина. Они вместе ели, играли в карты, смеялись, шутили, делились тайнами, в которых раньше не осмеливались признаться, и, когда наконец добрались до Атланты, Иеремия убедился, что его чувство к Амелии не назовешь ни увлечением, ни флиртом. Он был от нее без ума, влюбился по уши и в то же время сознавал, что Амелия ни за что не согласится выйти за него замуж, и даже догадывался почему. В глубине души она все еще любила мужа. Скорее всего это чувство никогда не оставит ее. Она твердила, что Иеремии нужна молодая жена и собственные дети. Он рассказал Амелии о Джоне Харте и его умерших детях и признался, что боится риска.

— Я не выдержу смерти собственного ребенка, Амелия, я уже потерял любимую женщину, и с меня достаточно... — Он сказал это поздно ночью, когда они наполовину опустошили вторую бутылку вина.

Амелия покачала головой:

— Нельзя жить в постоянном страхе. Вы должны рискнуть. Сами знаете...

— Не старайтесь казаться бессердечной... — Перед мысленным взором Иеремии вновь возникло лицо Барнаби Харта, и он закрыл глаза. — Я бы не смог вынести такое.

Амелия сжала его руку:

— Вы должны. Не упускайте свой шанс. У вас впереди целая жизнь... Сделайте это. Черт побери, не позволяйте ей пройти впустую! Я бы не позволила вам этого. Найдите хорошую девушку, ищите ее специально, если это понадобится, но возьмите от жизни то, что хотите... что вам нужно... чего вы достойны.

— О чем вы? — Едва ли Иеремия знал, что именно ему нужно.

— О девушке с изюминкой... страстью... любовью в крови... настолько живой, что вам придется ее связать, чтобы удержать рядом.

Иеремия засмеялся:

— Портрет похож на вас. Может, мне следует поступить так с вами?

— Лучше не надо, Иеремия Терстон. Но теперь вы знаете, что я имею в виду: маленькую шаровую молнию, которая вас согреет, сделает счастливым и веселым.

— Хорошенького счастья вы мне желаете! — Однако про себя Иеремия отметил, что эта мысль ему по душе. — И где же отыскать такую девушку?

— Там, где она есть. Как бы ни было трудно, нужно искать. А может быть, она сама свалится вам в объятия.

— Ничего подобного мне пока не попадалось. По крайней мере до того, как я сел в этот поезд. — Он многозначительно посмотрел ей в глаза, и Амелия рассмеялась. По сути дела, она чуть не позволила себе по уши влюбиться. Не следовало этого делать. У нее было слишком много забот, да и Иеремия заслуживал гораздо большего.

— Не забывайте моих слов! — сказала она на прощание.

Поезд подходил к Атланте, и Иеремия давно собрал вещи. Они стояли в вагоне Терстона, который он приказал отдать Амелии и ее служанке. До Саванны оставалось еще несколько часов пути, но Амелия больше не думала о Саванне. Она думала о нем, а он о ней.

— Черт побери, почему вы не захотели стать моей женой? — Иеремия смотрел на попутчицу взглядом, полным нежности, тоски и страсти. — Это же глупо!

— Я знаю. — В глазах Амелии блеснули слезы. — Мне хочется, чтобы вы нашли себе кого-нибудь получше.

— Никого лучше вас нет на свете...

Амелия покачала головой и улыбнулась, хотя по ее щекам катились слезы:

— Я люблю вас, милый друг.

Они крепко обняли друг друга и не размыкали объятий, пока поезд не остановился. Иеремия откинулся, чтобы снова полюбоваться ею.

— Я тоже люблю вас. Берегите себя, милая. Скоро увидимся в Нью-Йорке!

Амелия кивнула и помахала вслед, глядя, как Иеремия выходит на перрон. Он махал ей, пока поезд не тронулся, и удивлялся судьбе, которая свела их, а потом разлучила. До сих пор он не встречал никого, похожего на нее, и, наверное, больше никогда не встретит... Хуже всего было то, что он тут же женился бы на Амелии, стоило ей только захотеть. Это было страшно. Он влюбился в Амелию от пят до макушки за несколько дней, часов... за несколько мгновений, а с Мэри-Эллен Браун вполне хватало встреч по субботам. Бедному Терстону было над чем поломать голову, пока он ехал в гостиницу, поглядывая на мелькавшие мимо местные достопримечательности.

Глава 4

Отель «Кимболл-хаус», одно из самых высоких зданий в Атланте, поражал своей элегантностью. К экипажу Иеремии бросилось сразу несколько человек, чтобы помочь ему выйти и проводить в вестибюль. Перед его взором предстало целое сонмище слуг, сновавших во всех направлениях. Внутреннее убранство больше походило на танцевальный зал, чем на гостиничный холл. Величественный сан-францисский «Палас» не шел ни в какое сравнение с этой роскошью, хотя Иеремия предпочел бы увидеть привычную обстановку «Паласа». Эта гостиница была ему по вкусу. Вещи Иеремии отнесли в «люкс», он огляделся по сторонам и заказал бокал прохладительного напитка. Вдруг раздался стук в дверь, и на пороге появился лакей мистера Бошана — высокий негр, одетый в ливрею. Он вынул конверт из роскошной кремовой бумаги, запечатанный огромной золотой печатью. Убедившись, что перед ним действительно Иеремия Терстон, лакей протянул сильную черную руку и вручил ему конверт.

— От мистера Бошана.

— Спасибо.

Иеремия выхватил из конверта карточку и прочитал, что его приглашают на обед, который состоится сегодня в восемь часов вечера. «Как у французов», — подумал он, еще раз поблагодарив лакея и попросив его передать хозяевам, что он обязательно придет. Степенно кивнув, негр в богатой ливрее удалился. Иеремия стал прохаживаться по комнате, вспоминая о прошедшей ночи. Шикарное убранство комнаты, украшавшие ее изысканные ткани и антикварные французские безделушки казались ему пустыми и ненужными. В дверь вновь деликатно постучали, и в номер вошла чернокожая служанка с серебряным подносом, на котором стояли высокий бокал с мятным шербетом и тарелка со свежим, ароматным печеньем. В былые времена после долгого путешествия по железной дороге Иеремия с удовольствием выпил бы чего-нибудь покрепче, но сейчас все его мысли были заняты Амелией. Через несколько часов она приедет в Саванну и встретится с дочерью, но Иеремия дорого бы дал, чтобы еще раз обнять ее. Это желание не давало ему покоя, и Терстон, сделав большой глоток из бокала, вышел на террасу, чтобы полюбоваться панорамой процветающего города, который сильно разросся за двадцать лет, прошедших после окончания войны. И все же это не шло ни в какое сравнение с довоенной жизнью.

Иеремия знал, что южане до сих пор сопротивляются попыткам втянуть их в союз американских штатов. Им нравились старые традиции, и они по-прежнему горько сожалели о поражении. Иеремия попытался представить себе, как может выглядеть этот Бошан и его друзья. Терстон знал, что они владеют немалыми деньгами, однако подозревал, что Бошан — классический нувориш, тщеславный и болезненно самолюбивый. На мысль об этом наводили расшитая золотом ливрея посыльного и громадная золотая печать на конверте с приглашением.

Перед тем как отправиться на обед, Иеремия принял ванну и попробовал немного вздремнуть. Лежа на огромной кровати со стеганым покрывалом, он думал только о хрупкой женщине с черными как вороново крыло волосами и огромными темными глазами, напоминавшими бусы из черного янтаря, которые были на ней в день их знакомства. Почему он помнил каждую мелочь ее наряда? Такого с ним еще не случалось. Но она была так элегантна, так прекрасна и чувственна, что Иеремия разрывался от безнадежного желания оказаться рядом. Терстон попытался залить подступивший к горлу комок глотком мятного шербета, однако ничто не могло заставить его выбросить из головы мысли об Амелии. Как он в таком состоянии будет делать дела? Но сегодняшний обед — всего лишь знак внимания. Он знал, что до завтра ему не придется обсуждать сделку. Южане слишком воспитанны и не станут смешивать приятное с полезным. На этот обед в доме Бошана его пригласили не только для развлечения, но и чтобы продемонстрировать дикарю с Запада, что такое южное гостеприимство. Надев сюртук и посмотревшись в зеркало, Иеремия улыбнулся. Белый костюм слишком контрастировал с его смуглой кожей и темными волосами почти такого же цвета, как и у Амелии... Амелия... Амелия... Амелия... Он желал бы никогда не сходить с этого поезда... Иеремия спустился в вестибюль и направился к экипажу, который прислал за ним Орвиль Бошан.

Увидев Терстона, лакей спрыгнул на землю, распахнул перед ним дверцу и тут же вновь вскочил на козлы, усевшись рядом с кучером. Из гостиницы выходили элегантные дамы в сверкающих вечерних туалетах в сопровождении хорошо одетых мужчин, направляющиеся на званые обеды, концерты или еще куда-нибудь, где собиралось по вечерам высшее общество Атланты.

Коляска покатилась по широкой и великолепной Пичтри-стрит к дому Бошана, стоявшему на противоположном, фешенебельном конце улицы.

Дом казался сравнительно новым, его явно выстроили после войны. Не отличаясь чрезмерной экстравагантностью, он был довольно красив, и Иеремия внезапно пожалел, что на этом вечере с ним не будет Амелии. Потом они могли бы вместе вернуться в гостиницу, долго обсуждать костюмы и недостатки гостей и вдоволь посмеяться, пробуя вина, которые он захватил с собой из Напы. По-прежнему думая об Амелии, Терстон протянул руку Элизабет Бошан — супруге Орвиля Бошана, когда-то красивой, но с годами поблекшей женщине. Ее светлые волосы выцвели, бледная кожа напоминала матовое стекло, а в глазах блестели тоскливые слезы. Элизабет Бошан казалась крайне хрупкой. Складывалось впечатление, что она может не дожить до конца недели, но даже это ей безразлично. Ее тихий голос звучал жалобно и печально. Она то и дело вспоминала, как хорошо ей жилось до войны на плантации у «папочки». Похоже, Орвиль пропускал мимо ушей все ее слова и лишь время от времени сердито бросал:

— Хватит, Лизабет, гостям неинтересно слушать, как жили на плантации у твоего отца. Все давно кончено.

Слова мужа действовали на нее как удары хлыста. Она умолкала и погружалась в воспоминания. Сам Орвиль принадлежал к совершенно другому типу людей — отнюдь не столь аристократическому, как его жена. Он не отличался утонченностью, глаза его были прищурены, как будто он постоянно думал о чем-то, всем своим видом давая понять, что для него нет ничего важнее бизнеса. Волосы Орвиля были почти такими же темными, как и у Иеремии, но лицо казалось намного смуглее. Он объяснил это тем, что его дедушка и бабушка приехали с юга Франции и, прежде чем перебраться в Джорджию, жили в Новом Орлеане. Он отнюдь не скрывал, что тридцать лет назад ни у них, ни у его отца не было гроша за душой. Орвилю суждено было оказаться первым в семье, кому улыбнулось счастье. Он разбогател во время войны и после нее, когда на Юге стала развиваться промышленность. Он создал небольшую империю, которая, по его словам, еще не так велика, как ему хотелось бы, но в один прекрасный день это непременно случится. Он очень рассчитывает на помощь сына Хьюберта (или по-французски Юбера), названного в честь деда Орвиля.

Однако Хьюберту, как успел заметить Иеремия, было далеко до отца. Его хнычущие интонации напоминали материнские. Похоже, он был расположен тратить отцовские деньги, а не наживать собственные. Он рассказывал о скаковых лошадях, которых приобрел в Кентукки, и о лучшем публичном доме в Новом Орлеане. В общем, вечер показался Иеремии довольно скучным. На обеде присутствовали еще двое членов консорциума, с которыми ему предстояло иметь дело, — два скромных чопорных пожилых человека с невзрачными женами, которые вполголоса разговаривали между собой почти весь вечер. Иеремия обратил внимание на то, что эти женщины очень редко обращались к Элизабет Бошан, а она, похоже, не замечала их вообще. Не составляло труда понять, что она считала их неровней себе, получившей аристократическое воспитание на отцовской плантации.

Во время обеда Иеремия заметил, с каким жадным любопытством в семье Бошанов относятся к чужому богатству, его величине и происхождению. Во время войны Элизабет лишилась всего состояния. Когда уничтожили плантацию, отец застрелился, а мать вскоре умерла от горя. Иеремия почему-то решил, что она тосковала по потерянному богатству куда больше, чем по мужу.

У Бошанов была и дочь, которую Орвиль называл «настоящей жемчужиной», однако после всего увиденного Иеремия искренне сомневался в его правоте. В этот вечер она веселилась на каком-то балу, где «все парни Атланты наверняка ходят за ней косяком», как выразился довольный папаша, прежде чем добавить:

— Еще бы... Платье, которое она сегодня надела, обошлось мне в целое состояние.

Иеремия только улыбнулся в ответ. Ему порядком надоело чрезмерное увлечение деньгами в этой семье, и он тоскливо думал о том, с каким удовольствием отправился бы в Саванну вместе с Амелией, взглянул на ее внука и познакомился с дочерью. Конечно, в их семье царит совершенно иная, более возвышенная атмосфера. Тут Иеремия мысленно расхохотался. Его влекла вовсе не атмосфера в той семье, а возможность оказаться рядом с Амелией, с наслаждением вдыхать чувственный запах ее духов, целовать ее губы и долгими часами глядеть ей в глаза. От этих мыслей на лице Иеремии появилась легкая улыбка, которую Элизабет Бошан приняла на свой счет и нежно провела ладонью по его руке. Затем она поднялась и проводила дам в соседнюю комнату. Мужчины тут же задымили сигарами и принялись за бренди. Только сейчас зашел разговор о сделке, ради которой Терстон приехал в Атланту, и он впервые за весь утомительный вечер испытал чувство, близкое к облегчению.

Настоящее облегчение он почувствовал вскоре после одиннадцати часов, когда гости начали понемногу расходиться. Иеремия решил незамедлительно последовать за ними, сославшись на то, что устал после долгого путешествия и ему необходимо скорее вернуться в гостиницу, чтобы отдохнуть перед переговорами, назначенными на завтрашнее утро. Иеремию отвезли в отель в коляске Бошана, и спустя полчаса он вновь стоял на террасе, любуясь видом города. Глядя на ночную Атланту, он вспомнил чудесные часы, проведенные с Амелией. О Бошанах Иеремия тут же забыл. Сейчас он мог думать только о ней.

— Спокойной ночи, любимая, — прошептал он, возвращаясь в номер и вновь вспоминая ее слова... «Женитесь, Иеремия... Рожайте детей»... Не нужны ему никакие дети! Ему нужна только Амелия. «Я люблю вас», — сказала она ему... Я люблю вас... Чудесные слова, произнесенные чудесной женщиной... Когда Иеремия засыпал на безупречно застеленной кровати, он чувствовал себя безнадежно одиноким. Душа Терстона разрывалась от воспоминаний.

Глава 5

Переговоры Иеремии с консорциумом, возглавляемым Орвилем Бошаном, оказались на редкость успешными, и спустя неделю после приезда в Атланту ему удалось заключить с ними сделку, согласно которой члены консорциума получали девятьсот фляг ртути, необходимой для изготовления патронов, легкого стрелкового оружия, а также для горнодобывающей промышленности Юга. В результате Иеремия заработал более пятидесяти тысяч долларов. Условия договора казались ему весьма выгодными. Так же, как и Орвилю Бошану, получавшему сверх того немалые комиссионные. Он тут же заключил несколько субподрядов на перепродажу причитавшейся ему доли ртути. В отличие от остальных Бошан покупал ртуть не для собственных предприятий. Он был скорее посредником, маклером, его интересовали высокие прибыли и быстрый оборот. Подписав договор, Бошан протянул Иеремии руку.

— Я думаю, это событие следует сегодня же отметить, мой друг.

После начала переговоров их отношения носили чисто деловой характер. Иеремия каждый вечер ужинал в отеле, а Бошаны больше не приглашали его к себе. Теперь же у них появился повод для праздника. Семеро южан с женами и Иеремия получили приглашение на обед.

— Лизабет невероятно обрадуется, — просияв, добавил Бошан.

Однако Иеремия сомневался, что она придет в восторг. Обед на пятнадцать персон... Впрочем, это дело Орвиля. Терстон устал за эту долгую неделю и с нетерпением ждал возвращения домой. Однако подходящий поезд уходил только через три дня, предстояло без дела прохлаждаться в Атланте весь уик-энд, и это его совсем не радовало. Иеремия хотел попасть домой как можно раньше.

Пару раз ему в голову приходила мысль съездить на денек-другой в Саванну. Однако Иеремия не хотел смущать Амелию. Она гостила у дочери и едва ли сумела бы объяснить внезапное появление незнакомого мужчины, поэтому он был вынужден бить баклуши в Атланте и надеялся лишь на то, что в эти дни ему не придется часто видеться с Орвилем Бошаном. Прошедшая неделя оказалась на редкость тяжелой, несмотря на выгодную сделку.

Коляску вновь подали ровно в восемь вечера. На этот раз Иеремию попросили одеться для торжественного приема. Похоже, Бошан собирался не ударить лицом в грязь. Сам Иеремия не мог не признать, что сегодня в их доме было очень мило. В шандалах и бра горели сотни свечей, повсюду стояли огромные букеты. Орхидеи, азалии, жасмин и множество других незнакомых Иеремии цветов наполняли воздух тяжелым ароматом. Прибывали все новые гости, одетые в шелка и украшенные множеством сияющих драгоценностей.

— Вы сегодня чудесно выглядите, миссис Бошан. — Иеремия тут же понял, что напрасно произнес эти слова. Элизабет Бошан вовсе не стремилась «чудесно выглядеть». Похоже, она наслаждалась своим слабым здоровьем и бледностью.

— Благодарю вас, мистер Терстон, — ответила она, растягивая слова и переводя взгляд на новых гостей.

Иеремия отошел в сторону и заговорил с одним из членов консорциума. Через несколько минут к ним присоединился Хьюберт. Ему не терпелось рассказать о лошади, которую он собирался посмотреть в Теннесси. Иеремия бесцельно слонялся среди гостей, заговаривал с мужчинами, знакомился с их женами, пока наконец его не представили очаровательной молоденькой блондинке, которую подозвал Хьюберт. Девушка была более живой, здоровой и красивой копией его матери. Похоже, Орвиль находил ее очень привлекательной и не терял времени даром, пока все готовились пройти в столовую. Только сейчас заметив, что среди гостей кого-то не хватает, Бошан спросил у жены:

— Где Камилла?

Элизабет казалась слегка встревоженной, и Хьюберт засмеялся, прежде чем ответить отцу:

— Наверное, спряталась с каким-нибудь поклонником!

Его смех и реплика совсем не походили на проявление братских чувств, и мать тут же прикрикнула на него:

— Хьюберт! — Миссис Бошан обернулась к мужу: — Когда мы спускались, она еще одевалась.

Орвиль нахмурился и начал что-то тихо говорить жене. Реплика Хьюберта явно пришлась ему не по вкусу. Он берег Камиллу как зеницу ока, и это не было тайной для всех, кто его знал.

— Скажи ей, Лизабет, что пора идти обедать.

— Я не уверена, что она готова... — Элизабет не хотелось осложнять отношения с дочерью и приказывать ей, даже если приказы исходили не от нее. Камилла всегда вела себя как хотела. Видимо, сегодняшний вечер исключения не составлял.

— Просто передай, что мы ее ждем.

Кажется, гости не возражали против еще одного бокала мятного шербета, и Элизабет Бошан поднялась наверх. Вскоре она возвратилась и с облегчением что-то шепнула на ухо мужу. Орвиль удовлетворенно кивнул. Иеремия почти не обратил на это внимания, продолжая прогуливаться среди гостей и прислушиваясь к обрывкам разговоров. Наконец он через стеклянную дверь прошел в сад, постоял там некоторое время, дыша ароматным весенним воздухом, а потом вернулся в комнату.

Иеремия переступил порог и замер, пораженный тем, что открылось его глазам: он увидел миниатюрную юную женщину с черными как смоль волосами и белой кожей, делавшей ее похожей на снежную королеву. Глаза девушки казались ярче весеннего неба. На ней было платье из бледно-голубой тафты, а шею украшала нить голубых топазов, подчеркивавших цвет ее сияющих глаз. Иеремия еще никогда не встречал более ослепительного создания. Самое удивительное заключалось в том, что девушке достались лучшие черты обоих родителей: темные волосы отца, молочно-белая кожа и голубые глаза матери. Невероятно, как эти заурядные люди могли произвести на свет маленькую богиню, парящее видение, передвигающееся легкой, танцующей походкой, награждающее присутствующих поцелуями, лукавыми взглядами и звонким смехом.

Глядя на нее, Иеремия вдруг почувствовал, что у него учащенно забилось сердце. При виде ее захватывало дух. Иеремию внезапно осенило, что она немного напоминает Амелию... Такие же темные волосы, молочная кожа... Должно быть, именно такой была юная Амелия. Однако сейчас он не отрываясь смотрел на Камиллу, бесенком скачущую среди гостей, подшучивающую, флиртующую с мужчинами, поддразнивающую женщин. Наконец она подошла к Орвилю, с обожанием глядя на отца, позволила взять себя под руку.

— Ты все та же несносная девчонка.

Замечание одной из женщин показалось Иеремии слегка ядовитым, однако сделавшая его дама, по всей видимости, была права. Не составляло труда заметить, как нервничает из-за Камиллы мать и с какой ненавистью смотрит на сестру родной брат. Это показалось Иеремии странным. Наблюдая за девушкой, он легко догадался, что она играет в эти игры с тех пор, как научилась ходить, и что отец не чает в дочери души.

— Мистер Терстон... — Орвиль Бошан произнес его имя так, словно собирался вручать награду. — Разрешите представить вам мою дочь, мистер Терстон. — Он сиял. — Камилла, это мистер Терстон из Калифорнии.

— Как поживаете, мисс Бошан? — Иеремия галантно поднес руку девушки к губам, заметив искорки, мелькнувшие в ее глазах.

Эта озорница была исполнена очарования, делавшего ее похожей на проказливого эльфа или на капризную сказочную принцессу. Иеремия никогда не встречал более прелестного создания. Попытавшись определить ее возраст, он понял: не старше семнадцати. Действительно, Камилле исполнилось семнадцать в декабре прошлого года, и с тех пор ее жизнь превратилась в нескончаемую череду вечеров и балов. Ее гувернантке отказали после наступления Нового года, чему девушка несказанно обрадовалась.

— Здравствуйте, мистер Терстон! — Камилла сделала изящный реверанс, позволив Иеремии взглянуть на тугие девичьи груди. Она полностью отдавала себе отчет в том, что делает. Камилла имела обыкновение обдумывать заранее все свои поступки. Как всякая умная девушка, она прекрасно понимала, какое впечатление производит на окружающих.

Сразу после появления Камиллы доложили, что обед подан, и Иеремия проследовал в столовую под руку с Элизабет Бошан, чувствуя, что мир рухнул в пропасть. Вскоре он с восхищением осознал, что сидит между Камиллой и какой-то дамой, увлеченно беседующей с соседом справа. Волей-неволей Иеремии пришлось разговаривать только с Камиллой Бошан. Девушка оказалась большой шутницей и, как Терстон заподозрил с первого взгляда, порядочной кокеткой. Однако он с немалым удивлением открыл в ней еще одно качество: Камилла обладала на редкость трезвым взглядом на практические вопросы и превосходно разбиралась в бизнесе. Она задала ему несколько толковых вопросов о только что заключенном договоре, и Терстон поразился, как много ей известно о делах отца. Видно, Орвиль ничего от нее не скрывает. Будь у Иеремии дочь, он не стал бы беседовать с ней о таких вещах.

— Это он научил вас? — Иеремия был ошеломлен. По его представлениям, отцу следовало объяснять подобные вещи Хьюберту, хотя тот и не горел такой страстью к знаниям, как сестра.

— Кое-чему да, — Камилле польстило, что ее обширные познания не остались незамеченными, — а кое-что я услышала сама. — Девушка изобразила невинную улыбку, чем немало позабавила Иеремию.

— Вы не только прислушивались к разговорам, юная леди, но и во всем разобрались и пришли к нескольким весьма интересным выводам.

Некоторые ее высказывания действительно показались Терстону разумными, хотя он и не привык разговаривать о делах с женщинами, тем более с такими молоденькими, как Камилла. Большинство девушек хихикнули бы и сделали большие глаза, вздумай Иеремия обсуждать с ними десятую часть того, о чем только что беседовал с ней.

— Мне нравится, когда мужчины разговаривают о работе, — деловито заявила она, словно призналась в том, что любит на завтрак горячий шоколад.

— Почему? — Иеремии захотелось это узнать. — Почти все женщины находят это очень скучным.

— А я нет. Мне это нравится, — повторила Камилла, смотря ему в глаза. — Меня интересует, как мужчины делают деньги.

Этот ответ настолько потряс Иеремию, что на какое-то время он лишился дара речи.

— Зачем вам это, Камилла? — Что крылось за этими светло-голубыми глазами и чудесными черными локонами? Странные мысли для семнадцатилетней девушки. Камилла отличалась поразительной резкостью суждений, сильно оживлявшей беседу. Девушка держалась без тени притворства, не кокетничала и ничего не скрывала. Она говорила то, что думала, не боясь шокировать собеседника.

— Я считаю деньги очень важной вещью, мистер Терстон, — чарующе медленно заявила Камилла. — Те, у кого они есть, тоже важные люди. А когда эти люди лишаются своих денег, то перестают быть важными.

— Не всегда это так.

— Нет, всегда. — Ее приговор был жесток. — Возьмите отца моей матери. Он потерял деньги и плантацию, он стал никем. Поняв это, он застрелился, мистер Терстон. А теперь посмотрите на моего папу. Он заработал деньги и стал важным человеком, а если бы у него их было больше, он стал бы еще важнее. — Тут она опять заглянула Иеремии в глаза. — Вы очень важный человек. Так говорит папа. И у вас, наверное, ужасно много денег. — Камилла произнесла эти слова так, словно дом Терстона был заставлен бочками с деньгами от подвала до крыши. Представив это, Иеремия смущенно засмеялся:

— У меня гораздо больше земли, чем денег.

— Это одно и то же. У одних это земля, у других — скот... Всюду по-разному, но смысл один.

Терстон знал, о чем она говорила. Правда, слова — не дела, но вдруг это не просто слова? Было бы страшновато, если бы она воплотила свои теории в жизнь. Как ей удалось столько узнать о делах, деньгах и власти?

— По-моему, сейчас вы говорите о силе. Той силе, которую приобретают люди, когда им сопутствует успех или когда их уважают. — Такое утверждение показалось ему вполне доступным для человека в возрасте семнадцати лет, особенно для девушки. Камилла ненадолго задумалась, а затем кивнула:

— Наверное, вы правы, я имела в виду именно это. Мне нравится сила, нравятся сильные люди, нравится то, что они делают, как ведут себя и как думают. — Бросив взгляд на мать, Камилла вновь обернулась к Иеремии. — Ненавижу слабых людей. Наверное, мой дед был слабым, если решил застрелиться.

— Тогда на Юге царили ужасные времена, Камилла. — Иеремия говорил тихо, чтобы их слова не услышала хозяйка дома. — Для большинства людей все страшно изменилось, и многие не сумели пережить этого.

— А папа сумел. — Камилла гордо смотрела на собеседника. — Именно тогда он нажил все свои деньги. — Большинство людей не рискнули бы даже подумать об этом, не то что хвастаться. Однако Камилла вскоре оставила эту запретную тему с такой же легкостью, как и подняла ее. Устремив на Иеремию глаза цвета летнего неба, она попросила с улыбкой, способной растопить ледяное сердце: — Расскажите мне о Калифорнии.

Улыбнувшись столь неожиданной перемене, Терстон заговорил о долине Напа. Некоторое время Камилла вежливо слушала, а потом заскучала. Эта девушка не годилась для сельской жизни. Рассказы о Сан-Франциско понравились ей куда больше. Потом она описала Иеремии свою недавнюю поездку в Нью-Йорк, показавшийся ей очаровательным, и поведала, что отец обещал свозить ее в Европу, если к восемнадцати годам она не выйдет замуж. У Орвиля до сих пор оставались дальние родственники во Франции, и Камилле очень хотелось побывать в Париже. Она трещала без умолку, словно маленькая девочка, но вскоре Иеремия поймал себя на том, что не столько слушает девушку, сколько любуется ее нежной красотой. В его ушах звучали слова, сказанные Амелией в поезде: «Найдите девушку... женитесь... родите детей...» Да, такая девушка могла вскружить голову любому пожилому мужчине и превратить его в тряпку. Однако Иеремия приехал в Атланту по делам, а не за actualОК

невестой. Он собирался вернуться в долину Напа, где его ждали привычная размеренная жизнь, пятьсот рабочих, занятых на трех его рудниках, экономка, дом, Мэри-Эллен. И тут перед ним, словно видение, возникла Камилла, снующая между ними. Иеремия заставил себя отогнать эту мысль и гигантским усилием воли вернуться в столовую.

Они проболтали весь обед, а когда из большой гостиной послышались звуки музыки, исполняемой небольшим оркестром, Иеремия учтиво пригласил на танец Элизабет Бошан, но та заявила, что никогда не танцевала, и предложила Терстону пригласить ее дочь. Во время их разговора Камилла стояла поблизости, и Иеремии ничего не оставалось, как предложить ей руку, хотя он и чувствовал себя слегка неловко, танцуя с молоденькой девушкой. Положение было дурацкое, но смущенный и обрадованный Терстон понял, что у него захватывает дух от тяги к ней. Иеремии приходилось бороться с ее очарованием, пока они кружились вдвоем. Он не отрываясь смотрел в ее бледно-сапфировые глаза.

— Вижу, вам нравится танцевать не меньше, чем слушать лекции о бизнесе...

— О да! — Камилла улыбнулась.

Ах, эта южная красавица с огромными голубыми глазами!

— Я люблю танцы. — Ответ прозвучал так, словно их предыдущего разговора не существовало и она всю жизнь только и думала, что о танцах. Иеремия едва не расхохотался в голос и не назвал ее маленькой шалуньей, кем она, судя по всему, и была. — Вы прекрасный танцор, мистер Терстон.

Это искусство пришло к Иеремии само собой. Он всегда любил танцевать, но похвала девушки была ему приятна, поскольку прозвучала неожиданно. Он давно не чувствовал себя таким счастливым. Что случилось? Иеремия боялся признаться самому себе в том, как его влечет к ней.

— Благодарю вас, мисс Бошан.

Увидев лукавые искорки в его глазах, Камилла тоже засмеялась, умудряясь быть и чувственной, и проказливой одновременно. Иеремии вновь пришлось бороться со своими инстинктами. Внезапно все остальное позабылось: Амелия, Мэри-Эллен... Сейчас он мог думать только об ослепительном создании, которое держал в объятиях. Когда танец кончился, он почти обрадовался. Лишь после прощального вальса Иеремия заметил, как мерцали свечи, ощутил головокружительный запах цветов, а потом вновь поглядел в искрящиеся глаза Камиллы.

Она выглядела нежной, словно прекрасный южный цветок из огромного букета, украшавшего комнату. Иеремии хотелось сказать Камилле, как она хороша, но он не осмелился: ей было только семнадцать лет, и она годилась ему в дочери. Почти с благоговейным страхом он подвел Камиллу к матери и пожелал обеим спокойной ночи. Иеремия еще на мгновение задержал руку девушки. Она не отрываясь смотрела ему в глаза и вдруг нежно произнесла слова, пронзившие душу и в то же время пробудившие в нем самые примитивные инстинкты:

— Я увижу вас до отъезда?

В ее голосе послышалась жалобная нотка, и Терстон улыбнулся. Вот и все, что останется в памяти от этой поездки: с ним пококетничала молоденькая девушка, и он оказался в плену ее чар. Если это действительно так, выругал себя Иеремия, настало время возвращаться в Калифорнию.

— Честно говоря, не знаю, через несколько дней я уезжаю из Атланты.

— А что вы делаете до отъезда? — спросила она, распахнув глаза, словно ребенок. — Папа сказал, что с делами покончено.

— Да. Но ближайший поезд на Сан-Франциско уходит только в понедельник.

— Ох! — Камилла радостно захлопала в ладоши и широко улыбнулась. — Тогда у вас еще будет время позабавиться.

Он громко рассмеялся и позволил себе поцеловать ее в щеку.

— Спокойной ночи, малышка. Я слишком стар для забав. — Тем более для забав с ней... Не добавив ни слова, Иеремия пожал руку хозяину и направился к ожидавшей его коляске. По дороге в гостиницу он вспомнил о событиях этого вечера и обманщице Камилле. Эта возмутительная девчонка с огромными голубыми глазами и острым умом могла добиться всего, что хотела, и, несомненно, так и делала. Легко понять, за что ее обожал отец, но с такой, как она, хлебнешь горя. Размышляя о ней, Иеремия испытывал странную боль, похожую на угрызения совести. При одном воспоминании о том, как они вальсировали, держа друг друга в объятиях, начинала кружиться голова. Было безнравственно с вожделением думать о такой молоденькой девушке, он пытался перестать думать о ней, заставлял себя вспомнить Амелию, а потом Мэри-Эллен, но ничто не могло вытравить из его мозга образ Камиллы. В конце концов Иеремия откинулся на сиденье и с трудом перевел дух. Будь Камилла рядом, он бы не раздумывал, ребенок перед ним или нет, а с жадностью прижал бы ее к себе. В ней было нечто столь экзотическое, столь притягательное, столь чувственное, что он готов был сойти с ума... Какая-то непонятная причина заставляла Иеремию испытывать тайный страх. Внезапно ему захотелось поскорее покинуть Атланту и вернуться в Калифорнию, потому что стоит остаться, и... Невозможно представить себе, что произойдет...

Глава 6

Следующее утро выдалось теплым и солнечным, в воздухе пахло весной. Иеремия, не торопясь, поднялся с постели, надел халат и вышел на террасу. Он приготовился заняться бумагами, с вечера сложив их стопкой на письменном столе, однако мысли его снова и снова возвращались к очаровательной девушке, с которой ему довелось познакомиться вчера, и он злился на самого себя. Больше всего его раздражала необходимость провести в Атланте еще два с половиной дня, прежде чем сесть в поезд и отправиться в Калифорнию.

Он нажал кнопку звонка и вызвал коридорного, чтобы заказать завтрак. Через полчаса в номер принесли поднос с сосисками, яйцами, бисквитами, медом, апельсиновым соком, кофе и корзинку свежих фруктов. Однако Иеремия едва взглянул на это изобилие. Есть не хотелось. Его охватило неодолимое желание опять увидеть Камиллу, но он ударил кулаком по столу в тот момент, когда раздался повторный стук в дверь. Он открыл и с удивлением увидел лакея Бошана.

— Да? — Иеремия с недоумением смотрел на лакея, чувствуя себя неловко, хотя тот мог и не услышать удара по столу.

— Вам записка. — Любезно улыбаясь, негр протянул конверт с красиво написанным адресом. Вздрогнув и на мгновение замешкавшись, Иеремия взял письмо. Лакей ждал ответа. Очевидно, так ему было приказано.

«Сегодня прекрасный день для прогулки в парке, — вывела полудетская рука. — Не согласитесь ли вы присоединиться к нам во второй половине дня? После ленча мы всей семьей собираемся в парк. Вы будете в полной безопасности, — поддразнивала она, — и, может быть, захотите остаться на обед».

Да, вчера он был прав: эта девица — изрядная нахалка... Терстон не знал, как быть. Мысль о Камилле мучила его, однако он сомневался, что Орвиль Бошан обрадуется, увидев своего делового партнера прогуливающимся в парке с его семнадцатилетней дочерью. Кроме того, если он вновь останется на обед, они вполне могут посчитать это за нескромность. Но ему хотелось видеть Камиллу. Душа разрывалась. Перечитав записку, он бросил ее на стол и схватил перо и бумагу. Терстон не представлял себе, как разговаривать с Камиллой. Он не привык ухаживать за детьми, однако в Камилле Бошан не было ничего детского. Что ни говори, она была молодой, прекрасной и очень соблазнительной женщиной.

«Дорогая мисс Бошан, если ваша мама не возражает, — писал Иеремия, — я буду счастлив разделить ленч и прогулку в парке с вашей семьей и друзьями. — Ему не хотелось, чтобы его заподозрили в желании устроить тайное свидание с глазу на глаз. — При этом остаюсь вашим покорной слугой. Иеремия Терстон».

Камилла не имела понятия, насколько правдивы его слова. Впрочем, он и сам убедился в собственной искренности лишь тогда, когда почувствовал, что сердце готово вырваться из груди. Камилла надела простое белое кружевное платье. Ее блестящие черные локоны, перевязанные лишь лентой из светло-голубого атласа, рассыпались по спине. Во время прогулки по парку, на которую они направились незадолго до ленча, Камилла еще больше напоминала чудесного ребенка и в то же время ослепительно красивую молодую женщину.

— Я так рада, что вы решили прийти, мистер Терстон. Должно быть, вам ужасно скучно в гостинице.

— Вы угадали. — Иеремия тщательно подбирал слова. Рядом с Камиллой от его досады не осталось и следа. Но зато он неожиданно ощутил исходящую от нее неуловимую опасность. Даже сама тяга к ней была опасна. Впервые в жизни он почувствовал, что способен дать себе волю и совершить что-нибудь безумное. Ему хотелось схватить ее, заключить в объятия, швырнув наземь ее зонтик, и запустить пальцы в ее волосы. Иеремия отвернулся, пытаясь собраться с мыслями и разрушить чары. Неужели он, сумевший устоять перед Амелией, не сможет взять себя в руки и поддастся этой девчонке?

— Вам плохо? — Заметив на его лице выражение боли, она забеспокоилась и дотронулась маленькой рукой до предплечья Иеремии. — У нас на Юге бывает ужасно жарко. Вы, наверное, просто не привыкли... — Сказав это, она замолчала. Иеремия обернулся и заглянул ей в лицо. Как она невинна! Желание доводило его до обморока. Он был потрясен силой собственного чувства. Ведь перед ним почти ребенок... Но сколько бы Иеремия ни твердил это, ничто не помогало. Камилла была женщиной, а не ребенком. Даже Орвиль Бошан понимал это...

— Ничуть. Со мной все в порядке. У вас такой прекрасный сад. — Иеремия окинул взглядом клумбы с цветами, стараясь не смотреть на Камиллу, и внезапно громко рассмеялся. В его возрасте пылкое увлечение просто абсурдно, какой бы очаровательной ни была девушка. Иеремия посмотрел на Камиллу и решился приоткрыть ей свои чувства. Может быть, это поможет ему образумиться... — Знаете, мисс Бошан, вы совершенно вскружили мне голову. — Похоже, искренность сделала свое дело. Собственные чувства уже не казались Иеремии постыдными. Наоборот, в них была своя прелесть.

Услышав столь откровенное признание, девушка довольно рассмеялась:

— Правда? Но вы ведь такой взрослый... — Ее слова пришлись очень кстати, и они оба расхохотались. Иеремия взял ее под руку, и они направились к дому, где их ждал ленч. За столом они болтали о погоде и вечеринках, на которых недавно побывала Камилла. Девушка заявила, что все молодые люди Атланты кажутся ей ужасно глупыми. — Они... — Камилла нахмурилась, подняв взгляд на Иеремию и подыскивая нужные слова. — Они... не такие важные, как вы и папа.

Терстона еще раз удивило, сколь притягательными казались ей власть и сила.

— Однажды они станут гораздо важнее нас.

— Да, — кивнула она, признавая его правоту, — но сейчас они меня ужасно раздражают.

— А вы, оказывается, злюка, милая мисс Бошан! — Как ни странно, она его очень развлекала. Какой бы несносной и избалованной ни казалась ему Камилла, он находил ее восхитительной и забавной.

— Не злюки меня тоже раздражают. — Девушка подмигнула Терстону, и тот зычно расхохотался. — Мама у меня всегда такая добрая... — Тут она закатила глаза, а потом хихикнула, и Иеремия погрозил ей пальцем.

— Как вам не стыдно! Доброта — лучшее украшение женщины!

— Тогда я не уверена, что хочу стать взрослой, мистер Терстон.

— Какой ужас! — Иеремия уже много лет не веселился так, как сейчас, сидя за накрытым для ленча столом. Орвиль Бошан явно обрадовался тому, что Терстон заинтересовался его дочерью. Он, кажется, не слишком удивился, увидев Иеремию у себя в гостях, и Камилла поспешила объяснить, что это она пригласила мистера Терстона на ленч и на прогулку в парке. Все поступки девушки, похоже, встречали полное одобрение отца. Нервничала одна лишь ее мать, охваченная смертельным страхом перед будущим. Терстону еще ни разу не встречалась столь неприятная женщина, абсолютно не похожая на собственную счастливую и веселую дочь. Камилла всегда чувствовала себя непринужденно. Однако, как хорошо знала ее мать, если девушке вдруг становилось не по себе, это понимали все.

— Моя дочь хорошо ведет себя, мистер Терстон? — поинтересовался Бошан, сидевший на противоположном конце стола.

— Можете не сомневаться, мистер Бошан. Я просто очарован.

Камилла, судя по блеску в глазах, появлявшемуся, стоило ей посмотреть в сторону Иеремии, испытывала к соседу то же самое чувство. Однако все оставшееся время до конца ленча она держалась с подобающей девушке скромностью, заставив Иеремию ощутить неловкость лишь тогда, когда все вышли на прогулку в парк.

— Вы считаете меня недостаточно взрослой, чтобы воспринимать меня всерьез, правда? — Склонив голову набок, Камилла поглядела ему в глаза. Они продолжали идти по дорожке, и он сделал вид, будто не обратил на это внимания.

— Что вы имеете в виду, Камилла?

— Вы знаете, что я имею в виду.

— Я отношусь к вам вполне серьезно. Вы умная девушка.

— Но вы считаете меня ребенком. — Камилла казалась раздосадованной. Однако от ее досады не осталось бы и следа, если бы она слышала, как бурлит кровь в его жилах.

— Вы очаровательный ребенок, Камилла. — Иеремия тепло улыбнулся, однако это тепло не шло ни в какое сравнение с огнем, пылавшим в ее глазах. Камилла смотрела на него почти со злобой.

— Я уже не ребенок. Мне семнадцать лет, — проговорила она так, будто ей перевалило за девяносто, однако Иеремия не стал смеяться.

— Мне сорок три года. По возрасту я гожусь вам в отцы, Камилла. В том, что вас считают ребенком, нет ничего плохого. Вы не успеете оглянуться, как повзрослеете, и тогда вам захочется, чтобы вас опять считали молоденькой.

— Но я все равно не ребенок, а вы не мой отец.

— Желал бы я им быть... — нарочито спокойно сказал Иеремия, но глаза Камиллы по-прежнему метали искры.

— Ничего вы не желаете. Это неправда. Я видела, как вы смотрели на меня, когда мы танцевали вчера вечером. Но сегодня вы без конца напоминаете самому себе, что я дочь Орвиля Бошана и всего лишь маленькая девочка. Но я не ребенок. Во мне гораздо больше женского, чем вам кажется. — С этими словами Камилла прижалась к Иеремии всем телом и поцеловала его в губы. Терстон до того растерялся, что сделал шаг назад, но почувствовал, что может двигаться лишь в одну сторону — ей навстречу. Он позволил желанию одержать верх над разумом и привлек девушку к себе, целуя ее со всей страстью, на какую был способен. А когда их губы наконец разъединились, Иеремия с ужасом осознал, что он наделал. Терстон даже не вспомнил, что именно она поцеловала его первой.

— Камилла... Мисс Бошан... Я должен извиниться...

— Не говорите глупостей... Это я вас поцеловала... — Казалось, она ничуть не утратила хладнокровия, и, когда из-за поворота тропинки показались остальные, она как ни в чем не бывало протянула Иеремии руку. — Пойдемте дальше, пока никто ничего не заметил...

Ошарашенный Терстон позволил взять себя под руку, но спустя мгновение рассмеялся. Такого с ним еще не случалось. Он впервые в жизни встретился со столь нахальной девицей.

— Как вы осмелились?

— Вы шокированы? — Камилла была ничуть не обеспокоена. Этот поступок явно доставил ей удовольствие. Иеремии хотелось остановить ее и хорошенько потрясти, пока она не закричит, потом прижать к себе... Он заставил себя прислушаться к тому, что говорит девушка. — Знаете, я еще ни разу этого не делала.

— Что ж, надеюсь, что так. Иначе о вас наговорили бы такого... — Иеремия смеялся. Подумать только, его поцеловала семнадцатилетняя девчонка... Больше того, он сам поцеловал ее в ответ... Это напоминало сон, и Камилла смотрела на него с любопытством.

— Вы расскажете?

— Вы представляете себе, Камилла, что начнется, если я открою рот? Вас прикуют цепью к кровати на неделю... или на год... А меня ваш отец вымажет смолой и изваляет в перьях, чтобы с позором изгнать из города. — Девушка от души рассмеялась. Такая перспектива ей явно нравилась. — Я очень рад, что вас это вполне устраивает, однако сам я привык уезжать немного по-другому.

— Тогда не уезжайте... — Она смотрела на него с мольбой.

— Боюсь, придется. У меня дела в Калифорнии.

Камилла не возражала, но глаза ее стали печальными.

— Мне не хочется, чтобы вы уезжали. Здесь нет никого похожего на вас.

— Уверен, что есть. Вы окружены красивыми молодыми людьми, сгорающими от желания посмотреть на вас.

— Я уже говорила, они все глупые и скучные... — капризно сказала Камилла и вновь посмотрела на Иеремию. — Знаете, я еще не встречала такого мужчину, как вы.

— Мне очень приятно это слышать, Камилла. — Он мог бы сказать то же самое, но ему не хотелось давать ей повод вообразить бог знает что. — Надеюсь, мы еще встретимся когда-нибудь.

— Вы говорите так только из вежливости. — Иеремии показалось, что она готова заплакать. Они опять остановились, и Камилла вновь посмотрела ему в глаза. — Я все здесь ненавижу.

— Вам не нравится Атланта? — Иеремия был поражен. — Почему?

Камилла окинула взглядом деревья. Она отлично знала почему и понимала, что ее жизнь совсем не похожа на юные годы ее матери. Конечно, она часто слышала это.

— Все было бы не так, живи мы в Чарлстоне или в Саванне, но... Атланта — совсем другое дело. Здесь все слишком новое и уродливое. Люди тут не такие благородные, как в других местах на Юге. Впрочем, когда мы туда ездим, к нам тоже относятся не слишком любезно. Они похожи на мою мать... Она знает, в чем разница, и без конца твердит нам об этом. Мать решила, что папа ей не пара, меня она считает похожей на него, — она сделала гримасу, — а Хьюберт хуже всех.

Иеремия рассмеялся.

— Я не могу здесь жить. Здесь все думают так же. Они неплохо относятся к маме... но шушукаются насчет папы и насчет меня с Хьюбертом... На Севере это не принято. Я устала от такой жизни. Сколько бы денег ни имели твои родители, здесь все равно говорят только о том, кем был твой дедушка и откуда взялись эти деньги... Возьмите маму, у нее нет ни гроша за душой, однако ее по-прежнему все уважают, а нас нет... Вам не доводилось слышать такое? — Девушка смотрела Иеремии в лицо. Ее глаза пылали. Терстон прекрасно понимал, что она имеет в виду, но этот вопрос казался ему слишком сложным для обсуждения. Его поразило простодушие Камиллы, рискнувшей затронуть эту тему. Нет, она потрясающая девушка. Для нее нет никаких запретов. Даже на его руки или губы...

— Через несколько лет, Камилла, на это перестанут обращать внимание. Терпимость приходит со временем, и возможно... — Иеремия неожиданно осекся, — ...ваш отец нажил состояние совсем недавно. Однако со временем об этом забудут. Когда ваши дети подрастут, они будут помнить только то, кем был ваш дедушка и как хорошо вы одевались последние двадцать лет.

Однако ни он сам, ни Камилла не слишком в это верили. У Юга свои законы.

— Мне все равно. Рано или поздно я уеду отсюда куда-нибудь на Север.

— Разница невелика. И в Чикаго, и в Нью-Йорке полно снобов. Они есть даже в Сан-Франциско, хотя их там немного. Наверное, потому что город молодой.

— На Юге хуже всего. Я это знаю. — Девушке нельзя было отказать в правоте. Иеремия заглянул ей в лицо, и их взгляды опять встретились. — Я бы хотела жить с вами в Калифорнии. — Шокированный, Терстон вдруг подумал: что он будет делать, если Камилла опять бросится на него? От этой мысли пересохло во рту...

— Камилла, ведите себя прилично! — Иеремия впервые напустил на себя суровость, но ей понравилось и это.

— Почему вы до сих пор не женаты? У вас есть женщина в Калифорнии?

Дело принимало скверный оборот. Эту девушку остановить невозможно.

— Что вы имеете в виду? — с досадой спросил он и отвернулся.

— Я имею в виду любовницу. У папы есть женщина в Новом Орлеане. Все это знают. А у вас?

Задохнувшись от изумления, Иеремия посмотрел девушке прямо в глаза.

— Камилла, говорить об этом неприлично...

— Но это правда. Мать тоже знает. — И тут же без передышки: — Так есть у вас любовница?

— Нет. — Он выбросил из головы Мэри-Эллен. Во-первых, она ему не любовница, а во-вторых, этой девочке абсолютно незачем об этом знать. Как и обо всем остальном. Она и так слишком много себе позволяет. — Что вы понимаете в таких вещах?

Для семнадцатилетней девушки Камилла знала слишком много, и на обратном пути Иеремия не смог удержаться, чтобы не высказать ей свое неодобрение. Однако она так нежно взяла его под руку, что сердце Иеремии смягчилось.

— Вы просто шалунья, лисичка этакая! Будь вы моей дочерью или моей «женщиной», как вы выразились, я бы драл вас каждый день.

— Ничего подобного! — Смех Камиллы музыкой прозвучал в его ушах. Похоже, она видела его насквозь. — Вы бы меня на руках носили, потому что нам было бы очень весело!

— Вам так кажется? Почему вы в этом так уверены? Я бы заставил вас скрести полы, полоть огород и работать на руднике... — Однако Иеремия говорил это лишь потому, что решил ей подыграть. Да и кто бы на его месте сумел поступить иначе? В этой девчонке было что-то совершенно неотразимое.

— Неправда. Для этого есть прислуга.

— Никакой прислуги. Я бы обращался с вами, как с индейской скво*.

Но было ясно, что она не поверила ни единому его слову. И Иеремия вдруг заметил, что они ушли из парка, что он стоит слишком близко от нее, ощущает нежный аромат ее духов, слышит, как шуршит шелк ее платья, чувствует тепло ее тонкой руки, видит ее хрупкую шейку... изящные маленькие уши... В нем снова поднялась волна желания, и он тут же подался назад. Что делает с ним эта девчонка? В ее взгляде было что-то дьявольское.

— Знаете, вы мне очень нравитесь.

Наступал вечер, и окраска неба стала такой же нежной, как ее кожа.

— Вы мне тоже нравитесь, Камилла.

Иеремия увидел в ее глазах слезы и застыл на месте.

— Мы с вами еще увидимся?

---

* Скво — женщина (индейск.).

— Надеюсь, что да. Когда-нибудь.

Они взялись за руки и молча направились к дому. Ощущая какую-то потерю, Иеремия попрощался и возвратился в гостиницу. Всю ночь он ворочался в постели, стараясь избавиться от мыслей о Камилле. На следующий день он разозлился еще больше, поняв, что почувствовал облегчение, когда Орвиль Бошан вновь прислал ему приглашение на обед. Только при виде Камиллы Иеремия понял, как истосковался по ней со вчерашнего вечера, и горько посмеялся над собой. Тем не менее он ласкал взглядом ее лицо. Похоже, она тоже обрадовалась этой встрече — видно, опасалась, что им уже не придется увидеться. Поэтому за обедом они не отводили друг от друга глаз. Бошан обратил на это внимание, да и его сын тоже глядел на них с интересом. Когда Орвиль и Иеремия остались одни и им подали бренди и сигары, Бошан посмотрел собеседнику прямо в глаза и заговорил без всяких околичностей. Услышав имя его дочери, Иеремия почувствовал себя так, словно его ударили под ложечку.

— Терстон, Камилла значит для меня все.

Он вспыхнул, как юноша.

— Я вас понимаю, она очаровательная девушка. — Господи, что он наделал! Неужели отец узнал, что они целовались? Он чувствовал себя провинившимся мальчишкой, заслужившим хорошую трепку. Иеремия с волнением ждал, что будет дальше.

— Я вот о чем хочу вас спросить... — Бошан не сводил глаз с Терстона. — Насколько очаровательной она вам показалась?

Орвиль говорил без обиняков, и Иеремию едва не охватила дрожь. Он это заслужил. Он не имел права флиртовать со столь юным существом. Однако, похоже, что Бошана это вовсе не огорчало. Впрочем, как бы там ни было, Иеремии придется держать ответ.

— Я не уверен, что правильно вас понял.

— Вы слышали мои слова. Насколько привлекательной показалась вам моя дочь?

О Боже...

— Конечно, она очень привлекательна, сэр. Но я должен принести мои извинения, если вы или миссис Бошан восприняли это как оскорбление... Я... Мое поведение действительно нельзя оправдать...

— Бросьте! Рядом с ней мужчины всегда ведут себя как идиоты. Старые, молодые — все они становятся полоумными, стоит ей разок посмотреть на них своими голубыми глазами. И она отлично знает свои способности, Терстон, так что не заблуждайтесь на этот счет. Я не собираюсь требовать удовлетворения за публично нанесенное оскорбление, я просто спрашиваю вас как мужчина мужчину. Наверное, для начала мне стоит объяснить, в чем дело. Я люблю ее больше всего на свете. И если мне придется отказаться от того, что у меня есть — от моего дела, от денег, от дома, от жены, если понадобится кого-то спасти, — я выберу Камиллу. Я ничем не дорожу так, как дочерью. — Он задумался над собственными словами и через некоторое время добавил: — Да, только ею одной. — Бошан чуть улыбнулся, а потом его лицо вновь стало серьезным. — Я хочу увезти ее с Юга. Это не самое подходящее место для умной девушки. Здесь живут одни выродившиеся идиоты без гроша за душой, а среди тех, у кого есть деньги, как, например, у меня, — Орвиль бросил на собеседника откровенный взгляд, — я не вижу никого подходящего. Они грубые, неуклюжие, неотесанные, и половина их глупее ее. Камилла — замечательная девушка во многих отношениях, она унаследовала все лучшее и от тех, и от других, но именно поэтому ей здесь нет места. Люди, подобные ее деду, слабы, плаксивы и бедны, а другие еще хуже. Терстон, здесь ей нет пары — ни в Атланте, ни в Чарлстоне, ни в Саванне, ни в Ричмонде, ни на всем Юге. Я хотел в будущем году свозить ее в Париж и представить в свете. — Иеремия мысленно задал себе вопрос, как Бошан собирался это устроить. Впрочем, иногда он сам удивлялся тому, что можно сделать с помощью денег. — Честно говоря, я уже давно обещал ей это, но когда вы приехали к нам на прошлой неделе... Терстон, мне пришла в голову поразительная идея.

Иеремия похолодел. Менялась вся его жизнь, и он прекрасно понимал это.

— Вы идеально подходите ей. Кажется, она сильно увлеклась вами.

Терстон немедленно вспомнил о поцелуе, которым вчера наградила его Камилла и который отнюдь не показался ему неприятным.

— Вы порядочный человек. Так о вас отзываются все, да я и сам это вижу. Я доверяю собственной интуиции, а интуиция подсказывает мне, что вы вполне достойны Камиллы. Ведь с моей дочерью сумеет совладать далеко не каждый. — Эти слова рассмешили Иеремию. Мысль показалась ему оригинальной, и он с удивлением посмотрел на хозяина дома. — Ну? Что вы скажете? Вы согласны жениться на моей дочери, сэр?

Иеремии еще никогда не задавали столь прямого вопроса... Как будто речь шла о покупке скота, земли, дома... И все же он с трудом подавил в себе неистовое желание сказать «да». Прежде чем ответить хозяину, он набрал полную грудь воздуха, а потом поставил на стол бокал с бренди. Все это время в комнате царила напряженная тишина.

— Не знаю, с чего начать и что вам сказать, Бошан. Она замечательная девушка, в этом нет никаких сомнений. Я глубоко тронут всем, что вы сказали. Я вижу, как вы заботитесь о дочери, и она вполне заслуживает тех чувств, которые вы к ней питаете. — Сердце Иеремии вновь неистово заколотилось; ему казалось, что оно бьется так с тех пор, как он впервые увидел Камиллу. Но от того, что он сейчас скажет, зависит его судьба, и поэтому он должен тщательно взвешивать каждое слово, теперь оно было на вес золота. — Но должен сказать вам, сэр, я почти втрое старше ее.

— Так уж и втрое... — Кажется, Орвиль Бошан не слишком встревожился.

— Мне сорок три года, а ей семнадцать. По-моему, ее должна отпугнуть такая разница в возрасте. А потом, я живу за двадцать пять сотен миль отсюда, в месте куда менее изысканном, чем ваш город. Вы говорили, что собирались ввести ее в высшее французское общество... А я рудокоп, сэр... Я живу просто, мой дом пуст, он находится в десяти милях от ближайшего города. Такая жизнь вряд ли вызовет восхищение у молоденькой девушки.

— Если вас удерживает только это, вы можете переехать в город. Например, в Сан-Франциско. Вам не составит труда управлять рудниками, находясь там. Ведь у вас все уже давно отлажено. Иначе вы просто не смогли бы приехать сюда. — Иеремии пришлось признать его правоту. — Вы могли бы построить ей дом в городе, и она постепенно привыкла бы к сельской жизни. — Бошан улыбнулся. — Возможно, это даже пойдет ей на пользу. Ее жизнь здесь иногда кажется мне слишком фривольной. Впрочем, должен признаться, тут есть доля моей вины. Мне не нравится, когда она скучает, поэтому мы часто берем ее на балы. Однако ваш образ жизни может повлиять на нее благотворно. — Отец Камиллы приподнял брови. — Однако дело не в этом. Главное в том, сумеете ли вы позаботиться о ней?

Иеремия Терстон почувствовал, что вот-вот испустит последний вздох.

— Я никогда не думал, что услышу от вас такие слова, сэр, однако, коль скоро об этом зашла речь, я должен заявить, что, честно говоря, пока сам не понимаю, какие именно чувства я испытываю к вашей дочери. Я борюсь с ними с той минуты, как мы с ней увиделись, и в первую очередь из-за того, что уважаю вас. Она совсем недавно вышла из детского возраста, она еще очень молода, а я уж слишком стар для таких вещей. Я привык к простой, спокойной жизни, как вы только что слышали, и уже давно отказался от подобных мечтаний. — Кроме того, он повстречался с Амелией, и она тронула его душу, а незадолго до этого на его глазах умер сын Джона Харта... Неожиданно, впервые за двадцать лет, ему захотелось иметь что-то такое, о чем раньше он даже не мечтал: любимую жену и собственного ребенка... Чтобы по вечерам его ждала дома не только Ханна, а в субботу не только Мэри-Эллен Браун... Внезапно перед его мысленным взором предстала Камилла — воплощение всего того, чего у него до сих пор не было и, казалось, уже никогда не будет... — На прошлой неделе со мной что-то случилось, — выдавил Иеремия. — Мне нужно время, чтобы подумать. — После встречи с Амелией и последовавших за этим событий ему никак не удавалось разобраться в собственных чувствах.

Орвиль Бошан отнюдь не выглядел расстроенным.

— Все равно она еще слишком молода. И я пока не хочу, чтобы вы говорили с ней.

Иеремия был потрясен.

— Я и не собирался, сэр. Мне необходимо все как следует обдумать. Мне хочется посмотреть, что произойдет, когда я вернусь к привычной жизни, в мой пустой дом, на мои рудники. — Иеремия вздохнул, внезапно ощутив себя безнадежно одиноким. Ему вдруг показалось, что он уже не сможет прожить там без Камиллы. До сих пор он не испытывал ничего подобного... если не считать Дженни... — Не знаю, что я чувствую к ней. Я бы мог попросить ее руки сегодня же вечером, — голос Иеремии звучал глухо и хрипло из-за охватившего его сильного волнения, — но я должен убедиться, что мой поступок пойдет на пользу нам обоим. Сколько ей сейчас лет?

Неожиданно все мысли куда-то исчезли, и перед его мысленным взором появились ее глаза, ее руки... ее губы...

— Семнадцать.

— Через полгода я вернусь и попрошу у вас ее руки, если решу, что в этом есть смысл. А если нет, я извещу вас раньше. Вы не станете возражать, если я приеду в Атланту и предложу ей выйти за меня замуж? Потом, еще через полгода, я приеду опять и увезу ее с собой.

— К чему тянуть? Вы можете увезти ее через первые полгода, если решите жениться на ней.

— Я хочу построить для нее приличный дом в городе, если она согласится стать моей женой. Я обязан сделать для нее хотя бы это. Насчет остального можете не беспокоиться. Бошан, если я женюсь на вашей дочери, я не пожалею сил и средств, чтобы ей жилось хорошо. — Взгляд Иеремии, казалось, подтверждал его слова, и Орвиль кивнул в знак согласия.

— В этом я не сомневаюсь. Я хотел выяснить лишь то, о чем только что спрашивал. Ей все равно не найти никого лучше вас.

— Надеюсь на это. — В глазах Иеремии появился какой-то удивительный блеск. Ему казалось, что он сейчас заключил величайшую сделку в жизни. Девятьсот фляг ртути, о которых они договорились несколько дней назад, теперь не имели для него никакого значения. Но Камилла... Она стала воплощением его мечтаний, и он уже не сомневался, что вернется сюда через полгода. Когда они с

Орвилем наконец вышли из столовой, Иеремия смотрел на девушку уже по-другому.

— О чем вы разговаривали с отцом? — шепотом спросила Камилла. — Кто-нибудь видел, как мы целовались? — Впрочем, она, похоже, не слишком из-за этого переживала, и Иеремия в который раз удивился. Теперь ему самому хотелось сгрести ее в охапку и влепить поцелуй прямо в губы.

— Да, — прошептал он в ответ, чтобы поддразнить Камиллу, — отец решил отдать вас в монастырь на попечение монахинь. Вы останетесь там до тех пор, пока вам не стукнет двадцать пять лет.

— Ни за что на свете! — взвизгнув от смеха, закричала девушка. — Он никогда так не сделает. Ему будет слишком скучно без меня!

Ее слова заставили Терстона подумать о том, каково придется Бошану, если он женится на Камилле и увезет ее с собой. Однако отец девушки был прав. Так будет лучше. На Юге она никогда не станет своей. В ее жилах течет кровь Бошана, чего не простят ни ей, ни ее потомкам по крайней мере еще лет сто. Брат Камиллы, похоже, относился к этому совершенно равнодушно, однако она искренне переживала. Даже мать девушки постоянно вела себя так, как будто в доме стоял дурной запах. Она вспоминала о Саванне как о навеки потерянном рае, независимо от того, сколько раз в году она там бывала. Она жила здесь, словно в ссылке.

— Честно говоря, — Иеремия ощутил какое-то непонятное облегчение, казалось, совсем несвойственное человеку, только что решившему собственную судьбу, — мы с ним обсуждали еще одну сделку. Возможно, через полгода я опять приеду в Атланту, чтобы договориться с ним окончательно.

Его слова, похоже, заинтересовали Камиллу.

— Опять насчет ртути? — На лице девушки появилось удивленное выражение. — По-моему, той, что купил консорциум, вполне хватит до конца года.

Иеремия не переставал удивляться тому, как много она знала о делах и насколько в них разбиралась.

— Эта сделка будет гораздо сложнее. В другой раз я объясню вам, в чем дело. — Он бросил взгляд на часы. — Уже поздно, мне пора возвращаться в гостиницу. Надо посмотреть, собрали ли мои вещи. Утром я уезжаю, маленькая. — Неожиданно Иеремия ощутил какое-то странное чувство собственника по отношению к ней, однако ему не хотелось, чтобы она это заметила. Обернувшись, он что-то сказал матери Камиллы, но та не обратила на него никакого внимания и удалилась, оставив его вдвоем с дочерью.

Большие грустные глаза смотрели на него снизу вверх.

— Если я выберу время, то напишу вам до вашего возвращения.

— Вы меня очень обяжете. — Ему тоже требовалось время, чтобы все обдумать.

Девушка окинула его странным взглядом, как будто все знала...

— Папа обещал свозить меня во Францию в этом году. Вы можете не застать меня, когда приедете снова...

Но он знал, что увидит ее. Неужели он позволит Бошану продать ее какому-нибудь второстепенному графу или герцогу? Эта мысль вызвала у него омерзение. Она не вещь, чтобы ее продавать, даже ему. Она женщина, человек... ребенок... Ему вдруг более чем когда-либо раньше захотелось подумать, найдет ли она с ним счастье. У него возникло желание посмотреть на свои холмы с закругленными вершинами, бросить взгляд из окна комнаты, где он привык спать, и попытаться представить ее рядом с собой.

— Отсюда так далеко до Калифорнии... — Ее голос прозвучал нежно и горестно. Терстон слегка сжал руку девушки.

— Я вернусь, — пообещал он не столько ей, сколько себе. Сумеет ли он выполнить это обещание? Его жизнь уже не будет такой, как прежде, однако он был твердо уверен, что она должна измениться. Посмотрев на необыкновенную девушку, стоящую рядом с ним, он произнес единственные слова, которые ей хотелось услышать: — Я люблю вас, Камилла... Запомните это...

Он нежно поцеловал ее руку, а потом щеку, после чего, обменявшись с Орвилем Бошаном крепким рукопожатием и понимающим взглядом, вышел, осознавая, что они все теперь стали немного другими. И он сам в первую очередь.

Глава 7

Пароход пришел в Напу в субботу, ранним солнечным утром. Иеремия собирался нанять экипаж, чтобы ехать в Сент-Элену. Он дал телеграмму на прииски, сообщив, что появится там в понедельник утром, и рассчитывал провести выходные дома, разбирая бумаги и почту, и заодно посмотреть, как идут дела на виноградниках. Спустившись на причал, он огляделся по сторонам, с наслаждением вдыхая знакомый воздух. Дальние холмы казались более зелеными, чем три недели назад, в день отъезда из Напы. В этот момент Иеремия увидел мальчика, который отвозил его на вокзал, того самого, кого он звал помогать по субботам в конторе, — Дэнни Ричфилда.

— Эй, мистер Терстон! — Мальчишка помахал рукой, не слезая с козел, и Иеремия, улыбаясь, направился в его сторону. Хорошо, когда тебя кто-нибудь встречает, пусть даже едва знакомый мальчишка. По пути Терстон вдруг понял, что Дэнни всего на несколько лет младше Камиллы. С каким-то страшным чувством он забросил вещи в коляску и улыбнулся Дэнни.

— Что ты здесь делаешь, сынок?

— Отец сказал, что вы сегодня приедете, и я попросил у него коляску, чтобы привезти вас домой.

Иеремия уселся на козлы рядом с маленьким кучером и всю дорогу слушал рассказы о том, что случилось в его отсутствие. Они ехали два с половиной часа, и Терстон все это время радостно осматривался по сторонам. Всякий раз, когда он возвращался в долину Напа, в нем просыпалась любовь к этим местам.

— Вы, кажется, довольны, что вернулись, сэр.

— Да. — Иеремия с улыбкой посмотрел на мальчика. — Ни одно место на свете не похоже на нашу долину. Не обманывай себя на этот счет. Возможно, когда-нибудь ты захочешь уехать отсюда, но нигде тебе не будет так хорошо, как здесь.

Похоже, мальчик сомневался в справедливости его слов. Были на свете места и получше. Он собирался стать банкиром, а что делать банкиру в долине Напа? То ли дело Сан-Франциско... или Сент-Луис... Чикаго... Нью-Йорк... Бостон...

— Вам понравилась поездка, сэр?

— Да. — Стоило Иеремии вновь взглянуть на Дэнни, как мысли о Камилле опять заняли его ум. Как она живет? Где сейчас находится? Понравится ли ей здесь? Эти вопросы не давали ему покоя в течение всего долгого обратного пути, а теперь, когда он наконец вернулся в Напу, они донимали его еще больше. Он вдруг стал смотреть на окружающее глазами Камиллы, представляя, что она почувствует, когда впервые окажется здесь.

Когда коляска медленно подкатилась к его дому, Иеремия долго сидел, оглядываясь по сторонам. «Что она подумает об этом?» — спрашивал Терстон у самого себя. Он почему-то с трудом представлял ее в этом доме. За долгие годы одиночества он все забросил. Рядом с домом не было клумб, на окнах — занавесок. Все то, о чем Ханна давно перестала напоминать, вдруг сделалось для Терстона чрезвычайно важным. Нет, он слишком торопится. Он вернулся домой, чтобы разобраться в собственных чувствах, а не переделывать свою жизнь ради нее. А может, ему самому этого хочется? Кажется, он уже сделал выбор. И все же ему предстояло решить еще один вопрос. Он прекрасно понимал это. Поблагодарив мальчика, Иеремия не торопясь прошел в дом. Он помнил, какой сегодня день. Терстон собирался съездить на рудники и проверить, как там обстоят дела, но потом... Он должен поступить справедливо... Только по отношению к кому? К Камилле... или к Мэри-Эллен Браун?.. Почувствовав, что у него пухнет голова, Иеремия вдруг увидел Ханну, как обычно, хмуро смотревшую на него.

— Похоже, ты слишком выдохся. — Она не спешила бросаться с объятиями или поздравлять его с возвращением, и Иеремия улыбнулся:

— Вот так прием! Как ты тут жила без меня?

— Неплохо. А как ты, малыш?

Иеремия рассмеялся. Ханна, как всегда, называла его малышом. Наверное, так будет продолжаться до конца его дней.

— В гостях хорошо, а дома лучше. — Да, верно! У него нет ничего дороже этой долины, несмотря на то что здесь кое-чего не хватает... Ладно, справимся...

Терстон поднял глаза и увидел, что Ханна пристально рассматривает его.

— Чем ты там занимался? У тебя чертовски виноватый вид. — Она знала его лучше всех и сразу поняла, что во время поездки с ним что-то случилось. — Напроказничал там, как, бывало, на Востоке?

— Немножко. — Его глаза смеялись.

— Что значит «немножко»?

Попробуй объясни... С чего начать?

— Как тебе сказать... Я заключил одну очень важную сделку. — Он пытался заморочить Ханне голову, но это ему не удалось.

— Плевать мне на твои сделки. Сам знаешь, я не об этом. Чем еще ты там занимался?

— Я познакомился с одной очаровательной юной леди. — Он решил не мучить старуху.

Глаза Ханны заблестели.

— И во сколько тебе встало ее очарование? Неужто даром?

Терстон разразился громким хохотом, и Ханна улыбнулась.

— Фу, как грубо! А еще такая почтенная дама! — Он дразнил ее, и Ханна это понимала.

— Нашел даму! Давай выкладывай.

Иеремия усмехнулся:

Именно что даром. Ей семнадцать лет, она дочь того человека, с кем я подписал сделку.

— Ты стал бегать за малолетками, Иеремия? Не поздновато ли?

Иеремия поднял брови. Ханна была права, именно этого он и опасался. Поднявшись, он попытался отогнать от себя мысли о Камилле.

— Боюсь, что да. Именно это я и сказал им перед отъездом. — Внезапно на лице Иеремии отразилась такая боль, такая тоска, что Ханна схватила его за руку, не давая выйти из комнаты.

— Постой, дурачок, куда помчался, словно раненая корова? Я понимаю, ты не станешь бегать за такими старыми клячами, как я. Может, дело вовсе не в ее семнадцати годах... — Интуиция подсказывала ей, что дело принимает серьезный оборот. — Успокойся, Иеремия, расскажи мне об этой девушке... Она тебе очень понравилась, верно, малыш? — Их взгляды встретились, и Ханна все поняла без слов. У нее перехватило дух. Глаза Терстона были полны любви. Боже, прошло всего три недели... — Скажи, Иеремия... Это серьезно, да? — Голос Ханны был сух, как спаленное дерево.

Встретив ее взгляд, Терстон кивнул:

— Наверное, да. Сам не знаю... Мне нужно как следует подумать... — Понравится ли ей здесь? У себя на Юге она привыкла совсем к другой жизни.

— Ей крупно повезет, если ты привезешь ее сюда, — грубовато бросила Ханна. Такое предубеждение вызвало у Иеремии улыбку.

— Мне тоже, Ханна... — Терстон помолчал и добавил: — Она не похожа на других девушек. Умнее большинства мужчин, с которыми я встречался, и красивее всех женщин, которые мне попадались. Лучше и желать нельзя.

— Она добрая?

Вопрос показался Иеремии странным и вызвал у него какое-то непонятное беспокойство... Добрая?.. Этого он не мог сказать с уверенностью. Дженни была доброй, сердечной, любящей, нежной... Мэри-Эллен тоже была доброй, но Камилла... Умная, забавная, веселая, прелестная, чувственная, страстная, волнующая...

— Конечно, да. — Почему бы ей не быть доброй? Ведь ей всего семнадцать лет. Однако Ханна уже думала о другом. Их взгляды надолго встретились.

— Что ты собираешься делать с Мэри-Эллен, парень?

— Пока не знаю. Я думал об этом все время, пока ехал в поезде.

— Ты что-нибудь решил насчет этой девушки? Похоже, что да.

— Нет, пока не знаю. Сейчас мне нужно время... Много времени... Чтобы как следует подумать...

Но решение уже было принято. Им с Мэри-Эллен придется расстаться. Только как ей сказать об этом? В его ушах звучали слова Мэри-Эллен, сказанные в субботний вечер накануне его отъезда: «...Смотри не встреть там, в Атланте, девушку твоей мечты...» «Не болтай чепухи», — ответил он тогда... Не болтай чепухи... Однако так оно и случилось... Как это произошло с ним, после стольких лет? Почему ему вдруг захотелось перевернуть вверх дном всю свою жизнь? Почему у него ни разу не возникло желания сделать это ради Мэри-Эллен Браун? Ей он отдавал лишь ночь в неделю, а этой дерзкой девчонке собирается подарить всю жизнь... Однако чувство, которое он испытывал к Камилле, казалось ему совершенно новым, абсолютно не похожим на то, что он чувствовал раньше. Его душа сгорала от страсти. Ради Камиллы он мог бы преодолеть пешком сто тысяч миль, понес бы ее на руках через пустыню, вырвал бы из груди собственное сердце и протянул ей на ладони... Тут Иеремия заметил, что Ханна по-прежнему внимательно следит за ним.

— Ты не заболел?

— Вполне возможно... — Иеремия усмехнулся. Да, он заболел. Безумие — это болезнь. — Что делают в таких случаях?

— Отправляйся к ней, но сначала предупреди о том, что ее ждет.

Что он делает? Иеремия похолодел. Эта женщина была к нему добра, и ему не хотелось обижать ее, хотя он и понимал, что это неизбежно. Выбора не оставалось. Иеремия отвернулся и бросил взгляд на долину. Казалось, в этом чудесном месте нельзя быть несчастным, однако это было не так. Он вновь обернулся к Ханне:

— Ты не встречала Джона Харта?

Она покачала головой:

— Говорят, он не желает никого видеть. Он заперся и целую неделю пил в одиночку, а теперь работает на рудниках вместе со своими людьми. От них осталась половина. — Ханна грустно посмотрела на Иеремию. — Знаешь, мы потеряли двоих. Можно считать, счастливо отделались. — Она назвала имена покойных, и Иеремия почувствовал себя несчастным. Почему человек бессилен перед болезнями? Как несправедливо устроена жизнь! — Говорят, Джон Харт совсем озверел. Он вкалывает день и ночь, орет на всех и напивается в стельку, стоит ему выбраться из копей. И все же он придет в себя. — Услышав это, Иеремия вновь вспомнил о своей умершей невесте и внезапно испугался за Камиллу. А вдруг она заболела после его отъезда? Вдруг он вернется и узнает, что она умерла? Эта мысль привела его в ужас. Ханна, увидев выражение его лица, покачала головой. — Не надо так переживать, мой мальчик.

— Я знаю, — с трудом промолвил он, преодолевая страх.

— Надеюсь, она стоит того. Ей достанется хороший муж. — Ханна вздохнула. — А Мэри-Эллен Браун, похоже, останется с носом.

— Не надо... — Иеремия вновь отвернулся. — Не надо, черт побери... — Возможно, он сделает ошибку, покончив все разом, однако будет гораздо хуже, если их отношения останутся прежними, а он в конце концов женится на Камилле... Он мог бы предоставить выбор самой Мэри-Эллен, но это было бы нечестно. Иеремия вздохнул и поднялся. Нужно было принять ванну и переодеться. Потом он съездит на прииск, а затем придется встретиться с Мэри-Эллен. Всего несколько недель назад они с трудом расстались, а теперь он хочет распрощаться с ней. Странная штука жизнь... Он взглянул на старую экономку и улыбнулся. — Ладно, может, это и к лучшему.

Глава 8

Иеремия привязал коня к дереву позади дома Мэри-Эллен. Детей не было. Он подошел к парадной двери и постучал. Увидев его, Мэри-Эллен тут же распахнула дверь. На ней было красивое платье из розового хлопка, медно-рыжие волосы казались блестящими. Иеремия не успел открыть рот, как она обвила руками его шею и крепко поцеловала. На мгновение он отпрянул, но потом ощутил знакомый прилив страсти и сжал в объятиях хорошо знакомое тело. Затем он опомнился, отстранился и вошел в дом, стараясь не встречаться с женщиной взглядом.

— Как тебе жилось, Мэри-Эллен?

— Скучала без тебя. — Они сидели в крошечной гостиной, и Мэри не могла на него наглядеться. Она была несказанно счастлива. Обычно они здесь надолго не задерживались, но Мэри-Эллен вдруг почувствовала себя неловко, словно встретилась с незнакомым мужчиной. Так бывало всегда после его возвращения, но она знала: стоит им лечь в постель, как тут же вернутся знакомые чувства и все пойдет своим чередом. — Я рада, что ты вернулся, Иеремия.

У Терстона защемило сердце. Боль, сожаление, вина... От ее умоляющего взгляда сводило желудок. Внезапно перед ним возник образ Камиллы. Он снова услышал слова Амелии... Женитесь... Она была права, только как теперь быть с Мэри-Эллен?

— Я рад, что вернулся, — не найдя ничего лучше, пробормотал он. — Как дети?

— Хорошо, — застенчиво улыбнулась она. — Я отправила их к матери. На всякий случай, если ты вдруг приедешь. Я слышала, что тебя ждут сегодня.

Терстон почувствовал себя скотиной. Что он мог ей сказать? Что встретил в Атланте семнадцатилетнюю девчонку?..

— У тебя усталый вид, Иеремия. Может, поешь? — Она не сказала «прежде, чем мы ляжем в постель», однако имела в виду именно это. Ее слова громом отдались в ушах Иеремии, и он покачал головой:

— Нет, не надо... Не хочу... У тебя все в порядке?

— Да. — Не говоря больше ни слова, она провела ладонью по груди Иеремии и нежно поцеловала его в шею. — Я тосковала по тебе.

— И я тоже. — Он крепко обнял Мэри и прижал к себе, словно старался смягчить удар, который ему придется нанести. Хватит ли у него сил? Зачем вообще говорить об этом? Нет, надо. Без этого нельзя. Казалось, она обо всем догадывается. — Мэри-Эллен... — медленно отстранился он, — нам нужно поговорить.

— Не сейчас, Иеремия, — испуганно возразила она, и у Терстона учащенно забилось сердце.

— Да, но... Я... я должен тебе сказать кое-что...

— Зачем? — Ее большие глаза наполнились печалью. Так она и знала. Не оставалось никаких сомнений. — Ничего не хочу знать. Ты вернулся.

— Да, но...

И тут она испугалась по-настоящему. Неужели речь пойдет о чем-то большем, чем случайная вагонная интрижка? Внезапно она почувствовала, что его слова переменят всю ее жизнь.

— Иеремия... — Случилось то, чего она боялась. А боялась она всегда. — Что случилось?

Может, ей незачем об этом знать...

— Не знаю. — Это было самое страшное. Она видела, в каком смятении находится Иеремия.

— У тебя появилась другая? — отрывисто спросила она, прикрывая глаза, словно ей в сердце вонзили нож. Как он мог?

Когда Иеремия наконец заговорил, его голос звучал глухо:

— Похоже, да, Мэри-Эллен. Сам толком не знаю. — Он отчаянно пытался не думать о Камилле, но, несмотря на все усилия, образ ее стоял у него перед глазами. — Я пока ни в чем не уверен. Эти три недели перевернули всю мою жизнь.

— Ох... — Мэри-Эллен опустилась на диван, пытаясь успокоиться. — Кто эта девушка?

— Она очень молодая. Даже слишком. — Эти слова добили ее. — Почти ребенок. И я пока сам не знаю, что чувствую...

Иеремия умолк, и Мэри-Эллен как будто слегка ожила. Она наклонилась и положила ладонь на его руку.

— Тогда какая разница? Зачем ты мне об этом говоришь?

Может, она и была права, но Иеремия покачал головой:

— Так нужно. Это очень важно. Я сказал ее отцу, что полгода подумаю. А потом... Я могу уехать...

— Насовсем? — прошептала потрясенная Мэри-Эллен. Она не поняла его. Иеремия вновь покачал головой.

— Нет. — Ему оставалось лишь сказать правду: — За ней.

Мэри-Эллен отпрянула, как от пощечины.

— Ты хочешь жениться на этой девушке?

— Может быть.

Воцарилось долгое молчание. Они неподвижно сидели рядом, пока Мэри-Эллен не подняла на Терстона печальный взгляд.

— Иеремия, почему мы с тобой так и не поженились?

— Наверное, потому, что время было против нас, — тихо прозвучал мудрый ответ Иеремии. — Сам не знаю. Нам и так было хорошо. — Он откинулся на спинку дивана и устало вздохнул, чувствуя себя вконец измотанным. — Возможно, я вообще не создан для семейной жизни. Об этом мне тоже надо подумать.

— Может, все дело в детях? Ты захотел детей?

— Может быть. Я перестал думать об этом много лет назад, но потом.,. — Он бросил на женщину несчастный взгляд. — Мэри-Эллен, теперь я и сам не знаю...

— Знаешь, я постараюсь...

Эти слова до боли тронули Терстона, он осторожно прикоснулся к ее руке.

— С ума сошла... Ты же чуть не умерла в прошлый раз.

— Может, на этот раз все будет по-другому. — Но взгляд ее оставался безнадежным.

— Ты уже не молоденькая, и у тебя трое отличных рябят.

— Но они не твои, — ласково возразила она. — Я постараюсь, Иеремия... Я попробую...

— Я знаю, ты на это способна. — Не зная, что еще сказать, Терстон поцелуем заставил ее замолчать. Мэри-Эллен прижалась к нему всем телом, они затаили дыхание и долго сидели так в маленькой душной комнате. Наконец Иеремия отодвинулся. — Мэри-Эллен... Не надо...

— Почему? — В ее глазах стояли слезы. — Какого черта?.. Я же люблю тебя, разве ты забыл? — страстно прошептала она, и Иеремия смешался. Он тоже любил ее. За семь лет они так привыкли друг к другу! Но ему никогда не хотелось жениться на ней, жить вместе, быть с ней рядом... так, как ему хотелось быть с Камиллой. Иеремия прижал женщину к себе, давая ей выплакаться.

— Мэри-Эллен, прошу тебя...

— О чем? Расстаться с тобой? Ты приехал проститься? Иеремия кивнул. На глазах у него выступили слезы.

— Но это же глупо! Ведь ты даже не знаешь ее... этого ребенка!.. О чем тут думать целых шесть месяцев? Если ты решил подумать — значит, это пустяки!

Она боролась за жизнь, и голос ее звучал скорее резко, чем подавленно. Иеремия поднялся и посмотрел на ее смятенное лицо. Мэри-Эллен всхлипнула, и он взял ее на руки. Говорить было не о чем. Иеремия медленно поднялся по лестнице, уложил Мэри на кровать и стал гладить по волосам, утешая, словно маленькую.

— Мэри-Эллен, не надо... Все будет хорошо...

Она молча смотрела на него. Сердце ее было разбито. Возврата к прошлому нет. Череда никому не нужных субботних ночей казалась ей длинной, одинокой дорогой. Что скажут люди? Что он бросил ее? Она сжалась в комок, представив себе слова матери: «Я говорила тебе, потаскушка, что этим кончится!»

Да, так оно и было. Потаскушка, к которой по субботам шлялся Иеремия Терстон. Все эти годы она гордилась этим, а теперь он ее бросил. «Нужно было давно прибрать его к рукам», — говорила она себе, прекрасно понимая, что никогда не пошла бы на это. Их обоих вполне устраивали такие отношения...

Иеремия сидел на стуле возле кровати и смотрел, как она рыдает. Наконец Мэри-Эллен устремила на него взгляд больших, тоскливых зеленых глаз.

— Я не хотела, чтобы все так кончилось...

— Я тоже. Я бы мог сегодня ничего не сказать тебе, но это было бы нечестно. Я собирался молчать все эти полгода, и мне действительно надо подумать.

— О чем?.. — Мэри-Эллен тихонько всхлипнула. — Какая она?

— Даже не знаю, как тебе сказать. Она совсем молоденькая, но не по годам умная. — Иеремии пришлось солгать, чтобы хоть немного уменьшить боль Мэри-Эллен: — Она не такая красивая, как ты.

Мэри-Эллен улыбнулась. Он всегда был добр.

— Ни за что не поверю.

— Но это действительно так. Ты настоящая красавица. А на свете есть еще немало мужчин. Ты заслуживаешь большего, чем наши субботние ночи, Мэри-Эллен. Я уже давно подумывал об этом. Все эти годы я был эгоистом.

— Я не думала об этом.

Однако Иеремия заподозрил, что это неправда. Просто она никогда об этом не говорила. По ее лицу вновь потекли слезы. Иеремия не мог смотреть на них без боли. Он стал целовать глаза Мэри-Эллен, стараясь осушить их. Она медленно протянула к нему руки, крепко прижала его к себе, и на этот раз он не смог сопротивляться. Иеремия крепко обнял Мэри-Эллен, они упали на кровать, и ему вдруг — так же, как раньше, — нестерпимо захотелось овладеть ею. Ночью, когда Иеремия наконец уснул рядом с ней, на лице Мэри-Эллен появилась слабая улыбка. Женщина поцеловала Иеремию в щеку и погасила свет.

Глава 9

— Иеремия! — Проснувшись утром, Мэри-Эллен увидела, что Терстона нет. Испуганная женщина мигом вскочила с постели. — Иеремия! — Мэри-Эллен бросилась вниз, подметая лестницу подолом розового атласного халата, и застыла в дверях кухни. Иеремия обернулся и загляделся на ее статную фигуру.

— Доброе утро, Мэри-Эллен. — Он деловито поставил на стол две полные чашки. — Пока ты спала, я решил сварить кофе.

Мэри-Эллен кивнула и испуганно посмотрела на него. Ночью она решила, что заставила его передумать, но теперь от этой уверенности не осталось и следа. В ее тихом голосе вновь появился страх:

— Мы идем в церковь?

Иногда они так делали, но теперь все изменилось. Иеремия медленно кивнул, отхлебнул кофе и поставил чашку на стол.

— Да, идем. — За этими словами последовала многозначительная пауза. — А потом я поеду домой. — Они оба знали, что видятся в последний раз, но Мэри-Эллен все еще не сдавалась.

— Иеремия... — Тяжело вздохнув, она поставила чашку. — Ты не должен ничего менять. Я все понимаю. Вчера вечером ты правильно сделал, что рассказал о... о ней... — Произнеся эти слова, Мэри-Эллен едва не задохнулась. Ей не хотелось расставаться с Терстоном.

— Это единственное, что я мог сделать. — Лицо Иеремии было суровым. Он понимал, что причиняет ей боль, но у него не было выбора. Он чувствовал себя увереннее, чем вчера вечером, и это больше всего пугало Мэри-Эллен. — Я люблю тебя и не могу лгать.

— Но ты еще ничего не решил, — жалобно промолвила она, и у Иеремии задергалась щека.

— Ты хочешь подождать? Спать со мной до моей свадьбы? Ты этого хочешь? — Он поднялся, и его голос зазвучал громче. — Ради Бога, позволь мне сохранить остатки самоуважения. Мне это удается с большим трудом.

— А если все-таки ты не женишься на ней? — В голосе ее звучала страстная мольба, но Иеремия только покачал головой.

— Не знаю. Не спрашивай меня об этом. Если она не станет моей женой, неужели ты захочешь, чтобы я вернулся? — Он отошел к окну, Мэри-Эллен смотрела ему в спину. — Ты первая возненавидишь меня.

— Я никогда этого не сумею. За семь лет ты ни разу не обидел меня. — Но от этих слов ему стало еще хуже. Иеремия обернулся. Теперь и в его глазах стояли слезы. Он подошел и порывисто обнял ее.

— Прости, Мэри-Эллен. Я не хотел уходить от тебя. Я никогда не думал, что так получится.

— Я тоже. — Она улыбнулась сквозь слезы, и они сжали друг друга в объятиях. В то утро они не пошли в церковь, но вновь вернулись в постель и любили друг друга. Уже под вечер Иеремия оседлал Большого Джо, уселся верхом и посмотрел на стоявшую на крыльце Мэри-Эллен. На ней был все тот же розовый халат.

— Береги себя, милая.

По ее лицу медленно текли слезы.

— Возвращайся... Я буду ждать тебя.

С трудом проговорив эти слова, Мэри-Эллен подняла руку. Он в последний раз посмотрел на нее и поскакал к дому. Он остался один. Ни Мэри-Эллен, ни Камиллы. Впрочем, так было всегда.

Глава 10

В этом году лето в долине Напа выдалось на редкость хорошим, щедрым и жарким. Ртуть, согласно заключенному весной договору, давно отправили на Юг, дела на прииске шли прекрасно, на виноградниках созревал новый урожай, а у Иеремии с каждым днем прибавлялось дел. Он часто вспоминал о своем решениии прекратить встречи с Мэри-Эллен и каждую субботу чувствовал себя как неприкаянный, однако в Калистогу возвращаться не собирался. Вместо этого он несколько раз ездил в Сан-Франциско, посещая знакомый публичный дом. Однако его постоянно грызла какая-то невидимая миру боль, и только Ханна, молча наблюдавшая за его метаниями, замечала, как эта боль уходит из глаз Иеремии, стоит ему получить очередную весточку от Камиллы.

Камилла стала писать ему забавные письма сразу после того, как он вернулся. Она рассказывала о людях, с которыми встречалась, о балах, куда ее приглашали, о званых вечерах в доме ее родителей, о том, как она ездила в Саванну, Чарлстон и Новый Орлеан, и, наконец, о безнадежно некрасивой девушке, за которой начал волочиться Хьюберт из-за того, что ее отец владеет самыми лучшими конюшнями на Юге. Ее письма были содержательными, живыми, весселыми, и Иеремия с удовольствием разбирал завитушки ее затейливого почерка. Внизу страницы она всегда ставила несколько точек, как будто желая заинтриговать его, подарить ему надежду, заставить вернуться к ней. В письмах не было ни малейшего намека на страстные чувства. Камилла давала понять, что Иеремии придется поухаживать за ней, когда он вернется. В августе его терпению пришел конец, и он заказал билет на поезд. С момента их знакомства прошло только четыре месяца, но он уже знал о своем решении. К моменту его отъезда из Сент-Элены об этом узнала и Ханна. Она все еще жалела тоскующую Мэри-Эллен, но с радостью ждала, когда Иеремия наконец привезет молодую жену и его дом наполнится детскими голосами и женским смехом.

Иеремия отправил Орвилю Бошану телеграмму, предупредив о своем приезде и заодно попросив ничего не говорить Камилле. Ему хотелось застать ее врасплох и посмотреть, как она его примет. Четыре месяца — немалый срок для молоденькой девушки, она могла и передумать. Во время долгого путешествия на Юг Иеремия думал только об этом. Такая попутчица, как Амелия, ему больше не встретилась, и в поезде он почти ни с кем не разговаривал. Наконец добравшись до Атланты, Терстон почувствовал себя измученным и разбитым. Рядом с вокзалом стояла коляска Бошана, которую прислали, чтобы отвезти его в гостиницу.

Иеремия, как всегда, занял «люкс» и тут же послал Бошанам записку. Ответ не заставил себя долго ждать. Орвиль сообщал, что рад пригласить его на обед, и заверял, что Камилле ничего не известно о его приезде. Иеремия попробовал представить себе, как она удивится, увидев его снова, и ощутил от этой мысли странный озноб. В восемь часов вечера, садясь в коляску Бошана, он почувствовал, что у него вспотели ладони. Стоило Терстону опять увидеть знакомый дом, как у него забилось сердце.

Иеремию проводили в небольшую, роскошно отделанную гостиную, куда вскоре вышел сам Орвиль Бошан и радостно пожал ему руку. Получив телеграмму с Запада, он понял, что приезд Иеремии сулит хорошую новость.

— Как ваши дела?.. Счастлив снова видеть вас, дружище! — Он буквально трясся от радости, и Иеремия надеялся, что дочь будет рада не меньше папаши.

— Отлично.

— Я рассчитывал видеть вас только через два месяца. — Отец девушки вопросительно посмотрел на собеседника, и Иеремия улыбнулся.

— Я бы не смог прожить эти два месяца без нее, мистер Бошан, — тихо сказал Терстон, и невысокий смуглый человек просиял, услышав его слова.

— Я рассчитывал, что так и будет... Я на это надеялся.

— Как она? Она еще не знает, что я здесь?

— Нет. Но вы выбрали самый подходящий момент. Элизабет уехала в Южную Каролину навестить знакомых. Хьюберт тоже куда-то запропастился — ему захотелось приобрести очередную клячу. Мы остались одни, только я и Камилла. Сейчас жизнь в городе замерла. Все разъехались на летние месяцы. Правда, моя дочь в последнее время стала немного нервной. — Бошан усмехнулся. — Она с нетерпением ждет писем и рассказывает о вас своим подружкам. — Он не стал говорить Иеремии, что Камилла называет его «самым большим богачом на Западе и папиным другом». Терстону незачем знать о ее болтовне.

— Стоит ей увидеть меня, и она передумает. — Пока Иеремия ехал на Юг, он весь извелся. В конце концов, она еще совсем ребенок, а он уже не мальчик. Вдруг он покажется ей слишком старым?

— С какой стати? — удивился Бошан.

— Знаете, с девушками такое случается, — улыбнулся Иеремия, но Орвиль громко расхохотался в ответ.

— Только не с Камиллой! Эта девчонка с рождения знает, что ей нужно. Она упряма как мул, но у нее светлая голова. — Он вновь засмеялся, явно гордясь дочерью. — Хотя мне и не следует этого говорить, но вы найдете с ней общий язык. Она добрая девушка, Терстон, и станет вам хорошей женой. — Глаза Бошана сузились, и он пристально посмотрел на собеседника. — Вы ведь не изменили своих планов? — «Если бы это было так, едва ли Иеремия поехал бы в Атланту», — подумал Бошан. Он оказался прав.

— Нет, — тихо ответил Иеремия, выпрямившись во весь немалый рост. — А вы сами не передумали, сэр?

— Наоборот. По-моему, это именно то, что нужно вам обоим. — Он отсалютовал Иеремии бокалом с вином, и Терстон улыбнулся в ответ. Оставалось только убедить Камиллу.

Прошло еще минут десять, прежде чем она появилась в комнате. Дверь быстро распахнулась, и в гостиную впорхнуло видение, одетое в бледно-желтый шелк. На шее девушки раскачивались бусы из топазов и жемчугов. На плечи ниспадал водопад черных локонов, за ухом была приколота великолепная чайная роза. Камилла посмотрела на отца, а затем бросила равнодушный взгляд на его собеседника. Стояла ужасная жара, и она проводила долгие часы, лежа у себя в комнате. Увидев, кто перед ней стоит, она застыла на месте, и Иеремия услышал, как замерло ее дыхание. Потом она молнией бросилась к нему в объятия и уткнулась лицом в грудь. Когда Камилла наконец снова подняла голову, в ее глазах блестели слезы. Но на губах цвела широкая улыбка. Сейчас она, как никогда, напоминала чудесного ребенка, и с этой минуты Иеремия навсегда привязался к ней. Ни к кому на свете он еще не испытывал таких чувств. Терстон пристально глядел на Камиллу, чувствуя, что у него перехватывает дыхание.

— Вы приехали! — Ее радостный крик заставил отца рассмеяться. На них нельзя было смотреть без восхищения: огромный мужчина и хрупкая девушка, столь явно влюбленные друг в друга, что разница в возрасте теряла всякое значение. Ее взгляд говорил о радости встречи, а его глаза выражали безмерное восхищение. Оба едва сдерживали свою страсть.

— Да, я приехал, маленькая. Я же обещал, что вернусь!

— Но так быстро! — Она радостно скакала вокруг него, хлопала в ладоши, и роза наконец упала к ногам Иеремии. Камилла тут же подхватила ее, сделала реверанс и застенчиво преподнесла Иеремии. И тут он рассмеялся. Это был смех радости и облегчения. Глаза Камиллы говорили, что он по-прежнему дорог ей.

— Вы все такая же проказница, Камилла. Может, мне лучше уехать, раз я вернулся слишком рано? — Он взял девушку за руку, а она все стояла, глядя ему в глаза.

— Только попробуйте! Не отпущу! А если вы все же уедете, я поеду с папой во Францию и выйду замуж за какого-нибудь герцога или князя.

— Вот так угроза! — Похоже, Иеремия ничуть не испугался. — Но, знаете, мне все равно скоро придется уехать.

— Когда? — испуганно вскрикнула она, и отец Камиллы улыбнулся. Они очень подходили друг другу. Орвиль не сомневался, что Терстон любит его дочь, а она отвечает ему тем же. Девушке льстило внимание мужчины, годившегося ей в отцы, а Иеремия наслаждался нежной страстью, которую питала к нему она. Но было здесь и что-то еще, нечто обжигающее, нестерпимо яркое, не позволяющее к себе прикоснуться.

— Моя девочка, давайте пока не будем говорить об отъезде. Я ведь только что приехал.

— Почему вы не предупредили нас, что возвращаетесь? — Камилла попыталась надуть губы, но тут объявили обед, и они медленно двинулись в столовую.

— Я предупредил. — Иеремия улыбнулся Бошану, и Камилла гневно шлепнула отца веером по руке.

— Какой же ты противный, папа! Ты не обмолвился ни словом!

— Я решил, что будет лучше, если приезд мистера Терстона станет для тебя сюрпризом. — И он не ошибся.

Камилла ослепительно улыбнулась обоим.

— Иеремия, сколько вы пробудете здесь? — Она бросила на Терстона вопросительный взгляд, наслаждаясь собственной властью. Камилла прекрасно понимала, что этот «очень важный человек», как снова и снова напоминал ей отец, пересек из конца в конец страну ради того, чтобы увидеть ее. Она и сама хвасталась перед подружками тем, какой он важный. Это было для нее главным.

Перед отъездом Иеремия предупредил на руднике, что вернется через месяц — самый большой срок, на который он мог безбоязненно оставить прииск. В этом случае ему удалось бы провести с Камиллой целых две недели, и, если она скажет «да», он вернётся и начнет готовиться к свадьбе. Иеремии предстояло сделать очень многое. Он уже успел наметить план, и перед отъездом Ханна нервничала, как никогда. Она взяла с него слово немедленно написать, что скажет Камилла. Однако сейчас Иеремия думал не о Ханне, а об очаровательной девушке, сидевшей рядом. Ему показалось, что Камилла стала намного красивее и взрослее, чем была весной. Она задавала ему бесчисленные вопросы о состоянии приисков и жаловалась, что он почти не писал ей о делах.

— Мне не слишком часто приходилось переписываться с девушками, — ответил Иеремия, улыбнувшись.

Вскоре отец выставил Камиллу из комнаты. Дворецкий подал мужчинам бренди с сигарами, и Бошан поднял взгляд на будущего зятя.

— Вы собираетесь сделать ей предложение сегодня?

— Да, с вашего позволения.

— Вы знаете, что оно у вас в кармане.

Иеремия тихонько вздохнул и закурил сигару.

— Хотел бы я знать, какие у меня шансы.

— У вас еще остаются какие-то сомнения?

— Пожалуй. Может, для нее это игра? А вдруг она не догадывается, что я решил сделать ей предложение? Девушка может просто испугаться.

— Только не Камилла. — Он сказал это так уверенно, словно его дочь не имела ничего общего со сверстницами, однако Иеремия был полон сомнений. — Хотите заодно объявить и о помолвке?

— Да. Перед отъездом. А по возвращении в Калифорнию я приступлю к выполнению моих планов.

— Какие же у вас планы? — Бошан смотрел на Терстона с интересом, пытаясь догадаться, что придумал Иеремия для его дочери.

— Примерно те же, о которых мы разговаривали раньше. — Иеремия соблюдал осторожность. Хоть Камилла еще и не приняла его предложения, он уже успел многое обдумать. Несомненно, Бошан был прав. Ей не придется проводить в Напе слишком много времени, а он сумеет распоряжаться рудниками, появляясь там наездами. Он построит для нее дом в Сан-Франциско, где они смогут жить, как подобает людям их положения. Иеремия изложил свой план Бошану, и тот явно остался доволен. — А когда дом будет готов — допустим, через пять месяцев или через полгода, — я снова приеду сюда, женюсь на ней и увезу с собой в Калифорнию. Что вы на это скажете?

— Отлично. В декабре ей исполнится восемнадцать. В вашем распоряжении остается четыре месяца... Вы успеете построить дом за такой срок?

— Времени, конечно, маловато, но я постараюсь. Я рассчитывал закончить стройку в феврале или в марте, но... — Иеремия улыбнулся и стал похож на мальчишку. — Я бы и сам предпочел декабрь. — Расставшись с Мэри-Эллен, он изнывал от одиночества. — Мы все постараемся. — Он резко встал и принялся кружить по комнате.

— Не переживайте так, дружище. — Бошан улыбнулся, поняв, что настала пора дать голубкам поворковать. Он поднялся и вышел. Терстон направился в сад и нашел девушку на ее любимых качелях.

— Вы там так долго торчали! Вы что, напились? — быстро спросила Камилла, и Иеремия рассмеялся.

— Нет, не слишком.

— По-моему, это просто глупо, когда женщин выставляют из комнаты. О чем вы разговаривали?

— Да так, ни о чем. Бизнес, рудники... Всего понемногу.

— А что вы там говорили про вечер? — Камилла была умной девушкой. Она пристально смотрела на Терстона, тихонько раскачиваясь взад и вперед. Их взгляды встретились, и голос Иеремии сразу сделался тихим и нежным:

— Мы говорили о вас. — У него учащенно забилось сердце. Качели резко остановились.

— Что вы сказали? — В густом, ароматном воздухе Юга голос девушки казался шепотом.

— Что я хочу жениться на вас.

Несколько мгновений оба молчали. Камилла устремила на Терстона взгляд больших детских глаз.

— Правда? — Она улыбнулась, и у Иеремии растаяло сердце. — Вы дразните меня?

— Нет, Камилла, не дразню, — тихо и серьезно ответил он. — На этот раз я приехал в Атланту, чтобы повидаться с вами и сделать предложение. — Иеремия услышал, что она затаила дыхание, а потом, как несколько месяцев назад, крепко прижалась губами к его губам.

На этот раз он сжал ее в объятиях так крепко, что у нее перехватило дыхание. Наконец Иеремия слегка отпустил ее и тихо промолвил:

— Я очень люблю вас, Камилла, и хочу увезти с собой в Калифорнию.

— Прямо сейчас? — спросила ошеломленная Камилла, и Иеремия улыбнулся ей.

— Не совсем. Через несколько месяцев. Когда построю для вас дом и вам исполнится восемнадцать лет. — Он нежно дотронулся до щеки Камиллы, а потом опустился на колени у ее ног. Их лица оказались почти на одном уровне. — Я люблю вас, Камилла... Всем сердцем... как никто другой. — Их взгляды встретились и больше не разлучались. Слова Терстона заставили девушку задрожать всем телом. — Вы выйдете за меня замуж?

Камилла кивнула, не в силах произнести ни слова. Она надеялась услышать это признание, однако оно казалось ей далекой мечтой. Наконец она бросилась к Иеремии и обвила руками его шею.

— А какой будет дом?

Вопрос показался Терстону забавным, и он засмеялся:

— О, такой, как вы пожелаете, любимая. Но вы еще не ответили мне. Во всяком случае, не по форме. Так вы выйдете за меня, Камилла?

— Да! — радостно взвизгнула она, вновь притянула его к себе, но потом вдруг отпрянула. Лицо ее стало тревожным. — А если я стану вашей женой, я должна буду рожать детей?

Иеремия опешил. Вопрос смутил его. Эту тему ей следовало обсуждать с матерью, а не с ним. Он еще раз убедился, каким ребенком оставалась Камилла, несмотря на то что иногда казалась совсем взрослой.

— Мы, наверное, смогли бы завести одного-двоих. — Он едва не жалел Камиллу, которая сейчас сама казалась ребенком. — Думаете, это много? — Сам он больше всего на свете желал стать отцом. Последние четыре месяца он только и думал что о детях, которые у них появятся. Однако лицо Камиллы неожиданно приобрело удрученное выражение.

— В прошлом году одна из подруг матери умерла от родов.

Говорить об этом было верхом неприличия. Иеремия почувствовал себя еще более неловко. Он не ожидал, что придется разговаривать на эту тему.

— С молодыми девушками такого не случается, Камилла. — Однако сам он знал, что это вовсе не так. — По-моему, это не должно вас тревожить. У супругов все происходит само собой...

Но она не дала ему закончить. Его слова не произвели на нее никакого впечатления.

— Мать говорит, что женщина такой ценой расплачивается за первородный грех. Только, по-моему, это несправедливо, что платить приходится ей одной. Я не желаю толстеть и...

— Камилла! — Ее слова больно ранили Иеремию. — Любимая... Прошу вас... Я не хочу, чтобы вы расстраивались. — С этими словами Терстон вновь заключил девушку в объятия, заставив ее забыть о том, что говорила мать.

Они заговорили о доме, который собирался построить для нее Иеремия, о свадьбе, которую они сыграют, как только ей исполнится восемнадцать... о том, как они объявят о помолвке, когда вернется мать Камиллы, о званом вечере, который по этому случаю устроит ее отец... Все это для Камиллы было очень важно. Поздно вечером, когда она наконец легла в постель, ее охватило такое возбуждение, что она не могла заснуть. Они разыскали отца, чтобы сообщить ему

4-2

радостную весть. Бошан пожал Иеремии руку, поцеловал Камиллу в щеку и отправился спать в отличном расположении духа. Его дочь скоро станет очень богатой и очень счастливой. И это доставляло ему огромное удовольствие. Он не испытывал подобной радости с тех пор, как прошлой весной изложил Терстону эту идею.

Сам Иеремия в ту ночь не мог думать ни о ком, кроме маленькой темноволосой красавицы, которая скоро будет лежать в его объятиях. Он не мог дождаться, когда наступит этот день. В последние месяцы он страдал от одиночества, но с Мэри-Эллен больше не виделся. Из Нью-Йорка он тоже не получал никаких известий, хотя пару месяцев назад отправил Амелии письмо, рассказав о встрече с Камиллой. Однако теперь у него было чем занять мысли... Он думал о невесте... и о великолепном доме, который решил для нее построить. Его не слишком беспокоило замечание Камиллы насчет детей. Для молоденькой девушки этот страх — вещь естественная. Мать наверняка поговорит с ней накануне брачной ночи, и все решится само собой. «Подумать только, — сонно мечтал он, — через год, а то и раньше она родит мне ребенка...» В эту ночь он засыпал с улыбкой и мечтал о Камилле и о детях, которые у них появятся. Ему снились мальчики и девочки, весело играющие в Напе, и они с Камиллой, прогуливающиеся по зеленой лужайке...

Глава 11

Элизабет Бошан вернулась в Атланту сразу, как только Орвиль Бошан сообщил в письме замечательную новость. Возвратился и Хьюберт, хотя найти его оказалось немного сложнее. Тем не менее семья Бошанов собралась вместе довольно быстро, и вскоре их знакомые в Атланте получили приглашения на помолвку. Несмотря на то что многие до сих пор отсутствовали, на званом вечере в честь помолвки дочери Орвиля собралось более двухсот человек. Камилла, принимавшая поздравления гостей, еще никогда не была такой красавицей. На ней было платье из тонкой кисеи, отделанное изящной вышивкой. Шею украшало маленькое жемчужное ожерелье. Молочно-белая кожа и черные как смоль волосы делали ее похожей на сказочную принцессу. Ослепительно улыбаясь, она стояла рядом с Иеремией. На пальце у нее сверкало обручальное кольцо с бриллиантом в двенадцать каратов.

— Боже мой, он чуть ли не с яйцо! — воскликнула мать девушки, увидев кольцо, и Камилла закружилась по комнате, весело поглядывая на хохочущего отца. — Ах ты, шалунья! — засмеялась и Элизабет. — Что ж, Камилла, скоро ты станешь очень богатой! — Она бросила на Орвиля укоризненный взгляд, однако он предпочел промолчать. Он был рад за Камиллу.

— Знаю, знаю! Иеремия собирается построить для меня прекрасный дом. Там все будет самое новое, все, что я пожелаю! — Она вела себя так, словно ей было девять лет, и мать нахмурилась.

— Из тебя вырастет очень избалованная женщина, Камилла.

— Знаю.

Сейчас она тревожилась только из-за того, что когда-нибудь ей придется рожать. Может, это не так уж трудно? Камилла собиралась поговорить с матерью и спросить, что можно сделать, чтобы не сразу забеременеть. Ей приходилось слышать такие разговоры между женщинами, однако сейчас она не хотела об этом думать. Ведь ее брачная ночь наступит еще не скоро.

— Ты понимаешь, как тебе повезло?

— Да. — И она тут же убежала, услышав от служанки, что Иеремия ждет внизу.

Две недели в Атланте прошли как сон: вечера, пикники, подарки и взаимные представления, во время которых ему иногда удавалось украдкой поцеловать Камиллу и обнять ее стройный стан. Иеремия с нетерпением ждал того дня, когда он в конце концов увезет ее с собой. На этот раз их прощание вылилось в тяжелую сцену. Ему предстояло считать дни до их новой встречи, когда она станет всецело принадлежать ему. Однако у Терстона оставалось еще немало дел: нужно было купить землю и выстроить дом для невесты. Всю дорогу он обдумывал и уточнял свои планы. Прежде чем возвратиться в Напу, он провел в Сан-Франциско три дня, где осматривал участки под застройку и огромные пустоши, выставлен-

отдыхает в роскошных апартаментах, о которых он только что разговаривал с архитектором. Там будут огромная спальня, будуар, туалетная комната, ее собственная гостиная, а также прекрасный кабинет для Иеремии со стенами, обшитыми деревянными панелями. Кроме того, на том же этаже будут находиться детская, гостиная для детей, комната няни, а на следующем — шесть спален побольше, задуманных с той же целью. Кто знает, сколько детей у них родится? Архитектору еще не приходилось проектировать такой громадный зал для приема гостей. Он займет большую часть первого этажа. Рядом с ним будет зал поменьше, а также огромная библиотека, отделанная красным деревом, столовая и танцевальный зал. Во всем Сан-Франциско не сыщешь такой современной кухни, как в его доме. Комнаты для прислуги будут столь велики, что им позавидует любой. А конюшни смогут вызвать ревнивое чувство даже у Хьюберта. Словом, в их доме будет абсолютно все, что только можно пожелать: деревянные панели на стенах, красивые бра, широкие лестницы и великолепные ковры. Архитектор заверил Иеремию, что его люди специально займутся поисками этих сокровищ, а краснодеревщики и плотники примутся за работу, не дожидаясь, когда завершится строительство. Теперь Иеремии придется раз в неделю приезжать в город, чтобы проверять, как идут работы.

Проект поражал грандиозным размахом, и Терстон постоянно спрашивал себя, удастся ли выполнить его в срок. Камилла тем временем засыпала его письмами, в которых рассказывала, как идет подготовка к свадьбе. Ткань для подвенечного платья приобрели в Новом Орлеане, куда ее доставили из Парижа. В письмах Камиллы было не слишком много подробностей, однако чувствовалось, что она едва справляется с нетерпением и беспокоится о приданом не меньше, чем Иеремия о новом доме. А он предпочитал помалкивать. Написав, что дом в Сан-Франциско уже строится, Терстон ни словом не обмолвился о том, что решил возвести самый большой и самый красивый особняк в городе и что толпы зевак каждый день наблюдают, как строители выбиваются из сил, стараясь уложиться в назначенный срок. Иеремия прислал им на помощь рабочих с рудников и платил хорошие деньги тем, кто соглашался работать на стройке в выходные.

Одновременно он не жалел сил, чтобы обновить дом в Сент-Элене. Раньше Иеремия не обращал внимания на то, какой убогой сделалась его спальня за прошедшие девятнадцать лет, но теперь понял, насколько неопрятным и пустым было его жилище. Он побывал на ярмарках в Напе и Сан-Франциско и попросил Ханну повесить в каждой комнате занавески. Если он решит привезти Камиллу в Напу, в его доме все должно быть прекрасно. Такой девушке, как она, необходимы свет, свежий воздух и приятная обстановка. Он распорядился разбить рядом с домом сад и прислал рабочих, чтобы заново выкрасить здание. К концу октября дом стал как новенький, и Терстон сам удивился его красоте. Одна Ханна казалась недовольной переменами и ворчала всякий раз, когда видела Иеремию. Наконец она замкнулась в себе и угрюмо умолкла. Терстон не вытерпел. Однажды вечером он посадил старуху рядом, налил ей и себе по чашке кофе и закурил сигару, несмотря на ее всегдашние протесты.

— Вот что, Ханна, давай поговорим. Я понимаю, тебе не нравится, что у нас все пошло по-другому. В последние месяцы я лез из кожи вон и не щадил никого, однако теперь наш дом выглядит по-человечески. Я думаю, Камилле здесь понравится. Ты и сама полюбишь ее, она просто очаровательна. — Иеремия улыбнулся, вспомнив о письме, полученном сегодня утром. — Если мне не изменяет память, ты без конца ворчала из-за того, что я бог знает как долго остаюсь неженатым. Теперь я женюсь. Так почему ты на меня злишься? — Ханна несколько раз отказывалась съездить с ним в Сан-Франциско и посмотреть, как строится новый дом. — Неужели ты ревнуешь меня к семнадцатилетней девчонке? У меня в сердце хватит места для вас обеих. Я уже рассказал ей о тебе, и она с нетерпением ждет встречи с тобой, Ханна. — Иеремия заволновался. Старуха действительно стала тревожить его, особенно последние несколько недель. — Что с тобой? Может, ты неважно себя чувствуешь? Или просто злишься на меня за то, что я решил построить дом в другом месте, а не в Напе?

Ханна улыбнулась. В словах Терстона была доля правды.

— Я уже говорила, тебе не нужен другой дом. Ты испортишь эту девчонку раньше, чем она попадет сюда.

— Ты права. Ей предстоит стать утехой старика.

— Счастливая...

Иеремия почувствовал облегчение. Впервые за целый месяц он услышал от Ханны доброе слово. Он всерьез беспокоился из-за нее, а также из-за того, что она будет такой же неприветливой с Камиллой, а его хрупкая маленькая невеста с Юга будет ломать голову, чем она заслужила холодный прием.

— Это я счастливый, Ханна. — Их взгляды встретились, и она увидела в его глазах неподдельную радость. Иеремия изумлялся тому, насколько изменилась его жизнь за полгода... Удивительно... Однако сейчас он испытывал не только удивление. — Я за многое благодарен судьбе. — Иеремия принял невинный вид и стал буравить Ханну взглядом. Глаза старухи были печальны. — Что с тобой?

Ханна была обязана сказать правду. Мало ли что она обещала... Старуха взглянула на Терстона, и на глазах у нее блеснули слезы.

— У меня не поворачивается язык, Иеремия...

— Что случилось? — Терстону стало страшно. Внезапно он припомнил, с каким ужасом встретил когда-то известие о том, что Дженни умирает от гриппа. Встретив пристальный взгляд Ханны, он почувствовал, что земля уходит из-под ног.

— Я про Мэри-Эллен...

Сердце Иеремии защемило от предчувствия беды.

— Она больна?

Ханна медленно покачала головой:

— Она ждет ребенка... Твоего ребенка...

У Терстона перехватило дыхание, как от сильного удара под ложечку.

— Не может быть... Ей же нельзя...

— Когда я увидела ее в Калистоге, то сказала, что она сошла с ума. Она чуть не умерла во время двух последних родов. Да и лет ей уже немало. Иеремия, она заставила меня поклясться, что я ничего не скажу тебе...

Терстон кивнул. На мгновение его затошнило, а потом он принялся за подсчеты. Скорее всего это случилось в апреле, во время их последней встречи. Ему почему-то казалось, что Мэри-Эллен сделала это нарочно. Тогда Мэри-Эллен сказала, что готова родить, если ему так хочется иметь детей. Она сошла с ума. Еще несколько лет назад врач предупредил Мэри, что она может умереть, если снова попробует рожать. Почему же сейчас, именно сейчас она решилась на это? Не говоря ни слова, Иеремия с силой ударил кулаком по столу. Ханна следила за ним. Терстон резко выпрямился и направился к двери.

— Что ты собираешься делать?

— Хочу поговорить с ней. Только и всего. Дура чертова! А ты еще глупее ее. Неужели ты думала, что я буду сидеть сложа руки? — Он сыт по горло ее упрямой, глупой гордостью! Она была его любовницей семь лет. Конечно, он поможет ей. Но это будет только помощь, не больше. Ни за что на свете он не откажется от своего решения. Оно останется неизменным.

Терстон вышел из дома, оседлал Большого Джо и поскакал в Калистогу, горя жаждой мщения. Вскоре он остановил коня у знакомого крыльца, неожиданно вынырнув из облака пыли и напугав детей, широко распахнутыми глазами смотревших, как он входит в дом.

— Мамы нет дома, — крикнул ему самый старший.

Угрюмый Иеремия вернулся к знакомому порогу. Он и сам видел, что дом пуст.

— Где она?

— На работе, в санатории. Вернется не скоро.

Он мог бы дождаться Мэри-Эллен здесь, но сейчас у него было не то настроение. Иеремия вновь вскочил на Большого Джо и помчался по главной улице, ведущей в сторону санатория. Чертова баба! В городе, наверное, уже все знали, что она решила рожать от него ребенка. Иеремия всю дорогу клял себя на чем свет стоит, что в тот вечер согласился лечь с ней в постель. Он не собирался этого делать, но Мэри-Эллен была убита горем, и, как всегда, ему захотелось ее. Ах, какого он свалял дурака... Какого дурака... Иеремия не мог избавиться от мысли, что Камилла когда-нибудь узнает о его незаконнорожденном ребенке. Нервничавший Иеремия привязал Большого Джо у ворот санатория. По правде говоря, все это пустяки. Главное сейчас — Мэри-Эллен...

Иеремия нашел ее за стойкой. Она старательно записывала поручения отдыхающих. Фигуру ее скрывал стол, за которым она сидела. Что ж, по крайней мере эта работа не слишком тяжела для женщины, решившей стать матерью. Заметив Терстона, Мэри-Эллен вздрогнула и отпрянула, но он протянул руку и схватил ее за запястье.

— Выйдем отсюда. Сейчас же. — Глаза Терстона горели от гнева. Он с досадой понял, что обрадовался, снова увидев Мэри-Эллен. Казалось, она похорошела со времени их последней встречи. Испуг был ей очень к лицу.

— Иеремия... Перестань... Я... Пожалуйста... — Она опасалась скандала и не хотела, чтобы он увидел ее фигуру. Мэри-Эллен еще не догадалась, что Ханна обо всем рассказала. Она казалась такой несчастной, что работавший вместе с ней мужчина приготовился дать Иеремии отпор.

— Тебе помочь, Мэри-Эллен? — Он сжал кулаки, и Мэри поспешила отказаться, взглядом умоляя Иеремию уйти.

— Прошу тебя... Будет лучше, если ты... Я не хочу...

— Мало ли чего ты хочешь. Если понадобится, я просто унесу тебя. Живо поднимайся и идем на улицу, а не то я возьму тебя на руки.

Густо покраснев, Мэри-Эллен беспомощно огляделась по сторонам, потом сняла со спинки стула шаль, небрежно накинула ее на плечи и направилась к выходу вслед за Терстоном. Мужчина, собиравшийся помочь, обещал посидеть на ее месте. Она предупредила, что это ненадолго.

— Иеремия... Прошу тебя...

— Он потащил ее на другую сторону улицы, где стояла окруженная деревьями скамейка.

— Я не хочу, чтобы...

Терстон чуть ли не силой заставил Мэри-Эллен сесть и повернул лицом к себе.

— Мне наплевать на твои желания. Почему ты ничего мне не сказала?

— О чем? — Она сделала вид, что ничего не понимает, но смертельно побледнела... — Я не знаю, о чем ты говоришь. — Однако смертельная бледность и страх уличали ее во лжи.

— Ты прекрасно знаешь, что я имею в виду. — Иеремия устремил взгляд на ее талию, а потом осторожно откинул шаль. То, что он увидел, говорило само за себя. Она была на шестом месяце беременности. — Как же ты могла, Мэри-Эллен?

Она тихонько заплакала, утирая слезы кружевным платком, его давним подарком, и от этого Иеремии стало совсем скверно.

— Значит, Ханна тебе рассказала... Она же обещала... — Мэри-Эллен горько зарыдала. Иеремия сел рядом и обнял ее на виду у всех. Он никогда не стыдился своих отношений с Мэри-Эллен, просто не хотел на ней жениться и не собирался ничего менять. Им обоим этого не хотелось. Но теперь, когда она решила родить ребенка, все становилось гораздо сложнее.

— Мэри-Эллен, глупышка, что ты натворила...

— Я хотела родить от тебя ребенка, раз уж не сумела удержать тебя... Я хотела... — Рыдания не дали ей договорить.

— Но ведь тебе нельзя. Ты и сама это знаешь. — Иеремия подозревал, что Мэри-Эллен таким образом хочет женить его на себе, но слова женщины не оставляли от этого подозрения камня на камне. Итак, она хочет от него ребенка и больше ничего... Терстон вскипел. — Мне надоело слушать этот вздор, Мэри-Эллен! Ты слишком часто говорила об этом. Надо было давным-давно перестать тебя слушать. С сегодняшнего дня ты больше не работаешь. Будь проклята твоя гордость! Я позабочусь о тебе и о ребенке. Буду помогать деньгами, поскольку ничего другого мне не остается. Уж это-то я могу сделать, а если это тебе не нравится, тем хуже. Я хочу что-нибудь сделать для своего ребенка, ясно?

Эти гневные слова бросили ее в дрожь.

— Мне надо растить еще троих, Иеремия. — В голосе Мэри-Эллен прозвучала тихая гордость. — Я никогда не забывала об этом.

— И слышать не желаю! — Обеспокоенный Иеремия снова опустился на скамейку. Такой вопрос невозможно решить с помощью небольшой суммы. — Ты была у врача, Мэри-Эллен? — Она кивнула, стараясь заглянуть ему в глаза. Ясно было, что она до сих пор любит его... Глядя на женщину, он изо всех сил старался не дать воли чувствам. Он должен думать о Камилле. Они поженятся через два месяца... раньше, чем этот ребенок появится на свет. Ах, как несправедлива жизнь! Все могло бы сложиться иначе, если бы Мэри-Эллен надумала раньше. — Что сказал врач?

— Что все будет в порядке. — Ее голос звучал тихо и нежно. Глядя на нее, Иеремия испытал острое чувство вины, отозвавшееся в груди жестокой болью.

— Хотелось бы верить...

— Это правда. Я ведь родила троих и не умерла, правда?

— Да, но тогда ты была моложе. Ах, как глупо!

— Нет. — Мэри-Эллен с вызовом посмотрела на Терстона. Она действительно ни о чем не жалела, и это вновь разозлило его.

— Какого черта ты это сделала? — Подобные вещи не укладывались у него в голове. Как ни крути, это было глупостью. Глупостью со всех сторон.

— Это все, что у меня осталось, Иеремия... — Тихий и печальный голос женщины разрывал ему сердце. — Думаешь, я не понимаю, что ты меня оставил и больше не вернешься? Ты ведь женишься на этой девушке, правда?

Иеремия кивнул. Его переносицу прорезала глубокая морщина, и это добавило Мэри-Эллен решимости.

— Значит, я поступила правильно.

— Ты рискуешь жизнью.

— Это моя жизнь, и я имею право делать с ней что хочу. — Она поднялась, и Иеремия подумал, что он еще ни разу не видел ее такой красивой. Гордая, сильная, добившаяся того, чего хотела... Как Камилла... Но куда Мэри до пылкой, изысканной мисс Бошан? Нет, встретившись с Мэри-Эллен, Иеремия не раскаялся в своем выборе. Жаль, что она решилась. Это усложнит жизнь всем, и в первую очередь ребенку. Терстон прекрасно понимал это. Рано или поздно слух дойдет до Камиллы, а потом и до их детей. В таком месте, как Напа, трудно что-нибудь скрыть, а ему меньше всего на свете хотелось огорчать невесту. Что будет с Камиллой, если через месяц после свадьбы она узнает о рождении его незаконного ребенка? Иеремия сжался при мысли о том, какую боль ей причинит эта весть.

— Лучше бы ты не делала этого, Мэри-Эллен.

— Мне очень жаль, Иеремия. — Она гордо вздернула подбородок, и Терстону захотелось поцеловать ее. — Я всегда думала, что ты хочешь ребенка.

— Но только не так. На свете есть гораздо лучшие способы...

— Они не для меня, Иеремия. Нет, нет... Будь счастлив с молодой женой.

Но он понимал, что она кривит душой. Мэри-Эллен знала, что Терстон обновил дом в Напе и строит настоящий дворец в Сан-Франциско. О том, что он предназначался для Камиллы, было известно каждому на добрую сотню миль в округе.

— Что ты собираешься делать? — В эту минуту он не думал ни о невесте, ни о строившемся для нее доме.

— То же, что и до сих пор. Я работаю в санатории, и это меня вполне устраивает. Я здесь не слишком устаю, а когда родится малыш, я вернусь на прежнюю работу. Девочки мне помогут.

— Тебе надо сидеть дома и воспитывать детей. — В голосе Иеремии звучало осуждение, и это показалось Мэри-Эллен очень странным. Прежде она не слышала от него ничего подобного, но теперь речь шла о его ребенке, и это меняло дело. — Я позабочусь об этом, Мэри-Эллен. — Он завтра же отправится в свой банк в Напе и отдаст необходимые распоряжения. Все наладится. Это не так уж сложно. Ему следовало сделать это давным-давно, но лучше поздно, чем никогда.

— Не надо. Я не хочу, Иеремия!

— А я не собираюсь спрашивать твоего разрешения. Ты ведь не спрашивала его у меня? Теперь решения принимаю я.

В глубине души Мэри-Эллен была разочарована. Она рассчитывала, что Иеремия с большим энтузиазмом встретит известие о своем ребенке. Но сейчас его мысли занимали совсем другие вещи... Он думал о других детях, и она это понимала. Так же, как понимала, что совершила ошибку, но упорно не желала сожалеть о ней. Именно об этом она и твердила Ханне...

— Я хочу, чтобы ты перестала работать в санатории. — Иеремия смотрел на нее почти по-отечески.

— Я не могу этого сделать.

Терстон свирепо уставился на нее.

— Ты сообщишь им сама или это сделать мне? Начинается другая жизнь, ясно? Ты будешь сидеть дома со своими детьми и моим малышом и беречь здоровье. Если ты умрешь от родов, что станет с остальными? Об этом ты подумала? — Услышав жестокие слова, Мэри-Эллен заплакала, и Терстон пожалел о своей резкости. — Прости... Я не хотел... Сейчас нам обоим трудно. Поэтому давай попытаемся найти выход. Позволь помочь тебе. Ты согласна?

Мэри-Эллен приходилось носить слишком тугой корсет, чтобы беременность не бросалась в глаза. О Господи, что угодно, только не этот корсет!

— Если только ненадолго, Иеремия. — Внезапно она почувствовала, что очень устала. — Пока не родится малыш.

— Нет. — Он просто похлопал Мэри-Эллен по руке. — Предоставь это мне. — Он пришлет к ней своего банкира. Она станет плакать, но он ее уговорит, и каждый месяц она будет получать пособие, на которое сможет безбедно жить с четырьмя детьми. Это будет длиться столько, сколько понадобится. Вот и все, что он в состоянии для нее сделать. Иеремия не мог на ней жениться, и они оба это понимали. Этим мечтам давно пришел конец, и теперь Иеремия строил дворец для девушки из Атланты.

Иеремия поднялся и проводил Мэри-Эллен обратно в вестибюль. Взглянув на дожидавшегося ее молодого человека, Терстон внезапно заподозрил, что тот слишком о ней заботится. Но если это и так, разве что-то меняется? Терстон не сомневался, что Мэри-Эллен ждала ребенка от него, он доверял ей, зная, что у нее не было никого другого. А если бы у нее кто-то появился, он бы не стал упрекать Мэри-Эллен. В конце концов у него тоже появилась Камилла.

— Ты уйдешь с работы?

Она кивнула и попыталась заглянуть ему в глаза.

— Ты будешь иногда навещать меня, Иеремия? — Хотя ее слова болью отозвались в сердце Терстона, внутренний голос говорил ему «нет».

— Не знаю. Не думаю. Так будет лучше для всех нас.

— Даже на малыша не придешь взглянуть? — В глазах Мэри-Эллен опять показались слезы, и он почувствовал себя последним ублюдком.

— Тогда я приеду. Если что-нибудь понадобится раньше, обязательно сообщи. — Терстон не боялся, что она злоупотребит его щедростью. Она никогда этого не делала. Другие женщины на ее месте вцепились бы в него когтями, но Мэри-Эллен вела себя с большим достоинством. — Я уеду... — Иеремия внезапно смутился и осекся. — После первого декабря.

Его свадьба должна была состояться в Атланте двадцать четвертого числа, однако Бошаны в течение двух предшествующих недель собирались устраивать званые вечера, и Иеремия обещал Камилле, что тоже будет на них присутствовать. А тем временем женщина из Калистоги будет рожать его ребенка... Нет, странная штука жизнь. Эта мысль преследовала его по дороге домой. Он думал и о том, как за последние полгода изменился его быт. Неужели через год он станет отцом сразу двоих детей? Ставя Большого Джо в стойло, он широко улыбнулся. Двое детей... Один — от Мэри-Эллен... А другой — от Камиллы. Поэтому он и не слишком удивился, обнаружив на кухонном столе письмо от Амелии Гудхарт. Иеремия впервые получил от нее весточку с тех пор, как они распрощались в поезде на Саванну. Амелия сообщала, что получила его письмо и обрадовалась его знакомству с молодой леди из Атланты. «Хотя и не без ревности», — добавила она, и Иеремии сразу вспомнилась ее улыбка. Амелия одобряла его поступок и выражала надежду на встречу с его избранницей в Нью-Йорке. Ее дочь в Сан-Франциско ждала уже второго ребенка, и она собиралась обязательно навестить ее в будущем году. Прочитав письмо, Иеремия ощутил внутреннюю теплоту. Разогревая обед, оставленный ему Ханной, он думал об этих трех женщинах и о том, как не похожи они друг на друга. Да, жизнь странная штука, если в ней существуют женщины и дети, романы в поездах дальнего следования, если он сам через девять недель женится на хрупкой маленькой девушке с молочно-белой кожей и роскошными черными волосами, с соблазнительными губами и озорными глазами. Он сидел в тихой кухне, дрожа при мысли о девушке из Атланты, на которой он собирался жениться.

Глава 12

Иеремия отправился в Атланту второго декабря. Строительство на Ноб-Хилле шло так быстро, что он с трудом верил собственным глазам. К пятнадцатому января Иеремии нужно было вернуться в Сан-Франциско, и он не сомневался, что к этому времени дом будет полностью готов. На одной из стен уже красовалась медная табличка с тщательно выгравированной надписью «ДОМ ТЕРСТОНА». Дом Терстона... А Камилла пока ничего о нем не знает. Иеремия старательно хранил тайну, не сомневаясь, однако, в том, что дом понравится его невесте. Над крышей уже возвышались башенки. Были разбиты сады, посажены деревья. Стены были украшены деревянными панелями, висели люстры, а пол устилал мрамор, специально доставленный из Колорадо. В доме были предусмотрены все мыслимые удобства, для его внутреннего убранства использовали самое лучшее дерево, ткани и хрусталь. Сейчас, когда в нем еще никто не жил, он напоминал музей. Прежде чем сесть в поезд на Атланту, Иеремия осмотрел дом и засмеялся от удовольствия. Чтобы заполнить такие хоромы, понадобится куча детей.

На этот раз поездка в Атланту показалась Иеремии вечностью. Он просто сгорал от нетерпения. С ним было жемчужное колье, самое роскошное из всех, которые когда-либо продавались в магазине Тиффани в Нью-Йорке, жемчужные серьги с бриллиантами и очень красивый браслет. Он выписал эти драгоценности по каталогу и получил их перед самым отъездом в Атланту. Кроме того, Иеремия захватил с собой роскошную заколку с рубином для миссис Бошан и внушительный перстень с сапфиром, который решил преподнести Камилле в Нью-Йорке, где они собирались провести медовый месяц. Иеремия отправил письмо Амелии в надежде увидеться с ней и познакомить ее с Камиллой. Наконец-то Амелия стала писать ему регулярно, и он отвечал ей почти с тем же удовольствием, с каким беседовал с ней в поезде. Он все же послушался ее совета и теперь так гордился своей невестой, что не мог дождаться возможности представить ее всем знакомым.

Всю дорогу на Юг он думал об Амелии. Со времени их первой и последней встречи прошло чуть меньше года, однако он до сих пор прекрасно помнил ее поразительную красоту и элегантность. Иеремия снова вспомнил о ее отдаленном сходстве с Камиллой... Нет, Камилла куда красивее: грациозные руки, тонкие черты лица, длинные пальцы, изящные лодыжки, блестящие волосы... Он не мог дождаться, когда же снова обнимет ее, ощутит вкус ее губ, услышит ее смех, держа Камиллу в объятиях.

В этот раз она ждала его на вокзале в Атланте. Поезд опоздал на целых четыре часа, однако это нисколько не охладило ее пыл. С радостным криком Камилла бросилась к Иеремии и, заливаясь веселым смехом, осыпала его поцелуями. На ней была подбитая горностаем накидка из темно-зеленого бархата и такой же капор, руки прятались в горностаевой муфте. Под накидкой скрывалось платье из зеленой тафты, которое Камилла вынула из приданого и надела специально для встречи жениха. По пути к дому Бошанов Иеремия едва удерживался, чтобы не стиснуть ее в объятиях. Там его ждала вся семья. Он выпил с ними шампанского, а потом поехал в гостиницу, где ему предстояло провести предшествовавшие свадьбе две недели.

Эти две недели превратились в непрерывную головокружительную череду балов, обедов, ленчей и прочих празднеств и развлечений. За день до свадьбы в доме Бошанов устроили большой обед для ближайших подруг Камиллы — своего рода отходную накануне ее отъезда из Атланты. Теплые поздравления и трогательные сцены прощания следовали одна за другой, и Иеремии пришло в голову, что он ни разу не видел столько милых девушек, собравшихся в одном зале. Впрочем, его невеста красотой превосходила всех остальных. Она без устали кружилась с ним в танце. Камилла могла танцевать с вечера и до рассвета, не ощущая усталости; на следующий день она была живой и веселой, как ни в чем не бывало.

Однажды Иеремия со смехом заметил будущему тестю:

— Я начинаю беспокоиться, что мне просто не поспеть за ней. Я уже позабыл, что такое молодость.

— С ней вы всегда будете молоды, Терстон.

— Надеюсь... — Однако он просто прибеднялся. Иеремия в жизни не был так счастлив и с нетерпением ждал, когда они с Камиллой отправятся в Нью-Йорк, а потом возвратятся в Сан-

Франциско. Там он покажет Камилле построенный для нее дом. Иеремия рассчитывал, что в его отсутствие строительство закончится, и если потом и придется кое-что доделать, не беда. Дом уже сейчас производил солидное впечатление. Приехав в Атланту, Трестон рассказал обо всем Орвилю, и отец Камиллы остался доволен тем, что сделал для нее жених. Иеремия собирался преподнести новый щедрый дар его дочери, которая и так уже получила немало дорогих подарков, вызывавших неизменное восхищение и у нее, и у миссис Бошан... «Он настоящий джентльмен... Он так добр...» Элизабет выражала восторг сдержанно, в соответствии с традициями старого Юга, но ее дочь предпочитала открыто заявлять, как ей понравились необыкновенные подарки Иеремии, и хвастать ими перед подружками. «Двенадцать каратов!» — без конца повторяла она, показывая им сначала кольцо с бриллиантом, а потом жемчужное колье в восточном стиле — настоящий шедевр ювелирного искусства, сделанный из жемчужин диаметром двадцать восемь миллиметров.

— Должно быть, оно обошлось ему в целое состояние, — сказала однажды Камилла. Мать тут же сделала ей замечание, но отца это только развеселило, а Иеремия предпочел промолчать. Он понемногу привыкал к манерам Бошанов, понимая, что в душе Камилла не похожа на отца.

Венчание состоялось за день до Рождества, в шесть часов вечера, в соборе святого Люка на углу улиц Норт Прайор и Хьюстон. Венчал их преподобный Чарльз Беквит, двоюродный брат епископа. Иеремия и Камилла обменялись обетами в присутствии сотен знакомых Бошанов. Еще несколько сот человек получили приглашение на торжественный прием, устроенный в гостинице, где остановился Иеремия. Поэтому Терстону не составило труда через некоторое время незаметно уйти с собственной свадьбы и привести Камиллу в номер, в котором уже находились ее вещи. Здесь им предстояло провести ночь.

На следующий день их ждали к ленчу родители невесты, а вечером они должны были сесть на нью-йоркский поезд. Добравшись наконец до номера Терстона, и Камилла, и Иеремия едва держались на ногах. Обоим этот день показался длиннее двух развеселых предыдущих недель. Боже, сколько развлечений! А во время ленча они даже Рождество успели отпраздновать — правда, немного раньше срока. Никогда еще Иеремия так не веселился...

Теперь он смотрел на свою миниатюрную невесту, в изнеможении лежавшую на обитой розовой тканью кушетке. Роскошное подвенечное платье из кружевной ткани цвета слоновой кости окружало ее, словно шатер. Окинув Камиллу взглядом, Терстон в который раз подумал, как много она для него значит. Он ждал ее полжизни, но нисколько не жалел об этом. Она стоила этого ожидания, стоила всех потрясений, которые ему пришлось испытать раньше, всех разочарований, долгих лет одиночества... В конце концов ради нее стоило причинить боль Мэри-Эллен. Ничто на свете не заставило бы его отказаться от женитьбы на Камилле. Он обожал Камиллу и не сомневался, что она будет прекрасной женой: утонченной, кокетливой, но пламенной и страстной. Однако сейчас обессилевшей Камилле, в подвенечном платье лежавшей на кушетке, было не до страсти. На ее лице читалась безмерная усталость. Позади остались две недели бесконечных празднеств, и Иеремия начинал беспокоиться, как бы его возлюбленная не заболела от перенапряжения. Однако больной Камилла не выглядела. Она скорее напоминала набегавшегося до изнеможения ребенка.

— Как ты себя чувствуешь, любимая? — Терстон опустился возле нее на колени, взял ее за руку и поцеловал в ладонь, заставив Камиллу улыбнуться.

— Я так устала, что не могу пошевелить пальцем.

— Неудивительно. Может, позвать служанку?

Их взгляды встретились, и ему понравилось выражение ее глаз. В последние дни Камилла часто говорила много лишнего, обсуждая дорогое платье, купленное отцом на свадьбу, или огромный бриллиант, который подарил ей Иеремия в день помолвки. Однако сейчас, посмотрев ей в глаза, Терстон почувствовал, что его душа наполняется радостью: взгляд девушки говорил о любви, радости и доверии. Она уделяла чрезмерное внимание деньгам только потому, что ее так воспитал отец. Но Иеремия понимал: стоит Камилле провести месяц-другой в долине Напа, как она привыкнет к простым удовольствиям — гроздям из собственного виноградника, посаженным Ханной цветам, детям, которые у них родятся... И даже если дом в

Сан-Франциско покажется ей настоящим дворцом, главным в нем будет не роскошь, а то, что он выстроен в честь безмерной любви к ней. Дом станет памятником их любви. Иеремия собирался сказать об этом сразу, как только она его увидит. Впервые в жизни Терстон почувствовал себя полностью удовлетворенным, и теперь при взгляде на изящную миниатюрную невесту в подвенечном платье ему казалось, что его сердце вот-вот разорвется от невиданного счастья.

— Ну, миссис Терстон... Как вам нравится это имя? — Иеремия поцеловал запястье Камиллы. Что-то шевельнулось у девушки внутри, заставив ее сладострастно улыбнуться. Камилла не могла пошевелиться, но все же ей хотелось, чтобы он находился поблизости. Она никогда не уставала от его близости: один только взгляд на Иеремию заставлял ее изнывать от желания. Камилла и не подозревала, что способна на такое. А ведь Иеремия Терстон уже не молод... Она была тайно уверена, что выйдет замуж за какого-нибудь ужасно элегантного молодого человека — может быть, за француза из Нового Орлеана или за кого-нибудь из тех парижских графов, с которыми ее обещал познакомить отец... В крайнем случае за богатого нью-йоркского банкира с дымчатыми глазами... Но Иеремия оказался гораздо красивее всех тех, о ком она втайне мечтала. В нем чувствовалась суровая мужественность, которая всегда нравилась ей, но сейчас вызывала легкий страх. Камиллу ужасно тянуло к Иеремии. Что бы там ни говорила кузина, она не могла поверить, будто он собирался сделать с ней что-то отвратительное. В его глазах светилось то же чувство, с которым он смотрел на нее в первый день их знакомства. Камилле захотелось раздразнить его, заставить вспыхнуть от страсти, и она сделала то же, что тогда: поцеловала его в шею, потом в ухо и наконец в губы. Иеремия потянулся к ней. Не говоря ни слова, он начал расстегивать пуговицы на рукавах ее платья, обнажил молочно-белые руки и осыпал их поцелуями. Вслед за этим, сняв подаренное им тяжелое жемчужное ожерелье, Иеремия принялся за бесчисленные крохотные атласные пуговки, усыпавшие перед платья. Его взору открылась изящная ложбинка между грудями, прикрытая великолепной нижней рубашкой из тонкого атласа. А вот и кружевной корсет... похоже, он хорошо разбирался в женском белье. Вскоре ничто не мешало ему любоваться прекрасным юным телом. Камилла предстала перед ним во всей красе, нисколько не стесняясь своей наготы. На ней оставались лишь шелковые чулки кремового цвета. Иеремия снял их один за другим, а потом быстро сбросил с себя одежду, благодаря небо за то, что Камилла не испытывает ни малейшего признака застенчивости. Откровенность и смелость этой девушки восхищали его. Прикосновения губ и рук Иеремии доставляли ей такое наслаждение, о котором она и грезить не смела... «Кузина ошиблась... ошиблась...» — мельком подумала Камилла, застонав от удовольствия. Все было так, как она мечтала. И даже тогда, когда Иеремия бережно положил девушку на постель, раздвинул ей ноги, лаская сначала языком, потом пальцами, и наконец вошел в нее со всей силой неудержимого желания, наконец-то вырвавшегося на свободу, она вскрикнула не от боли, а от наслаждения... Он заставил девушку содрогнуться от сладостной муки, о которой та и не мечтала, а она заставила его испытать блаженство столь возвышенное и чистое, что он едва не застонал в ее объятиях, в изнеможении спрятав лицо у нее на груди...

С трудом подняв голову, Иеремия посмотрел на лежавшую рядом Камиллу и с радостью убедился, что она чуть ли не мурлычет от удовольствия. Боль, которой она так боялась, беспокоила ее совсем недолго. Благодаря искусству Иеремии она почти не обратила на нее внимания. Он нежно прошептал ей на ухо:

— Теперь ты моя, Камилла...

Она только улыбнулась в ответ. Теперь она походила на взрослую женщину гораздо больше, чем час назад. На этот раз Камилла сама потянулась к нему, и, когда Терстон овладел ею, закричала от наслаждения и неистового желания. Иеремия продолжал обнимать девушку, пока она наконец не насытилась и не уснула в его объятиях. Через несколько часов Камилла проснулась, вновь полная желания. Теперь уже он кричал в ее объятиях, полностью принадлежащий ей, околдованный ее чарами. В ней была такая магическая сила, на которую он не смел надеяться. В то утро любви он вновь и вновь поражался мудрости сделанного им выбора и неслыханному счастью, выпавшему на его долю. Терстону пришлось чуть ли не силой вытащить Камиллу из постели, чтобы не опоздать на ленч к ее родителям. Тем временем она хихикала, дразнилась и пыталась снова соблазнить его, пока наконец с восторгом и удовольствием не добилась своего, едва они сели в поезд. Попрощавшись с родителями, они до самого Нью-Йорка почти не выходили из вагона. Прежде чем Иеремия пришел в себя, они оказались на Центральном вокзале. По дороге в гостиницу «Кембридж», где он обычно останавливался, Терстон чувствовал себя самым счастливым мужчиной на свете. Иногда ему казалось, что он умрет от наслаждения, но это его не слишком заботило. Раз уж ему суждено умереть, он предпочел бы смерть в страстных объятиях Камиллы. Он нашел девушку своей мечты. Наконец-то жизнь его наполнилась смыслом.

Глава 13

Иеремия и Камилла прибыли в Нью-Йорк на второй день после Рождества, и город предстал перед ними в снежной пелене. У Камиллы это вызвало бурный восторг. Выйдя из вагона, она захлопала в ладоши. Ее глаза искрились на морозном воздухе, лицо и руки были укутаны в роскошные соболя — рождественский подарок Иеремии. Сейчас она напоминала русскую княжну. Терстон взял ее за маленькую руку, затянутую в перчатку, чтобы помочь спуститься на перрон, и с удовольствием окинул ее взглядом. Щедрые подарки вызывали у Камиллы восхищение. Она часто думала о том, как ей повезло, и радовалась, что удалось распрощаться с ненавистной Атлантой. Ее муж был ничуть не хуже обещанных отцом князей и герцогов. Она с нетерпением ждала того дня, когда увидит дом в долине Напа, которую считала чем-то куда более роскошным, чем простая плантация. Вскоре они подъехали к гостинице «Кембридж» на Тридцать третьей улице. В здании отсутствовал вестибюль, и портье Уолмсби сбился с ног, пытаясь отогнать журналистов. Иеремия любил эту гостиницу. Ему нравились никем не нарушаемое уединение, удобные «люксы» и забавные истории, которых у Уолмсби было полным-полно. Камилла первой вошла в номер, и вид у нее при этом был такой, словно она уже несколько лет путешествовала с ним по гостиницам. Глядя на нее, он засмеялся, сгреб в охапку и толкнул на кровать вместе со всеми украшениями и соболями.

— Ну и нахалка же ты, Камилла Терстон! — Это имя до сих пор казалось забавным им обоим. Она не стала спорить. А он не стал говорить, что его ошеломило то, как холодно она обошлась с его старым другом — портье. Камилла разыгрывала из себя светскую даму, и бедный Уолмсби почувствовал себя бесконечно униженным, когда она не обратила внимания на его протянутую руку.

— Какое бесстыдство, — громко сказала она, проследовав мимо. — Кем он себя считает?

— Моим другом, — тихо прошептал Иеремия.

Однако, оставшись с мужем наедине, она поцеловала его с такой жадностью, что он тут же забыл об Уолмсби. Пока они одевались к обеду, Терстон незаметно улыбался, вспомнив о доме, который он построил для нее в Сан-Франциско. Ему не терпелось показать его Камилле. В Атланте он почти не упоминал о нем, а стоило ей самой начать разговор, как он сразу увиливал, сообщая только, что дом довольно скромный и что ей, возможно, захочется что-нибудь переделать по собственному вкусу.

Однако сейчас Камиллу гораздо больше интересовало то, чем они займутся в Нью-Йорке. Они несколько раз побывали в драматическом театре, однажды сходили в оперу. В день приезда они обедали в ресторане Дельмонико, а на следующий — у Брансуика, где Иеремия заказал на обед утку и дичь. В этом ресторане собирались любители лошадей, среди которых львиную долю составляли англичане. А на третий день Иеремия получил приглашение от Амелии. Он отправился к ней, испытывая глубокое волнение. Ему не только хотелось познакомить ее с Камиллой; он сам радовался новой встрече. Благодаря переписке их чувство постепенно переросло в искреннюю дружбу. Амелия прислала очень теплое приглашение, и он принял его с восхищением, но по дороге Иеремию охватили дурные предчувствия. Камилла стала раздражительной и капризной. Сегодня она нагрубила горничной, которая помогала ей одеваться. Это начинало вызывать у Терстона тревогу.

Они наняли экипаж, чтобы доехать до дома Амелии на Пятой авеню. Камилла надела черное бархатное пальто и свои неизменные роскошные соболя. На левой руке сверкало кольцо с огромным бриллиантом, а на правой — с недавно подаренным сапфиром. Под бархатной накидкой из Парижа виднелось платье из белого бархата, плечи и подол которого украшала оторочка из горностая. Это произведение портновского искусства обошлось ее отцу в круглую сумму, о чем он перед отъездом из Атланты с удовольствием сообщил Иеремии.

— Ты похожа на маленькую королеву, — сказал Иеремия, когда они выходили из гостиницы. Взяв Камиллу за детскую ручку в кожаной перчатке, он попытался описать ей Амелию. — Это редкостная женщина... умная... достойная... красивая... — Он вспомнил об их легком флирте по дороге в Атланту и ощутил прилив тепла. Иеремия знал, что эта прекрасная женщина ни за что не обидит Камиллу.

Но стоило им переступить порог дома Амелии, как Камиллу будто подменили. Казалось, она возненавидела Амелию за хорошее воспитание, отличный вкус, элегантное платье и даже за ее благородные манеры. Камилла как будто старалась показать себя в самом неприглядном виде, и это повергло Иеремию в замешательство.

Амелия отличалась редкой привлекательностью и нежным очарованием, вызывающим у каждого мужчины желание обнять ее. Сам Иеремия успел забыть ее красоту, лучащуюся и сверкающую, как бриллиант чистейшей воды, изящные черты ее лица, ее походку, неброскую элегантность ее украшений, сшитые в Париже восхитительные туалеты. Ему не довелось видеть ее в более подходящей обстановке, они познакомились в поезде. Однако их дружба зародилась именно тогда, дружба, которую он никогда не предаст. Так думал Иеремия, глядя, как она величаво шествует по залам великолепного дома, оставленного ей Бернардом Гудхартом. Повсюду стояли ливрейные лакеи с роскошными канделябрами, каких Иеремия до этого никогда не видел, горело множество свеч. Их колеблющийся свет отражался в мозаичном мраморном полу, плиты которого были подобраны в форме цветов и тянулись по всему коридору В интерьере комнат безошибочно угадывалась рука француза. Лишь столовая и главная библиотека были отделаны в безукоризненном английском стиле. Дом напоминал великолепный музей, жемчужиной которого была эта необыкновенная женщина. Элегантные манеры Амелии заставили Камиллу сгорать от ревности. Складывалось впечатление, что она не выносит хозяйку. Каждое ее слово, каждая улыбка, каждое движение вызывали у Камиллы ненависть.

— Камилла, как ты себя ведешь? — шепотом укорил ее Иеремия, когда после обеда Амелия ненадолго вышла из комнаты, чтобы выбрать новую бутылку шампанского. — Что с тобой сегодня? Тебе нехорошо?

— Она шлюха!— драматическим шепотом выпалила Камилла. — Она охотится за тобой, а ты настолько слеп, что ничего не видишь! — Казалось, ее южный акцент стал еще заметнее. Это проявление собственнических чувств могло бы показаться Терстону трогательным, если бы она не вела себя с его знакомой чересчур грубо. В этот вечер Камилла была просто несносной, встречая в штыки каждое слово Амелии. Амелия относилась к ней с непоколебимым спокойствием опытной матери, привыкшей иметь дело с непослушными детьми. Но Камилла уже вышла из детского возраста, и, когда они вернулись в гостиницу, Иеремия был просто вне себя.

— Как ты могла? Какой стыд! Ты меня просто опозорила! — Он бранил ее, словно напроказившую девчонку. А когда Камилла выпрыгнула из экипажа и пулей бросилась в гостиницу, изо всех сил хлопнув дверью «люкса» и перебудив всех жильцов, ему захотелось взять ее за шиворот и хорошо встряхнуть. — Какая муха тебя укусила, Камилла? — Она грубила всем уже несколько дней, но сегодня превзошла самое себя. Иеремия никогда не видел ее в таком состоянии. Впрочем, он вообще ее мало знал. Что ж, если он просмотрел эту черту характера, придется с ней бороться.

— Черт побери, я буду вести себя так, как мне нравится, Иеремия! — Она кричала на него, и это поразило Терстона.

— Ничего не выйдет. Тебе придется извиниться перед миссис Гудхарт. Ты сегодня же напишешь ей письмо, а я завтра передам его. Ты поняла?

— Я поняла, что ты сумасшедший, Иеремия Терстон! Ничего подобного я не сделаю. — Она испугалась, когда Иеремия схватил ее за руку и одним движением усадил в кресло.

— Кажется, ты не поняла меня, Камилла. Я жду, чтобы ты написала Амелии письмо с извинениями.

— Почему? Она твоя любовница?

— Что? — Иеремия посмотрел на Камиллу, как на сумасшедшую. Амелия была слишком порядочной женщиной, чтобы стать чьей-нибудь любовницей. Когда-то он едва не сделал ей предложение. Он чуть было не рассказал об этом Камилле, однако решил, что это только подольет масла в огонь. — Камилла, ты вела себя грубо. Теперь ты моя жена, а не избалованная девочка, которая делает все, что хочет. Ясно?

Камилла выпрямилась во весь рост и посмотрела на мужа.

— Я миссис Иеремия Терстон из Сан-Франциско, а мой муж — один из самых богатых людей в штате Калифорния... Да и во всей стране, черт побери! — Выражение ее лица повергло Иеремию в ужас. — Поэтому я могу делать все, что хочу. Тебе ясно?

Терстон, став свидетелем страшной метаморфозы, решил ее остановить.

— Если ты будешь так себя вести, Камилла, ты добьешься только того, что тебя будут презирать и ненавидеть всюду, где бы ты ни появлялась. И я бы посоветовал тебе держаться поскромнее, пока ты еще не приехала в Калифорнию. Я живу в самом обычном доме в долине Напа, выращиваю виноград, копаю руду. Вот и все. Да, ты моя жена. Но если ты думаешь, что это дает тебе право грубить нашим друзьям, нашим соседям или нашим рабочим, то жестоко ошибаешься.

Неожиданно Камилла схватила в охапку свои соболя и засмеялась. Она добилась всего, чего хотела. Она любила Иеремию, но любила и то, что у него было и что он собой олицетворял. Теперь то же самое олицетворяет и она. Никто больше не посмотрит на нее свысока, кем бы ни был ее отец. Если ее матери-аристократке не удалось добиться того, чтобы люди перестали вспоминать о низком происхождении отца, она сама преуспела в этом гораздо больше. Она вышла замуж за человека совершенно другого круга, самого богатого в Калифорнии. Нет уж, больше никто не посмеет смотреть на нее сверху вниз! Она заняла неслыханно высокое положение в обществе. У нее появились такие деньги, о которых в Атланте и мечтать не приходилось. Где бы они ни появлялись, вокруг начинали шептаться, и она знала, что означает этот шепот. Папа ей обо всем рассказал. Иеремия был одним из самых могущественных, самых важных людей в стране.

— Только не называй себя простым рудокопом, Иеремия Терстон! Мы оба знаем, что это вздор. Ты занимаешь гораздо более высокое положение, а значит, и я тоже. — С трудом верилось, что ей едва исполнилось восемнадцать лет. Сейчас она казалась гораздо старше.

— А что будет, если мы разоримся, если рудники иссякнут, если я все потеряю, Камилла? Что будет тогда? Кем ты будешь, если лишишься этих побрякушек? Просто никем.

— Ничего ты не потеряешь, не бойся.

— Камилла, в детстве, когда я жил в Нью-Йорке, нам часто было нечего есть, а потом мой папа нашел золото в Калифорнии. Тогда об этом мечтали все. Да и сейчас мечтают. Повезло и ему, и мне. Только и всего. Удача. Счастливая судьба. И тяжелая работа. Но все это может уйти так же легко, как и пришло. Поэтому человек должен всегда оставаться самим собой, что бы ни случилось. Я женился на чудесной маленькой девочке из Атланты, и я люблю тебя... А ты вышла за меня замуж и внезапно превратилась во что-то другое. Это нечестно по отношению к тебе самой.

— Почему? Со мной тоже все обходились не слишком честно. Даже собственная мать. — Неожиданно на глазах Камиллы блеснули слезы, она тоном непослушного ребенка сказала: — Мать всегда обращалась со мной так, словно считала меня частью отца... Но она все-таки вышла за него замуж, а он... Даже если он и был голодранцем, то сумел нажить состояние и обеспечить ее. Он сделал мать богатой после того, как застрелился ее отец. И все равно на нас с Хьюбертом всю жизнь смотрели свысока. Хьюберту на это наплевать, а мне нет, и я больше не желаю мириться с этим, Иеремия. А эта Амелия такая же, как и все остальные, — аристократка и воображала. Я знаю таких людей. Я насмотрелась на них на Юге. Они притворяются чертовски милыми и заставляют тебя поверить в это.

Ее слова ошеломили Иеремию. Камилла оскорбила Амелию совершенно незаслуженно, но он все-таки понял, в чем причина ее боли. Раньше ему такое и в голову не приходило, но теперь она раскрылась, и Терстон увидел, что она выросла, окруженная презрением. Только теперь он осознал, что имел в виду Орвиль, когда говорил, что Камилле надо уехать. И для нее, и для Орвиля это очень много значило.

— Но ведь Амелия не сказала тебе ничего плохого, дорогая.

— Пусть бы только попробовала! — По щекам Камиллы потекли слезы. Иеремия подошел и обнял ее.

— Я никому не позволю так поступать с тобой, *любимая*. Никто, никто не посмеет презирать тебя. — Он обрадовался, неожиданно вспомнив о новом доме в Сан-Франциско. Может, это придаст ей уверенности в себе. Судя по всему, она очень в этом нуждается. — Я обещаю, никто в Калифорнии не посмеет обидеть тебя. А Амелия совсем не такая. Она вовсе не презирает тебя. Ты сама в этом убедишься. — Он крепко обнимал ее, словно испуганного ребенка. — В следующий раз.

Потом он отнес Камиллу в постель и долго не выпускал из объятий, стараясь хоть как-нибудь ее утешить. Утром она так и не написала письмо, и Иеремия не стал настаивать, чтобы не огорчать ее. Вместо этого он послал Амелии огромный букет белой сирени, невиданный подарок в середине зимы. Он знал, что она все поймет и обрадуется.

Оставшиеся дни Иеремия и Камилла ходили по магазинам. Они купили красивые безделушки для Камиллы, краски для нового дома, нитку черного жемчуга, колье с бриллиантами и изумрудами, без которого Камилла, по ее словам, просто не могла жить, а также несколько чемоданов тканей, перьев и кружев «на случай, если их не окажется в Калифорнии».

— Ради Бога, мы же едем не в Африку, а в Калифорнию! — Однако Терстону доставляло удовольствие смотреть, как она занимается покупками, и он позволял ей делать все, что захочется. Когда они наконец сели в их личный вагон, чтобы ехать в Калифорнию, половину его заняли чемоданы и коробки с сокровищами Камиллы.

— Как ты думаешь, мы купили все, что нужно, любимый? — спросила она, когда поезд тронулся. Иеремия лукаво посмотрел на жену и закурил сигару. Перед отъездом ему удалось еще раз увидеться с Амелией, и она принялась уговаривать его не переживать из-за поведения Камиллы.

— Она еще совсем молоденькая, Иеремия. Дайте ей привыкнуть к тому, что она стала вашей женой.

Ему и самому хотелось, чтобы это случилось как можно скорее. Большую часть пути они предавались любовным утехам. Для девушки, получившей строгое воспитание в традициях старого Юга, она занималась этим с удивительной непринужденностью. Иеремия еще никогда не чувствовал себя таким счастливым. Она быстро научилась делать то, что было ему особенно приятно. Камилла оказалась чрезвычайно изобретательной юной любовницей.

В день приезда Иеремии с огромным трудом удавалось сдерживать волнение. Он сгорал от нетерпения показать ей дом... их дом... дом Терстона... во всем его великолепии. Однако он по-прежнему отзывался о нем с нарочитой скромностью.

— Нет, он не слишком велик, но там вполне хватит места и нам с тобой, и нашему первому малышу. — «Первым десяти малышам, — смеялся он про себя... — Пусть подождет, скоро сама увидит!» Он помог Камилле выйти из вагона, в котором они провели целых семь дней, и они направились к специально присланной за ними коляске. В новенький коричнево-черный экипаж была запряжена четверка вороных лошадей, похожих друг на друга как две капли воды. Перед отъездом на свадьбу Терстон купил их всех сразу специально для Камиллы.

— Какой прекрасный выезд, Иеремия. — Камилла засмеялась от восхищения, захлопала в ладоши, бросила влюбленный взгляд на мужа, помогавшего ей подняться в коляску. Их вещи погрузили в другую повозку. Борта обоих экипажей украшали витиевато выведенные инициалы ИАТ — Иеремия Арбакл Терстон.

— Отсюда далеко до дома? — Камилла с легким беспокойством оглядела вокзал, и Иеремия рассмеялся.

— Порядочно, девочка моя. Ты что, думаешь, что я построил дом прямо у вокзала?

Камилла посмеялась над собственными опасениями. Терстон вскочил на сиденье рядом с ней, и они направились в северную часть Сан-Франциско. По дороге Иеремия показал жене местные достопримечательности: гостиницу «Палас», где он часто останавливался до того, как выстроил дом, церковь святого Патрика, церковь

Троицы, площадь Юнион-сквер, вершины гор Минт и Твин вдалеке. А потом, когда коляска наконец стала подниматься на холм Ноб-Хилл, он показал ей дом Марка Хопкинса, особняк Тобила, дома Крокера и Хантингтона Колтона. Больше всего Камилле понравился дом Крокера и Флада. Ей не доводилось видеть таких красивых зданий ни в Атланте, ни в Саванне.

— Даже лучше, чем в Нью-Йорке! — Камилла хлопала в ладоши. Сан-Франциско оказался куда лучше, чем она думала. Теперь она сгорала от нетерпения увидеть их дом, однако Иеремия предупредил, что он не так уж велик. Им предстояло пересечь небольшой парк. Коляска проехала через огромные ворота, лошади взяли разбег, и они очутились в лабиринте деревьев и живых изгородей. — Наш дом здесь? — Камиллу охватило замешательство. Она видела только деревья и никаких домов. Может, Иеремия решил немного покатать ее, прежде чем отвезти домой? И тут ее взгляду открылся самый большой дом из всех, которые она сегодня видела: внушительное здание с четырьмя башенками и чем-то вроде купола наверху. — Чей это дом? — восхищенно спросила Камилла. Ей еще не доводилось видеть таких сооружений. — Он похож на гостиницу или на музей.

— Ни то, ни другое, — серьезно сказал Иеремия, когда коляска наконец остановилась. Камилла не настолько знала его, чтобы заметить озорные искорки в глазах. — Это, наверное, самый большой дом в городе. Я решил показать его тебе, прежде чем мы поедем домой.

— Кому он принадлежит, Иеремия? — благоговейно прошептала Камилла. Дом превосходил размерами даже церкви, мимо которых они проезжали. — Должно быть, это очень богатые люди. — Она произнесла эти слова с трепетом, вызвавшим у Терстона смех.

— Хочешь зайти?

— А можно? — Она колебалась, но страдала от любопытства. — Я одета не для визита. — На Камилле были твидовый костюм, меховая пелерина и одна из тех милых шляпок, которые Иеремия купил для нее в Нью-Йорке.

— На мой вкус, ты выглядишь неплохо. А потом мы все-таки в Сан-Франциско, а не в Нью-Йорке. По здешним меркам вид у тебя очень элегантный. — Прежде чем Камилла успела что-нибудь

сказать, он подошел к парадной двери и постучал в нее большим
медным молотком. Дверь тут же распахнулась, на пороге появился
слуга в ливрее и внимательно посмотрел на Иеремию. Все в доме
знали об их приезде, и, если хозяин повел себя странно, на это не
следовало обращать внимания. Иеремия прошел в дом вслед за ла-
кеем, без каких-либо объяснений потянув за собой Камиллу, у которой от волнения захватило дух. Они остановились под огромным
куполом из цветного стекла, и девушка потеряла дар речи. Ей еще
не приходилось видеть такой красоты, и теперь Камилла, как зача-
рованная, наблюдала за игрой света и теней на мраморном полу.

— Иеремия... Здесь так красиво... — Она подняла на него
широко открытые глаза, и Терстон счастливо улыбнулся в ответ.

Все получилось так, как ему хотелось.

— Хочешь посмотреть остальное?

— Может, сначала ты скажешь хозяевам, что мы приехали? —
Камилла казалась обеспокоенной. Неужели в Сан-Франциско люди
не придают никакого значения условностям? Это было так не похоже на традиции Юга. Ее родители пришли бы в ужас, увидев, что
у них в доме бродят даже близкие знакомые. Но ведь отцовский
дом не шел ни в какое сравнение с этим, как и дома всех тех, кого
знала Камилла. Даже та женщина, с которой Иеремия познакомил
ее в Нью-Йорке, жила в куда более скромном особняке, с неожиданным злорадством подумала Камилла. Кто бы ни были хозяева
этого дома, они утерли ей нос. — Иеремия... — Похоже, лакеи не
обращали на него никакого внимания, и он, не торопясь, потянул ее
вверх по главной лестнице.

— Нужно посмотреть второй этаж, Камилла. Ты еще не видела таких роскошных комнат.

— Но, Иеремия... Прошу тебя...

Это было ужасно. Что скажут хозяева, увидев их там? Но не
успела она договорить, как он втащил ее в то, что, по всей видимости, было хозяйской спальней. Камилле до сих пор не приходилось
видеть такого количества пуфов, обитых розовым шелком, и такой
роскошной драпировки. По обе стороны от кровати висели две прекрасные французские картины, еще одна украшала пространство
над камином. Потом Иеремия провел ее в изящный французский

будуар, оклеенный расписными парижскими обоями. Затем он показал ей туалетную комнату со множеством зеркал и невиданных размеров ванну, отделанную розовым мрамором. Рядом находилась еще
одна ванна, тоже с мраморной отделкой, только темно-зеленого цвета. Очевидно, она предназначалась для хозяина дома. Оттуда они
прошли в хозяйский кабинет, стены которого покрывали деревянные
панели, а потом неожиданно снова оказались в спальне. Несмотря
на смущение, охватившее Камиллу в этом чужом доме, его великолепие поразило ее настолько, что она забыла стыд. Ей казалось, что
она ест шоколадные конфеты в отсутствие хозяйки дома и не может
остановиться, пока не покончит со всей коробкой. Это одновременно напоминало прекрасный сон и кошмар, и она смотрела на Иеремию в полном восторге.

— Кто здесь живет? — Ей не просто хотелось узнать имя
хозяина; нет, она запомнит его навсегда. Ей уже никогда не забыть
этого дома, изысканного убранства комнат, роскошных тканей, всех
этих бесчисленных сокровищ, попадающихся на каждом шагу. —
Кто его хозяева? На чем они делают деньги? — Последний вопрос
прозвучал так тихо, что Иеремия едва расслышал его.

— На рудниках, — шепотом ответил он.

— Здесь, наверное, немало хороших рудников, — снова за-
шептала Камилла, и Иеремия улыбнулся.

— Хватает.

— Как их зовут?

— Терстоны, — равнодушно промолвил он. Камилла машинально кивнула, но вдруг замерла и снова посмотрела на мужа.

— Терстоны? Это что, твои родственники?

— Более или менее. — Они по-прежнему разговаривали шепотом. — Здесь живет моя жена.

— Твоя кто? — На лице Камиллы был написан ужас. — Это
что, шутка? — Она готова была заплакать, но слишком испугалась.
У него есть другая жена? Он сыграл с ними всеми жестокую шутку?
Иеремия по выражению лица Камиллы догадался о ее мыслях, заставил девушку повернуться к высокому зеркалу и указал на него
пальцем.

— Вот моя жена, глупышка. Вы знакомы?

Она обернулась к нему с выражением крайнего изумления на лице.

— Иеремия! Ты хочешь сказать, что это твой дом?

— Наш дом, дорогая. — Иеремия обнял ее, и никто на всем свете не испытывал в эту минуту большей радости, чем он. — Я построил его для тебя. Наверное, кое-что еще придется доделывать, но этим мы займемся вместе. — Иеремия крепко прижал ее к себе, но через секунду Камилла вырвалась, взвизгнула от восторга и наконец рассмеялась.

— Разыграл! Иеремия Терстон, ты разыграл меня! А я-то думала, что ты сошел с ума, когда решил побродить по чужому дому!

— Тебе тоже этого хотелось!— поддразнил он.

— Это самый прекрасный дом, который я когда-нибудь видела, я никуда не уйду, пока не осмотрю его до конца...

— Тогда я покажу тебе остальное. И уходить тебе некуда, любимая. Это все твое от чердака до подвала.

Слова Терстона заставили улыбнуться наблюдавших за ними лакеев и целый выводок служанок, пришедших взглянуть на новую хозяйку. Иеремия нанял их накануне отъезда в Атланту и теперь с трудом узнавал. Все здесь было таким новым! Иеремия показал жене кухни, буфетные, комнату для грудничков и спальни для старших детей наверху, продемонстрировал вид из каждого окна и строгую табличку у парадного, гласившую «ДОМ ТЕРСТОНА». Он показал все, что можно. В конце концов она рухнула на огромную кровать под стеганым покрывалом, улыбнулась от уха до уха и уставилась на мужа широко открытыми глазами.

— Это самый чудесный дом, который я видела, Иеремия. Самый...

— Он принадлежит тебе, дорогая. Владей и радуйся.

— Я и радуюсь! — Камилла успела представить себе великолепные вечера, которые она будет здесь устраивать. Ей не терпелось обновить танцевальный зал. — Сейчас же сажусь писать папе! — Иеремия услышал высшую похвалу, на которую мог только рассчитывать: для Камиллы отец был просто божеством, но Иеремия теперь не уступал ему. Даже огромный бриллиант не произвел на Камиллу такого впечатления, как новый дом. — Он, наверное, обошелся тебе в целое состояние, Иеремия, — с улыбкой проговорила Камилла. — Похоже, ты еще богаче, чем думал папа! — Впрочем, не похоже, чтобы это ее огорчило. Удовлетворенный ее восхищением, Терстон туманно ответил на вопросы о том, сколько стоит та или иная вещь.

А вот реакция Камиллы на Напу его огорчила. После великолепия и чудес дома в Ноб-Хилле его старое жилище в Сент-Элене, любовно обновленное ради молодой жены, не произвело на нее никакого впечатления. Камилла расстроилась из-за того, что дом находился далеко от города, что городок оказался совсем маленьким и что Сан-Франциско находится в дне пути отсюда — сначала в экипаже, а потом на пароходе. Кроме того, дом в Напе показался ей мрачным. Камилла узнала, что Иеремия выстроил его для умершей возлюбленной, и это вызвало у нее раздражение. Ей не терпелось вернуться в роскошный дом Терстона и похвастаться новыми туалетами. Скорей! То, что муж прожил здесь целых двадцать лет, было ей совершенно безразлично. Красоты долины тоже оставили ее равнодушной: похоже, ее интересовали только прииски и доход, который они приносили. Она засыпала Иеремию тысячью вопросов, но все они были такими дотошными и корыстными, что Терстон предпочитал отделываться общими фразами. Иеремия испытывал неловкость, когда она подробно расспрашивала его о деньгах. Кроме того, за время отсутствия у него накопилось немало дел, и он не мог уделять Камилле слишком много времени. Чтобы привести все в порядок, ему требовалось задержаться в Напе не менее чем на месяц. А Камилла считала потерянной каждую прожитую здесь минуту.

Иеремия придумывал сложную систему, благодаря которой он сможет большую часть времени жить в Сан-Франциско, как обещал отцу Камиллы. Однако для этого следовало установить хорошую связь между домом Терстона и рудниками. Он уже объяснил жене, что в этом году они проживут в городе с февраля по июнь, и она согласилась проводить летние месяцы в Напе. Здесь им удалось достичь согласия. Ах, если бы так же легко решились все остальные сложности... Дело заключалось в том, что Ханна и Камилла невзлюбили друг друга с первого взгляда, и на второй день, возвращаясь вечером с рудников, Иеремия задумался, какая из двух женщин встретит его в дверях. Кто-то из них должен был пасть.

Камилла сочла Ханну неряхой и распущенной, невоспитанной грубиянкой. Подумать только, она осмелилась назвать Камиллу «девочкой», а не «миссис Терстон»! Хуже того, Ханна обозвала ее избалованной дрянью и еще кем-то в этом роде. А сама Ханна с возмущением заявила Иеремии, что «эта ведьма» чем-то в нее швырнула, и даже продемонстрировала этот предосудительный предмет. Им оказалась картонка из-под шляпы, от которой старой экономке удалось благополучно увернуться.

— Она слишком стара, Камилла, и будет несправедливо, если я ее прогоню. — Утром жена потребовала от Терстона принести ей на подносе голову старухи. — Я не могу так поступить. — Ничего худшего нельзя было представить.

— Тогда это сделаю я! — воскликнула Камилла. Южные привычки не истреблены... Тут Иеремия понял, что должен вмешаться, пока события окончательно не вышли из-под контроля.

— Ничего подобного. Ханна останется. Тебе придется привыкнуть к ней, Камилла. Она часть моей здешней жизни.

— Это было до того, как мы поженились.

— Да, конечно. Но я не могу изменить все за одну ночь. Я и так переделал ради тебя весь дом. Если бы ты знала, на что он был похож раньше... Если хочешь, я найму новых служанок, но Ханна останется.

— А если я все брошу и уеду в Сан-Франциско? — Камилла посмотрела на Терстона свысока, и он без лишних церемоний посадил ее к себе на колени.

— Тогда я силой верну тебя и хорошенько выдеру.

Камилла невольно улыбнулась, и Иеремия поцеловал ее.

— Так-то лучше. Я люблю женщин нежных и веселых, а не тех, кто швыряется в старух картонками.

— Она назвала меня ведьмой! — снова разозлилась Камилла. Но гнев ей был настолько к лицу, что Иеремию охватило нестерпимое желание овладеть ею.

— Ты и есть ведьма, если бросаешь в людей коробки из-под шляп. Веди себя прилично, Камилла. Здесь живет славный народ. Конечно, они простые деревенские люди. Я понимаю, что это тебя раздражает, но, если ты не будешь обижать их, они останутся верны тебе до конца дней. — Он подумал о многолетней верности Мэри-Эллен, сохранявшей ее в течение многих лет. Родила ли она?

Камилла поднялась и с обиженным видом заходила по комнате.

— Мне больше нравится в городе. Я хочу устроить бал. — Она напоминала капризного ребенка, которому хочется немедленно устроить себе день рождения.

— Всему свое время, малышка. Потерпи. Сначала я должен здесь кое-что закончить. Ты же не захочешь жить в городе без меня, правда?

Камилла покачала головой, но без особой радости, и Иеремия снова поцеловал ее, заставив забыть обо всем, кроме его губ. Через несколько минут они лежали в постели, и случай с Ханной был давно забыт. Правда, на следующее утро Камилла попыталась вновь вспомнить вчерашнее, но Иеремия не позволил. Он посоветовал ей как следует прогуляться и пообещал приехать к ленчу. Камиллу эта перспектива не слишком обрадовала, но ничего другого ей не оставалось.

Вскоре Иеремия уехал, оставив жену наедине с Ханной, которая до возвращения хозяина не сказала ей и двух слов. Но стоило Терстону переступить порог дома, старуху словно подменили. Она расспрашивала о его делах на прииске, передавала слухи о горожанах, имена которых Камилле ничего не говорили. Эта болтовня навела на нее тоску. Впрочем, как вся эта проклятая долина Напа. Ей хотелось обратно в Сан-Франциско, о чем она прямо заявила мужу после ленча, когда он оседлал Большого Джо, собираясь вернуться на рудник. На этот раз Иеремия покачал головой и ответил без обиняков:

— Мы останемся здесь до конца месяца. Тебе придется к этому привыкнуть, Камилла. Это другая сторона нашей жизни. Мы живем и здесь, а не только в доме Терстона. И мы будем жить здесь. Я тебя предупреждал. Я рудокоп.

— Неправда! Ты самый богатый человек в Калифорнии. Давай вернемся в Сан-Франциско и будем жить так, как нам подобает.

Эти слова раздосадовали Иеремию. Он попытался урезонить жену, но тщетно.

— Я надеялся, что тебе понравится долина Напа, Камилла. Она очень дорога мне.

— Здесь все безобразно, скучно и глупо. И я ненавижу эту старуху, а она меня.

— Тогда попробуй почитать. В субботу я съезжу в Напу и возьму в библиотеке какую-нибудь книгу. — Из-за этого ему придется пропустить встречу с Дэнни, но сейчас все, что имело отношение к Камилле, казалось Терстону гораздо более важным. Он не мог все время жить в Сан-Франциско и хотел, чтобы жена оставалась рядом.

Однако все изменилось, и он провел субботнее утро без Камиллы и без Дэнни. Такое случалось каждую зиму. На этот раз погибло семь шахтеров, и люди бились как львы, чтобы вызволить тридцать остальных. Иеремия спустился под землю вместе с командой спасателей. Покрытый грязью с головы до ног, он отчаянно сражался, пытаясь вытащить людей, зажатых в тесных закутках, где им едва хватало воздуха. Они укрылись там, словно летучие мыши в пещере, ожидая, когда придет помощь. Когда Камилле сообщили о случившемся и Иеремия не пришел домой, Ханна объяснила девушке, какое это несчастье. Старуха знала, что он не поднимется на поверхность, пока всех до последнего шахтера не найдут живыми или мертвыми, и что он сначала встретится с вдовами и лишь потом вернется домой к жене. Узнав об этом, Камилла сразу притихла. Когда спустя сутки Иеремия шагом подъехал к дому, она по выражению лица мужа поняла, что случилась большая беда.

— Мы потеряли четырнадцать человек, — сразу сказал он, и глаза Камиллы наполнились слезами при мысли о горе несчастных женщин.

— Мне очень жаль. — Она подняла на мужа заплаканные глаза, переживая из-за его страданий не меньше, чем из-за страданий шахтерских вдов.

Среди погибших был и отец Дэнни, и Иеремия горевал об этой потере больше, чем о других. Он сам сообщил о случившемся сыну и обнял его, когда тот зарыдал. В понедельник ему предстояло распоряжаться похоронами. Как объяснить это Камилле? Иеремия давно привык к таким вещам, но Камилла слишком молода, ей все в диковинку. Единственное, что ее волнует, это красивый дом, который выстроил для нее муж. Но это не все, далеко не все, и теперь она начинала это понимать.

Старуха пошла в дом, чтобы приготовить Иеремии горячую ванну, а Камилла налила ему чашку только что сваренного Ханной бульона. Сама Камилла не умела готовить, и у нее ни разу не возникало желания научиться. Пока она наливала суп, Ханна стояла с Иеремией у дверей ванной. Она долго смотрела на него, а потом покачала головой:

— Я понимаю, сейчас не самое подходящее время, но... — Она колебалась лишь одно мгновение. — Мэри-Эллен третий день мучается родами. Я узнала об этом вчера утром, но не могла тебе передать. Сегодня на рынке мне сказали, что она до сих пор не разродилась. — Оба понимали, что это значит. Она могла умереть, как множество других женщин до нее. — Не знаю, хочешь ли ты об этом слышать... — В ее голосе не было укоризны. Она просто ставила Иеремию в известность. — Но, я должна была предупредить.

— Спасибо, Ханна, — тихо сказал он. В этот момент в комнату вошла Камилла с чашкой бульона и окинула их внимательным взглядом. Она сразу почувствовала, что Ханна сообщила какой-то секрет, и решила, что речь шла о ней.

— Что она тебе сказала? — спросила девушка, едва Ханна вышла.

— Дела, дела... Нужно помочь одному человеку. Надо ехать. Вот только помоюсь...

— Но тебе надо отдохнуть. — Слова мужа поразили Камиллу. Он устал, едва держался на ногах, всю ночь проработал в ледяной мокрой грязи. Его труды окупились двадцатью тремя спасенными жизнями.

— Потом отдохну, Камилла. Ты не могла бы принести мне еще бульона и чашку кофе? — Вернувшись, она увидела его сидящим в ванне. Иеремия быстро осушил обе чашки и поднялся на ноги. Тело его было таким же сильным и поджарым, как в юности. Долгие годы работы на руднике помогали ему держаться в хорошей форме. Даже в сорок четыре года он оставался прекрасно сложенным мужчиной, и Камилла смотрела на него с восхищением.

— Ты такой красивый, Иеремия...

Терстон улыбнулся.

— Ты тоже, малышка.

Он быстро натянул на себя одежду и вышел на крыльцо. Камилла наблюдала за ним с каким-то странным чувством.

— Зачем ты уезжаешь?

— Ничего не поделаешь. Я скоро вернусь.

— Куда едешь? — Она впервые устроила ему такой допрос, и это вызвало у Иеремии удивление.

— В Калистогу. — Он прямо посмотрел ей в глаза, но в душе почувствовал трепет. Ему предстояло помочь родиться собственному ребенку или по крайней мере присутствовать при смерти Мэри-Эллен. Если, конечно, она еще жива...

— Можно мне с тобой?

— Нет. Только не сейчас, Камилла.

— Но я хочу с тобой, — обиженно повторила она. Иеремии пришлось отстранить ее.

— У меня нет времени. Поговорим потом.

Прежде чем Камилла успела открыть рот, Иеремия уехал. На этот раз он быстро погнал Большого Джо через холмы, заставив Камиллу задуматься о том, куда он направился.

Глава 14

Большой белый конь, громко стуча копытами, скакал по вьющейся по холмам дороге. Иеремия все подгонял и подгонял его, не думая ни о чем, кроме погибших ночью шахтеров. Глаза слипались. Пару раз он клюнул носом, но Большой Джо, казалось, сам знал, куда они едут. Маленький белый домик встретил их тишиной. Привязав Большого Джо к дереву, Иеремия подошел к двери, постучался и, не дождавшись ответа, вошел внутрь. Сначала он не услышал ни звука и подумал было, что Мэри-Эллен ушла рожать к матери. В ту же минуту сверху донесся ужасный вопль. Иеремия замер, пытаясь понять, одна ли она сейчас, а потом начал тихонько подниматься по лестнице. Как быть? Зачем он здесь? Впрочем, он хорошо знал, что это его долг. Ведь именно его ребенка в муках рожает Мэри-Эллен. Неужели она умрет?

Он задержался у дверей спальни, подождав, пока смолкнут стоны. Потом до его слуха донесся тихий плач и негромкий мужской голос. Положение было идиотское. Тело ломило от усталости. Чувствуя себя дурак дураком, он все же набрался мужества и постучал в дверь. Что ж, по крайней мере он может съездить за врачом... Именно врач и открыл ему дверь. Глаза у него были измученные, рукава засучены по локоть, грудь рубашки забрызгана кровью, но он, похоже, ничего не замечал.

— Простите... Я хотел узнать, не нужно ли... — Иеремия чувствовал себя более чем неловко. Только негодяй мог бросить Мэри-Эллен рожать его ребенка в одиночку... Посмотрев врачу в глаза, он прямо спросил его: — Как она?

Терстон не стал представляться. Впрочем, этого и не требовалось — доктор понял, кто он такой. Иеремию Терстона знали во всем штате. Он осторожно закрыл за собой дверь, и двое мужчин вышли в прихожую поговорить.

— Плохо. Роды начались в среду ночью, и мы до сих пор не можем извлечь ребенка. Женщина старается изо всех сил, но они уже на исходе. — Иеремия кивнул. Он боялся спросить, не умрет ли она. Ответ был ясен. — Хотите войти? — Во взгляде врача не чувствовалось осуждения. А вдруг это хоть чем-нибудь поможет Мэри-Эллен? Как бы то ни было, хуже ей все равно не станет. Впрочем, сейчас она так страдает от боли, что просто не поймет, кто к ней пришел. Но там был его ребенок...

Иеремия замер на полдороге. Ему еще не доводилось слышать, чтобы мужчина помогал при родах, однако врача это ничуть не пугало.

— Она не будет возражать?

— Она может вообще не узнать вас, — честно предупредил
доктор. — Она сейчас почти без сознания. — После короткого заме-
шательства он пытливо заглянул Иеремии в глаза. — Вы сможете это
выдержать? Вам приходилось видеть что-нибудь подобное?

Иеремия покачал головой:

— Только у животных.

Врач кивнул, это его устраивало. Не говоря больше ни слова, он
открыл дверь и прошел в комнату, а Иеремия последовал за ним. В
нос ему ударил сладковатый, тяжелый запах человеческой плоти,
розовой воды и сырого постельного белья. Все окна были закрыты.
Мэри-Эллен лежала на кровати, покрытая двумя одеялами. Иеремия увидел несколько пропитанных кровью простыней, подоткнутых
под нее ниже пояса. Казалось, ее убили в собственной постели. Огромный живот по-прежнему вздувался горой, несмотря на отчаянные усилия, которые она прилагала уже три дня. Ее ноги бессильно раскинулись,
словно у тряпичной куклы, а тело дрожало, как от озноба. Иеремия
смотрел на нее с чувством вины и горького сожаления.

Внезапно ему показалось, что она начала биться в конвульсиях.
Мэри-Эллен издала тихий глухой стон, вскоре перешедший в крик,
и заметалась на кровати, закатывая глаза и судорожно хватая ртом
воздух. Потом она проговорила несколько бессвязных слов, и врач
быстро приблизился к ней. Иеремия понял, что ее оставляет сознание. Из нее потоком хлынула кровь, и она опять закричала. Доктор
погрузил обе руки в ее матку, но тщетно. Вскоре он выпрямился и
вытер их об испачканное кровью полотенце. Мэри-Эллен продолжала страшно кричать. Иеремия медленно подошел к кровати и
заглянул в ее измученное лицо. Если бы ему не было известно, кто
перед ним лежал, он бы не узнал эту женщину. Врач тихо заговорил с
Терстоном, понимая, что Мэри-Эллен все равно не услышит его слов.
Казалось, между схватками наступил перерыв, и она задремала.

— Она потеряла чертовски много крови. У нее лопнула вена.
Вы сами видите, как хлещет кровь, но я не могу ее остановить.
Кроме того, ребенок неправильно повернулся. Теперь единственный
выход — вытащить его за плечо. Иначе мы ничего не добьемся. —
При этих словах лицо врача стало печальным. Взглянув на Иере-
мию, он все понял. — Мы можем потерять обоих. — Врач перевел

взгляд на измученную женщину, лежавшую в кровати. — Она непременно умрет, если мы не сумеем быстро извлечь плод. Иначе ей не выдержать.

— А малыш? — Это был его ребенок, но сейчас Терстон переживал только за Мэри-Эллен. Казалось, он никогда не расставался с ней, а Камиллы вообще не существовало на свете.

— Если бы я сумел его повернуть, то сумел бы и вытащить, но в одиночку мне не справиться. — Врач посмотрел на Иеремию. — Вы можете ее подержать? — Терстон кивнул, боясь причинить ей новую боль. Тем временем Мэри-Эллен очнулась и застонала. У нее снова начались схватки. Она подняла глаза и увидела Иеремию, но ей показалось, что это сон.

— Все хорошо. — Иеремия нежно улыбнулся, встал на колени рядом с кроватью и притронулся к лицу Мэри-Эллен. — Я здесь. Все будет в порядке. — Однако он плохо верил собственным словам. За последние сутки ему пришлось видеть слишком много смертей. Он был сыт по горло. Но, увидев начавшиеся конвульсии и новый поток крови, он решил, что это неизбежно.

— Я не могу... Не могу больше... — Мэри-Эллен судорожно хватала воздух. Иеремия инстинктивно взял ее за плечи и удержал. Вдруг ее голова упала к нему на руку. Она потеряла сознание. Лицо ее стало пепельно-серым. Пощупав пульс, доктор взглянул на Иеремию.

— Я попробую еще раз повернуть ребенка и вытащить его. Держите ее, не давайте ей двигаться.

Иеремия делал все, что говорил врач. Он тихонько заговорил с Мэри-Эллен, однако она кричала так громко, что просто не слышала его. Она вновь лишилась чувств, прежде чем доктор успел сделать намеченное. На лбу у Иеремии выступил пот. Взглянув на часы, он с удивлением понял, что находится здесь уже четыре часа.

— Она больше не выдержит, доктор.

— Знаю, — кивнул врач. Приготовив какой-то зловещий инструмент, с помощью которого собирался извлечь младенца, он ждал, когда у нее снова начнутся схватки. Неожиданно Мэри-Эллен опять забилась в конвульсиях и вновь пришла в себя. Глаза у нее были совершенно дикими. Иеремия безжалостно прижал ее к кровати, а врач вытянулся как мог, запустил руки ей в матку и наконец дотянулся до ребенка. Иеремия понимал, что никогда не забудет ее криков. Только с четвертой попытки врачу удалось развернуть ребенка, а потом он пять раз вводил в женщину свой страшный инструмент, пока та дико кричала в руках Иеремии. В этом крике уже не было ничего человеческого. Вдруг врач свирепо зарычал. Пот градом катился по лицу Иеремии, но он успел заметить, что в теле Мэри-Эллен произошли какие-то перемены. Она обмякла в его руках, словно просочившись сквозь них, кожа стала зеленовато-серой, а дыхание слабым и прерывистым, и он засомневался: а дышит ли она вообще? Терстон бешено обернулся к врачу и сразу понял, в чем дело. Ребенка наконец удалось извлечь, и теперь он лежал мертвый между ее ног, а сама Мэри-Эллен истекала кровью. Видеть это было невыносимо больно. Врач молча перевязал пуповину, завернул младенца в чистую простыню и попытался остановить кровотечение. Глядя на своего мертвого первенца, Иеремия на мгновение ощутил приступ отчаяния, однако его мысли тут же перенеслись к его матери. Мэри-Эллен умирала у него на руках, а он был бессилен спасти ее. Доктор сделал еще несколько попыток остановить кровь, а потом укрыл Мэри-Эллен одеялами, подошел к изголовью кровати и похлопал Иеремию по плечу.

— Жаль ребенка...

— Мне тоже, — хрипло ответил Терстон. Слишком много увидел он этой и прошлой ночью, а теперь опасался и за жизнь Мэри-Эллен. — С ней все будет в порядке? — Он умоляюще смотрел на врача, но тот только пожал плечами.

— Я сделал все, что в моих силах. Я останусь с ней, но не могу ничего обещать.

Иеремия кивнул и остался дежурить возле ее постели. Прошло немало времени, прежде чем она пошевелилась, тихонько застонала и повернула голову из стороны в сторону, но так и не открыла глаза до самого утра.

— Мэри-Эллен... — нежно прошептал он. Врач спал в углу. — Мэри-Эллен...

Она недоумевающе повернулась к нему.

— Так ты здесь? Я думала, это сон... — И тут Иеремия прочитал в ее глазах вопрос, которого боялся больше всего. — Иеремия, что с ребенком?.. — Инстинктивно поняв, что случилось, она отвернулась к стене. По ее щекам текли слезы. Иеремия взял ее за руку и стал гладить по голове.

— Мы спасли тебя, Мэри-Эллен... — вытирая глаза, промолвил Иеремия. Он очень боялся, что Мэри умрет. Он хотел сказать, что ему очень жаль ребенка, однако в горле у него стоял комок величиной с кулак, и Терстон не смог произнести ни слова.

— Кто это был? — Она скосила на него глаза и увидела, что Иеремия плачет.

— Мальчик.

Мэри-Эллен кивнула и закрыла глаза, снова погрузившись в сон, а когда проснулась, врач удовлетворенно кивнул и заявил, что ненадолго оставит ее, а днем придет снова. В прихожей он сказал Иеремии, что кровотечение прекратилось и что она скорее всего выкарабкается. Во всяком случае, ему так кажется.

— Она боец. Только я давно предупреждал, чтобы она больше не пыталась рожать. Она сделала глупость. — Врач пожал плечами. — Наверное, это получилось случайно. — Потом он взглянул на Иеремию. — Я пришлю жену присмотреть за ней, если вам нужно ехать домой. — Врач не проявлял любопытства, просто слышал на виноградниках, что у Терстона в Сент-Элене живет молодая женщина.

— Спасибо, буду вам очень признателен. Прошлую ночь я тоже не спал. У нас затопило шахту.

Старый доктор кивнул. Он уважал этого человека. Иеремия очень помог ему выдержать долгую ночь у постели Мэри-Эллен.

Он протянул Терстону руку.

— Жаль, что так получилось с ребенком.

Иеремия наклонил голову.

— Слава Богу, что вы спасли ее.

Врач улыбнулся, тронутый его верностью. В долине многие имели жен, любовниц и детей от тех и от других, но Иеремия вел себя как порядочный человек.

— Жена скоро придет.

Когда он исчез, Иеремия обернулся к Мэри-Эллен:

— Я приду завтра. А ты пока отдыхай и делай все, что скажет врач. — Неожиданно ему в голову пришла другая мысль. — Я пришлю Ханну. Она останется с тобой столько, сколько потребуется.

Мэри-Эллен слабо улыбнулась и сжала его большую теплую руку.

— Спасибо, что ты был здесь, Иеремия... Я бы умерла без тебя.

Она едва не умерла и с ним, но он не стал говорить об этом.

— А теперь будь умницей.

Услышав эти слова, Мэри-Эллен закрыла глаза и уснула, прежде чем Иеремия вышел из комнаты. Когда он вновь скакал в Сент-Элену верхом на Большом Джо, ему казалось, что все его тело ноет от усталости. Спешившись перед домом, он почувствовал себя так, словно его избили и швырнули в канаву. Навстречу вышла Ханна. Старухе не терпелось узнать обо всем, пока не появилась Камилла, и она вопросительно посмотрела на Иеремию. По той же причине он быстро проговорил хриплым и тихим голосом:

— С Мэри-Эллен все в порядке, но ребенок родился мертвым. — А потом с тяжелым вздохом добавил: — Она едва не умерла. Я сказал ей, что ты приедешь сегодня и останешься, сколько понадобится. — Иеремия вдруг спохватился, не слишком ли он поторопился дать такое обещание, однако старуха только кивнула:

— Молодец! Я только соберу вещи. — Она еще раз пытливо посмотрела на Иеремию. — Как она?

Терстон покачал головой. Казалось, весь кошмар прошедшей ночи еще стоял перед глазами.

— Это было ужасно, Ханна. Я не видел ничего страшнее. Не понимаю, почему женщины так хотят иметь детей. — То, что произошло на его глазах, произвело на него неизгладимое впечатление. Он до сих пор не мог взять в толк, как ему удалось это пережить.

— Кое-кто не хочет. — Ханна оглянулась с видом опытного человека, а потом вновь посмотрела на Иеремию, словно желая подбодрить его. — Так бывает не всегда, сынок. Она знала, что ей придется нелегко. В последний раз она рожала почти так же. Доктор ее предупреждал. — Ханна произнесла эти слова с легким укором и в то же время с сочувствием, особенно по отношению к Иеремии. — Ты был с ней? — Терстон кивнул, и Ханна посмотрела на него с неожиданным уважением. — Ты хороший человек, Иеремия Терстон.

В этот момент на крыльцо вышла Камилла. Она была вне себя.

— Где ты пропадал всю ночь, Иеремия? — Она не обращала внимания на то, что Ханна все слышит.

— У одного человека, раненного на шахте. — Это объясняло кровь на рукаве и щетину на лице. Он не спал две ночи и валился с ног от изнеможения. — Прости, что я не вернулся, малышка.

Сердито посмотрев на мужа, Камилла круто повернулась и хлопнула дверью. Ханна скептически наблюдала за ней.

— Вот это мне нравится, — едко заметила старуха. — Жена с понятием. — Похлопав Иеремию по плечу, она направилась в дом за вещами. — Я соберусь через пять минут, Иеремия. Можешь не беспокоиться. Отдыхай. Я оставила на плите бульон и тушеное мясо.

— Спасибо, Ханна. — Он тихо прошел на кухню, налил себе бульон и поднялся в спальню, где ждала жена.

— Где ты был? — Камилла заглянула мужу в лицо.

— Я уже сказал. — У Иеремии не было сил на разговоры. Ночью у него на глазах умер его первый ребенок, и он едва не потерял женщину, с которой прожил семь лет.

— Я не верю тебе, Иеремия. — Камилла была безупречна. Ей очень шло платье из бледно-розового муслина. Рядом с ней Иеремия казался изможденным и грязным.

— Думай что хочешь, Камилла. Я уже сказал, что был у одного из моих рабочих.

— Зачем?

— Затем, что он едва не умер, вот зачем, — огрызнулся он и сел за стол у камина с чашкой бульона. Камилла продолжала расхаживать по комнате, кипя от злости.

— Ты мог хотя бы предупредить, что не вернешься.

— Извини, — честно сознался Иеремия. — Мне некого было послать.

Казалось, его ответ удовлетворил Камиллу. Она отвернулась. Терстон понял, что у нее сильно развито чутье на ложь. Он и так знал, что она умна, но действительность превзошла все ожидания. Однако сказать ей об этом было бы глупо, поэтому Иеремия продолжал молча пить бульон, заново преисполнившись уважения к ее острому уму и интуиции.

— По-моему, тебе нужно лечь, — чуть менее сердито сказала Камилла, опускаясь в стоявшее рядом кресло-качалку.

— Нет. Я умоюсь и схожу в церковь.

— В церковь? — чуть не взвизгнула Камилла. Она всегда ненавидела церковь. Туда любила ходить мать, которую Камилла ни в грош не ставила. — Ты же никогда там не бываешь.

— Иногда бываю. — Только усталость помешала ему удивиться реакции жены. — Мы потеряли четырнадцать человек, Камилла. — И его единственного ребенка. — Не хочешь, не ходи, но будет лучше, если ты все-таки пойдешь.

Камилла посмотрела на него с нескрываемым раздражением:

— Когда мы вернемся в город?

— Как только я смогу. — Иеремия встал и подошел к жене. — Малышка, я обещаю сделать все, что в моих силах, чтобы скорее перебраться в Сан-Франциско.

Казалось, эти слова обрадовали Камиллу до такой степени, что она переоделась и через час отправилась с Иеремией в церковь. После возвращения Терстон рухнул в постель и проспал как убитый до самого обеда. Поднявшись, он выпил еще одну чашку бульона и вновь заснул до утра. На следующий день ему пришлось присутствовать на похоронах погибших в пятницу шахтеров. На этот раз Камилла не пошла с ним, а осталась дома, пожаловавшись, что Ханны до сих пор нет. Иеремия объяснил, что она уехала навестить больную подругу.

— Почему она ничего мне не сказала? — недовольно спросила Камилла. — В этом доме хозяйка я, и теперь она служит мне.

Ее слова Иеремии не понравились, но он не захотел подливать масла в огонь.

— Она предупредила меня в воскресенье утром, когда я вернулся.

— И ты ее отпустил? — побледнела Камилла.

— Да. Я был уверен, что ты все поймешь. — Терстон попытался заставить жену замолчать, но убедился, что это невозможно. — Она вернется через несколько дней.

Однако прошла почти неделя, прежде чем Ханна появилась в доме. Она сообщила Иеремии, что Мэри-Эллен еще очень слаба, но все же встала на ноги. Он только кивнул в ответ. Слава Богу, Ханна поняла, что можно не торопиться. Несколько дней назад он отправил Мэри-Эллен записку, подтвердив, что смерть ребенка ничего не меняет. Он не собирался лишать ее пособия, которое Мэри получала уже несколько месяцев. Иеремия распорядился, чтобы банк выплачивал его пожизненно, и написал Мэри-Эллен, что ей незачем возвращаться на работу. Она могла оставаться дома, воспитывать детей и спокойно выздоравливать. Мэри хотела послать ему записку, но она не осмелилась из страха, что письмо попадет в руки Камиллы, и передала благодарность через Ханну.

— Ханна, ты уверена, что ей лучше?

— Она слаба, как котенок, но потихоньку приходит в себя.

— Только благодаря твоей кормежке, — благодарно улыбнулся Иеремия и предупредил, что Камилла рвала и метала, пока ее не было.

— Она сама готовила тебе?

— Ничего, кое-как справились. — И тут Иеремия сказал, что через несколько дней они уедут в Сан-Франциско. Эта перспектива Ханну не обрадовала.

— Здесь станет пусто, Иеремия.

— Знаю. Я буду часто приезжать, чтобы приглядывать за прииском.

— Это тяжело. Но зато справедливо по отношению к жене. Было бы нечестно построить для нее в городе роскошный дворец, а потом обречь на постылую жизнь в деревне.

— Все будет хорошо. Мы вернемся на лето и проживем здесь с июня по сентябрь — октябрь. — Будь его воля, он бы переехал в марте и остался до ноября. — Если тем временем тебе что-нибудь понадобится, сразу дай знать.

— Хорошо, Иеремия.

— Что ты сказала? — Тихий язвительный вопрос застал их врасплох. Интересно, много ли она успела услышать, подумал Иеремия. — Я не ослышалась? Ты назвала его Иеремией? — Камилла обращалась к Ханне, но Терстон был ошеломлен не меньше старухи.

— Ну да... — Оба они не понимали, что имеет в виду Камилла.

— Я буду очень признательна, если отныне ты станешь обращаться к моему мужу «мистер Терстон». Он тебе никакой не «мальчик», не «парень» и не «друг». Он мой муж и твой хозяин, и его зовут мистер Терстон.

Никогда прежде в ней не проявлялись южные замашки и злобный нрав. Иеремия взбеленился. В присутствии Ханны он не произнес ни слова, но, поднявшись вслед за женой по лестнице, изо всех сил хлопнул дверью спальни.

— Что все это значит, Камилла? Ты напрасно завела этот разговор и нагрубила достойной пожилой женщине. — Той самой женщине, которая выхаживала его любовницу после рождения мертвого ребенка. Нервы Иеремии были обострены до предела, но Камилла не подозревала об этом, и слова мужа несказанно удивили ее. Ей редко приходилось видеть его в гневе. — Ничего подобного я не потерплю и хочу, чтобы ты поняла это раз и навсегда.

— Чего ты не потерпишь? Я вправе требовать уважения от прислуги, а эта старуха ведет себя так, словно она твоя мать. Но это не так, она просто наглая старая уродина с бойким языком, и, если я хоть раз услышу, что она называет тебя Иеремией, я высеку ее.

В этой маленькой девушке было столько злобы, что Терстону захотелось хорошенько встряхнуть ее. Вместо этого он поймал ее за руку и вытащил на середину комнаты.

— Высечешь ее? Высечешь? Здесь тебе не Юг, Камилла, здесь нет рабства. Если ты поднимешь на нее руку или хотя бы нагрубишь, даю слово, я высеку тебя. А теперь ступай вниз и проси у нее прощения.

— Что?! — с отвращением взвизгнула Камилла.

— Ханна честно и преданно служит мне более двадцати лет, и я не желаю, чтобы ее оскорбляла какая-то избалованная дрянь из Атланты. Черт побери, лучше извинись немедленно, пока я не отдубасил тебя как следует! — Иеремия не шутил, но начал успокаиваться в отличие от Камиллы, в глазах которой вспыхнули гневные искры.

— Как ты смеешь, Иеремия Терстон? Как ты посмел? Чтобы я извинялась перед этим отребьем...

С него было достаточно. Он размахнулся и дал ей пощечину. Камилла задохнулась, отпрянула и удержалась на ногах, только ухватившись за камин.

— Если бы здесь был мой папа, он бы засек тебя до смерти, — с ядовитой злобой пробормотала она, и тут Иеремия понял, что дело зашло слишком далеко.

— Хватит, Камилла. Ты грубо обошлась с преданной служанкой, а я этого не терплю. Хватит угроз, хватит разговоров о битье. Веди себя как следует, и все будет в порядке.

— Это я должна вести себя как следует? Я? Будь ты проклят!

Она вылетела из комнаты, хлопнув дверью, и не разговаривала с ним до самого возвращения в Сан-Франциско. Камилла держалась от него подальше, соблюдала ледяную вежливость, но стоило им переступить порог роскошного дома в Ноб-Хилле, как у нее снова захватило дух. Она немедленно обо всем забыла и бросилась в объятия мужа. Камилла так обрадовалась возвращению, что перестала вспоминать старые обиды. Иеремия довольно рассмеялся, понес ее в спальню, и они любили друг друга.

— Что ж, птичка, месяц в Напе ты продержалась. — Иеремия все еще переживал из-за отношения Камиллы к его любимой долине. — Нам осталось только родить ребенка.

Боль от потери младенца Мэри-Эллен не проходила и заставляла стремиться поскорее завести нового, на этот раз от собственной жены. Иеремия благодарил Бога за то, что она молода и здорова, и от души надеялся, что ей не придется пройти через такое же испытание, как Мэри-Эллен. Они были женаты уже два месяца, и Терстон страстно желал, чтобы Камилла забеременела.

— Мать говорила, что иногда приходится подождать, Иеремия. Не думай об этом.

Но его нетерпение росло с каждым днем. Такие разговоры вызывали у Камиллы досаду. Она еще не хотела детей. Ей было всего восемнадцать лет, у них был великолепный дом, и ей хотелось устраивать приемы, а не толстеть, чувствуя тошноту, сидеть в четырех стенах и умереть от родов...

В эти весенние месяцы, пока Камилла утверждалась в обществе Сан-Франциско, Иеремия томился от скуки. Но Камилла еще никогда не чувствовала себя такой счастливой. Она наконец добилась положения, о котором так страстно мечтала. Терстоны давали приемы, балы, обеды, посещали оперу и концерты. В мае Камилла устроила пикник в огромном саду рядом с домом, и вскоре ее стали считать одной из самых гостеприимных хозяек в городе. Балы, которые она давала в танцевальном зале, могли соперничать с версальскими праздниками в Париже. Эта жизнь приводила Камиллу в восторг, чего нельзя было сказать о Иеремии. Он то и дело ездил в Напу и обратно и чувствовал себя измученным. Камилла посмеивалась над мужем, заснувшим во время званого обеда. Когда Иеремия был в городе, она требовала каждый вечер выезжать с ней, а во время его отсутствия появлялась в свете одна. Жизнь била ключом, и когда Иеремия напомнил, что первого июня они переезжают в Напу, Камилла чуть не облачилась в траур.

— Но я хотела устроить летний бал, Иеремия, — жалобно закричала она. — Не могли бы мы уехать в июле?

— Нет, не могли бы. Я должен время от времени бывать на рудниках, иначе нам будет не на что устраивать твои балы.

Впрочем, Терстон только шутил. Он по-прежнему оставался богатейшим человеком штата, и они не испытывали денежных затруднений. Просто ему хотелось больше времени отдавать приискам и виноградникам, да и слишком долго он пробыл в городе. Они жили в Сан-Франциско с февраля, и ему не терпелось вернуться в долину. Иеремия сказал об этом Ханне неделю назад, когда остался там на ночь.

— А как с ребенком, Иеремия? — спросила старуха. Она согласилась уступить Камилле и в ее присутствии называть Иеремию «мистер Терстон», но когда они оставались одни, Ханна по привычке все еще звала его Иеремией.

— Пока никак.

Это огорчало и Иеремию. Он надеялся, что после отъезда из города и прекращения бесконечных приемов Камилла наконец забеременеет. «Ей нужно время, чтобы привыкнуть к сельской жизни», — говорил он себе, но Ханна неодобрительно поджала губы:

— Что ж, мы оба знаем, что это не твоя вина. — Вдруг она нахмурилась. — Может, она вообще не способна иметь детей?

— Едва ли. Прошло всего пять с половиной месяцев, Ханна, дай ей время, — улыбнулся старухе Иеремия. — Стоит ей подышать чистым воздухом Сент-Элены, и через месяц все будет в порядке. — Воспоминание о Мэри-Эллен заставило его насупиться. — Как у нее дела? — спросил он Ханну. Иеремия не видел Мэри-Эллен с той ночи, когда умер их ребенок. Честно говоря, ему не хотелось с ней встречаться. Не стоило лишний раз злить Камиллу, которая благодаря тонкой интуиции чуяла ложь за версту.

— У нее все в порядке, хотя ей нескоро удалось подняться на ноги. Можно сказать, она чувствует себя неплохо. — Ханна решила рассказать ему остальное. Он имеет право знать все, потому что поступил с ней порядочно. Никто не посмеет его упрекнуть. Джейкоб Стоун из банка успел всем рассказать о щедрости Иеремии. — Она встречается с каким-то мужчиной, который работает в санатории. Парень довольно симпатичный и работает много. — Ханна пожала плечами. — Но я не думаю, что она от него без ума.

— Будем надеяться, что он неплохой человек, — спокойно ответил Иеремия и сменил тему.

Скоро они с женой переберутся в Напу, и у Ханны будет много хлопот по подготовке дома к их приезду. Однако стоило Камилле появиться в Сент-Элене с кучей сумок, чемоданов и прочих пожитков, как она стала придираться к Ханне и своей сварливостью довела бедную старуху до того, что та в конце концов не выдержала и однажды в порыве гнева заявила хозяйке в лицо: очень жаль, что Иеремия женился на ней, а не на той женщине из Калистоги, с которой виделся до встречи с Камиллой. Эти слова привели Камиллу в ярость. Она затеяла настоящую кампанию, чтобы выяснить, о какой женщине шла речь, однако ни Иеремия, ни Ханна, которая жалела о своей опрометчивости и набрала в рот воды, не назвали ей имени этой женщины и не подтвердили того, что Ханна действительно сказала правду. Чем больше усилий прилагала Камилла, тем меньше ей удавалось узнать.

Так продолжалось до тех пор, пока однажды, как на грех, она не отправилась в Калистогу, чтобы увидеться с подругами, приехавшими на курорт принимать грязевые ванны. Камилла договорилась о встрече с ними в гостинице во время ленча. Ожидая их, она заметила мужчину в белой униформе — работника санатория, прогуливавшегося с какой-то симпатичной рыженькой в броском зеленом платье. Что-то в этой женщине привлекло внимание Камиллы. Она небрежно держала на плече кружевной зонтик и смеялась, глядя в глаза своему спутнику. Почувствовав на себе пристальный взгляд Камиллы, она нервно обернулась в ее сторону. Глаза женщин встретились, и Мэри-Эллен мгновенно поняла, кто это. Камилла выглядела именно так, как ее описывали Ханна и те, кому доводилось с ней встречаться. В эту же секунду обо всем догадалась и Камилла. Словно внутренний голос крикнул ей в ухо, словно у Мэри-Эллен все на лбу было написано... Она тут же поняла, что это за женщина и кем она приходится Иеремии. Камилла попыталась подняться с кресла, но тут же упала обратно, вспыхнула и задохнулась. Мэри-Эллен быстро ушла, опираясь на руку спутника, однако ее образ преследовал Камиллу до конца дня. В долине Напа не было второй такой красавицы, и интуиция подсказала Камилле, что сегодня она встретилась именно с той женщиной, о которой неосторожно обмолвилась Ханна... А если учесть эти бесконечные зимние и весенние поездки Иеремии на рудники, то кто мог поручиться, что их связь не продолжается до сих пор? По дороге домой Камилла заводилась все больше и больше, и, когда Иеремия вернулся вечером из конторы, она злобно набросилась на мужа, одновременно и удивив, и встревожив его.

— Тебе не удалось одурачить меня, Иеремия Терстон! — Он настолько удивился, что вначале принял ее слова за шутку, однако тут же убедился в своей ошибке. — Эти все твои зимние разъезды... Я знаю, чем ты занимался... Так же, как мой отец со своей любовницей в Новом Орлеане... — Иеремия чуть не задохнулся. После женитьбы на Камилле он не смотрел ни на одну женщину, даже такого желания не возникало, о чем он и попытался ей сказать — Я не верю тебе, Иеремия. А как насчет этой рыжей из Калисто и? — О Боже, Мэри-Эллен... Его лицо побледнело.

Кто ей сказал? А вдруг она знает и про ребенка? Однако сама Камилла заметила только то, что ее слова потрясли мужа. Она опустилась в кресло, испытывая холодное удовлетворение. — Судя по всему, ты понял, о ком идет речь.

— Камилла... Прошу тебя... У меня не было никого с тех пор, как мы поженились, любимая. Абсолютно никого, я просто не смог бы... я слишком уважаю тебя и наш брак.

— Тогда кто же она?

Он мог бы все отрицать, но не посмел. Она бы все равно ему не поверила.

— Одна старая знакомая. — Выражение лица подтверждало, что он сказал правду.

— Ты продолжаешь с ней встречаться?

Эти слова вызвали у Терстона нескрываемый гнев. Иеремия не привык, чтобы восемнадцатилетняя девчонка устраивала ему допрос.

— Нет. Я нахожу этот вопрос в высшей степени неуместным. Воспитанной женщине вообще не подобает заводить разговор на эту тему, Камилла. — Он решил раз и навсегда покончить с этим. — Отец не одобрил бы твое поведение.

Услышав эти слова, Камилла вспыхнула, ни на минуту не забывая все, что ей известно о его любовнице. А о разговорах на эту тему не могло быть и речи.

— Я имею право знать. — Лицо Камиллы стало пунцовым. Она зашла слишком далеко и сама это понимала.

— С тобой согласится не всякий мужчина, но раз уж так случилось, я пойду тебе навстречу. Но прежде чем мы закончим этот неприятный разговор, позволь заметить, Камилла, что тебе нечего бояться. Я верен тебе с того дня, как мы поженились, и надеюсь сохранить эту верность до последнего часа. Твое любопытство удовлетворено, Камилла? — Он разговаривал с ней, словно строгий и недовольный отец, и Камилла искренне смутилась. Она вновь коснулась этой темы лишь вечером, когда они уже лежали в постели.

— Она ужасно красивая, Иеремия...

— Кто? — Он уже почти спал.

— Та женщина... Рыжая из Калистоги...

Иеремия стремительно сел и уставился на нее.

— Я больше не собираюсь говорить с тобой об этом.

— Прости, Иеремия, — смиренно ответила Камилла. Когда муж вновь улегся и закрыл глаза, она положила ему на плечо крошечную ладонь и вскоре смягчила гнев Иеремии тем самым способом, который ему так нравился.

За шесть месяцев супружеское ложе не успело надоесть ни Терстону, ни Камилле. Иеремия был неслыханно счастлив, и его огорчало только то, что она по-прежнему не могла забеременеть. Однако в конце августа Ханна пролила свет на эту загадку. Она подошла к нему во время завтрака, когда Камилла еще спала.

— Иеремия, я должна тебе кое-что сказать. — Сейчас она напоминала рассерженную наседку, и Терстон с удивлением посмотрел на нее, оторвавшись от яиц и сосисок.

— Что стряслось?

— Решай сам. — Ханна посмотрела на лестницу. — Она уже встала?

— Нет еще. — Иеремия покачал головой и нахмурился. Неужели между ними произошла новая стычка? Он давно понял, что эти женщины не могли питать друг к другу теплых чувств, и перестал нахваливать им друг друга, убедившись в бесполезности этого занятия. — В чем дело, Ханна?

Ханна заперла кухонную дверь изнутри, чего никогда раньше не делала, подошла к Иеремии, запустила руку в карман фартука и вынула оттуда широкий золотой браслет, похожий на ободок от ручки комода или кольцо от карниза, на которое подвешивают шторы, только гораздо более гладкое и тщательно отшлифованное.

— Вот что я нашла, Иеремия.

— Что это? — Похоже, сей загадочный предмет не вызвал у него никакого интереса. — Что за шутки с утра?

— Ты и вправду не знаешь, что это такое? — удивленно спросила Ханна. Ей еще не приходилось видеть столь изящной работы, однако она порядком насмотрелась на изделия попроще. Но Иеремия с недоумением и раздражением покачал головой, и она села напротив. — Это кольцо.

— Сам вижу.

— Знаешь... Это особое кольцо... — Вдруг Ханна смутилась. Как ему объяснить? Но она понимала, что обязана это сделать. Он должен был знать. — Женщины пользуются этими штуками, чтобы...

чтобы... — Ханна густо покраснела, но преданность Иеремии возобладала, и она продолжила:— В общем, из-за этого у них не бывает детей, Иеремия... — Смысл ее слов дошел до Терстона не сразу, но потом он почувствовал себя так, словно дом рухнул ему на голову.

Когда он схватил этот мерзкий предмет, у него задрожали руки. Может, старуха все выдумала, чтобы насолить Камилле? Это было не похоже на нее, но чем черт не шутит... Женщины ненавидели друг друга, и Камилла не раз пыталась избавиться от Ханны.

— Где ты это взяла? — Он поднялся, словно больше не мог усидеть за столом.

— Я нашла его в ванной.

— Откуда ты знаешь, что это такое?

— Я же сказала... Я видела такие штуки раньше... — Ханна опять покраснела. — Говорят, они здорово помогают, Иеремия, если только правильно обращаться с ними. Оно было завернуто в носовой платок. Я хотела его постирать, и... оно выпало из него... — Неожиданно Ханне пришло в голову, что Иеремия может на нее рассердиться, но дело было важнее. — Прости, Иеремия, но я решила, что ты должен об этом знать.

У Терстона не было сил разубеждать Ханну. Его охватили гнев, боль и разочарование.

— Я не хочу, чтобы ты ей что-нибудь говорила, ясно? — Его голос звучал по-прежнему хрипло. Ханна молча кивнула. Иеремия подошел к двери, отпер ее и пошел седлать Большого Джо. Через несколько минут он галопом мчался к руднику. Злополучный предмет лежал у него в кармане.

Глава 15

Новость, которую сообщила Ханна, мучила Иеремию весь день, не давая сосредоточиться ни на минуту. Кольцо жгло его сердце, словно факел. В конце концов он не выдержал и после полудня отправился к врачу, принимавшему роды у Мэри-Эллен в Калистоге. Иеремия показал ему находку и попросил объяснить ее назначение. Услышав ответ старого врача, Терстон едва не вздрогнул.

— Я сам дал ей такое кольцо. Разве она вам не говорила? — Доктор с удивлением посмотрел на шокированного Иеремию.

— Моя жена?

Теперь уже врача едва не хватил шок. Он не знал, что Иеремия и Мэри-Эллен поженились. Никогда не знаешь, чего ожидать от богачей. Они делают что хотят и действуют быстро.

— Я не знал, что вы женились на ней... — с трудом вымолвил доктор, и Иеремия наконец понял, в чем дело.

— Нет... — объяснил он. — Это лежало у моей жены в ванной.

— Она ждет ребенка?

— Нет.

Мало-помалу старый сельский доктор понял, о чем шла речь.

— Понятно... И вы хотите, чтобы она забеременела?

Иеремия кивнул.

— С такой штукой это вряд ли удастся. Они помогают ничуть не хуже других средств. — Он пожал плечами, а потом пристально посмотрел на Иеремию. — Впрочем, в некоторых случаях они необходимы. Например, Мэри-Эллен. У нее просто нет выбора. Ее лучше сразу пристрелить, чем снова заставлять рожать. Я много раз говорил ей об этом.

Иеремия спокойно кивнул. Это его больше не касалось, но он не стал ничего говорить доктору. Сейчас его интересовала только Камилла.

— Ваша жена говорила, что пользуется этим? — спросил, заинтересовавшись, врач.

— Нет.

Оба надолго замолчали. Врач пытался переварить услышанное, а Иеремия погрузился в собственные мысли.

— Не слишком красиво с ее стороны, так? — проговорил наконец доктор. Иеремия покачал головой и поднялся.

— Да, вы правы.

Он попрощался со стариком и вернулся в Сент-Элену. Камилла сидела в спальне в одной рубашке и панталонах, обмахиваясь веером. Не тратя слов, он бросил золотое кольцо ей на колени. Сначала она недоуменно посмотрела на него, приняв кольцо за очередной подарок. Когда же она поняла что это такое, то отпрянула от кольца, как от змеи, и смертельно побледнела. Камилла уже несколько дней искала его и боялась, что потеряла навсегда. Уезжая из Атланты, она захватила несколько таких вещиц. Ей дал их врач двоюродной сестры.

— Где ты его нашел?

Он смотрел на нее сверху вниз, и на этот раз в его взгляде не было ни капли нежности.

— Скажи лучше, где ты его нашла, Камилла? И почему я понятия об этом не имел? — Было ясно: он знал и назначение этого предмета, и то, что он принадлежит ей. Камилла поняла, что отпираться нет смысла.

— Прости... Я... — Глаза моментально наполнились слезами, и она отвернулась от мужа. Иеремия и рад был бы сердиться на нее, но у него не было сил. Он опустился на колени и заставил Камиллу повернуть лицо.

— Зачем ты это сделала, Камилла? Я думал, у нас что-то не так... что мы не можем...

Камилла покачала головой. Новый поток слез хлынул у нее из глаз, и она закрыла лицо руками...

— Я еще не хочу ребенка... Не хочу толстеть... Люси-Энн говорит, что это так больно...

Иеремия вспомнил о Мэри-Эллен и сделал над собой усилие, чтобы не думать о ней.

— Я не могу... Не могу.

Она все еще была ребенком, теперь он в этом убедился, но в то же время и женщиной, его женой, а он сам не становился моложе. Он не мог ждать пять или десять лет и спокойно сказал ей об этом, слегка побранив за то, что она предохранялась тайком от него.

— Я ничего не могла поделать, Иеремия... Я боялась... Я знала, что ты будешь сердиться...

— Я и рассердился. Кроме того, мне очень больно. Я всегда хотел, чтобы ты была откровенна со мной.

— Я постараюсь... — Однако Камилла не стала уверять, что отныне будет говорить только правду.

— А теперь скажи, у тебя остались еще такие штуки?

Она было покачала головой, но потом молча кивнула. На лице ее была написана горькая обида.

— Где?

Камилла провела мужа в ванную и показала ему тщательно запечатанную коробочку. Иеремия достал еще два кольца.

— Что ты собираешься с ними сделать, Иеремия? — Камилла была в панике, но Терстон оставался неумолим. Он смял все три кольца в своих сильных пальцах, сделав их окончательно негодными, сломал их и наконец выбросил в мусорную корзину. Увидев это, Камилла зарыдала. — Что ты наделал?! Как ты мог?.. — Она замотала головой, замолотила кулаками по груди Иеремии. Он стиснул ее в объятиях, отнес на постель и вышел прогуляться в сад, оставив Камиллу наедине с ее мыслями. Он до сих пор чувствовал, что его предали.

Вечером, когда Терстон вошел в спальню, оба не проронили ни слова. Иеремия все еще не мог успокоиться после случая с коварным кольцом, а Камилла молча смотрела, как он гасит свет, и целомудренно лежала на своей половине постели, не похожая сама на себя. Обычно она первой начинала любовную игру. Кольцо позволяло ей без опаски наслаждаться в постели, а теперь она была охвачена смертельным страхом и пыталась отодвинуться от Иеремии как можно дальше. Но сегодня он сам нашел ее и заключил в объятия, в то время как она, охваченная дрожью, делала отчаянные попытки оттолкнуть его от себя.

— Нет... Нет... Иеремия, не надо...

Но он был беспощаден, отчасти от гнева, вызванного ее поступком, а отчасти потому, что имел на нее все права. Он силой раздвинул Камилле ноги и овладел ею. Сегодня она уже не стонала от наслаждения, а тихо плакала. Потом, когда она перестала плакать, Иеремия взял ее еще раз. И еще раз наутро.

Глава 16

В сентябре, как и обещал Иеремия, они с супругой возвратились в город, и Камилла сразу включилась в свою обычную веселую жизнь. Но прошла неделя, и как-то утром, зайдя поздороваться с женой, Иеремия застал ее совершенно измученной. Рука с расческой бессильно повисла, лицо позеленело.

— Что с тобой?

— Ничего... — Но было ясно, что ей плохо. Через неделю-другую и Камилла, и Иеремия догадались о причине ее недомогания. Наконец она без всякого восторга сказала мужу, что ждет ребенка. Терстону тоже так казалось, и эта новость заставила его задрожать от радости. Он ждал этого известия, затаив дыхание. Днем он пришел домой с красивой кожаной шкатулкой. Но даже очередной подарок не вызвал радостного блеска в глазах Камиллы. Она чувствовала себя ужасно. Два месяца она почти не выезжала и не принимала никого у себя. «Сезон», на который рассчитывала Камилла, был безнадежно испорчен.

В октябре приехала Амелия, собравшаяся навестить дочь. Услышав от Иеремии новость, она обрадовалась за них с Камиллой, но намекнула, что ее дочь весной должна родить третьего. Позже Камилла сказала мужу, что одна мысль об этом вызывает у нее отвращение. Трое детей за три года — брр... В планы Камиллы такое не входило. Она втайне горевала о волшебных кольцах, которые сломал Иеремия. Если бы эта старая ведьма из Напы не наябедничала ему, Камилла не очутилась бы в таком положении, не вызывающем у нее ничего, кроме лютой ненависти

— Ты действительно так считаешь? — грустно спросил Иеремия. Сам он от души радовался будущему ребенку, его огорчала реакция жены. И все же он надеялся, что стоит Камилле увидеть малыша, как ее отношение к нему изменится. Ясно, что в таком состоянии она испытывает к ребенку двоякое чувство.

Беременность протекала тяжело. Камиллу рвало, она постоянно недомогала и несколько раз падала в обморок в общественных местах. Из-за этого Иеремия наотрез отказался посещать с ней оперу, несмотря на горячие протесты Камиллы. Внезапно ей оказались тесны все платья, но Камилла ни за что не соглашалась подгонять их по фигуре. Она завидовала женщинам, которые говорили, что по ним ничего не было заметно до седьмого или восьмого месяца. Увы, миниатюрное сложение не позволяло ей ничего скрывать. Накануне Рождества, когда муж устроил маленький праздник по поводу ее дня рождения, всем стало ясно, что Камилла беременна. Иеремия подарил ей соболиную мантию, прикрывавшую живот, и красивые часики с ободком из бриллиантов.

— Малышка, когда все будет позади, мы поедем в Нью-Йорк и накупим тебе новых нарядов. А потом мы съездим к твоим родителям в Атланту.

Камилла с нетерпением ждала этого дня. Беременность — это хуже всего на свете... Она терпеть не могла полноту, ненавидела чувствовать себя больной и испытывала отвращение ко всему, что имело отношение к беременности. Больше всего доставалось Иеремии как первопричине всех ее бед. Поэтому в феврале, когда Терстон заявил, что собирается увезти ее в Напу, где ей предстоит провести срок, оставшийся до родов, она разозлилась еще больше.

— Но ведь сейчас не май! — протестующе воскликнула она со слезами на глазах. — И я хочу рожать в Сан-Франциско!

Иеремия медленно покачал головой. У него были совершенно другие планы. Ему хотелось, чтобы она жила в спокойной сельской обстановке, где ей не придется бежать с ленча на чай, с чая на бал, а потом жаловаться на усталость и недомогание и падать в обморок в толпе людей. Иеремия хотел увезти жену из города туда, где ее никто не будет беспокоить. Он убеждал Камиллу, что ее родители не стали бы с ним спорить, что сейчас ей необходимо отдыхать, дышать свежим воздухом и не переутомляться. Однако она была уверена, что муж поступает так назло ей, и не раз устраивала бурные истерики, хлопала дверью гостиной, кричала ему в лицо:

— Я тебя ненавижу!

С первых дней беременности Камилла сделалась раздражительной и сварливой, и Иеремия часто задумывался, что их отношения сложились бы по-другому, если бы он разрешил ей продолжать пользоваться кольцами. Но он слишком хотел ребенка и был уже не так молод, чтобы позволить себе ждать еще несколько лет. Терстон не сомневался в том, что поступил правильно, однако жена не испытывала к нему благодарности, когда он привез ее в Сент-Элену в самый разгар зимних дождей. Холмы начинали зеленеть, на их округлых вершинах пробивалась первая редкая трава, но долгие дождливые вечера действовали на Камиллу угнетающе. Ей было не с кем поговорить, кроме Ханны, которую она по-прежнему терпеть не могла.

Стараясь хоть как-нибудь развлечь жену, Иеремия возвращался домой пораньше, рассказывал ей о делах на прииске, приносил забавные безделушки. Но Камилла все равно чувствовала себя не в своей тарелке, казалась несчастной и скучной. Даже слова врача из Напы, заявившего, что она совершенно здорова, ее не слишком обрадовали. Иеремия выбрал этого доктора, чтобы наблюдать за женой, поскольку о нем все очень хорошо отзывались. Камилла же твердила, что он обращается с ней грубо и от него постоянно пахнет вином. К восьмому месяцу беременности она то и дело плакала и заявляла, что хочет домой, в Атланту.

— Девочка, как только родится малыш... Обещаю. Остаток лета ты проведешь здесь, в сентябре мы поедем в Нью-Йорк, а потом в Атланту.

— В сентябре? — Она произнесла это слово так, как будто бросила в мужа булыжник. — Ты не говорил, что мне придется торчать здесь все лето! — Камилла снова зарыдала. Она готова была убить Иеремию.

— Но мы же провели здесь прошлое лето, Камилла. В это время в Сан-Франциско просто ужасно, а ты будешь слишком усталой после родов.

— Не буду! Мне и так придется торчать здесь всю зиму. Ненавижу! — Она швырнула на пол вазу и вышла из комнаты. Осколки разлетелись по всему полу. На помощь Иеремии пришла Ханна.

— Я бы не сказала, что беременность ее красит, — сухо констатировала она.

Камилла была невыносима со дня приезда, а к началу апреля окончательно свела их обоих с ума. Погода значительно улучшилась, весна в этом году выдалась на редкость хорошей, однако она не обращала на это внимания, слоняясь по дому с мрачным и вечно недовольным видом. Даже подготовка детской, судя по всему, не доставляла ей никакой радости.

Она вышила несколько распашонок и купила ткань на занавески, но все остальное пришлось делать Ханне. Старуха вязала, шила и даже сплела из лыка чудесную колыбель для младенца. Иеремия каждый вечер с удовольствием заходил в эту комнату и перебирал маленькие носочки и рубашонки, с удивлением убеждаясь, что к рождению ребенка уже почти все готово. Однако по мере того как приближался срок родов, его все чаще преследовали воспоминания о Мэри-Эллен. Он с безмолвным ужасом думал, что и этот ребенок тоже может родиться мертвым. А Камилла нарочно мучила его, делая все то, что он запрещал: она бродила по берегам высохшего ручья, качалась на старых качелях позади дома... За три недели до родов она до смерти перепугала Ханну. Вылетев, как фурия, Камилла оседлала старого мула, которого Иеремия когда-то взял с прииска, и отправилась верхом на ближайший виноградник, заявив, что устала от скуки и что ей надоело ходить пешком. Ханна до того расстроилась, что рассказала о случившемся Иеремии, едва он вернулся домой. Бросившись наверх, чтобы хорошенько выбранить Камиллу, Терстон убедился, что опоздал. Она лежала на супружеской постели, и лицо ее заливала странная бледность. Наклонившись, чтобы поцеловать жену, Иеремия увидел, что Камилла морщится от боли и крепко сжимает зубы.

— Тебе нехорошо, девочка? — Иеремию тут же охватила тревога. Камилла была не похожа сама на себя. На лбу у нее выступили маленькие капельки пота.

— Все в порядке. — Однако вид ее говорил об обратном. Камилла упорно настаивала на том, что будет обедать вместе с мужем, но за столом почти ничего не ела. Ханна и Иеремия с тревогой наблюдали за ней. После обеда Терстон предложил ей отдохнуть наверху. На этот раз Камилла не стала спорить и с облегчением ушла, но остановилась на полпути и с тихим стоном опустилась на колени. Иеремия в два прыжка очутился рядом и бережно взял ее на руки. Ханна торопливо поднималась следом.

— У нее схватки, Иеремия. Я знала это еще днем, но, когда я ее спросила, она ответила, что ей не больно. Это все из-за этого старого мула!

— Замолчи... — огрызнулась Камилла, однако не так злобно, как всегда, и Иеремия заподозрил, что Ханна права. Он уложил Камиллу на кровать и внимательно посмотрел на нее. Лицо жены казалось мертвенно-бледным, она судорожно сжимала кулаки, а на лице появилось какое-то странное, незнакомое выражение, как будто она страдала от боли, но не желала этого признавать. Потом, словно ей захотелось доказать им обоим, что ей вовсе не больно, Камилла попыталась подняться, но стоило ей коснуться ногами пола, как у нее подкосились колени. Она вскрикнула от боли и судорожно потянулась к Иеремии. Он снова уложил Камиллу на постель и обернулся к Ханне:

— Садись на Большого Джо и скачи к Дэнни. Он обещал съездить за доктором в Напу. — И тут Иеремия пожалел, что выбрал врача, который живет так далеко. Каким бы хорошим специалистом он ни был, он не сумеет ничего сделать, если не успеет вовремя. Но Терстону просто не приходило в голову, что врач понадобится так скоро.

Ханна была легка на подъем. Через полчаса она вернулась, сообщив, что Дэнни отправился в Напу. Значит, доктор подъедет через пять-шесть часов... Ханна пошла вниз кипятить воду, готовить чистые полотенца и варить крепкий кофе для Иеремии. Старуха не слишком беспокоилась за Камиллу: та совсем молоденькая; ничего, потерпит... В доме воцарилась атмосфера взволнованного ожидания. Ребенок, которого так долго ждал Иеремия, должен был вот-вот появиться на свет, и Терстон очень волновался. Он с нежной улыбкой смотрел на Камиллу, вцепившуюся в его руку.

— Не оставляй меня, Иеремия... — Камилла задыхалась, ее лицо исказилось от родовых мук. — Не оставляй меня с Ханной... Она меня ненавидит... — Камилла начала плакать. Было ясно, что она боится. Мэри-Эллен во время родов вела себя совсем по-другому, но она уже трижды прошла через это и была намного старше. Камилла же казалась совсем ребенком; каждая новая схватка заставляла ее корчиться от боли. — Останови их... Иеремия!.. Я не могу...

Терстон жалел Камиллу, но ничем не мог помочь. Он прикладывал к ее лбу влажные полотенца, пока она не отбросила их и не вцепилась в его руку. С тех пор как Дэнни уехал в Напу, прошло уже четыре часа, и Иеремия молил Бога, чтобы врач не задержался в пути. Судя по всему, роды не должны были затянуться. Но тут Иеремия вдруг с ужасом вспомнил, что Мэри-Эллен мучилась родами целых три дня. Нет, с Камиллой этого не случится. Он не допустит. Теперь Иеремия смотрел на часы через каждые пять минут. Камилла, сжимая одной рукой его руку, а второй ухватившись за медный набалдашник на спинке кровати, пронзительно кричала при схватках, следовавших одна за другой. Наконец в комнату поднялась Ханна. Она принесла Иеремии кофе, но Камилла, похоже, даже не заметила этого.

— Давай я с ней побуду, — прошептала Ханна. — Нечего тебе здесь делать. — Она неодобрительно смотрела на Терстона, но он обещал жене, что пробудет с ней до прихода врача и не оставит ее с Ханной. Кроме того, ему не хотелось уходить. Он чувствовал себя легче, находясь в комнате, где все происходило на его глазах. Он бы просто сошел с ума, если бы ему пришлось ждать за дверью. Но когда спустя три часа в доме появился Дэнни, Иеремия вконец извелся от ожидания.

— Док уехал в Сан-Франциско, — хмуро сообщил мальчик. Тем временем Камилла, сжимая руки Ханны, пытавшейся ее успокоить, кричала, что она больше ни минуты не выдержит этой боли. — Его жена говорит, что ребенку еще рано...

— Я сам знаю, — оборвал мальчика Иеремия. — Какого черта его понесло в Сан-Франциско?

Дэнни пожал плечами:

— Ма отправила меня за врачом в Сент-Элену, но он уехал в Напу принимать бэби.

— Ради Бога... Неужели не найдется никого, кто мог бы приехать?

Тут Иеремия вспомнил врача из Калистоги и отправил Дэнни к нему. Но ведь на это уйдет не меньше часа... Услышав новые крики Камиллы, Терстон в несколько прыжков преодолел лестницу. Теперь жена издавала какие-то ужасные утробные звуки, напоминав-

шие вой раненого животного. Распахнув дверь, Иеремия мрачно
посмотрел на Ханну.

— Где врач? — с тревогой прошептала она.

— Он не приедет. Я послал мальчика за другим доктором в
Калистогу. Господи, будем надеяться, что он дома.

Ханна кивнула, а Камилла вновь пронзительно закричала, стала
рвать на себе ночную рубашку и метаться. Ночь выдалась теплой,
но все обливались потом не от жары, а от напряжения.

— Иеремия, кажется, дело плохо. После таких сильных схваток должна показаться головка. Я смотрела, но ничего не увидела.

Иеремия кусал губы, глядя, как мечется жена. Выбора нет.
Помощи ждать неоткуда, по крайней мере сейчас... Он должен помочь ей. В перерыве между схватками он осторожно раздвинул
Камилле ноги. Она начала сопротивляться, но сразу забыла о его
присутствии, как только почувствовала новый приступ боли. Иеремия пригляделся в надежде увидеть головку ребенка. Однако то, что
открылось взгляду, заставило Терстона затаить дыхание: там, где
должна была появиться головка младенца, виднелась вытянутая вниз
крошечная ручка... Дитя повернулось так же, как у Мэри-Эллен, и
то ли умерло, то ли вот-вот умрет, если он ничего не предпримет.
Иеремия вспомнил, как действовал врач из Калистоги, и стал подробно объяснять Ханне, что от нее требуется.

Когда начался следующий приступ, она изо всех сил прижала
женщину к кровати. Камилла кричала так, будто вот-вот умрет.
Иеремии казалось, что он убивает собственную жену, однако он
должен был сделать все, что мог, чтобы спасти их ребенка. Он
начал медленно-медленно разворачивать младенца, одновременно подталкивая его внутрь и нащупывая головку... Вдруг на свет показались плечи, и только тогда Иеремия понял, что ребенок выходит
вперед головкой. Он таки сумел повернуть его... Постель была залита кровью, а Камилла до того изнемогла, что, казалось, лишилась
голоса. И все же она слабо вскрикнула, когда ребенок показался у
нее между ног и медленно скользнул в руки отца.

Из-за опутавшей младенца пуповины Иеремия вначале не мог
понять, сын это или дочь, но потом он стер застилавшие глаза слезы
и наконец разобрал, кто у него родился.

— Девочка! — крикнул он.

Камилла с трудом приподняла голову и заплакала — скорее от пережитого ужаса, чем от нежности к ребенку. Ханна попыталась стереть с нее кровь, и Камилла вновь застонала. Она отказалась взять младенца на руки. И когда немного погодя прибыл врач, он подтвердил, что Иеремия сделал все как надо, а потом дал Камилле каких-то капель, от которых она уснула. Тем временем Ханна баюкала ребенка.

— Я вижу, вы избавились от этих колец, — хмыкнул на прощание доктор. Гордый отец засмеялся и протянул ему золотую монету. Он собирался дать ее врачу из Напы, но этот человек, присутствовавший и при рождении мертвого ребенка Мэри-Эллен, честно заслужил ее. Только благодаря тому опыту Иеремия сумел повернуть второго ребенка. Врач без обиняков сказал, что он спас жизнь младенцу, хотя и признал, что матери при этом пришлось несладко. Однако у Иеремии не было выбора, и он попытался все объяснить, успокаивая проснувшуюся Камиллу. Она еще не совсем пришла в себя после пережитого и опять отказалась брать младенца на руки. Иеремия надел ей на палец перстень с огромным изумрудом, который приберег для этого случая. Затем он показал жене колье, серьги и брошь, отлично сочетавшиеся с перстнем, но это ее не тронуло. Ей хотелось только одного: услышать от мужа обещание, что ей больше никогда не придется рожать. Это были худшие минуты ее жизни. Ничего подобного не случилось бы, если бы он не изнасиловал ее, заявила рыдающая Камилла. Слова жены огорчили Иеремию, но он знал, что через несколько дней она опомнится. Ханна же совсем не была в этом уверена: ей еще не приходилось видеть женщину, отказавшуюся взять собственное дитя. Спустя четыре дня Камилла наконец согласилась подержать дочь, для которой пришлось искать кормилицу в городе, ибо родная мать наотрез отказалась кормить ее грудью.

— Как мы ее назовем, любимая?

— Не знаю, — равнодушно ответила Камилла. Как Иеремия ни пытался ее развеселить, все было тщетно. Она не стала участвовать в выборе имени, никогда не прикасалась к девочке, и Иеремия, жалевший малышку, не спускал ее с рук. Он не переживал из-за того, что у него не родился сын. Это было его дитя, плоть от его плоти, ребенок, которого он так долго ждал. Неожиданно он понял, что имела в виду Амелия, когда советовала ему скорее жениться и завести детей. Рождение дочери стало для него самым важным событием в жизни, и он при каждом удобном случае с наслаждением брал на руки маленький сверток. Иеремия мог подолгу сидеть рядом, с восхищением любуясь девочкой, ее крохотными ручками и нежным личиком. Он затруднялся сказать, на кого она похожа. Спустя неделю Иеремия решил назвать ее Сабриной. Камилла не возражала. Девочку окрестили в Сент-Элене и нарекли Сабриной Лидией Терстон. В этот день Камилла впервые вышла из дома, надев перстень с изумрудом и зеленое летнее платье. Правда, она еще испытывала слабость и злилась из-за того, что большинство нарядов стало ей мало. Ханна объяснила, что она слишком торопится, и попыталась успокоить, но Камилла оборвала ее, велев убираться и прихватить с собой ребенка.

Большую часть лета в атмосфере царило такое напряжение, что его можно было резать ножом. В Сент-Элене Камилла металась, словно львица в клетке. Действительность быстро разрушила мечты Иеремии о том, что жена будет баюкать их дитя. Камилла нервничала и с нетерпением ждала того дня, когда они наконец вернутся в Сан-Франциско. Иеремия обещал поехать с ней в Нью-Йорк и в Атланту, но в июле мать Камиллы заболела, и отец написал, что им лучше отложить визит до Рождества. Эта новость вызвала у Камиллы очередной приступ гнева, что с некоторых пор вошло у нее в привычку. Она швырнула на пол лампу и удалилась, хлопнув дверью. Она ненавидела всех и вся: этот дом, эти места, живущих здесь людей, Ханну, собственную дочь. Даже Иеремия сделался жертвой несносного характера. В сентябре все вздохнули с облегчением, когда они собрали вещи и Камилла отправилась в город, по которому так горько тосковала. Казалось, она вырвалась на свободу из тюремной камеры.

— Семь месяцев! — с удивлением воскликнула она, оказавшись в передней их городского дома. — Целых семь месяцев!

— Мы соскучились по тебе! — хором заявили подруги.

— Я пережила худшие дни в жизни, — отвечала Камилла. — Просто кошмар!

Тайком от Иеремии она побывала у врача и запаслась новыми кольцами, жидкостью для спринцевания и соком американского вяза, тоже эффективного противозачаточного средства. Теперь никакие его слова не заставят ее отказаться от предосторожностей. Впрочем, после рождения Сабрины Камилла еще ни разу не была близка с мужем и не торопилась этого делать. Она не хотела рисковать. Ее дочери исполнилось уже четыре месяца, она превратилась в смышленую, милую и подвижную девочку с мягкими кудряшками и большими голубыми глазами, такими же, как у Камиллы и Иеремии, с пухлыми ручками и цепкими пальчиками. Однако Камилла редко видела собственного ребенка, и, вместо того чтобы поместить девочку в уютной детской рядом со своими комнатами, она предпочла поселить малышку на третьем этаже.

— От нее слишком много шума, — объяснила она Иеремии, которому хотелось, чтобы Сабрина находилась поближе к комнатам, где жили они с женой. Но он не ленился подниматься к дочери наверх. Он любил девочку и не желал этого скрывать. Единственным человеком, не проявлявшим к Сабрине никаких чувств, оставалась лишь Камилла. Она отмахивалась от мужа, если Иеремия пытался завести разговор о дочери. Однако когда ребенку пошел седьмой месяц, Терстон начал по-настоящему беспокоиться. Камилла ни разу не приласкала собственную дочь. Когда девочка немного подрастет, она все поймет. Безразличие Камиллы к ребенку казалось неестественным, но, судя по всему, она действительно не испытывала к Сабрине никаких чувств. Ее интересовали только встречи с подругами, званые вечера или небольшие приемы, которые она устраивала в доме Терстона, когда Иеремия уезжал в Напу. Он заявил жене, что ему не нравятся ее подруги, поэтому Камилла встречалась с ними в одиночку. Похоже, она охладела к мужу сразу, как только забеременела. Иногда Иеремия задавал себе вопрос, простит ли она его когда-нибудь. Очень сомнительно.

— Не торопитесь, — сказала Амелия, когда он поделился с ней опасениями во время очередного визита. Взяв Сабрину на руки, Амелия что-то ей напевала, смеялась вместе с ней, и Иеремия вдруг с горечью осознал, насколько она отличается от его жены. — Может, она боится маленьких детей. — Амелия заглянула Иеремии в глаза. — В конце концов у меня ведь уже трое внуков. — У ее дочери, ко всеобщей радости ее домашних, наконец-то родился мальчик, однако Амелия все-таки нашла время, чтобы навестить Иеремию с Камиллой. Впрочем, узнав о визите Амелии, Камилла предпочла куда-то уйти. В последнее время она вообще редко бывала дома. Казалось, у Камиллы просто не было времени на мужа и дочь. Она оставалась дома только тогда, когда устраивала какой-нибудь вечер или бал. Иеремии все это уже порядком надоело. Камилле нравилось разыгрывать роль миссис Терстон и пользоваться связанными с этим благами и преимуществами, однако ей не хотелось исполнять ни одной из обязанностей, проистекавших из ее положения. Иеремия стал испытывать раздражение из-за того, что он уже давно не спал с женой. С первого дня после возвращения из Напы она ночевала в туалетной комнате, заявляя, что до сих пор плохо себя чувствует. Однако у нее всегда хватало сил, чтобы отправиться на очередной прием. Иеремия не осмелился рассказать об этом Амелии, но она догадалась обо всем сама. Когда наступили минуты прощания, ей вдруг стало его жалко. Иеремия заслуживал лучшего... И она с удовольствием подарила бы ему все это, если бы обстоятельства сложились по-другому. Она была слишком стара для него (по крайней мере ей самой так казалось), и поэтому Амелия от всей души радовалась, что у Иеремии появилась Сабрина.

Однако незадолго до Рождества Иеремия положил этому конец. Еще в ноябре Камилла заявила, что собирается пригласить шестьсот или восемьсот человек «на самый большой бал, который когда-либо устраивали в Сан-Франциско», как она объяснила с радостью в голосе. Взглянув на нее, Иеремия покачал головой:

— Нет.

— Почему? — В ее глазах заполыхал гнев. Она была миссис Иеремия Терстон и желала пользоваться всем, на что давало право это имя.

— На Рождество мы уедем в Напу.

Матери Камиллы не становилось лучше, а отец писал, что им пока не следует приезжать в Атланту. Впрочем, Камилла не слишком беспокоилась о здоровье миссис Бошан. Она не скрывала, что не испытывает к матери теплых чувств. Однако она бы с удовольствием отправилась в Атланту, чтобы показать себя в роли светской дамы и утереть нос прежним недоброжелателям.

— В Напу? — воскликнула она. — В Напу? На Рождество? Только через мой труп.

Возможно, кто-нибудь другой, услышав такой ответ, сразу бы отступился, однако Иеремия был сделан из другого теста.

— Мне необходимо постоянно находиться на приисках. Их снова затапливает...

Недавно у Джона Харта погибло двадцать два человека из ста шести рабочих. Иеремия пришел ему на выручку, и Харт, который наконец смягчился, с благодарностью принял его помощь.

Камилла не дала мужу договорить:

— Можешь ехать в Напу один. Я останусь здесь.

— На Рождество? — Иеремия казался ошеломленным. — Я хочу, чтобы мы встречали его втроем.

— Кто? Ты, я и Ханна? Меня можешь вычеркнуть, Иеремия.

— Я имею в виду нашу дочь. — В приступе незнакомого отчаяния он схватил Камиллу за руку. — Или ты забыла, что у нас есть ребенок?

— Неуместное замечание. Я вижу ее каждый день.

— Когда? По пути в город, когда ее приносят из сада?

— Я не кормилица, Иеремия. — Крохотная Камилла попыталась посмотреть на него сверху вниз, и тут Иеремию наконец прорвало:

— Ты и не мать. И не жена, если уж на то пошло. Кто ты вообще такая?

Услышав эти слова, Камилла ударила его по щеке, а он стоял и глядел на нее. Никто из них не двинулся с места. Их семейной жизни наступал конец, и они оба это понимали. Камилла заговорила первой, однако она не собиралась просить прощения у мужа. Несколько месяцев назад, когда у нее появился ребенок и когда ее держали в плену в Напе (так она выразилась), в ней что-то сломалось. Честно говоря, она так и не простила Иеремию за то, что он заставил ее родить Сабрину. Но это было еще не все. Ей хотелось участвовать в делах мужа, но она убедилась, что на рудниках в Напе для нее просто нет места. Это был чисто мужской мир, и

Иеремия даже не разговаривал с ней о том, что там происходило. В свою очередь, она надеялась, что муж примет участие в ее бесконечных увеселениях, однако он не оправдал ее ожиданий, отказавшись появляться с ней в обществе, потому что светская жизнь всегда вызывала у него чувство неловкости. Увы, мечты Камиллы не сбылись. Она лишь сделалась хозяйкой величественного дома Терстона, и это стало смыслом ее жизни.

— Я не поеду в Напу, Иеремия. Если ты решил встречать там Рождество, тебе придется сделать это одному. — Того, что пришлось испытать Камилле в тех местах, с лихвой хватит на всю оставшуюся жизнь. Кроме того, Напа вызывала у нее самые тяжелые воспоминания.

— Нет. Один я туда не поеду. — Иеремия грустно улыбнулся. — Я возьму с собой дочь.

И он сдержал свое слово. Восемнадцатого декабря Терстон посадил в экипаж Сабрину вместе с няней, и они уехали в Напу. В Сент-Элене их тепло встретила Ханна. Прошло целых два дня, прежде чем она обратила внимание на отсутствие Камиллы, но Иеремия сразу дал ей понять, что не желает говорить об этом. Он очень переживал, однако его страдания сделались бы совсем невыносимыми, узнай он об остальном. Камилла все-таки устроила тот бал, о котором не без угрозы предупреждала мужа. Она разослала приглашения, ничего ему не сообщив, и Иеремия узнал о нем из газеты спустя два дня. Он правильно предположил, что Камилла обвинила его во всех смертных грехах и вместо того, чтобы провести рождественские дни с мужем и дочерью, предпочла им компанию подруг и нуворишей, считавших себя сливками общества и выставлявших напоказ свои сомнительные достоинства. Такое окружение не вызывало в Иеремии энтузиазма, но Камилла была просто на верху блаженства, чувствуя себя светской дамой, двадцатилетней хозяйкой дома Терстона. Она изо всех сил старалась забыть о том, что в Атланте ее упорно не желали признавать за аристократку, что ее заставили стать матерью, и о днях, прожитых в ненавистной долине Напа. Камилла знала: если Иеремия вновь силой заставит ее забеременеть, она скорее покончит с собой, чем будет рожать. Она считала, что муж, который так бессовестно обошелся с ее телом, вполне заслуживает своей участи. Беременность в ее представлении была кошмаром из кошмаров, а роды — мукой, не поддающейся описанию. Стоило Иеремии показаться ей на глаза или попытаться вновь испытать с ней близость, как Камилла тут же вспоминала каждую минуту выпавших на ее долю страданий, а Сабрина была живым напоминанием о девятимесячном аде. Легче было просто избегать мужа. Так она и делала, навсегда выкинув из сердца чувства, которые когда-то питала к Иеремии и которые могла бы питать к дочери.

Глава 17

Иеремия не вернулся из Напы сразу после Рождества, как рассчитывала Камилла. В письмах он называл ее обманщицей, сообщал, что останется там до середины следующего месяца и будет рад, если она все-таки появится в Напе. Даже письма мужа вызывали у Камиллы раздражение. У нее не возникало ни малейшего желания отправляться в Напу и пропускать множество балов и приемов в Сан-Франциско. Она с легкостью объясняла подругам, чем вызвано отсутствие супруга, и по-прежнему посещала каждый званый вечер в городе. Она даже побывала в гостях у одной супружеской пары, которая больше всего не нравилась Иеремии, — у приехавших с Востока в прошлом году нуворишей, чьи вечера славились неприличием. Будь Иеремия в городе, он бы ни за что не позволил ей принять приглашение, однако теперь Камилле удалось попасть на бал, который эта супружеская чета устраивала в сочельник. Там она познакомилась с новыми людьми, показавшимися ей гораздо интереснее тех, кого они с Иеремией привыкли видеть. Особенно Камилле понравился прибывший в Сан-Франциско совсем недавно французский граф по имени Тибо дю Пре. Он показался ей настоящим воплощением европейского декаданса и аристократичности. Она нашла в Тибо именно то, что ожидала увидеть в Париже, куда собирался увезти ее отец. Он был высокий, светловолосый, зеленоглазый, с безупречно белой кожей и широкоплечий. Его тонкие губы поражали своим изяществом. Говорил он с приятным акцентом и явно владел искусством красноречия. На балу он то и дело целовал шею Камиллы, однако это не шокировало никого из присутствующих. Его английский язык ничуть не уступал французскому. Он говорил, что владеет замком на севере Франции и еще одним в Венеции, но явно не хотел вдаваться в подробности. Тибо подошел к Камилле сразу, как только начался вечер, и не расставался с ней до самого конца. В разговоре он упоминал о ее великолепном доме, заявив, что желает на него посмотреть, — конечно, лишь для того, чтобы сравнить со своим, поскольку у американцев совершенно другие представления об архитектуре. Потом он не раз говорил о ее доме, кружа Камиллу в танце, крепко обняв за талию и глядя ей прямо в глаза. Она нашла его поразительно красивым мужчиной, на редкость обаятельным, искренним и бесхитростным, и не видела ничего предосудительного в том, что решила показать ему дом на следующий день. Камилла думала так до тех пор, пока Тибо не прижался к ней всем телом и не поцеловал ее в будуаре, куда она провела его, чтобы похвалиться французскими обоями.

Однако стоило ему прикоснуться к ней, как все ее тело охватил жар, и Камилла поняла, насколько она истосковалась по мужским объятиям. Внезапно она ощутила прилив неистовой страсти к этому томному французскому графу, игравшему на ее теле, словно на струнах арфы, и спустя несколько минут Камилла была готова умолять его овладеть ею сию же минуту. Потом она одумалась и хотела было попросить Тибо остановиться, но он не дал ей произнести ни слова, осыпая ее поцелуями. Тибо не сомневался в том, что Камилла правильно поняла его намерения, пригласив осмотреть дом. Вчера вечером дю Пре узнал, что муж Камиллы уехал и что его вообще часто не бывает дома. Однако сейчас она отбивалась от него как могла и в конце концов приказала спуститься вниз вместе с ней. Ему понравились ее жгучие глаза, прекрасные губы, черные как смоль волосы, и в последующие недели он буквально засыпал Камиллу подарками, безделушками, букетами цветов; он несколько раз приглашал ее на ленч, они вместе катались в экипаже, а Иеремия до сих пор не возвращался из Напы. Камилла твердила, что дю Пре ведет себя вызывающе, однако при этом голос ее звучал нежно, а слова неодобрения она произносила с восхитительным южным акцентом. Он отвечал Камилле по-французски и предлагал столько новых развлечений, что ей не хватило бы и нескольких месяцев, чтобы насладиться ими. По сравнению с ним Иеремия казался слишком серьезным. Ей давно надоело слушать его рассказы о затопленных рудниках. Терстону снова пришлось задержаться в Напе. На этот раз во время очередного затопления погибло четверо шахтеров. Тибо не разговаривал с ней о таких вещах. Он постоянно напоминал ей о ее красоте и твердил, что с трудом верит, будто она успела стать матерью. Камилла не скрывала, насколько она ненавидит рожать, и Тибо окончательно завоевал ее сердце, выразив горячее негодование тем, как с ней обошелся муж.

— По-моему, заставлять женщин рожать детей жестоко. Какое варварство! — Весь его вид говорил о возмущении. — Я бы ни за что не стал требовать этого от любимой женщины. — Он бросил на Камиллу многозначительный взгляд, и та тут же покраснела.

— Я больше никогда этого не сделаю, — заявила она. — Скорее умру.

В ответ Камилла с удовольствием услышала признание в том, что дети никогда не привлекали его.

— Ужасные маленькие создания... А потом, от них дурно пахнет!

Камилла засмеялась, а Тибо снова прикоснулся губами к ее рту.

Она так и не смогла понять, как он овладел ею на диване в туалетной комнате. Это случилось после бутылки шампанского из погребов Иеремии. Камилла благодарила судьбу за то, что успела надеть кольцо. Она вставила его после бала в сочельник только для того, чтобы убедиться, что оно ей подходит. Так говорила женщина самой себе... И не стала вынимать на случай, если вернется Иеремия. Камилла пыталась заставить себя поверить в эту выдумку, однако Иеремия тут был абсолютно ни при чем. Теперь все ее мысли занимал лишь дю Пре.

Их тайный роман продолжался шесть недель — до тех пор, пока не вернулся Иеремия. Дю Пре приходил в дом Терстона, или Камилла отправлялась к нему в гостиницу. Она прекрасно понимала, что поступает неприлично, однако это казалось менее опасным, чем водить его домой. Она делала это только глубокой ночью. Тихонько хихикая, они на цыпочках пробирались наверх, укрывались в одной из комнат, чтобы пить шампанское и до рассвета заниматься любовью. С Тибо Камилла вновь познала страсть, которую испытывала до рождения Сабрины. По ряду причин она считала его более страстным любовником, чем Иеремию. Дю Пре был высок, строен, экзотичен, разговаривал по-французски и казался ей порочным и эротичным. Наконец, ему было всего лишь тридцать два года, и он выглядел не только моложе своего возраста, но даже моложе двадцатилетней Камиллы. Ему постоянно хотелось резвиться и играть, наслаждаться любовью с утра до вечера, и у него не возникало желания заставить ее родить ребенка. Кольцо Камиллы вызвало у Тибо восхищение, и он тут же поведал ей о еще более интересных способах, которыми пользуются во Франции. Вскоре дю Пре начал уговаривать ее отправиться с ним Европу.

— Ты бы могла поехать со мной на юг Франции... Мы бы побывали у моих друзей... Балы там продолжаются до самого утра... — И он обжигающим шепотом принялся рассказывать, чем там занимаются. Естественно, одними рассказами дело не закончилось, и с каждым новым днем Камилле все больше казалось, что с ней творится что-то странное, словно она отведала любовного напитка и теперь уже не может жить без Тибо. Она испытывала к нему почти пагубную страсть, день и ночь с нетерпением ожидая минуты, когда он наконец прикоснется к ней и заключит в объятия. Без него Камилла ощущала душевную пустоту. Когда он поднимался с постели и их плоть разъединялась, она ощущала физическую боль и сгорала от желания вновь почувствовать на себе его тело, насладиться прикосновением его губ, рук, языка... Все, что делал Тибо, казалось ей окруженным каким-то таинственным ореолом, и она никак не могла насытиться, ей постоянно хотелось встретиться с ним снова. Мысль о возвращении Иеремии приводила Камиллу в отчаяние. И когда муж вернулся, она едва успела выпроводить дю Пре. Потом, когда Иеремия с дочерью поднялся наверх, она нашла под кроватью пустую бутылку из-под шампанского и быстро спрятала ее в будуаре. Растрепанная, испуганная, она чувствовала себя последней потаскушкой и проклинала свою неосторожность. Увидев Иеремию, она заплакала, и он решил, что это слезы радости. Однако Камилла рыдала от стыда и отчаяния. На одно мгновение, всего лишь на миг, когда она впервые за шесть недель взяла на руки собственного ребенка, Камилла представила себе, какой могла стать ее жизнь, и поняла, что она бы чувствовала себя в безопасности, но она сама предпочла предоставить себя воле случая, вступив в сады Эдема. Она позабыла дорогу к дому и не испытывала желания отыскать ее снова. Ночью Камилла неподвижно лежала рядом с Иеремией, измученная собственными мыслями, а когда он в конце концов положил руку на ее бедро, она вздрогнула. Самым ужасным было то, что она больше не хотела его. Камилла стала тосковать по Тибо уже на следующее утро. Они встретились тайком в его номере в гостинице, и Камилла вернулась домой с ощущением, словно он каким-то демоническим способом овладел ее душой. Она не могла себе представить, что подумал бы об этом ее отец, но сейчас ее меньше всего на свете интересовало мнение отца, Иеремии или кого-нибудь еще.

Тибо собирался провести в Сан-Франциско еще несколько месяцев. Камилла понимала, что к концу этого срока она сойдет с ума и окончательно запутается, если вообще доживет до него. Она еще не знала, что скажет Иеремии вечером, и вновь вернулась в туалетную комнату. У нее никогда не было времени, чтобы повидаться с Сабриной, но стоило им с Иеремией появиться в обществе, как Камилла тут же начинала искать взглядом графа, который алчно смотрел на нее, стоя где-нибудь неподалеку, и однажды осмелился даже нежно погладить ее грудь, когда Камилла прошла мимо, направляясь в ресторан. Это прикосновение заставило Камиллу задрожать от жгучего желания. Иеремия считал жену холодной, и на мгновение ее кольнуло болезненное ощущение вины.

Тибо по-прежнему уговаривал ее бежать с ним во Францию.

— Но я не могу! Неужели не понимаешь? — Его дерзкий взгляд и бойкий язык сводили ее с ума. — Я замужем! У меня маленькая дочь!

Но дело было не только в этом. Речь шла о всей ее жизни, об обеспеченности, о доме Терстона. Камилла была здесь важной персоной и уже не· могла от этого отказаться.

— Муж доводит тебя до слез, а ребенок для тебя не дороже пары булавок. Что еще держит тебя здесь, любимая? Неужели ты не хочешь стать моей графиней и хозяйкой замка во Франции?

— Хочу... Хочу... — рыдала Камилла. Тибо искушал ее, искусно сводя с ума. Она была окончательно сбита с толку и не знала, как быть. Через месяц-другой Иеремия обратил внимание на ее бледность и худобу. Он решил, что Камилла до сих пор не может оправиться после рождения Сабрины, и заставлял обратиться к врачу, но она изо дня в день отделывалась отговорками. У нее были другие дела. Дю Пре ждал ее в гостинице, чтобы рассказать о своих замках... об отце... о друзьях... обо всех этих маркизах, графах, князьях и герцогах. Его рассказы вскружили Камилле голову; она представляла, как будет танцевать на балах в замках его друзей, разбросанных по всей Франции. Ведь именно это сулил ей отец до появления Иеремии. Теперь она сможет стать графиней, как только пожелает. Для этого ей нужно лишь отказаться от здешней жизни, горячо нашептывал Тибо, и Камилле казалось, что она вот-вот потеряет рассудок.

— Я не вынесу этого! — однажды сказала ему Камилла — Я совсем запуталась...

Но он не обратил на это никакого внимания. Его влекло к ней не меньше, чем ее к нему, он не мог ею насытиться, хотел, чтобы она принадлежала только ему, и не собирался отступать, пока она наконец не сдастся. У дю Пре возникло желание увезти Камиллу во Францию, заодно прихватив хотя бы часть того состояния, которым она, по всей видимости, обладала.

Иеремия видел, что с каждым днем Камилла отдаляется от него, однако не знал, куда именно она уходит, пока наконец в апреле один знакомый не сказал ему, что видел Камиллу выходящей из гостиницы «Палас» вместе с высоким светловолосым мужчиной, который поцеловал ее, а затем остановил экипаж. Услышав эти слова, Иеремия ощутил камень на сердце. Ему хотелось верить, что его знакомый ошибся, однако, наблюдая за женой изо дня в день, он стал подозревать, что тот был прав. Всякий раз, когда он разговаривал с Камиллой, в ее глазах появлялось какое-то отсутствующее выражение; кроме того, она стала требовать, чтобы они проводили в обществе каждый вечер. Похоже, она испытывала облегчение, когда Иеремия наконец отправлялся на свои рудники. Кроме того, ему никогда не удавалось заставить ее спать с ним.

Весна заканчивалась, и Иеремия становился все более мрачным. Он со страхом думал о том, что произойдет, когда он попытается снова увезти ее в Напу. Ему не хотелось вступать в открытое противоборство с Камиллой из опасения, что она ответит ему тем же, однако вышло так, что в это дело вмешалась сама судьба. Возвращаясь однажды вечером из клуба, где он обсуждал дела со своим банкиром, Иеремия увидел Камиллу, сидевшую в проезжавшем экипаже. Ее сжимал в объятиях какой-то светловолосый мужчина... Терстон полчаса простоял на углу улицы, чувствуя себя так, словно рухнул целый мир. В тот же вечер он устроил Камилле допрос, без стука войдя к ней в туалетную комнату.

— Я не знаю, как это началось, Камилла, — казалось, Иеремия с трудом сдерживает душившие его слезы, — и не желаю ничего знать. Тебя видели с ним некоторое время назад, но мне не хотелось верить, что это правда. Кажется, я ошибся.

Иеремия смотрел на жену, чуть не плача. Он безумно любил Камиллу и сейчас с ужасом думал о том, что она может уйти к мужчине, целовавшему ее в экипаже. Что бы там ни было, если она найдет в себе силы остановиться, он не станет ничего выяснять. Они еще могли бы спасти свой брак, но хочет ли этого Камилла? Теперь все зависело от нее. Иеремии хотелось простить ее и жить с ней, как прежде. Однако он не представлял себе, в каком смятении была сама Камилла.

— Откуда ты знаешь, что это была я? — Она печально смотрела на мужа, и в ее взгляде не чувствовалось всегдашней готовности к схватке. Оба знали, что это действительно была она.

— Нет смысла спорить. Просто я хочу заставить тебя опомниться. — Голос Иеремии был таким же нежным, как и его любовь к ней. — Это нужно прекратить, Камилла. Я хочу, чтобы на будущей неделе мы все уехали в Напу. Тогда еще, быть может, нам удастся склеить разбитое. С помощью Сабрины. — В глазах Терстона стояли слезы; увидев их, Камилла изо всех сил зажмурилась. Если бы он решил ее утопить, это огорчило бы Камиллу меньше, чем предстоящий отъезд в Напу. Она не могла примириться ни с этой мыслью, ни с тем, что ей придется расстаться с Тибо. Только не сейчас. Он нужен ей. Голос Иеремии превратился в шепот, исходивший из глубины сердца. — Пожалуйста...

Камилла вновь открыла глаза.

— Посмотрим...

Однако ей казалось, будто ее схватили за горло. В тот же вечер она ускользнула из дому, чтобы увидеться с Тибо на улице, поцеловать его и обменяться с ним парой слов. Иеремия думал, что жена спустилась вниз и разговаривает с поваром, и так никогда и не узнал, что в эту минуту Камилла, укрывшись за садом, стояла на улице и шепталась с дю Пре, умолявшим ее отправиться с ним в гостиницу. У Тибо, во всем придерживающегося декадентских традиций, начисто отсутствовала совесть, и он бы не пожалел сил, чтобы настоять на своем. А почему бы и нет, в конце концов? Она красива, чувственна, почти не уступает ему в разврате, опытна в искусстве любви, хотя ей всего двадцать лет. Кроме того, все говорили, что она очень богата, а дю Пре нуждался в деньгах. Он слышал, что у Камиллы есть собственное состояние, да и, судя по всему, Терстон успел щедро одарить жену. Об этом свидетельствовали ее драгоценности и меха.

Однако на следующий день, встретившись с Тибо в гостинице, Камилла, рыдая, сообщила, что их роману пришел конец. Потом она объяснила, в чем дело. Ей не хотелось расставаться с ним. Слишком дорого было то, что их связывало.

— Я совершил просчет? — Тибо был шокирован.

Безнравственность собственного поведения никогда не вызывала у него беспокойства. Он занимался этим на протяжении многих лет. Совращение чужих жен стало для него чем-то вроде спорта, а Камилла была лучшей из всех женщин, с которыми ему до сих приходилось иметь дело. И теперь дю Пре вовсе не собирался ее упускать. Слишком лакомый кусочек. Камилла принадлежит ему. Он чувствовал это.

— Моя вина, — ответила Камилла. — Я ничего не могла с собой поделать, но теперь придется остановиться. Муж обо всем знает.

Она ожидала, что Тибо будет поражен, однако с недоумением заметила, что ничего подобного не случилось. Наоборот, он посмотрел на нее с интересом.

— Он тебя бил, mon amour*?

— Нет, он и пальцем меня не тронул. Но на следующей неделе он хочет увезти меня в Напу. — Эта мысль так угнетала ее, что Камилла с трудом продолжила свою речь: — Мы останемся там почти на четыре месяца, и... — она зарыдала, не успев договорить, — когда мы вернемся, тебя уже не будет...

— А почему бы мне тоже не отправиться в Напу? Остановиться в какой-нибудь гостинице поблизости...

Его предложение вызвало у Камиллы ужас, однако она не стала возражать: ей ни за что на свете не хотелось расставаться с Тибо.

— Нет, там мы не сможем встречаться. — Она покачала головой и вытерла слезы. В эту минуту дю Пре посмотрел на нее.

— Тогда ты должна уехать со мной. Тебе придется сделать выбор. Сейчас. На этой неделе. — Тибо принял решительный вид. — Нам надо уехать во Францию. Как бы там ни было, мне все равно пора возвращаться домой. Мы можем провести лето в моем замке на юге... — Если только отец пустит его туда... — или отправиться в Венецию, чтобы побывать на летних балах. — Это было ближе к действительности. — А потом, осенью, мы возвратимся в Париж.

Картина, нарисованная Тибо, привлекла Камиллу гораздо больше, чем Сент-Элена, но она понимала, что не имеет на это права. Ей, как жене Иеремии, следовало оставаться в Калифорнии. Кроме того, в этом были свои преимущества.

— Я не могу уехать, — с трудом выдавила она.

— Почему? Ты станешь моей графиней, ma cherie**. Подумай об этом!

Она подумала. Сердце рвалось на части. Отец всегда обещал выдать ее за графа или герцога.

— А как же муж? Как мне быть с дочерью?

— Тебе нет до них дела. Мы оба знаем это, верно?

---

* моя любовь *(фр.)*.

** моя дорогая *(фр.)*.

— Неправда. — Но все ее поступки говорили о том, что Тибо прав, а жизнь, которой соблазнял ее дю Пре, устраивала обоих как нельзя лучше. Она не хотела рожать детей, не хотела быть верной женой... не хотела и слышать о своем первом ребенке... Единственным, что связывало ее с Иеремией, оставался дом Терстона, а Тибо предлагал ей сразу два замка... И тут ее пронзил ужас. Неужели она опустилась до мелочных подсчетов? Чей дом больше... Какая мерзость, Боже, когда это кончится? Ей казалось, что она вот-вот разорвется пополам. — Я не знаю, как быть. — Она опустилась на стул и зарыдала.

Тибо протянул ей бокал шампанского.

— Ты должна сделать выбор, любимая. Все как следует обдумать и взвесить. Когда ты будешь гнить в Напе до конца дней, то пожалеешь о том, что упустила такую возможность... Или когда он опять тебя изнасилует и заставит забеременеть...

При одной мысли об этом Камилла вздрогнула всем телом.

— Подумай хорошенько! Ведь я никогда не потребую этого.

Она знала, что рано или поздно Иеремия именно так и поступит. Он захочет сына. Но она не имела права расстаться с ним только из-за этого, ведь она была его женой... Камилла выпила шампанского и опять заплакала. Тибо обнял ее, и вскоре она отдалась ему.

В тот вечер, вернувшись домой, Камилла поднялась в детскую и долго смотрела, как играет ее дочь. Сабрине исполнился год, она знала несколько слов, начала ходить, однако Камилла не принимала участия в жизни собственного ребенка, предпочтя отказаться от него. Ей хотелось закрыть лицо руками и заплакать. Она действительно не знала, как быть.

Позже, когда Иеремия напомнил, что до их отъезда остается пять дней, она подумала, что вот-вот сойдет с ума. На следующий день Камилла вновь пришла в номер Тибо, и на этот раз он сам принял за нее окончательное решение. Он приколол ей на платье большую бриллиантовую брошь, сказав, что это фамильная драгоценность, и объявил их помолвленными, а потом несколько раз овладел ею. На этот раз Камилла вернулась домой совершенно измученной. Она знала, что, как бы добр ни был Иеремия, она не сможет поехать с ним в Напу, не сможет родить ему новое дитя и даже не сможет посвятить себя тому ребенку, который у них уже был. Это ей не дано. Тибо убедил ее, но не с помощью бриллиантовой брошки, а благодаря своим словам. Теперь она уедет с ним в Париж и станет графиней. Наверное, в этом и состоит смысл ее жизни.

Иеремия слушал жену с отвращением. Когда Камилла наконец умолкла, он проследовал в комнату Сабрины и на цыпочках прошел мимо няни к спящему ребенку. У него не укладывалось в голове, что мать может бросить собственное дитя. Это причиняло ему еще большую боль, чем мысль о разлуке с женой. Его муки нельзя было описать словами. Он вспомнил о том, как жалобно кричала Камилла, рожая их ребенка, и сам готов был кричать от нестерпимой боли. Иеремия подумал о Джоне Харте, несколько лет назад потерявшем жену и детей. Терстон только сейчас понял, что вынес тогда Джон. Ему еще не приходилось испытывать таких страданий, и он неожиданно спросил себя, не ощущала ли Мэри-Эллен то же самое в день, когда они расстались. Возможно, это было возмездием за его прошлые грехи. Он молча плакал, уронив голову на руки, а потом вышел из комнаты, где спала его дочь, и вернулся в свою одинокую спальню.

Сборы заняли у Камиллы два дня. Дом Терстона словно накрыли саваном, и по городу поползли слухи. Иеремия не сказал никому ни слова, но утром накануне ее ухода он схватил жену обеими руками и притянул к себе. По его лицу бежали слезы.

— Ты не можешь так поступить, Камилла. Ты просто глупышка. Скоро ты опомнишься и поймешь, что наделала. Можешь не думать обо мне, но подумай о Сабрине... Ты не имеешь права ее бросить. Ты будешь жалеть об этом всю жизнь. И ради кого ты это делаешь? Ради какого-то дурака с замком? Это все твое... — Он указал на дом Терстона, но Камилла покачала головой и тоже заплакала.

— Я не создана для того, чтобы здесь жить... чтобы быть твоей женой... — Она задыхалась от рыданий. — Я недостаточно хороша для тебя. — Иеремия впервые услышал от Камиллы подобные слова и крепко обнял ее.

— Ты ошибаешься... Я люблю тебя... Не уходи... О Господи, пожалуйста, не уходи...

Но в ответ Камилла только замотала головой и бросилась прочь из дома. Стоя на лестнице и глядя ей вслед, Иеремия успел заметить, как в саду несколько раз промелькнули платье из белого и синего шелка и черные развевающиеся волосы. В тот же вечер за вещами Камиллы приехал кучер. В шкатулке с драгоценностями Иеремия нашел короткую записку: «Для Сабрины... Когда-нибудь...» Другую, с одним-единственным словом «Adieu»*, он нашел в туалетной комнате. Оставляя драгоценности, Камилла не подозревала, какой гнев это вызовет у Тибо.

В тот вечер Иеремии казалось, что он умирает. Он ходил из комнаты в комнату, не в силах поверить, что Камилла уехала. Это было безумием. Она еще одумается, вернется, отправит телеграмму из Нью-Йорка. Он отсрочил отъезд в Напу на три недели, надеясь на ее возвращение, однако его ожидания оказались напрасными. Камилла не приехала и не подала о себе никакой весточки. Иеремии больше не довелось увидеть жену, разве только во сне... Потом он отправил письмо отцу Камиллы, пытаясь объяснить ему то, о чем и сам не имел понятия. Ответ не заставил себя ждать. Орвиль Бошан называл дочь испорченной девчонкой, сообщал, что она умерла для всех ее близких и что сам Иеремия должен теперь относиться к ней так же. Это показалось Терстону жестоким, но что еще ему оставалось? Камилла ни разу не написала, с тех пор как она словно в воду канула, связав судьбу с незнакомцем, который увез ее во Францию.

Отец Камиллы не испытывал к ней ни ни капли сочувствия, несмотря на то что сам был отчасти виноват в том, что она сделала. Он пробудил в ней чрезмерные желания, приучил уделять слишком много внимания материальной стороне жизни. Он заморочил ей голову мечтами о князьях и герцогах. Однако стоило ему встретиться с Иеремией, как он сразу увидел в нем порядочного человека, способного стать хорошим мужем для его дочери, и не ошибся в своем выборе. Камилла зашла слишком далеко, и отец не сумел простить ей этого. Получив от нее письмо, Орвиль ответил, что считает дочь умершей и что ей не достанется наследства ни от него, ни от матери, которая чувствует себя слишком слабой, чтобы писать ей. Из всех близких

* Прощай *(фр.)*.

Камилла могла рассчитывать только на Хьюберта, однако он, слишком эгоистичный по натуре, мало интересовался жизнью сестры.

А в Калифорнии Иеремия сообщил всем, что его жена умерла от гриппа во время недавней эпидемии. У Камиллы хватило здравого смысла не предавать свой побег огласке. Похоже, об их отъезде не узнал никто. Тибо дю Пре оставил в гостинице «Палас» неоплаченный счет на внушительную сумму, поэтому он стремился сохранить в тайне свое местонахождение и не сказал никому, что увозит с собой Камиллу Терстон. Они просто уехали, ни с кем не попрощавшись, и Иеремия целую неделю говорил знакомым, что его жена тяжело больна. Потом на рукоятке дверного молотка появилась черная креповая лента, и знакомые пришли в ужас. В газете напечатали маленький некролог, дом вскоре закрыли, как будто запечатав его навек, а Иеремия перебрался в Напу. Там тоже никто не усомнился в том, что Камилла умерла от гриппа. Иеремия объяснил, что ее тело отвезли в Атланту, чтобы похоронить в семейном склепе. В Сент-Элене состоялась скромная заупокойная служба, на которой присутствовало очень мало людей. Здесь Камиллу почти никто не знал, а у тех, кому довелось с ней познакомиться, остались о ней далеко не лестные воспоминания. Иеремия ощутил теплое чувство, увидев среди пришедших Джона Харта. Он не забыл, как Иеремия приехал к нему в тот день, когда умерли его жена и дети. Джон так и не женился с тех пор и все еще боялся возвращаться по вечерам в свой опустевший дом на холме. Но он с горьким сочувствием пожал Иеремии руку.

— Благодарите судьбу за то, что у вас осталась дочка.

— Я так и поступаю.

Их взгляды встретились. Потом Иеремия возвратился домой, к Сабрине, у которой не стало матери. Он до сих пор не мог понять поступка Камиллы и того, что заставило ее на это пойти. Как она могла сбежать с этим человеком? Но в одном Иеремия не сомневался. Он не станет добиваться развода. Он не желал, чтобы кто-нибудь узнал о том, что Камилла жива. Об этом не должно остаться никаких свидетельств. Он решил увековечить миф о ее смерти. Пусть все верят в него, пока жив он сам, и в первую очередь его дочь. Теперь все в округе знали, что Камилла Бошан-Терстон скончалась. Правда была известна лишь Иеремии и Ханне. В доме Терстона рассчитали всю прислугу, а сам дом закрыли, теперь уже насовсем. Возможно, Иеремия когда-нибудь продаст его или будет беречь для Сабрины, однако сам он уже не поселится в нем. Там до сих пор висела одежда Камиллы, оставались ее вещи, которые та не захотела взять с собой. Она увезла все дорогие наряды, вечерние туалеты и роскошные соболя, забрала почти все, за исключением старых и поношенных платьев, не представлявших никакой ценности. Прежде чем уехать, Камилла доверху наполнила чемоданы, но если она когда-нибудь вернется, то по-прежнему останется его женой. А Сабрина будет расти, считая мать умершей от гриппа. Она не найдет ничего, что могло бы помочь ей узнать правду. Ни писем, ни объяснений, ни развода. Ничего. Камилла Бошан-Терстон просто скончалась. Покойся с миром. Навсегда.

Книга II

САБРИНА ТЕРСТОН-ХАРТ

Глава 18

Повозка остановилась у рудников как раз перед началом обеденного перерыва, и из нее выпрыгнула стройная девочка с шелковыми черными волосами, аккуратно перехваченными синей атласной лентой. В голубой полотняной юбке и матроске она казалась младше своих тринадцати лет. Девочка бежала по двору и махала рукой выходившему из конторы мужчине. Тот на мгновение остановился, прикрывая глаза от солнца ладонью, покачал головой, но не выдержал и улыбнулся. Неделю назад он запретил ей приезжать на руд-

ники верхом и гонять по холмам лучших его лошадей, и вот она
придумала взять повозку и одна прикатила в ней. Он не знал, смеяться ему или сердиться, хотя обычно легко принимал решения.
Сабрину было нелегко держать в руках, она никогда не была особенно послушной, росла без матери, и это сказалось на ее характере.
Она обожала запах его сигар, давно изучила все его причуды и
привычки и умело пользовалась ими; она управлялась с лошадьми не
хуже его самого и знала поименно всех, кто работал на трех его
рудниках. А в том, как делается вино из его винограда, она разбиралась даже лучше, чем он. Но все это ничуть его не огорчало.
Иеремия Терстон гордился своим единственным ребенком, гордился
даже больше, чем говорил об этом; впрочем, Сабрина и так все
знала. Он ни разу не драл ее ремнем, ни разу даже не отшлепал за
все эти тринадцать лет; он учил ее всему, что знал сам, и все время
держал при себе. Пока она не подросла, он практически не отлучал-
ся из Сент-Элены, был с девочкой постоянно, читал ей сказки на
ночь, делал уколы, когда она болела, баюкал, когда плакала. Он
предпочитал сам с ней нянчиться и лишь в исключительных случаях
перепоручал ее заботам Ханны или прислуги, которую нанимал.

— Это ненормально, Иеремия! — часто упрекала его Ханна в
прежние годы. — Она же девочка, совсем малышка, доверь ее мне
и другим женщинам. — Но он не хотел, не мог вынести долгой
разлуки с дочкой. — Странно, что ты еще ездишь на рудники
каждый день!

И вскоре он стал брать девочку с собой. Захватывал несколько
игрушек, теплый свитер, одеяло, иногда подушку, и Сабрина с удовольствием играла в уголке его конторы, а к вечеру, утомившись,
уютно спала на одеяле у огня. Кого-то это шокировало, но почти все
находили эту картину трогательной. Даже самые грубые души отта-
ивали при виде розового личика, прикрытого углом одеяла, и тогда
еще светлых локонов, рассыпанных по подушке. А она всегда просыпалась с улыбкой и, зевнув маленьким ротиком, бежала поцеловать отца. Их взаимная любовь порой вызывала недоумение, но в
большинстве сердец будила зависть, сентиментальность и редкую
снисходительность к ближнему. Все эти тринадцать лет он не знал с
ней горя; она приносила ему только радость, только счастье, только

любовь. А его любовь к ней была столь всеобъемлющей, что Сабрина, казалось, и не замечала отсутствия матери. Однажды он просто сказал дочке, что мать умерла вскоре после ее рождения.

— Она была красивая? — спросила девочка.

Его сердце чуть сжалось, когда он кивнул:

— Да, дорогая. Красивая, как ты.

Он улыбнулся. На самом деле Сабрина была похожа скорее на него, чем на мать. У нее были такие же твердые черты лица, как и у него, Иеремии; к тому же скоро стало ясно, что она будет такой же высокой, как он. Если что и было в девочке от Камиллы, так это буйный нрав. Она постоянно разыгрывала его, была настоящей проказницей, однако делала все совершенно беззлобно; в ней не было и следа ядовитого, вздорного характера матери. За все эти годы никто и намеком не дал ей понять, что ее мать не умерла, а просто бросила их обоих. Сам Иеремия не считал нужным об этом говорить. Это только запутало бы девочку, причинило бы ей боль, как сказал он когда-то Ханне. И все эти тринадцать лет Сабрина не знала ничего, кроме радости. У нее были легкая, счастливая жизнь и обожавший ее отец, от которого она ни на шаг не отходила. Когда она достаточно подросла, он нанял ей учительницу. Сабрина терпеливо пережидала всю первую половину дня, делая вид, что увлечена занятиями, но затем пулей летела на рудники и весь остаток дня проводила с отцом. Здесь она училась тому, что было ей действительно интересно.

— Когда-нибудь я буду работать у тебя, папа́.

— Не говори глупостей, Сабрина.

Однако в глубине души ему было жаль, что это невозможно. Она была ему и дочерью, и сыном одновременно, а в том, что касалось бизнеса, голова у нее варила прекрасно. Но на рудниках она работать не сможет. Никто этого не поймет.

— Ты же взял на работу Дэна Ричфилда, когда он был еще совсем мальчишкой. Он сам мне рассказывал.

Дэн был теперь двадцатидевятилетним женатым мужчиной, отцом пятерых детей. Много времени, оказывается, прошло с тех пор, как он начал работать по субботам у Иеремии.

— Это другое дело, Сабрина. Он парень, а ты юная леди.

— Ничего подобного! — В редкие минуты упрямства она действительно напоминала ему свою мать. Он отворачивался, лишь бы не видеть этого сходства. — Смотри мне в глаза, папа! Я знаю рудники не хуже любого мужчины!

Он садился и с нежной улыбкой брал ее за руку.

— Ты права, любимая, все верно. Но простого знания здесь недостаточно. Это дело требует мужской хватки, мужской силы, мужской решительности. То есть того, чего у тебя нет и никогда не будет.

Отец похлопал ее по щеке. Он очень любил ее лицо.

— Нам просто нужно найти тебе красивого мужа.

— Не хочу никакого мужа!

В десять лет она выходила из себя, когда думала о замужестве. С тех пор ее отношение к этому вопросу ничуть не изменилось.

— Я хочу быть только с тобой!

В каком-то смысле он был рад этому. Ему было пятьдесят восемь лет. Он все еще был крепким, живым, энергичным человеком. У него было множество идей насчет того, как вести дело на рудниках и виноградниках. Но боль, которую в свое время причинила ему Камилла, не прошла бесследно. Даже в душе он не ощущал себя молодым. Он был стариком, усталым, потрепанным жизнью. Было в нем что-то, чего он уже никогда и никому не откроет. Как никогда больше не откроет дверей своего роскошного городского особняка. За эти годы к нему обращалось множество лиц, желавших купить особняк. Кое-кто даже собирался переделать его под гостиницу. Но Иеремия отказывался продавать его. Ни разу больше не вошел туда и, возможно, никогда уже не войдет. Слишком тяжело было вновь оказаться в доме, который он строил для Камиллы, в доме, который надеялся заполнить полудюжиной ребятишек. Ну что ж, он завещает его Сабрине, а если она выйдет замуж, сразу и передаст его ей. Пусть это будет дом, если не для него, так для ее детей — вполне пристойная перспектива для домашнего очага, столь любовно обустроенного им в свое время.

— Папа! — Сабрина бежала к нему через двор, оставив повозку у коновязи. С лошадьми и повозками она обращалась умело, получше иного парня. Тем не менее это не лишало ее женственности. Казалось, вековые черты аристократок Юга столь глубоко укоренились в ней, что стали частью ее натуры. Она была женщиной до кончиков ногтей, и женственность ее была исполнена истинного благородства и нежности, которых всегда не хватало ее матери.

— Я приехала, как только смогла! — Она подбежала к нему задыхаясь и быстрым движением перекинула за спину спутавшиеся волосы. Он улыбнулся. Затем с деланной суровостью покачал головой:

— Оно и видно, Сабрина. Но, разрешив тебе приезжать сюда сегодня после занятий, я не имел в виду, что для этого нужно тайком уводить мою лучшую повозку.

Смутившись, Сабрина быстро оглянулась через плечо.

— Ты правда сердишься, папа? Я ехала очень осторожно.

— Не сомневаюсь. И не это меня тревожит, а то, какой спектакль ты устраиваешь из своих поездок. Ханна наверняка задаст нам обоим хорошую головомойку. А если бы ты прокатилась подобным образом по Сан-Франциско, тебя бы измазали дегтем и выставили из города как распутницу, оскорбившую своим поведением общественную мораль.

Он дразнил ее, но она равнодушно пожала плечами:

— Ну и дураки. Я езжу лучше тебя, папа.

Он нахмурился, притворившись обиженным:

— Это нечестно, Сабрина. Я не так уж стар, и ты это знаешь.

— Конечно, конечно! — Она слегка покраснела. — Я просто хотела сказать...

— Ладно, это пустяки. В следующий раз приезжай на своей гнедой. Это не так заметно.

— Ты же сам говорил, чтобы я не носилась по холмам верхом как сумасшедшая, а приезжала в повозке, как леди.

Он наклонился к ней и прошептал на ухо:

— Леди не берут в руки вожжи и кнут.

Она рассмеялась. Поездка на рудники доставила ей несказанное удовольствие. Честно говоря, в Сент-Элене делать ей было нечего. У нее не было друзей-ровесников, не было ни родных братьев и сестер, ни двоюродных, и все свободное время она проводила с отцом. Когда ей становилось скучно дома, она капризничала или сбегала на рудники. Время от времени он брал ее с собой в Сан-Франциско. Они всегда останавливались в отеле «Палас», и он снимал для нее номер, примыкавший к его собственному.

Когда она была еще маленькой, с ними ездила и Ханна, но теперь артрит совершенно замучил бедную женщину, которая к тому же не любила поездок в город и не скрывала этого. А Сабрина была уже достаточно взрослой, чтобы одной сопровождать отца. Они часто проезжали мимо городского особняка Терстонов, и однажды он отомкнул ворота, чтобы вместе с дочерью побродить по саду, но в дом ее не повел, и она догадалась почему. Ему было слишком тяжело заходить туда после смерти матери. Самой Сабрине всегда было любопытно посмотреть, что там внутри. Она пыталась расспросить Ханну, но ее ждало разочарование: старушка никогда не была в городском доме. Сабрина приставала к Ханне и с расспросами о матери, но и здесь многого не добилась и в конце концов заключила, что Ханна никогда не была к той особенно расположена. Сабрина не знала причин, а спрашивать у отца не решалась. Такая тоска и горечь сквозили в его глазах при одном упоминании о ее матери, что Сабрина предпочитала не причинять ему своими расспросами еще большей боли. Таким образом, в ее жизни были тайны и недомолвки. Дом, который она никогда не видела изнутри, мать, которую никогда не знала, и... отец, который души в ней не чаял.

— Ты ведь уже закончил все дела, папа? — настаивала она, когда, держась за руки, они шли к повозке. В конце концов он согласился поехать с ней, а коня привязать к повозке сзади. Плевать, что подумают люди, когда увидят их.

— Да, закончил, маленькая разбойница. Ты просто черт знает что такое, а не ребенок. — Он попытался изобразить на лице свирепость, усаживаясь рядом с ней в повозку. — Если нас увидят, то решат, что я совсем свихнулся, раз позволяю тебе вытворять подобные штуки.

— Успокойся, папа. — Она снисходительно похлопала его по руке. — Я отличный кучер.

— И большая нахалка, никто тебе не указ! — Однако было очевидно, что говорил он все это любя, и мгновение спустя она вновь пристала к нему с вопросами о работе. У нее были на то свои причины, и он знал о них. — Да, я закончил все дела и знаю, почему ты спрашиваешь об этом. Да, завтра мы поедем с тобой в Сан-Франциско. Ты довольна?

— Еще бы, папа! — Она просияла, отведя глаза от дороги, и не сумела вписаться в поворот, повозка сделала крутую дугу и чуть не перевернулась; Иеремия попытался перехватить вожжи, но Сабрина сама быстро и ловко исправилась, одарив отца притворно-виноватой улыбкой. Он расхохотался:

— Ты меня в могилу сведешь.

Ей не нравилось, когда он так говорил, даже в шутку. Лицо ее помрачнело, как всегда в таких случаях, и он пожалел о сказанном.

— Ничего смешного, папа. Ты все, что у меня есть, сам знаешь. — Она всегда укоряла его, когда он говорил подобные вещи. Он попытался сгладить оплошность:

— Тогда будь добра, не угробь меня своим лихачеством.

— Тебе отлично известно, как редко я ошибаюсь. — Говоря это, она прошла следующий поворот с хирургической точностью и весело взглянула на него: — Вот так-то!

— Сабрина Терстон, ты чудовище!

Она вежливо поклонилась со своего места:

— Вся в отца.

Хотя она и спрашивала время от времени, не была ли больше похожа на мать, какой та была, кого напоминала, почему умерла такой молодой, у нее оставались еще тысячи вопросов без ответов. У них дома не было ни одного материнского портрета, даже миниатюры, даже наброска или фотографии — ничего. Отец только сказал, что она умерла от гриппа, когда Сабрине был всего год. И все. Точка. Он говорил, что очень любил ее, что они поженились в сочельник в Атланте, штат Джорджия, в 1886 году, что Сабрина родилась через полтора года, в мае 1888-го, и что год спустя ее мать умерла, оставив его безутешным. Он объяснил также, что построил городской особняк до того, как женился на ее матери, и Сабрина знала, что даже теперь, почти пятнадцать лет спустя, дом этот все еще оставался самым большим в Сан-Франциско, но это был дом-реликвия, дом-склеп, дом, в который она войдет «когда-нибудь», но не сейчас и не с ним. Иногда, когда они были в Сан-

Франциско, любопытство просто захлестывало ее. Настолько, что она разработала целый план и собиралась последовать ему в следующий раз, когда они окажутся в городе.

— Так мы едем завтра в город, папа?

— Да, плутовка, едем. Но у меня назначены важные встречи в банке «Невада», я буду занят весь день, так что тебе придется самой себя развлекать. Вообще-то я сказал Ханне, что, по-моему, тебе не следует ехать со мной в этот раз... — Она начала возражать, не дав ему закончить фразу, и он поднял руку, требуя молчания. — Но, зная, что твоя реакция будет именно такой, в конце концов я сказал ей, что для моего же собственного спокойствия я возьму тебя в город. Ты сама должна будешь все уладить со своей наставницей на будущей неделе, Сабрина. То, что ты едешь со мной, не означает, что ты можешь увиливать от учебы. — На какое-то мгновение его голос стал строгим, но оба они прекрасно знали, что поездки с ним приносили ей даже больше пользы, чем учеба. Обычно он брал ее и на деловые встречи, но целый день в банке она бы не выдержала. — Захвати учебники. Ты сможешь позаниматься в гостинице, а когда я вернусь, мы куда-нибудь сходим. Там идет новая пьеса. Думаю, ты захочешь посмотреть. Я написал секретарю президента банка и попросил заказать нам билеты.

Сабрина захлопала в ладоши, затем вновь подхватила вожжи. Они въехали на дорожку, ведущую к их дому, и лошади пошли тише.

— Здорово, папа! — Она теперь знала, чем займется, пока отец будет в банке. — Как видишь, тебе грех жаловаться. Я доставила тебя домой целым и невредимым.

Он нахмурил брови и затянулся сигарой.

— В следующий раз, когда захочешь взять мою лучшую повозку, буду тебе невыразимо признателен, если сначала ты попросишь у меня разрешения.

Она легко спрыгнула на землю и улыбнулась, явно наслаждаясь крепким запахом его сигары.

— Есть, сэр! — С этими словами она ворвалась в дом, звонко поздоровалась с Ханной и сообщила, что завтра они едут в город.

— Знаю, знаю... — Ханна закрыла уши ладонями. — Пожалуйста, тише! Боже мой, как ты кричишь, девочка! Твоему отцу ни к чему тратиться на срочные телеграммы с рудников... достаточно тебе высунуться в окно и прокричать все, что нужно. Тебя прекрасно услышат в Филадельфии.

— Спасибо, Ханна. — Она изобразила карикатурный реверанс, поцеловала старушку в жесткую щеку и понеслась по лестнице в свою комнату вымыть руки перед обедом. Она всегда была страшной чистюлей и инстинктивно опрятной. Никто никогда не напоминал ей, что нужно привести себя в порядок. Несомненно, эту черту она унаследовала от Камиллы Бошан. Ханна взглянула ей вслед и обратилась к Иеремии:

— Через несколько лет ты с ней хлопот не оберешься, Иеремия. Он улыбнулся Ханне и повесил пальто на вешалку.

— Она говорит, что никогда меня не покинет, будет работать у меня на рудниках.

— Прекрасная перспектива для благородной девушки.

— Я говорил ей то же самое. — Он вздохнул и пошел вслед за Ханной на кухню. Ему нравилось разговаривать с ней. Они были друзьями тридцать с лишним лет. В каком-то смысле она была его самым близким другом, так же как и он для нее. Она обожала Сабрину. — Честно говоря, она бы отлично справилась с работой на рудниках. Черт возьми, жаль, что она не парень! — Он редко так говорил.

— Может быть.

Он старался пока не думать о будущем. Сабрина сможет выйти замуж только через несколько лет. Но с другой стороны, время бежало, и моложе он не становился. Год назад у него возникли проблемы с сердцем. Сабрина пришла в ужас, обнаружив его без сознания в туалетной комнате. В дальнейшем он чувствовал себя хорошо, и они постарались забыть о случившемся. Но доктор часто напоминал ему, что нужно быть осторожнее. Не перенапрягаться; этот совет вызывал у Иеремии улыбку. Он задавался вопросом, кто взвалит на себя его работу, если он уйдет на покой.

— Ты стареешь, Иеремия. Пора подумать о своем будущем. — Ханна кивнула в сторону лестницы, которая вела в комнату Сабрины. — И о ее будущем тоже. Ты все еще держишься за этот дом в городе?

Он грустно улыбнулся уголками губ.

— Да. Я знаю, ты считаешь меня сумасшедшим. Ты всегда так думала. Но я с любовью строил этот дом и с любовью отдам его Сабрине. Пусть продаст его, если захочет. А я не хочу однажды услышать от нее: «Папа, почему ты не сохранил его для меня?»

— Что ей делать с домом, который в десять раз больше любого амбара да к тому же находится в Сан-Франциско?

— Кто знает? Мне хорошо здесь. Но возможно, она захочет жить в городе. Таким образом, у нее будет выбор. — Он умолк, и оба они подумали о Камилле.

Она не заслуживала тех добрых чувств, которые он питал к ней. Он так и не дождался от нее ни слова, ни знака, ни письма. Как бы там ни было, официально они все еще были женаты. Ее отец писал ему несколько раз. Вроде бы какое-то время она жила в Венеции, затем переехала в Париж. Она была с тем самым человеком, с которым сбежала, называла себя «графиней» и представлялась его женой. У них не было денег, во Франции стояла холодная зима, Орвиль Бошан не выдержал и поехал повидаться с дочерью. Его жена умерла, Хьюберт женился и жил в Кентукки, а Иеремия запретил ему встречаться с Сабриной, потому что не хотел никаких воспоминаний, не подпускал к дочери никого, кто мог бы сказать ей что-либо отличное от того, что он сам говорил ей все эти годы. У Орвиля Бошана никого больше не было. Он остался один и поехал в Париж к своей девочке, которая, оказалось, влачила жалкое существование в одном из предместий; к тому же у нее родился мертвый ребенок, но, когда он попытался увезти ее домой в Штаты, она отказалась. Он писал, что она свихнулась от страсти, понять которую ему не дано. Настолько прикипела к этому ничтожеству, своему любовнику, что отказывалась ехать с отцом. Иеремия также понял из письма, что она начала пить, возможно, баловалась абсентом, но, как бы там ни было, ее проблемы больше его не касались. Орвиль Бошан умер спустя несколько лет, а Камилла так и не вернулась домой. Иеремия больше не получал о ней известий, и от этого ему было только легче. Он не хотел, чтобы отношения с Камиллой омрачили существование Сабрины, не хотел, чтобы девочка узнала о том, что ее мать не умерла от гриппа, как он сам говорил ей. Для Иеремии и Сабрины эта дверь закрылась навеки, и Камилла больше никогда не войдет в нее.

В его жизни не было никого, подобного ей, никого, кто пробудил бы в нем нежные чувства, ради кого он был бы готов на безумство, никого, за исключением, конечно, Сабрины. Она теперь стала его единственной любовью, смыслом его жизни. Естественно, были женщины, оживлявшие его чувственность, когда он сам хотел этого. В Сан-Франциско была женщина, которую он навещал, если приезжал без Сабрины. Была одна учительница в Сент-Элене, с которой он обедал время от времени. Мэри-Эллен давным-давно вышла замуж и переехала в Санта-Розу. Иногда Амелия Гудхарт приезжала в город повидаться с дочерью, и всякий раз Иеремия и Сабрина были несказанно рады видеть ее. Она была, как всегда, восхитительна, и Сабрина обожала ее.

Ей было уже за пятьдесят, но она все еще оставалась самым поразительным человеком из всех, кого Сабрина знала. Она приезжала в Сан-Франциско раз в год, чтобы встретиться с дочерью и ее детьми. У нее было шесть внуков и внучек, и однажды она привезла их всех в Сент-Элену к Иеремии и Сабрине. Сабрина тянулась к ней, как ни к какой другой женщине. Благородство и мягкость сочетались в ней с блеском и изысканностью стиля, что, естественно, привлекало Сабрину. Она всегда привозила с собой чудесные наряды и драгоценности, от которых у Сабрины дух захватывало.

— Она самая замечательная женщина на свете, правда, папа? — с благоговением сказала как-то Сабрина, и Иеремия невольно улыбнулся.

Он и сам так думал, а временами даже жалел, что не уговорил ее выйти за него замуж в тот первый день в поезде, идущем в Атланту. Конечно, это было бы безумием, но, как оказалось, не большим безумием, чем его последующая женитьба в Атланте на Камилле Бошан. Вообще-то через несколько лет после того, как Камилла ушла от него, он был с Сабриной в Нью-Йорке и снова просил Амелию выйти за него, но она мягко отказала ему.

— Что ты, Иеремия. Я слишком стара... — Ей тогда было пятьдесят. — У меня устоявшаяся жизнь, дом в Нью-Йорке...

Для нее он бы вновь открыл двери дома Терстона; он так и сказал ей, но она была непреклонна в своем решении не выходить замуж, и в конце концов он подумал, что она права. У каждого из них была своя жизнь, свой дом, свои дети. Слишком поздно было собирать все это под одну крышу, к тому же она никогда бы не была счастлива вдали от Нью-Йорка. Этот город был центром ее существования. Теперь они виделись каждый раз, как она приезжала к дочери в Сан-Франциско, и еще раз или два в год, когда он ездил по делам в Нью-Йорк. В последний раз он останавливался не в гостинице, а в ее доме, о чем Сабрина, конечно, не знала.

— В нашем с тобой возрасте, Иеремия, чего нам бояться? Кто скажет о нас дурное слово? Разве что позавидует тому, что в нас еще что-то теплится... — Амелия по-девчоночьи хихикнула. — К тому же мне уже не грозит опасность забеременеть.

Эти две недели у нее дома были счастливейшими в его жизни. Уезжая, он подарил ей изысканную сапфировую брошь и бархотку с бриллиантовой пряжкой, на обратной стороне которой были выгравированы слова, немало ее повеселившие: «Амелии, страстно любимой. И. Т.».

— Что скажут мои дети, когда примутся делить мои драгоценности, Иеремия?

— Что ты, очевидно, была очень страстной женщиной.

— Ну что ж, неплохо.

Она проводила его на вокзал. На этот раз она стояла на перроне и махала ему большой собольей муфтой, пока поезд набирал скорость. На ней было красное, великолепного покроя пальто, отороченное соболем, и шляпка в тон; он в жизни не видел женщины прекраснее. Встреть он ее теперь в поезде, как когда-то давно, он бы снова увлекся ею, как увлекся до своего знакомства с Камиллой.

— Будь я силен, как раньше... — сказал он Амелии перед отъездом, но оба они знали, что силы ему не занимать. Он доказывал это из ночи в ночь во время своего пребывания в Нью-Йорке и вернулся в Сан-Франциско в отличном расположении духа, ощущая себя словно заново родившимся.

— Чему ты улыбаешься, Иеремия? — Он совсем замечтался над чашкой кофе, пока Ханна готовила обед. — Ставлю никель, ты думал о той женщине из Нью-Йорка.

— Ты выиграла. — Он улыбнулся Ханне. Он часто вспоминал Амелию и всегда волновался как школьник, ожидая ее приезда. Но на этот раз она должна была появиться в Сан-Франциско не раньше, чем через полгода, да и он не собирался в Нью-Йорк в ближайшие три-четыре месяца, так что до их новой встречи пройдет еще немало времени.

— Чудесная женщина. Это я тебе говорю.

Действительно, Ханна не просто с одобрением отнеслась к Амелии, но искренне полюбила ее. Амелия завоевала ее сердце в тот момент, когда, засучив рукава, помогла приготовить обед для Иеремии, Сабрины, шестерых своих внуков и внучек. Именно она состряпала тогда большинство блюд, и получились они отменно, как ни тяжело было Ханне признать это. Блеск бриллиантов... быстрые, ловкие руки... фартук, повязанный поверх роскошного нью-йоркского платья... Она пролила на себя бульон, но даже виду не показала, что огорчена. С тех пор Ханна не переставала восхищаться Амелией.

— Она не просто чудесная женщина, Ханна. Она замечательный человек.

— Тебе следовало жениться на ней, Иеремия. — Ханна с упреком взглянула на него от плиты, и он пожал плечами.

— Возможно. Но теперь уже поздно об этом говорить. У каждого из нас своя жизнь, свои дети. Нам обоим так спокойнее.

Ханна кивнула. Все верно. Время безумств для него миновало. Пришел или скоро придет черед Сабрины. Ханна могла только надеяться, что девочка сумеет сделать разумный выбор и будет счастливее своего отца.

— Вы точно завтра едете в город?

Он кивнул:

— Всего на два дня.

— Приглядывай за Сабриной. Как бы она там не натворила чего-нибудь, пока ты будешь в банке. — Ханна по-прежнему считала, что девочке лучше остаться в Сент-Элене.

— Я говорил с ней об этом. Но ты же знаешь Сабрину.

Он легко представил себе, как она берет напрокат экипаж и несется в нем по Маркет-стрит. В руке у нее кнут, она улыбается во весь рот и приветственно машет ему рукой, пролетая мимо. Эта картина вызвала у него улыбку, когда он шел мыть руки перед обедом.

Глава 19

Иеремия и Сабрина отправились в город на следующий день рано утром. Как всегда в последние годы, они доехали поездом до Напы, а там сели на знакомый пароход, который так любила Сабрина. Плавание на этом пароходе она всегда воспринимала как настоящее приключение. Она смеялась, озорничала и развлекала отца весь путь до Сан-Франциско, куда они прибыли еще до темноты. Путешествие теперь занимало гораздо меньше времени, чем несколько лет назад. Они успели пообедать в ресторане отеля «Палас», и за едой Иеремия все время наблюдал за дочерью. Она будет очень красивой девушкой, когда вырастет. Уже сейчас, в тринадцать лет, она была ростом не ниже большинства женщин в зале и даже выше некоторых из них. И все-таки лицо ее сохраняло детское выражение за исключением тех моментов, когда, поднимая тонкую бровь, она заговаривала с отцом о бизнесе. Тот, кто подслушал бы их разговор, не видя собеседницы Иеремии, вполне мог подумать, что это беседуют между собой два деловых партнера. Как раз сейчас Сабрину беспокоила проблема клеща, наносившего немалый ущерб виноградникам. Иеремию развлекала серьезность, с которой дочь излагала ему свои теории на этот счет, но по-настоящему виноградники никогда не входили в сферу его первостепенных интересов. Рудники заботили его в гораздо большей степени, и Сабрина упрекала его за это.

— Виноградники — это тоже очень важно, папа. Когда-нибудь они станут приносить больше денег, чем рудники, помяни мое слово.

То же самое она говорила месяц назад и Дэну Ричфилду, но он поднял ее на смех. Конечно, были в долине виноградники, начинавшие приносить доход, но его и сравнить нельзя было с прибылью, получаемой от рудников. Все это знали, и Иеремия не преминул сейчас напомнить об этом Сабрине.

— Через несколько лет положение может измениться. Посмотри, какие изысканные вина делают во Франции, а наш виноград оттуда.

— Как бы вы не сделались у меня маленькой пьяницей, юная леди. Слишком уж интересуетесь виноделием.

Он дразнил ее, но она не воспринимала его шуток и смотрела на него со всей серьезностью своих тринадцати лет.

— Тебе бы тоже следовало больше этим интересоваться.

— Достаточно того, что этим увлечена ты.

Ее интерес к виноградникам представлялся ему несколько более приемлемым, хотя в душе он понимал, что несправедливо лишать ее возможности думать и о рудниках тоже. У нее была замечательная деловая хватка.

На следующее утро он смог еще раз в этом убедиться, завтракая с ней в номере перед уходом на встречу с президентом банка «Невада». Сабрина устроила ему настоящий экзамен по вопросам, которые он собирался обсудить. Она явно сожалела о том, что не могла сопровождать его, но вместе с тем выглядела гораздо менее озабоченной, чем обычно.

— А чем ты сама собираешься сегодня заняться, малышка?

— Не знаю. — Отвечая, она задумчиво глядела в окно, так что он не мог видеть ее глаз. Он слишком хорошо знал ее и сразу заподозрил неладное. — Я привезла с собой кое-какие книги. Наверное, буду читать.

Какое-то время он смотрел на нее, затем перевел взгляд на свои часы.

— Будь у меня время подумать, юная леди, я бы, возможно, стал волноваться: либо ты не в себе, либо морочишь мне голову. Но тебе везет. Я опаздываю, и мне пора.

Сабрина одарила его улыбкой и поцеловала в щеку.

— До вечера, папа.

— Будь умницей. — Он похлопал ее по плечу и слегка сжал
его. — Постарайся вести себя благоразумно.

— Папа! — В голосе ее звучала обида, когда она провожала
его до дверей. — Я всегда себя так веду!

— Ха! — Иеремия хмыкнул, выходя из номера, а Сабрина
радостно закружилась на одном месте. Она была свободна до самого вечера и отлично знала, что будет делать. Она привезла с собой
немного денег из Напы, да и отец, уходя, всегда оставлял ей достаточно средств на обед и все необходимые расходы. Сабрина сунула
кошелек в карман своей серой юбки и сменила розовую кофту на
заношенную шерстяную матроску, которую привезла с собой. Она
надела старые сапоги, которых ей было не жалко, и уже полчаса
спустя, удобно устроившись в экипаже, направлялась в район Ноб-
Хилла. Она назвала адрес кучеру, а когда они прибыли на место,
расплатилась и подошла к садовым воротам. У нее перехватывало
дыхание, сердце прыгало в груди от возбуждения. Было трудно
поверить, что наконец-то сбывается то, чего она ждала столько месяцев, нет, не месяцев, а лет! Она не знала, что станет делать после
того, как перелезет через решетку. У нее не было намерения заходить в дом. Достаточно было просто оказаться в саду. И все же
какая-то сила неодолимо тянула ее к этому особняку, построенному
отцом для ее матери.

Дом Терстона, словно погребенный в собственном парке, стоял
в молчании. Сабрина долго смотрела на него, затем, собравшись с
духом, полезла через ворота в том месте, где никто не мог ее заметить за большим раскидистым деревом. Взбираясь наверх, она молила Бога, чтобы ее не увидел какой-нибудь сосед или прохожий не
вызвал бы полицию. Через мгновение она уже спускалась вниз по
другую сторону забора, чувствуя учащенные удары сердца. Спрыг-
нув на землю, Сабрина замерла, гордая от сознания совершенного
поступка. Она находилась на священной земле дома Терстонов и
теперь быстро углубилась в сад, торопясь скрыться, пока ее не
заметили с улицы. Кустарники и деревья были огромными, как в
джунглях, так что спрятаться в них не составило большого труда.
Сабрина двигалась к дому, словно притягиваемая каким-то невиди-
мым магнитом.

Она не могла не думать о своей матери. Как же ее любил отец, если выстроил для нее такой дом, и как же она должна была быть счастлива здесь! Сабрина представляла себе удивление матери, когда та впервые увидела этот дом: отец хотел, чтобы он стал для нее сюрпризом, но Сабрина не могла представить себе его былого великолепия. Как грустно было видеть сейчас огромные дверные молотки, потускневшие до неузнаваемости, заколоченные окна и сорняки, росшие между ступенями крыльца и достававшие Сабрине почти до талии. Дом пустовал уже двенадцать лет и казался Сабрине очень печальным. Она с любопытством прижала нос к окну, чтобы увидеть комнаты, где когда-то жили ее родители. Ей даже показалось, что она сумела представить свою мать, хотя отец так мало о ней рассказывал, а Ханна и того меньше. И ей отчаянно захотелось узнать хоть что-нибудь о женщине, носившей имя Камилла Бошан-Терстон.

Медленно, не задумываясь о том, зачем она это делает, Сабрина обошла вокруг дома, посматривая на ставни, по которым карабкались сорняки. В саду за домом она обнаружила цветочные клумбы и небольшую итальянскую статую — женщину с младенцем на руках. Сев на мраморную скамью, Сабрина представила себе, как на этой скамье, взявшись за руки, сидели ее родители. Может быть, мать, держа ее на коленях, наслаждалась здесь солнечной погодой? Почему-то тут Сабрина гораздо лучше представляла свою мать, чем в Напе. Да и сам дом казался частью ее отца: Сабрина знала, что он долгое время жил здесь, прежде чем женился на Камилле. Но теперь все изменилось. «А ведь это был дворец любви, выстроенный для моей матери», — усмехнулась про себя Сабрина, продолжая блуждать вокруг здания. Она чувствовала себя слегка обескураженной. Если уж она оказалась здесь, то надо узнать как можно больше. Но ни через главный вход, ни через окна в дом не попасть. И тут, снова вернувшись к статуе женщины с ребенком, Сабрина обнаружила, что одна из ставен была расколота. Ее пересекала большая трещина, и половина ставни свешивалась в кусты. Это было именно то, что нужно! Сабрина углубилась в заросли, подбираясь вплотную к окну. Окно вело в темный коридор, и сквозь него ничего не было видно. Тогда Сабрина ухватилась за свисавшую ставню и попыталась оторвать ее окончательно. Еще не понимая, зачем ей это нужно, Сабрина вдруг обнаружила, что может попытаться открыть обе ставни. Несколько яростных усилий — окно подалось и с пронзительным скрипом распахнулось. Не ожидая такого быстрого успеха, Сабрина на мгновение замерла, а затем без колебаний забралась на подоконник и спрыгнула внутрь. В коридоре по-прежнему было темно, и она невольно почувствовала какой-то благоговейный трепет. Она находилась в доме, о котором мечтала всю свою жизнь!

Не зная, куда идти — направо или налево, Сабрина внимательно осмотрелась и поняла, что, по всей видимости, находится в кладовой. Все было опрятно и аккуратно, но в помещении царила темнота. Сабрина знала, что в этом доме двенадцать лет не было ни единой живой души, но его так тщательно закрыли, что пыли вокруг было мало. На мгновение она испугалась, подумав о том, что здесь все же кто-то бывает, а впечатление пустоты и заброшенности обманчиво. Но пути назад все равно не было: она слишком долго ждала этого момента.

Она осторожно пересекла помещение, повернула дверную ручку, открыла дверь и глубоко вздохнула. То, что она увидела, походило на ворота в рай. Сабрина пошла главным коридором, задрав голову и рассматривая эффектный, украшенный витражами купол. Множество разноцветных, сверкающих пятен устилало пол и стены, и Сабрина вновь ощутила благоговейный трепет перед этим волшебством, созданным отцом для ее матери. Поднявшись по главной лестнице, ведущей в спальни, она обнаружила то, что когда-то было ее детской. Однако теперь комната была абсолютно пуста, потому что всю ее обстановку в свое время вывезли в Напу. В спальне хозяев она уселась на стул, осмотрелась по сторонам и почти физически ощутила печаль, которую испытывал отец перед тем, как двенадцать лет назад навсегда покинул этот дом. Эта комната как нельзя лучше подходила для ее матери, ибо была такой же женственной и прекрасной. Розовый шелк выцвел с годами, однако комната по-прежнему напоминала гигантскую клумбу в весенний день. В ней еще сохранилось прежнее благоухание, к которому теперь примешивался дух забвения. И тем не менее Сабрина ощущала себя овеянной этим благоуханием, когда поднялась с места, прошла в туалетную комнату матери и принялась открывать стенные шкафы. Ее отец так ничего и не тронул, когда навсегда уходил отсюда. Сабрина нашла тонкие и изящные лайковые туфельки, а также вечерние туфли из красного атласа, в которых ее мать ходила с отцом в оперу. Были там и старая меховая накидка, и множество платьев. Сабрина дотрагивалась до платьев, ощущая нежное прикосновение дорогих тканей и вдыхая при этом знакомые ароматы. На ее глаза навернулись слезы: ей казалось, что она нанесла визит своей матери, которую никогда в жизни не видела, и вдруг обнаружила, что та уже уехала, и уехала навсегда. Но Сабрина, стоя в комнате, обитой розовым шелком, знала цель своего прихода в этот дом. Она хотела найти женщину, которая была ее матерью, разгадать ее тайну или хотя бы обнаружить ключ к разгадке. Чем больше Сабрина взрослела и сама превращалась в женщину, тем больше она хотела хоть в чем-то походить на свою мать. И сейчас, свободно бродя по дому, в котором когда-то жили ее родители, она чувствовала себя потрясенной. Ведь она сама впервые появилась в этом доме, когда ей было всего четыре месяца, и покинула его тогда, когда ей исполнился год, сразу после смерти матери или того события, которое она приняла за ее смерть.

Сабрина заглянула и в кабинет отца. Она посидела за его столом, повертелась на его стуле и удивилась, что отец ничего не забрал отсюда перед уходом. На стенах висели красивые гравюры, сам письменный стол украшал интересный орнамент, и, кроме того, имелось множество прекрасных хрустальных ваз, китайского фарфора, серебра. Получалось, что ее отец просто запер дом, уехал в Напу и никогда сюда больше не возвращался. Он часто говорил Сабрине, что когда-нибудь все это будет принадлежать ей, но она и представить себе не могла, что дом будет выглядеть так, словно владельцы поспешили покинуть его и умерли прежде, чем смогли вернуться за своими вещами. На ночном столике ее матери так и осталось лежать несколько книг, а в ящике комода — кипа кружевных платков. Отец ничего не тронул перед отъездом. Сабрине очень хотелось распахнуть настежь ставни и впустить в дом лучи солнца, но она так и не посмела этого сделать. У нее возникло чувство, словно она вторглась в чужой мир и в чужую боль, и теперь она прекрасно понимала, почему ее отец не хочет возвращаться сюда. Это возвращение походило на посещение могилы жены. Он слишком долго здесь не был, чтобы снова вернуться сюда. Он бы увидел одежду жены, ощутил ее незримое присутствие, вдохнул ароматы духов, и все это напомнило бы ему те муки и радости, которые он надеялся навсегда оставить в этом доме после смерти жены. Сабрина поняла это настолько отчетливо, что даже заплакала от жалости к отцу, стоя на пороге его комнаты. Затем она печально спустилась вниз, следуя уже знакомой дорогой. Дом заставил ее почувствовать такую огромную нежность к отцу, которую она никогда не испытывала прежде, и обновил ее представления об изяществе и красоте матери. Как и в Напе, в этом доме не было ее портретов, но зато имелось нечто большее — здесь был сам дух этой женщины. Когда Сабрина снова оказалась под украшенным витражами куполом, она отчетливо осознала, что и ее мать когда-то стояла на том же самом месте и, возможно, даже смотрела в том же направлении. Она касалась тех же дверных ручек, выглядывала в те же окна, и — волнующая мысль об этом была похожа на волшебное путешествие во времени — их руки словно соприкасались. Дом был наполнен доброжелательными, но могущественными призраками, а потому Сабрина ощутила некоторое облегчение, когда снова выбралась наружу, закрыв за собой расколотую ставню. Она посетила место, которое ей не следовало посещать, и тем не менее была рада этому.

Сабрина медленно двинулась назад, раздвигая огромные кусты и размышляя о том, что она видела. Дважды она оборачивалась, чтобы снова взглянуть на дом. Это был великолепный дом, и она любила его именно за то великолепие, которым он обладал прежде, когда все кустарники были красиво подстрижены, а коляска ее матери медленно катила по аллее. Сабрину возбуждала сама мысль о том, что теперь и она, побывав в этом доме, отчасти прикоснулась к его прошлой жизни и прошлому великолепию. Однажды он будет принадлежать ей, хотя ничего уже не повторится... Исчезли и красивая девушка из Атланты, и тот мужчина, что любил ее больше всего на свете. Прошлого не вернуть. Эта мысль опечалила Сабрину, пока она вновь перебиралась через ворота. Уже на улице она сообразила, как ужасно выглядит. Ее юбка была разорвана, волосы растрепались, руки оказались грязными, на одной из них была длинная кровоточащая царапина — то ли от расколотой ставни, то ли из-за колючего кустарника. Но, поспешно возвращаясь в отель «Палас», она ни о чем не жалела. Идти было не слишком далеко, и после долгого пребывания в затхлой атмосфере запертого дома она с удовольствием вдыхала свежий воздух. Она чувствовала себя так, словно узнала слишком много, но это ее отнюдь не печалило. Быстро проскользнув в отель, она взбежала по лестнице, надеясь, что успеет принять ванну, прежде чем вернется отец.

Она пропустила ленч и была настолько голодна, что отец повез ее к Дельмонико, где они оба заказали себе по отбивной. Он заметил ее аппетит, как заметил и то, что она была какой-то странно задумчивой.

— Что-нибудь случилось?

— Нет. — И Сабрина рассеянно улыбнулась. Если бы в этот момент она посмотрела в глаза отца, то непременно бы расплакалась. Ее переполняла грусть, навеянная пустым домом и вещами матери, к которым так и не прикоснулся ее отец. Как же он должен был любить ее мать! Она так и видела перед собой душевно сломленного человека, который поспешно бежал в Напу с ребенком на руках, не в силах вынести утрату такой молодой и такой любимой жены.

— Что тебя беспокоит, Сабрина?

Он слишком хорошо знал свою дочь, однако она лишь покачала головой и заставила себя улыбнуться, постаравшись избавиться от печальных мыслей. Тем не менее весь этот вечер она была явно не в себе. Прежде чем отправиться спать, Сабрина осторожно постучала к отцу и, получив разрешение, вошла.

— Спокойной ночи, детка. — Он поцеловал ее в щеку, успев заметить грустные глаза дочери. Ее невысказанная печаль беспокоила Иеремию весь вечер. Он предложил дочери сесть, и она радостно согласилась. Сабрина пришла сюда именно для того, чтобы сделать признание. Она никогда не лгала отцу раньше, не будет лгать и сейчас. Ей хотелось облегчить свою совесть.

— Так что случилось, Сабрина?

— Я должна тебе кое-что рассказать, папа. — В ночной рубашке и халате, из-под которого выглядывали ее розовые ножки, Сабрина выглядела совсем маленькой. — Я сегодня кое-что сделала.

Она не сказала «кое-что скверное», поскольку не считала это скверным, хотя и представляла себе, как будет расстроен отец. Но она знала и то, что просто обязана ему обо всем рассказать. Может быть, он так никогда бы ничего и не узнал, но они слишком долго доверяли друг другу, чтобы теперь начинать лгать. В этом отношении она совсем не походила на свою мать.

— Ну, так что же ты сделала, детка? — мягко произнес он, глядя ей в глаза. Чем бы ни была расстроена дочь, он заранее испытывал беспокойство.

— Я ходила... Я ходила в дом Терстонов, — выдохнула она, почти жалея о том, что пришла сказать ему об этом. Впрочем, это было произнесено настолько тихо и робко, что отец представил себе дочь, стоявшую рядом с домом перед запертыми воротами. Он мягко улыбнулся, коснувшись ее шелковистых волос, аккуратно уложенных в косы.

— В этом нет греха, ягненок. Когда-то это был красивый дом. — Он сел рядом с дочерью, вспомнив тот особняк, который построил много лет назад. — Даже не просто дом, а дворец.

— Он таким и остался.

Отец печально улыбнулся.

— Боюсь, что нет. Но однажды, перед тем как подарить его тебе и твоему жениху, я снова приведу его в порядок. Ну как же...Там, вероятно, все увяло и поблекло. Ведь прошло уже двенадцать лет с тех пор, как в доме последний раз были люди. Наверное, внутри все покрылось десятидюймовым слоем пыли.

Она покачала головой, глядя ему прямо в глаза, и Иеремия забеспокоился.

— Ты заглядывала в дом? — спросил он и смущенно добавил: — Ворота были открыты?

Если так, ему обязательно нужно об этом знать. Он не желает, чтобы любопытство могло заставить кого-то проникнуть за ограду, не говоря уже о доме. Там слишком много ценностей. Он специально нанял сторожей, которые периодически присматривали за домом, и, к счастью, до сих пор там все было нормально.

Сабрина глубоко вздохнула.

— Я перелезла через ворота, папа. — Произнося это, она выглядела очень удрученной. Благодарение Богу, что его маленькая шалунья призналась в этом. С самым серьезным видом он посмотрел на нее.

— Такие поступки не слишком украшают леди, детка.

— Я знаю, папа. Одна ставня была расколота... — Девочка побледнела и теперь говорила испуганным шепотом. — Я толкнула ее и влезла внутрь. Затем я осмотрелась... — Глаза Сабрины быстро наполнились слезами, и по щекам побежали мокрые дорожки. — О, папа, это был такой прекрасный дом... и как же сильно ты любил маму! — Она начала всхлипывать, прикрыв лицо руками.

Отец обнял ее, явно удивленный этим рассказом.

— Но зачем? Зачем ты все это сделала, Сабрина? — Его голос был озабоченным и нежным. Что влекло ее туда? Он не понимал этого, ведь она не могла помнить свое недолгое пребывание в том доме, но и на простое озорство это не было похоже. — Объясни мне все... и не бойся. Сабрина Ты же не побоялась сказать, что была там, и я очень рад твоей откровенности. — Иеремия поцеловал ее в щеку и взял за руку. Удивительно: он не сердился на дочь, однако беспокойство его не оставляло.

— Я не знала, папа. Я всегда хотела посмотреть... где ты жил... узнать, как она выглядела... Я надеялась найти там портрет... — Она остановилась, не желая причинить ему боль, но он все понял и закончил фразу:

— Портрет своей матери.

Иеремия расстроился. Камилла не стоила этого. Однако он и сейчас ничего не мог объяснить дочери.

— Моя бедная детка... — Он обнял Сабрину, которая вновь начала плакать. — Не нужно было туда ходить.

— Но, папа... там очень красиво... эти витражи... — Она с таким трепетом посмотрела на отца, что тот улыбнулся. Он уже совсем забыл о витражах на куполе дома, а ведь они действительно были прекрасны. Пожалуй, он даже был доволен, что дочь увидела их.

— В свое время это был великолепный дом, Сабрина.

И тут она произнесла нечто поразительное:

— Я бы хотела, чтобы мы там жили.

— Тебе не нравится Сент-Элена, детка?— Он взглянул на дочь с удивлением. Неужели ей не по душе Напа, где она прожила всю свою жизнь?

— Нет, конечно, нравится... но дом Терстонов такой красивый! Как хорошо было бы там жить! — Она произнесла это с таким выражением, что он засмеялся, да и Сабрина улыбнулась сквозь слезы.

— Ты будешь жить там, когда станешь взрослой. Я уже говорил тебе. — Однако он говорил об этом прежде, когда она еще не знала, как выглядит этот дом. Теперь слова отца только огорчили ее.

— Ты же знаешь, я не хочу замуж, папа.

— Тогда мы вернемся в этот дом по другой причине.

— Что ты имеешь в виду, папа? Когда? — Ее глаза удивленно расширились.

— Мы можем устроить там бал на твое восемнадцатилетие. До сих пор я держал тебя затворницей, стараясь уберечь от лишних огорчений, но теперь это долго не продлится, юная леди. — Он погрозил ей пальцем. — Как только тебе исполнится восемнадцать, я познакомлю тебя с нужными людьми в Сан-Франциско.

— Зачем? — удивленно спросила она.

— Затем, что однажды тебе самой захочется немного расширить свой круг общения. — Он не стал в этот раз упоминать о замужестве: Сабрина слишком молода, чтобы думать об этом, но пройдет несколько лет, и ее, конечно же, заинтересует бал в Сан-Франциско. Иеремия никогда прежде не думал о бале, но теперь эта идея ему понравилась. Он вспомнил, что встретил Камиллу, когда ей едва исполнилось восемнадцать. — Знаешь, а ведь это замечательно. Мы приедем в Сан-Франциско и откроем дом специально для тебя. И тогда он опять станет домом Терстонов. Что ты об этом думаешь?

Сабрина была ошеломлена. Устроить для нее бал? Открыть этот чудесный дом?

— Мы можем устроить бал прямо в доме, там есть специальный зал.

Утром она видела этот зал и, помнится, даже зажмурилась, пытаясь унестись в воображении на четырнадцать лет назад и представить родителей танцующими, представить отца, который держит в объятиях изысканную красавицу Юга.

— Как она выглядела, папа? — Она уже забыла про бал и теперь вновь думала о матери. Отец взглянул на нее и вздохнул. Он жалел, что дочь побывала в том доме, и не переставал удивляться ее неустойчивым попыткам разгадать тайны прошлого.

— Она была очень хорошенькой, Сабрина, — он решил, как и прежде, открыть лишь маленькую частицу правды, — и очень избалованной. Девушки с Юга часто бывают именно такими. Ее отец хотел дать ей все.

— А он видел тот дом?

Иеремия покачал головой:

— Ее родители никогда не приезжали сюда. После нашей свадьбы ее мать заболела и... и потом умерла, вскоре после смерти твоей матери.

— Жаль. Дом бы им очень понравился. — Она с детским обожанием посмотрела на отца. — Мама, наверное, его очень любила?

— Думаю, да. — В этот момент он вспомнил бесконечную череду вечеринок. — Она любила устраивать приемы. — Он вспомнил бал, который запретил проводить жене, вечеринки, на которые она ходила с дю Пре всякий раз, когда Иеремия уезжал в Напу. — Она очень любила веселиться.

— Конечно, ведь у нее было столько красивой одежды.

Он удивленно поднял бровь.

— Откуда ты знаешь, Сабрина?

Она тут же смутилась.

— Я ее видела сегодня, папа. Там все осталось.

«Там» было не все, но она не могла знать этого. Он снова вздохнул.

— Наверное, мне надо было позаботиться об этом тогда... когда она умерла.

Сабрина давно заметила, как нервничает ее отец, когда разговор касается этой темы. Эта тема причиняла ему явную боль.

— Тебе не надо было туда ходить, Сабрина.

— Мне очень жаль, папа... но мне так давно этого хотелось...

— Я знаю.

Она было сникла, но вдруг вспомнила о прекрасном дворце и с надеждой посмотрела на отца.

— Ты действительно когда-нибудь устроишь прием в том доме? И мы сможем пожить там?

— Я же пообещал тебе. — Он улыбнулся и нежно погладил одну из длинных кос дочери. — И все ради того, чтобы сделать вас счастливой, принцесса, в день вашего восемнадцатилетия.

— Надеюсь, что все так и будет. — Глаза Сабрины, казалось, излучали свет.

— Тогда обещаю еще раз.

Она знала, что отец всегда выполняет свои обещания. На следующий день он уже ни словом не обмолвился о ее вчерашней проделке, однако поговорил со своим приятелем из банка «Невада» и поручил ему послать рабочих исправить поврежденные ставни и вновь наглухо заколотить дом. А на обратном пути в Напу Иеремия сумел выудить у дочери нужное ему обещание.

— Я не хочу, чтобы ты снова ходила туда, детка. Надеюсь, тебе это ясно?

— Да, папа. — Она была удивлена, что он так и не рассердился. — Может быть, мы когда-нибудь сходим туда вместе?

Он покачал головой:

— Мне незачем появляться в этом доме, Сабрина. Разумеется, вплоть до того дня, когда мы устроим там бал в честь твоего восемнадцатилетия. Я обещал тебе это, и ты знаешь, что я сдержу свое обещание. Только тогда мы отправимся туда вместе и проведем в Сан-Франциско всю весну, если ты, разумеется, сама этого захочешь. Но ты больше не будешь лазить через заборы, забираться в окна и рыться в старых гардеробах.

От этих слов Сабрина густо покраснела. А Иеремию в самом деле очень беспокоило жадное любопытство дочери ко всему, что имело отношение к матери, пусть даже к каким-то старым платьям. Неужели она забралась в тот дом только ради этого? Эта мысль так задела Иеремию, что его следующая фраза прозвучала довольно резко:

— Ты ведь могла упасть и пораниться, и никто бы не знал, где тебя искать! Ты совершила большую глупость. — Иеремия нахмурился и уставился в окно поезда. До самого их приезда в Сент-Элену Сабрина не проронила ни слова.

Глава 20

— Ну, Ханна, позаботься тут обо всем, пока мы не вернемся. Старуха, ворча и прихрамывая, спускалась по ступенькам вместе с ними. Экипаж был нагружен доверху, хотя багаж составляли одни только новые платья Сабрины. Иеремия улыбнулся старой экономке. Он хотел взять ее с собой, но та пожелала остаться дома. В свои восемьдесят три года она сама имела право решать, что делать. Она не одобряла этой поездки. «Это всего лишь на два месяца». Несколько лет назад Иеремия дал обещание, но он никогда не был до конца уверен в том, что Сабрина захочет, чтобы он его сдержал. И он был крайне удивлен той радости, с которой она недавно откликнулась на его слова об отъезде. Иеремия обещал дочери открыть дом Терстонов и дать в нем бал в честь ее восемнадцатилетия.

— Может быть, она все-таки похожа на свою мать, — повторял он Амелии, когда она приехала к ним в город. Однако Амелия считала, что эта идея с балом просто великолепна, и очень жалела, что не сможет присутствовать на нем. В этом году она уже дважды была там: первый раз, когда выдавала замуж свою старшую внучку за одного из Фладов, второй — чтобы побыть со своей дочерью, когда умер зять. И она не могла приехать снова, чтобы присутствовать на балу, поскольку официально ее семья все еще носила траур. Между тем Амелия дала Иеремии множество полезных советов относительно предстоящего бала. Она даже поехала вместе с ним открывать дом Терстонов и сразу заметила, как сильно он волнуется. Проникшись сочувствием к Иеремии, Амелия коснулась его руки.

— Напрасно ты устраиваешь здесь бал. Лучше бы сделать это в «Фермонте». К тому времени отель будет достроен. — Ее всегда удивляло, что он отказывался продать этот дом, причинивший ему столько страданий, и с каким-то странным упорством хранил его для Сабрины.

— Я хочу, чтобы это было здесь.

Она заметила, что Иеремия стиснул зубы. Они вместе прошлись по дому, сопровождаемые толпой недавно нанятых слуг. Реставрация требовала колоссальных усилий, но сам дом этого стоил. Настоящую жалость к Иеремии Амелия испытала тогда, когда они добрались до его прежних апартаментов. Казалось, эти покои причиняют ему слишком сильную боль. Она посоветовала Терстону переночевать в соседней комнате, и он поблагодарил ее за эту идею. Они вместе вошли в туалетную комнату Камиллы и открыли ее гардероб. Амелия хотела, чтобы он выкинул все эти вещи, однако Иеремия приказал слугам сложить их в коробки и отнести в подвал.

— Зачем ты это хранишь? Она же бросила все это, когда уходила.

Они спускались по лестнице к выходу, и было видно, что Амелия удивлена. Чтобы подготовить этот дом к балу, требовалось проделать гигантскую работу, однако сама идея такого бала восхищала Амелию.

— Когда-нибудь Сабрина захочет взглянуть на вещи своей матери, — заметил Иеремия и рассказал о том, что произошло в этом доме пять лет назад, когда его дочери было всего тринадцать. — Я понял тогда, что Сабрина, ничего не зная о матери, поневоле ощущает душевную пустоту. Эта тема была запретной, поэтому она думала, что я все еще страдаю из-за смерти Камиллы, — вздохнул он и улыбнулся Амелии.

Они знали друг друга двадцать лет, и ему всегда было приятно общаться с ней. Она была все такой же живой, энергичной, доброжелательной... Даже в свои шестьдесят Амелия оставалась красивой женщиной, и Иеремия неизменно говорил ей об этом.

— Ты чудовищный лжец, Иеремия! Но как приятно это слышать! — восклицала она со смехом, а он целовал ее.

Амелия подарила Сабрине великолепное жемчужное ожерелье и вновь извинилась за то, что не сможет побывать на ее балу.

— Нам будет очень не хватать вас, тетя Амелия, — сказала Сабрина, нежно целуя ее.

Сабрина пообещала непременно надеть жемчужное ожерелье на свой бал. Амелия посоветовала ей заказать еще три платья, чтобы ходить на приемы вместе с отцом. Одно из них особенно нравилось

Сабрине. Они с Амелией долго обсуждали его фасон и придумывали детали. Платье было сшито из золотистой ткани, которая великолепно гармонировала с молочно-белой кожей и черными волосами девушки. Когда его доставили в Сент-Элену, Сабрина пришла в такой восторг, что не позволила отцу взглянуть на платье, пока сама его не надела. Она уже решила, что по приезде в Сан-Франциско пойдет с отцом в театр именно в этом платье. В город прибыла нью-йоркская «Метрополитен-опера», и отец хотел сводить дочь на «Кармен». Главные партии должны были исполнять Фремстад и Карузо. Сабрина была очень возбуждена и от предстоящего посещения оперы, и от мысли о том, как восхитительно она будет выглядеть в этом платье.

Теперь платье лежало в ее чемодане, а чемодан в экипаже, который плавно катил по дорожке, ведущей к дому Терстонов. На какое-то мгновение она вспомнила свое первое появление здесь, когда ей пришлось перелезать через ворота. За последние полчаса они с отцом успели обсудить болезнь, поразившую виноградники в долине Напа, которая уже несколько лет подряд лишала их всего урожая. Но теперь, по мере приближения к этому элегантному дому, она так разволновалась, что обо всем забыла. Вот она уже стоит под тем самым великолепным куполом, украшенным витражами, и вновь вспоминает то время, когда увидела его в первый раз. Теперь дом сверкал чистотой, повсюду стояли цветы, серебро и латунь были отполированы до блеска. Сабрина повернулась к отцу, и он вдруг почувствовал, как у него кольнуло в сердце. Стоя здесь, рядом с ним, она была так похожа на свою мать! Он вспомнил, как впервые привел сюда Камиллу, вспомнил, как она была восхищена тем, что этот дом принадлежит им. Иеремия распорядился, чтобы Сабрине отвели хозяйские апартаменты, где все было обтянуто новым шелком. Сам он больше не хотел там жить. Сейчас Сабрине столько же лет, сколько было тогда ее матери, и единственная разница между ними состояла в том, что Камилла в этом возрасте была уже замужней женщиной. Впрочем, и характер Сабрины заметно отличался от характера Камиллы Бошан.

— О, папа, здесь все выглядит просто восхительно!

Она была в таком восторге, что не знала, куда бежать в первую очередь. Иеремия и Амелия проделали большую работу, заказывая новую обивку и шторы. Бальная комната сверкала свежей краской.

До бала оставалось еще три недели, но Сабрина уже испытывала страшное нетерпение. Впрочем, за это время им еще предстояло многое сделать. Через два дня они поедут в оперу, а на следующей неделе Крокеры, Флады и Тобины пригласили их на обед. Иеремия возобновил старые связи, которыми долгое время пренебрегал; он сделал это, чтобы представить всем Сабрину. Он хотел устроить для нее два блестящих месяца, а потом вновь покинуть Сан-Франциско и переехать на лето в Сент-Элену. В октябре можно было снова вернуться и остаться в городе до самого Рождества. Совсем другую жизнь он вел с Камиллой, но ведь Сабрина, радуясь каждому дню в Сан-Франциско, в отличие от матери все же с удовольствием возвращалась в Сент-Элену.

Дочь проявляла живой интерес к рудникам и была искренне озабочена болезнью, поразившей виноградники. Она обратила внимание на то, что смертельный клещ поразил в основном европейские сорта, и сделала предположение, что местные сорта винограда сумеют противостоять этой неожиданной напасти. Отец добродушно согласился с тем, что она знает намного больше его самого. Виноградники оставались ее страстью в течение многих лет, но не меньший интерес она проявляла и к тому, как идут дела на рудниках. Иеремия часто поддразнивал ее, утверждая, что может умереть спокойно: когда это произойдет, она справится с делами и без него.

— Какие ужасные вещи ты говоришь, папа! — упрекала его Сабрина, для которой сама мысль о его смерти была невыносима.

В свои шестьдесят три года Иеремия сохранял неплохое здоровье, хотя время от времени его сердце давало о себе знать. Сабрина и Ханна присматривали за ним настолько, насколько он сам им это позволял, а доктор обещал, что Иеремия проживет еще как минимум двадцать лет.

— Ты должен жить как можно дольше, если уж хочешь выдать меня замуж и увидеть дюжину внуков. — Сабрина любила поддразнивать отца, но факт оставался фактом — она прекрасно разбиралась в его делах. Слишком много времени она провела рядом с ним, наблюдая за тем, что он делает, и внимательно слушая все то, что он говорит. Кроме того, она была удивительно способной девушкой. Впрочем, сейчас он не хотел, чтобы дочь вспоминала о делах. Это был ее дебют, и она должна насладиться им сполна. Он лично позаботился о том, чтобы все прошло великолепно.

В комнате Сабрины стояли огромные вазы с розовыми розами, так что уже на следующее утро она почувствовала себя как дома. Еще лежа в постели, она думала о том, что ее мать тоже спала здесь, смотрела на тот же потолок и в те же окна, принимала ту же ванну. Эта мысль вызвала у нее улыбку и заставила ощутить какую-то близость с той женщиной, которую она никогда не знала, но которая была ее матерью. За прошедшие месяцы она несколько раз была в этом доме, обсуждая с отцом различные детали ремонта. Слишком многое изменилось за те двадцать лет, что прошли с момента постройки дома Терстонов. Он по-прежнему оставался одним из самых больших особняков города, однако его пришлось немного переделать. После этого он стал еще удобнее.

Сабрина собиралась в театр. Золотистое платье лежало на кровати, а она была занята тем, что подбирала для него туфли такого же золотистого цвета. Кроме того, ей хотелось надеть и жемчужное ожерелье, подаренное перед отъездом Амелией, и те жемчужные серьги с бриллиантами, которые отец преподнес ей на Рождество. Приняв ванну, Сабрина тщательно уложила волосы, слегка попудрилась и нарумянилась, а затем аккуратно нанесла помаду. Легкий макияж лишь подчеркнул поразительную красоту девушки. Затем с помощью одной из новых горничных Сабрина осторожно надела платье. В какое-то мгновение ей показалось, что за ней с одобрением наблюдает мать. Видимо, они были чем-то похожи, Сабрина поняла это по реакции отца. Когда она спускалась по центральной лестнице и проходила под витражами, он буквально онемел и в его глазах блеснули слезы.

— Откуда у тебя это восхитительное платье, детка?

Сабрина улыбнулась. Она была немного высока для женщины, но, к счастью, только немного. У нее были длинная грациозная шея и длинные тонкие руки. Золотистый наряд подчеркивал их красоту.

— Детка, клянусь, ты выглядишь, как богиня!

Всем своим существом Сабрина ощущала силу отцовской любви. Она поблагодарила его нежной улыбкой.

— Я рада, что тебе нравится, папа. Амелия, когда еще была здесь, помогла мне подобрать ткань для этого платья. Я получила его только вчера вечером.

Когда они прибыли в оперу, находившуюся на Миссион-стрит, она не пожалела о том, что послушалась советов Амелии. Металлические цвета и блестки всех цветов радуги были в моде, а ее платье оказалось едва ли не самым изысканным и прекрасным. Женщины Сан-Франциско просто помешались на больших бриллиантах, дорогих платьях и великолепных плюмажах. Сама опера открылась еще вчера, но именно сегодняшний вечер, когда Карузо должен был петь главную партию в «Кармен», обещал стать главным событием города. Все балы, намечавшиеся в «Паласе», «Сент-Френсисе» и у Дельмонико, должны были состояться уже после представления. Терстоны намеревались присоединиться к друзьям, собиравшимся в «Сент-Френсисе», но Сабрина уже сейчас была возбуждена одним видом изысканно одетых женщин, которые входили и выходили во время антракта. Слишком долго она ждала этого момента, ведя уединенную жизнь в Сент-Элене. Внезапно осознав, как много пленительных чудес ожидает ее в ближайшие месяцы, она задрожала от радости. Как хорошо, что они приехали в Сан-Франциско!

Несколько часов спустя, когда они уже покидали оперу, она нежно пожала руку отца. Он недоуменно взглянул на Сабрину, гадая, что бы это значило. Но она просто сияла от счастья и действительно была похожа на настоящую принцессу.

— Спасибо тебе, папа.

— За что? — В этот момент они подходили к экипажу.

— За все. Я знаю, что ты не хотел возвращаться в город и открывать дом Терстонов. Ты сделал это ради меня, и я безумно счастлива.

— Тогда я тем более рад, что сделал это.

И он действительно был рад этому. Как замечательно оказалось снова выехать в свет. Подобные выезды могли доставить немало удовольствия, если, конечно, не злоупотреблять ими. А какое наслаждение представлять всем свою единственную дочь! Она была так грациозна, любезна, умна, обаятельна и красива... У него просто не хватало слов! Сияя от счастья, он посмотрел на дочь, которая выглядывала в окно всю дорогу, что они ехали до отеля «Сент-Френсис». Бал, на который они были приглашены, оказался поистине великолепным. Здесь собрались абсолютно все, включая самого Карузо. Казалось, что над городом царила атмосфера праздника: гости, собравшиеся на одном балу, затем ехали на другой, а уже потом разъезжались на небольшие вечеринки. Оперное представление продолжало оставаться главным событием в жизни города, и теперь Сабрина была даже рада тому, что ее собственный бал должен был состояться лишь через три недели. Это позволит публике успокоиться и набраться сил перед новым праздником. Да и как можно было сравнить бал с изумительной «Кармен»!

Они вернулись домой только в три часа утра. Медленно поднимаясь по главной лестнице дома Терстонов под руку с отцом, Сабрина едва сдерживала зевоту.

— Какой прекрасный вечер, папа... — Он согласился, и она вдруг хихикнула. — Если бы нас сейчас видела Ханна! Возвращаемся домой в три часа утра...

Они засмеялись, представив себе сурово насупленные брови и недовольное брюзжание экономки. Она наверняка сочла бы это неприличным.

— И она обязательно сказала бы мне, что я похожа на свою мать, — продолжая смеяться, заявила Сабрина. — Когда ей не нравилось то, что я делала, она говорила именно так. Они, наверное, ненавидели друг друга.

Она усмехнулась, а Иеремия улыбнулся. Сейчас это выглядело забавным, но тогда все было совсем иначе. Очень немногое из того, что делала Камилла, было забавным.

— Они действительно ненавидели друг друга, — подтвердил он. — И они жутко сцепились в первый же день, когда я привез твою мать в Напу. — Только сейчас, спустя двадцать лет, он вдруг впервые вспомнил о том кольце, которое нашла Ханна. И слава Богу, что она это сделала, иначе Сабрины не было бы на свете. Он не рассказывал дочери эту историю, как не рассказывал и никаких других, и был по-настоящему благодарен Ханне, что и она не делала этого. Она была скромной женщиной и хорошим другом в течение многих-многих лет.

Отец и дочь поцеловались, пожелав друг другу спокойной ночи перед покоями Сабрины, затем она вошла в спальню, подошла к окну и выглянула наружу, чтобы полюбоваться тщательно ухоженным садом. Насколько изменился он за пять лет, прошедших с того дня, когда она впервые оказалась в нем, перебравшись через забор! Тогда это были настоящие джунгли... И вновь Сабрина подумала о том, что ее мать по ночам выглядывала в это окно, вернувшись домой после очередного бала. Она чувствовала, что особняк начал жить той же жизнью, что и двадцать лет назад. И хорошо, что она оказалась здесь и возродила этот прекрасный дом. Он был таким пустым и печальным пять лет назад... Сабрина улыбнулась своему отражению в зеркале, сняла ожерелье, подаренное Амелией, а затем и золотистое платье, доставившее ей в этот вечер столько удовольствия. Полюбовавшись на себя в зеркало, она перевела взгляд на украшенные эмалью часы, стоявшие на ночном столике, и отметила про себя, что уже почти четыре часа утра. Легкая дрожь пробежала по ее телу: еще никогда в жизни она не была на ногах в столь поздний час, за исключением, может быть, того случая, когда затопило рудник и ее отец вернулся домой лишь под утро. Но тогда причиной было несчастье, а сегодня — радость, самая большая в ее жизни. Теперь надо дождаться бала, подумала Сабрина уже в постели. Почти час она пыталась заснуть, но возбуждение, вызванное впечатлениями сегодняшнего дня, не проходило. Интересно, спит ли отец? Устав от попыток заснуть, она встала и направилась в туалетную комнату. Чем просто лежать с закрытыми глазами, интереснее встретить рассвет. Нельзя упускать ни одного впечатления, тем более сейчас, когда она наконец ощутила всю полноту жизни... Облачившись в белый атласный пеньюар и домашние туфли, Сабрина решила спуститься вниз и выпить чашку теплого молока. Однако, уже спускаясь по главной лестнице, она вдруг ощутила какое-то странное колебание, как если бы находилась на пассажирском судне, бороздящем просторы океана. Казалось, дом поднимался и опускался, содрогаясь всеми своими стенами. Землетрясение! Сабрина помчалась к центральному входу, и в этот момент витражный купол, расколовшись на множество разноцветных осколков, рухнул за ее спиной. Стоя в дверном проеме и с дрожью поняв, какой опасности она только что избежала, Сабрина не могла сообразить, что делать дальше.

Отец часто рассказывал ей о землетрясениях шестьдесят пятого и шестьдесят восьмого годов, но все, что она могла вспомнить, она уже сделала — то есть встала в дверной проем. Дверь была открыта, и теперь девушка начала дрожать от холодного апрельского ветра. Дом снова содрогнулся, но этот толчок оказался достаточно коротким. Однако и его было достаточно, чтобы маленькие столики опрокинулись на пол, стекла раскололись, вазы разбились. Сабрина растерянно оглядывалась по сторонам и только потом заметила, что порезала предплечье осколком оконного стекла. Темное пятно крови быстро расползлось по ее белому пеньюару, но тут она услышала, как распахнулась дверь наверху и в темноте раздался голос отца. Очевидно, он искал ее в спальне и не мог найти.

— Сабрина, Сабрина, где ты?

Тут он увидел ее, стоящую в дверном проеме, и стал поспешно спускаться по лестнице, сопровождаемый слугами, которые тоже торопились покинуть свои комнаты. У двух женщин началась истерика, да и остальные что-то кричали. В этот момент раздался еще один толчок, и всех мгновенно охватила паника. С улицы тоже донесся шум — это были людские крики и грохот, словно от зданий откалывались куски и рушились на землю. Позднее Сабрина поняла, что это падали кирпичные трубы, накрывая собой людей, стоявших на улице. Час спустя, когда отец перевязывал ей плечо, она и сама увидела несколько трупов, наполовину заваленных битым кирпичом. В первый раз она столкнулась со смертью и была потрясена увиденным. Улицу заполонили люди, выскочившие из содрогавшихся домов. Многие из них были ранены. Землетрясение причинило значительный ущерб, но главной проблемой были вызванные им пожары и повреждение водопровода. Пожарным просто нечем было бороться с огнем. Более того, система оповещения оказалась повреждена, а начальник пожарной охраны погиб под развалинами своего депо. Всех охватила паника, хотя оставалась надежда, что огонь удастся быстро остановить. Сильнее всего полыхала южная часть рынка, находившаяся позади отеля «Палас». Сам отель устоял и был способен устранить угрозу надвигающегося пожара. Но уже к полудню среды тучи черного дыма начали закрывать небо над городом, наполняя Сан-Франциско ужасом. Майор Шмитц просил помощи у начальника форта генерала Фанстона, и уже к вечеру армия делала все, что могла. Был введен комендантский час, и с заката до восхода никто не имел права бродить по улицам. Кроме того, было строжайше запрещено готовить еду в помещении.

На Ноб-Хилле Иеремия и Сабрина распахнули ворота и предложили всем желающим расположиться лагерем в их садах, пользоваться домом и готовить всем в одном месте, чтобы не создавать новых источников пожара. Сам Иеремия отправился во Дворец юстиции, чтобы участвовать в заседаниях «Комитета пятидесяти», который пытался наладить городскую жизнь. На следующий день они сменили свое местоположение, переехав на Портсмутскую площадь, и на этот раз Сабрина сумела настоять, чтобы отец взял ее с собой.

— Ты останешься здесь.

— Нет, не останусь! — Она упрямо посмотрела на отца. — Я поеду с тобой. Я хочу быть рядом с тобой, папа.

И она так твердо стояла на своем, что он смягчился и взял ее с собой. В комитете были и другие женщины, и все вместе они пытались сделать все возможное, чтобы помочь гибнущему городу. Это был самый ужасный момент в истории Сан-Франциско, и Иеремия отказывался верить тому, что происходило вокруг. Позднее в тот день ему сказали, что все особняки по одной стороне авеню Ван Несса были взорваны, чтобы спасти от пожаров хотя бы западную часть города. Хуже того, комитету пришлось покинуть даже Портсмутскую площадь и переместиться в отель «Фермонт», где его члены оставались до тех пор, пока огонь не достиг Ноб-Хилла. Вокруг отеля уже плясали грозные языки пламени, когда членам комитета удалось выбраться оттуда и достичь особняка Флада. Затем Иеремия предложил использовать дом Терстонов, и его предложение было принято. Ноб-Хилл был со всех сторон окружен кольцом пожаров, которые стирали с лица земли некоторые дома, почему-то обходя другие. Когда в конце третьего дня «Комитет пятидесяти» покинул дом Терстонов, дом еще оставался невредимым. Сады, правда, уже дымились, деревья центральной аллеи обуглились и упали на землю, но сам фасад здания был почти не тронут огнем, так что, не считая ущерба от подземных толчков, дом был практически цел. Стоя в дверях своего прекрасного дома, Сабрина все еще не могла поверить в то, что произошло за последние три дня. Все это походило на ночной кошмар, который никак не кончался. Она подняла голову и посмотрела туда, где когда-то находился знаменитый купол, а ныне зияла дыра, сквозь которую темнело небо, затянутое облаками дыма. Странно, оказывается, уже вечер. Сабрина не знала наверняка, какой именно сейчас день недели, потому что этот нескончаемый апокалипсис продолжался уже несколько дней. На улицах раздавались рыдания и крики, все вокруг было усеяно трупами и умирающими людьми. Она уже успела перевязать сотни рук, ног и голов, помочь нескольким женщинам найти своих детей и настолько устала, что тяжело вздохнула и опустилась на ступени дома Терстонов, чувствуя упадок сил. Все слуги уже разбежались, но она знала, что отец находится наверху. Он тоже выглядел очень усталым. Подумав об отце, она решила сходить и посмотреть, как он себя чувствует. Возможно, ему хочется бренди или он голоден... Тогда она сходит на Русский холм, где располагается одна из походных кухонь, и принесет ему что-нибудь поесть. Он уже не молод, и события последних дней могли оказаться для него слишком тяжелой ношей.

— Папа! — позвала Сабрина, поднимаясь по лестнице. Тут она услышала крики, доносившиеся снаружи, и поняла, что с огнем, взбиравшимся на Ноб-Хилл, не удалось совладать. Впрочем, ее бы удивило, если бы это удалось сделать. — Папа!

Она нашла отца в гостиной, сидящим в кресле, понурившегося от усталости. Отец сидел спиной к ней, но она сразу поняла, насколько он переутомлен. Она не видела его в таком состоянии со времени последнего наводнения на рудниках. Осторожно подойдя к отцу, Сабрина наклонилась и поцеловала его в голову.

— Привет, папа. — Глубоко вздохнув, она опустилась на пол у его ног, прижалась к руке. Сколько же они пережили, начиная с той самой ночи! Впрочем, ни один из них не был серьезно ранен, а дом хотя и поврежден, но все еще цел. Рассказывали, что в здании оперы канделябры сорвались со своих крючков и обрушились на пол. Страшно представить, что бы могло произойти, начнись землетрясение немного раньше! — Ты не хочешь чего-нибудь поесть, папа? — Она посмотрела на отца и вдруг оцепенела. Ее поразил его застывший, невидящий взгляд. Девушку мгновенно охватило чувство неимоверного ужаса. Вскочив на ноги, Сабрина коснулась лица Иеремии. — Папа, папа, скажи мне хоть что-нибудь!

Ни звука, ни движения, ни малейших признаков жизни! Он выходил из дома, чтобы посетить заседание «Комитета пятидесяти» в отеле «Фермонт», затем привел их с собой и поднялся наверх лишь тогда, когда члены комитета разъехались...

— Папа! — Отчаянный вопль Сабрины разнесся по опустевшему дому. Она начала было трясти отца, но его тело вдруг безвольно соскользнуло на пол. Она прижалась к нему и затряслась в рыданиях. Иеремия был мертв. Он спокойно вошел в эту комнату, сел в это кресло... и умер! Ему было всего шестьдесят три, и он оставил свою дочь сиротой за две с половиной недели до того дня, когда ей должно было исполниться восемнадцать.

Всю ночь она просидела возле мертвого отца. Огонь достиг Ноб-Хилла и бушевал вокруг дома, но произошло какое-то чудо — дом уцелел. Пламя уже было подобралось к центральному входу и вдруг сменило направление. Настало утро, но Сабрина все еще не могла прийти в себя. Большинство пожаров в городе было потушено, а землетрясение прекратилось. Однако со смертью отца прежняя жизнь для Сабрины безвозвратно ушла.

Глава 21

До Сент-Элен Иеремию доставил погребальный кортеж, а дальше Сабрина повезла тело отца в Напу на пароходе. Повозка, присланная с рудников, поджидала их на берегу. Здесь же стояли несколько рабочих. Только тогда, когда повозка уже выехала на дорогу, ведущую к дому Иеремии, Сабрина увидела полтысячи людей, выстроившихся вдоль обочины. Они хотели проститься со своим хозяином,

которого так любили и который столько лет давал им работу. Он
тоже любил их: многих сам спас во время наводнений и пожаров,
оплакивал погибших... и вот теперь они оплакивали его. Многие
действительно плакали, не стесняясь слез, обнажая головы, когда
экипаж медленно проезжал мимо них. Ханна стояла на центральной
веранде, ее морщинистое лицо заливали медленные старческие слезы. Они застилали ее глаза, и Ханна с трудом разбирала, что происходит вокруг. Восемь человек сняли с повозки гроб и внесли его
сначала в главный зал, а затем и в кабинет, где Иеремия жил на
протяжении восемнадцати лет — до самой женитьбы.

Сабрина молча подошла к Ханне и обняла ее. Старая экономка
расплакалась у нее на плече. Затем Сабрина вышла на улицу, чтобы
пожать руки шахтерам в знак благодарности за то, что они пришли
проститься с отцом. Они были немногословны, а потому так и не
смогли толком рассказать ей о той любви и уважении, которые
испытывали к Иеремии. Немного постояв перед домом, они молча
поворачивались и уходили.

Сабрина вернулась в дом и, увидев в кабинете гроб из красного
дерева, почувствовала, как ком подкатил к горлу. Ханна украсила
гроб полевыми цветами, которые так любил Иеремия. Почувствовав, что еще немного и она не выдержит, Сабрина отвернулась и
закрыла глаза. И вдруг пара сильных рук заключила ее в объятия.
Очнувшись, Сабрина узнала Дэна Ричфилда. В течение многих лет
он помогал отцу управлять рудниками, и Иеремия очень ценил его
работу.

— Мы все глубоко потрясены, Сабрина. И мы хотим, чтобы ты
знала, что можешь всегда рассчитывать на нашу преданность. —
Глаза Дэна были устремлены на нее, и он не пытался скрыть слез.
Ричфилд снова обнял ее и через несколько мгновений отпустил.
Она отошла к окну. Где-то на кухне продолжала всхлипывать
Ханна.

— Мне не следовало ездить в Сан-Франциско, Дэн.

Он поневоле залюбовался стройной фигуркой Сабрины, сто-
ящей около окна.

— Не мучай себя, Сабрина. Он хотел, чтобы ты поехала в
город с ним.

— Я должна была его остановить.

Она обернулась к Дэну. С этим человеком ее отец обращался как с собственным сыном. Дэну было тридцать четыре года, и он работал на рудниках Терстона в течение двадцати трех лет. Он был обязан Иеремии всем, что имел в жизни. Если бы не он, Дэн до сих пор копал бы где-нибудь канавы. Теперь же он работал на богатейшем руднике штата и в его подчинении находилось около полутысячи рабочих. Дэн великолепно справлялся со своими обязанностями.

— Он принадлежит этим местам, как и я. — Ее голос вновь осекся. С того момента, когда она нашла своего отца, Сабрину не оставляло чувство вины перед ним. — Мне не следовало позволять ему ехать из-за меня в город. Если бы я остановила его, он был бы жив...

Ее слезы застигли Дэна врасплох, но он сумел быстро успокоить Сабрину, в очередной раз обняв ее. Каждый раз, когда он прикасался к ней, Сабрине становилось не по себе, она задыхалась. Он обнимал ее слишком крепко — может быть, потому, что хотел выразить этим свое собственное горе.

— О Боже... — Освободившись из его объятий, Сабрина прошлась по комнате, а затем с отчаянием взглянула на Дэна. — Как я буду жить без него?

— У тебя будет время подумать об этом. Почему бы тебе не отдохнуть?

Она не спала уже два дня и выглядела соответственно. Лицо приобрело скорбное выражение, а в глазах застыло бездонное горе.

— Тебе нужно подняться к себе и прилечь. Пусть Ханна принесет тебе что-нибудь поесть.

Сабрина покачала головой и вытерла слезы рукой.

— Я сама должна позаботиться о ней, ей приходится тяжелее, чем мне. Я все-таки моложе...

— Ты должна позаботиться о себе. — Он остановился и долго смотрел ей прямо в глаза. У него было к ней множество вопросов, однако с ними следовало подождать. Сейчас еще не время, ведь Иеремия пока здесь, в своем кабинете. — Хочешь, я отнесу тебя наверх?

Его голос был очень ласковым, но она улыбнулась и покачала головой. Ей было тяжело говорить, переживания обессилили ее. Сабрина просто не могла представить свою жизнь без отца.

— Я скоро буду в порядке, Дэн. Почему бы тебе не пойти домой? — Ему пора было подумать о жене и детях, тем более что здесь он уже не был нужен. Все было готово к завтрашним похоронам. Сабрина хотела похоронить отца как можно скорее. Он бы и сам предпочел простой и скромный обряд, чтобы избежать ненужной суеты. Но его бы очень тронул вид людей, выстроившихся вдоль дороги, по которой следовала повозка с гробом, не говоря уже о тех толпах рабочих, которые приходили и приходили всю ночь попрощаться с покойным. Они стояли, смотрели на гроб, склоняя головы и вытирая слезы. Сабрина вновь и вновь спускалась вниз, чтобы пожать им руки в знак благодарности. А Ханна не снимала с горячей плиты огромный кофейник и готовила множество сандвичей. Старуха заранее знала, что они придут, и была рада, что не ошиблась. Иеремия Терстон был лучшим человеком в округе, поэтому так много народу пришло отдать ему последнюю дань.

Шел уже десятый час вечера, когда в дом вошел человек в темном костюме и черном галстуке. У него был властный вид, слегка подернутые сединой волосы, карие глаза и обветренное лицо с красивыми крупными чертами. Казалось, он какое-то время колебался, прежде чем войти в дом. Ханна заметила его, поняла, кто это, и пошла за Сабриной.

— Пришел Джон Харт.

Он был главным конкурентом отца, но между ними никогда не было вражды. Джон Харт предпочитал держаться особняком, никогда не забывал о том, что рудники Терстона конкурируют с его собственными рудниками, но помнил и о порядочности их хозяина. Они редко встречались, но, когда это все же происходило, спокойно раскланивались. Если же на рудниках того или другого случалось какое-то несчастье, они непременно выражали друг другу сочувствие или предлагали помощь. Джон Харт никогда не искал повода для ссоры с Иеремией Терстоном. Мало того, он втайне восхищался им. Поэтому его печаль была искренней. До этого случая он видел Сабрину всего несколько раз, но она знала его и теперь вышла навстречу, одетая в черное платье, которое делало ее тоньше, выше и старше. Волосы были зачесаны назад и сколоты в тугой узел на затылке, а на бледном лице отчетливо выделялись огромные глаза. Сейчас она производила впечатление вполне взрослой женщины.

— Я пришел отдать дань уважения памяти вашего отца, мисс Терстон, — заявил он, пожимая ей руку. У него был ровный, спокойный голос. Они пристально посмотрели в глаза друг другу. Если бы была жива его собственная дочь, она была бы чуть старше Сабрины. Она умерла в три года, за два года до рождения дочери Терстона. Харт так и не женился во второй раз, хотя все знали женщину, с которой он жил в течение последних десяти лет. Это была индианка племени маякма. Судя по рассказам, она была весьма экзотической женщиной. Ей исполнилось двадцать шесть лет, и у нее было двое детей, отцом которых являлся совсем другой мужчина. Харт не хотел больше иметь ни жены, ни детей. Он навсегда запечатал в глухих уголках памяти этот период своей жизни, и, может быть, поэтому Сабрина уловила в его глазах отблеск застарелой боли. Она поняла, что напоминает Джону о его прошлом. Разговаривая почти шепотом, Харт стоял и смотрел на гроб своего бывшего конкурента. Мучительные воспоминания обступили его со всех сторон, и, когда он заговорил вновь, казалось, слова застревали в его горле.

— Он был рядом со мной... когда умер мой сын. — Взглянув на Сабрину, Харт подумал о том, рассказывал ли ей об этом отец. Наверняка рассказывал...

— Я знаю... — тут же подтвердила его мысль Сабрина. — Он говорил, какое потрясение испытал тогда. — Ее голос прошелестел, как легкий ветерок, и Харт с удовольствием посмотрел в глаза девушки. Она была сильной, умной, решительной, и все это он прочитал в ее глазах. Более того, он почувствовал, что она как будто ищет его взгляд, и задумался о ее возрасте. Нет, ей не могло быть больше восемнадцати лет. Видимо, Терстон женился уже после смерти Матильды и детей, то есть лет двадцать назад.

— Я никогда не забуду, как он поддержал меня тогда... Я слишком мало его знал, — вздохнул он. — Мы не были близкими друзьями, но я всегда восхищался им. Думаю, что и его люди тоже.

Жители этой долины могут сказать об Иеремии Терстоне только хорошее.

Слова Харта разрывали ей сердце, и глаза Сабрины вновь наполнились слезами. Она отвернулась и стала вытирать тонкими пальцами свои мокрые щеки.

— Извините... Мне не следовало...

— Ничего, — улыбнулась она сквозь слезы и глубоко вздохнула. Нет, невозможно поверить в то, что отец умер. Как он мог это сделать? Ведь она так любила его... При мысли об этом она вновь зарыдала.

Через несколько мгновений, вспомнив о том, что она не одна, Сабрина вновь обернулась к Джону Харту. Он был одного роста с ее отцом, и у него так же пробивалась седина в волосах. Однако ему было всего сорок шесть лет, и он был красив.

— Не хотите ли кофе, мистер Харт? — взяв себя в руки, поинтересовалась Сабрина. — У Ханны все готово. — И она направилась к двери.

— Нет, вам пора отдохнуть. Я знаю, что вы приехали из Сан-Франциско только сегодня. Там действительно так скверно, как об этом говорят?

— Даже хуже. Всюду очереди, улицы в развалинах, пепелище... — Слезы снова стали подступать к горлу, и она покачала головой, не в состоянии продолжать. — Все было просто ужасно. А мой отец... — Она сделала над собой усилие и продолжила, ощущая на себе сочувствующий взгляд Харта: — Он был в «Комитете пятидесяти» и пытался спасти город... но взвалил на себя слишком тяжелую ношу... Сердце... вы понимаете. — Она и сама не знала, зачем рассказывает все это человеку, с которым едва знакома. Видимо, ей просто нужно было выговориться. — Извините...

Он обнял ее за плечи.

— Вам нужно отдохнуть. Мне известно, что вам еще предстоит испытать. Когда-то я сам прошел через это. Тогда я довел себя до такого истощения, что едва не сошел с ума. И вам не стоит повторять моих ошибок, мисс Терстон. Отдохните. Вам нужно набраться сил перед завтрашним днем.

Она кивнула, и слезы вновь потекли по ее щекам. Он был
прав. Она уже полностью измотана и находится на грани истерики.
Сабрина не могла поверить в смерть отца, но когда она смотрела в
глаза Джона Харта, то видела там нечто обнадеживающее. Он был
прекрасным человеком, несмотря на то, что о нем говорили. Да, он
был высокомерен, горд, известен своим распутством, ибо открыто
жил со своей любовницей-индианкой. Может быть, именно поэтому
отец избегал его общества.

— Извините, мистер Харт. Боюсь, что вы правы. Эти несколько дней были просто ужасны. — Ей действительно нужно набраться сил для предстоящих похорон.

— Смогу я завтра чем-нибудь быть вам полезен?

— Нет, благодарю вас. Наш управляющий взял все на себя.

— Он отличный малый. Я хорошо знаю Дэна Ричфилда.

— Мой отец очень ценил его. Дэн работал у него с одиннадцати лет.

Джон Харт печально улыбнулся. Теперь в ее жизни должно
настать столько перемен. Ему бы надо поговорить об этом с безу-
тешной дочерью Терстона, однако пока не время. Он уже сказал об
этом Дэну, и тот согласился с Хартом в том, что следует подождать
неделю-другую. Сабрина пока просто не в состоянии думать о рудниках.

— Если бы я мог для вас что-то сделать, мисс Терстон...

— Спасибо, мистер Харт. — Она вновь пожала его руку, он
вышел из дома, сел на большого черного жеребца и поскакал на
рудник, к своей экзотической любовнице.

После его отъезда Сабрина продолжала думать о Харте и вспоминать, как выглядит его индианка. Кажется, у нее блестящие черные волосы и благородное темно-коричневое лицо, окруженное белым
меховым капюшоном, — они встретились зимой. Тогда Сабрина
была очень заинтригована, но ее отец поспешил уехать, обменявшись короткими приветствиями с Джоном Хартом и полностью про-
игнорировав индианку. Сабрина даже вспомнила, о чем она тогда
спрашивала отца.

— Кто это, папа?

— Никто... Какая-то скво...

— Она такая красивая... — Сабрина была буквально очарована индианкой, хотя и знала, что местное общество осуждало эту связь Харта. А тот и не думал ничего скрывать, поскольку привык делать все, что пожелает. Она была его женщиной, он был свободным человеком, и пусть все остальное катится к чертям! — Она такая красивая, папа...

— Не знаю... Не заметил.

— Нет, ты заметил! Я видела, как ты посмотрел на нее.

— Сабрина! — Он притворился рассерженным, но она прекрасно знала, что это не так.

— Ну хорошо, но я-то ее видела. Она очень красивая женщина. Так что во всем этом плохого?

— Две вещи, детка. Во-первых, они не женаты, во-вторых, она цветная. Поэтому мы вынуждены притворяться, что она просто не существует, а если и существует, то не стоит того, чтобы обращать на нее внимание. Но на самом деле она чертовски красива, и если она подходит Джону Харту, то тем лучше для него. В конце концов, это не мое дело, с кем он спит.

— А ты пригласишь их к нам в гости? — Сабрина была заинтригована.

— Не могу. — Он произнес это спокойно, но твердо.

— Почему?

— Из-за тебя, детка. Если бы я жил один, то мог бы это сделать, поскольку он мне всегда нравился. Он хороший человек и умеет содержать рудник в порядке, хотя, разумеется, и не так здорово, как это делаем мы. — Он усмехнулся, а она засмеялась.

— Ты полагаешь, она сильная? — Сабрина никак не могла забыть индианку.

— Не имею ни малейшего представления. — И тут он вдруг засмеялся над наивностью дочери и потрепал ее по щеке. — Я думаю, он любит ее не за это, Сабрина. Не все женщины сильные, да им это и не нужно.

— Но я думаю, что они хотя бы пытаются, не так ли? — Она спрашивала об этом абсолютно серьезно, поскольку ее всегда волновала эта тема.

— Возможно.

Все-таки имелось в ней что-то и от Камиллы. Та тоже была чертовски сильной и очень интересовалась мужскими вещами, особенно бизнесом. Она хотела знать как можно больше о его руднике. Однако он не считал, что жене следует заниматься такими делами. А вот с Сабриной он уже вел себя совсем иначе — сам учил ее всему, что знал, показывал все, что умел, как будто она была его сыном. Более того, он даже гордился тем, как хорошо она разбирается в виноградниках, рудниках и проблемах западных штатов. Казалось, что она способна понять абсолютно все, а потому не проходило и дня без того, чтобы он чему-нибудь ее не научил. Но шло время, он старел и без Камиллы чувствовал себя совсем одиноким.

Сабрина была его компаньонкой на протяжении всех восемнадцати лет и вот теперь... осталась одна... вспоминает прошлое... а в ушах все звучит его голос. Лежа на его постели этой ночью, она по-прежнему не верила в то, что он умер. Разве это возможно? И тем не менее он был мертв.

Со всей определенностью она поняла это лишь на следующий день, когда гроб отца под теплыми лучами весеннего солнца был опущен в могилу и каждый из пятисот шахтеров и сотни друзей бросил горсть земли на его полированную крышку. Даже Мэри-Эллен пришла и, стоя в толпе, тихо плакала. Сабрина высоко держала голову, но ее лицо было мокрым от слез. Крепко держась за руку Дэн Ричфилда, она тоже бросила горсть земли в отцовскую могилу, отошла в сторону и направилась домой. Собравшиеся проводили ее сочувствующими взглядами. Чувствуя себя так, словно ее прежний мир рассыпался в прах, Сабрина медленно поднялась по ступенькам, вошла в дом и села в любимое отцовское кресло. Она словно находилась в каком-то оцепенении, и Дэн Ричфилд остался присмотреть за ней. Его жена не явилась на похороны, поскольку опять была в положении. Сабрина не слишком часто видела жену Дэна, которая была весьма невзрачной и малопривлекательной женщиной, зато каждый год рожала детей. Сабрина даже не была уверена в том, что он любил свою жену. Они только жили вместе, производили на свет и воспитывали детей, но при этом между ними не было ничего похожего даже на простую дружескую привязанность.

Сабрина взглянула на Дэна.

— Я все еще не могу поверить, что он мертв. И мне кажется, что я вот-вот услышу ржание его лошади, а затем и его шаги на крыльце... — Ее глаза были сухими, а взгляд каким-то опустошенным. — Так тяжело думать, что я никогда не увижу его снова.

— Тебе придется свыкнуться с этой мыслью, Сабрина. Он очень многое значил для всех нас, но теперь нам придется привыкать жить без него. — Эти слова пришлись как нельзя более к месту, и Сабрина поблагодарила Дэна легким пожатием руки.

— Спасибо тебе. Спасибо за все.

— Но я еще ничего не сделал. В ближайшие дни нам предстоит кое-что обсудить, но сейчас не время начинать этот разговор.

Однако она удивилась и насторожилась:

— Что-нибудь на рудниках? Я имею в виду, произошло что-то необычное? Я не могу сейчас думать ни о чем, кроме...

Сабрина не договорила, но он понял, что она имеет в виду.

— Нет, конечно же, нет. Все порядке, однако в ближайшее время необходимо будет произвести некоторые перемены, и ты сама скажешь мне о том, что бы тебе хотелось сделать. — Дэн, разумеется, надеялся на то, что останется управляющим, если только она не решит продать рудники. Но и по этому поводу Дэн уже успел переговорить с Джоном Хартом, который был не прочь купить прииски своего бывшего конкурента. Теперь, что бы ни случилось, он останется управляющим. Сам Дэн полагал, что Сабрина скорее всего продаст рудники, и лично для него это было бы лучшим выходом. Иеремия всегда сам занимался всеми делами, а Дэн лишь выполнял его непосредственные указания. Благодаря этому он очень многому научился и теперь прекрасно справлялся с работой самостоятельно.

— Какие именно перемены ты имел в виду, Дэн? — Голос ее был вкрадчивым, но взгляд твердым. Точно такое же сочетание Ричфилд не раз видел и у ее отца и теперь невольно улыбнулся, вспомнив об этом.

— Когда ты смотришь на меня таким взглядом, то очень напоминаешь Иеремию.

Она тоже улыбнулась, но только губами, в то время как взгляд оставался жестким.

— Я имел в виду лишь то, что раньше или позже нам придется поговорить о том, что ты собираешься делать дальше, сохранишь рудники для себя или решишь продать.

Она так удивилась, что даже выпрямилась в кресле.

— Какого дьявола ты вдруг решил, что я их когда-нибудь продам? Разумеется, я никогда не пойду на это, Дэн.

— Хорошо, хорошо, — попытался Дэн успокоить Сабрину. Но выражение глаз девушки ему явно не нравилось. — Я понимаю, что ты сейчас испытываешь. Пока еще рано думать о таких вещах.

Сабрине не понравились слова управляющего, и она гневно прищурилась.

— Ты действительно думал, что я захочу продать рудники, Дэн? И кому — уж не тебе ли?

Он быстро покачал головой:

— Какого черта, конечно, нет. Я просто не в состоянии купить их, и ты об этом знаешь.

— Тогда, может быть, ты нашел другого покупателя? — Она просто сверлила его взглядом, и он вновь покачал головой:

— Разумеется, нет. Ради Христа, твой отец умер всего два дня назад, так как же можно...

— Никогда больше не заговаривай об этом. Стервятники слетаются моментально, и мне бы очень не хотелось думать, что ты один из них. — Она встала, задумчиво прошлась по комнате, а затем вновь взглянула на управляющего. — Пойми раз и навсегда: я никогда не продам рудники отца. Я сама собираюсь управлять ими и приступлю к этому немедленно.

Дэн удивленно посмотрел на нее — перед ним стояла строгая и властная женщина, выглядевшая намного старше своих лет.

— Отец годами готовил меня для этого, и уже с понедельника я приступаю к проверке состояния дел.

Она стояла, уперев руки в бока, а он смотрел на нее как на помешанную.

— Ты в своем уме? Тебе еще нет восемнадцати, ты еще ребенок... маленькая девочка... И ты собираешься управлять рудниками Терстона? Но это крупнейшие ртутные рудники штата, и твой отец надеялся, что ими они и останутся. Ты станешь посмешищем в глазах клиентов; не пройдет и года, как ты своими руками разрушишь все, что создал отец. Нет, ты определенно сошла с ума! Ради всего святого, Сабрина, продай рудники! Ты получишь кучу денег, положишь их в банк, найдешь себе мужа и заведешь детей. Но ради Христа, не тешь себя надеждой, что сможешь управлять рудниками! Мне самому потребовалось двадцать три года, чтобы научиться делать это. В конце концов, позволь мне и дальше выполнять свою работу.

Она поняла, что он имел в виду, и действительно нуждалась в его помощи. Однако это не входило в ее намерения.

— Я не могу этого сделать, Дэн. Мне нужна твоя помощь, но управлять я буду самостоятельно. Это именно то, ради чего я и появилась на свет.

Он посмотрел на нее так, как никогда не смотрел прежде. Это была ярость, рожденная ревностью и расстройством всех планов. Приблизившись почти вплотную, управляющий погрозил кулаком изумленной Сабрине.

— Ты появилась на свет для того, чтобы раздвигать ноги перед мужчиной, который на тебе женится! Только для этого — и ни для чего больше! Тебе ясно?

Если бы ее прищуренные глаза были способны стрелять не только взглядами, но и пулями, он был бы уже мертв.

— Не смей разговаривать со мной в таком тоне! Немедленно убирайся из моего дома, а я постараюсь забыть все, что ты здесь сказал. Мы встретимся в конторе, в понедельник. — Ее буквально трясло, пока она говорила эти слова. Да, ей было ясно, насколько он разочарован, но теперь самое главное для нее это дела. — А если ты снова будешь распускать руки, Дэн, то тебе придется поискать работу в другом месте.

Он яростно взглянул на нее и направился к выходу.

— Это, может быть, именно то, что мне нужно. Да и тебе тоже. — Он с силой захлопнул за собой дверь.

В первый раз в жизни Сабрине захотелось выпить. Она осторожно налила себе бренди и выпила залпом. Вскоре она почувствовала себя лучше, медленно поднялась в спальню и присела на кровать. Теперь она понимала, чему вздумала противостоять.

«Ты появилась на свет для того, чтобы раздвигать ноги перед мужчиной, который на тебе женится!» Так они все думали. А что они вообще могут думать? Дэн... Джон Харт... те люди, которые работают на нее. Как все это грубо, и как же тяжело ей придется!

В понедельник она приехала на рудник к шести часам утра. Ей хотелось какое-то время побыть одной. Сабрина прочитала все документы, которые лежали на отцовском столе. Поскольку она уже была в курсе всех дел, то не нашла особых сюрпризов. Пожалуй, главный сюрприз состоял в нераспечатанном письме от какой-то девушки из некоего «дома», находившегося в китайском квартале Сан-Франциско. Она благодарила Иеремию за его щедрый подарок, который он сделал, когда был там последний раз. Это не слишком удивило Сабрину. В конце концов он имел право делать все, что хотел. Тем более что он оставил ей рудники в образцовом порядке. Его поверенный зачитал ей вчера завещание. Все свое имущество Иеремия завещал Сабрине Лидии Терстон: дома, земли, деньги, рудники, ценные бумаги. И в этом документе было специально оговорено, что никто другой не имеет права претендовать на имущество Иеремии Терстона. Категоричность этого утверждения несколько удивила Сабрину. Кто еще может попытаться предъявить претензии на наследство ее отца? Ведь она была единственной наследницей. Кроме нее, он щедро одарил Ханну и Дэна Ричфилда. Сабрина искренне надеялась, что к сегодняшнему дню Дэн уже успокоится и с ним можно будет иметь дело. Ей нужна его помощь. Да, конечно, он был просто шокирован тем, что она займет место отца. Сабрина была уверена, что сумеет справиться с делами: отец научил ее буквально всему. Теперь предстояло убедить в этом и остальных. И это было самой сложной задачей, ведь она была женщиной, да к тому же совсем юной.

Она знала или, во всяком в случае, думала, что знает, с чем ей предстоит столкнуться. Однако все оказалось хуже, чем можно было ожидать. Сабрина подала сигнал большим рудниковым звонком, возвещавшим начало рабочего дня. Три звонка означали, что рудник в опасности, четыре — пожар, пять — наводнение, шесть — что кто-то умер. Но она позвонила всего один раз, а затем вышла на крыльцо конторы, ожидая появления рабочих. Выждав какое-то время, она позвонила еще раз. И постепенно они начали появляться, разговаривая между собой. У них в руках были инструменты. Рабочий день еще не начался, а люди были перемазаны с головы до ног. Их собралось даже больше пятисот, и теперь они стояли перед ней и ждали, что она скажет. Вскоре воцарилось напряженное молчание. Стоя перед подданными своей империи, Сабрина вдруг ощутила легкую дрожь, пробежавшую по спине. Ей необходимо было добиться признания!

— Доброе утро. — Теперь она была их хозяйкой. Они работают на нее, и она стоит перед ними так же, как когда-то стоял ее отец. И она будет делать для них все, что сможет. И никого не оставит в беде. Теперь ей хотелось сказать им именно об этом. — Я должна вам кое-что сообщить.

Толпа придвинулась ближе, а Дэн Ричфилд внимательно наблюдал за Сабриной со своего места. Он знал, как рабочие должны были отреагировать на ее слова, и надеялся на их возмущение. Они были пешками в его игре и должны были действовать так, как хотел он.

— Я хочу поблагодарить вас за то, что вы пришли проститься с моим бедным отцом, которого я привезла на прошлой неделе. Это все, что вы могли для него сделать. — Она сделала паузу, сдерживая непрошеные слезы. — Вы все делали для него, а он делал все для вас. — В толпе согласно закивали. — Я хочу сказать вам нечто такое, что может вас удивить. — На лицах рабочих появилось угрюмое выражение, и Сабрина вдруг поняла, о чем они думали. И тут один из рабочих высказал эту мысль вслух:

— Ты хочешь продать прииски!

— Нет, — решительно отозвалась Сабрина, — я не хочу и не буду этого делать. — Сказав это, она отметила про себя, что лица рабочих заметно просветлели. Им нравится их работа, нравится рудник Терстона. Все должно идти так, как идет. Ричфилду придется с ней согласиться. Большинство рабочих надеялись, что он останется управляющим. Последние дни об этом только и говорили во всех барах города. Кое-кто даже заключал пари. И все они ждали, что она теперь скажет. — На рудниках все будет идти так, как идет, и для вас ничего не изменится, джентльмены. Я обещаю, что сама за этим прослежу. — Теперь уже на их лицах появились приветливые улыбки. Все явно шло лучше, чем она думала. — Я сама собираюсь управлять рудниками, но, разумеется, с помощью Дэна Ричфилда. Я буду проводить линию моего отца...

Но теперь ее уже никто не слушал. Толпа разразилась криками и насмешками:

— Сама будешь управлять рудниками? За каких шлюх ты нас держишь?

— Она спятила!

— Какого дьявола, но ведь она же ребенок!

Разгоряченные вопли толпы заполнили воздух. Сабрина пыталась что-то сказать:

— Но послушайте же меня, прошу вас... Отец научил меня всему, что он знал...

Ей смеялись в лицо, и лишь несколько человек, недоверчиво глядя на нее, сохраняли относительное спокойствие.

— Я обещаю вам... — Она вновь позвонила в колокол, но толпа уже стала неуправляемой. Дэн Ричфилд куда-то исчез. Сабрина стояла перед рабочими в полном отчаянии. Пятнадцать минут она пыталась успокоить толпу, а затем сдалась, вернулась в дом, села за отцовский стол и расплакалась.

— Нет, я не сдамся! Не сдамся... будь они все прокляты!

Она не признает поражения, даже если они все уволятся. На следующий день большинство рабочих именно так и поступили. Они кидали свои кирки и другие инструменты прямо в окна ее конторы. Сабрина обнаружила всю эту груду инструментов возле своего рабочего стола. Кроме того, ее ожидал лист бумаги, на котором было написано: «Мы увольняемся. Мы не собираемся работать под руководством какой-то девчонки». И дальше следовал список из трехсот тридцати двух фамилий. У Сабрины на три рудника оставалось всего сто восемьдесят четыре рабочих, и управиться с таким количеством людей было совершенно невозможно. Их хватало только на один рудник, а два остальных следовало временно закрыть. Ну что ж, она готова к этому. Она не уступит! Существуют и другие шахтеры, которым нужна работа, а со временем все убедятся в том, что она умеет управлять рудниками. И тогда они вернутся, а нет, так найдутся другие. Однако сейчас нужно было бороться. Она вызвала пять человек, чтобы они убрали помещение, а сама весь день разбиралась с теми, кто пришел за окончательным расчетом. Худшего начала нельзя было и представить, но все равно она никогда и ни за что не уступит! Она была не просто женщиной, но дочерью своего отца. И он тоже, окажись на ее месте, ни за что бы не уступил, хотя, вероятно, был бы весьма удивлен поведением своей дочери. Самое интересное, что и Дэн это понимал. В шесть вечера он появился в конторе. Скрестив руки на груди, она посмотрела на него с отвращением.

— Хорошо, что твоего отца нет в живых и он не видит, чем ты тут занимаешься.

— Если бы он был жив, то гордился бы мной. — Во всяком случае, она надеялась на это. Вопрос был спорный. Ведь если бы отец был жив, он бы не допустил такого. — Я делаю все, что могу, Дэн.

— Получается совсем неплохо. Я думал, тебе потребуется больше времени, чтобы развалить все к чертям, а ты уложилась всего в два дня. Какого дьявола ты собираешься делать с таким количеством рабочих, Сабрина?

— Пока закрою два прииска. Здесь скоро будет множество людей, умоляющих меня взять их на работу. — Она выглядела нервной, но решительной девушкой, и отец мог гордиться ею.

— Поздравляю, детка. Ты ухитрилась превратить богатейший рудник Запада в маленькое городское шоу. С кем, интересно, ты собираешь работать? У тебя осталось несколько стариков, которых Иеремия держал из жалости, да и то потому, что у него были сотни других, здоровых молодых парней, несколько трусов, которые не могут позволить себе уйти, поскольку им надо кормить кучу детей...

— Ты имеешь в виду и себя, Дэн? Ты остался только поэтому? Мне кажется, сейчас самое время внести ясность.

Он покраснел и злобно посмотрел на нее.

— Я кое-что еще должен твоему старику.

— Так представь себе, что этот долг уже уплачен. Ты двадцать три года работал на него. Этого времени достаточно, чтобы выплатить любые долги. Я освобождаю тебя, как Линкольн освободил рабов. Хочешь уйти? Ты можешь прямо сейчас выйти в эту дверь и никогда больше не возвращаться. — В комнате воцарилось тягостное молчание. Сабрина ждала его решения, а потом добавила: — Но если ты останешься, я буду рассчитывать на твою поддержку и помощь в управлении рудниками. Мне тем более понадобится твоя помощь, когда придет время открывать закрытые рудники. Но я бы не хотела, чтобы ты остался лишь затем, чтобы бороться со мной.

Вот теперь ему все стало ясно. Нет смысла играть с ней в какую-то игру. Она никогда не позволит ему управлять рудниками самостоятельно. Эта проклятая дура так же упряма и жадна до власти, как и ее отец. За последние два дня он отчетливо понял, что она собой представляет. Он проработал здесь свыше двадцати лет, чтобы надеяться в один прекрасный день стать управляющим этих мест. А эта дура вздумала сорвать все его планы! Нет, она обязательно должна продать рудники. Джон Харт обещал сделать его своим управляющим, но только в том случае, если он сумеет уговорить дочь Терстона.

— Продай рудники Харту, Сабрина. Они никогда не позволят тебе стать настоящей хозяйкой. Ты просто потеряешь все, что имеешь.

— Нет, не продам. Отец научил меня работать, и ты просто не хочешь этого признавать. Мне жаль, что все так получилось. Я думала, мы сможем работать вместе. Так же, как ты работал с моим отцом.

— Почему ты решила, что я соглашусь на это, дуреха? Из-за любви к твоему отцу? Черт побери, я ведь надеялся, что в один прекрасный день сам буду здесь распоряжаться. Я сам, а не ты! — Теперь он уже не выбирал слов, потому что ненавидел ее, и ненавидел прежде всего за силу. Он должен был стать сыном Терстона, а не эта проклятая девчонка. В конце концов, кто она такая? Дочь какой-то шлюхи, которая сбежала от мужа семнадцать лет назад. Правда, говорили, что она умерла, но он никогда в это не верил. В свое время до него доходили слухи о том, что у нее был любовник, но тогда он еще сам был ребенком и его это мало интересовало. Сейчас Дэн злобно посмотрел на Сабрину.

— Мне очень жаль, что я тебя разочаровала, Дэн.

— Ты проклятая дура. Продай рудники Джону Харту.

— Ты уже говорил это и помнишь, что я ответила. Я не продам их никому. Я буду управлять рудниками самостоятельно, а если понадобится, то и спускаться в шахты. Пока хватит сил, я стану продолжать дело своего отца. И я буду заботиться о рабочих так же, как это делал он. Рудники Терстона просуществуют еще сотни лет, до тех пор, пока в них не истощатся запасы ртути. Я не позволю никому себя запугать, ничего не продам Джону Харту и не уступлю тем ублюдкам, которые решили уволиться. Ты можешь делать все, что тебе хочется, Дэн, черт бы тебя побрал, но я останусь здесь.

Она была так похожа на своего отца, что Дэну вдруг захотелось дать ей пощечину. Он надеялся сохранить спокойствие и попробовать вежливо уговорить ее продать рудники, но своими словами она буквально выбила почву у него из-под ног. Эта стерва лишила его всех надежд, показав всем и каждому, что он только наемный работник, но он никогда с этим не примирится. В сгустившейся темноте они стояли и смотрели друг на друга, и вдруг он, утратив контроль над собой, бросился на Сабрину и схватил ее за волосы. Он тряс девушку с такой силой, что у нее стучали зубы, но она не кричала. Тогда, намотав ее волосы на кулак, он заставил Сабрину упасть на колени.

— Ты... потаскушка!.. Шлюха... ты никогда не будешь управлять рудниками...

И только схватив ее за горло, он вдруг осознал, чего ему хочется. Запустив пальцы за воротник ее блузки, он одним рывком разорвал ее на спине Сабрины. Она осталась в одном корсете, юбке, чулках, панталонах и башмачках. С хищной ухмылкой глядя ей прямо в глаза, управляющий принялся одной рукой ощупывать груди девушки, а другой крепко держал ее за длинные темные волосы.

— Отпусти меня, Дэн. — Голос Сабрины не выражал всех ее чувств. В глубине души она была потрясена его поведением. И не было никого, кто мог бы прийти к ней на помощь. Рудник был пуст! Последние рабочие уже ушли, а ночной сторож находился слишком далеко, чтобы услышать ее крики. Да она бы и не стала кричать, потому что не хотела, чтобы кто-нибудь увидел ее в таком состоя-

нии. Ей нужно заслужить уважение своих рабочих, а если они увидят ее изнасилованной Дэном, все будет кончено. — Если ты не
уберешь свои грязные лапы, то залетишь в тюрьму на всю оставшуюся жизнь... а если убьешь меня, то тебя повесят.

— Сабрина, детка, а что ты скажешь, если я все-таки не уберу
свои лапы?

Он походил на сумасшедшего, но при этом прекрасно понимал
все, что она думает. Действительно, что она будет делать, если он ее
изнасилует? Ведь тогда со стороны рабочих ни о каком уважении и
речи быть не может... и это будет ее вина... и только одному Богу
известно, кто попытается совершить это следующим...

Эта мысль так ужаснула Сабрину, что она рванулась изо
всех сил, оттолкнула Дэна, стремительно пересекла комнату и
открыла ящик стола. Они оба знали, что хранил там ее отец. Дэн
снова бросился на девушку и успел перехватить ее руку с револьвером, прежде чем она успела прицелиться. Какое-то время они
яростно боролись, до тех пор, пока револьвер вдруг не выпалил в
пол. И тут, словно впервые осознав, что происходит, они застыли на месте и с недоумением посмотрели друг на друга. Его
взгляд выражал ужас, а она смотрела на него со стыдом и отвращением. Всего неделю назад они были друзьями, а сейчас он
пытался изнасиловать ее, а она — убить его! Ее дрожащая рука
все еще держала револьвер.

— Я хочу, чтобы ты немедленно убрался отсюда, и куда-нибудь подальше. Ты уволен, Дэн.

Он выглядел таким ошеломленным, словно до него только сейчас дошел смысл всего происшедшего. Затем Ричфилд кивнул и
направился к двери. Он мог бы помочь ей надеть разорванную блузку, но не посмел предложить свою помощь. Сабрина разрушила
мечты, которым он предавался в течение двадцати лет! Но это уже
ничего не меняет. И все же он не мог понять, почему и зачем он так
себя повел с ней...

— Прости меня, Сабрина. Я действительно... — Он отчаянно
посмотрел на нее и вдруг почувствовал острый приступ раскаяния.
И все же она была не права, пытаясь управлять рудниками! —
Тебе следует продать эти рудники. Потому что все может повто-

риться, только на моем месте будет кто-то другой. И этот другой может вовремя не опомниться.

С растрепанными волосами и обнаженными плечами, Сабрина была чертовски хороша. Она повернулась к управляющему, не стесняясь своего вида.

— Я их никогда и никому не продам. Так и передай своему другу Джону Харту.

— Скажи ему об этом сама. Я уверен, что у тебя еще есть шанс.

— Я никому ничего говорить не буду, а попытаюсь нанять на работу всех, кого удастся. — Сабрина догадывалась о том, что Дэн, по всей видимости, устроится на работу к Харту. Но сейчас это ее абсолютно не волновало. Единственное, чего она хотела, так это никогда его больше не видеть. Ее отец мог бы убить своего управляющего за то, что тот собирался сделать с его дочерью. Хорошо еще, что Ричфилд сумел остановиться вовремя.

Тем временем бывший управляющий в последний раз взглянул на нее, стоявшую в слабо освещенной комнате. Все-таки она удивительно красива — эти шелковые волосы, нежные руки, большие, печальные глаза... Трудно представить, что с возрастом она изменится.

После того как он вышел, Сабрина медленно надела разорванную блузку, положила револьвер обратно в ящик стола и привела в порядок комнату. Выключив свет, она покинула рудник. Какое облегчение принес ей прохладный вечерний воздух! И вдруг она задрожала, ведь ее чуть было не изнасиловал человек, которого она знала всю свою жизнь! Ослабев так, что не было сил дойти до того места, где она оставила лошадь, Сабрина опустилась на крыльцо конторы и просидела почти полчаса. Наконец она заставила себя подняться, подошла к лошади и с трудом взобралась в седло. Она скакала домой с развевающимися на ветру волосами и громко, во весь голос, рыдала. Первый раз в жизни она рассердилась на отца. Как он мог умереть и оставить ее одну? Ей хотелось мчаться как можно дольше, но верная лошадь сама привезла ее к дому. Сабрина въехала прямо в конюшню, спустилась на землю и потрепала лошадь по холке.

— Дэн Ричфилд был прав.

Сабрина даже подпрыгнула от звука знакомого голоса. Ханна увидела, как она въезжала в конюшню, и поспешила навстречу.

— Ты сумасшедшая.

— Ну, спасибо. — Сабрина отвернулась, чтобы экономка не видела ее заплаканного лица. Она уже достаточно натерпелась за сегодняшний день.

— Твой отец никогда не хотел того, чтобы ты сама управляла рудниками.

— Тогда он оставил бы их кому-нибудь еще. Но поскольку его нет, они мои. — Сабрина посмотрела Ханне прямо в глаза. Она уже устала выслушивать от каждого одну и ту же чушь.

— Хорошо еще, что у тебя есть Дэн.

— Теперь уже нет.

— Он уволился? — Ханна была потрясена.

— Я сама его выгнала.

Она не стала говорить о том, что он чуть не изнасиловал ее и что ее жакет скрывает порванную блузку.

— Тогда ты еще большая дуреха, чем я о тебе думала.

— Ну, тогда я скажу тебе вот что. — Сабрина сняла седло, убрала его на место и повернулась к женщине, которая нянчила ее с самого рождения. — Твое дело следить за домом, мое — за рудниками. Почему ты думаешь, что у меня ничего не получится?

— Да потому, что ты восемнадцатилетняя девушка, а не взрослый мужчина. О Боже, что только подумают люди, если ты возьмешься управлять рудниками!

— Не знаю, меня это мало волнует. Кроме того, я не собираюсь ни у кого спрашивать разрешения. — С этими словами она выключила свет в конюшне и с важным видом направилась в дом.

Глава 22

Когда на следующий день Сабрина вновь приехала в свою контору, на рудниках царила жуткая атмосфера. Уход трехсот тридцати двух человек подействовал на оставшихся угнетающе. Она вновь созвала звонком всех своих рабочих, после чего распределила их на работу в шахты самого большого рудника, точно объяснив каждому, что от него требуется. В ней появились какая-то жесткость и строгость, которых прежде не было, и это отметили все, кто видел ее вчера. Когда они расходились по своим местам, один из шахтеров сказал об этом вслух, но остальные лишь молча пожали плечами. Как и рабочие с виноградников, оставшиеся шахтеры отнюдь не собирались обсуждать действия Сабрины — по крайней мере до тех пор, пока она будет исправно платить им жалованье. Именно поэтому они и остались на руднике, а вовсе не из-за любви к ней или преданности ее отцу. Каждый подумал про себя о том, что его не касаются эти бабские штучки, он просто будет работать и получать хорошую зарплату. Впрочем, когда распространился слух об увольнении Дэна Ричфилда, рабочие заволновались.

— Ты думаешь, она знает, что теперь делать?

— А сможет она подписать чек?

— Надеюсь, что да.

— Тогда я остаюсь. Она платит лучше, чем Джон Харт. Во всяком случае, так поступал ее отец.

И при этом еще никто не заговаривал о повышении жалованья. Она сама планировала повысить ставки на следующей неделе. Правда, это собирался сделать еще ее отец, и теперь, когда две трети рабочих уволились, Сабрина вполне могла повысить жалованье остальным. Но главные усилия ей следовало сосредоточить на найме новых рабочих, и она еще до полудня отдала несколько распоряжений на этот счет. Внезапно дверь кабинета распахнулась, и Сабрина увидела перед собой Джона Харта. Он подошел к ее столу. Она молча, без улыбки смотрела на него.

— Если вы пришли сюда, чтобы купить мои рудники, мистер Харт, то не отнимайте понапрасну времени ни у меня, ни у себя.

— Что мне в вас нравится, так это гостеприимство, — насмешливо заявил Харт, глядя на нее в упор. — Я заметил эту черту еще при первой нашей встрече.

Она невольно улыбнулась и откинулась на спинку стула, указав Харту на стул, стоявший по другую сторону стола.

— Извините, но у меня выдалась пара тяжелых дней. Садитесь.

— Благодарю вас. — Он сел, достал из кармана своего замшевого пиджака сигару, а Сабрина неожиданно вспомнила о его индианке. Интересно, живет ли он с ней до сих пор? Впрочем, ее это не касается. Однако хорошенькая индейская скво прочно засела в ее памяти. В ней было что-то утонченное и чувственное, странным образом сочетавшееся с обликом этого грубоватого человека с обветренным, суровым лицом. — Я слышал, что на ваших рудниках происходят весьма любопытные события. Вы не возражаете, если я закурю? — Он слишком поздно спохватился, да и трудно было в конторе вести себя, как на светском приеме. Это был грубый мужской мир, совсем неподходящий для такой молоденькой девушки. А ведь Сабрина сама ввергла себя в этот мир, в то время как он, Харт, стремился избавить ее от него.

— Не возражаю, — сказала Сабрина, видя, что он уже держит в руке зажженную спичку. — Да, вы правы, у меня здесь происходит немало интересного.

— Две трети ваших рабочих уволились?

— Что-то в этом роде. — Она устало улыбнулась. — Я думаю, большинство из них теперь работают у вас.

И это при том, что его рудник был намного меньше...

— Да, кое-кого действительно пришлось взять, но такое количество рабочих мне просто не нужно. Впрочем, все они славные люди.

— Боюсь,. не все. — Она дерзко взглянула на него, и он поневоле восхитился твердостью ее взгляда.

— Вы взялись объездить норовистую кобылку, мисс Терстон.

— Я знаю. Когда-то она принадлежала моему отцу, а теперь досталась мне. Либо я ее объезжу, либо она убьет меня. — Сабрина хорошо знала, что говорила.

— Стоит ли так рисковать? — Его глаза излучали доброту, но Сабрина уже не хотела ничьей доброты. Она будет бороться со всеми этими дэнами ричфилдами, джонами хартами и кем бы то ни было. Сейчас она одна и будет полагаться лишь на свои силы, каким бы непривычным это ни показалось окружающим.

— Стоит, мистер Харт. Я не собираюсь от этого отказываться.

— Ну что ж, думаю, вы правы, — вздохнув, улыбнулся он.

— В чем именно?

— В том, что я напрасно теряю время. — Он потушил сигару и наклонился к Сабрине. Джон хотел раскрыть ей глаза на многие вещи, но теперь в этом не было никакого смысла. Она не права, и даже отец не одобрил бы ее поступков. Нет, все же стоит попытаться сказать ей об этом. — Мисс Терстон, вы очень умная, красивая и обаятельная молодая леди. Насколько я понимаю, ваш отец берег вас как зеницу ока.

Она сердито нахмурила брови.

— Вы напрасно теряете время...

— Да выслушайте же меня наконец! — резко воскликнул он. — Вы знаете, чего я хочу. Я хочу купить все три ваших рудника, и нам обоим это прекрасно известно. Я готов заплатить вам любые деньги, но, если вы откажетесь, я это переживу. У меня хватает своего имущества, я достаточно богат. Но вот что мне неприятно видеть, так это разорение. Вы разорите свой главный рудник так же, как уже почти разорили два других. Но самое главное состоит в том, что вы разоритесь и сами. Вы слишком молоды, мисс Терстон. — Он окинул взглядом ее неказистый кабинет. — Какого дьявола вы здесь делаете? Неужели вы хотите заниматься этим всю свою жизнь? Ведь вы же не мужчина, а красивая девушка! Кому и что вы пытаетесь доказать? — Он вздохнул, откинулся на спинку стула и с сомнением покачал головой. — Я не слишком хорошо знал вашего отца, но даже этого знакомства мне достаточно, чтобы понять: он готовил вас совсем не для этой жизни. Да и никто бы этого не сделал, находись он в здравом рассудке. Ведь это тяжелая, изматывающая, грязная и уродливая жизнь! Выкапывать мертвецов из-под обвалов, бороться с пожарами и наводнениями, приводить в чувство пьяных... Неужели вы думаете, что справитесь со всем этим, и тем более сейчас, когда с вами нет Дэна Ричфилда? — На его лице была написана искренняя озабоченность судьбой Сабрины, но она смотрела на него с явным подозрением. Теперь она готова была подозревать всех и каждого.

— Откуда вы знаете о Дэне Ричфилде?

— Я нанял его сегодня на работу, потому что он славный парень, — просто и откровенно ответил Харт.

Она грустно улыбнулась.

— Вы так говорите потому, что не знаете, что он пытался вчера со мной сделать.

На мгновение повисло тяжелое молчание, а в глазах Харта блеснули злые огоньки.

— Неужели он посмел?..

Она заколебалась, а затем утвердительно кивнула. Не было причин покрывать Дэна Ричфилда, тем более что сам Джон Харт никогда бы не решился на подобное. Он относился к мужчинам совсем иного типа, и, кроме того, у него есть его прекрасная индианка.

— Да, он посмел. К счастью, он сумел вовремя прийти в себя.

Джон Харт опустил ресницы, задумался, а затем снова открыл глаза и посмотрел на Сабрину.

— Если бы вы были моей дочерью, я бы убил его на месте.

Она благодарно улыбнулась, но тут же вспомнила, с кем имеет дело.

— Ну, я не ваша дочь, и мой отец умер. Что ж, поздравляю вас с новым управляющим, мистер Харт. — Она была ожесточена против всех. Поднявшись с места, она сделала такой жест, словно не желала ничего больше слышать. — Благодарю вас за поддержку и за ваш интерес к моим рудникам. Если я когда-либо решу их продать, то непременно поставлю вас в известность.

— Подумайте еще раз. — Он пристально посмотрел ей в глаза. — Ведь это разобьет ваше сердце и исковеркает вам жизнь.

Сабрина удивилась, с какой горечью Харт произнес эти слова. Неужели, занимаясь собственными рудниками, он испытывает нечто подобное? Впрочем, у нее хватает собственных проблем.

— Не надо сюда больше ездить, мистер Харт. У вас все равно ничего не получится. — Она не хотела быть грубой с ним, но иного пути не было. Ей вдруг вспомнился его визит за день до похорон отца... Когда же это было?.. Неужели прошла всего неделя?.. Трудно поверить. — Мои рудники не продаются и вряд ли когда-нибудь будут выставлены на продажу.

— Может быть, когда вы выйдете замуж... — Он возвращал ей ее грубость, и Сабрине захотелось, чтобы он поскорее ушел.

— Это не ваша забота.

— У вас все равно ничего не получится.

— И это, черт возьми, тоже не ваше дело! — выкрикнула она, вставая из-за стола. — А сейчас убирайтесь ко всем чертям, Харт!

— Слушаюсь, мэм. — Он снял перед ней шляпу, а затем повернулся и, не торопясь, направился к двери. Он не мог не восхититься ее твердостью и все же считал, что она совершенно неправильно поступает. Жаль, что она не захотела продать ему рудники! Он бы присоединил их к своим собственным. Впрочем, сейчас его больше всего беспокоило другое. Что она сказала ему о Дэне? Неужели он пытался изнасиловать ее? Проклятый дурак!.. Надо будет предупредить о его наклонностях Весеннюю Луну. Ему вообще не нравилось, когда поблизости от нее находился хоть один мужчина, а теперь еще появился такой, который осмелился приставать к Сабрине Терстон. Как это мерзко — воспользоваться своим преимуществом в силе перед юной девушкой, пусть даже такой упрямой и сумасшедшей во всем, что касается рудников ее отца! Когда Харт ближе к полудню вошел в свою контору, он был уже сильно ожесточен против Дэна.

Ричфилд был крайне удивлен его раздражительностью. Непонятно, как за такой короткий срок службы он мог вызвать недовольство хозяина. До чего же сволочное это дело — пахать на кого-то. Его мысли снова вернулись к Сабрине. Если бы не она, он бы давно хозяйничал на рудниках Терстона.

Джон Харт хотел предупредить Ричфилда, чтобы тот не осмеливался приближаться к Сабрине, но передумал. Он решил не показывать, что ему все известно. Вместо этого он рассказал все Весенней Луне и предостерег ее. Она рассмеялась:

— Я не боюсь его, Джон Харт.

Весенняя Луна всегда называла его именно так, и обычно это вызывало у него улыбку. Однако сейчас был не тот случай.

— Черт возьми, выслушай внимательно все, что я тебе скажу! У него бледная, уродливая жена и полон дом детей... Вполне вероятно, что его соблазнит такой лакомый кусочек, как ты. Я еще не знаю, что представляет собой этот человек. Все, что я знаю о нем, так это то, что он усердно работал на Терстона двадцать три года. Но я не хочу, чтобы он причинил тебе малейшее беспокойство. Это ясно? Остерегайся его, Весенняя Луна.

— Я не боюсь. — Она улыбнулась, сделала жест рукой, и из рукава ее одежды выпал длинный и острый нож. Она подхватила его так стремительно, что на этот раз Джон Харт усмехнулся:

— Иногда я забываю о том, какая ты у меня хитрая. — Он поцеловал ее в шею и отправился на работу, думая при этом совсем о другой женщине. Она почти ребенок, но пытается управлять рудниками отца, имея при этом жалкую горстку рабочих. Ему жаль, что он не может помочь ей. Это не входит в его планы. Они с Дэном обсуждали это не один раз. Ну что ж, он подождет, пока она окончательно запутается, а затем все у нее выкупит. И сколько бы она ни воображала, что разбирается в делах своего отца, Харту не придется долго ждать. Ведь она всего лишь девушка.

Две недели спустя Сабрине исполнилось восемнадцать лет. Несмотря на то что она обещала рабочим повысить жалованье, они очень редко заговаривали с ней. Два рудника были закрыты, и она руководила работами на оставшемся, отыскав нового человека на место Дэна. Новый управляющий относился к девушке ничуть не лучше остальных рабочих, но его устраивало жалованье, и этого ей было вполне достаточно. Она обещала платить еще больше, если он сумеет набрать новых рабочих в таком количестве, что можно будет открыть и два других рудника. В ноябре этого года случилось очередное наводнение, во время которого погибло пятеро недавно нанятых шахтеров. Сабрина вместе со всеми находилась на руднике под проливным дождем и помогала извлекать тела погибших. А потом, промокшая до костей и смертельно уставшая, поехала к женам погибших, чтобы утешить и помочь материально. К весне следующего года ей удалось открыть и последний, третий, рудник. Целый год ушел у Сабрины на то, чтобы оправиться после удара, нанесенного уходом сразу трехсот человек, но теперь все три рудника работали в полную силу, принося прежнюю прибыль. Это обстоятельство выводило из себя Дэна Ричфилда.

— Нам следует отдать ей должное, Дэн. Она такая же строгая, как ее отец, но при этом вдвое упрямее. — Джону Харту тоже было непросто поверить в успех Сабрины.

— Маленькая шлюха... — Не сказав больше ни слова, Дэн выбежал из комнаты, сопровождаемый взглядом Харта.

Ричфилд многому научился, работая свыше двадцати лет на рудниках Терстона, но его человеческие качества оставляли желать лучшего, а потому Джон был весьма удивлен тем, что Терстон так долго терпел своего управляющего. Возможно, тогда Дэн был более сдержан, или же у Иеремии были какие-то свои соображения. Размышляя об этом, Харт во второй раз поехал к Сабрине.

Увидев его в своей конторе, Сабрина очень удивилась. За последний год она почти забыла о нем, но сейчас вдруг с гордостью подумала, что ей есть чем похвастаться. Да, ее рабочие по-прежнему не испытывали к ней особой нежности и, вероятно, никогда уже не будут испытывать, но они усердно работали и получали за это хорошую плату.

— Вы пришли, чтобы пожать мне руку, мистер Харт, или чтобы найти работу на моих рудниках? — Сабрина весело наблюдала за тем, как он подходит к ее столу.

— Ни то ни другое. — Он искренне восхищался ею, но видел, что и она рада его приходу. У Сабрины были основания радоваться. Хотя война еще не закончена, но первую битву она уже выиграла. Рудники работали на полную мощность. Долго ли это будет продолжаться, вопрос спорный. Они с Дэном сомневались в этом. Возможно, он допустил ошибку, поторопившись с повторным визитом к дочери Терстона. Следовало дождаться того момента, когда у нее начнется полоса неудач, однако теперь Харт и сам этого не хотел. У него были обширные планы на этот год, и в них входила покупка одного, а то и двух рудников Терстона. — Вы можете сэкономить, если продадите мне самый маленький из своих рудников.

Она посмотрела на него взглядом змеи, готовящейся к нападению.

— Нет. Ни один из рудников я не продам. Напротив. — Она осторожно улыбнулась. — Я была бы счастлива купить ваши.

Что ж, за этот год она заметно повзрослела, да и как не повзрослеть, когда ежедневно приходится вести тяжелую борьбу с окружающими. И не было никого, кто мог бы прийти ей на помощь.

— Что вы на это скажете, мистер Харт?

— Боюсь, что нет, — принужденно улыбнулся он.

— Тогда мы вновь зашли в тупик, не так ли?

— Вы упрямая маленькая ведьма. Неужели вы были такой еще при жизни вашего отца?

— Думаю, что да. — Сабрина вдруг вспомнила прошлый год, который казался теперь таким далеким. — Хотя у меня и не было оснований для подобного поведения.

Весь этот год она в одиночку отчаянно боролась за выживание. Даже Ханна была против нее. Она постоянно ругала Сабрину. Девушка почти возненавидела свой дом, но у нее не хватало духу уволить старую экономку, а потому она допоздна задерживалась на руднике и даже заметно похудела от этого. Джон Харт отметил про себя и это обстоятельство, но вслух ничего не сказал. Ему было жаль Сабрину. Она поступила бы намного умнее, продав свои рудники.

— Мне очень жаль, что за этот год вы не стали сговорчивее.

— И никогда не стану! Рудники Терстона будут выставлены на продажу лишь после моей смерти, но никак не раньше. Конечно, если я заявлю об этом во всеуслышание, то найдется немало людей, которые будут счастливы оказать вам эту маленькую услугу.

Это была ирония, но очень печальная ирония. У нее не было друзей в этих краях. Кое-кто, правда, заезжал засвидетельствовать ей свое почтение, но таких было слишком мало. На ее рудниках опять работало свыше пятисот человек, но лишь очень немногие из шахтеров испытывали к Сабрине симпатию, они видели, как она вела себя во время наводнения и как изнуряла себя работой на рудниках, пытаясь вникнуть во все проблемы. Но даже они не любили ее так, как любили ее отца. «Да, она повзрослела, но это ей дорого стоило», — думал про себя Джон Харт. И все-таки ему было жаль ее. Он пожал Сабрине руку, и она ответила на его рукопожатие, хотя глаза девушки продолжали оставаться холодными. Слишком многие люди ставили ей палки в колеса весь этот год, слишком многие... включая и Дэна Ричфилда. Сам Харт уже начал тяготиться его обществом. Жена Дэна умерла в родах еще год назад, а он бросал своих голодных и грязных детей, отправляясь на очередную пирушку. Харт снова предупредил Весеннюю Луну, но она, как и в первый раз, засмеялась и продемонстрировала ему свой нож.

— Мне очень жаль, что вы так думаете. — Уже собираясь уходить, он на мгновение заколебался. — Я не могу избавиться от мысли, что для вас лучше было бы сбросить эту ношу.

— Я понимаю, — устало согласилась она. Нет, до него не доходит, что теперь она уже не бросит начатого дела, чего бы ей это ни стоило. И никогда не продаст рудники, никогда.

Дела на виноградниках тоже шли хорошо. Еще в прошлом году она вступила в винодельческий кооператив. И хотя Сабрина намеревалась помочь членам этого кооператива улучшить сорта их винограда и качество вин, они тоже относились к ней с плохо скрываемой неприязнью. Но она уже привыкла к этому, привыкла к холодным приемам, привыкла к тому, что в ее присутствии смолкали всякие разговоры, к тому, что при каждом удобном случае ее всячески старались подставить. А привыкнув, научилась платить той же монетой. Год непрерывной травли сильно закалил характер Сабрины. И Джон Харт понял это, отметив про себя еще и то, что она удивительно похорошела. Более того, в Сабрине появилось нечто такое, что вызывало у него сильное желание помочь ей. Впрочем, делать это явно не стоило, поскольку она была женщиной, которая не хотела ничьей помощи. Она взбирается на гору самостоятельно, и наступит тот день, когда она достигнет вершины.

Его расстраивала мысль о том, что она выбрала себе такую же судьбу, что и ее отец или он сам, Джон Харт. Ни один из них не женился во второй раз, посвятив всю свою жизнь рудникам. Правда, у Иеремии была дочь, у него есть Весенняя Луна, и только у Сабрины никого нет. Возвращаясь, он думал об этом и грустил. Между тем сама Сабрина уже давно о нем забыла, уйдя с головой в работу. Она не могла позволить себе думать о чем-то постороннем. Борьба за выживание продолжалась, и в том, что она сумела открыть два своих рудника, не было никакой случайности, это был результат упорного, выматывающего труда и бессонных ночей.

Добившись стабильности и не сбавляя оборотов, Сабрина принялась активно наращивать дело. Недавно ей удалось успешно продать семьсот бутылей вина одной фирме на Западе, и она еще пообещала вознаграждение, если вино будет благополучно доставлено морем. Она знала, как отец управлял рудниками, и, всецело разделяя его философию, не скупилась делиться прибылями с теми работниками, которые выказывали должное усердие. Пусть они не любят ее, это не мешает ей всегда любезно обращаться с ними. Все, что от них требуется, — поддерживать нормальные деловые отношения. А если кто-то осмеливался позволить себе малейшую непочтительность, просто вылетал с работы в течение часа. Она могла позволить себе быть требовательной, и они уважали ее за это.

— И все-таки она сука, злая маленькая сука, — однажды вечером разглагольствовал Дэн Ричфилд в одном городском баре, окруженный своими приятелями. В этот момент вошел Джон Харт. Дэн находился в другом конце бара и не заметил своего хозяина. — Она думает, что если носит детские панталоны, то этого достаточно, чтобы скрыть свою течку. — Раздался грубый хохот, и Дэн довольно улыбнулся.

— Ты успел это заметить в прошлом году, когда пытался ее изнасиловать?

Мгновенно воцарилось молчание, а побледневший Дэн повернулся к Харту. Его потрясло не только неожиданное появление босса, но и то, что тот обо всем знал.

— Что вы имеете в виду?

— Я думаю, что тебе не следует говорить о Сабрине Терстон в подобном тоне. Она работает не менее усердно, чем каждый из нас, и этим джентльменам, которые, если не ошибаюсь, трудятся на ее рудниках, это должно быть хорошо известно.

Двоим рабочим действительно стало стыдно. Джон Харт не был другом Сабрины, но он был прав. Она работала до полного изнеможения, и этого нельзя было не признать. Раздалось смущенное покряхтывание, а Дэн Ричфилд привстал со своего места, сверкая глазами и сжимая кулаки. Однако он не посмел ничего возразить. Бросив угрюмый взгляд на хозяина, он вернулся к своему виски. Проклятая девчонка, лишившая его всех надежд! Теперь, когда его жена умерла, что мешало ему повторить свою попытку?

Эта мысль терзала его несколько дней и становилась особенно жгучей, когда он думал о том, что могла рассказать Сабрина Джону Харту. В понедельник вечером, предварительно напившись в том же самом баре, Дэн решил вернуться домой через рудник Терстона. Было уже девять часов вечера, когда он проезжал через те места и вдруг увидел лошадь Сабрины. Мысль о том, что она еще в конторе, заставила его остановиться. Он слез, привязал свою лошадь и медленно поднялся по ступенькам крыльца.

Заглянув в окно, Дэн увидел, что она сидит за столом и что-то пишет. Сабрина привыкла задерживаться до полуночи, так что девять вечера для нее было совсем не поздно. Увидев девушку, Дэн довольно ухмыльнулся. Сейчас он закончит то, что начал в прошлом году, когда эта сука посмела его уволить. Но как только он сделал несколько шагов и под его ногами скрипнула половица, Сабрина, даже не поднимая головы, стремительно выдвинула ящик стола и достала револьвер. Первый выстрел пришелся в окно, и пуля просвистела рядом с рукой Дэна. Он застыл на месте, в изумлении глядя на хладнокровную девушку, которая спокойно и громко, чтобы он мог слышать, произнесла такую фразу:

— Стоит тебе переступить порог, Дэн, и можешь считать себя покойником.

Черт подери, она совсем не удивилась и не испугалась. Более того, она ждала и была готова к его приходу. Когда Сабрина встала с места и подошла к окну, целясь в голову Дэна, он, не говоря ни слова, повернулся и исчез в темноте. Тогда она позвонила, чтобы вызвать ночных сторожей. Они были наняты, чтобы охранять рудники, поскольку сама она ничего не боялась. Когда они явились на звонок, она приказала им обыскать окрестности и убедилась в том, что нигде нет посторонних.

На следующий день она послала письмо Джону Харту, предлагая ему лучше контролировать своих людей. Если еще хоть раз кто-нибудь из них появится на ее территории, она решит, что он послан самим Хартом, чтобы принудить ее продать рудники, а потому убьет посланца на месте. И еще она сообщала Харту, что на этот раз пощадила Ричфилда, но в следующий раз пощады не будет.

Харта разозлила новая провинность управляющего. Он сказал ему об этом, как только получил письмо от Сабрины. Ричфилд выслушал выговор, стиснув зубы, и ушел, не проронив ни слова. После его ухода Джон неожиданно рассмеялся. А ведь она похожа на Весеннюю Луну, только одна умеет обращаться с ножом, а другая с револьвером. И все-таки жаль, что из-за постоянного мужского окружения ей пришлось приобрести подобные навыки. В этом году Джон Харт уже больше ничего не предлагал Сабрине.

Глава 23

— Итак, девочка, тебе двадцать один год. Что ты собираешься делать дальше? — В руках у Ханны был только что испеченный пирог. Она чуть не плакала, глядя на Сабрину.

Та повзрослела, стала красивой девушкой, но сердце ее, казалось, окаменело. Она управляла рудниками, на которых работало около шестисот человек, заняла место своего отца, но... ради чего все это? Она и раньше была достаточно богата. Теперь она вела уединенную жизнь, работала каждый день до полуночи, отдавала распоряжения направо и налево и, не колеблясь ни минуты, увольняла неугодных... Ну и что? Куда исчезли ее природная мягкость, ее женственность? Ханна чувствовала, что такая жизнь действует разрушающе на характер Сабрины. Амелия тоже это заметила, когда приезжала в прошлом году, но пришла к выводу, что переубедить Сабрину им не удастся. Она велела Ханне не трогать девушку, дать ей время.

— В один прекрасный день ей все это надоест, — с улыбкой сказала эта мудрая женщина. — Скорее всего она влюбится.

Но в кого? В свою лошадь? Она была слишком увлечена работой и если не убивалась на рудниках, то воевала с кем-нибудь в кооперативе виноградарей.

— Не понимаю, откуда в тебе все это? — Ханна в отчаянии смотрела на Сабрину. — Ты любишь эти проклятые рудники даже сильнее, чем твой отец. Его, во всяком случае, гораздо больше интересовала ты сама.

— Именно поэтому мой долг — продолжить его дело, — как всегда, с непоколебимой решимостью отвечала Сабрина.

Ханна покачала головой и положила Сабрине на тарелку кусок политого шоколадом праздничного пирога. Точно такой же пирог она пекла на ее день рождения двадцать один год подряд. Сабрина улыбнулась своему старому другу:

— Ты ужасно добра ко мне.

— Хотела бы я, чтобы ты сама относилась к себе добрее для разнообразия. Ты работаешь даже больше отца. Он по крайней мере не забывал возвращаться домой, к тебе. Почему бы тебе не продать эти чертовы рудники и не выйти замуж?

Сабрина только рассмеялась в ответ. За кого ей выходить замуж? За человека с рудников? За нового управляющего, которого она наняла, когда старый умер? За своего банкира из города? Никто из них не интересовал ее, к тому же у нее было слишком много других забот.

— Возможно, я больше похожа на отца, чем тебе кажется. — Она улыбнулась, вспомнив, как то же самое говорила и Амелии. — В конце концов он не женился до сорока четырех лет.

— Ты не можешь ждать так долго, — проворчала Ханна.

— Почему?

— Разве ты не хочешь иметь детей?

Сабрина пожала плечами. Дети... какие еще дети?.. Сейчас она могла думать только о тех семистах фунтах ртути, которые нужно было отправить на Восток через две недели... о двухстах пятидесяти, которые пойдут на Юг... о горах бумажной работы, которая ей предстояла... о людях, которых надо было уволить или привести в чувство... о паводках, которые могли случиться... о пожарах, от которых надо было как-то предохраняться. Дети? Они никак не вписывались в схему и, возможно, никогда не впишутся. Но она не видит в этом ничего ужасного. Она не представляет себя с ребенком на руках. У нее слишком много других дел. Покончив с праздничным пирогом, она поднялась к себе в комнату укладывать вещи. Ханна уже знала, что она уезжает на несколько дней в Сан-Франциско.

— Как? Одна?

Вечно она говорит одно и то же.

— А кого прикажешь взять с собой? — Сабрина улыбнулась. — Полдюжины парней с рудников для сопровождения?

— Не говори глупостей, девочка...

— Ну, хорошо... — Сабрина повторила то, что говорила до этого тысячу раз: — Я возьму с собой тебя.

— Ты отлично знаешь, что на этом проклятом пароходе меня укачивает!

— Раз так, я просто вынуждена ехать одна, верно?

Сабрину вполне устраивала такая перспектива. Поездки в Сан-Франциско предоставляли достаточно времени для раздумий, а кроме того, у нее появлялась редкая возможность побывать в доме

Терстонов. Ей все еще было тяжело заходить в комнату, где умер
ее отец, но сам по себе дом был прекрасен, и жаль было оставлять
его в полном запустении. Она не держала там прислуги. Ей нравилось жить одной в доме и самой о себе заботиться в те редкие дни,
когда она бывала в городе.

— Знаешь, Ханна, сейчас кто угодно может считать меня чок-
нутой, но пройдет несколько лет, и все понемногу привыкнут. Обо
мне будут говорить, как о сумасшедшей старухе, которая много лет
заправляет рудниками. И никому не покажется странным, что я
путешествую одна, одна сажусь на пароход, одна, без прислуги,
живу в городе. Я смогу делать все, что угодно! — Сабрина засмеялась и на какое-то мгновение вновь стала той маленькой девочкой,
которую знала Ханна. — Скорей бы пришло это время!

— Скоро придет. — Ханна грустно смотрела на Сабрину. Не
таким она представляла себе ее будущее. — Ты сама не заметишь,
как состаришься и понапрасну растратишь свои золотые годы.

Однако Сабрина не считала, что тратит время понапрасну. Чаще
всего она чувствовала себя победительницей и была довольна дос-
тигнутым. Вот другие действительно редко одобряли ее действия.
Ее считали сумасбродкой, которая слишком много себе позволяет,
но она уже привыкла к этому. Подбородок ее был вздернут чуть
выше, чем раньше, речь стала язвительной. Она теперь не лезла за
словом в карман и при случае могла показать, что неплохо владеет
своим серебряным револьвером. В глубине души она была совершенно уверена, что поступает правильно: ей нравилось то, что она
делает, и к тому же она полагала, что отец одобрил бы ее поведение.
Возможно, он хотел для нее не этого, но он наверняка бы отнесся с
уважением к тому, чего ей удалось достичь за эти долгие-долгие три
года. Сабрине было приятно думать о том, что она далеко пошла.
Правда, это стоило ей немалого труда, и сейчас она вновь подумала
о том же, спускаясь по лестнице с чемоданом и плащом, перекину-
тым через руку.

— Я вернусь через три дня.

Она поцеловала Ханну в щеку и поблагодарила за праздничный пирог. Ханна смотрела ей вслед, и слезы стояли в ее
глазах. Девочка никогда не узнает, как много она потеряла. Не-

смотря на всю ее стойкость и независимость, в жизни ее зияла брешь величиной с амбар, и Ханна испытывала к ней искреннюю жалость. Сабрина достойна лучшей жизни и была достойна ее все эти три года.

Сабрина сама доехала на машине до Напы и там, как обычно, оставила ее в конюшне возле пристани. Она была одной из первых в Напе, кто завел себе автомобиль, и это, как и все, что она делала, вызвало бурю сплетен, не утихавшую несколько месяцев. Но ей было все равно. Автомобиль оказался для нее огромным подспорьем. Чаще всего она по-прежнему ездила на рудники верхом на своей старой кобыле, но с удовольствием пользовалась машиной, отправляясь в более длительные поездки, например в Напу, чтобы сесть на пароход до Сан-Франциско. Это экономило уйму времени.

Она села на знакомый корабль и все четыре часа провела в каюте, читая газеты, которые захватила с собой. Сабрина собиралась говорить в банке о новом участке земли, который хотела приобрести, и заранее готовилась выслушать привычный совет о том, что разумнее всего было бы продать виноградники и рудники или нанять человека, который мог бы управлять всем этим. Им и в голову не приходило, как мало было мужчин, способных делать то, что она делала, и она привыкла спокойно относиться к подобным советам. С вежливой улыбкой она продолжала говорить об интересующем ее деле и немало удивляла собеседников здравомыслием своих суждений.

— Кто вам это посоветовал? — всегда спрашивали они. — Ваш управляющий?

Бесполезно было объяснять им, что она и сама способна соображать. Это было выше их понимания, и Сабрина знала, что завтра, когда она придет к ним, все опять повторится, но в конце концов они успокоятся, и она добьется от них того, что ей нужно. За эти три года они научились доверять ей так же, как и ее сотрудники, хотя часто не понимали, что она делает и зачем. А она всему научилась от самого Иеремии.

Она закрыла портфель с бумагами, почувствовав, как пароход стукнулся о причал. За время плавания она ни разу не вышла из каюты. После обильного праздничного ленча, приготовленного Ханной, ей совсем не хотелось есть, да и дел было слишком много. Сейчас она мечтала только об одном: полежать в горячей ванне в доме Терстонов. Конечно, придется подождать, пока нагреется вода, но зато у нее будет время обойти дом и удостовериться, что все на месте.

Она не была в городе несколько месяцев, а кроме нее, присмотреть за домом было некому, хотя она и просила людей из банка проверять время от времени, как там дела, и даже оставила им запасную связку ключей. Она достала свои ключи, когда экипаж подвез ее к дому. Сначала пришлось отпереть огромные садовые ворота, затем коляска проехала по дорожке, и Сабрина вышла из нее у самых дверей.

Дом стоял в полной темноте. Войдя, она долго шарила по стене рукой в поисках выключателя. Включив свет, она внесла свой чемодан и прикрыла дверь. День выдался нелегким. Она постояла немного, оглядывая комнату, и внезапно впервые за долгое время почувствовала на глазах слезы. Ей двадцать один год, она одна на целом свете, а это дом, в котором умер ее отец... Ей было грустно стоять здесь в полном одиночестве...

Только сейчас она поняла, как сильно ей не хватает отца. Она чуть не раскаялась в том, что приехала, и позже, сидя в горячей ванне, вновь и вновь вспоминала, как трудно ей приходилось все эти три года, как часто люди были к ней несправедливы, желали ей зла, причиняли боль... Даже Ханна частенько злилась и ворчала на нее. Никто не понимал, что она считает своим долгом продолжить дело отца. Напротив, все только и ждали, что она ошибется, или просто хотели отнять у нее рудники. Хорошо хоть Джон Харт в конце концов прекратил попытки выкупить их у нее, и то облегчение. Интересно, Дэн Ричфилд по-прежнему работает у него? Пожалуй, да. Во всяком случае, полгода назад еще работал. Как она в них разочаровалась! Правда, больше он не таскался на рудники, после того как она выстрелила в него через оконное стекло. Вспомнив об этом, Сабрина взглянула на борт мраморной раковины, где оставила свой маленький серебряный револьвер. Она всегда носила его с собой, а ложась спать, клала на столик возле кровати. Пожалуй,

8*

лучше было бы держать его под подушкой, но спусковой крючок был слишком податливым, в чем Дэн Ричфилд мог убедиться.

В каком-то смысле Сабрина жила в постоянном напряжении, но она уже привыкла к этому. Тем более что, приезжая в Сан-Франциско, она полностью избавлялась от этого чувства. Сан-Франциско был слишком многолюдным и цивилизованным городом, к тому же здесь мало кто знал ее. Никто не шептался за ее спиной, не указывал на нее пальцем, как в Напе, Калистоге или Сент-Элене... мол, смотрите, это та самая, что командует на рудниках!.. дочка Терстона... та, что совсем свихнулась... управляет рудниками, представляете?.. говорят, она хуже зверя... просто змея... Да мало ли как еще ее называли? Каких только прозвищ она не наслышалась! Но здесь, в Сан-Франциско, это ровным счетом никого не волнует. Здесь она может позволить себе быть не тем, кто она есть на самом деле, может спокойно прогуляться по Маркет-стрит или Юнион-сквер, войти в цветочный магазин, купить себе розу и продеть ее в петлицу или купить букетик белых фиалок и приколоть их к волосам. Здесь не нужно беспокоиться о том, что подумают о ней люди на рудниках. Здесь, в городе, она может притвориться самой обыкновенной молоденькой девушкой.

Именно так она и поступила на следующий день, когда вышла из банка. Она медленно прошлась по улице и купила букет душистых цветов, которые решила поставить в вазу у себя в комнате в доме Терстонов. Подчинившись внезапному порыву, она вдруг вынула из прически все шпильки и распустила на летнем ветру свои длинные темные волосы. Она шла домой и улыбалась. Здесь, в городе, все казалось намного легче и проще, и она по-прежнему любит дом Терстонов, несмотря на трагедию, которая там произошла. Она шла по Ноб-Хиллу, весело напевая про себя, ощущая радость, которую давно уже не испытывала, и не сразу заметила остановившуюся рядом машину. Какое-то время водитель в недоумении смотрел на нее, а затем рассмеялся:

— Боже, мисс Терстон! Вас просто не узнать, вы ли это?

За рулем машины сидел Джон Харт. Похоже, он тоже был сегодня в отличном расположении духа.

— Это я. Вы угнали машину, мистер Харт?

— Конечно. Желаете прокатиться?

Они были сейчас на нейтральной территории, Сабрина взглянула на него с улыбкой и вдруг подумала: «А почему бы и нет, черт возьми?» Если он опять начнет уговаривать ее продать рудники, она просто выйдет из машины и пойдет дальше пешком. Он не станет ее похищать, все равно никто не заплатит за нее выкупа.

— С удовольствием. — Ее позабавило, что он купил себе точно такой автомобиль, какой уже два года был у нее, — «Форд-Т». Только его машина была более позднего выпуска, с усложненной отделкой. Похоже, они каждый год привешивают к ней что-то новое. — Как вам ваша новая машина?

— Кажется, я в нее влюбился. — Он усмехнулся, окинул взглядом приборную доску, посмотрел через ветровое стекло на капот и только потом обернулся к Сабрине. — Красивая, правда?

Сабрина рассмеялась, не с силах отказать себе в удовольствии слегка опустить его на землю:

— Почти такая же красивая, как моя.

Она улыбалась, а он в удивлении уставился на нее, но вдруг расхохотался во все горло:

— Значит, у вас есть машина?

Она тоже рассмеялась:

— Да, есть. Я редко пользуюсь ею в Сент-Элене. Там мне вполне хватает моей старой чалой кобылы. — Сабрина в конце концов продала жеребца, которого так любил отец. Она так ни разу и не села на него, а лошадиный век короток. — Но если еду далеко, то беру машину.

Он смотрел на нее так, словно видел впервые.

— Вы действительно замечательная девушка. Обидно, что в определенном смысле мы с вами заклятые враги. Если бы не это, думаю, мы бы подружились.

— Ну, если вы перестанете давить на меня всякий раз при встрече, заставляя продать вам рудники, возможно, еще не все потеряно.

Сабрина подумала, что его индианка наверняка была бы против такой дружбы, но сказать об этом вслух не решилась.

— А вы по-прежнему отказываетесь продавать, не так ли? — Он улыбался и, похоже, спрашивал без задней мысли.

Сабрина кивнула:

— Я уже говорила вам. Терстоновские рудники не будут выставлены на продажу, пока я жива.

— А как насчет виноградников?

Его разбирало любопытство. Ему нравился блеск ее глаз, нравились ее распущенные волосы. Он вдруг заметил цветы у нее в волосах. Оказывается, она удивительно красивая девушка. Просто он раньше не замечал этого. Несомненно, добиться ее — честь для любого мужчины. Теперь он понимал это, но, должно быть, все эти годы красота доставляла ей немало неудобств. Он задавался вопросом, что она делает в свободное время, когда не работает на рудниках, и не мог оторвать взгляда от ее лица, пока она отвечала ему.

— Виноградники тоже останутся со мной до могилы.

— Ну а наследники? Похоже, вы не слишком озабочены тем, чтобы продолжить род.

Она пожала плечами и взглянула на него.

— Человек не может иметь в этой жизни все. У меня есть то, что мне нужно... Рудники, виноградники, земля. Их любил мой отец. Я буду чувствовать себя предательницей, если продам их. Это то, что он любил больше всего на свете. Продать даже часть этого означало бы продать частичку его самого.

Значит, вот в чем причина. Знай он об этом заранее, он бы еще тогда, несколько лет назад, понял, как мало у него шансов купить у нее хоть что-то.

— Вы, вероятно, были сильно привязаны к отцу.

Она улыбнулась Харту. Они подъезжали к Ноб-Хиллу.

— Да, это так. Он был очень добр ко мне. Я просто обязана продолжить его дело.

Его глаза мягко смотрели на нее.

— Должно быть, иногда вам приходится тяжко.

Она медленно кивнула, вдруг почувствовав, что не может его обманывать, что должна выговориться:

9*

— Да, это так. Иногда очень тяжко. — Она вздохнула, глядя в пространство. — Но я сумела все преодолеть, сумела наладить дело, и в каком-то смысле это моя победа. Поначалу мне было очень страшно... — Ее голос зазвучал тише при воспоминании об этом. — Когда все эти люди уволились, когда ушел Дэн Ричфилд... — Она поежилась и взглянула на Харта. — Но это было три года назад, а теперь все в порядке. — Она улыбнулась. — Так что даже не думайте что-то у меня купить.

— Возможно, у меня не получится так вот, сразу, мисс Терстон. Что поделаешь, проклятый характер. — Он улыбнулся, и она показала ему, как проехать к дому Терстонов.

— Тогда приготовьтесь получить очередной отказ.

— Кажется, я к этому уже привык.

— Прекрасно. Это здесь.

Она указала на садовые ворота, которые всегда запирала на ключ, выпрыгнула из машины, открыла ворота и, обернувшись, посмотрела ему в глаза. Как все-таки странно, что они встретились. Насколько здесь, в городе, все проще, спокойнее. Здесь они не соперники, а просто два человека, которые никому не желают зла. Она заплела цветы в волосы, а он купил новую машину и радовался этому, как ребенок. Они словно стали другими людьми, и при взгляде на него Сабрина почувствовала, как светло у нее на сердце.

— Вам вовсе не обязательно подвозить меня к дому. Отсюда я и пешком дойду.

— Почему бы мне не доставить вас к самым дверям в моей новой машине, мисс Терстон?

Харт вел себя чрезвычайно любезно, что раньше ему было не слишком свойственно. В последние три года они чаще всего встречались как заклятые враги и в конце концов просто исчезли из жизни друг друга. Но вот он опять перед ней и совсем безобиден, и нет причин на него сердиться, и даже не хочется вспоминать о рудниках. Напа осталась где-то там, позади, а ей двадцать один год, и она счастлива уже тем, что живет на свете.

— Хорошо, если вы настаиваете, мистер Харт. — Она позволила подвезти ее к самому дому и с улыбкой повернулась к нему. — Если вы обещаете больше не упоминать о рудниках и тому подобных вещах, с удовольствием приглашу вас к себе на чашечку кофе или рюмку вина. Но сначала обещайте!

Теперь она просто дразнила его, и оба улыбались, пока он произносил торжественную клятву, а затем вошел в дом вслед за ней. Он был совершенно не готов к тому, что увидел. Это был самый замечательный особняк из всех, которые он знал. А в свои сорок девять лет он повидал их достаточно. Дом Терстонов действительно поражал воображение, и, как всякий, кто видел его впервые, Харт застыл под куполом в благоговейном изумлении. Еще три года назад Сабрина восстановила витражи и ликвидировала все последствия землетрясения. Ей пришлось заменить и парадную дверь, которая слегка обгорела, хотя пожар почему-то пощадил ее.

— Господи, как можно жить бог знает где, когда у вас такой дом?

Она усмехнулась. Он обещал не говорить о рудниках, и она не собиралась первой нарушать уговор.

— У меня не одна рыбка и не одна сковородка.

Он улыбнулся ее ответу.

— Да, конечно. Но будь этот дом моим, кажется, все бросил, лишь бы жить здесь.

Она взглянула на него в притворном испуге. Настроение у нее было на удивление прекрасным.

— Вы хотите нарушить обещание и выступить с коммерческим предложением, мистер Харт?

— Ни в коем случае. Просто я никогда не видел ничего прекраснее этого дома. Когда он был построен?

Он смутно помнил какие-то слухи, но никогда не видел дома собственными глазами. Сабрина рассказала ему кое-какие подробности и, пока рассказывала, показала главные достопримечательности.

— Мой отец построил этот дом в 1886 году, за два года до моего рождения. — Джон Харт вдруг уставился на нее, и она спросила: — Вас что-нибудь удивляет?

Он покачал головой:

— Да нет... Не то чтобы это было как снег на голову... Но когда вы об этом сказали... Только представьте себе, что значит для мужчины моего возраста вдруг сообразить, что его главному конкуренту, действительно главному, без дураков, всего... двадцать один год! Вам ведь двадцать один?

Сабрина, улыбавшаяся ему с полнейшим самообладанием, выглядела в этот момент особенно красивой.

— Вчера исполнилось.

Его голос прозвучал тихо и спокойно, словно война между ними была закончена:

— Примите мои поздравления.

— Спасибо.

Она провела его обратно в гостиную, они оба присели и выпили шерри. У Сабрины не было ничего крепче, чтобы ему предложить, но его устроило и это. Он действительно выглядел всем довольным. Так хорошо ему не было уже много лет. Впрочем, как и ей.

— Как прошел ваш день рождения? — Теперь он смотрел на нее с неподдельным интересом. Столько всего было в этой девушке — стойкость, спокойствие и какая-то внутренняя глубина, которой он раньше не замечал, но которая теперь была вполне очевидна.

— Так... ничего особенного. — Она пожала плечами. — Вы полагаете, люди с рудников испекли мне праздничный пирог?

Он улыбнулся, хотя в душе пожалел ее. У этой девушки действительно не было никого в целом свете, за исключением ее подчиненных. Да и те, насколько он знал, не любили ее и вряд ли когда-нибудь полюбят. Чтобы завоевать их расположение, ей бы надо было погибнуть героической смертью во время пожара на рудниках, никак не меньше.

Джон Харт спокойно смотрел на нее.

— Вы слишком молоды, чтобы тащить на себе этот груз, мисс Терстон. Вам не хочется иногда все бросить и уехать?

Она ответила ему прямым, открытым взглядом.

— Да, хочется. Когда я приезжаю сюда. Полагаю, и у вас бывают подобные настроения.

Он кивнул и улыбнулся ей. Он прожил на свете намного больше ее и гораздо лучше знал эту жизнь. Несправедливо, что она вынуждена сидеть как привязанная на рудниках, где все к ней так ужасно относятся. Он знал об этом и от своих людей, и от тех, кого она увольняла или отказывалась принять, некоторые из них просили работу у него. Всех их привлекала высокая заработная плата на рудниках Терстона. Она не могла позволить себе платить им мало, они и так приходили к ней скрепя сердце. Тут не было ничего личного, просто сама необходимость подчиняться женщине ущемляла их самолюбие, тем более что речь шла о совсем молоденькой девушке. Ему вдруг вновь, как когда-то, захотелось защитить ее, такую одинокую в этом огромном, роскошном доме. У нее были дом в городе, рудники, виноградники, у нее было все и... ничего. Даже его маленькая индианка, его скво Весенняя Луна владела большим. У нее были спокойная жизнь, уважение, безопасность... Наконец, у нее был он.

— Странно, что жизнь сделала нас соперниками, правда?

Она улыбнулась и пожала плечами:

— Я думаю, в жизни всегда так. Все в ней случайно, неожиданно и странно... Включая нашу сегодняшнюю встречу. — Она опять улыбнулась.

— Я едва узнал вас с распущенными волосами.

Она засмеялась:

— На рудниках я не могу показаться в таком виде. Вот тогда мне уж точно несдобровать... Представляете, что станут обо мне говорить?

Смех ее был так звонок и заразителен, что он вдруг и сам расхохотался. В эти минуты она казалась ему самой обыкновенной девчонкой, каких тысячи. Она не притворялась, держала себя просто, была очень земной, но стоило вспомнить, кто она на самом деле, как оставалось только удивляться. В ней словно жила дюжина совершенно разных людей, но при этом она умудрялась оставаться простой и открытой. Она и смущала, и восхищала его одновременно. Он был очарован ею.

— Знаете, вы мне такой нравитесь. — Он улыбнулся и без всякой задней мысли, протянув руку, коснулся ее волос. В Напе он бы никогда не осмелился на это, но здесь все было иначе, она была другой, и этот его жест не подразумевал ничего плохого, и на какое-то мгновение он даже забыл о Весенней Луне.

— Спасибо.

Она покраснела от смущения, но тут его рука коснулась ее щеки, и она отпрянула. Она отвыкла от подобных проявлений чувств с тех пор, как умер ее отец, и теперь испугалась. Она встала, чтобы налить ему еще вина, но глаза его неотрывно следили за ней, а потом он мягко сказал:

— Я не хотел вас обидеть.

— Ничего... Я... Не обращайте внимания. — Она присела и весело взглянула на него. — Так трудно, когда в тебе словно два человека. Мне пришлось ломать свой характер, иначе бы я не смогла управлять рудниками... Я, кажется, и забыла, что когда-то была другой... А ведь до того, как все это началось, я была просто ребенком.

Она и сейчас все еще оставалась ребенком. Он видел это, и не только это. Как она доверчива и простодушна! Он чувствовал, что в доме, кроме них, никого больше нет. Судя по всему, она не держит здесь прислуги. Она доверяет ему. Но где же ее пресловутая осторожность? Так нельзя... Он взглянул на нее, чуть нахмурив брови, испытывая к ней почти отеческие чувства.

— Вы живете одна в этом доме, мисс Терстон?

Она улыбнулась. Она всегда жила здесь одна, с тех пор как умер отец.

— Меня это не пугает. Мне нравится приезжать сюда одной.

Странная, любящая одиночество девочка. Но в данном случае он считал, что она поступает глупо.

— Здесь не поселок. Я думаю, это слишком опасно.

— Я могу за себя постоять. — Она улыбнулась, но он оставался серьезным.

— На вашем месте я бы не был так беспечен. Что, если вы не сумеете вовремя отыскать свой револьвер? — Он слышал о том, как она стреляла в Дэна.

— Я всегда держу его при себе, мистер Харт.

— Звучит внушительно... — Он улыбнулся, и она улыбнулась вслед за ним.

— Извините... Я не имела в виду...

— Ну почему же? — Его лицо снова стало серьезным. — Вам и со мной не следовало вести себя так неосторожно...

Она спокойно смотрела на него.

— Я часто злилась на вас, мистер Харт. Но по отношению ко мне вы никогда не вели себя недостойно. — Она помнила, как он позвонил ей после смерти отца, чтобы выразить свои соболезнования. Сколько сердечности было в его голосе. — Мне кажется, я уже научилась распознавать людей.

— Нельзя на это рассчитывать. Почему вы не берете с собой вашу экономку?

— Ее укачивает на пароходе. — Сабрина улыбнулась. — И вообще ничего со мной не случится. Если я на рудниках не боюсь оставаться одна в конторе и работать до полуночи, то чего мне бояться в городе?

Слова Сабрины обеспокоили его.

— А ваши люди знают об этом?

Она пожала плечами:

— Кое-кто знает. Я всегда работаю допоздна, так же как папа в свое время. Дня не хватает, а я люблю все доводить до конца.

Он и сам так поступал, но все-таки считал, что ей слишком опасно оставаться на рудниках одной. Неудивительно, что Дэн решил этим воспользоваться, чтобы напасть на нее. Хорошо хоть, одного раза ему хватило, чтобы опомниться. Во всяком случае, Харт полагал, что хватило, а спрашивать сейчас не хотел.

— Я просто думаю, что вам следует быть более осторожной. Берите работу домой.

Она улыбнулась, тронутая его участием. Кроме Ханны, которая постоянно на нее ворчала, никто уже давно о ней не беспокоился. Она сказала ему об этом.

— Со мной правда ничего не случится. Но я все равно вам благодарна.

— Лучше бы вы продали мне эти рудники. Вам же было бы легче. — Он заметил гневный огонек, вспыхнувший в ее глазах, и примирительно поднял руку. — Это не коммерческое предложение, а простая констатация факта. Вам действительно было бы легче, и вы это знаете. Но похоже, вы вовсе не стремитесь облегчить себе жизнь. — Он встал, поклонился, и она почувствовала, что ее гнев проходит. — Что ж, преклоняюсь и отступаю.

Она улыбнулась ему с видом лукавой девчонки.

— Жаль, что вы раньше до этого не додумались, мистер Харт.

— Увы, мисс Терстон. Я должен был попытаться. Но теперь я отступаю. — Он все еще не был уверен, что она доверяет ему. — Возможно, теперь мы сможем стать друзьями.

— Это было бы прекрасно. — Она улыбнулась, но глаза ее вдруг стали серьезными. Ребенок этого человека умер у него на руках, вспомнила она. Он вовсе не был жестокосердным дельцом, готовым на все, лишь бы выкупить у нее рудники. Ее отец хорошо к нему относился. Возможно, Харт этого заслуживал. Она действительно не до конца доверяла этому человеку, но испытывала к нему уважение. Он был умен и вел свои дела, не прибегая к грязным приемам.

— Я бы хотел, чтобы мы подружились, мисс Терстон.

Сабрина кивнула и грустно взглянула на него. У нее никогда не было друзей. Конечно, в детстве в Сент-Элене она дружила с девочками из школы, но все они уже замужем, у них самих дети, да теперь и они избегают ее. Слишком необычным стало ее положение с тех пор, как она возглавила рудники. Она нуждалась в дружбе, нуждалась в человеке, которому могла бы излить душу. Интересно, как отнесется его индианка к этой ее дружбе с Хартом, к тому, что она будет приезжать к нему на рудники, общаться с ним? Все это промелькнуло в голове у Сабрины, пока Харт смотрел на нее в ожидании ответа. Наконец она подняла на него осторожный взгляд.

— Я бы тоже этого хотела, мистер Харт. Но не знаю, легко ли нам будет поддерживать дружбу, когда каждый из нас вернется к своим делам.

— Мы можем хотя бы попробовать. Я непременно к вам приеду. Вы не против?

У кого просить совета? Ни матери, ни отца, ни тетушки, ни компаньонки у нее не было. А он спрашивал ее о том, в чем она действительно мало понимала. Он сам не был уверен, что все понимает. Когда он увидел ее идущей по улице, у него вдруг перехватило дыхание, а теперь они сидели здесь вот уже два часа и разговаривали, как люди, которые никогда раньше не знали друг друга. Он чувствовал, что его тянет к Сабрине все больше и больше, и не хотел ее потерять после возвращения на рудники. Харт понимал, что там она снова наденет маску, но он всегда будет помнить ее такой, какой увидел сегодня.

Ничего особенного Сабрина ему не сказала, но взгляд, каким она смотрела на него, переворачивал душу. Так порой смотрела на него Матильда, но она не могла ни красотой, ни умом сравниться с Сабриной. Только сейчас, здесь он вдруг осознал, что за человек эта юная девушка, которая в двадцать один год управляет одним из самых больших рудников в стране. В ней было столько необычного, так сильно она поразила его, что, уходя, он чуть не плакал, а она, закрыв за ним дверь и услышав, как отъезжает его машина, вдруг ощутила в душе какое-то новое, незнакомое ей доселе чувство. Она не могла забыть глаза Джона и слова, которые он говорил ей. Мысли о нем преследовали ее и на следующее утро, когда она сидела в саду, и вечером на борту парохода, который вез ее обратно в Напу. Ей было странно, что Харт вдруг так заинтересовал ее. Она десятки раз видела его раньше, еще будучи ребенком, потом всей душой ненавидела его целых три года, а теперь... теперь не могла забыть. Какая-то неуловимая, спокойная сила была в нем, сила и мягкость одновременно. В присутствии Джона она чувствовала себя так, словно он мог оградить ее от всех опасностей на свете. Сейчас Сабрина понимала, что нечто подобное испытывала к нему и раньше, но, охваченная гневом, просто не замечала этого. И все-таки странно, что она не перестает о нем думать.

Он занимал ее мысли весь день в Сан-Франциско, и после на пароходе, идущем на север, и потом, когда она ехала домой на машине, и на следующее утро, когда скакала на рудники. Она неотступно думала о нем все это время, так же как он думал о ней. Приехав на рудники, он узнал от Дэна, какое известие ожидало ее, когда она открыла дверь своей конторы. Список жертв был написан мелом на грифельной доске, прислоненной к ее рабочему столу. Она не сразу сообразила, в чем дело. Взрыв, случившийся в шахте, практически не вызвал разрушений, но более тридцати человек погибло. Тридцать один, если быть точным, как она сказала Джону Харту, когда тот приехал к ней на следующий день. Взгляд ее, казалось, остановился.

— Они могли хотя бы отправить мне телеграмму. Но даже не подумали сообщить, а я в это время сидела с цветами в волосах... — Глаза ее были красными от слез. В эту минуту она ненавидела себя.

— Вы имеете право думать не только о жизни своих рабочих. По вечерам они возвращаются домой, где их ждут жены и дети. Наконец, они могут просто напиться после работы. Какого черта вы о них убиваетесь? — Он сердился на Сабрину за то, что она так жестока к себе.

— Я отвечаю за всех! — Она выкрикнула эти слова Харту в лицо, и он схватил ее за руку.

— Черт побери, Сабрина, вы отвечаете и за себя! — Он впервые назвал ее по имени, и ей понравилось, как оно прозвучало в его устах.. — Вы не можете все время копаться в этой куче грязи. Как вы не понимаете этого, безмозглая вы девчонка!

Он отчитывал ее, а она улыбалась. Что-то странное случилось с ними там, в доме Терстонов. После стольких лет они вдруг стали друзьями...

Внезапно глаза ее вновь подернулись печалью.

— Я знаю только одно. Мои люди погибли, а меня здесь не было.

— Что бы это изменило?

— Я смогла бы как-то поддержать остальных.

Но она знала, что это неправда. Ее присутствие ровным счетом ничего бы не изменило. Но он не стал этого говорить, только покачал головой.

— Вы достаточно много для них сделали. Вы отдали им три года жизни, и, Бог свидетель, никто не вправе требовать от вас большего. Я все это проходил, и, уверяю вас, вы не услышите от них ни слова благодарности. Даже ваша смерть их не тронет.

Сабрина понимала, что здесь он не прав. Она помнила, как люди колоннами шли за телом ее отца, когда она привезла его домой. Она тихо сказала:

— Они ничего не забывают.

Глаза их встретились.

— Тогда будет слишком поздно. Кого это волнует? Вашего отца такие вещи не волновали.

Это она тоже знала.

— Знаете, что было для него важнее всего на свете? Вы! Полагаю, вам стоит об этом задуматься. Вы значили все для него. — Джон Харт почувствовал комок в горле. — Так же, как мои дети значили все для меня.

Сабрина взглянула него, сочувствуя его боли.

— Вы поэтому никогда больше не женились? Из-за них?

Он не стал отрицать. Он хотел быть с ней честным. Слишком дорожил ею, чтобы обманывать.

— Да, это так. — Возможно, она что-то слышала о Весенней Лунс, но он не собирался это с ней обсуждать. Тема была не слишком пристойной, а он боялся оскорбить Сабрину. — Я запретил себе об этом думать. Просто хотел жить спокойно. Я бы не вынес всего этого еще раз. Я имею в виду потерю близких людей.

Прошлое вновь встало перед его глазами. Двадцать три года прошло с тех пор, как умерли Матильда, Джейн и Барнаби.

— Наверное, нечто подобное испытывал мой отец, когда умерла его первая невеста. Так говорит Ханна. Восемнадцать лет после этого он не хотел даже думать о женитьбе.

— Мне кажется, я вообще больше никогда не женюсь. — Взгляд его стал тяжелым. — Но у меня по крайней мере все это было. А у вас не было и не будет, если вы станете жить здесь затворницей.

Она снова сердито посмотрела на него.

— Все-таки пытаетесь уговорить меня бросить рудники?

— Да нет же, черт возьми! Я пытаюсь сказать о том, что важно для вас, во всяком случае, должно быть важно. Не отдавайте всю себя этим людям, Сабрина. Они этого не оценят. Вручите свою жизнь тому, кто этого действительно заслуживает. — Он вновь почувствовал комок в горле, хотя и не понимал почему. — Вручите себя тому, кого полюбите. Найдите человека, достойного вашей заботы... Переезжайте в ваш замечательный дом в Сан-Франциско, наслаждайтесь жизнью. Не тратьте ее здесь понапрасну. Ваш отец вряд ли хотел бы этого, девочка. Это несправедливо.

Сабрина была тронута его словами и тем, как он смотрел на нее. Она медленно кивнула. Когда чуть позже она пошла узнать о своих людях, его голос все еще звучал у нее в ушах.

Глава 24

В августе 1909 года на рудниках Харта вспыхнул пожар. Впервые за последние пятьдесят лет бедствие достигло таких масштабов. Ущерб едва поддавался описанию. В течение пяти дней под землей бушевало пламя. Спасатели извлекали обгоревшие до неузнаваемости трупы. Не было никакой возможности спуститься под землю и вывести оставшихся. Всякий раз, когда спасательные команды пытались проникнуть в рудники, раскаленный воздух преграждал им дорогу, вынуждая повернуть назад. Во время пожара Джон Харт делал все, что от него зависело. Ему удалось самому вывести из огня более двадцати рабочих, при этом он сильно обжег руки и спину. На второй день катастрофы ближе к вечеру на рудники приехала Сабрина Терстон и сразу же включилась в общую работу. Кроме людей Харта, здесь были спасательные команды из других городов, врачи, приезжавшие отовсюду, даже из Напы. Была здесь и Весенняя Луна, лечившая ожоги своими мазями и бальзамами из трав. Это были ужасные, бесконечные, кошмарные пять дней. К тому времени когда были потушены последние очаги пожара, все валились с ног от усталости и недосыпания. Кухни, готовившие еду для спасательных команд, закончили работу. Все трупы были убраны, раненые вывезены. Сабрина присела на обугленную балку. Ее лицо было испачкано сажей, глаза покраснели, рука болела. Она сильно обожгла ее, когда тушила горевшую одежду на одном из рабочих. Сабрина была не в силах подняться и теперь смотрела на приближавшегося к ней Джона Харта. Она увидела улыбку на его измученном лице. Честно говоря, он выглядел ничуть не лучше ее.

— Не знаю, как благодарить вас за все, что вы для меня сделали.

— Вы бы сделали то же самое на моем месте, Джон. Разве не так?

Он кивнул. Оба знали, что это правда. Сабрина отправила к Харту более сотни своих людей. Они не противились, не жаловались, более того, сразу же откликнулись на призыв Сабрины, выказав готовность всегда прийти на помощь своим братьям в трудную минуту. Они пришли сюда пешком и теперь, немного передохнув, собирались в обратную дорогу.

— Ваши люди действовали выше всяких похвал.

Как и Весенняя Луна. Она умела чутко и бережно обращаться с мужчинами. Переходя от одного раненого к другому, индианка не раз ловила на себе взгляд Сабрины. Однако она заметила не только это. В отношениях между Джоном и Сабриной появилось нечто новое, о чем сами они еще не догадывались. Несколько раз она видела, с какой нежностью и сочувствием они смотрят друг на друга. Весенняя Луна понимала, что это признаки зарождающейся любви, и ей оставалось гадать, когда это чувство полностью овладеет ими. Теперь все помыслы Джона были устремлены к Сабрине. Он с нежностью посмотрел на нее и сказал:

— Вам пора домой, девочка. Отдохните как следует. А я потом заеду к вам. Хочу убедиться, что с рукой у вас все в порядке.

Джон снова посмотрел на ее кисть, и Сабрина устало улыбнулась ему. Все эти дни Джон оставался на рудниках и, кажется, не отдыхал ни минуты. Между тем Сабрина съездила домой переодеться: ее одежда была вся перепачкана в саже и пропитана едким запахом гари. Этот запах не оставлял ее и сейчас, пахли и волосы, и платье. Сабрине не терпелось поскорее добраться до дома и принять ванну. А когда она представила себя лежащей в постели на чистых простынях, уже не было сил сопротивляться, и она отправилась домой. По дороге Сабрина боролась со сном и неотступно думала о Джоне Харте и о том, какой он прекрасный человек. Джону было сорок девять лет, и он очень хорошо выглядел, лучше, чем любой другой мужчина, когда-либо встречавшийся Сабрине. Ближе к вечеру, забравшись наконец в постель, Сабрина вдруг почувствовала зависть. Она завидовала Весенней Луне, лежала и мечтала о Джоне, когда в дверь резко постучали. Это была Ханна. Сабрина вскочила. Волосы упали ей на лицо.

— Что случилось? Снова пожар?

Ей только что снились пожар, Джон Харт, Весенняя Луна и обожженные рабочие. Ханна покачала головой. Она тоже выглядела уставшей. Старая экономка все это время почти не спала, она готовила еду для спасателей и несколько раз ездила на рудники Харта.

— Пришел Джон Харт. Он спрашивает, как твоя рука. Я сказала, что ты спишь, а он попросил меня подняться и осмотреть твою рану.

Ханна поглядела на руку Сабрины и осталась довольна. Ей показалось странным, что Джон беспокоится из-за такого пустяка. По мнению Ханны, ему было бы лучше позаботиться о себе, поскольку выглядел он ужасно. Этот человек никогда особенно не интересовал ее. Но сейчас она вдруг вспомнила, что Джон Харт уже несколько лет живет с индианкой. Не хочет ли он заполучить еще и Сабрину? А может быть, это новая уловка, чтобы заставить девочку продать ему рудники?

— Хочешь, я передам ему, что у тебя все нормально?

Сабрина покачала головой. Она быстро встала с постели, надела пеньюар и побежала вниз. Измученный и уставший Джон ждал ее в передней. При виде ее он улыбнулся и спросил:

— У вас все хорошо, Сабрина?

— Да. Хотите что-нибудь выпить?

— Пожалуй, выпью немного, чтобы снова задрать хвост.

Сабрина улыбнулась, налила неразбавленного виски и протянула ему стакан.

— На самом деле вам не хвост задирать нужно, а выспаться.

— Слишком много дел. — Это была старая песня обоих.

— Глупый вы человек, кто будет их доделывать, если вы протянете ноги?

Джон усмехнулся:

— Вы заговорили теми же словами, которыми я недавно отчитывал вас.

— Не может быть! — засмеялась Сабрина, но тут же посерьезнела, вспомнив о погибших людях. Это была настоящая трагедия, страшнее которой Сабрина еще не видела. И все-таки многие уцелели. — Мне жаль, Джон, что не всех удалось спасти. — Она вопросительно посмотрела на Харта, но он только покачал головой:

— Это было невозможно, Сабрина. Мы пытались... делали все, что могли... Взрывы следовали один за другим, и пламя охватило все коридоры. В такой обстановке смерть наступает мгновенно. Нам повезло, что мы не потеряли еще больше людей. Спасибо и за это.

Сабрина сочувствовала горю Джона Харта, но не смогла удержаться от колкости. Она повернулась к нему и поддразнила:

— Черт побери, Джон, теперь и у вас возникли проблемы. Может, вы продадите мне свои рудники? — Примерно так Джон Харт разговаривал с ней год назад.

— У меня есть предложение получше, — произнес Джон с какой-то странной улыбкой. — Почему бы вам не выйти за меня замуж?

Сабрина посмотрела ему в глаза, и сердце ее остановилось. Он что, смеется над ней? Неужели он действительно произнес эти слова... Прежде чем она смогла собраться и как-то отреагировать на происходящее, Джон нежно поцеловал ее в губы. Ни один мужчина прежде не целовал ее. Тело Сабрины стало невесомым, когда руки Джона коснулись ее и она очутилась в его объятиях. Сабрина пережила несколько прекрасных мгновений, показавшихся ей вечностью, прежде чем он отпустил ее. Она взглянула на Джона в полной растерянности, а он улыбнулся и снова поцеловал ее. На этот раз Сабрина мягко отстранилась и внимательно посмотрела ему в глаза.

— Это на вас так огонь подействовал?

— Должно быть, — засмеялся он и снова поцеловал ее. Однако Сабрина вскочила со своего места. Пеньюар слегка распахнулся, обнажив ее маленькие ступни и стройные лодыжки.

— Что вы делаете, Джон Харт? — Он что, сошел с ума? Как можно одновременно жить с индианкой и делать предложение Сабрине? Он издевается над ней. Но глаза Джона говорили, что он не шутит. И Сабрина со свойственной ей прямотой спросила: — А как же Весенняя Луна?

Казалось, какое-то мгновение он колебался, но не отвел взгляда. Он думал об этом уже несколько дней, и Весенняя Луна догадывалась о его мыслях.

— Мне жаль, что вам так много известно о наших отношениях, Сабрина. Мне бы не хотелось обсуждать эту тему. Но вы имеете право знать правду. После того как я впервые увидел вас нынешней весной в Сан-Франциско и начал ездить к вам...

Сабрина застыла от изумления. Она не предполагала, что Джон придавал этому такое значение.

— Два месяца назад я попросил Весеннюю Луну уйти. Она теперь живет в домике рядом с рудниками, а в конце месяца уедет к родным в Южную Дакоту. Я хотел поговорить с вами только после ее отъезда... но вот не выдержал. Все эти пять дней, что мы работали вместе, у меня было единственное желание — подойти к вам и обнять. А сегодня... Я больше не могу без вас. — Сабрине показалось, что в его глазах блеснула влага, но она решила, что в этом виноват дым. — Я не думал, что опять смогу испытать такие чувства и что когда-нибудь захочу жениться после смерти Матильды. — Джон смотрел на Сабрину, а перед его внутренним взором стояли жена и дети, которых он потерял... Но когда он продолжил свою речь, голос его звучал по-прежнему мягко: — С тех пор прошло двадцать три года, Сабрина... Но мое сердце не превратилось в камень. Я повстречал Весеннюю Луну, и мне было хорошо с ней, но это... это совсем другое дело.

То же чувство испытал двадцать три года назад Иеремия, повстречавший Камиллу и оставивший ради нее Мэри-Эллен Браун. Сабрина молчала. Она смотрела на Джона и не верила, что все это происходит с ней. Весенняя Луна обо всем знает...

Перед тем как приехать к Сабрине, Джон встретился с индианкой. У них был долгий и грустный разговор. Он был благодарен этой женщине за все те годы, что они прожили вместе, и поэтому честно признался ей во всем. Они оба плакали. Однако у Джона не было другого выхода. Он твердо знал, что за чувство его связывает с Сабриной. Знала это и Весенняя Луна. Она искренне любила Джона, желала ему добра и потому отпустила с миром.

— Почему вы хотите на мне жениться? — спросила Сабрина. Казалось, признание Джона изумило ее гораздо сильнее, чем Весеннюю Луну. Ко всему прочему, у Сабрины не выходили из головы ее рудники. Теперь, когда его прииски так сильно пострадали от пожара... Сабрина отогнала эту мысль... — Я не знаю, что сказать. Как же я буду... я... что, если...

Конечно, Джон догадывался, какие вопросы беспокоят ее в данную минуту. Он нежно прижал ее к себе.

— Все будет так, как вы захотите. Если вы пожелаете, я займусь вашими рудниками, если нет — управляйте ими сами. Я не буду стоять у вас на дороге и ничего не потребую взамен. Рудники Терстонов всегда будут принадлежать только вам, как это было и раньше. Я не собираюсь ничего менять. Для меня не важно, что мое, а что ваше. Сабрина, я хочу большего. — Он не сводил с девушки глаз и не отпускал ее. От них по-прежнему пахло гарью, но сейчас это никого не заботило. — Я хочу тебя, любимая... Вот и все. До конца жизни. Наверное, я слишком стар для тебя. Я знаю, ты достойна большего. Но поверь, все, что у меня есть, принадлежит тебе, Сабрина Терстон. Моя земля, мое сердце, мой рудник, моя душа... моя жизнь...

У Сабрины на глазах появились слезы, и вдруг она сама поцеловала его. Борода Харта пахла дымом, но девушку это ничуть не волновало. Неожиданно ее разобрал такой смех, что она с трудом объяснила его причину:

— Я всегда думала, что ты мой враг... а теперь... посмотри на нас.

Он поднял ее на руки и поцеловал. В этот момент в комнату вошла Ханна. В руках у нее был поднос с чаем и печеньем. Старая экономка строго посмотрела на Джона Харта, потом на Сабрину и погрозила ей пальцем.

— Я бы попросила вас обоих вести себя в этом доме прилично. Сабрина, я не посмотрю, что ты владелица рудника и под твоим началом пять сотен мужчин. Будь добра держаться с достоинством, как истинная леди.

— Да, мэм. А после свадьбы тоже нельзя? — кротко поглядела Сабрина на свою старую няню. Ханна осталась невозмутимой.

— После свадьбы можешь делать все, что тебе захочется, но только после... — Тут Ханна замолчала и внимательно посмотрела на них. — Что? — Она уставилась на Джона, тот радостно кивнул ей в ответ, и тут Ханна испустила вопль, Сабрина обвила руками ее шею, а Джон Харт заключил обеих в объятия. Вдруг Ханна отпрянула и вновь уставилась на Харта. — Минутку, минутку... — Она подбоченилась и грозно спросила: — А как же индианка?

Джон вспыхнул и со смехом ответил:

— Я рад, что вы так благоразумны!

— Мне не до шуток. Если вы думаете, что сможете держать ее при себе и жениться на моей девочке...

Старая няня так трогательно защищала свою воспитанницу, что Сабрина захохотала и ответила вместо Джона:

— Она уезжает на будущей неделе в Южную Дакоту.

— Давно пора. На мой взгляд, она и так зажилась здесь. — Ханна улыбнулась. — Я думала, что не доживу до этого дня. Я совсем отчаялась, когда она занялась рудниками.

— Теперь она займется и моими.

Воспринимая слова Джона за чистую монету, Ханна в ужасе вскричала:

— Никогда! Она будет сидеть дома и рожать вам детей, Джон Харт! Я больше не потерплю этих глупостей!

— Ну а ты как считаешь? — Шепотом обратился Джон к своей будущей жене.

— Посмотрим, — так же тихо ответила она. — Наверное, рудниками займешься ты. — Для Сабрины все случилось слишком быстро и неожиданно. Она пока не знала, как поступить. — Тогда я смогу больше времени уделять виноградникам. — И все же Сабрине понравилась идея Ханны... остаться дома и воспитывать сыновей Джона Харта... Мысль была заманчивая. Он увидел взгляд девушки и склонился к ее губам.

— Всему свой час, любимая... Всему свой час.

Глава 25

Джону не у кого было просить руки Сабрины. После его отъезда женщины долго говорили друг с другом, как сестры. Старуха плакала и крепко обнимала Сабрину. Иеремия был бы рад видеть их. И более того, он был бы доволен выбором дочери.

— Я и сама не верила, — улыбалась ей Сабрина. Она выглядела счастливой, однако от страха по ее телу пробегала легкая дрожь. Правильно ли она поступает? Она была уверена, что правильно... но шаг, который ей предстояло сделать, переворачивал всю ее жизнь. Предстояло решить множество вопросов, и в первую очередь связанных с рудниками. Конечно, можно было объединить две компании, но Сабрина не хотела этого делать. Она хотела, чтобы ее и его рудники оставались независимыми друг от друга. В конце концов речь идет о замужестве, а не об объединении собственности. Пожалуй, лучшим решением проблемы мог бы стать вариант, предложенный Джоном. Он согласен работать на нее, управляя делами ее компании. Тогда у Сабрины появится время, чтобы всерьез взяться за виноградники. Она давно об этом мечтала.

— А может, тебе понравится сидеть дома и заниматься рукоделием? — пошутил как-то Джон, когда Сабрина прискакала с рудников на своем старом коне и поднялась на крыльцо, где он ее дожидался.

— Где мы будем жить? — Сабрина часто задавала себе этот вопрос. Ей не хотелось переезжать к Джону Харту в тот дом, где умерли его жена и дети и где в течение десяти лет он жил с Весенней Луной. Через несколько дней индианка должна была уехать в Южную Дакоту. Сабрина из деликатности старалась не упоминать о ней. Достаточно того, что она знала об их отношениях. Однако вопрос о том, где они будут жить, так и оставался нерешенным. Она не знала, согласится ли Джон переехать к ней. — Может быть, у меня?

Джон ответил не сразу. Какое-то время он сидел и теребил свою бороду.

— Понимаешь, Сабрина, я уже в таком возрасте, что не могу себя чувствовать спокойно в доме, принадлежащем другому мужчине. Этот дом в моем представлении всегда останется домом твоего отца.

Сабрина согласно кивнула. Она его понимала, но не видела никакого иного решения. Джон улыбнулся. У него была удивительная улыбка, полная юношеского задора. Он вообще выглядел гораздо моложе своих лет, так что посторонний человек никогда бы не подумал, что их разделяет огромная разница в возрасте — двадцать восемь лет. Продолжая улыбаться, он спросил:

— А как насчет дома Терстонов? Было бы неплохо, правда?

Формально этот дом принадлежал Сабрине. Но он так давно пустовал, что, окажись они там, им пришлось бы обживать его заново. Это устраивало и Джона, и Сабрину.

— Конечно, неплохо. Но как быть с рудниками? — насторожилась Сабрина. Дело было не только в рудниках. Она знала, что сейчас ее больше беспокоят виноградники.

— Уверен, мы что-нибудь придумаем. Нам не обязательно жить все время в городе. К тому же у нас будет приятное разнообразие. Наступит день, — продолжал он улыбаться, — и мне всерьез придется заняться твоими рудниками. Один Бог знает, как ты все там запустила!

Сабрина в шутку замахнулась на него. Он рассмеялся. Несколько раз Джон заезжал на ее рудники и видел, что производство там безупречно. Непонятно, как ей это удавалось. Более того, там было чему поучиться даже такому опытному человеку, как он. Вот уже двадцать семь лет Джон Харт управлял собственным рудником, знал это дело досконально, но прииски Сабрины действительно поразили его.

— Да уж, детка, тебя не назовешь кисейной барышней.

Джон придвинулся ближе и поцеловал ее в щеку. Тонкие пальцы Сабрины утонули в его сильной ладони, и она прижалась к нему, укрываясь от вечерней прохлады. Столько лет Сабрина не замечала этого человека, но вот он оказался рядом, и она поняла, что рождена для него.

В тот же день после ужина Сабрина решилась поговорить с Джоном по поводу Дэна, который продолжал работать на рудниках Харта.

Джон недовольно поморщился и произнес:

— Я уже думал об этом. Не скрою, он знает свое дело и как специалист меня устраивает. Однако я сделаю все, чтобы он больше не попадался тебе на глаза.

— Джон, он тебе действительно нужен?

— В тебе я нуждаюсь больше, любовь моя. — Он с нежностью посмотрел на Сабрину. Странно, какое сильное чувство испытывал он к этой девушке. Почему через столько лет оно внезапно охватило его? Он уже потерял всякую надежду пережить нечто подобное. — Я уволю его.

— Ты уверен, что тебе этого хочется?

— Да, — твердо сказал он. — Мне не обязательно объяснять ему причину. Он не так долго работает у меня. — Три года назад Дэн ушел от Сабрины и устроился на рудниках Харта. Он хорошо работал, но теперь это не имело значения. Джон все обдумал, прежде чем решил, что не сможет оставить его у себя. — Я сообщу ему об этом на будущей неделе.

— Ему придется туго, — сказала Сабрина и нахмурилась.

— Он должен был подумать об этом ранее.

— Забавно, — с улыбкой произнесла Сабрина. — Все началось с того, что он хотел уговорить меня продать тебе рудники, а в результате я выхожу за тебя замуж. — И Джон, и Сабрина понимали, что это совсем не одно и то же. — Он всегда стремился к одному — управлять рудниками самостоятельно. Отец, а потом и я — мы только мешали ему.

— Я тоже не мог ему дать столько власти, сколько он хотел. Я просто не такой человек. К тому же я слишком много вложил в эти рудники.

Сабрина прекрасно его понимала. Она испытывала нечто подобное, хотя прошло лишь три года с тех пор, как она заменила отца. Ей тоже нравилось все делать самой и по-своему.

Она знала, как ей будет тяжело передавать управление Джону. Но Сабрина доверяла ему, а со временем она будет доверять ему еще больше. Они уже договорились, что в течение полугода будут трудиться вместе. За это время Сабрина познакомит его со своими методами работы, представит ему людей и передаст все дела. Она не хотела бросать рудники сразу. К тому же она просто не могла этого сделать. Джон считал, что справится со всей работой, несмотря на то что ему придется много ездить, мотаясь с одного рудника на другой.

— И при всем том ты хочешь, чтобы мы жили в доме Терстонов? — недоумевала Сабрина. У них не будет времени, они никогда не смогут уехать из Напы. Джон, со своей стороны, убеждал Сабрину, что они все успеют. Наконец она и сама в это поверила.

Казалось, для такого человека, как Джон, не существовало ничего невозможного.

Ущерб, нанесенный пожаром, был столь велик, что все люди Харта в течение нескольких недель работали сверхурочно на восстановлении рудника. Весенняя Луна изменила свои планы, отложив отъезд. Теперь она жила в отдельном доме одна. Казалось, индианка смирилась со своей судьбой. Она понимала, что потеряла Харта навсегда. При встречах с Сабриной она молча бросала на нее быстрый взгляд и отворачивалась. Сабрина не ощущала никакой враждебности с ее стороны. Напротив, между ними возникла своего рода симпатия. Женщины нехотя отводили друг от друга взгляды. В такие минуты часто появлялся Джон и уводил Сабрину. Ему было неловко видеть их рядом.

— Я хочу, чтобы ты держалась подальше от нее. — В голосе Джона впервые почувствовалось раздражение.

— Она очень красивая, — спокойно заметила Сабрина. — Мне она всегда нравилась, и моему отцу, кажется, тоже.

От этих слов Джону стало не по себе.

— Он это сам тебе говорил?

— Нет. — Сабрина покачала головой и рассмеялась. — Однажды я пыталась расспросить его, но он не ответил и отказался говорить со мной об этом.

— Надеюсь. — Джон вспыхнул до корней волос. Наконец он поднял глаза и против воли произнес то, чего не следовало говорить. Харт не собирался ни с кем обсуждать Весеннюю Луну, а с ней тем более. — Ты намного красивее, детка.

— Что ты говоришь? — воскликнула пораженная Сабрина. — Я не видела более очаровательной женщины!

Джон покачал головой и шагнул к ней поближе.

— Ты лучше всех, любовь моя. — Он смотрел на нее с гордостью и не мог налюбоваться ее черными волосами и огромными голубыми глазами. Она была даже красивее его первой жены. Это была очень удачная пара — стройная красавица и широкоплечий высокий мужчина с ясными глазами и черной густой бородой. Джон с нетерпением дожидался дня свадьбы. Они сообщили о своем бракосочетании только ближайшим друзьям и знакомым, но Ханна разнесла эту новость по всему городу. Вскоре об этом узнали служащие Харта, а потом и Сабрины. Известие вызвало много разговоров и пересудов. На рудниках Терстонов ждали перемен.

Но больше всех эта новость потрясла Дэна Ричфилда. А когда Харт сообщил ему об увольнении, Дэн не помнил себя от ярости. Еще раз судьба сыграла с ним злую шутку. Джон ничего не объяснял Ричфилду, но тот и не стал бы его слушать. Он был уверен, что знает виновницу всех своих несчастий. На этот раз Дэн твердо решил расквитаться с ней. У него было две недели на то, чтобы сдать все дела и собрать вещи. Джон знал, что Ричфилду придется уехать из этих мест, потому что в округе не было других шахт, кроме рудников Харта и Терстона. Старые серебряные копи истощились еще при Иеремии. Дэн оказался в трудном положении — безработный тридцатисемилетний мужчина с большой семьей и малолетними детьми. Он решил ехать один, а семью оставить у своих друзей в Сент-Элене. Впрочем, семья его сейчас мало беспокоила. Дэн много пил, шатался по барам, где собирались рабочие со всех рудников, и болтал там всякие гадости, оговаривая в первую очередь Сабрину.

— Она уже давно с ним спит... Черт возьми, они занимаются этим втроем... вместе с индианкой. Вы же видите, она никуда не уехала.

Слухи распространялись быстро, и уже через несколько дней об этом говорили все рудники.

— Ты, кажется, что-то говорил о моей будущей жене? — спросил его как-то раз Джон, схватив за ворот рубахи. Харт нашел его в одном из баров, когда направлялся к себе в контору. До свадьбы оставалось два месяца, а пока каждый из них занимался своим бизнесом. Сабрина хотела успеть привести все свои дела в порядок и работала в эти дни больше обыкновенного. Они виделись очень редко.

От Дэна пахло виски. Подняв голову, он спокойно смотрел на Джона. Дэн ничуть не испугался, хотя стоявший перед ним мужчина был выше ростом и шире его в плечах.

— Старая история, мистер Харт. Вы же знаете, она не была особенно добра ко мне.

— Это не совсем то, что я слышал.

— Чему вы верите? — развязно произнес Ричфилд. Он вел
себя с такой наглостью, что было неясно, как на это отреагирует
Джон. Однако тот отпустил Дэна:

— Убирайся отсюда и помни, в твоем распоряжении осталось
два дня.

— Я уеду.

Он исчезнет отсюда, и никто не будет об этом жалеть. Джон
тем более. Теперь он даже обрадовался, что вовремя уволил этого
пьяницу.

— И куда же ты поедешь?

— Наверное, в Техас. Там у меня есть друг, у которого на
ранчо несколько нефтяных скважин. Будет хоть какое-то разнообразие после этих чертовых рудников.

Из окна бара были видны рудники Харта, на которых он проработал более трех лет. Дэн посмотрел на них и снова повернулся к
Джону:

— Ты уезжаешь с семьей?

В ответ Ричфилд лишь пожал плечами.

— Я просто хотел убедиться, что ты вовремя уберешься отсюда. — Джон не испытывал добрых чувств к этому человеку. Его
злоба по отношению к Сабрине вызывала у Джона отвращение, и
он хотел, чтобы тот поскорее покинул их город. Джон решил больше не думать о Ричфилде и направился к себе в контору. У него, как
всегда, было много дел.

В этот вечер Сабрина тоже засиделась за работой до семи часов. Она была в панике, когда, посмотрев на часы, поняла, что
опаздывает. Сегодня она обещала заехать к Джону и пообедать с
ним. Поразительно, насколько изменилась ее жизнь. Теперь каждый вечер она спешила к любимому человеку. Ее тоже всегда ждали, заботились о ней, были готовы поделиться своими переживаниями
и выслушать ее, а если нужно, и успокоить.

Сейчас Сабрине казалось странным, что всю свою жизнь она
выступала против замужества. Ведь не было ни одного дня, когда
бы она думала о браке как о чем-то реальном. А как она раньше
избегала Джона, уверенная в том, что он охотится не за ней, а за ее
рудниками! Сейчас она думала иначе. Сабрину устраивало и то, что,

оставаясь владелицей рудников, она передаст все управление Джону. Ей нравилось, что Джон ни разу не заговорил о возможности объединения двух компаний. Она не смогла бы пойти на это. Слишком дороги были ей рудники. Может быть, в будущем они так и поступят, но не сейчас. Сейчас для Джона имело значение только одно — Сабрина.

С мыслями о Джоне она прыгнула в седло. Оставалось совсем мало времени, и Сабрина ехала быстро, стараясь выбирать дорогу покороче. Она миновала свой дом и уже мчалась вдоль главного ствола. Вдруг конь потерял подкову.

— Проклятие!

Сабрина уже опаздывала. Сначала она хотела оставить коня здесь, привязав к какому-нибудь дереву, но потом передумала и взяла его под уздцы. Было темно, и Сабрина чувствовала себя с ним в большей безопасности. Потом она сможет вернуться домой на машине или на одной из лошадей Джона. Сабрине нравилось ездить с ним верхом; ей вообще нравилось все, что они делали вместе с Джоном.

— Решили прокатиться? От звука этого голоса у Сабрины волосы встали дыбом. Из-за деревьев вышел Ричфилд. Он был слегка пьян. — Может, желаете, чтобы я заменил коня?

Шутка была дурного тона, и у Сабрины не было ни малейшей охоты отвечать. Она избегала встреч с Дэном, и до сих пор ей это удавалось. До его отъезда оставался день или два. Говорить было не о чем.

— Здравствуй, Дэн.

— Ах, какая вежливая, ты, шлюха.

Что ж, Джон не притворялся, будто его отношение к ней изменилось. Сабрина смерила его взглядом, потянула коня за повод и прошла вперед. Ричфилд последовал за ней. Поблизости не было ни лошади, ни машины. Наверное, он сидел под деревом и поджидал ее, потягивая виски.

— Зачем ты идешь за мной, Дэн? Нам не о чем говорить.

Странно было думать, что она общалась с этим человеком всю свою жизнь и не подозревала, на какую низость он способен. Хорошо, что Иеремия так и не узнал об этом. Сабрина обернулась, опасаясь потерять Ричфилда из виду. Она не хотела, чтобы Дэн оказался за ее спиной.

— Это из-за тебя я лишился еще одной работы, маленькая сучка.

— Моей вины в этом нет, — жестко сказала Сабрина. Она уже не была той маленькой безответной девочкой, у которой вечно возникали проблемы на рудниках. Она строила свои отношения исключительно на деловой основе и ни перед кем не заискивала. Сабрина платила, а они работали. Платила она хорошо. Однако ей стоило огромных усилий поддерживать такие отношения. По натуре Сабрина была очень мягким человеком. Джон знал об этом, а Ричфилд даже не догадывался. Конечно, он помнил ее еще ребенком, но сейчас это не имело значения. Перед ним стояла взрослая женщина, во взгляде которой не было ничего, кроме презрения. — Ты сам во всем виноват. А будешь и дальше пить, так вообще всего лишишься.

— Дерьмо! Не думаешь же ты, что Харт меня из-за этого выкинул с работы? Мы с тобой оба знаем, что это не так. — После этих слов Ричфилда так качнуло, что он не удержался на ногах и упал. Лошадь испугалась и рванула в сторону, так что Сабрина едва ее удержала. Поднявшись, Дэн снова пошел за Сабриной. Они уже поравнялись с первыми домами, но так никого и не встретили. А впереди был еще долгий путь. Сабрина молила Бога, чтобы здесь оказался Джон или кто-нибудь еще. Она не знала, как иначе избавиться от Дэна. А тот продолжал:

— Он меня выгнал из-за тебя.

— Я ничего об этом не знаю. — Сабрина продолжала идти вперед. В бешенстве Ричфилд схватил ее за руку и так потянул, что она чуть не упала.

— Черта с два ты не знаешь. Ты же давно с ним путаешься, и эта индейская шлюха тоже с вами. Представляю, как ваша троица выглядит в постели...

От этих слов у Сабрины отвисла челюсть. Все же она была еще очень молода.

— Как ты смеешь! Что за мерзость...

Но Ричфилд только захохотал.

— Эй, шлюха, какой свадебный подарок тебе приготовил жених? Весеннюю Луну?

— Прекрати немедленно! — закричала Сабрина. — Не смей говорить о нем гадости! Ты должен благодарить его, он дал тебе место, когда я выгнала тебя!

В течение трех лет Ричфилд ждал этого момента. Теперь он испытывал удовлетворение.

— Ты меня не выгоняла. Я сам ушел. Или ты забыла? И не я один, нас было более трехсот человек.

— Это их дело, но ты вел себя как последний дурак. — Об этом можно было не говорить: Ричфилд ни в чем не раскаялся. — Почему бы тебе не убраться? Все это глупо, Дэн! — Она не собиралась продолжать разговор. Дэн раздражал ее, да и не хотелось вспоминать о том, что доставляло ей боль. Однако Дэн не собирался оставлять ее в покое.

— Что, испугалась? — Эта мысль так понравилась Дэну, что он шагнул ближе и перегородил ей дорогу. Ричфилд стоял совсем рядом, и у Сабрины закружилась голова от перегара.

— Почему я должна тебя бояться? — Сабрина старалась говорить спокойно. Но на самом деле ей было скверно. Это была самая темная и безлюдная часть дороги, вокруг никого не было, а у нее не оказалось при себе пистолета. Сабрина так торопилась, что забыла его в ящике стола.

— Вот как? Ах ты, маленькая потаскушка! Значит, ты не боишься меня? Может быть, тебе это даже нравится? — Он схватился за ремень на брюках, делая вид, что пытается расстегнуть его. В этот момент Сабрина услышала слабый шорох, донесшийся из-за деревьев. Ее конь заволновался. Это могло быть какое-то животное. Сабрина не сводила с Дэна глаз.

— Дэн, это на меня не действует. Если ты не отойдешь в сторону, я растопчу тебя. — Вспомнив, как однажды стреляла в него, Сабрина вдруг улыбнулась. Ричфилд ведь не мог знать — с собой у нее пистолет или нет. Рука Сабрины скользнула в карман и задержалась там. Казалось, она сжимала рукоятку пистолета. Ричфилд внимательно посмотрел на ее юбку.

— Я тебя не боюсь. У тебя кишка тонка выстрелить в меня из кармана, детка! Черта с два! — Он рассмеялся, схватил ее руку и выдернул из кармана. Убедившись в том, что Сабрина безоружна, он резко толкнул ее и прижал к дереву. Лицо Дэна оказалось совсем близко. У Сабрины застучало в висках. Она попыталась ударить его коленом в пах, но не успела. Ричфилд схватил ее за блузку и швырнул на землю. Еще мгновение, и он навалился на нее всем телом. Одну руку он просунул под блузку Сабрины, нащупывая ее грудь, а другой стал задирать юбку. Сабрина закричала, но Ричфилд заставил ее замолчать сильной оплеухой. По щеке заструилась кровь, и девушка широко раскрыла глаза. Почувствовав между ног его руку, она попыталась вывернуться, однако Ричфилд схватил ее и еще крепче прижал к земле. — Мне давным-давно следовало это сделать с тобой, потаскушка. Ты меня всего лишила, а я сейчас кое-чего лишу тебя... Я всю жизнь пахал на твоего ублюдка-отца и что получил за это? Пришла ты и все отняла у меня! — Голос Ричфилда срывался на крик. Он разорвал на ней юбку, под которой были сшитые Ханной панталоны. Корчась в пыли, Сабрина закричала снова. Однако поблизости не было никого, кто бы мог услышать ее, и Дэн снова придавил ее к земле. В это было трудно поверить. Какой-то пьяный сумасшедший насиловал ее на территории рудников Харта, где всегда было столько народу...

Ричфилд разорвал блузку и корсет, и упругие юные груди Сабрины застыли на ветру, исцарапанные соски затвердели от страха. Девушка сопротивлялась из последних сил и пыталась оттолкнуть его коленями, но все было бесполезно. Он схватил ее за волосы и ткнул лицом в грязь. Наконец Дэну удалось разорвать на ней панталоны, и он принялся расстегивать ремень, но вдруг остановился, словно забыл, что собирался делать. Ричфилд посмотрел на Сабрину странным, невидящим взглядом и отпустил ее волосы. Потом он отпустил ремень, все еще глядя на нее, и Сабрина не верила своим глазам, не понимая, что происходит. И только когда он уткнулся лицом в землю, задохнувшаяся Сабрина поняла, почему Дэн так быстро оставил ее в покое. В его спине торчал длинный нож с рукояткой из слоновой кости, украшенной затейливой резьбой. Позади стояла Весенняя Луна и молча смотрела на Сабрину.

Сабрина с трудом поднялась с земли, прикрывая руками обнаженную грудь. Дэн был мертв. Это было ясно с первого взгляда. Обе женщины стояли друг против друга и не двигались. У Сабрины по щекам все еще текли слезы, она дрожала, кровь стекала с ее лица на обнаженную грудь, грязная одежда свисала лохмотьями. Рыдания застряли у нее в горле, и вместо слов из ее груди вырывались какие-то бессвязные звуки. Весенняя Луна подняла с земли разорванную юбку и протянула Сабрине, чтобы та завернулась в нее. Потом она взяла под уздцы ее коня и спокойно произнесла:

— Пойдем. Здесь холодно. Я отведу тебя к Джону.

В замешательстве Сабрина посмотрела на лежавшее неподалеку тело Дэна. Можно ли оставить его здесь или надо что-то делать? Наконец они пошли. До ее сознания только сейчас стало доходить, что произошло бы с ней, не окажись здесь Весенней Луны, которая, отложив свой отъезд, по счастливой случайности появилась на этой безлюдной дороге. Не шорох какого-то животного, рыскающего за деревьями, услышала тогда Сабрина, а звуки шагов индианки. Единственным животным здесь был Ричфилд. От этой мысли дрожь пробежала по всему ее телу.

Остановившись в тени деревьев, Весенняя Луна обернулась к Сабрине.

— Я схожу за Джоном Хартом и приведу его сюда. Стой здесь.

Слезы душили Сабрину, и она едва могла говорить:

— Не оставляй меня... Я не могу... Не оставляй... пожалуйста...

Индианка подошла к ней и ласково погладила. «Она совсем еще ребенок», — подумала Весенняя Луна.

— Он вон там. — И она указала на дом всего в нескольких ярдах от них. Весенняя Луна боялась, что Сабрину в таком виде увидит кто-нибудь из мужчин. Она приведет сюда Джона, а потом исчезнет. Весенняя Луна была чрезвычайно осторожна. — Если кто-то подойдет, мы услышим тебя. Ты здесь в безопасности.

Ее лицо было таким добрым, а голос таким нежным, что Сабрина не отрываясь смотрела на индианку. Девушке хотелось, чтобы эта женщина обняла ее своими гладкими смуглыми руками, пожалела и приласкала. Теперь она понимала, как хорошо было Джону рядом с этой женщиной. Вдруг она вспомнила все те мерзости, которые говорил о них Дэн Ричфилд. Неужели так думали и другие? И она снова, как маленький ребенок, залилась слезами. Ей не хотелось, чтобы Джон видел ее в таком виде, но, не в силах совладать с собой, она плакала, стоя на коленях. Весенняя Луна присела рядом и принялась ее успокаивать:

— Ты в безопасности. С ним ты всегда будешь в безопасности. — Это были магические слова, и это была правда. Сабрина удивлялась, как спокойно эта женщина может говорить о том, чего сама лишилась. — Береги его, пожалуйста.

Широко раскрытыми глазами Сабрина посмотрела на индианку и закивала в ответ.

— Хорошо. Я обещаю, — срывающимся голосом произнесла она. После смерти отца это был второй самый страшный день в ее жизни. — Я буду беречь его... Прости меня... прости, что тебе приходится уйти.

Весенняя Луна подняла руку.

— Мне пора. Я никогда не была ему женой. Только подругой. Ты будешь ему. женой. Ты ему очень нужна, детка. — Именно так Сабрину называл Джон. — Ты будешь ему хорошей женой. Я иду звать его. — И она исчезла прежде, чем Сабрина смогла остановить ее. Через минуту она услышала топот бегущих ног. К ней приближалось несколько человек, но вдруг раздался голос:

— Стойте, черт возьми! Всем стоять!

Сабрина услышала голос Джона и какие-то неясные слова:

— Где?.. Ладно, идите назад. О Господи...

Снова зазвучали шаги, и через мгновение Джон склонился над дрожащей от холода и едва прикрытой остатками юбки девушкой. Он держал в руках одеяло, которое купила ему Весенняя Луна. Индианка отвела мужчин в сторону, рассказала, где лежит тело Дэна Ричфилда с ножом в спине, и они пошли взглянуть на него.

— О Господи... — Голос Джона ласково звучал в ночной тишине. Сабрина опустила глаза, не в силах смотреть на него.

— Нет, нет, прошу тебя, не надо. — Она хотела сказать ему, чтобы он не смотрел на нее, но не смогла. Только всхлипнула и теснее прижалась к нему. Страх перед тем, что могло случиться, внезапно вновь охватил ее. Слезы смывали кровь с ее щеки. Он завернул ее в одеяло, поднял на руки, словно ребенка, и принялся что-то тихо нашептывать ей, баюкая, как когда-то давным-давно баюкал свою маленькую дочь. Джон внес ее в дом и усадил на кожаный диван в гостиной. Глядя на ее израненное лицо, на ее глаза, полные слез, он внезапно понял, что все равно бы убил Дэна Ричфилда, если бы Весенняя Луна не сделала это за него. Индианка уже шепнула ему, что Дэн не успел изнасиловать Сабрину. Джон был благодарен Весенней Луне за эти слова. Но если бы ее нож не попал в цель или она бы опоздала... Он невольно содрогнулся, представив, что это могло случиться. Джон опустился на колени возле Сабрины.

— Детка, как я позволил случиться такому несчастью? Я больше никуда не отпущу тебя одну. Клянусь тебе. Я найду тебе телохранителя, и он будет повсюду следовать за тобой. Я сам буду твоим телохранителем... Это больше не повторится...

Конечно, это не повторится, но телохранители тут ни при чем. Главное, что Дэн Ричфилд мертв. Нож вошел ему прямо в сердце, и он умер на месте. У Весенней Луны была верная рука, и Джон отлично знал это.

— Если бы не она... — Сделав глоток чаю с виски, который заставил ее выпить Джон, Сабрина немного пришла в себя. Она старалась не думать о том, как выглядит. Прежде чем уйти, Весенняя Луна нашла одежду Сабрины и отдала ее Джону. Но Сабрина так и сидела, укутавшись в одеяло. Джон не отрываясь смотрел на девушку. Он чуть было не потерял самое дорогое, что у него было в жизни. Наверное, если бы Дэн убил Сабрину, он бы этого не перенес. На глазах у Джона выступили слезы. Он с нежностью смотрел на Сабрину и без конца повторял:

— Этого больше никогда не случится. Никогда. Ты слышишь? Я всегда буду рядом...

Сабрина взяла его руку, и он почувствовал, что девушка вся дрожит.

— Ты здесь ни при чем. Я сама виновата. — Голос Сабрины звучал спокойно. Казалось, самообладание вернулось к ней, но она была еще очень слаба и из-за дрожи в коленях не могла подняться. — У нас была старая вражда. Удивительно, что он не решился на это раньше. Когда угодно он мог подкараулить меня на рудниках. Он ненавидел меня, вот и все. Ты ведь знаешь, это чуть не случилось несколько лет назад. Тогда мне повезло. А сейчас повезло еще больше. И все благодаря Весенней Луне. — Тут Сабрина вспомнила, что несколько минут назад Джон выходил, чтобы переговорить со своими людьми. — Он мертв?

Джон кивнул:

— Да. Нож вонзился прямо в сердце.

— А что теперь будет с Весенней Луной? — Сабрина понимала, что у индианки могут возникнуть проблемы. В отношении индейцев закон был достаточно суров, и то, что она спасла Сабрину, не являлось смягчающим обстоятельством.

— Сегодня ночью она уедет отсюда в Южную Дакоту, — ответил Джон, который уже давно обо всем позаботился. — Тело Дэна найдут только завтра... Его не особенно здесь любили... — Слова Джона успокоили ее. Сабрина знала, что его не будут допрашивать и что полиции будет достаточно одного его слова, а злополучный нож исчезнет навсегда. — Тебе не о чем беспокоиться. — Джон произнес это так спокойно и уверенно, как никогда в жизни, и у Сабрины отпали последние сомнения. Казалось, она никогда себя не чувствовала в большей безопасности. — И ей тоже не о чем беспокоиться. Вам обеим ничто не угрожает. Поверь, Ричфилд получил по заслугам. Я жалею только о том, что когда-то ему доверял.

— Я тоже. — В ее памяти всплыли картины прошлого. Неожиданно перед ней снова возник образ человека, срывающего с нее одежду. Ком подкатил к горлу, и Сабрина зажмурилась, но Джон подошел и крепко обнял ее.

— Сейчас я отвезу тебя домой. — Джон вынес укутанную в одеяло Сабрину на улицу и осторожно усадил в машину. Добравшись до места, он бережно взял ее на руки и отнес в спальню. Перепуганная Ханна не знала, что и думать.

— Что с ней случилось? — спросила она дрожащими губами.

— Все нормально, — успокоил ее Джон и рассказал о случившемся. Старая женщина была потрясена.

— Какой подлец! Повесить его мало!

Джон не сказал Ханне, что Ричфилд уже мертв. Скоро та сама обо всем узнает.

— Спасибо Господу, что кто-то остановил его. У вас хорошие люди.

— И хорошие друзья. — Любая другая женщина на месте Весенней Луны не ударила бы пальцем о палец, чтобы помочь Сабрине. По ее милости индианка теряла человека, которого любила много лет, и все же она защитила его невесту, как собственное дитя, и Джон был благодарен ей. Он сделает Весенней Луне щедрый подарок, а потом отвезет на вокзал и посадит в поезд. Дорога предстояла неблизкая: они выедут еще ночью, а прибудут на место уже на рассвете. Весенней Луне нужно исчезнуть из города, пока никто не проболтался, а потом все будет в порядке. Пожимая на прощание руку Ханны, он попросил старую женщину позаботиться о его девочке. Именно о девочке, ведь Джон воспринимал ее как ребенка. И в этом не было ничего странного, учитывая их двадцативосьмилетнюю разницу в возрасте. У Сабрины хватит сил и здравого смысла, чтобы быстро оправиться после сегодняшнего происшествия. А потом он сам позаботится о Сабрине, будет беречь и лелеять ее всю свою жизнь...

Джон повторил свою клятву два месяца спустя, когда они обвенчались в церкви Сент-Элены. На церемонии присутствовало более восьмисот человек. Церковь была заполнена до отказа, и те, кто не смог войти внутрь, наблюдали за венчанием сквозь открытые окна. Среди собравшихся было много шахтеров, даже тех, кто в свое время ушел от Сабрины. Они и сейчас, наверное, не испытывали к ней особой любви, но пришли, чтобы выразить свое уважение к Джону. Во время венчания Ханна плакала, не пытаясь скрыть слез. Джон и Сабрина сильно волновались.

Гостей было так много, что прием по случаю свадьбы пришлось устроить под открытым небом на территории рудников Харта. Среди приглашенных были все рабочие с женами и детьми. На этом настояла Сабрина, сказав со счастливой улыбкой:

— Ты же знаешь, свадьба бывает один раз в жизни.

Конечно, она знала, что Джон уже был женат, но сейчас в это верилось с трудом. Матильда умерла за год или два до рождения Сабрины. Это было так давно, что, казалось, не имело к Джону никакого отношения. Словно не он, а совсем другой человек имел жену и двоих детей. Гораздо проще ей было представить рядом с Джоном Весеннюю Луну. Она в течение нескольких лет довольно часто видела их вместе. Но сейчас и это ушло в прошлое. Джон принадлежал только ей и никому больше. Сразу же после свадьбы молодожены отправились на пароходе в Сан-Франциско.

Он взял ее за руку и ласково произнес:

— Чем я заслужил такую награду, как ты, Сабрина Харт?

Сабрине нравилось, как звучит ее новое имя.

— Я счастлива, Джон Харт.

— А обо мне и говорить нечего.

Джон предлагал Сабрине отправиться куда-нибудь в свадебное путешествие и был крайне удивлен, когда она выбрала Сан-Франциско. После свадьбы она хотела пожить некоторое время в доме Терстонов. Так они и решили. Джон намеревался провести в городе целый месяц, и только после Рождества им предстояло вернуться к своим делам в Напу. Но все дела вылетели у молодоженов из головы, когда уже за полночь они прибыли в дом Терстонов. Сабрина попросила своего банкира временно нанять несколько слуг, и весь дом был озарен ярким светом. Поднявшись за Сабриной в хозяйские покои, Джон увидел просторную спальню с широкой застеленной кроватью. В комнате горели свечи, в камине полыхал огонь, и повсюду стояли вазы с цветами. Никогда этот дом не был столь прекрасен, как сегодня. Сабрина посмотрела на кровать, принадлежавшую раньше ее матери. Теперь это было ее брачное ложе. Глаза девушки светились от радости. Повернувшись к Джону, она нежно прошептала:

— Добро пожаловать домой...

Джон взял ее за руку и проводил в гостиную. Они сидели у камина, пили шампанское и разговаривали, пока Джон не почувствовал, что Сабрина вот-вот уснет. Тогда он взял ее на руки и отнес в спальню. Их вещи были уже распакованы, и Джон направился в свою туалетную комнату. Когда он в халате вышел оттуда, его лицо светилось ласковой улыбкой. Нежно-розовый шелковый пеньюар делал Сабрину похожей на сказочную принцессу. Но вот пеньюар соскользнул на пол, и роскошные черные волосы рассыпались по ее обнаженным плечам. Джон потушил свечи, и теперь только тлеющие угли в камине освещали комнату мягким неровным светом.

— Ты меня стесняешься?

— Немного. Я всегда оставалась одна... — Однако дело было не в этом. Сабрина не знала, что такое близкие отношения с мужчиной. Никто даже не прикасался к ней, если, конечно, не считать Дэна. Весь ее сексуальный опыт сводился к тем немногим поцелуям, что дарил ей Джон. Теперь он стал ее мужем, и она чувствовала себя совершенно беспомощной в свою первую брачную ночь. Все ее опыт и знания касались исключительно бизнеса и ничего не стоили в постели. Сабрина волновалась, чувствовала себя неловко, и неведение пугало ее. Только сейчас Джон сообразил, что рядом с Сабриной не было никого, кто бы мог рассказать ей об интимной стороне брака, за исключением, может быть, старой экономки. Но и она, по-видимому, не позаботилась об этом. Между тем Джон испытывал далеко не отеческие чувства, обнимая Сабрину, прижимая ее к своей груди.

— Сабрина... — Он не знал, как начать. С Весенней Луной и с другими женщинами подобных проблем у него не возникало. Он давно не имел дела с неопытными девушками. Конечно, Матильда была девственницей, но ведь им обоим тогда было по восемнадцать лет, а Сабрина... его малышка, она совсем ребенок, и она теперь принадлежит ему. Джон взглянул на нее с нежностью.

— Тебе ничего об этом не рассказывали? — тихо спросил он.

Сабрина нежно улыбнулась. В отблесках камина ее лицо казалось бледно-розовым.

— Нет... — Она доверяла ему и знала, что будет доверять всю жизнь.

— Значит, тебе ничего не объясняли?

Сабрина покачала головой. Джон поцеловал ее в губы, в глаза, снова в губы. Он едва мог сдерживать себя. Она будила в нем какие-то новые, неведомые раньше ощущения.

— Сабрина, я так люблю тебя, — прошептал он, целуя ее волосы, и она прильнула к нему всем телом.

— Это все, что мне нужно было знать...

Он бережно-бережно взял ее руку, нежно коснулся губами ладони, запястья, предплечья, наконец достиг груди, а потом спустился ниже, ниже, лаская шелковистую кожу раздвинутых бедер, и снова поднялся вверх...

К утру, когда они бок о бок лежали в хозяйских покоях дома Терстонов, Джон обучил жену всему, что ей нужно было знать о любви.

Глава 26

Они вернулись в Сент-Элену в день Нового года, уже решив к тому времени, где будут жить. Проще всего было переехать в дом, построенный много лет назад Иеремией. Череда спален на третьем этаже будет особенно удобна, когда пойдут дети. Сабрина хотела иметь не меньше троих. Джон только вздыхал и улыбался.

— В моем-то возрасте? Малыши подумают, что я их дедушка. Я просто не знаю, как буду вести себя с ними.

Она заговорщически улыбнулась ему и, коснувшись губами его уха, прошептала:

— Вчера ночью тебя это, кажется, не слишком беспокоило?

— Это другое дело. — Он радостно взглянул на нее, как на мечту, вдруг ставшую реальностью. — Я не узнавал сам себя.

Они много смеялись, много говорили об общих увлечениях. Она показала ему рудники Терстона и познакомила со всеми своими людьми. Каждую неделю они проводили по три дня в ее конторе, а потом она приезжала на его рудники, где командовал отличный новый управляющий, и теперь Харта заботили лишь рудники Сабрины. У него уже был на примете один человек, благодаря которому сам Харт мог бы стать неким верховным сеньором их объединенных владений.

— Если это удастся, мы сможем большую часть времени проводить в городе. — Им обоим очень нравилась эта идея, хотя Сабрина теперь уже не так страстно желала окунуться в светскую жизнь. Но зато ей пришлось по вкусу все, что имело отношение к искусству. Во время своего медового месяца они ходили в оперу, посещали балет, видели несколько новых пьес. И оба наслаждались великолепием дома, построенного отцом Сабрины.

— Меня постоянно охватывает грусть, когда я думаю об этом... — сказала Сабрина однажды ночью. — Отец выстроил этот дом для моей матери, а через два с половиной года она умерла и дом опустел. Во всем этом есть что-то несправедливое.

Джон кивнул, вспоминая далекое прошлое.

— Иеремия очень помог мне, когда умерли Матильда и дети. — Прошло столько времени, что это воспоминание уже не вызывало у Харта боли. Теперь у него есть Сабрина, а когда-нибудь будут и дети. Это было их общей надеждой. — Меня очень опечалила весть о его несчастье. Знаешь, он не хотел никого видеть... Однажды я отправился к нему, но он выставил меня вон. Я знал, как ему больно, и не обиделся. — Джон улыбнулся и покачал головой, вспомнив молодость. — В те времена я был с ним не слишком близок, хотя твой отец был удивительно порядочным человеком. Добрый, мудрый и ужасно скромный... — Джон подумал о том, что эти качества Иеремия сумел передать по наследству своей дочери. Впрочем, сам он убедился в достоинствах Сабрины задолго до того, как женился на ней. — Я был в то время так озабочен собственными проблемами, что предпочитал держаться от него подальше. Это была моя ошибка, ведь я многому мог бы у него научиться.

— Я думаю, ты ему все равно нравился, — улыбнулась Сабрина. — Забавно, как вы с ним похожи! — Она замечала это и прежде чем вышла замуж за Харта, а теперь открывала в нем все новые достоинства: терпение, благородство, нежность и острый ум.

Им нравилось бывать на рудниках друг с другом. Сабрина пыталась научить мужа разбираться в виноградарстве, но ему постоянно не хватало времени. Зато он научился ценить ее вино, хотя его оставалось совсем немного. Виноградники снова поразила филлоксера, и в это лето Сабрина потеряла свыше половины своих плантаций. Впрочем, это можно было считать удачей, поскольку ее соседи потеряли еще больше. Сабрина была очень расстроена, однако ей предстояли и другие хлопоты. Дом в Напе требовал ремонта, рудники надо было переоборудовать, открыть дом Терстонов и нанять слуг, да мало ли чего... Сабрина и Джон радовались тому, как легко они привыкли друг к другу. Единственное огорчение доставляло им отсутствие детей. Они часто и страстно любили друг друга, но все же к лету следующего года Сабрина так и не смогла забеременеть. Однажды Ханна не выдержала и спросила ее:

— Ты ведь не предохраняешься от беременности, правда?

— А разве это возможно? — поразилась Сабрина. Ханна подозрительно посмотрела на нее и вдруг сообразила, что та действительно не понимает, о чем речь. Старуха была довольна. Сабрина была честной девушкой, не то что ее мать. Ханна еще помнила найденные ею золотые кольца. — Не знаю... Наверное, кто-то это умеет... — Девушка всегда подозревала это. Ведь есть же женщины, которые сделали любовь профессией, или... — И как это делается? — Она была заинтригована, но стремилась лишь расширить свой кругозор, а не использовать эти знания на практике. Наоборот, они с Джоном очень хотели иметь детей.

— Некоторые местные пользуются соком вяза, но есть вещи похитрее.

Это прозвучало для Сабрины омерзительно. Сок вяза? Она состроила гримасу, и Ханна расхохоталась.

— Те, кто может себе это позволить, применяют золотые кольца. — Экономка запнулась, а потом решила: черт с ним! Сабрина уже взрослая. — Как это делала твоя мать.

— Моя мать? — удивилась Сабрина. — Когда?

— Перед тем как родить тебя. Иеремия думал, что она тоже хочет ребенка, но ничего не выходит, потому что он намного старше.

Да, разница в возрасте отца и матери была еще больше, чем у них с Джоном...

— Она говорила ему, что тоже не может понять, в чем дело. К тому времени они уже были женаты больше года, но однажды я нашла в ее ванной золотые кольца... будь они прокляты... и отнесла их твоему отцу. — Экономка зло ухмыльнулась. — После этого моментально родилась ты. Когда они вернулись в город, ее то и дело выворачивало наизнанку.

Рассказ Ханны сильно обеспокоил девушку. Ничего хорошего в этом не было. Похоже, ее мать силой заставили иметь ребенка. Внезапно у нее упало сердце.

— Что сказал отец?

— Чуть не взбесился от злости, но потом не говорил об этом ни слова. Он очень обрадовался, когда узнал, что ты скоро родишься. — Казалось, Ханна гордилась тем, что уличила бедную Камиллу в вероломстве. Сабрина готова была возненавидеть старуху. Это было нечестно. Надо было дать матери подождать, если уж она так хотела. Но с другой стороны, судьба распорядилась правильно: ведь после родов Камилла так быстро умерла... Сейчас, двадцать три года спустя, дочь, которой весной исполнилось двадцать два, вдруг остро пожалела свою мать.

— А как она к этому отнеслась?

— Хандрила... дулась. — Вспоминая прошлое, Ханна подумала о том, что Камилла так и не простила мужа, но говорить об этом Сабрине не стоило. — Она была дурочкой, но отец все равно женился на ней и был вправе требовать, чтобы она рожала... Проклятые золотые кольца! Он разломал их и вышвырнул, а она плакала, как ребенок...

Сабрина почувствовала, что у нее сжалось сердце. Бедная женщина... Той же ночью она обо всем рассказала Джону.

— Я никогда не думала, что он мог быть таким жестоким. И Ханна поступила нечестно, что вмешалась. Сначала ей нужно было поговорить об этом не с отцом, а с матерью.

— Может быть, она его просто дурачила?

— Кажется, Ханна так и думает, но я этому не верю. Время от времени Ханна говорит о матери гадости, но, по-моему, она ее просто ревновала. Ведь сама Ханна восемнадцать лет работала у моего отца, и только потом появилась Камилла.

— Как бы то ни было, я рад, что она нашла эти кольца, — улыбнулся жене Харт и вдруг спохватился: — Но что заставило ее рассказать об этом?

Сабрина вспыхнула и улыбнулась:

— Она спросила, не применяю ли я какие-нибудь средства, чтобы избежать... А я даже не знала, что это возможно... — Вдруг Сабрина перестала смущаться. Нет ничего такого, о чем нельзя было бы сказать ему. Муж был ее лучшим другом. — Ты никогда не говорил мне об этом.

— Я не думал, что тебя это волнует, — удивленно ответил он.

— Не волнует, но это интересно.

Он с облегчением засмеялся и ущипнул ее за щеку.

— Ах, моя невинная малышка! Есть ли что-нибудь еще, о чем ты хотела бы узнать?

— Да. — Сабрина несколько секунд печально смотрела на мужа. — Но боюсь, милый, ты не сможешь мне ответить. — Оба помнили, что у Харта уже было двое детей, так что проблема заключалась не в нем. — Я думаю, почему этого до сих пор не случилось...

— Потерпи немного, любовь моя. Всему свой срок. Ведь мы женаты всего девять месяцев.

— Я бы могла уже обнимать своего ребенка... — уныло протянула Сабрина.

Харт улыбнулся:

— Пока что ты обнимаешь меня. И долго ты будешь это делать?

— Всегда, любимый...

Он снова заключил ее в объятия, их губы встретились, и она забыла все, что ей говорила Ханна. За следующие полгода Сабрина пару раз вспоминала об этом. Времени понадобилось больше, чем она рассчитывала. Прошел еще год, прежде чем однажды прекрасным июльским утром ей вдруг стало плохо. К этому времени они были женаты уже девятнадцать месяцев, а Сабрине исполнилось двадцать три года. Было жарко, и весь предыдущий день она провела на рудниках. Ей удалось настоять на том, чтобы не объединять рудники Харта и Терстона и продолжать управлять ими раздельно. Это продолжало оставаться причиной их редких стычек с мужем. Видимо, одна из таких стычек и удушающая жара заставили Сабрину плохо спать эту ночь.

— Ты хорошо себя чувствуешь? — поинтересовался он, наблюдая за тем, как она встает с постели.

— Более или менее.

В предыдущую ночь они вновь говорили о ребенке. Сабрина медленно повернулась к мужу и вдруг молча опустилась на пол. Когда он спрыгнул с постели и подбежал к ней, она уже потеряла сознание.

— Сабрина... Сабрина... Дорогая... — Он был в ужасе, потому что всегда помнил о смертельном гриппе. Однако прибывший доктор не нашел ничего страшного.

— Вероятно, она просто устала. Наверное, слишком много работала.

Вечером он прочитал ей нотацию, потребовав, чтобы на следующий день она осталась дома и доверила рудники своему новому управляющему. Джон обещал лично проследить за тем, как тот справится со своими обязанностями.

— А ты пока можешь заняться виноградниками. Тем более что болезнь распространяется все шире.

Казалось, она даже не слушала его, отказывалась есть, а затем внезапно заснула прямо в кресле-качалке. Тогда он осторожно, стараясь не разбудить, перенес ее в постель. На следующий день состояние жены стало предметом еще большего беспокойства — она вновь упала в обморок. На этот раз он повез ее прямо в Напу и купил билеты на пароход, идущий в Сан-Франциско. Поутру они уже были в больнице, где целая команда врачей осматривала Сабрину, пока Харт взволнованно расхаживал по холлу.

— Ну? — спросил он, когда первый из докторов вышел из ее палаты.

— Сам бы я назвал март, хотя кое-кто из моих коллег настаивает на феврале.

Сначала Джон ничего не понял, и лишь увидев загадочную улыбку врача, догадался, в чем дело.

— Вы имеете в виду...

— Совершенно верно. Ваша жена в положении, мой друг.

Радостный крик Харта слышал весь город. Днем Джон купил огромное бриллиантовое кольцо и вечером вручил его жене в доме Терстонов. Они давно решили, что Сабрина будет рожать здесь. Джон хотел оставить жену в Сан-Франциско, под присмотром лучших врачей, но в больнице ему объяснили, что до декабря ей не следует покидать Напу, так что времени впереди было много. Счастливые супруги провели целую ночь, подбирая имена для будущего сына... или дочери. Сабрина уже задумывалась и об устройстве детской и то и дело обнимала мужа.

— Я самая счастливая женщина на свете!

Он улыбался и добавлял:

— ...которая замужем за самым счастливым мужчиной.

На следующий день они вернулись в Напу, и Ханна, узнав о случившемся, пришла в восторг. Сабрина послушно выполняла все ее указания и теперь почти не бывала на рудниках, отдав кому-то свою лошадь. Теперь она целыми днями лежала в постели или сидела в кресле-качалке, дожидаясь возвращения мужа. Настала осень, и ребенок стал подавать первые, едва заметные признаки жизни. Джон прикладывал ухо к животу жены, надеясь уловить его движения, но было еще рано.

Однажды поздней осенью раздался сильный стук в дверь.

— На руднике пожар! — крикнули в ночи.

Сабрина проснулась раньше мужа и, сумев сохранить самообладание, высунулась в окно:

— На каком?

— На вашем, мэм, — сказал незнакомец, и она бросилась одеваться. Заметив это, Джон властно схватил ее за запястье.

— Ты останешься здесь, Сабрина. Не делай глупостей. Я сам справлюсь.

— Нет, я поеду! — До сих пор она никогда не оставалась дома, если могла чем-то помочь. Она могла бы кормить мужчин или хотя бы просто быть там, но Джон был неумолим.

— Нет! Оставайся здесь!

Не говоря ни слова, он быстро поцеловал Сабрину и ушел, а она целых шесть часов бешено металась по дому. К утру стало видно небо, затянутое клубами дыма. Никаких известий с рудников не поступало, и она не выдержала. Взяв свою машину, Сабрина быстро поехала на рудник, не обращая внимания на то, что Ханна кричала с крыльца:

— Ты убьешь себя! Подумай о ребенке!

Но в этот момент она думала о Джоне. Ей необходимо было убедиться, что с ним все в порядке; в конце концов горит ее собственный рудник! Приехав, она увидела следы сильных разрушений, но Джона нигде не было. Управляющий сказал, что Харт во главе группы спасателей больше часа назад спустился в одну из шахт. Она с ужасом подумала, что ни один из них еще не вернулся, и тут воздух сотряс новый взрыв. Сабрина бросилась к шахте и увидела, что спасатели оказались в ловушке. Она тут же метнулась назад и послала дюжину рабочих к ним на выручку. Дым наполнял ее легкие, но, увидев выходящего на поверхность Джона, она успела опуститься на колени и возблагодарить Господа, а затем потеряла сознание. Сабрину отнесли в контору, где до этого она провела три года, и немедленно послали за врачом. Немного погодя ей полегчало, и Джон сурово отчитал жену. В сопровождении одного из рабочих он отправил ее обратно. Когда тем же вечером закопченный и пропахший едким дымом Джон вернулся домой, то уже на крыльце увидел Ханну. Слезы ручьями текли по щекам старухи, когда она сообщила ему страшную весть. Харт немедленно бросился наверх, где в него вцепилась рыдающая, бледная, потрясенная Сабрина.

Час назад у нее случился выкидыш.

— Я знаю, что никогда больше не смогу иметь детей...

Отчаяние ее было безграничным, и он со слезами на глазах прижал жену к себе, пачкая сажей, которой был покрыт с головы до ног.

— Это врач так сказал?

Она покачала головой и снова зарыдала.

— Тогда не думай об этом, любовь моя. У нас еще будут дети. В следующий раз будешь слушаться. — Джон грустно поглядел на нее сверху вниз. Ему не хотелось упрекать ее: Сабрина и так слишком убивалась. Прошло два месяца, прежде чем Сабрина поправилась и вновь стала смеяться над его шутками, а ее глаза утратили выражение неизбывной боли. Этот Новый год оказался для них самым трудным, но в январе они вместе поехали в Нью-Йорк. Они повидались с Амелией, а на обратном пути остановились в Чикаго, где у Джона было немало старых друзей. И лишь после этого он с немалым облегчением вновь увидел свою жену счастливой. Его беспокоило лишь то, что она долго не могла забеременеть, и прошло целых два года, прежде чем она опять почувствовала знакомое недомогание. Боясь спугнуть народившуюся надежду, они избегали даже говорить об этом. Их браку исполнилось ровно четыре года, и именно в этот день он впервые заметил ее странное состояние. Увидев протянутый ей бокал шампанского, Сабрина позеленела и, пробормотав, что она «съела что-то не то», поспешно выбежала из комнаты.

На следующий день, когда он попытался ей осторожно возразить, она вдруг ударилась в слезы, вновь выбежала из комнаты, сильно хлопнув дверью, и притворилась спящей, когда вечером он лег в постель. Все это было и прежде, но у него не было уверенности, что его жена вновь в положении. Какое-то время он выжидал, а затем, когда сомнения сменились твердой уверенностью, сказал об этом самой Сабрине.

— Думаю, ты ошибаешься. — Она попыталась выставить мужа из комнаты, делая вид, что читает документы, которые он принес домой с рудника. Последние дни она стала ощущать скуку. Джон успел все прибрать к рукам, и теперь дела на рудниках шли просто превосходно.

— А я так не думаю. — Он выглядел довольным и полагал, что имеет для этого все основания.

— Я чувствую себя прекрасно, — сердито заявила Сабрина, выходя из комнаты.

Он снова заговорил об этом лишь вечером, когда они ложились спать.

— Не бойся, малышка. Почему бы нам не выяснить это? Я бы поехал с тобой.

Но она покачала головой, и глаза ее наполнились слезами.

— Не хочу ничего знать.

— Но почему? — Придвинувшись поближе, Джон почти наверняка знал, что она сейчас ответит.

— Я боюсь. А вдруг... — Она не выдержала, и ее слезы брызнули на его руку. — Ох, Джон...

— Поедем, радость моя. Мы должны убедиться, правда? На этот раз все будет прекрасно. — Он ободряюще улыбнулся.

На следующий день они вновь поехали в больницу, и Джон оказался прав. Ребенок должен был родиться в июле. Узнав об этом, они пришли в восторг, не веря своему счастью. Джон буквально приковал жену к постели, и она полностью подчинялась ему. На сей раз Сабрина не собиралась упускать ни единого шанса. Они приехали в Напу в январе, но уже в апреле вернулись в Сан-Франциско, чтобы оставшиеся три месяца дожидаться здесь. Джон хотел, чтобы врачи были под рукой, а Сабрина хорошо себя чувствовала в доме Терстонов. Несколько раз в неделю он ездил на рудники и обратно. Он купил «дьюзенберг» и специально нанял шофера, чтобы тот катал ее по городу. Джон не хотел, чтобы она сама водила машину. Сабрина жадно ловила новости из Европы. И ее, и мужа всерьез беспокоила угроза надвигающейся войны. Напряжение нарастало, но Джон был убежден, что обстановка разрядится.

— А если нет? — Ранним июньским утром она лежала на огромной кровати и вслух читала ему газету.

Глядя на жену, похожую на большой круглый шар, Джон не мог удержаться от улыбки. Он любил гладить ее живот, руками ощущая движения младенца. Сегодня ребенок был особенно активен. Когда-то, тридцать два года назад, так же себя вел Барнаби, и Джон все еще помнил об этом. Но сейчас он ждал рождения этого ребенка, и ждал с нетерпением. Ему трудно было оставаться серьезным и отвечать на вопросы жены о политике.

— А если будет война?

— Не будет. Во всяком случае, у нас. Теперь ты поняла, насколько выгодно быть замужем за стариком, радость моя? Меня не призовут в армию!

— Это хорошо! Я хочу, чтобы ты оставался со мной и нашим сыном.

— Почему ты думаешь, что это будет мальчик? — усмехнулся Джон. Они оба хотели, чтобы их первенцем стал мальчик. А позже можно будет завести и девочку. Несмотря на все страхи, беременность протекала удивительно легко, и Джон надеялся, что так будет и дальше. Впрочем, Сабрина была достаточно молода, чтобы нарожать много ребятишек, было бы желание. Ей исполнилось всего двадцать шесть, хотя сама она называла себя старой каргой. Джон хотел отвезти ее в больницу, но она настаивала на том, что будет рожать дома. Теперь он колебался, не зная, стоит ли рисковать. Ласково взглянув на жену, он повторил своей вопрос:

— Так почему мальчик?

— У него большие ступни. — Она указала на свой живот. — Знаешь, я иногда удивляюсь, почему он еще до сих пор не вылез наружу. Уж больно он нетерпелив!

Наступил июль, и Сабрина сама начала испытывать нетерпение. Было уже двадцать первое число, а ей так хотелось поскорее увидеть своего малыша.

— Почему он не рождается? — спросила Сабрина, когда однажды вечером они с Джоном прогуливались по саду вокруг дома Терстонов. — Он опаздывает уже на шесть дней!

— Может быть, это девочка, а леди всегда опаздывают. — Он погладил руку жены.

Этим вечером Сабрина ходила медленнее обычного, а когда поднялась по лестнице в спальню, долго не могла отдышаться. С каждым днем она становилась все толще, и это начинало его беспокоить.

— А вдруг ребенок будет слишком большим? — втайне от жены допытывался он у врача.

— Тогда мы поможем ему выйти наружу. В наши дни это просто.

Джон опасался кесарева сечения, надеясь, что обойдется без этого, но живот жены выглядел таким большим, а сама она такой маленькой... У нее были неширокие бедра и узкий таз, и Джона невольно охватывал ужас при мысли о том, как ребенок будет прорываться наружу. Как тяжело проходили роды Матильды тридцать два года назад, а ведь она была крупной и здоровой деревенской девушкой! Сабрина выглядела намного более хрупкой, да и он уже был в возрасте. Ему исполнилось пятьдесят четыре, он безумно любил жену и беспокоился буквально обо всем.

— А может, ты хочешь пить?

Он видел, как она корчится на постели, как читает какую-то книгу по ночам, не в силах заснуть. Стояла жара, и звезды просто ослепляли блеском. Обычно в такие часы уже опускался туман. Взглянув на мужа, Сабрина слабо улыбнулась и вздохнула:

— Я так устала, любимый. — Она погладила свой огромный живот. Господи, какая у нее была стройная талия! Он тоже бережно коснулся живота жены и в тот же момент ощутил сильный толчок.

— По крайней мере сегодня он в хорошей форме.

— Это единственное, что меня утешает. У меня болят спина и ноги. Я не могу сидеть, не могу лежать, не могу дышать.

Джон вспоминал все, что когда-либо слышал по этому поводу, но она действительно выглядела ужасно. Прежде чем погасить свет, он осторожно погладил ее по спине. Джон знал, что большинство мужчин предпочитают спать врозь со своими беременными женами, но он не любил оставлять Сабрину одну, хотя она и уверяла, что не обидится, если он ляжет отдельно.

— Думаешь, люди были бы шокированы, увидев нас? — Они лежали вместе, Джон обнимал жену, а Сабрина устроилась поудобнее, положив голову ему на грудь.

— Ну и пусть... Я счастлив, а ты?

— Я тоже.

Она улыбалась в темноте, смотря на звезды и наслаждаясь прекрасной летней ночью. Наступило двадцать седьмое июля 1914 года. Едва Сабрина, неуклюже пристроившись к Джону, начала засыпать, как тут же почувствовала сильный и резкий толчок, а затем мучительный приступ боли. Открыв глаза, она посмотрела на спящего мужа и тесно прижалась к нему. Ее спина болела сильнее, чем прежде, и она попыталась лечь поудобнее, как вдруг почувствовала, что приступ повторяется. Целый час она ощущала череду болезненных судорог, а когда наконец присела на постели, чтобы хоть немного отдышаться, из нее хлынул поток и все белье моментально промокло. Она чувствовала себя неловко, когда проснулся Джон и включил свет. Глядя на нее сонными глазами, он спросил:

— Ты что-нибудь пролила?

Заметив, как странно она трясет головой, краснея до корней волос, Джон все понял и прижал ее к себе, пытаясь успокоить:

— Не волнуйся, все будет хорошо. Так и должно быть.

Он поднялся, принес ей несколько полотенец и позвонил горничной, надевая свой голубой шелковый халат.

— Я прикажу Мэри сменить постель. Почему бы тебе не пересесть сюда? — Джон помог жене перебраться на стул и внимательно посмотрел ей в лицо. — Что ты чувствуешь, дорогая?

Сабрина снова покраснела. Он так заботился о ней, что она чувствовала себя с ним спокойнее, чем с врачом.

— Похоже на судороги.

— Это нормально?

Матильда никогда не описывала ему своих ощущений. Он помнил, что Сабрина уже потеряла одного ребенка, и сейчас этого нельзя было допустить.

— Не знаю. Я не уверена. Доктор говорил, что за ним надо послать тогда, когда начнутся боли. Может быть, время уже наступило.

Он посмотрел на мокрую постель и улыбнулся:

— Пожалуй, да. Ты только подумай... — Он всячески пытался отвлечь ее от приступов боли. — Через несколько часов ты будешь держать в руках нашего ребенка.

Это была чудесная мысль. Когда пришла горничная и занялась постелью, Джон вышел позвонить доктору и через несколько минут вернулся обратно, неся в руках чашку чаю. Доктор обещал прислать двух акушерок, нанятых специально для Сабрины. Кроме того, он посоветовал Джону успокоить жену. Пусть лежит в постели, но ничего не ест. Впрочем, ей и так было не до еды. Сабрина сидела на стуле, тяжело откинувшись на спинку, хмурила брови и, стиснув зубы, придерживала руками свой огромный живот.

— Доктор уже в пути, сердце мое. Давай-ка я уложу тебя обратно в постель.

Она с удовольствием легла, подумав о том, что правильно сделала, оставшись дома. Сабрина не хотела ложиться в больницу, для нее очень много значило, что ее ребенок появится на свет именно в доме Терстонов. Джон понимал это, потому и согласился, хотя приготовил все необходимое на тот случай, если вдруг понадобится срочно перевезти ее в больницу. Менее чем через час прибыли две акушерки, которые в один голос заявили, что все идет хорошо, а затем попытались прогнать Джона из комнаты. Однако Сабрина начала кричать:

— Почему он не может остаться?

Она доверяла мужу больше всех на свете и хотела, чтобы он находился рядом. В конце концов это был ее дом! Однако акушерки и слушать ничего не желали.

— Я думаю, мне лучше уйти, — мягко сказал Джон, склоняясь над Сабриной. Ее лицо покрывала испарина, глаза потускнели, и, судя по всему, приступы боли все учащались и учащались. Когда он покидал комнату, Сабрина вскрикнула. Выйдя в холл, Джон принялся прохаживаться, прислушиваясь к звукам из соседней комнаты. Но лишь час спустя Джон услышал крик жены и замер на месте. Очнувшись, он нервно постучал в дверь, которую открыла старшая из акушерок.

— Ей нужна тишина! — громко прошипела она. У нее было строгое лицо, обрамленное накрахмаленным чепцом.

— А в чем дело? Разве я шумлю?

Тут он снова услышал стон жены и, не обращая внимания на акушерку, устремился в комнату. Сабрина лежала в постели. Задранная ночная рубашка открывала ее огромный живот. Но это зрелище не смутило Джона. Подойдя вплотную, он ласково заговорил с женой, которая вновь стала корчиться от очередного приступа боли. Акушерка растерялась, но тут вошел врач и слегка изумился, застав в комнате Джона.

— Так, что у нас здесь? — Доктор пытался сделать вид, что нисколько не удивлен происходящим, но было ясно, что ему хочется выставить Джона из комнаты. А тот, кажется, и не думал уходить, тем более что Сабрина буквально вцепилась в его руку. Она находилась в таком состоянии, что уже плохо сознавала происходящее. Прикрывавшая ее тонкая простыня то и дело слетала в сторону, когда женщина снова принималась метаться от боли. У нее был измученный вид, она отчаянно задыхалась при каждом новом приступе. Вдруг она стремительно подалась вперед и попыталась сесть. Лицо Сабрины сморщилось, но тут подоспела акушерка и уложила ее обратно, а доктор, совершенно забыв о присутствии Джона, устремился к стонущей женщине. Откинув простыню, он осмотрел ее живот, но в этот момент она вдруг диким, страшным голосом выкрикнула имя мужа. На лице Джона выступили крупные капли пота. Она продолжала метаться на кровати, а он ничем не мог ей помочь! Наконец доктор знаком показал, что хочет поговорить с Джоном, и вышел из комнаты. Однако, заметив это, Сабрина ударилась в панику, и лишь после очередного приступа боли Джон смог присоединиться к ждавшему в холле врачу, пытаясь понять, что происходит.

Голос доктора был спокоен:

— Все идет отлично, мистер Харт. Но вам придется оставить ее одну. Это слишком тяжелое зрелище. Ради нее, да и ради вас самого я не могу позволить этого. Дайте нам спокойно заняться своим делом.

— Каким делом? — Джон сердито посмотрел на врача. — По-моему, она все делает без вас и не хочет, чтобы я уходил. Вы не понимаете. Я единственный родной ей человек и близкий друг вдобавок. А она значит для меня все. Когда-то я жил на ферме и знаю, как телятся коровы и жеребятся кобылы.

Доктор был шокирован.

— Но ведь это ваша жена, мистер Харт!

— Я это прекрасно знаю, доктор Сноув. И не позволю ей пасть духом.

— Тогда сделайте это ради нас. В конце концов, вы же наняли нас с этой целью.

Джон заколебался, не зная, на что решиться. Если он все-таки останется, не повредит ли это Сабрине? Его не заботило, что об этом подумают другие, потому что он давно вышел из того возраста, когда его могли смутить такие пустяки. Черт бы тебя побрал, доктор Сноув, подумал он, глядя в глаза врача.

— Если она позовет меня, я войду. Это мой дом, моя жена и мой будущий ребенок.

Доктор был оскорблен в лучших чувствах, но лишь поджал губы.

— Очень хорошо.

— Так все действительно идет нормально?

— Я уже говорил это, но не думаю, что она скоро разродится. Ей придется напрячь все свои силы, так что впереди нас ждет долгая ночь. — Он выглянул в окно, увидел восходящее солнце и чуть не улыбнулся. — Я хотел сказать, долгий день. Думаю, ваш ребенок родится не раньше обеда. — Он посмотрел на свои карманные часы, и в этот момент из комнаты послышались какие-то странные звуки.

— Откуда вы знаете?

— Я говорю так, потому что много раз видел, как рождаются дети. А вы этого не знаете, что бы вы там ни говорили.

— Но кажется, что она... все это так долго...

— Ничего страшного.

Когда врач вернулся в комнату, оставив его в коридоре, Джон вдруг почувствовал, что у него разболелась голова. В последующие четыре часа он мерил шагами холл и сходил с ума от мучительного ожидания. Кончилось тем, что он выпил шотландского виски, подумав, что, если бы Сабрина сделала то же самое, это могло бы облегчить ее страдания. Когда настало два часа дня, Джон одиноко сидел на ступеньках лестницы, прямо под знаменитым витражным куполом, и думал о своей жене. За это время акушерки несколько раз входили и выходили, но сам доктор появился лишь однажды, повторив, что все идет хорошо, но придется еще немного подождать.

В четыре часа дня Джону послышался голос Сабрины, кажется, она что-то громко, пронзительно говорила. Затем послышался стон. Он мгновенно взбежал по лестнице и остановился перед дверью, не решаясь войти. А внутри продолжали раздаваться то душераздирающие стоны, то пронзительный, задыхающийся визг. Ему хотелось постучать в дверь и окликнуть Сабрину, но он боялся испугать ее. Больше всего на свете ему хотелось сейчас заключить ее в объятия, но он продолжал молча стоять в коридоре. Снова услышав голос жены, он не выдержал, осторожно приоткрыл дверь и вошел. Сначала его никто не заметил, поскольку шторы были задернуты и в комнате царил полумрак. Одна лампа горела на ночном столике в изголовье кровати, другая — в изножье; в комнате царила страшная духота. Сабрина лежала в постели, широко раздвинув ноги. Ее прикрывала тонкая простыня, лицо было мокрым от пота, волосы спутаны, глаза закатились. Внезапно она стиснула руки и снова закричала от боли. Доктор поспешно поднял простыню, и потрясенный Джон увидел маленькую головку, покрытую редкими волосиками. Стиснув зубы, он едва удержался от крика. Сабрина дернулась, из нее хлынули потоки крови, но Джон видел только торчащую головку младенца. Жена продолжала кричать и тужиться, акушерки успокаивали и ободряли ее, доктор пытался повернуть младенца за плечи... Джон стоял, обливаясь слезами, и вдруг... Да, это был ребенок, крохотный мальчик, весь в материнской крови. Доктор передал его Сабрине, она подхватила ребенка на руки, и тут Джон шагнул вперед, заплакал и обнял их обоих. Доктор был шокирован его появлением, но промолчал. Это были самые странные роды в его практике. Может быть, эти двое были не так уж не правы. Однажды они зачали своего ребенка в любви и согласии. Ждали его, а сейчас малыша крепко держали не две, как обычно, а целых четыре руки. Мальчик громко кричал, на часах было пять часов четырнадцать минут пополудни двадцать восьмого июля тысяча девятьсот четырнадцатого года. В этот день в Европе началась война.

Глава 27

Джонатан Терстон-Харт был крещен в старой церкви святой Марии на Калифорния-стрит, в январе 1915 года, когда ему исполнилось шесть месяцев. В Европе уже вовсю шла война. По случаю крещения сына родители устроили в доме Терстонов скромный прием, на котором присутствовали Крокеры, Флады, Тобины и Дивайны. Избранные гости поднимали бокалы с шампанским и провозглашали тосты за здоровье младенца. Сами родители отпраздновали это событие поздно вечером в той самой комнате, где и родился маленький Джонатан.

— Как же мы счастливы, малышка!

— Да, мой дорогой...

Сабрина чувствовала себя на верху блаженства. У нее были любимый муж и обожаемый сын, а их с Джоном так и не объединенные рудники продолжали приносить высокий доход. Ей казалось, что лучше управлять ими раздельно, а слияние может только повредить.

— Все знают, что мы женаты и что я управляю всеми рудниками. Разве от этого что-нибудь изменится?

— Для меня многое.

Она принадлежала Джону, но не ее рудники. Кроме того, была одна тайная причина, по которой Сабрина хотела, чтобы так было и дальше. Да, муж превосходно управляет ее рудниками, и у нее не было причин жаловаться. С появлением маленького Джонатана она перестала интересоваться тем, как идут дела на шахтах. Теперь даже болезни виноградников не казались ей особой трагедией. Сабрина была переполнена счастьем и уверяла мужа, что сын очень похож на него. У малыша были темные волосы и огромные фиалковые глаза. По правде говоря, он не слишком походил ни на одного из родителей. Одна Ханна знала, на кого он похож, но никому не сказала об этом. Малыш был точной копией Камиллы.

Большую часть этой весны они провели в Напе, там же отпраздновали двадцатисемилетие Сабрины. Этим летом стояла самая великолепная погода, которую она помнила с юности. Джону исполнилось пятьдесят пять лет, и единственным печальным известием стало письмо, сообщавшее о смерти Весенней Луны. Она упала с моста и разбила голову о камни. Смерть наступила мгновенно. Письмо было написано по поручению ее брата, который не умел писать, но знал, что обязан сообщить об этом. Джон был тронут. Весенняя Луна была ему хорошей подругой. Узнав о ее смерти, Сабрина тоже опечалилась. Шесть лет назад индианка спасла ей жизнь, или, точнее, девственность. Трудно было поверить, что с тех пор прошло уже шесть лет. Казалось, они пролетели стрелой, и виноват в этом был Джон Харт. Она не могла себе представить жизни без него. Казалось, они женаты целую вечность.

Все ее предсказания сбылись. Пришел день, когда родился Джонатан, а в Европе началась война. Пока, правда, не было никаких признаков того, что и Америка вступит в эту войну. Даже когда Джонатану исполнилось два года, участие в войне Соединенных Штатов все еще казалось сомнительным. Во всяком случае, так уверяли политики, однако с некоторых пор Сабрина перестала доверять им.

— Как мы можем остаться в стороне, Джон? — спрашивала она мужа. — Ведь там умирают тысячи людей! Неужели ты думаешь, что мы не протянем им руку? Конечно, если мы сделаем это, то будем дураками, но если не сделаем, окажемся самыми бессердечными созданиями на свете. Я не знаю, что и думать.

— Тебя слишком волнует политика. Это беда всех бывших деловых женщин: они не знают, чем им еще заняться.

Он любил поддразнивать жену, зная ее пытливый ум. Она много времени уделяла сыну. Так много, что, несмотря на горячее желание, все же решила не ехать на Новый год в Нью-Йорк. У самого Джона были дела и в Нью-Йорке, и в Детройте, но он терпеть не мог ездить один, а потому стал уговаривать жену:

— Если хочешь, мы можем не спеша вернуться домой через южные штаты. — Джон любил ее общество, и они были неразлучны.

— А как долго мы пробудем в отъезде?

— Вероятнее всего, недели три, — подумав минуту, ответил он. — Максимум четыре.

«Две недели из них уйдут только на то, чтобы пересечь всю страну и вернуться обратно», — подумала Сабрина и покачала головой:

— Нет, не могу. Разве что взять с собой Джонатана...

Джон подумал, а потом рассудительно покачал головой:

— Ты представляешь себе, что значит для ребенка провести десять дней в поезде?

Она застонала, и оба засмеялись.

— Это легче, чем представить себе разлуку с моим сокровищем.

Двухлетний Джонатан был любопытен, как сорока. Это был живой, здоровый, счастливый ребенок, и Сабрина жалела только о том, что никак не может снова забеременеть. Прошло уже два года после родов, но все было тщетно. Даже врачи не могли назвать причину. Впрочем, теперь у нее был сын, а все остальное уже не так важно.

— Как же мне не хочется отпускать тебя одного, да еще на такой долгий срок!

— А как мне самому не хочется ехать! — удрученно отозвался Джон. — Ты уверена, что не сможешь оставить Джонатана на попечение Ханны?

— Да, думаю, что не смогу. Ей трудно будет с ним справиться. — В доме Терстонов, где они часто бывали, тоже не было никого, кому бы она могла доверить сына. — Придется остаться с ним.

— Ну хорошо, — согласился Джон, поглощенный новыми планами.

Девятнадцатого сентября Сабрина с сыном на руках приехала на вокзал, чтобы проводить мужа. Они оба поцеловали Джона и попрощались с ним, а он долго махал им из окна купе. Потом Джонатан и Сабрина вернулись в дом Терстонов, где решили дожидаться возвращения Джона. У Сабрины были в городе кое-какие дела с банком, кроме того, она хотела заказать новые шторы, обивку и ковры для дома Терстонов. И хотя дел хватало, все время, пока отсутствовал Джон, она чувствовала себя ужасно одинокой.

Обустраивая заново свой огромный дом, Сабрина постоянно ждала вестей от мужа и не могла дождаться его возвращения. Однажды утром она поиграла в саду с сыном, а затем собралась и поехала в центр, чтобы выбрать новые ткани, думая при этом о том, где сейчас находится Джон. Увидев мальчишку, продававшего газеты, она вдруг остановилась, и у нее упало сердце. «КРУШЕНИЕ ПОЕЗДА НА ЦЕНТРАЛЬНОЙ ТИХООКЕАНСКОЙ ЛИНИИ. СОТНИ ПОГИБШИХ» — гласил заголовок. У Сабрины закружилась голова. Она с трудом пробралась сквозь толпу и выхватила газету из рук продавца, сунув ему долларовую бумажку. У нее тряслись руки. Имена погибших и раненых не сообщались, но это был именно тот поезд, на котором ехал Джон! Крушение произошло в Эхо-Каньоне, восточнее Огдена, в штате Юта. Ничего не соображая, она направилась в банк и долго стояла там, оцепеневшая от ужаса и обливающаяся слезами. Наконец кто-то узнал ее.

— Миссис Харт, чем мы можем вам помочь?

Сабрину проводили в кабинет президента банка, и она передала ему газету. На ее лице был написан страх.

— Вчера Джон выехал на этом поезде. Если бы удалось узнать... — Она не посмела продолжить дальше и выговорить до конца эти страшные слова. Возможно, ее муж не пострадал или только ранен! Если это так, то ей надо немедленно ехать к нему. Джонатан вполне сможет побыть один до ее возвращения. Мысли у Сабрины путались, она отчаянно смотрела на президента банка.

— Вы не могли бы каким-нибудь образом выяснить?..

Он озабоченно кивнул:

— Мы свяжемся с нашим отделением в Огдене и попросим их прислать нам всю необходимую информацию.

В полдень из Сан-Франциско за уцелевшими пассажирами должен был выехать специальный поезд.

— А если позвонить в управление железной дороги? Они должны иметь список пострадавших.

Президент банка снова кивнул:

— Мы сделаем все, что сможем, миссис Харт. Где вас найти?

— Я подожду дома... или мне лучше остаться здесь?

— Нет, я пошлю за шофером, и он отвезет вас домой. Как только мы что-нибудь выясним, я тут же сообщу. — Он и сам был подавлен этой трагедией. Харты были его крупнейшими клиентами, как в свое время и отец миссис Харт. Дай-то Бог, чтобы ее муж уцелел! Он проводил ее до машины, сообщил шоферу адрес и поспешил назад, чтобы отдать приказания своим служащим. Был послан телеграфный запрос в управление Центральной Тихоокеанской линии с требованием немедленного ответа. Кроме того, в местное управление железной дороги был отправлен курьер, и теперь оставалось только ждать.

Новость оказалась трагической. Джон Харт ехал в одном из шести вагонов, которые сильнее всего пострадали при крушении, поскольку сошли с рельсов и упали в ущелье глубиной в несколько сот футов. Бездыханное тело Харта подняли из каньона через несколько часов и сначала не смогли опознать. Однако теперь никаких сомнений не оставалось, и филиал банка в Огдене сообщил об этом с выражением соболезнований семье погибшего.

После полудня, когда машина въехала в ворота дома Терстонов, нервы президента банка были напряжены до предела. Стук дверного молотка прозвучал как-то особенно мрачно. Дверь открыла горничная, и банкир промолвил, что хотел бы повидать миссис Харт. Сабрина появилась мгновенно, как только ей доложили о том, что ее спрашивают. Оставив Джонатана наверху с одной из горничных, она стремительно сбежала вниз и с мольбой посмотрела в лицо президента. Разумеется, они узнали, что Джон участвует в ликвидации последствий аварии. Он так привык к катастрофам на рудниках, что крушение поезда было для него пустяком...

Тревожно улыбаясь, она посмотрела на стоявшего внизу мужчину. Мрачное выражение его лица заставило ее замереть на месте.

— Джон? — едва слышно прошептала она, стоя прямо под витражным куполом. — Он... С ним все в порядке, не так ли? — Она сделала еще несколько шагов вперед и остановилась лишь тогда, когда президент банка покачал головой. Он собирался рассказать ей обо всем подробно, собирался усадить ее, чтобы она не упала в обморок. Ни за что на свете он не согласился бы принести ей эту весть, но у него не было выбора. Сейчас он подавленно смотрел на Сабрину и не знал, что предпринять. Этого не должно было случиться с такими замечательными, любящими друг друга людьми...

— Я искренне сожалею, миссис Харт, но мы получили известие... — Он глубоко вздохнул и продолжил: — Ваш муж погиб прошлой ночью во время крушения. Его тело извлекли из каньона сегодня днем... — ему ужасно не хотелось произносить эти слова, но обратного пути не было, — ...и уже опознали.

У Сабрины вырвался страшный крик. Так она кричала, когда рожала Джонатана, но эта боль была неизмеримо ужаснее и мучительнее. Джона больше нет! Она страдальчески посмотрела на президента банка, а он, поражаясь глубине ее мук, не знал, чем ее утешить. Так они и стояли на нижних ступеньках лестницы дома Терстонов, под тем самым куполом, который был восстановлен по приказу Сабрины после землетрясения 1906 года. Но они смотрели не на купол, а в лицо друг другу, и он видел, как глаза Сабрины стремительно наполняются слезами. Затем она оставила его и медленно направилась к двери. Она не кричала, не плакала, не падала в обморок. У нее не было истерики, и она держала себя в руках. Она просто вышла в парадную дверь и посмотрела вокруг так, словно наступил конец света или конец Сабрины Харт.

Книга III

САБРИНА
ВТОРАЯ МОЛОДОСТЬ

Глава 28

Объяснить двухлетнему Джонатану Харту, что его папа умер, было невозможно. Он еще только начинал говорить, и не было способов растолковать ему происшедшее. Зато все остальные знали об этом, и, когда тело Джона привезли в город, в старой церкви святой Марии отслужили заупокойную службу; хоронили же его в Напе. У Сабрины было такое чувство, будто она умерла вместе с ним. Она настояла, чтобы открыли гроб, и сидела одна в библиотеке дома Терстонов, глядя на его синяки и сломанную шею, вычесывая из волос песчинки и ожидая, что он вот-вот проснется и скажет, что это ошибка. Но ошибки не было. Джон Харт не шевелился; ее короткая жизнь с ним подошла к концу. Они прожили вместе лишь семь лет, и теперь она не могла себе представить, как ей жить дальше. Никогда в жизни она не испытывала такого душевного опустошения... Сабрина часами просиживала на крыльце, глядя в пространство, пока не приходила Ханна. Старуха похлопывала ее по руке и напоминала о домашних делах или обязанностях перед Джонатаном. Казалось, со смертью Джона ее разум опустел: она ничего не чувствовала, ничего не видела, ни с кем не разговаривала и ничего не могла дать своему ребенку.

Ей уже не раз говорили, что на обоих рудниках, ее и Джона, накопилось много дел и нерешенных проблем, но у Сабрины не было ни сил, ни желания ехать туда. Теперь ей было непонятно, почему раньше она противилась объединению обеих шахт. Была ли тому какая-то особая причина? Кому и что она хотела этим доказать? Нет, она не знала, не помнила, да и не могла вспомнить. И заставить себя заниматься их общим делом было выше ее сил.

— Миссис Харт, вам надо съездить на рудник, — умолял ее управляющий, несколько раз приезжавший в Сент-Элену. Она кивала, но не ехала туда ни завтра, ни послезавтра. Так прошел месяц, и однажды, когда к ней приехали отчаявшиеся управляющие обоих рудников, она поняла, что на этот раз отвертеться не удастся. Она села в машину Джона и повезла их сначала на свой рудник. Когда она вошла в свой кабинет, то словно переместилась во времени, все здесь казалось таким родным и знакомым... На нее нахлынул поток воспоминаний: она вспомнила свой первый день в этом кабинете после смерти отца, свою смелую речь, толпами уходивших людей... безобразную сцену с Дэном... Она почувствовала себя такой же одинокой, как тогда, будто все это произошло не десять лет назад, а только вчера. Она посмотрела на сопровождавших ее мужчин и начала плакать, а потом откровенно разрыдалась. Управляющий осторожно обнял ее.

— Миссис Харт... Я знаю, как вам больно, но...

— Нет, нет. — Она покачала головой и безнадежно посмотрела на него. — Вы не понимаете. Я не могу, не могу больше... У меня нет прежних сил... — Он не понял, что она имела в виду. Сабрина вздохнула, постаралась взять себя в руки и опустилась на стул, на котором обычно сидел Джон, когда бывал на ее руднике. — Я не могу управлять прииском, как раньше. Я должна позаботиться о сыне. — Оба управляющих знали, что она сама управлялась здесь, и считали, что это у нее здорово получалось, но никто не собирался просить ее вернуться.

— Мы и не думали, что вы согласитесь, миссис Харт.

Эти слова удивили и в то же время успокоили ее. Неожиданно ей пришло на ум, что именно этого она и боялась весь месяц: увидеть брошенными прииски, детище Джона, которому он отдавал столько сил. Без него они должны были казаться пустыми. Эта мысль была непереносима. Тяжело вздохнув, Сабрина встала.

— Я хочу, чтобы вы управляли рудниками, как и раньше. Я постоянно буду встречаться с вами, я хочу быть в курсе всего, что здесь творится. И... — тут Сабрина удивила их, — я хочу объединить оба прииска. — Она понимала, что сделать это следовало еще при жизни Джона. Конечно, она виновата в том, что этого не произошло раньше. Почему, почему она была против этого слияния, словно не доверяла Джону? Бог знает, какие на то были причины. Всякий раз, когда она думала об этом, ей было не по себе, но теперь она обязательно объединит их. — Механизм добычи и разработок на шахтах практически одинаковый, проблем с этим не будет. Я хочу, чтобы они назывались «Рудники Терстона — Харта».

— Да, мэм. — Оба знали, что понадобится немало времени, чтобы собрать все нужные документы, утрясти формальности, но ведь этим можно заняться уже сейчас, не откладывая на будущее. По крайней мере она стала напоминать прежнюю Сабрину, решительную, отважную. Она записала на листках несколько распоряжений и вручила управляющим.

— С другой стороны, я хочу, чтобы все оставалось по-прежнему. Продолжайте делать то, что делали при муже. Я не хочу никаких изменений.

Но, как ей стало известно, за последнее время ситуация на рудниках складывалась не лучшим образом: проблем хватало, особенно на прииске Джона, который давно не приносил высоких доходов, а в последние годы прибыль стала резко уменьшаться. Надо отдать должное Джону: он честно и добросовестно вел дела на ее руднике и не пытался покрыть свои убытки за ее счет. Она никогда не слышала от него ни слова жалобы, он не сетовал на жизнь и хлопоты, хотя проблем у него, наверное, было немало, но он не желал перекладывать заботы на ее плечи. Да, нелегко ему приходилось, и Сабрина лишний раз оценила его благородство и порядочность.

Но когда в 1917 году Соединенные Штаты вступили в Первую мировую войну, дела на рудниках Харта пошли в гору. Для изготовления пуль и орудий войны была необходима киноварь, спрос на нее резко возрос, и рудники — в то время они уже назывались «Рудники Терстона — Харта» — из убыточных превратились в процвета-

ющие. Деньги сами текли в руки, но Сабрину это волновало меньше
всего. Ее занимали другие проблемы — сын Джонатан (в память о
муже она стала называть его Джоном), воспоминания о горячо лю-
бимом Харте... Она так и не оправилась после его смерти. Несколько раз в неделю она работала на приисках. Это помогало ей заглушить
боль невосполнимой утраты, отвлекало от навязчивых воспоминаний. Пока Джон был в школе, она была занята своей работой, но в
последнее время в связи с ростом заказов ей приходилось задерживаться допоздна. В конце концов она стала возвращаться далеко за
полночь, когда Джон уже спал, а у нее не оставалось сил даже на
то, чтобы поесть, не то что увидеть сына.

Теперь она редко ездила в Сан-Франциско. Дом Терстонов
был заперт на замок. Она наведывалась туда время от времени,
иногда вместе с Джонатаном. Однажды они даже провели там Рождество. Большего она не могла себе позволить: слишком тяжелы
были воспоминания о былых годах, о Джоне, о рождении их сына...
Все прошло. Теперь она понимала, что пришлось испытать отцу
после смерти жены, ее матери; они с Джоном прожили вместе намного дольше, чем отец с Камиллой... Нет, она не могла долго
находиться в этом доме! Каждый раз они с Джоном-младшим поспешно возвращались в Напу. Там она снова погружалась в работу,
день-деньской пропадая на приисках.

Только потом она поняла, как Джон ненавидел ее работу.

— Ты только и делаешь, что сидишь на своих проклятых рудниках! Ты никогда не бываешь дома!

Да, она знала, что он прав, пошел 1926 год, и опять дела на
приисках, причем на обоих сразу, шли из рук вон плохо. Нужда в
киновари отпала; ей пришлось уволить много рабочих, закрыть несколько разработок на руднике, который когда-то принадлежал ей.
Уже несколько лет действовал «сухой закон», и ее виноградники не
давали никакого дохода. Именно тогда— пожалуй, впервые в жизни — у нее появились проблемы с деньгами. Сейчас это становит-
лась особенно важным: она должна была содержать Джона. Мальчику
исполнилось двенадцать лет, и Сабрина хотела дать ему все, что
когда-то имела сама. Он был трудным ребенком и осуждал мать не
только за ее тяжелую мужскую работу, но и за то, что у него нет
отца. Казалось, он считал ее виновной в смерти Харта.

— Нет, Джон, это не моя вина! — тысячу раз повторяла Сабрина, когда он кричал на нее. Но вся беда заключалась в том, что она все еще чувствовала себя виноватой в смерти Джона. Хотя... Что бы изменилось, если бы она поехала с Джоном и погибла вместе с ним? Что бы тогда было с Джонатаном?

— Все мои друзья считают, что ты ненормальная. Их отцы и то так не работают!

— Что же делать? Я ведь отвечаю за тебя, сынок. А времена сейчас тяжелые.

В 1928 году она вынуждена была продать бывший рудник Харта, а вырученные деньги вложила в акции, теша себя надеждой, что рано или поздно они вырастут в цене, она получит большие проценты и передаст Джонатану большое состояние. Но мечта обернулась кошмаром: в «черный вторник» 29 октября 1929 года она потеряла все деньги, полученные за рудник Джона. Ее мучила совесть, что она так неумело распорядилась собственностью покойного мужа. А через три года ей предстояло послать сына в университет, и она не находила себе места. Сабрина ни слова не сказала ему об этих деньгах; Джон мечтал о Принстоне или Гарварде. Он был не прочь прокатиться в Европу и страшно хотел собственный автомобиль. Он постоянно требовал от нее чего-то и, казалось, не понимал, как ей приходится нелегко. Он всегда был капризным, а она не боролась с этим, покупала ему все, что он хотел, словно пыталась этим искупить свою вину перед ним, заключавшуюся в том, что она все время пропадала на работе, а отец Джона умер, когда сыну было всего лишь два года. Но, балуя сына, она не могла возместить ему потерю отца. Ко времени окончания сыном школы жизнь Сабрины стала невыносимой. Настало время выбирать университет, и хуже всего было то, что Джон соглашался лишь на Гарвард, Принстон или Йель.

— Ну что же, — сказала Сабрина, стараясь ничем не выдать своего волнения. За последние два с половиной года после краха она научилась сдерживать свои эмоции и сохранять самообладание, что бы ни случилось. — Куда ты собираешься поступать? И где я возьму деньги, чтобы оплатить твою учебу?

Вопрос риторический. Рудник не давал прибыли, и Сабрина собралась продать дом в Сент-Элене. В то время, когда Джон начал готовиться к вступительным экзаменам, они переехали в Сан-Франциско. Одно время Ханна жила с ними вместе (на этом настояла Сабрина), но позже она вернулась в Напу. Там ей было хорошо и спокойно. Сабрина ненавидела себя за то, что лишает Ханну пристанища, но... увы, другого выхода не было. Все равно дом придется продать, и тогда осенью она сможет послать Джона в любой университет, какой он выберет.

— Я думаю, Гарвард, мама, — самодовольно улыбнулся он, и Сабрина рассмеялась.

— Ты очень доволен собой, правда? — Все-таки он был славный парень. Конечно, избалованный, но тут уж виновата она сама. О да, она это знала. — И я тобой довольна. Оценки у тебя отличные; конечно, ты заслуживаешь учиться в любом из этих университетов. Так ты думаешь, Гарвард — это именно то, что тебе нужно?

— Да, я так думаю. — Джон нахмурился. Он уже было решил учиться в Йельском университете, но Нью-Хейвен в его представлении был таким же мерзким, отвратительным городишком, как и Сент-Элена. Ему хотелось чего-то большего. Все говорили, что Бостон — сказочное место, а Кембридж, как ни крути, его пригород. Джона интересовало все: и общественная, и светская жизнь, и учеба в университете. Да и что тут неразумного? Какой юноша в восемнадцатилетнем возрасте не мечтает об этом? Вот та просьба, с которой он обратился к Сабрине незадолго до окончания школы, была действительно неразумной. Ему еще не исполнилось восемнадцати, а Сабрине было уже сорок четыре года. С таким же успехом ей могло быть и тысяча лет. Она была слишком далекая, слишком старая, слишком оторванная от жизни.

— Ты не станешь возражать, если я куплю себе машину и переправлю ее на поезде на Восток, а, мам? В Кембридже она будет мне нужна. Не знаю, как я там обойдусь без нее, — заявил он с ангельской улыбкой. Ему и в голову не приходило, что она может отказать. Да так оно и было, она редко отказывала ему, даже если ей приходилось в чем-то ущемлять себя. А это случалось часто. Но на этот раз о машине нечего было и думать. Она еще не продала дом в Сент-Элене и была в полном отчаянии. Плату за первый год учебы Джона надо было внести до первого июля; что делать, если ей не удастся продать дом в Напе? — Я хочу маленькую машину, модель «А», с откидным сиденьем. Это великолепная машина, а если будет холодно, то...

Она подняла руку, желая остановить его, в ее глазах застыл ужас, которого он раньше не замечал. Однако Джон ничего не заметил и на этот раз. Он думал только о себе, она же с отчаянием думала, как ей свести концы с концами. Они стали совершенно чужими людьми. Слишком многое она скрывала от сына.

— Мне кажется, Джон, что пока рано говорить о машине.

— Почему? — Он с удивлением посмотрел на мать. — Мне нужна машина.

Что-то внутри не позволяло ей сказать Джону правду. Может быть, гордость.

— Поначалу ты можешь обойтись без машины, Джон. Слава Богу, в июле тебе будет только восемнадцать. Далеко не каждый ездит в университет на новенькой модели «А». — Она нервничала, в голосе послышались резкие нотки. Джон опешил.

— Бьюсь об заклад, большинство приедут на таких машинах. Боже, как же я буду добираться до университета?

— Ну, в первом семестре ты вполне обойдешься велосипедом или будешь ходить пешком. — Она с трудом проглотила комок в горле. — А на следующий год будет видно. — Бог даст, дела на руднике к тому времени улучшатся. Но... вряд ли.

А ее виноградники уже тринадцать лет не приносят никакого дохода. Она давно махнула на них рукой и подумывала продать землю. Сабрина знала только одно: она никогда не продаст дом Терстонов. Да и землю лучше бы не продавать. Она знала, чем была эта земля для ее отца, когда много лет назад он создавал здесь свою империю. Она мечтала, что однажды передаст все это Джону.

— Я тебя не понимаю. — Он расхаживал по комнате, не сводя взгляда с матери. — Да ты сама подумай! Хорош я буду верхом на велосипеде! Меня же засмеют!

— Чепуха! — Ее так и подмывало сказать ему, как обстоят дела. Нет, ни в коем случае! Она не хотела пугать его, да и гордость не позволяла. — Джон, половина страны сидит без работы. Люди экономят на всем. Никого не шокирует бережливость. Наоборот, шокирующим было бы раскатывать на новеньком автомобиле. В стране депрессия; я думаю, ты не желаешь, чтобы тебя сочли неотесанной деревенщиной с Запада, бахвалящейся своей машиной.

— Это ты говоришь чепуху! Да кого волнует эта депрессия? На нас-то она никак не отразилась, правда? Так какое нам дело до остальных?

«Да, это моя вина, — думала Сабрина. — Нельзя было допускать, чтобы он видел жизнь только в розовом свете. Вот он и вырос черствым, бездушным и оторванным от жизни. Моя вина в том, что он не понимает нашего положения. Где же ему понять...» Но она все еще не хотела ничего рассказывать. Слишком долго пускала она сыну пыль в глаза.

— Джон, это безответственно. Мы должны думать и о...

— Черт побери, я ни о чем не думаю! — прервал он. — Ни о чем, кроме машины!

Он обиделся на мать и продолжал дуться вплоть до самого отъезда в Бостон. Сабрина сама посадила его в поезд, ее сердце обливалось кровью, как всегда при расставаниях. Этот страх преследовал ее с тех, пор, как погиб муж. Она бы сама поехала с Джоном, но слишком много дел накопилось на рудниках. К счастью, она успела вовремя продать дом в Напе и заплатить за два первых года обучения в Гарварде. Сабрина молилась, чтобы к тому времени, когда придется платить вновь, ситуация изменилась к лучшему. Продажа дома разбила ей сердце. Их семья владела им шестьдесят лет. Иеремия построил его для своей невесты, умершей от гриппа. В этот дом он привез Камиллу после свадьбы. Конечно, оставался еще дом Терстонов, но дом в Сент-Элене был особенно дорог ей: она родилась здесь! Казалось, Джонатан не считал это такой большой потерей. Напа ему надоела. Слава Богу, что Ханна не дожила до этого дня — она умерла за два года до этого. Старуха бы не вынесла, если бы ее любимый дом перешел в чужие руки. Она бы не стала лить слезы по дому Терстонов, но Сент-Элена была ее вотчиной. Теперь там жили чужие люди. Но Сабрина ничего не жалела для Джона. Ей хотелось дать ему самое лучшее образование из всех возможных, несмотря ни на какую депрессию. Поэтому она и пришла в ярость, когда увидела его оценки за первый семестр. Он завалил все предметы и, по всей видимости, посещал занятия спустя рукава. Ох и задала же она ему трепку, когда он позвонил ей в День благодарения! Амелия приглашала его к себе в Нью-Йорк, но он остался в Кембридже с друзьями.

Амелии исполнилось восемьдесят шесть лет, и, хотя Сабрина по-прежнему считала эту женщину элегантной, Джонатан ее не выносил.

— Мам, она же такая старая!

О да, конечно, но в ней было то, чему могла позавидовать любая женщина помоложе. Жаль, Джон слишком юн, чтобы оценить это, но учить его уму-разуму времени не было. В данный момент ее больше волновали его отметки.

— Джон, если ты не возьмешься за ум, я урежу твои карманные расходы! — Да, это сильно облегчило бы ей жизнь. Она знала, что напугала его. Кроме того, она знала, что Джон все еще лелеет надежду получить от нее автомобиль модели «А», но сейчас был не тот случай. — И не вздумай пропустить занятия, иначе тебе придется вернуться и работать со мной на рудниках! — Она знала, что это для него страшнее смерти. Он ненавидел все, что было связано с рудниками, за исключением денег, которые они давали. Деньги позволяли ему покупать вещи, которые придают уверенности в себе. Именно поэтому он и стремился иметь собственную машину. Да, Сабрина хорошо знала своего сына. Но на этот раз она ничем не могла помочь ему. Он хотел машину, чтобы не отличаться от других и компенсировать отсутствие отца. Господи, сколько лет ей еще нести свой крест? Разве чувство вины поможет ей воскресить мужа? — Я хочу, чтобы ты более серьезно относился к учебе. Посмотрим, какие оценки ты получишь за следующую сессию, юноша!

Он приезжал к ней на каникулы. Конечно, это было расточительством, но она не хотела, чтобы он проводил рождественские праздники один. Да она и сама скучала по нему. Пусть будет хоть

Рождество, раз уж ни на что больше рассчитывать не приходилось. У нее не было никого, кроме Джонатана...

На руднике дела шли из рук вон плохо; наверное, ей все же придется продать его. Да и виноградники... Если бы на них нашелся покупатель, она бы продала, но кто их купит? Бесполезно. Она пробовала сажать сливы и грецкие орехи, но это было невыгодно. Яблоки... Столовый виноград... Единственное, что ей хотелось выращивать, — это виноград винный. Она всегда мечтала делать марочные вина, но из этого так ничего и не вышло. Едва ли в Америке когда-нибудь сумеют возродить винодслие...

Она снова увидела Джона в декабре 1932-го, и ее поразило, как он изменился за столь короткий срок. С момента их последней встречи прошло всего несколько месяцев. Джон очень возмужал, Гарвард ли был тому причиной или что-то другое... Он повзрослел, казался зрелым, умудренным жизненым опытом мужчиной, знающим толк в женщинах. Она замечала, что сын часто куда-то уезжает с друзьями и возвращается поздно ночью. Но кое-что в нем оставалось прежним. Он по-прежнему считал, что мать обязана удовлетворять его просьбы и желания, потворствовать всем его прихотям и капризам. Единственным, за что он платил сам, были его девушки.

Сабрина с облегчением убедилась, что он исправил плохие отметки, и теперь она с замиранием сердца ждала, когда он коснется запретной темы. Не прошло и двух дней, как он начал изводить ее, да и то только потому, что раньше он был очень занят.

— Мам, как насчет машины?

— Ключи внизу, дорогой, — улыбнулась она. Нет, она никогда не возражала, если сын катался на ее машине. И тут Сабрина испугалась, увидев выражение его лица.

— Не эта. Новая машина, моя собственная.

У нее упало сердце. Только что она просматривала отчеты: рудник был на грани банкротства. Положение отчаянное, вытащить их из пропасти могла только война. И не только их, а всю эту проклятую страну. Не годится женщинам мечтать об этом, но она слишком хорошо знала экономику и начинала серьезно опасаться, что придется закрыть рудник. Она больше не могла тянуть его, покрывая убытки за счет денег, полученных от продажи дома в

Напе. Кроме того, ей надо было оплатить обучение Джона. Она экономила на себе, обходилась малым: ничего не покупала, продала все машины, оставив только одну, рассчитала слуг в доме Терстонов. Из всей собственности у нее осталась земля под виноградниками, еще кое-какие акры и рудники, которые оставил ей в наследство отец. Только и всего. Все остальные деньги, вложенные в ценные бумаги и акции, пропали, сгорели во время биржевого краха 1929 года.

— Я думаю, сейчас ты вполне можешь обойтись без машины. — Боже мой! Да разве она может позволить подобную покупку?

— Это почему же? — Джон был взбешен. Сабрина видела, что ее восемнадцатилетний сын стал совсем взрослым. Джон тоже это понимал и вел себя довольно самоуверенно.

— Мы должны обсуждать это прямо сейчас? А подождать нельзя?

— Чего ждать? Как обычно, бежишь на работу?

Вообще-то она собиралась в Сент-Элену. Надо было съездить на рудник. Управляющий знал свое дело, но все равно она пропадала там почти все время: она должна была сама во всем разобраться. Было бы нечестно взваливать всю ответственность на кого-то другого. Она посмотрела на Джона с несчастным видом.

— Нехорошо так говорить, Джон. Я всегда была здесь, когда ты был маленький.

— Когда? Когда я спал? Ты приходила домой такая усталая, что тебе и поговорить со мной было некогда.

Она была шокирована его тоном. Весь остаток каникул Джон приставал к ней, но тщетно. Сабрина была настолько измучена его нападками, что с облегчением вздохнула, когда он уехал на Восток. Она чувствовала себя еще более виноватой, чем прежде. В отместку он написал ей, что приедет домой только в июле. Один парень, его сокурсник, пригласил Джона погостить у его семьи в Атланте. Но сын не указал ни имени друга, ничего не написал и о семье. Сабрина поняла его тактику: Джон хотел наказать ее за то, что она не подарила ему желанную игрушку.

Он приехал только в середине июля. Им негде было отдыхать: дом в Напе был продан, у нее остался лишь дом Терстонов. Она предложила ему поехать на озеро Тахо, но он был недоволен, что она все еще не купила ему модель «А», и уехал на озеро без нее, с друзьями. Но не могла же она держать его у своей юбки — в конце концов ему уже девятнадцать лет! Конечно, Сабрина расстроилась, что ей так редко удается видеться с Джоном. Вскоре сын уехал, и она осталась одна в доме Терстонов. Но ненадолго...

Зима выдалась тяжелой. Рудник не давал никаких доходов, был на грани банкротства, все разработки, кроме главной, были закрыты. Рабочие все как один подались в «красные». Не было денег на жизнь и на обучение Джона. Приехав домой на рождественские каникулы, Джон застал в доме Терстонов четверых жильцов. Его мать стала сдавать комнаты. Он ужасно разозлился, узнав об этом.

— О Боже, ты с ума сошла! Что о нас люди подумают!

Сабрина прекрасно понимала его чувства и внутренне была готова к этому; но все было так плохо, что она просто не видела другого выхода. Она готова была продать землю под виноградниками, но никто не горел желанием ее купить. Денежных поступлений не было, да и из каких источников? Кажется, настало время все объяснить Джону.

— Я ничего не могу поделать, Джон. Рудник закрыт. Надо же как-то зарабатывать на жизнь! Да ты и сам все прекрасно понимаешь. Твои расходы куда больше моих. — В Бостоне его жизнь превратилась в разгульную, бесконечную дружескую пирушку... Нет, она не жаловалась на непомерные расходы, ибо Кембридж есть Кембридж...

— Ты понимаешь, что я не могу пригласить сюда друзей? Боже всемогущий, теперь этот дом напоминает какой-то бордель!

Она не смогла этого вынести.

— Судя по тому, сколько денег ты тратишь на Востоке, видно, что ты повидал немало борделей...

— Не смей читать мне нотации! Тебе ли говорить об этом! — прорычал он как-то поздно ночью. — Ты сама превратилась в мадам из публичного дома Терстонов.

Она дала ему пощечину и тут же пожалела об этом. Но всему есть предел. Они уже не могли общаться, как прежде, и Сабрина почувствовала невольное облегчение, когда на следующее лето Джон сообщил ей, что не приедет домой. Он снова собирался к «друзьям» в Атланту. Конечно, Сабрина жалела, что они так долго не увидятся, но у нее было столько дел, что встреча не принесла бы ей особой радости. Она бы не вынесла, если бы сын снова стал канючить у нее машину. Она решилась продать рудник, продать во что бы то ни стало, даже если это разобьет ее сердце. И оно действительно чуть не разбилось. Хуже всего было то, что продала она его за бесценок, по стоимости земли. Однако это позволило ей оплатить учебу Джона, правда, только за год, и перестать сдавать комнаты, так что, когда сын вновь приехал на рождественские каникулы, никто им не мешал.

На этот раз все было хорошо: Джон вел себя вполне пристойно, не устраивал сцен, но Сабрине казалось, что сын отдалился от нее. На этот раз он и не заикнулся о машине. У него было на уме что-то другое, куда более важное. В июне Джон хотел с друзьями поехать в Европу, но откуда взять деньги на эту поездку, она не представляла. Продавать было нечего, разве только драгоценности матери, но она берегла их на оплату последнего года учебы Джона и боялась тратить на что-нибудь другое. Но, видно, путешествие для него много значило. Однажды вечером она горестно вздохнула, села и начала разговор:

— С кем ты едешь? — Кажется, сейчас между ними так мало общего... Оно и понятно: ведь ему уже двадцать один год. Было бы странно, если бы он вел себя иначе. Да они никогда и не были близки. Правда, иногда Сабрину охватывало беспокойство: она совсем не знала его друзей, людей, с которыми он общался там, в Гарварде. Оставалось только надеяться, что все они порядочные люди. Да, старалась она убедить себя, так оно, наверное, и есть. Она ничего не знала о своем сыне, его жизни, его интересах. О, если бы был жив его отец, уж он-то уж знал бы, расспросил бы его обо всем. Но Сабрина не считала, что она вправе вторгаться в его личную жизнь, да и не была уверена в том, что является для сына непререкаемым авторитетом. Он тоже не проявлял особого желания обсуждать с ней свои проблемы. Это были трудные годы, полные испытаний и горечи поражений... для них обоих. Он постоянно чего-то хотел и требовал от нее... У него было потребительское отношение к матери: он считал, что Сабрина должна выполнять все его просьбы. Все сводилось к простой формуле: желание — удовлетворение... За все эти годы он не сказал ей ни одного ласкового слова! Ей так не хватало сыновней любви! Она вспоминала милого малыша, который садился к ней на колени и ласково обвивал ее шею своими маленькими ручонками. Все это промелькнуло в ее памяти, пока она сидела в библиотеке и наблюдала за сыном.

— Ну как, могу я поехать?

— Куда? — Она уже и забыла, о чем они говорили. Сказывались усталость и постоянное напряжение: у нее не было сил. Из собственности остались лишь дом, в котором они сейчас находились, земля под виноградниками и драгоценности Камиллы. Но никаких доходов, а уж о надежде на светлое будущее и говорить не приходилось. Она хотела даже устроиться на работу, правда... У нее появилась одна идея. Может быть, это выход из сложившейся ситуации. К ней уже не раз обращались проектировщики, заинтересованные в приобретении огромных земельных участков, прилегавших к дому Терстонов. Они планировали построить дома там, где прежде были сады. Это могло бы помочь, но вот стоит ли? Пока она не приняла решения... Почему у Джонатана такой раздраженный вид? О Боже, неужели у нее склероз? Да нет же, ей всего сорок шесть лет...

— В Европу, мама.

— Ты так и не сказал мне с кем.

— Какая тебе разница! Все равно ты никого из них не знаешь.

— Почему это? — Ведь можно спросить у Амелии. Она помнит все. На восточном побережье она знает каждого, кто хоть сколько-нибудь известен или был известен в прошлом. — Так почему бы тебе не назвать имена своих друзей, а, Джон?

— Да потому, что я уже не десятилетний мальчик! — рявкнул Джон, вскочив со стула. — Так ты разрешишь мне поехать в Европу? Да или нет? Мне надоели эти игры!

— Какие игры? Я не понимаю тебя. — Голос Сабрины был спокоен, как обычно, и не выдавал охвативших ее волнения и смятения. Сын не догадывался, как тяжело ей жилось все это время. Она держалась, стараясь ничем не выдать свои чувства и переживания. Боль была внутри, в сердце, в душе, а это не бросается в глаза. Амелия поняла, что с ней происходит, она искренне сочувствовала Сабрине. Прошло уже восемнадцать лет после гибели Джона Харта, но с тех пор у Сабрины не было мужчин: разве мог кто-нибудь сравниться с ее покойным мужем? Нет, более достойного человека, чем Джон Харт, ей не встретить. Она в этом уверена. Сабрина посмотрела на сына. Внешне он не был похож ни на мать, ни на отца, ни на деда, Иеремию Терстона. А его характер... Он был разболтан, недисциплинирован, ленив, чурался любой работы. Зато он любил развлечения, красивые вещи; все доставалось ему легко, без каких-либо усилий с его стороны. Именно это ее и беспокоило. В жизни нельзя постоянно брать, ничего не отдавая взамен, он должен знать цену всему. Пора бы ему и остепениться, проявить самостоятельность, думала она, глядя, как Джон мечется по комнате. — Джонатан, если тебе так ужасно хочется поехать в Европу, почему бы тебе не устроиться в Кембридже на работу?

Ее слова ошеломили его, в глазах вспыхнула злоба.

— А какого черта ты сама не работаешь, вместо того чтобы без конца плакаться на свою бедность!

— Разве я плачусь? — Ее глаза наполнились слезами. Джон задел ее за живое. Она старалась не жаловаться на судьбу, но он всегда знал ее больное место. Она устало поднялась со стула. День был долгим, слишком долгим. Может быть, в чем-то он и прав. Наверное, ей следует поискать себе работу. Она и сама уже не раз думала об этом. — Мне жаль, что ты так думаешь, Джон. Скорее всего ты прав: наверное, нам обоим надо устроиться на работу. Слишком тяжелые сейчас времена для всех.

— Посмотрела бы ты на наших студентов! Все, кроме меня, имеют то, что хотят!

Опять он о машине. Она посылала ему все, что он требовал, и у него всегда была приличная сумма на карманные расходы. Оба прекрасно это знали. Но у него не было машины... а теперь еще эта поездка в Европу. Да, она должна, должна что-то сделать. Как же заработать эти деньги?

— Я думаю. Может быть, есть какой-нибудь выход.

Когда он уехал, она начала просчитывать все возможные варианты. Шел 1935 год, экономика уже несколько лет пребывала в застое, и работу найти было непросто. Она не умела ни печатать, ни стенографировать, у нее не было навыков секретарской работы. «А разве управляющие ртутными рудниками валяются на дороге?» — засмеялась она сквозь слезы. Увы, она умела делать только это. Но в марте Сабрина получила письмо от Амелии, в котором та старческим почерком писала, что ее приятель собирается купить в Калифорнии землю. Он должен скоро приехать. Зовут его Верней, точнее, де Верней. Сабрина улыбнулась: в отношении титулов и званий Амелия проявляла удивительную щепетильность. Этот де Верней занимается виноделием, делает лучшие вина во Франции, теперь с отменой «сухого закона» он хотел бы переехать в Соединенные Штаты и наладить здесь производство вин. Амелия не хотела лишний раз беспокоить Сабрину, но та так хорошо знает местность, да и как специалист могла бы дать де Вернею массу дельных советов.

Сабрина не возражала. Кто знает, может быть, этот француз и купит ее землю под виноградники, она все равно ничего не выращивает. Поля заросли, а у Сабрины руки не доходили обрабатывать их. «Сухой закон» продержался слишком долго. Четырнадцать лет убили ее мечту когда-нибудь стать создательницей собственного вина. Безумная затея... Даже Джон всегда подтрунивал над ней, хотя и признавал, что вина у нее получались хорошие. Раньше она кое-что понимала в этом, но теперь почти все забыла. Единственное, в чем она разбиралась, так это в добыче и производстве киновари. Но кто теперь, черт побери, даст за это ломаный грош? Она слишком хорошо знала, что никто, и время от времени позволяла себе вспоминать старые дни, когда она управляла рудниками Терстонов... конфликт с рабочими... как она восстанавливала рудник... И тут она обругала себя. Она еще слишком молода, чтобы жить думами о прошлом. Этой весной ей исполнится сорок семь лет. Сабрина знала, что, несмотря на все переживания, которые выпали на ее долю, она выглядит значительно моложе своих лет. Но каждый новый год дается ей все с большим трудом, думала она, подстригая огромными садовыми ножницами живую изгородь в саду. Ее размышления были прерваны появлением высокого седовласого мужчины. Он остановился у ворот, приветливо помахав ей рукой. Наверное, кто-нибудь с почты, решила Сабрина и подошла нему, прикрывая рукой глаза от солнца. Она отметила, что мужчина хорошо одет, чего никак не скажешь о ней: Выглядела она, наверное, ужасно: грубая рабочая одежда ее сына; волосы собраны в пучок, из которого выбились длинные пряди... Она взглянула на седовласого незнакомца — костюм сидел на нем как влитой. Интересно, что он здесь делает? Может быть, заблудился, подумала она, открывая ворота.

— Чем могу быть полезна? — спросила она улыбаясь.

Он удивленно посмотрел на нее, а затем улыбнулся.

— Миссис Харт? — спросил незнакомец с легким французским акцентом.

Она кивнула.

— Меня зовут Андре де Верней, — сказал он. — Я друг миссис Гудхарт из Нью-Йорка. Надеюсь, она сообщила вам о моем приезде?

Сначала Сабрина не могла понять, о чем идет речь, но потом вспомнила о письме Амелии. С тех пор прошло уже несколько недель. Она рассмеялась, глядя ему в глаза. Они были почти того же цвета, что и у нее.

— Пожалуйста, входите. — Она отворила калитку, он вошел и огляделся вокруг. Территория сада была столь огромна, что ее вполне можно было застроить несколькими жилыми домами. — Да я уж и забыла... Это было так давно.

— Я задержался во Франции. — Он был очень вежлив. До чего же элегантный, подтянутый мужчина! Он извинился, что не позвонил ей и не предупредил о своем визите. Все-таки он не удержался от вопроса: — Неужели вы все делаете сами?

Ей стало весело, настолько он был ошарашен.

— Да, все, — сказала она с гордостью. Хотя, если разобраться, что же в этом хорошего? Подобные заботы не могут доставить удовольствие. — Мне это на пользу, — засмеялась Сабрина. — Формирует характер... — она согнула руку в локте, словно играя мускулами, — и бицепсы тоже. Я к этому уже привыкла. — Она повесила кофту на стул, оглядела свои несуразные брюки и снова засмеялась. — Наверное, вам действительно следовало позвонить.

Он фыркнул.

— Не хотите чаю?

— Да. Нет. То есть...

Казалось, взгляд де Вернея обжигал ее. Словно он проделал этот путь, чтобы поболтать с ней... Сабрине было приятно общаться с ним. Он был темпераментным, пылким, экспрессивным... Его буквально распирала одна идея, и он хотел поделиться ею с Сабриной. Пока та заваривала чай, Андре опустился на кухонный стул.

— Я хочу посоветоваться с вами. Мадам Гудхарт считает, что вы, как никто другой, знаете Напу и ее окрестности. — Он произнес слово «Напа» так, будто эта долина была частью Франции, и Сабрина улыбнулась:

— Да, знаю.

— Я хочу выращивать здесь лучшие сорта французского винного винограда.

Она разливала чай.

— И я когда-то мечтала об этом, — сказала она с мягкой улыбкой.

— А что заставило вас передумать? — поинтересовался де Верней.

Она внимательно посмотрела на него. Почему Амелия прислала к ней этого мужчину? Он был хорош собой. Красивый, высокий, очень элегантный, умный — настоящий аристократ. У нее было странное предчувствие, что все это неспроста, не случайно он зашел к ней, а сейчас сидит и пьет с ней чай... Что-то здесь не так. Но почему? Пока она этого не знала, но старалась найти разгадку...

— Нет, я не передумала, месье де Верней. Просто я была занята другими делами. Да и обстоятельства... сначала тля погубила почти все виноградники долины, потом много лет действовал «сухой закон», так что выращивать виноград было невозможно... А теперь моя земля запущена, заросла бурьяном. Да и... Не знаю, по-моему, мне уже поздно заниматься этим. Не те годы. Дай Бог, чтобы у вас все получилось! — улыбнулась она. — Амелия говорит, что вы хотите купить землю. Наверное, мне следует попробовать продать

вам свою. — Отставив чашку, он удивленно посмотрел на нее. Эта
женщина заинтриговала его. Сабрина покачала головой. — Но нет,
это было бы нечестно. Земля заросла сорняками, и, боюсь, ее можно будет расчистить только динамитом. Много лет меня в Напе
интересовали только рудники, что, конечно, не могло не сказаться
на виноградниках. Мне никогда не хватало времени, чтобы заняться
тем, что действительно было мне по душе. Готовила для себя несколько сортов хороших легких вин и ничего больше.

— А теперь? — Он был очень энергичным и ждал того же от
окружающих.

Она улыбнулась и пожала плечами:

— Я продала рудники; все в прошлом.

— А что за рудники? — поинтересовался де Верней. Он был
заинтригован. Амелия кое-что рассказала об этой женщине, но далеко не все. «Она потрясающая женщина. Она знает все об этой
долине. Поговорите с ней, Андре. Не позволяйте ей улизнуть». Да,
странную характеристику дала Амелия этой женщине, но он чувствовал: было в ней нечто неуловимое... какая-то тайна, которую
Сабрина пыталась скрыть от всех. — Так какие же рудники, миссис Харт? — спросил он еще раз.

— Ртуть.

— Киноварь, — с улыбкой уточнил он. — Я в этом ничего не
понимаю. Ими управлял кто-то другой?

Она засмеялась и покачала головой, неожиданно удивительно
помолодев. До чего же она красивая, даже в этой бесформенной
одежде для садовых работ; трудно определить ее возраст. Приблизительно то же думала о нем Сабрина.

— Какое-то время я управляла рудниками сама, почти три года.
Это было после смерти моего отца.

Андре де Верней был потрясен. Для женщины это немалый
подвиг. Амелия была права: потрясающая женщина, а в молодости, наверное, была удивительно хороша собой. Даже сейчас чув-
ствуется...

— А потом рудниками управлял мой муж. — В ее голосе
прозвучали грустные нотки. — После его смерти я снова вернулась
на прииски. В конце концов я была вынуждена продать их.

— Должно быть, вы скучаете по работе?

Она кивнула и легко призналась:

— Да.

Он отпил чаю и улыбнулся ей:

— Когда вы сможете показать мне вашу землю, миссис Харт?

— О нет, увольте! Но я с удовольствием познакомлю вас с людьми, у которых вы сможете купить хорошую землю под виноградники. Сейчас многие продают свои участки. — Ее лицо стало серьезным. — Здесь все сильно пострадали от депрессии.

— От нее пострадали всюду, миссис Харт. — Во Франции положение было не лучше. Только Германии в годы правления Гитлера удалось добиться подъема экономики, но один Бог знал, на что способен этот безумец. Андре не доверял ему, как все, наверное... Хотя американцы считали, что он не опасен, де Верней не мог с этим согласиться... — Я так давно мечтал об этом! Похоже, время настало. Я уже продал свои виноградники во Франции и хочу начать все сначала здесь.

— Почему? — Какой неожиданный шаг... Она не смогла удержаться от вопроса.

— Мне не нравится то, что сейчас происходит в Европе. Я считаю, что Гитлер представляет собой реальную угрозу, хотя со мной мало кто согласен. Думается, мы стоим на пороге войны. Именно поэтому я и оказался здесь.

— А если не будет войны, вы вернетесь во Францию?

— Может быть, да, может быть, нет. У меня есть сын, и я хотел бы, чтобы он приезжал сюда.

— Где он сейчас?

— Катается на лыжах в Швейцарии, — засмеялся он. — Трудная жизнь у нашей молодежи!

Сабрина фыркнула.

— А сколько ему лет?

— Двадцать четыре. Вот уже два года, как он работает со мной на виноградниках. Он учился в Сорбонне, а потом вернулся в Бордо, чтобы помогать мне. Его зовут Антуан.

Он был очень горд своим сыном. Сабрину это тронуло.

— Вы счастливый человек. Моему сыну исполнится в этом году двадцать один год; он учится в университете на северо-востоке. Кажется, ему там очень нравится, поэтому я сомневаюсь, что он вернется и будет жить со мной в Сан-Франциско.

— Ничего, это пройдет. Поначалу и Антуан был очарован Парижем, а сейчас он спорит со мной и доказывает, что Париж ужасный город. В Бордо он чувствует себя лучше и свободнее, чем в шумных столичных городах. Он такой провинциал, не захотел даже поехать со мной в Нью-Йорк. У молодых свои взгляды... — Он усмехнулся. — Но к счастью, со временем они опять становятся людьми — как говаривал мой отец, он очень любил своих детей... — когда им исполняется тридцать пять. Так что ждать нам осталось недолго.

Она рассмеялась и налила ему еще чаю. Неожиданно Сабрине пришла в голову отличная мысль. Она посмотрела на настенные часы; де Верней перехватил ее взгляд и забеспокоился:

— Я вас задерживаю, мадам Харт?

— Сабрина. Зовите меня Сабриной. Нет, нет, ничего. Я просто подумала, не съездить ли нам в Напу прямо сейчас. Ведь у нас есть время? Мне бы хотелось самой показать вам некоторые участки. Какие у вас планы?

Он был тронут.

— Да, да, я был бы вам очень признателен. Но наверное, у вас есть какие-то неотложные дела.

— Нет, никаких, если не считать подстригания живой изгороди. Я давно не была в Напе и с удовольствием съезжу с вами. — Она должна сделать это ради Амелии, старого друга ее отца, доброй, отзывчивой, всегда готовой прийти на помощь. — Кстати, как поживает Амелия? — Она поставила чашки в раковину, а затем вместе с Андре вышла в холл.

— Отлично. Стареет, да и здоровья не прибавляется. Но, учитывая, что ей уже восемьдесят девять лет, она держится прекрасно. Быстрый, живой ум, острый язык... — Он засмеялся. — Я люблю с ней поспорить. Мне никогда не удается выиграть, да я и не стараюсь переубедить ее; мне нравится сам процесс, этакий дух поединка. У нас разные политические взгляды. — Он улыбнулся Сабрине и вспыхнул, когда та улыбнулась в ответ.

— Я думаю, мой отец был тайно влюблен в нее. Она всегда опекала меня. А ее доброта, внимание... Она была мне как мать. Моя умерла, когда мне исполнился год...

Он кивал и внимательно слушал. Сабрина извинилась и поднялась наверх, чтобы переодеться. Вскоре она спустилась, готовая к поездке. На ней был красивый твидовый костюм в серо-голубых тонах, свитер под цвет глаз и удобные туфли без каблуков. Волосы были собраны на затылке. Да, у нее был врожденный стиль, он сразу обратил на это внимание. Она выглядела совсем по-другому и не была похожа на ту Сабрину, которую он видел несколько минут назад. Ему опять вспомнились слова Амелии: «потрясающая женщина». Амелия была права. Она всегда права. Во всем, кроме политики, усмехнулся он, идя вслед за Сабриной. Гараж, скрытый от постороннего взгляда деревьями и живой изгородью, располагался неподалеку от главных ворот. Сабрина вывела оттуда голубой «форд» шестилетней давности, открыла Андре дверцу, выехала за ворота и заперла их за собой. Они ехали на север. Сабрина весело посмотрела на спутника.

— А я-то думала, что сегодня успею подстричь живую изгородь...

Вместо этого она с удовольствием везла Андре в Напу.

Глава 29

Они выехали из Сан-Франциско и через два с половиной часа уже были в Сент-Элене. Сабрина глубоко вдыхала чистый воздух, любуясь холмами в изумрудной зелени. Впервые за долгие годы она чувствовала себя обновившейся. С тех пор как она продала дом и рудники, Сабрина больше не ездила в Напу. Только сейчас она поняла, как много для нее значит эта долина, и обрадовалась, что вернулась. Почувствовав взгляд Андре, она вздохнула, повернулась и улыбнулась ему. Ничего не нужно было говорить, он и так все прекрасно понимал.

— Да, я понимаю ваше состояние. В Бордо... и Медоке я чувствую то же самое...

Ему дороги места, откуда он родом, а ей эта долина. За долгие годы Напа стала важнейшей частью ее жизни. Как радостно было ехать в машине и показывать ему мелькавшие мимо городки: Оквилл... Резерфорд... какие-то новые виноградники... Она махнула рукой в сторону холмов, где находились ее рудники, а затем, обогнув Сильверадо Трейл, остановила машину и указала на открывшийся их взору огромный участок. Он был заброшен, зарос сорняками, и было видно, что на нем давно ничего не сажали. На земле валялась сброшенная кем-то табличка «Продается». Она так и не решилась продать свои участки, да и сейчас не знала, как ей поступить. Когда-то она строила грандиозные планы, мечтала выращивать винные сорта... Она обернулась, посмотрела в темно-голубые глаза Андре и пожала плечами, словно прося прощения.

— Когда-то здесь было чудесно... — Указывая рукой, она описывала росшие здесь сорта, рассказывала про филлоксеру и «сухой закон», погубившие виноградники. — Не думаю, что это можно восстановить.

Плантация простиралась на две тысячи акров, и это было еще далеко не все. Они брели по полю, отводя от себя густую листву. Андре внимательно изучал ее владения. Несколько раз он наклонялся, зачерпывал пригоршню земли и тщательно рассматривал ее. Затем он поднял на Сабрину серьезный взгляд и заговорил с ужасным французским акцентом, который заставил ее улыбнуться.

— У вас здесь золотая жила, миссис Харт. — Кажется, он не шутил.

Сабрина покачала головой:

— Возможно, раньше так оно и было, но сейчас... Они упали в цене, как и все остальное.

Она думала о рудниках, которые пришлось продать, и о том, какие здесь раньше были виноградники. Они были неузнаваемы. Она с печалью вспоминала о былом. Ее душу резал обоюдоострый меч, мучительно хотелось вернуться на землю, которую так любил ее отец, и в то же время она вспоминала о тех, кого больше не было. Отец... Джон... Даже Джонатан, и тот почти ушел от нее. Когда они медленно возвращались к машине, Сабрина почувствовала, что на нее вновь навалилась тяжесть прожитых лет. Она вдруг пожалела, что приехала сюда. Что от этого изменилось? Какой смысл оплакивать прошлое?

— Мне следовало давно продать все это. Я сюда никогда не езжу, а земля пустует.

— Я бы купил ее... — Он придержал перед ней дверцу машины. — Но ведь это то же, что обокрасть ребенка. Друг мой, мне кажется, вы и сами не понимаете, чем владеете. — Те же плодородные почвы, что и в Медоке. С первого взгляда на заросшие виноградники он понял, что здешний климат и земли сулят ему удачу. — Я хочу купить эту землю, Сабрина... — При взгляде на холмы его глаза сузились. Нет, это не Бордо, но здесь чудесно. Здесь он будет счастлив. Если сюда приедут Антуан и несколько его лучших работников, они сотворят чудо, но сначала надо выбрать подходящие участки.

— Вы серьезно? — спросила она, хотя по глазам видела, что Андре не шутит. Сабрина вызвалась помочь ему. Де Верней не настаивал на ее землях, а никто лучше нее не знал местные виноградники. Они поехали в известное агентство по продаже земельной собственности, кое с кем поговорили, и Андре выяснил, что прилегающая к ее участку земля площадью более трех тысяч акров тоже продается. Просили недорого, но Андре не терпелось увидеть участок до наступления темноты, и Сабрина повезла его обратно. Как выяснилось, они видели этот участок раньше, но не знали, что он продается. Когда они проезжали ее землю, Андре готов был вновь выйти из машины, милю за милей шагать по полям, разглядывать все вокруг, снова трогать землю, срывать лозы, касаться листьев и даже нюхать воздух. Сабрине доставляло такое удовольствие наблюдать за ним, что она забывала следить за дорогой. Он так увлекался всем, что делал, был таким спокойным и серьезным; когда разговор шел о пустяках, в его глазах светилось озорство, но стоило завести беседу о винограде, о recolte* или о качестве земель, мимо которых они проезжали по дороге в агентство, как он преображался.

---

* урожай *(фр.)*.

Когда они наконец добрались до конторы, Андре обернулся и улыбнулся Сабрине. Он был чрезвычайно доволен. В его глазах лучилась радость.

— Сабрина, что бы вы ответили, если бы я попросил продать мне вашу землю?

— Вместо той, которую мы уже видели? — удивленно спросила она.

— Вдобавок к ней. У меня появилась отличная мысль.

Она приготовилась слушать, и он продолжал:

— Мы с вами могли бы стать партнерами. У нас был бы потрясающий виноградник.

У Сабрины загорелись глаза. Она мечтала об этом всю жизнь. Но разве это возможно?

— Вы серьезно?

— Ну конечно.

Тут к ним подошел посредник, Андре немного поторговался и заключил сделку, к немалому облегчению агента. Он получит приличные комиссионные, и его четверым детям наконец-то будет что поесть.

Андре снова обернулся к Сабрине:

— А как вы? — Пауза затянулась, оба затаили дыхание, и Сабрина ощутила давно забытую дрожь. Наконец-то у нее появилась возможность снова заняться любимым делом: бизнес, промышленность, собственность, купля, продажа... Она грустно покачала головой:

— Нет, Андре, вам я ее не продам.

Казалось, именно этого он и ждал.

— А вы позволите мне обрабатывать вашу землю и стать вашим партнером?

Шесть тысяч акров... Ничего себе кусочек... На этот раз она кивнула. Глаза ее горели тем же пламенем, что и его.

Андре протянул ладонь, и они пожали друг другу руки. Агент, чувствовавший, что вот-вот состоится новая сделка, стоял неподалеку и жадно следил за ними. Через минуту Андре подписал чек в качестве аванса за уже приобретенную землю и только тогда понял, что ему нужен дом.

Как-то он не подумал об этом раньше: Андре растерянно взглянул на Сабрину. Да, ему нужно пристанище для него и сына; поначалу можно снять маленький домик — они неприхотливы. Он променял прекрасный маленький замок в Медоке на эти непаханые земли. Но он знал, чего хотел. Внутренний голос подсказывал ему, что Европа катится в пропасть, а тут была новая страна, новый мир, новые возможности. И жить здесь куда увлекательнее, чем отсиживаться во Франции, в уютном, надежном замке. Да и Антуану это придется по душе.

В начале девятого они остановились у придорожной закусочной. Только сейчас оба почувствовали, как проголодались. И пока они пили пиво, закусывая гамбургерами, Сабрина продолжала рассказывать своему будущему компаньону о том, каким чудесным местом была когда-то долина Напы.

— Я родилась здесь, в Сент-Элене, в доме моего отца.

— Он все еще принадлежит вам?

— Я продала его, — честно призналась она, скрывать было нечего. — Мне нужны были деньги на учебу сына. Когда в двадцать девятом году пропали все акции, ему было пятнадцать лет, а через три года я послала его учиться на Восток. После биржевого краха я потеряла все свои вложения, рудники были на грани банкротства, а дом в Напе был нам больше не нужен: мы давно жили в городе. — Несмотря на гордость, ей было легко рассказывать о своих невзгодах этому скромному человеку. С тех пор как они заключили сделку, предусматривающую совместное владение и обработку земли, ее неодолимо влекло к нему. Похоже, они моментально стали друзьями. Письмо от Амелии — лучшее доказательство, что де Вернею можно доверять. — Моему сыну осталось учиться в университете еще год, а потом... — с облегчением вздохнула она, — по крайней мере я буду знать, что сделала для него все, что могла.

— А вы? Что он делает для вас?

Ей хотелось сказать «любовь», но она не была в этом уверена. Конечно, ей было спокойно, когда он приезжал домой; в душе ее теплилась надежда, что все-таки есть в этом мире хоть одна живая душа, которая любит ее, однако он никак не выражал этого. Его куда больше интересовало, что он мог получить от нее.

— Не знаю, Андре... Не думаю, что дети способны дать что-либо родителям, кроме чувства, что они у нас есть. Да вы и сами это знаете.

— Ах... — кивнул Андре, снова становясь истинным французом. Он улыбнулся и поставил стакан. — Дайте ему еще несколько лет.

Сабрина засмеялась, вспомнив бесконечные стычки с сыном.

— Похоже, несколькими годами не обойтись... Думаю, что это более длительный процесс. Ну ладно... а как будет с землей? Что вы собираетесь с ней делать? — Ее поражала серьезность, с которой Андре говорил о виноградниках. Он решил уехать из Бордо и сделал это. — Андре, вы действительно думаете, что Франция обречена?

— Да, абсолютно в этом уверен. Я до хрипоты спорил с Амелией, но мне не удалось ее переубедить. Она считает, что французы слишком умны: их не проведешь, они не позволят, чтобы их втянули в подобную авантюру. Но на сей раз она ошибается. Франция больна и экономически, и политически. Да и этот безумец на востоке, размахивающий нацистским флагом... Я искренне думаю, что настала пора уезжать из Франции, хотя бы на некоторое время.

Может быть, он просто поддался панике, подумала Сабрина. Возможно, всему виной возраст. Он уже сказал, что ему пятьдесят пять лет. Она вспомнила Джона. Именно в этом возрасте Джон стал более консервативным и увлекся политикой, на которую раньше не обращал внимания. Ему во всем чудилось только плохое, как и отцу. Наверное, именно поэтому Сабрина не придала особого значения его словам. Андре задумчиво смотрел на нее, и в его глазах застыла печаль. Когда они пили кофе, он, запинаясь, проговорил:

— Сабрина, не подумайте, что я сошел с ума, но я все время думаю об этом куске земли. Нашем с вами. Это именно то, чего я хотел, а вы упомянули, что когда-то увлекались виноградарством. Мне хотелось бы, чтобы вы были не только владелицей арендуемого и обрабатываемого мной участка, но и активным партнером. Вам бы не хотелось открыть со мной собственное дело?

— Я думаю, что мои дни давно прошли. Андре, меня больше не назовешь деловой женщиной...

Судя по гневу сына, эта карьера стоила ей слишком дорого.

— Не знаю. Я вижу, что вас тоже увлекла эта идея. А разве вы считаете эту идею безумием?

— Пожалуй, да, — улыбнувшись, ответила она.

Подошла официантка и налила им горячего кофе. Андре пил чашку за чашкой и каждый раз тактично замечал, что во Франции кофе имеет совсем другой вкус. Сабрина уловила намек и засмеялась. Но де Верней заинтриговал Сабрину, ей захотелось услышать продолжение.

— О чем вы думаете, Андре?

Он коротко вздохнул и поставил чашку на стол.

— Как вы смотрите на то, чтобы прикупить еще земли и стать моим полноправным партнером? Фифти-фифти.

Сабрина громко рассмеялась. Андре употребил типично американское выражение — «пятьдесят на пятьдесят».

— Купить? Андре, о чем вы говорите! У меня нет средств, чтобы оплатить учебу сына! Из всей собственности у меня только и осталось, что дом в городе и эти непроходимые заросли в Напе, которые вы видели. Разве я могу позволить себе такую трату? — Речь шла о покупке ни много ни мало восьмисот акров. Да, это ей не по карману...

Он был разочарован, но еще не сдавался:

— Я не знал... Я только подумал... — В его голубых глазах горел галльский огонек, и Сабрина поймала себя на мысли, что ей нравится его внешность. Как-никак, он был красивым мужчиной, — стройным, гибким и выглядел моложе своих лет. Было легко представить себе, каким он был двадцать лет назад. — Так у вас нет других источников дохода?

Вопрос был жестоким, но Андре не хотел обидеть ее. Ему очень хотелось открыть дело вместе с ней. С первой минуты знакомства им было легко друг с другом, да и Амелия называла Сабрину необыкновенной женщиной и расписывала, как умело та руководила рудниками. Андре подозревал, что Сабрина держится на плаву в столь сложное время только благодаря своим исключительным способностям. Интуиция подсказывала ему, что если бы она захотела, то могла бы найти способ купить землю. Да и в виноделии она понимала больше, чем показывала.

— Андре, прошло слишком много лет с тех пор, как я уделяла внимание виноградникам. В молодости я мечтала выращивать французские сорта винного винограда, но, — она засмеялась про себя, — когда это было? Пятнадцать лет назад? Двадцать пять? Нет, нет, я ничем не смогу быть вам полезна. — Она посмеивалась над предложением Андре, но, надо признаться, эта идея увлекла ее. Это намного интереснее, чем сдача земли в аренду. — Знаете, мне бы очень хотелось работать с вами. Увы, я могу лишь продать землю, но купить... Нет, мне это недоступно! — Эта мысль заставила ее вздохнуть. В ближайшие месяцы ей предстояло оплатить еще один год учебы Джона в Гарварде. Все, что она могла продать, это земля в Напе, садовые участки, прилегающие к дому Терстонов, и драгоценности матери, которые она все равно не носит. Тем же вечером она серьезно задумалась, и мысль о продаже драгоценностей не оставляла ее даже в постели. На следующий день Андре собирался посетить Напу; он хотел еще раз посмотреть купленный участок, поговорить с бывшими хозяевами и подыскать себе подходящее жилье.

Думая о нем, Сабрина понимала, что этот человек ей нравится, и надеялась, что ему повезет. Удивительно, в его возрасте покинуть страну, где было все, что он хотел, уехать за шесть-семь тысяч миль и начать все сначала. Малодушному такое было бы не по плечу. Она восхищалась им. А Андре в этот день почувствовал ее необыкновенную внутреннюю силу, на которую намекала Амелия. Он не ошибся, предположив, что в ней осталось очень многое от прежней Сабрины, хотя она ограничивалась лишь односложными замечаниями, когда он предложил ей прикупить земли.

А Сабрина, без сил бухнувшись в постель, все еще обдумывала его слова, жалея, что она не может купить эту землю.

Наутро она стрелой вылетела из кровати: если ей удастся продать прилегающие к дому Терстонов участки, то этих денег не только хватит на то, чтобы оплатить последний год обучения Джона, но еще и останется. Вообще-то она планировала вложить эти деньги в какое-нибудь дело, но, с другой стороны, лучшего капиталовложения, чем покупка земли, не придумаешь. Об этом ей не раз говорил покойный отец. Но если она примет предложение Андре и купит эти участки, у нее не останется ни цента. Однако Андре производит впечатление знающего и дельного человека. Со временем у них появятся деньги. Конечно, ввязываться в подобную авантюру чрезвычайно рискованно, тем более что эти деньги получены в результате жесточайшей экономии. Но мысли об этом будоражили кровь, ей хотелось действовать... как тогда, много-много лет назад, когда она сумела вывести рудники на новый уровень. Именно об этом она и мечтала. В юности ее больше привлекали виноградники, а не прииски. Она думала о его предложении целый день. Интересно, купил ли Андре землю? Она сделала два-три звонка относительно продажи садовых участков, и, когда вечером Андре позвонил ей, она была настолько взволнованна, что он едва понимал ее слова.

— Андре, я могу войти в долю! — Брокер заверил ее, что к завтрашнему дню все должно проясниться с ее садовыми участками на Ноб-Хилле. Два застройщика несколько лет ждут, когда она наконец решится продать участки, и заплатят большие деньги. Какое-то время придется жить в окружении строительных лесов, но ничего, она потерпит. Прощай, прежнее уединение, Бог с тобой! Если бы они могли вести дела вместе... Он ничего не понял из ее скороговорки и ужасно смутился.

— Что... Что... Что вы сказали? Медленнее... медленнее... — Он смеялся вместе с ней, понимая, что происходит что-то забавное, но что именно, не имел представления.

— Ах, извините... Как вы съездили?

— Потрясающе! Великолепно! — Он тоже был взволнован. — Знаете, у меня появилась великолепная идея. Я покупаю землю, продаю вам 800 акров, а вы... вам не обязательно платить сразу. Отдадите потом, когда сами пожелаете, хоть через пять лет! К тому времени мы с вами сказочно разбогатеем. — Андре рассмеялся.

Сабрина улыбнулась:

— Это ни к чему. У меня тоже есть идея. — Она начала было говорить, но вдруг передумала. — Знаете что, приезжайте-ка лучше ко мне. У меня есть бренди, мы посидим и спокойно все обсудим.

— Ах-х... — Он был заинтригован. — Бренди — это неплохо. А не поздно? Уже начало одиннадцатого.

Но она просто не могла ждать до завтрашнего утра, ей надо было поговорить сегодня, сейчас! Она, как нетерпеливый ребенок, весь день не находила себе места. Ладно, Андре выезжает, он возьмет такси...

Через пять минут Андре стучал в дверь, она опрометью скатилась по ступенькам и открыла ему. Наверху, у камина в библиотеке, дожидалось бренди. Сабрина, словно щенок, понеслась по лестнице, и Андре засмеялся:

— Сабрина, да что с вами сегодня? — Он произнес ее имя на французский манер. Она засмеялась, налила ему бренди и указала на удобное кресло напротив.

— У меня появилась идея... Она касается собственности в Напе.

Глаза Андре заискрились, он смотрел на Сабрину, не смея поверить в то, что предстояло услышать. Не за этим ли она позвала его? Может быть, она собирается свершить чудо?

— Сабрина, не томите меня, — прошептал он.

Сабрина посмотрела на него и инстинктивно поняла: ее жизнь вот-вот изменится. Таких перемен было совсем немного: когда умер ее отец и она начала управлять шахтами... когда она вышла замуж за Джона... когда родился Джонатан... и теперь ее ждет новый драматический поворот. Его глаза говорили об этом. А она-то думала, что ей никогда больше не придется заниматься настоящим делом. Все только начинается. Она хотела быть компаньоном Андре. Да, да, ей хотелось этого больше, чем чего бы то ни было! Интуиция, деловая хватка подсказывали ей, что это не случайная встреча. Андре де Верней вошел в ее жизнь. Отныне их пути неразделимы. Она могла доверять ему. Залогом тому его долгая дружба с Амелией.

— Я хочу купить землю и стать вашим компаньоном.

Они долго смотрели друг на друга.

— А вы можете? Я полагал...

— Я всю ночь думала о вашем предложении, а сегодня утром сделала несколько звонков. Я должна продать садовые участки, окружающие дом Терстонов. Мне нужны деньги, чтобы оплатить последний год обучения сына в Гарварде. — Она слишком откровенна с ним, но чего ради скрывать от него что-либо, да и нужно ли? Нет, ей хотелось, чтобы между ними установились честные, дружеские отношения, тем более если они будут партнерами. — И если я получу за них хорошую цену — мне кажется, это удастся, — то поднапрягусь и выкуплю свою часть площади. Тогда бы с самого начала мы стали равноправными партнерами. — Он взглянул в ее полыхающие глаза и понял, что вот-вот начнется нечто чрезвычайно важное для них обоих. Сабрина смотрела на него прищурившись и прокручивала в уме возможные варианты, как в былые времена, когда она управляла шахтами. — Да, да, не сомневаюсь, что так и будет.

— И я тоже. — Андре пристально посмотрел на нее и поднял бокал. — За наш успех, мадам Харт! — Его глаза были такими серьезными, что Сабрина немедленно подняла бокал и чокнулась с ним.

Брови Сабрины сошлись на переносице. Понятно, что предстоит большая работа, но этого она боялась меньше всего.

— Кто будет выращивать виноград? Вы привезете специалистов из Франции?

— Со мной приедут трое рабочих и мой сын. Вэптером мы сделаем все, что нужно, а если потребуется, мы можем нанять местных рабочих. Так как же? А вы, мой друг, согласитесь собирать виноград? — Он взял ее за руку и улыбнулся. — Так вы действительно решились?

— И бесповоротно! У меня такое чувство, будто я вновь ожила. — Ее тихая пристань затрещала по всем швам. Она поняла, как соскучилась по работе, не важно какой: управление ли шахтами, стройка, что угодно! А чем она была занята все эти годы? Пыталась сохранить остатки того, что безвозвратно теряла? Теперь она снова в гуще событий, и все это благодаря ему. — Если все получится, я перед вами в неоплатном долгу, Андре.

— Ah non!* — Он оскорбленно покачал головой. — Нет, Сабрина, вы совершенно не правы! Не вы, а я буду обязан вам по гроб жизни, если мы купим эту землю. — Он тоже прищурился, мечтая о том дне, когда его замысел станет явью. — Нас ждет

---

* Ах нет! *(фр.)*

небывалый успех... Я всей душой чувствую это. Мы вырастим лучшие сорта в мире... не исключая и Францию...

Ей хотелось плакать от счастья. Он предложил ей то, о чем она мечтала всю жизнь. Амелия прислала его как вестника судьбы, чтобы переменить всю ее жизнь. Его появление было лучшим даром на свете.

Последующие три дня прошли в сумасшедшей гонке: они вели бесконечные переговоры с банками по поводу их будущей недвижимости; ездили в Напу, встречались с владельцами виноградников, снова ездили в банк и наконец разговаривали с двумя застройщиками, желавшими купить садовые участки. Каким-то чудом им удалось заключить обе сделки в течение одной недели. Она продала почти все на Ноб-Хилле, кроме самого дома и прилегающего к нему крошечного садика. Они купили три тысячи акров земли в Напе, не считая ее собственной, площадью в две тысячи сто акров, что в общей сложности давало им почти шесть тысяч акров земли под виноградники. Но строго юридически каждому принадлежала ровно половина. Ее адвокаты напряженно работали несколько дней, ее банкиры настояли на том, чтобы точно выяснить финансовое положение Андре, и разослали кучу телеграмм. Она сама дважды звонила Амелии и благодарила за все, что та для нее сделала. Сабрина с трудом пережила эту безумную неделю. Когда она провожала Андре в Нью-Йорк, на прощание они пожали друг другу руки, и он, не удержавшись, расцеловал ее в обе щеки.

— Вы не находите, что мы оба сошли с ума? — Она снова чувствовала себя молоденькой девушкой, а он был даже красивее, чем несколько дней назад, когда они обходили свои владения в Напе под палящими лучами солнца. Но она не обращала на это внимания, слишком взволнованная тем, что им уже удалось сделать. А ей еще предстояло найти жилье для Андре и Антуана — дом с пристройкой для троих рабочих, которые приедут из Франции. — Когда вы вернетесь, Андре?

Он обещал позвонить ей из Нью-Йорка и телеграфировать из Бордо. У него уйма дел, но тем не менее он надеется вернуться через месяц. Через четыре, максимум через пять недель.

— К тому времени я постараюсь подыскать подходящее жилье. В худшем случае вы можете остановиться в доме Терстонов.

— Это было бы замечательно! — Он засмеялся, представив, как рабочие из Медока поселятся в изысканном особняке на Ноб-Хилле. — Мы превратим ваш дом в ферму.

— Пусть это вас не беспокоит. — Она помахала ему, пожелав счастливого пути; поезд тронулся. На мгновение у нее защемило сердце: она вспомнила события девятнадцатилетней давности — поезд, который так и не дошел до Детройта.

Нет, судьба не могла быть такой жестокой. На этот раз все обошлось. Минуло ровно пять недель, и Сабрина снова пришла на вокзал — на этот раз, чтобы встретить Андре, Антуана и троих работников. Она присмотрела маленький сельский домик, непритязательный, но уютный, неподалеку от участков, которые они купили. Со временем Андре и Антуан построят свой дом, а сейчас в этом не было необходимости.

Они сразу поехали в долину Напа, и, когда мужчины увидели землю, которую купили Сабрина и Андре, они принялись взволнованно обсуждать что-то по-французски.

Сабрину поразило обаяние Антуана. Это был высокий, худощавый, удивительно красивый молодой человек с голубыми, как у отца, глазами и копной густых светлых волос. У него были правильные черты лица, приятная улыбка и отцовские длинные ноги. Он удивительно чутко относился к Андре. Антуан не слишком хорошо говорил по-английски, но все же сумел объясниться с ней. А к концу следующего дня, пробуя французские вина, они стали друзьями. Он разительно отличался от ее сына. Сабрина объясняла это тем, что Антуан взрослее Джона. Но больше всего ее поразило, до чего же он славный малый. Казалось, он был готов помочь всем и каждому; когда атмосфера накалялась (а это случалось частенько, учитывая галльский темперамент спорщиков), он разряжал ее. Казалось, общество отца доставляло ему радость, а с ней он был изысканно учтив и в то же время остроумен. Интересно, поладит ли он с Джоном, когда тот вернется домой? Сабрине очень хотелось, чтобы молодые люди встретились и подружились.

Но Джон приехал домой лишь в июне. Со дня приезда Андре и Антуана прошло шесть недель. Несколько дней они прожили в доме Терстонов: нужно было уладить дела с банком, взять ссуды, на которые они рассчитывали. Вокруг стоял невообразимый шум. Строители делили территорию сада на участки, на которых собирались возводить дома. Сабрина оставила лишь маленький садик за домом, но выйти в него было невозможно. Все вокруг было заляпано бетоном, в воздухе висели клубы пыли, верхушки деревьев были снесены подъемными кранами. У Сабрины сердце кровью обливалось при виде этого печального зрелища, но она старалась не думать об этом. Печально видеть, как все изменилось, но ничего не поделаешь, сделанного не воротишь. Утешала мысль, что она с помощью Андре и Антуана занята стоящим делом. Слава Богу, она оплатила последний год обучения Джона. Но теперь приходилось экономить каждый пенни: она хотела вложить все, что у нее было, в их дело. Несколько раз в неделю она посещала Напу и с ликованием объезжала свои владения. А Андре, бывая в городе по крайней мере раз в неделю, останавливался в гостевой анфиладе дома Терстонов. Однажды вечером, когда они мирно разговаривали в гостиной, приехал Джон. Он окинул присутствующих откровенно враждебным взглядом, швырнув свои вещи прямо в вестибюле.

— Что, мамочка, новые постояльцы?

Ей хотелось ударить его за непочтительный, язвительный тон, но она сдержала себя.

— Полегче, Джон, — ответила она, строго посмотрев на сына. — Это Андре и Антуан де Верней. Я говорила тебе о том, что мы стали совладельцами виноградников в Напе.

— Все это бред!

Господи, как он отличался от сына Андре, который так тепло отнесся к ней... Но было ясно, что Джон почувствовал в них угрозу. Значит, мать снова увлеклась бизнесом. О, как он ненавидел ее работу, когда был ребенком! Антуан протянул Джону руку, и тот равнодушно пожал ее. Ему надо было обстряпать дельце поважнее: на следующей неделе должны приехать два его приятеля из Гарварда, они отправятся сначала на озеро Тахо, а потом в Ла-Холью. Это было не совсем то, на что он рассчитывал. Джон предпочел бы съездить в Европу со своим дружком Дьюи Смитом, но уж раз мать так хотела, чтобы он провел эти каникулы дома, он использует это время, чтобы заставить ее послать сына в Европу после того, как он закончит курс. Неужели он не заслужил «гранд тура»? Все его приятели постоянно ездят в Европу, а он чем хуже? Почему он должен проводить каникулы дома? Ему так хотелось плыть на «Нормандии»! В конце концов мать просто в долгу перед ним: не каждый же день заканчивают Гарвард! Он еще ничего не говорил ей о своих планах, времени предостаточно, еще успеет обработать ее. А сейчас ему нужна машина: скоро приедут друзья.

— Когда я в городе, можешь пользоваться моей, сынок. Я буду ездить на такси.

Андре краем уха слышал ее разговор с сыном: он звонил по телефону в библиотеке. Его поразило бесконечное терпение Сабрины. Но он ее единственный сын, и это многое объясняет. Отец мальчика умер, когда тому было два года, да и сама Сабрина однажды призналась во время их вечерней беседы, что она чувствует свою вину перед Джоном за свою работу на рудниках.

— Но вы делали это ради него, — убеждал Сабрину Андре. — У меня с Антуаном были те же проблемы, когда умерла Эжени. Но ему пришлось это понять. На вас свалилась огромная ответственность, Сабрина. Он должен уяснить это хотя бы сейчас.

— Он понимает только то, что ему нравится. — Сабрина улыбнулась своему партнеру и другу. К своему стыду, она хорошо знала, как избалован ее сын. Ей было неудобно перед Андре, что даже в присутствии посторонних Джон клянчит у нее новую машину.

— О Боже, неужели мы не можем купить другую?

— Джон, ты знаешь, что сейчас я не могу себе этого позволить. — Она попыталась говорить тише, но Джон отказался последовать ее примеру.

— Да почему, черт побери? Ты покупаешь все, что хочешь: землю на Напе, виноградники и бог знает что еще!

Он был чудовищно несправедлив. За все эти годы она ничего не купила себе, хотя и была прилично одета, но платья ее давно вышли из моды. Андре заметил это. Он отдавал себе отчет, на какие жертвы ей пришлось пойти. У нее практически не было наличных: она вложила все деньги в виноградники и оплатила обучение Джона. Она не могла позволить себе лишние траты. Но Джон, казалось, отказывался это понимать и продолжал давить на нее.

— Джон, ты несправедлив. Пожалуйста, езди на моей машине. Ради Бога! — Ее машина стояла в гараже друзей на другой стороне улицы. Ее гараж, увы, был снесен, как и сады у дома Терстонов, превратившиеся теперь в гигантскую строительную площадку.

— Неужели ты думаешь, что мы сможем жить в этом грохоте? — Он старался перекричать шум. Сама она обращала на это внимание только вечером, когда строители прекращали работу. За последний месяц она привыкла к этим звукам, а строительство, как она слышала, продлится не меньше года.

— Прости, Джон, но ведь это не будет продолжаться вечно. А ты скоро уедешь. — Нежная улыбка тронула ее губы. — На следующий год, когда ты закончишь университет, все будет закончено.

Джон тяжело вздохнул:

— Будем надеяться... А как насчет машины? Я могу взять ее днем?

— Да, конечно. — Кажется, он хотел поехать куда-то с девушкой, знакомой приятеля, второкурсницей Миллса. — Вернешься к ужину? — Они часто ужинали вместе с Андре и Антуаном. Ей хотелось, чтобы Джон ближе познакомился и подружился с ними, но, очевидно, у ее сына были другие планы. Он встал и покачал головой:

— Извини, не могу. — Он свысока посмотрел на друга матери. Андре все еще говорил по телефону, и Джон решил, что он ничего не услышит. — Это твоя новая любовь? — Он пристально посмотрел в глаза матери.

Сабрина вспыхнула. Джон готов был поклясться, что его вопрос вывел мать из равновесия.

— Грубо, Джон. Он мой деловой партнер. Но мне бы очень хотелось, чтобы ты познакомился с ним и его сыном.

Джонатан пожал плечами. Какое ему дело до этих французских деревенщин! Они его совершенно не интересовали. Да и что может быть общего у него с этими скромно одетыми людьми, выходцами из Бордо, которые и говорить-то могли только о земле и своих виноградниках. Он забыл, что эти люди благородного происхождения, а они никогда не вспоминали о своем проданном замке. Впрочем, Джона занимали другие проблемы, особенно теперь, когда у него была машина. Через полчаса он отбыл и вернулся поздно ночью. На рассвете Сабрина уехала вместе с Андре и Антуаном в долину Напа, а вернулась поздно вечером. Казалось, она проводила все свое время, курсируя в машине между домом Терстонов и ее новой собственностью в Напе. Но ведь там было столько дел!

— Зачем тебе понадобилось лезть в эту безумную авантюру? — спросил ее Джон, когда они увиделись вечером. В его глазах читалось обвинение, словно она растратила чужие деньги и ограбила его или снова пошла работать на рудники, бросив его одного. Но ведь ему уже двадцать один год, и почти все время он проводит в университете за три тысячи миль отсюда. А разве у нее нет права заниматься тем, что ей нравится? Она мечтала об этом всю свою жизнь. И ей только сорок семь лет. Она не собиралась бросить все и умереть только потому, что он вырос. Да, это было самое увлекательное дело в ее жизни, но Джон видел в нем серьезную угрозу. И всякий раз, когда заходил разговор о ее деле, сын мрачнел, словно она обкрадывала его.

— Джон, обещаю, все будет хорошо. У нас будут лучшие виноградники в Штатах.

Он посмотрел на нее и пожал плечами:

— Ну и что из этого? Я предпочитаю шотландское виски.

Она раздраженно вздохнула. Иногда он был просто невыносим.

— К счастью, не все так думают.

И тут, словно что-то вспомнив, Джон повернулся к ней и небрежно заметил:

— Да, на следующей неделе здесь проездом будут мои друзья.

Сабрина нахмурилась и бросила на него вопросительный взгляд.

— Но ты ведь собираешься на озеро Тахо, правда?

— Да. Я просто подумал, что они могут зайти к тебе познакомиться. — В первый раз он предложил нечто подобное. Наверное, это девушка. Сабрина застенчиво улыбнулась ему.

— Это очень близкий тебе человек?

Поняв, о чем она подумала, Джон покачал головой.

— Нет, нет, совсем не это... просто друг... Ну, не важно, сама увидишь...

На мгновение ей показалось, что глаза у него были виноватые, но, может быть, она ошиблась.

— Как их зовут? — крикнула Сабрина ему вдогонку, Джон уже выходил из комнаты.

— Дю Пре.

Она не поняла, мужчина это или женщина, но забыла уточнить. На следующей неделе он уехал на Тахо.

Глава 30

После отъезда Джона на озеро Тахо Сабрина большую часть времени проводила в Напе с Андре, Антуаном и французскими рабочими. Дел было невпроворот: нужно было расчистить обе плантации, вырубить одни виноградники, обрезать и прищипнуть другие, а позже посадить сорта винограда, которые Андре и Антуан привезли из Франции. Понадобится целый год, прежде чем земля приобретет удовлетворительный вид, но они были готовы к этому, и дело двигалось неплохо. Они даже придумали названия будущих вин: ординарное бренди они назовут «Харт-Верней», а лучшее вино — «Замок де Верней». Сабрина была счастлива. Через неделю она вернулась в Сан-Франциско посвежевшая, загорелая под палящими лучами солнца Напы. Она была бронзовая от загара, глаза цветом напоминали кусочки голубого неба, на спину падала длинная коса. Однажды, когда она в своей рабочей одежде — брюках и эспадрильях*, которые Андре привез ей из Франции, — перебирала накопившуюся почту, в доме Терстонов зазвонил телефон и незнакомый женский голос попросил позвать Сабрину.

---

* Холщовые туфли.

— Да, это я, — ответила она, теряясь в догадках, кто бы это мог быть. Однако в данный момент ее больше занимали многочисленные счета, которые она как раз разбирала. Ох, конца и края им не видно! В последние недели Джон ни в чем себе не отказывал: три ресторана... клуб... личный портной...

— С вами говорит графиня дю Пре. Ваш сын просил позвонить вам...

Сабрина нахмурила брови и вдруг вспомнила это имя... Дю Пре... Но Джон не говорил, что она графиня. Может быть, мать девушки, в которую он влюблен? Сабрина вздохнула. Не в том она настроении, чтобы общаться с женщиной, которая представляется подобным образом. У нее был южный выговор, но ее имя было явно французским, а произношение великолепным. Жаль, что Андре и Антуана нет в городе. Ах... если бы они были здесь! Но делать нечего... она же обещала Джону.

— Возможно, Джонатан сказал вам, что я позвоню.

— Да, да, говорил. — Сабрина старалась поддерживать светскую беседу, одновременно просматривая многочисленные счета.

— Он очень милый мальчик.

— Спасибо. Вы сейчас в Сан-Франциско? — Сабрина не знала, о чем с ней говорить. Неизвестно, зачем она позвонила.

— Да.

— К сожалению, Джон уехал из города. Он в горах с друзьями.

— Рада за него. Может быть, я увижусь с ним, когда он вернется.

— Да. — Сабрина взяла себя в руки. Она должна выполнить свой долг перед Джоном. — Может быть, вы зайдете на этой неделе на чашку чая? — Уж этого как раз она хотела меньше всего на свете, у нее не было ни минуты свободного времени, но деваться некуда. Джон предупредил ее, а женщина позвонила.

— С удовольствием. Я очень хочу с вами встретиться, миссис Харт. — Перед тем как произнести ее имя, незнакомка сделала странную паузу, словно пересилила себя, и это не ускользнуло от внимания Сабрины.

— Может быть, сегодня днем?

— Это было бы чудесно, моя дорогая.

— Очень приятно, — солгала она, чего с ней давно не бывало. — Наш адрес...

На том конце провода раздался взрыв обворожительного смеха.

— О, не беспокойтесь! — Затем последовала пауза. — Джон дал мне ваш адрес.

Сабрина терялась в догадках, молодая она или старая, взрослая дама или девушка, подружка Джона. А может быть, просто знакомая... Пренеприятная ситуация. Позже позвонил Андре и попросил заехать в банк и выполнить его поручение, но ей пришлось сказать, что это невозможно.

— Черт побери, Джон связал меня по рукам и ногам: какая-то его знакомая проездом в нашем городе, и я пригласила ее на чай. — Она посмотрела на часы. Стол уже был накрыт. На Сабрине было серое фланелевое платье с бархатным воротником. На шее — нитка жемчуга; эти бусы подарил ей отец, когда она была совсем моло-денькой. — Она опаздывает на десять минут, и, судя по ее манере говорить, визит затянется, от нее будет не так-то просто отвязаться. Мне очень жаль, Андре...

— Ничего страшного. Это не срочно. — Он представил себе Сабрину, то, как день назад она пробиралась сквозь заросли на ее плантации, ее распущенные волосы, загорелое лицо, ее глаза цвета средиземноморской волны... Ему тоже захотелось чаю. Он засмеял-ся, и Сабрина скорчила гримасу.

— Представить не могу, что ей надо. Но Джон просил меня, и я дала ему слово, что приму ее. По правде говоря, я с удовольствием уехала бы к вам в Напу. Как дела?

— Отлично. — Не успел он закончить фразу, как раздался стук в дверь, а потом зазвенел звонок.

— Проклятие! Это она. Надо идти. Если будут какие-нибудь новости, позвоните.

— Непременно. Кстати, когда вы вернетесь?

Ей хотелось продолжать работать с ними, тем более что Джон вернется домой только через неделю.

— Думаю, завтра вечером. Можно мне остановиться в вашем домике?

Она была там единственной женщиной и, надо отдать должное, была неприхотлива и спокойно переносила все неудобства их неустроенной сельской жизни. Вечером она помогала им готовить, хотя и не любила стряпню.

— Рудником я управляю лучше, чем готовлю, — подшучивала она над собой. Однажды, когда они собирались завтракать, она сожгла яичницу. С тех пор еду готовили они, а она выполняла тяжелую мужскую работу, хотя к этому ей было не привыкать. Эта ее черта приводила Андре в восхищение. Впрочем, не только эта.

— Конечно, можно. Да, пора начинать строить настоящий дом. — Они хотели построить два дома: один попроще — для работников, а второй — на холме, для него и Антуана, но пока до этого не доходили руки. Были дела поважнее. — Значит, увидимся завтра вечером. Осторожнее на дорогах!

— Спасибо. — Она повесила трубку, сбежала вниз и открыла дверь. — На Сабрину смотрела пожилая женщина. Она была одета в черный шерстяной костюм, который подчеркивал ее фигуру. У нее были черные как смоль волосы, скорее всего крашеные, красивое лицо и ярко-синие глаза, пристально изучавшие Сабрину. Она шагнула в дом и поглядела на купол, как будто знала о его существовании.

— Добрый день... Я вижу, Джон рассказывал вам о куполе.

— Нет. — Она смотрела на Сабрину и улыбалась. Глядя на нее, Сабрина внезапно испытала странное чувство, словно она уже видела эту женщину, но не знала где. — Вы ведь не помните меня, правда? — Не сводя глаз с Сабрины, она медленно покачала головой. — Нет, конечно, это невозможно. — Сабрине опять послышался южный акцент. — Я только подумала, что вы могли видеть фотографию... рисунок... — По спине Сабрины пробежала дрожь, она не могла сдвинуться с места. Женщина перешла на шепот: — Меня зовут Камилла дю Пре... Камилла Бошан... — На Сабрину накатила волна страха, а женщина продолжала шептать: — Когда-то я была Камиллой Терстон, но не очень долго.

Нет, не может быть! Сабрина приросла к полу и во все глаза смотрела на графиню. Это шутка. Злая шутка. Ее мать умерла. Она отшатнулась, словно ее ударили по лицу.

— Вы должны уйти... — Ей стало плохо, будто кто-то душил
ее, она едва могла говорить, страх пригвоздил ее к месту. Камилла
следила за каждым ее движением. Вряд ли она догадывалась, какие
чувства испытывает сейчас Сабрина, как велико ее душевное потрясение. Ее мать воскресла из мертвых. Никогда прежде она не видела ее фотографии — об этом позаботился отец. И вдруг Сабрина
поняла, на кого похож Джон. Он был копией своей бабушки... волосы... лицо... глаза... рот... губы... Сабрине хотелось закричать, но
вместо этого она сделала шаг назад. — Это жестокая шутка... Моя
мать умерла... — Сабрина задыхалась, но что-то мешало ей выставить эту женщину за дверь. Как завороженная, Сабрина смотрела
на женщину. Она всегда думала о том, как выглядела ее мать...
Столько лет прошло, и вдруг... Неужели это возможно?.. Она так
нуждалась в матери... Откуда взялась эта женщина?.. Да разве это
возможно? Сабрина тяжело опустилась на стул, продолжая в упор
смотреть на женщину. Камилла Бошан-Терстон-дю Пре спокойно
смотрела на нее сверху вниз. Она была довольна этим эффектом.

— Я не умерла, Сабрина, — деловито сказала она и смерила
Сабрину взглядом. — Джон говорил мне, что тебе это сказал Иеремия. С его стороны это было нечестно.

— А что он должен был сказать? — спросила Сабрина, не в
силах оторвать от нее глаз. Происходящее не укладывалось в голове: мать вышла из могилы, ворвалась в ее жизнь и теперь спокойно
стоит здесь. — Не понимаю...

Камилла вела себя так, словно ничего особенного не произошло.
Она медленно прошла под куполом, объясняя Сабрине случившееся.
Дочь продолжала смотреть на нее, как загипнотизированная.

— Твой отец и я расстались много лет назад. — Улыбка у нее
была виноватая, но очаровательная. Однако Сабрина была слишком
шокирована, чтобы обращать внимание на ее чары. — Я никогда не
была здесь счастлива. — Она вспомнила Напу и поежилась. —
Особенно в том, другом доме. Там я чувствовала себя не в своей
тарелке. — Она молчала об этом пятьдесят лет. — И я поехала
домой в Атланту: заболела мать. — Сабрина не сводила с нее
взгляда. Она никогда не слышала этой истории, и рассказ Камиллы
привел ее в замешательство. Почему отец солгал ей? — Мы тогда

жутко поругались. Иеремия был против моего отъезда. А позже он написал мне в Атланту и запретил возвращаться, а затем я узнала, что у него в городе есть любовница. — Глаза Сабрины расширились. Неужели это. правда? — Он не разрешил мне ни приехать сюда, ни увидеть тебя. — Она заплакала. — О, мое единственное дитя... Мое сердце было разбито, и я уехала во Францию. — Камилла высморкалась, и Сабрина заметила, что она на секунду отвернулась. Если эта женщина лгала ей, то делала это артистически: она могла бы убедить кого угодно в искренности своих переживаний. — Понадобились годы, чтобы оправиться от такого удара. Моя мать умерла... Я осталась во Франции и прожила там больше тридцати лет. С тех пор я бесцельно брожу по свету... — Вообще-то после смерти Тибо дю Пре она «бесцельно бродила» по дому своего брата Хьюберта, где ей жилось куда лучше, чем у мужа, но судьбе было угодно, чтобы она встретилась с Джонатаном.

Имя Бошан ничего ему не говорило. Джон знал, что у него была бабушка с такой фамилией, но она давно умерла, так по крайней мере он думал. Но после окончания первого курса, когда Джон приехал со своим другом, внуком Хьюберта, в Атланту, он обнаружил там свою бабушку. Два года они обсуждали, как ей лучше вернуться в Калифорнию. Сначала Джон думал, что мать обрадуется, но затем догадался, что это не так. Что-то подсказывало ему, что лучше устроить сюрприз. Он долго колебался, но в конце концов уступил. Он злился на мать. Та была упряма, требовательна и даже не купила ему машину, о которой он давно мечтал. Джон убеждал себя, что ничем ей не обязан. В конце концов он сказал Камилле, что время настало. Сабрина заслуживает наказания хотя бы за то, что она оставляла его одного и работала на своих проклятых рудниках. Джон прекрасно понимал, что у Камиллы на уме, но бабка заверила его: когда она окончательно переберется в дом, он может жить там сколько угодно. Ведь, что ни говори, это ее дом, а не Сабрины Харт. Разумеется, Камилла собиралась не сразу раскрывать карты, а выждать несколько дней. А еще Камилла пообещала Джону машину. Впрочем, там видно будет... Сабрина подозрительно смотрела на нее.

— С какой стати отцу было врать мне?

— А ты бы смогла любить его, узнав, что он выгнал из дома твою мать?! Ему была нужна только ты да еще та старая стерва, которая воспитывала тебя. — Джон рассказал Камилле, что ненавистная старуха оставалась в доме до самой смерти. — Он не хотел, чтобы я вмешивалась в его дела. Ты, наверное, знаешь, что у него в Калистоге была любовница. — Внезапно Сабрина вспомнила, что она действительно слышала сплетни об отце и Мэри-Эллен Браун, но это было давно, еще до его женитьбы на Камилле. Ходили слухи, что у Мэри-Эллен был от него ребенок, но Сабрина не придавала этим россказням никакого значения.

— А еще одна любовница была у него в Нью-Йорке.

Прозвучал тихий звонок, и Сабрина тут же вспомнила про Амелию. Она никогда не думала о том, что отец был с ней в связи... разве что в самом конце жизни, но не раньше. Их отношения казались такими целомудренными... такими теплыми... Сабрина смотрела в глаза матери, окончательно сбитая с толку.

— Не знаю, что и подумать... Почему вы приехали сюда именно сейчас? Почему не раньше?

— Все это время я искала тебя.

— А я никуда не уезжала. Я все время жила здесь, в этом доме, который отец построил для вас. — В голосе ее звучал упрек, но Камилла сделала вид, что ничего не заметила. Она была совершенно спокойна. — Вы давно могли бы найти меня.

— Я даже не знала, жива ли ты. Да и потом, Иеремия все равно не позволил бы мне увидеться с тобой.

Сабрина скептически улыбнулась.

— Мне сорок семь лет. И если бы вы захотели, то нашли бы способ встретиться со мной, независимо от того, жив ли мой отец или нет. — В этом году отцу исполнилось бы 92 года, и в таком возрасте он едва ли мог представлять угрозу для кого бы то ни было, особенно для такой наглой особы, которая стояла перед ней. Нет, Сабрина не испытывала к ней ничего, кроме подозрения и недоверия. Почему Джон привел Камиллу, даже не предупредив об этом мать? Это озадачило Сабрину. Почему он не предупредил? Неужели он так ненавидит ее? Или это была неудачная шутка? — Так почему вы пришли сюда именно сейчас? — Сабрина хотела выяснить все и покончить с этим раз и навсегда.

— Сабрина, дорогая, ты мой единственный ребенок... — На глаза Камиллы навернулись слезы.

— Ну, хватит об этом. И потом, я уже далеко не ребенок.

Томно вздохнув, Камилла раскинулась в кресле — ни дать ни взять инженю* — и улыбнулась:

— Мне некуда больше идти.

— А где вы жили до сих пор?

— С моим братом. А когда он умер, я переехала к его сыну, отцу друга нашего Джонатана.

Сабрину передернуло. Тоже мне собственница...

— Но обстоятельства сложились неблагоприятно. У меня нет дома с тех пор, как умер мой муж... э... мой приятель, то есть... — Она вспыхнула, но быстро взяла себя в руки, однако Сабрина немедленно все поняла.

— Так вы вторично вышли замуж, мадам дю Пре? — Она приподняла бровь, сделав особый акцент на имени незваной гостьи, и стала ждать ответа. Чутье подсказывало Сабрине, что ничего хорошего она не услышит.

Но Камилла сдержалась и на этот раз.

— Разве ты не понимаешь, дорогая... Твой отец и я не разводились. Я все еще его жена — вернее, была ею до самой его смерти.

Джонатан заверил ее, что Иеремия так никогда и не женился: по крайней мере он ничего об этом не слышал. Он не знал своего деда, тот умер за восемь лет до рождения внука.

— Так что формально я законная владелица этого дома.

— Что? — Сабрина вскочила, словно ее ударило током.

— Да, да. Мы оставались мужем и женой до конца его дней, а, как тебе известно, этот дом он построил для меня.

— Ради Бога, замолчите! Да как вы смеете говорить такие вещи? — Ей хотелось задушить Камиллу. Сколько испытаний выпало на долю Сабрины, а теперь эта женщина хочет отнять у нее все. — Где вы были, когда мне так нужна была мать? Когда мне было пять, десять, двенадцать лет? Где вы были, когда умер мой

---

* Инженю (букв. «наивная» — *фр.*) — специфическое амплуа исполнительницы ролей простодушных, наивных молодых девушек.

отец? Когда я взяла на себя управление рудниками?.. Когда... — Она задыхалась, на мгновение ей изменил голос. — Да как вы посмели явиться сюда? Сколько бессонных ночей я провела, думая о вас, пыталась представить, на кого вы похожи! Я плакала при мысли о том, что вы умерли такой молодой. Я еще помню убитого горем отца... А теперь вы приходите сюда и утверждаете, что уехали ухаживать за больной матерью, а отец не позволил вам вернуться. Я не верю ни единому вашему слову, слышите? Ни единому! Этот дом принадлежит не вам, а мне, а однажды будет принадлежать Джонатану. Отец оставил его в наследство мне, а я уйду отсюда только ногами вперед! Но вас это совершенно не касается! — Сабрина стояла под куполом и плакала навзрыд, а Камилла внимательно следила за ней. — Вы поняли? Это мой дом, а не ваш, черт побери! И не смейте порочить имя моего отца! Он умер здесь почти тридцать лет назад. Этот дом был для него святыней... Да, вы правы, он построил его для вас, но по той или иной причине вы куда-то исчезли, а сейчас уже поздно...

Где-то пропадавшая почти пятьдесят лет и внезапно вернувшаяся Камилла, как ни странно, была совершенно спокойна. Безусловно, она была к этому готова, хотя и не ожидала столь бурной реакции Сабрины.

— Надеюсь, ты понимаешь, что силой меня отсюда не выставишь? — Камилла безмятежно смотрела на женщину, которую называла своей дочерью.

Сабрину охватил гнев.

— Черта с два, еще как выставлю! — Она придвинулась на шаг. — Если вы не уберетесь отсюда, я вызову полицию!

— Великолепно. Я покажу им брачное свидетельство и документы, удостоверяющие мою личность. Я вдова Иеремии Терстона, нравится тебе это или нет... Мы с Джонатаном будет настаивать на пересмотре завещания, а потом ты будешь спрашивать у меня разрешения жить в этом доме, а не наоборот. Так что ты не можешь выгнать меня отсюда.

— Не может быть, чтобы вы говорили серьезно...

— Серьезнее не бывает. И если ты хоть пальцем до меня дотронешься, я сама вызову полицию.

— А что вы собираетесь здесь делать? Жить еще пятьдесят лет? — спросила Сабрина с сарказмом, но Камилла не обратила на это внимания. Она привыкла пробивать себе дорогу и наконец-то добилась своего. Они с Джонатаном продумали все до мелочей. Он долго колебался, но момент все же настал. Она знала, насколько важно выбрать подходящий момент, и терпеливо ждала своего часа. Теперь Сабрина от нее так просто не отделается!

— Я буду жить здесь столько, сколько сочту нужным. — На самом деле у Камиллы был другой план, о котором Джонатан ничего не знал. Поначалу Камилла отравит Сабрине жизнь. Никаких угрызений совести она не испытывала. Сабрина для нее чужая, да и потом, что здесь такого! Она поживет с ней несколько месяцев — вполне достаточное время, чтобы прибрать все к рукам и довести Сабрину до полусмерти. А потом... они совершат маленькую сделку, которая позволит Камилле с победой вернуться на Юг и купить там собственный дом... Наконец-то ее самолюбие будет удовлетворено. Разумеется, жить на Юге не предел ее мечтаний, но пока это ее устраивало. Как-никак, она в своем праве... За это время она постаралась все выяснить и проверить. Иеремия никогда не подавал на развод. Когда он умер, официально они состояли в браке; если она опротестует его завещание, завяжется долгая тяжба, и у нее будет вполне достаточно времени, чтобы добиться своего.

— Вы не можете въехать сюда. — Сабрина с ужасом смотрела на Камиллу. — Я не позволю.

Тем временем та махнула рукой тому, кто ждал снаружи. В дом ввалился какой-то мужчина, обе руки которого были заняты полудюжиной сумок, а на улице стояли еще два огромных дорожных чемодана. Сабрина бросилась к нему навстречу:

— Уберите отсюда этот хлам. — Под словом «хлам» она подразумевала и Камиллу, и ее вещи. — Немедленно! — Сабрина повысила голос и указала на дверь. Именно таким тоном она много лет назад командовала на рудниках, но на носильщика это не подействовало. Казалось, он больше боялся Камиллы, чем ее. — Ты меня слышишь, парень?

— Я... я не могу... Простите, мэм! — Он со всех ног бросился наверх, куда небрежно показала Камилла. Она хорошо помнила расположение комнат: хозяйская анфилада, библиотека Иеремии, ее будуар. Она приказала носильщику отнести вещи в ее гардеробную. Сабрина попыталась вышвырнуть их, но Камилла неодобрительно посмотрела на нее, словно имела дело с малым ребенком.

— Бесполезно. Я остаюсь здесь. Я твоя мать, Сабрина, нравится тебе это или нет...

Вот она, ее мать, о которой она так долго и нежно мечтала. Нет, это невозможно! Гневные слезы навернулись на глаза Сабрины, и она действительно почувствовала себя ребенком.

Она не могла поверить случившемуся. Неудивительно, что отец не позволил ей вернуться. Она ведьма, настоящий монстр! Но как избавиться от нее? Сабрина пошла в библиотеку отца и в порыве отчаяния позвонила Андре, рассказав ему о своей беде.

— Она что, сумасшедшая?

— Не знаю, — рыдала Сабрина. — Я никогда не видела ничего подобного. Она ворвалась в мой дом так, словно уезжала на несколько дней. — Сабрина громко высморкалась, и Андре пожалел, что он слишком далеко и не может ее утешить. — А отец ничего мне не рассказывал... — Она зарыдала еще громче. — Я одного не понимаю... Он говорил, что она умерла, когда мне был год...

— Может быть, она сбежала. В конце концов все выяснится. Кто-то должен знать об этом. — Они оба подумали об одном и том же, но Андре первым произнес имя: — Амелия. Звоните Амелии в Нью-Йорк! Она все вам расскажет. А я тем временем выставлю ее.

— Но как? Силой? Андре, она направилась прямо в мою гардеробную.

— Тогда закройте ее на ключ. Не станет же она драться с вами. Или станет? — Кажется, он тоже занервничал. Сабрине захотелось тотчас же повесить трубку и позвонить Амелии. По крайней мере она узнает, что произошло между ее отцом и этой женщиной, утверждающей, что их брак так и не был расторгнут.

— Хотите, я приеду? — предложил Андре. После завершения строительства моста Бэй-Бридж до Напы стало рукой подать, но ради нее он поехал бы куда угодно. В его отсутствие со всеми делами управится Антуан.

— Пока ничего не предпринимайте. Я перезвоню вам. Сначала я поговорю с Амелией, а потом свяжусь с моим адвокатом.

Но ей не повезло. У Амелии ужасно болело горло; экономка сказала, что она не может подойти к телефону, а пугать старуху и рассказывать, в каком отчаянном положении она очутилась, Сабрина не хотела. Адвокат же уехал в отпуск.

— Он вернется через месяц, — неуверенно ответил секретарь.

Когда Сабрина вновь пошла к Камилле, она была на грани истерики.

— Мадам дю Пре... графиня... или как вас там... Вы просто не можете оставаться здесь. Если вы в самом деле претендуете на имущество моего отца и ваши претензии законны, мы можем обсудить все это с моим адвокатом. Он вернется через месяц. А пока вам придется остановиться в отеле.

Развешивая одежду, Камилла посмотрела на дочь через плечо. Она уже свалила все вещи Сабрины на стул, и Сабрина испытала сильнейшее желание придушить ее. Она сгребла свою одежду, сбросила платья Камиллы на пол и завопила во весь голос:

— Убирайтесь отсюда! Это мой дом, а не ваш! — Но Камилла посмотрела на нее как на несмышленыша.

— Я знаю, тебе нелегко. Мы ведь столько лет не виделись. Но ты должна держать себя в руках! Когда вернется Джон, я думаю, ему будет неприятно видеть, что мы не ладим. Знаешь, он любит нас обеих. И ему нужна спокойная семейная обстановка.

— Да что вы здесь делаете? — Сабрина уставилась на нее, чувствуя полную беспомощность; такое с ней случалось редко, и это был как раз тот случай. — Вы должны убраться отсюда!

— Но почему? Какая разница? Дом громадный, места в нем для всех хватит. — Поймав на себе убийственный взгляд Сабрины, она без труда приняла мудрое решение. — Хорошо, я остановлюсь в комнате для гостей, и ты даже не будешь знать, что я здесь, дорогая. — Она жизнерадостно улыбнулась, сгребая свои вещи, и носильщик, о котором Сабрина совсем забыла, подхватил чемоданы и сумки Камиллы и бросился вслед за ней. У нее была отличная память. Минутой позже она указала ему нужную дверь. Носильщик опустил на пол ее вещи и был таков.

Когда Андре позвонил вечером, Сабрина по-прежнему была на грани истерики.

— Что сказала Амелия?

— Я не смогла с ней поговорить. У нее жар, сильная ангина.

— О Боже... Как жаль. Вы выгнали эту женщину? Знаете, о чем я подумал после нашего разговора? Может, она просто самозванка?

Но Сабрина молча покачала головой.

— Не думаю, Андре. Она отлично знает дом. Несмотря на то, что прошло столько лет.

— Может быть, кто-то подробно описал его? Какой-нибудь недовольный вами слуга. — Но было и другое доказательство, заставившее Сабрину поверить, что она действительно Камилла Бошан, — ее поразительное сходство с Джоном. Сабрина сказала об этом Андре, и тот ничем не смог утешить ее. — Как вы думаете, зачем она вернулась?

— Она не делает из этого тайны. — Глаза Сабрины снова наполнились слезами. — Ей нужен этот дом, Андре.

— Дом Терстонов? — Он был в ужасе. Несмотря на их недолгое знакомство, он знал, как много значит для Сабрины этот дом. Да он и сам успел полюбить его. — Но это же абсурд!

— Надеюсь, суд решит так же. А мой юрист в отъезде и будет только в следующем месяце. Господи, что же мне делать? Она упряма как мул и направилась прямиком в анфиладу для гостей, будто ее только и ждали. — Если бы все не было так грустно, Сабрина рассмеялась бы. — Да как она смеет так поступать?

— Очень просто. — А затем он осторожно спросил: — Какую роль во всем этом играет Джон?

Она сама пока не поняла, ей не хотелось огульно обвинять сына перед Андре. Но, судя по намекам Камиллы, во всей этой истории было что-то гадкое.

— Пока не знаю. — Было ясно, что ей не хочется говорить об этом.

— Могу я что-нибудь сделать для вас?

— Да, — печально улыбнулась Сабрина. — Выгоните ее отсюда! Пусть она исчезнет и никогда больше не возвращается...

— Если бы я мог!

Секунду-другую они молчали.

— Знаете, я много лет мечтала о ней... мысленно представляла ее... Однажды, когда мне было лет двенадцать-тринадцать, я решила изучить этот дом и нашла кое-какие ее вещи. И вот теперь эта злая, ужасная женщина пришла, чтобы забрать их... Лучше бы я никогда ее не видела, Андре... Если она, конечно, та, за кого себя выдает.

— Надеюсь, что это не так.

А может, оно и к лучшему. Пора покончить со старыми призраками. Легко сказать! Слишком поздно. Камилла уже здесь, готова к бою, а как ее выгонишь? Сабрина всю ночь не спала и думала, думала. Ох, как хотелось ей броситься в анфиладу для гостей и вытряхнуть эту женщину из постели! Но... на следующее утро они встретились в кухне за завтраком. Сабрине пришлось признать, что для своего возраста Камилла прекрасно выглядит. Должно быть, пятьдесят лет назад, когда отец женился на ней, она была необыкновенно хороша. Пятьдесят лет... Нет, сорок девять. Как странно... Сабрина сидела и наблюдала за Камиллой. Что же случилось тогда, почему она бросила отца и не вернулась назад? И кто такой дю Пре, не в этом ли разгадка? Но она ничего не сказала, просто уставилась на стол и пила чай. В то, что случилось, невозможно было поверить. Когда умер Джон, ей казалось, что мир перевернулся, а счастливая Камилла порхает по кухне, словно вновь очутилась дома после долгого отсутствия. Сабрина взглянула на Камиллу с изумлением; та наконец села, и обе женщины внимательно посмотрели друг на друга. Мать и дочь, сведенные вместе стечением обстоятельств или алчностью, встретились через сорок шесть лет. Тогда Сабрине был всего один год. Какой была тогда Камилла? Неожиданно в памяти Сабрины всплыла фраза Ханны о том, что Камилла пользовалась какими-то золотыми кольцами для предохранения от беременности; Ханна нашла их... отец был в ярости... а вскоре появилась на свет Сабрина. Внезапно ей захотелось спросить мать, была ли она желанным ребенком. Но ответ был и так ясен, да и какая теперь разница? Ей сорок семь лет, у нее самой взрослый сын, отец очень любил ее, а мать... умерла; по крайней мере так она думала. Нет, она не умерла. Она сбежала!

— Почему вы бросили отца? — само собой вырвалось у Сабрины. — Скажите правду!

— Я уже говорила. — Камилла избегала смотреть Сабрине в глаза. — Моя мать заболела и вскоре умерла. — Камилла не горела желанием обсуждать этот вопрос.

— Вы были с ней в момент ее смерти?

— В это время я была во Франции. — К чему лгать? Какая теперь разница? Она вернулась домой. Она все еще жена Иеремии Терстона, а Сабрина в отчаянии. Джон был прав: Камилла сильнее Сабрины. Крепость взята почти без боя. Камилла гордилась собой. Все прошло даже лучше, чем она предполагала, а когда вернется Джон, все пойдет как по маслу. В войне не обойтись без союзника, а он обещал ей всяческую поддержку.

— И долго вы прожили во Франции?

— Тридцать четыре года.

— Приличный срок. Вы снова вышли замуж? — Сабрина пыталась поймать ее в ловушку, но мать лишь улыбнулась.

— Нет, не вышла, хотя и сменила фамилию.

— Значит, по рождению вы не графиня... А кто же такой дю Пре?

Камилла не отвела взгляда.

— Это мой французский покровитель.

— Понятно. Значит, вы были его любовницей. — Сабрина мило улыбнулась. — Интересно, как на это посмотрит суд. Тридцать четыре года — немалый срок.

— В течение всего этого срока я была законной женой Иеремии Терстона и остаюсь ею по сей день. Что бы ты ни делала, Сабрина, факт остается фактом.

— Значит, все это время вы прожили со своим... э... покровителем. — Она специально подчеркнула слово «покровитель», желая смутить Камиллу, но надежда оказалась тщетной. — А теперь вы вернулись домой. Что ж, весьма удобно. Какие у вас планы на День благодарения? Не собираетесь махнуть куда-нибудь еще? Так за чем же дело стало? Стоит ли терять время? — Сабрина говорила злым, оскорбительным тоном, что было на нее совсем не похоже.

Андре приехал вскоре после полудня. Камилла поднималась по лестнице. Она улыбнулась ему. Очень привлекательный мужчина, да еще и француз вдобавок. Но ее радость быстро улетучилась, когда Камилла узнала, что он из лагеря Сабрины и собирается сделать все, что в его силах, чтобы выгнать ее из дома. Она пыталась поболтать с ним о Франции: почти всю жизнь Камилла провела в маленьком городке на юге, но успела немного пожить и в Париже и теперь пыталась сделать вид, что вела там роскошную жизнь. Но Андре тут же поймал Камиллу на лжи и отделался от нее. Он хотел поговорить с Сабриной наедине.

— Вы заперли столовое серебро и драгоценности? Знаете, она может оказаться очень ловкой воровкой.

Но Сабрина только засмеялась:

— Те драгоценности, которые у меня есть, принадлежат ей. По крайней мере большая часть. Судя по ее поведению, она потребует их назад.

— Бога ради, не отдавайте их ей. Я думаю, вам надо позвонить в полицию. — Ему не нравилось, как она выглядит. Но когда он сам позвонил в полицию и попытался объяснить, что произошло, ему ответили, что полиция не вмешивается в семейные дела. А обращение к другому знакомому адвокату оказалось и вовсе обескураживающим. Он объяснил, что придется направлять дело в суд. Выдворить эту женщину из дома после того, как она туда въехала, практически невозможно, за исключением применения насилия, а это даст ей право тут же обратиться в суд.

— Не следовало вам вчера впускать ее, — сухо сказал Андре, и Сабрина гневно воззрилась на него.

— Вы с ума сошли? Откуда же я знала? Она ворвалась сюда, словно русская танковая бригада. Я и опомниться не успела, как она швырнула на стул всю мою одежду. Мне еще повезло, что она согласилась пожить в анфиладе для гостей, не то мне самой пришлось бы там спать.

— Что? — не понял он. Не так-то просто все выяснить. — Она спит в моей комнате! Пусть она убирается оттуда!

Сабрина засмеялась, но в глазах ее стояли слезы.

— Я одного только не понимаю, Андре... — Видно, это было для нее самым страшным ударом. — Почему отец ничего не попытался объяснить мне?

— Один Бог знает, что тогда произошло между ними. Насколько я могу судить, эта особа стреляный воробей, и я не верю ни одному ее слову. Черт побери, как жаль, что Амелия не может подойти к телефону!

Он позвонил ей снова, и, несмотря на страшный кашель и жалобы на горло, на сей раз она поговорила с ними. Все сразу встало на свои места. Амелия рассказала им о связи Камиллы с дю Пре и о том, как она бросила семью.

— Мне жаль, что она мучает тебя. Она и молодой была ужасной, эгоистичной, бессердечной особой. Видимо, с возрастом она не исправилась.

Сабрина печально улыбалась, слушая слова старой подруги.

— Да уж, чего нет, того нет. — Она снова подумала о том, что только что сообщила ей Амелия. — Должно быть, ее бегство разбило отцу сердце. — Теперь Сабрина поняла, почему он не желал говорить о ней. Он так и не оправился от этого потрясения.

— Да, он очень страдал. Но у него была ты. — Амелия улыбнулась, вспоминая прошлое. — Ты была его единственной радостью. Однако не думаю, что он долго тосковал по ней. Он жил своей жизнью. Но в первые несколько лет ему было очень тяжело.

Сабрина расхрабрилась:

— А правда, что у него была любовница и это послужило причиной ее отъезда?

— Да что ты! — Амелию возмутил поклеп на старого друга. — Он был абсолютно верен Камилле. Головой ручаюсь! Он очень переживал, что ты упорно не желала появляться на свет. — Она не хотела рассказывать Сабрине о предательстве с кольцами, хотя и помнила эту историю; она не знала, что Сабрине об этом известно. — Как выяснилось позже, Камилла сама позаботилась об этом, и твой отец очень расстроился. Не будем об этом говорить, дорогая. Будь умницей, держи себя в руках и вышвырни ее.

— Если бы я могла! Очевидно, сначала придется обратиться в суд.

— Бедное дитя! Для тебя это будет суровым испытанием. — Слова Амелии так тронули сорокасемилетнюю Сабрину, словно она действительно была ребенком. — Эту женщину пристрелить мало! Если бы Иеремия убил ее еще тогда, это бы сильно облегчило тебе жизнь.

— Да, наверное. — Сабрина улыбнулась. Слава Богу, ей было кому позвонить. — Я буду держать вас в курсе событий.

— Обязательно! Кстати, как поживает Андре? Я вижу, вы решили свернуть горы и заполонить мир вашим вином?

— Да, в один прекрасный день. — Сабрину насмешило то, как Амелия изложила их планы. — Как вы себя чувствуете?

— Прекрасно. Только горло побаливает. Похоже, мне суждена вечная жизнь.

— Очень хорошо. Вы нам так нужны!

— Да. В отличие от нее. Она вам ни капельки не нужна, поэтому постарайся избавиться от этой особы как можно быстрее.

— Аминь! — Сабрина поблагодарила Амелию, повесила трубку и повернулась к Андре. Они ничего не могут сделать, пока не обратятся в суд. А Камилла, одетая в шифоновое платье, беспечно порхала по комнатам. В ушах ее были серьги с бриллиантами, наверняка поддельными. Сабрина с отчаянием посмотрела на Андре. — Что же мне делать?

Мысль о том, что до суда придется жить бок о бок с этой особой, сводила ее с ума, и, когда на следующий день приехал Джон, дела это не улучшило. Он обрадовался Камилле, как закадычному другу и любимой бабушке, словно она была здесь желанным гостем. Сабрина прошла в его комнату и закрыла за собой дверь. Она стояла, глядя ему в лицо, а он сидел на кровати, всем своим видом показывая, что у него нет настроения разговаривать с ней. Но она не оставила ему выбора.

— Я хочу поговорить с тобой, Джон.

— О чем? — с наигранным удивлением спросил он. Ему доставляла удовольствие мысль о том, как она разозлится. А почему бы и нет, черт побери? Она никогда не давала ему то, что он хотел: ни поездку в Европу, ни машину, которую он клянчит уже три года. Только и знает, что плачется на бедность да молится на свой люби-

мый дом Терстонов. Ну, теперь-то бабушка приберет его к рукам;
мать может отправляться в Напу к своему французу-фермеру и до
седьмого пота вкалывать на плантациях, а они с бабушкой будут
жить в свое удовольствие в доме Терстонов. Когда дело выгорит,
бабушка обещала купить ему машину. Это как раз то, что ему надо.
Джон с нетерпением ждал развязки. Ох, какой замечательный год у
него впереди — последний курс, собственная машина!.. Если все
пойдет по плану, он и в Европу съездит. Бабушка обещала сделать
ему этот подарок по окончании университета. А потом он переедет в
Нью-Йорк и найдет там работу, так что ему все равно, кто будет жить
в этом доме. Может, он вообще никогда сюда не приедет, во всяком
случае долго, жить здесь он не собирается. Подумаешь, Сан-Франциско! Унылый провинциальный городишко. После трех чудесных
лет, проведенных в Кембридже, особенно остро понимаешь это.
Нью-Йорк — наиболее подходящее место, хотя есть и другие приличные города: Бостон... Атланта... Филадельфия... Вашингтон...

— Я требую объяснений! — Мать прервала его радужные
мечты. Она смотрела на него сверху вниз и тряслась от злости.
Теперь от нее не отделаешься... Но что она ему может сделать?
Бабушка уже в доме, и она сама впустила ее... Сначала Камилла
хотела, чтобы Джон впустил ее в отсутствие Сабрины, но он отказался заходить так далеко, и тогда бабушка взяла все в свои руки.
Он знал, что она справится. Камилла куда сильнее матери, да и с
Джоном у них намного больше общего. Они одинаково думали, и
это больше всего пугало Сабрину. Но сейчас она хотела поговорить
с ним о другом. — Какую роль ты играл во всем этом? — Ее глаза
неумолимо буравили сына.

— Что ты имеешь в виду?

— Не валяй дурака! Она сказала мне, что знает тебя почти три
года. Почему ты ничего не сказал мне?

— Не хотел тебя расстраивать. — Он прятал глаза, и Сабрина
без предупреждения ударила его по лицу.

— Не лги мне!

Потрясенный, Джон молча уставился на нее. Она никогда так
не смотрела на него. Ее глаза хлестали больнее, чем ее рука. Сабрина чувствовала себя преданной, и чем больше она думала об этом,
тем больше злилась.

— Черт побери, какая разница, знал я ее или не знал? Я что, должен докладывать тебе обо всех своих поступках?

— Это моя мать, Джон, и ты встретил ее три года назад. Почему ты помог ей сделать это?

— И вовсе я ей не помогал. — Он поглядел матери в глаза и пожал плечами. — Может быть, она имеет на этот дом больше прав, чем ты. Она говорит, что была женой деда до самой смерти.

— Ты мог предупредить меня, правда? — Он не ответил, и она повысила голос: — Правда? — Помолчав, Сабрина добавила: — Знаешь, что в этой истории хуже всего, Джон? То, как ты поступил со мной. Она никогда не была мне матерью, но ты мой сын, и ты не только участвовал во всем этом, но даже помог ей проникнуть в дом. Тебя не мучает совесть?

Он посмотрел ей прямо в глаза, и взгляд этот был взглядом непримиримого врага. Она смотрела на сына, и что-то умирало у нее внутри.

— Нет, не мучает.

— Тогда мне жаль тебя.

— А мне от тебя ничего не надо, — сказал Джон вслед уходящей Сабрине. Она не могла справиться с собой. То, что она увидела в сыне, было невыносимо. Он был копией Камиллы. А она-то все эти годы думала, на кого он похож. Он отличался и от деда, и от отца, и от нее самой, и только теперь она осознала, что сыну ненароком передались гены его бабушки. И внешностью, и характером он напоминал Камиллу и был так же порочен до глубины души. Сын готов был предать ее в любую минуту, и это после всего, что она для него сделала... Где-то, когда-то, что-то в нем искривилось и теперь никогда не выпрямится. Слишком поздно. Особенно если здесь будет торчать Камилла и продолжать портить его. В следующие дни Сабрина наблюдала, как бабушка с внуком уединялись и секретничали, о чем-то шептались и иногда куда-то уходили. Сабрина чувствовала, что сын окончательно бросил ее. Значит, эта парочка плетет против нее заговор? Ну и пусть, у нее есть и другие дела. Но она не могла ни на чем сосредоточиться, а рискнуть оставить дом и уехать в Напу, чтобы взглянуть на Андре и их плантацию, тоже не отваживалась. От них можно ожидать чего угодно: они могут ограбить дом, украсть ее вещи, а то и сменить замки и не пустить ее в дом.

— Не можете же вы сидеть там и дрожать несколько месяцев? — искренне волновался Андре.

— Вы думаете, это затянется надолго?

— Да, может быть. Вы слышали, что сказал юрист?

— Мне кажется, до тех пор я сойду с ума.

— Этого не случится, если вы вернетесь сюда и решите, как быть с виноградниками. — И тут у него возникла идея. — Вот что я скажу. Я пришлю Антуана; пока вы будете в Напе, он поживет в вашем доме и присмотрит за вещами. А когда вы вернетесь, он уедет сюда.

Это был сложный план, но он сработал! Два месяца они так и делали. А затем вернулся ее адвокат, взял дело в свои руки. Он также подтвердил, что они ничего не могут сделать, надо обращаться в суд, а на это может уйти еще месяца два. Тем временем Джону пришла пора возвращаться в университет, а их отношения продолжали оставаться холодными. Накануне отъезда он отправился обедать с Камиллой, а Сабрина — с Андре и Антуаном. Между матерью и сыном стояла непримиримая вражда, и Сабрина временами чувствовала себя так, словно потеряла сына. Она ощущала, что Джон окончательно перешел на сторону бабки. Это была первая и пока единственная победа Камиллы. Она готова была обещать Джону луну с небес, лишь бы выжить Сабрину из этого дома. Несмотря ни на что, Сабрина считала себя виноватой. Сын мстил ей за смерть отца и за ее работу на рудниках. Он никогда не простит ей этого и заставит расплачиваться до конца ее дней. Однажды она все рассказала Андре, когда они гуляли по виноградникам.

— Наверное, я обманула его ожидания, — вздохнула она. — Если бы был жив его отец, я ни за что не пошла бы на рудники. И хотя я работала неполный день, думаю, он ждал от меня большего.

— Может быть, он из породы людей, которые всегда хотят больше, чем ты можешь дать им. Если это так, то тут ничего не поделаешь.

— Сейчас мне бы хотелось спасти его от Камиллы. Пока Джон не понимает, что она собой представляет, но в один прекрасный день он раскусит ее, и это станет для него крушением всех надежд.

Может быть, это и неплохо, думал Андре. Джон заслужил это своим предательством. Джон был испорчен до мозга костей и с первого взгляда не понравился Андре. Но он никогда не сказал бы этого Сабрине. Джон ее единственный сын, и, несмотря на обиду, она продолжала любить его. Да, сын... Но за последнее время она очень подружилась с Антуаном. Зная, как тяжело приходится Сабрине, он был к ней добр и заботлив: приносил цветы и корзины фруктов, время от времени делал маленькие трогательные подарки. Ей это было приятно, она не уставала повторять Андре, какой чудесный у него мальчик. Тот очень гордился сыном. Порой Сабрина завидовала их близости. Ей хотелось надеяться, что, когда Джон дорастет до возраста Антуана и станет взрослым, они с сыном тоже станут ближе, но внутренний голос говорил ей: нет, не тот случай. Она переключилась на другие проблемы — их общие с Андре виноградники и предстоящую тяжбу с Камиллой. Зная, что день суда приближается, Камилла не двигалась с места и продолжала невозмутимо раскладывать пасьянсы. Но за неделю до суда она постучала в комнату Сабрины. Это случилось девятого декабря, а суд был назначен на шестнадцатое.

— Да? — Сабрина стояла босая, в ночной рубашке, все еще не веря, что Камилла посмела войти в ее комнату. Она жила здесь уже больше пяти месяцев, и жизнь Сабрины превратилась в бесконечный кошмар, в ужасный сон, от которого невозможно пробудиться. Камилла всегда была здесь, расхаживая по дому с видом полновластной хозяйки, одетая в обноски и побитые молью меха; когда же она выезжала в город, то надевала собачью душегрейку. Сабрина слышала, что о Камилле ходят сплетни. Из дома стали исчезать ценные вещи, Камилла клялась и божилась, что она к этому не имеет отношения, однако Сабрина знала правду. Но за руку она ее не поймала, а постоянно следить за ней было невозможно. Как Сабрина и предсказывала, Камилла попыталась потребовать свои драгоценности, но Сабрина и слышать об этом не хотела. Видно, судьбе было угодно, чтобы она терпела присутствие этой женщины в своем доме, но не более того... А когда на нее посыпались счета за покупки, сделанные Камиллой и Джоном, она набралась решимости и отказалась их оплачивать. Похоже, они решили довести ее до банкротства. И это бы случилось, судя по количеству счетов за товары, купленные от ее имени. Но Сабрина не притрагивалась к счетам Камиллы, а счета Джона отсылала ему в университет. Ему уже двадцать один год, и Сабрина поставила его в известность, что он достаточно взрослый и должен заботиться о себе сам, если уж решил вести такой образ жизни. Конечно, бабушка заверила Джона, что она обо всем позаботится, когда выживет Сабрину из дому, а уж за этим дело не станет. На его столе лежали сотни неоплаченных счетов. Придет время, он все это передаст бабушке, как раньше, приезжая домой, передавал матери. Но те дни давно миновали, как недвусмысленно заявила Сабрина. Слава Богу, она не надоедает ему своими нравоучениями — их разделяет почти три тысячи миль. Но Сабрину с Камиллой разделяли лишь три фута. Сабрина открыла дверь.

— Что вам угодно?

— Я думала, мы могли бы поговорить. — Когда у Камиллы было что-то на уме, она всегда говорила с резким южным акцентом. Сабрине была отвратительна мысль о том, что она до конца своих дней будет вспоминать этот голос, видеть это лицо и бояться, что она сама будет выглядеть, говорить, думать и поступать, как Камилла... Даже самые обычные жесты матери казались ей омерзительными, а хуже всего было то, что все это она видела в Джоне. Но сейчас лицо Сабрины было непроницаемо.

— Поговорить? О чем? Мне не о чем с вами разговаривать!

— Не лучше ли договориться, не доводя дело до суда?

— В этом нет необходимости. — Сабрина напряглась, готовая к любому блефу. А почему бы и нет? Ее юрист утверждает, что у Камиллы практически нет шансов выиграть дело. Завещание Иеремии было составлено так, что имя Камиллы в нем ни разу не упоминалось. «Некие лица, на которых я мог быть женат...» Тогда Сабрине эта фраза показалась несколько странной, но она была так расстроена, что не обратила на нее внимания. А теперь ей предстоит судебная тяжба, и не имеет значения, насколько велики ее шансы. Она не успокоится до тех пор, пока Камилла не уберется отсюда, но по доброй воле старуха этого не сделает. Не для того она рыла носом землю. — Отчего же? Я ничего не имею против суда.

Камилла с улыбкой посмотрела на Сабрину.

— Я вовсе не хочу отбирать у тебя этот дом, детка.

Сабрине захотелось дать ей пощечину или ударить головой об пол. Она смеет утверждать, что не хочет отбирать у нее дом, после того как шесть месяцев изводила ее своим присутствием, вторглась в ее жизнь и украла у нее сына? Да как она смеет называть ее «деткой»?

— Скоро мне исполниться пятьдесят, и я уже не детка, тем более ваша. У меня с вами нет ничего общего. Меня от вас тошнит. И будь моя воля, сегодня же вечером я бы вышвырнула вас к черту из этого дома!

— Я уеду на этой неделе, — голос ее перешел в зловещий шепот, — если ты заплатишь мне.

Не сказав ни слова, Сабрина захлопнула у нее перед носом дверь спальни и закрыла ее на ключ.

Андре было невыносимо видеть, какие мучения пришлось вынести Сабрине за эти месяцы, а он ничем не мог ей помочь. Шестнадцатого декабря он пошел с ней в суд и впервые увидел Камиллу бледной и испуганной. Она зашла слишком далеко и поняла это лишь тогда, когда в ответ на свои попытки расположить к себе судью тот возмутился ее беспардонной ложью, наглым вторжением в чужой дом и многомесячными попытками извести Сабрину своим присутствием, после того как она бросила ее ребенком. Амелия прислала из Нью-Йорка письменные показания. Несмотря на преклонный возраст, у нее была отличная память, она восстановила до мельчайших подробностей события сорокашестилетней давности. Оглядев зал суда, Камилла была потрясена. Она была одна и осталась в дураках. Она вовсе не хотела заходить так далеко. Она думала, что Сабрина откупится от нее, а теперь от нее требуют, чтобы она оплатила судебные издержки и стоимость почти полугодового проживания в доме Сабрины. Выплыли ее неоплаченные счета, ее обвинили даже в том, что под ее влиянием Джонатан наделал кучу долгов... А когда все кончилось, она благодарила Бога, что отделалась всего лишь устным порицанием судьи. Он пригрозил ей тюремным заключением, если через час она не соберет свои вещи и не покинет дом Терстонов в присутствии помощника шерифа.

Даже не верилось, что этот кошмар позади. Сабрина стояла под величественным куполом и смотрела на спускавшуюся по лестнице Камиллу. Она уже не испытывала к матери ни ненависти, ни каких-либо иных чувств. Слишком много она потеряла за последние шесть месяцев, чтобы испытывать к Камилле какие-то чувства: сон, покой и самое главное — сына...

— Теперь, когда все позади... мы могли бы расстаться друзьями, — запинаясь, сказала нервничающая Камилла. Она заигралась и погорела. А теперь ей придется, поджав хвост, вернуться в Атланту и снова жить с юным Хьюбертом. Перед отъездом она испортила с ним отношения: кто же знал, что ей придется вернуться... Что же, она ошиблась!

Сабрина ответила громко и отчетливо, чтобы слышал стоявший рядом помощник шерифа:

— Я не хочу ни видеть, ни слышать вас. Если это случится, я вызову полицию и подам на вас в суд. Вам понятно? — Камилла молча кивнула. — И держитесь подальше от моего сына!

Но эту битву она проиграла, и когда на следующий день, собравшись с силами и успокоившись, Сабрина позвонила Джону, тот сообщил ей, что не приедет домой на рождественские каникулы. Он изменил свои планы: вместо того чтобы восемнадцатого приехать в Сан-Франциско, он отправляется в Атланту. Его голос дрожал от гнева.

— Вчера я говорил с бабушкой. Она сказала, что ты подкупила судью.

Сабрина опешила и впервые с тех пор, как судья приказал Камилле убираться из ее дома, ощутила на щеках слезы. Неужели Джон никогда не поймет ее и всегда будет ненавидеть? Неужели он так похож на свою бабушку?

— Джон, я ничего подобного не делала. — Она пыталась успокоиться. — Да это и невозможно. Судья порядочный человек, и он сразу понял, что она собой представляет.

— Она старая женщина, которой негде жить, и один Бог знает, куда ей теперь податься.

— А где она жила до этого?

— Где придется, мир не без добрых людей. Наверное, опять поселится у племянника.

— Ну что ж, ничем не могу помочь.

— Да ты и не хочешь!

— Нет, не хочу. Джон, она пыталась отобрать у меня этот дом!

Но он отказывался ее понимать. Он обозвал ее сукой и бросил трубку. Той ночью она лежала в постели в доме, который вновь принадлежал ей, но знала, что она вовсе не победила. Победила Камилла Бошан-Терстон. Она увела у Сабрины Джона.

Глава 31

Ей было бы совсем одиноко и тоскливо в это Рождество без Джона, если бы не Антуан и Андре. Они не позволили ей скучать одной. Они привезли в дом Терстонов новогоднюю елку, а Антуан приготовил напиток из взбитых яиц с ромом. Они поддразнивали ее, подшучивали, говорили ей комплименты... а потом они пошли ко всенощной, пели псалмы, и по щекам Сабрины катились слезы. Андре обнял ее за плечи и улыбнулся. Им было хорошо втроем, и Сабрина была благодарна друзьям. Если бы не Андре с Антуаном, она весь вечер просидела бы одна, оплакивая несчастья, которые принесла с собой Камилла. Но с этими французами было невозможно грустить, и, когда настало Рождество, она вновь воспряла духом. Вечером Антуан уехал к рабочим в Напу, но Андре остался с ней: на следующий день они должны были вместе пойти в банк. Они хотели получить еще один кредит на покупку необходимого оборудования. Все складывалось как нельзя лучше: Андре блестяще управлялся со своими и ее виноградниками. К тому времени они успели расчистить всю землю.

— Даже мои джунгли выглядят чудесно, — шутила Сабрина. — Я с трудом узнаю их.

— Погодите, скоро вы отведаете нашего вина! — Но пока он принес ей бутылку Моэ и Шандона. Антуан уехал, а они устроились у новогодней елки. Андре с восхищением смотрел на Сабрину. Сколько ей пришлось пережить за этот год!

Да, правильно сказала Амелия много лет назад: Сабрина — замечательный человек... Она была необыкновенно женственна, добра и сильна, как никто другой. Может быть, даже Амелии далеко до нее. Скажи он это Сабрине, та застыла бы от изумления. Амелия была в ее представлении именно такой, какой бы она хотела видеть собственную мать. Но рассчитывать на это больше не приходилось. Она слишком хорошо знала, что собой представляет ее настоящая мать. Сука, шлюха, женщина, которая пыталась извлечь из своего бесчестья максимальную выгоду. Когда Камилла уезжала, она не постеснялась украсть картину, висевшую в комнате для гостей! Сабрина была счастлива избавиться от нее... Вот о чем она думала, глядя на елку.

— Забавный выдался год, не правда ли?

— Да уж! — Его рассмешила формулировка. Сабрина посмотрела на него с удивлением, но затем тоже улыбнулась:

— Было много плохого и хорошего. Встреча с вами и Антуаном стала для меня подарком судьбы. — Кстати сказать, Андре подарил ей чудесный красный кашемировый свитер с подобранной к нему в тон шляпкой, а она ему — теплую куртку и перчатки. — Значит, не все так плохо.

— Надеюсь, что нет. — Но оба они знали, что Сабрина грустила о сыне. Да и как было не грустить? Впрочем, даже с ним она почти не говорила об этом. Слишком больная тема. Она старалась не показать виду, что тоскует, и изо всех сил шутила с Андре.

Уладив банковские дела, на следующий день Сабрина уехала с Андре в Напу и провела там остаток недели. Теперь она не боялась оставлять без присмотра дом Терстонов. В день отъезда Камиллы она сменила замки, и даже у Джона пока не было нового ключа. В большом фермерском доме, который Андре снимал вот уже восемь месяцев, у нее была своя комната. Отец и сын носились с планами постройки собственного дома, а пока продолжали вести совместную жизнь, и Сабрина была счастлива.

Мужчины относились к ней по-дружески, и она начинала неуверенно говорить с ними по-французски.

После Нового года Андре отвез ее домой. Они проехали через мост Бэй-Бридж, поднялись по Бродвею, затем поехали на юг по Калифорния-стрит, свернули направо, на Тейлор-стрит, и очутились у Ноб-Хилла. Он припарковал машину снаружи и внес в дом ее вещи. Андре хотел провести пару дней в городе. Антуан прекрасно справится один, а у них с Сабриной были дела в городе. В тот вечер они допоздна засиделись в библиотеке, просматривая бумаги. Оба они ответственно относились к своему делу, и Сабрина вспоминала добрые старые времена, когда после смерти отца она взяла на себя управление рудниками. Разница лишь в том, что сейчас у нее есть Андре.

— Должно быть, вам пришлось трудно...

— Что было, то было, — улыбнулась она. — Зато я многому научилась.

— Вижу. Но это не самый легкий способ учебы.

— Похоже, мне на роду написано не искать легких путей. — Она снова подумала о Камилле, Джоне и том разочаровании, которое он принес ей. Андре задумчиво следил за выражением ее глаз. Затем он задал странный вопрос, который давно не давал ему покоя. Они очень подружились за эти десять месяцев, но были вещи, о которых они до сих пор не говорили. Сабрина редко упоминала имя Джона Харта, а Андре почти ничего не говорил о своей жене. Она умерла, когда Антуану было пять лет, и Андре долго-долго жил один. Правда, во Франции оставалась женщина, в которую он был влюблен, но сейчас с этим было покончено. В своем последнем письме она написала, что увлеклась другим. По правде говоря, это не разбило ему сердце. Покидая Францию, он был готов к этому: ехать с ним в Америку она не пожелала... Сейчас его интересовала жизнь Сабрины, а лучшего времени, чтобы расспросить ее, может не представиться.

— Каким был ваш муж?

Она улыбнулась другу.

— Чудесным. — Вдруг она рассмеялась. — Хотя сначала мы очень не ладили. Он был моим конкурентом и пытался купить мои рудники. — Андре засмеялся, представив себе, какие летели искры. —

В конце концов... — ностальгически усмехнулась Сабрина, — мы поженились. Знаете, — лицо ее вновь стало грустным, — я до последнего дня не позволяла ему объединить наши рудники. Потом очень жалела об этом. Я доставила ему немало трудностей... а зачем? — Она поглядела в глаза Андре. — Потом, после его смерти, я сама объединила их. Как глупо, что я не сделала этого раньше!

— А почему вы этого не сделали?

— Наверное, потому, что я все время пыталась доказать ему, что я ни от кого, в том числе и от него, не завишу. Он уступал мне и всегда делал по-моему, даже тогда, когда был убежден, что я не права. Он был так терпелив! — Сабрина снова заглянула ему в глаза. — Только благодаря ему я смогла стать вам неплохим компаньоном.

— Неплохим? Просто чудесным! — улыбнулся он и шутливо добавил: — За исключением способностей к кулинарии и французскому...

— Да как у вас язык поворачивается! — захохотала Сабрина. — На прошлой неделе я приготовила всем омлет, — высокомерно напомнила она.

Они снова рассмеялись, забыв о том, что уже час ночи. Одолевала усталость, но им было так хорошо вместе!

— А разве вы не видели, как им было плохо? — Ему нравилось поддразнивать Сабрину. Андре слегка потянул ее за косу. Она казалась ему совсем молодой; да и тот, кто не так хорошо знал Сабрину, дал бы ей лет на двенадцать меньше. — Знаете, вы очень похожи на индейскую скво. — Эти слова заставили Сабрину вспомнить Весеннюю Луну. Она рассказала Андре о том, какой очаровательной была индианка и как она спасла ее от Дэна. — Да, дорогая, скучать вам не приходилось. Пожалуй, после этого работа на виноградниках кажется вам пресной.

— Нет, виноградники — именно то, что мне нужно. Не думаю, что сейчас мне хватило бы сил все это выдержать. Однажды с моего рудника уволилось сразу триста рабочих. Не хотела бы я снова пережить что-нибудь подобное.

— Не придется. Я обещаю: отныне вас ждет мирная жизнь. — Да, она заслужила это. Сабрина печально улыбнулась.

— Если бы она ждала нас всех... — Она снова подумала о Джоне. — А вы, Андре? Чего вы ждете от жизни, кроме грандиозного успеха с винами? — Она потрепала Андре за ухо, а тот снова потянул ее за косу.

— Не шалите, ma vieille*... Чего я жду? — Его лицо стало серьезным. У Андре был хороший ответ, но он не осмелился... — Не знаю... Кажется, у меня все есть. За исключением одного-единственного.

Сабрина удивилась. Он казался вполне довольным жизнью.

— Чего же это?

— Дружбы. Я тоскую по человеку, который бы разделил со мной жизнь. Я не имею в виду Антуана, потому что это долго не продлится. Когда-нибудь ему придется уехать, рано или поздно это случится. А вы... Вы не испытываете ничего подобного?

Да, он должен был ощущать одиночество гораздо острее, чем она, подумала Сабрина. Конечно, она тоже тосковала без друга, но она привыкла к одиночеству. После смерти мужа у нее так и не было мужчины. Как-то она говорила об этом. Он находил, что это замечательно, но вовсе не удивлялся. Он так и предполагал. Теперь, когда они хорошо узнали друг друга, от него бы не укрылось, если бы у Сабрины кто-нибудь появился.

— Как вам удалось так долго прожить в одиночку? — Это произвело на него сильное впечатление. Через два года после смерти жены у него был серьезный роман, а потом еще несколько связей. Нет, ничего особенного, но ему нравились женщины, и теперь он тосковал об этом. — Вы не находите, что одиночество невыносимо? — Он был заинтригован. Сабрина засмеялась.

— Нет. Не нахожу. Это очень просто, а иногда даже приятно. Да, порой бывает тоскливо, но проходит время, и об этом перестаешь думать. Знаете, — пошутила она, — это все равно что быть монахиней.

— Разве можно так тратить время! — как истинный француз, огорчился Андре. Они переглянулись и рассмеялись. — Да, да, я не шучу. Сабрина, вы такая красивая женщина и еще совсем молодая.

---

* старушка (*фр.*).

— Нет, мой друг, не сказала бы. Я уже далеко не девочка. В мае мне исполнится сорок восемь.

— Вы женщина в самом расцвете лет.

— Вы с ума сошли, Андре...

— Ничего подобного! — Женщина, с которой он встречался во Франции, была старше Сабрины и неизмеримо уступала ей в красоте. Сабрина была бы даром для любого мужчины. Андре понимал, что жизнь свела его с необыкновенной женщиной. Нет, она не из тех, с кем можно завести интрижку скуки ради: она слишком много для него значила...

Они расстались в два часа ночи, а утром снова встретились за завтраком, тщательно одетые и деловитые. Эта полуночная беседа сильно сблизила их. Она спокойно говорила с ним о покойном муже, а он не скрывал от нее своих давних романов. Похоже, они непроизвольно стремились исповедаться друг другу. Андре поразил ее, заявив, что передумал возвращаться в Напу в пятницу вечером, и пригласил ее в ресторан.

— А по какому поводу? — спросила она с удивлением. Сабрина устала: неделя была длинная, а она еще не оправилась от суда с Камиллой, хотя с тех пор прошел уже месяц. Это настолько подкосило ее, что с тех пор она не выезжала из дому. Андре надеялся, что это пойдет ей на пользу.

— Черт побери, неужели для этого обязательно нужен повод?

— Как это по-декадентски! — Однако идея пришлась Сабрине по вкусу, и она поспешила в свою комнату, чтобы переодеться. Вскоре они встретились внизу, под куполом. На Сабрине было черное платье, которого он прежде не видел.

— Вы очень элегантны, мадам, — лукаво улыбнулся Андре, и Сабрина вновь обратила внимание на то, как он красив. Теперь она редко замечала это: они привыкли друг к другу и стали приятелями; но сейчас взгляд Андре заставил ее вновь почувствовать себя обворожительной женщиной.

Он привез Сабрину в ресторан. Они выпили в баре по коктейлю, а после восьми заняли столик и чудесно провели время. Он рассказывал ей о своей жизни во Франции, а она ему о рудниках и о себе. Полночь они, как обычно, встретили в доме Терстонов.

Однако сегодня она пригласила его в свою личную маленькую гостиную, где было гораздо уютнее, чем в привычной библиотеке. Пока она разжигала камин, он спустился вниз за напитками и налил им обоим по рюмочке бренди. Они сидели у камина, смаковали бренди и смотрели на мерцающие языки пламени, отблеск догорающих угольков. Наконец Сабрина подняла взгляд.

— Спасибо вам за вечер, Андре... Спасибо за все. Вы были так добры... и так много для меня сделали...

Андре был тронут. Он нежно прикоснулся к ее руке.

— Сабрина, я готов сделать для вас все. Надеюсь, вы знаете это.

— Вы это и делаете.

А затем, словно они оба только этого и ждали, он наклонился и поцеловал ее в губы. Никто из них не выглядел смущенным, это казалось таким естественным... Они сидели у камина, взявшись за руки, и целовались, а затем Сабрина тихонько засмеялась:

— Как будто мы снова стали детьми, правда?

— А разве нет? — улыбнулся он.

— Ну, не знаю... — Она не успела закончить фразу, потому что Андре снова припал к ее губам. Сабрина ощутила, как внутри растет страстное желание, о существовании которого она и не догадывалась. Они лежали у камина, и Андре обнимал ее; его руки начали ласкать женское тело, и Сабрина удивилась, что это ей очень приятно. Все произошло так, словно оба они были готовы к случившемуся.

Андре нежно смотрел на нее сверху вниз. Он не хотел делать ничего, о чем бы потом пришлось пожалеть им обоим или, хуже того, ей одной. Она была ему слишком дорога и как человек, и как друг.

— Мне уйти, Сабрина? — шепотом произнес он.

— Не знаю, — улыбнулась она. — Чем мы с вами занимаемся?

— Мне кажется, что я влюблен в вас, — вновь прошептал Андре.

Как ни странно, это ее совсем не удивило. Теперь она понимала, что тоже давным-давно влюблена в него — может быть, даже с первого взгляда. Своими руками, своими сердцами они сотворили настоящее чудо. Смелость и энергия Андре вернули ее к жизни, и

сегодняшний вечер — лишь продолжение этого чуда... Сабрина
потянулась к Андре, он отнес ее на кровать, и они любили друг
друга так, словно занимались этим всегда. А потом они сонно
лежали в объятиях друг друга. Андре кончиками пальцев гладил
ее шелковистые волосы, и Сабрина уснула, чувствуя прикосновение его губ.

А когда они проснулись, Андре с облегчением убедился, что в
ее глазах нет ни капли раскаяния. Он целовал ее в глаза, в губы, в
кончик носа, а она хохотала. И снова они любили друг друга. Казалось, у них настал медовый месяц: все было легко и просто. Она не
могла понять, как все это вышло. Почти двадцать лет она не знала
близости с мужчиной, но воздержание кончилось, и она счастлива с
Андре, как только можно быть счастливой, а он просто без ума от
нее. Как будто в Андре внезапно открылся шлюз, его любовь за-
хлестнула Сабрину с головой.

— Что с нами случилось? — устало спросила она, когда все
кончилось. Была суббота, и они никуда не торопились. Они одни,
они счастливы и любят друг друга.

— Должно быть, мы что-то съели вчера вечером...

— Наверное, это шампанское виновато... Не забыть бы об
этом, когда мы будет делать свое... — Она улыбнулась, снова уснула и проснулась только в полдень, когда Андре принес в спальню
поднос с едой.

— Тебе надо восстановить силы, любимая. — О да, она
нуждалась в этом, потому что сразу после еды он вновь бросился
в атаку.

— О Господи, Андре! — счастливо смеялась она. — Ты всегда такой?

— Нет, — честно признался Андре, прижимая ее к себе. Он
никак не мог насытиться. Казалось, он прождал целый год и теперь
стремился за один день наверстать упущенное. — Это ты сотворила
со мной чудо.

— Возвращаю тебе комплимент. — Весь день они то спали, то
занимались любовью, а в шесть часов встали, умылись, оделись и
отправились в город. На сей раз в «Табарию» на Колумбус-авеню.
Все это действительно напоминало медовый месяц.

— Так как же это случилось? — улыбаясь, спросила Сабрина, когда им принесли еще одну бутылку шампанского.

— Не знаю, — глядя на нее, серьезно ответил он. — Я думаю, любимая, мы заслужили это. Весь этот год мы очень много работали.

— Замечательная награда.

Он был того же мнения, когда они снова легли в постель и при горящем камине занялись любовью в ее спальне. Именно в этой комнате почти двадцать два года назад родился Джонатан, но сейчас она не вспоминала об этом. Она думала только об Андре. Они крепко уснули в объятиях друг друга и проснулись, когда уже рассвело. Они любовались друг другом, целовались, засыпали, а проснувшись, вновь занимались любовью, и этому не было конца. А потом Андре задумчиво посмотрел на нее и задал вопрос, который забыл задать вчера:

— Прости меня, любимая... Ты не побеспокоилась о том, чтобы не забеременеть? — Он понял, что два дня не принимал никаких мер. Однако ее это ничуть не взволновало.

— Ох, Андре, может быть, я и забеременею... годам к восьмидесяти. Сказать по правде, для меня это всегда было большой проблемой. Раньше на это уходило не меньше двух лет. Так что не волнуйся, в этом отношении я совершенно безопасна. Тем более в моем возрасте.

— Что ж, это удобно. Но ты уверена, что все в порядке?

— Абсолютно. Может быть, я больше никогда не смогу забеременеть. — У Сабрины еще не было климакса, но в последний год она ощущала его приближение.

— И все же ты не можешь быть полностью в этом уверена.

— На следующей неделе я что-нибудь придумаю, а пока...

Больше он ни о чем не тревожился, а в ночь на воскресенье им было так хорошо, что они решили еще раз переночевать в доме Терстонов, а уже затем вернуться в Напу. Никто из них не стремился поскорее завершить этот импровизированный медовый месяц. Последние два дня круто изменили их жизнь, и они не жалели об этом. Это заставило их совсем по-другому взглянуть на окружающее, и когда на следующий день они ехали в Напу, Сабрина всю дорогу смеялась; ее длинные волосы падали на спину, голубые глаза были яркими, как у молоденькой девушки. Она надела красный кашемировый свитер, подаренный Андре на Рождество, и серые фланелевые брюки.

— Что же мы будем делать в Напе? Шокировать окружающих?

Впрочем, это было не их дело, но Сабрина считала, что лучше Антуану до поры до времени не знать об их отношениях.

— Да, похоже, мне надо поторопиться с постройкой дома! Завтра же вызову архитектора! — Они посмеялись, и в ту же ночь он на цыпочках пробрался в ее комнату, а на рассвете так же тихонько ушел. Ему было пятьдесят пять лет, но никогда в жизни он не был так счастлив, как сейчас.

Глава 32

На протяжении нескольких недель, которые они прожили в Напе, любовники по ночам тайком пробирались друг к другу. По крайней мере раз в неделю они уезжали в город, но все же большую часть времени Сабрина проводила с Андре и Антуаном в Напе. Между ними установилась особого рода близость — это проявлялось во взглядах, жестах, полунамеках, понятных только им двоим. Правда, однажды Сабрина заметила, что Антуан наблюдает за ними, но, поймав ее взгляд, он быстро отвернулся, словно боялся помешать тому, что не было предназначено для посторонних. Позднее ей показалось, что Антуан смотрит на них с улыбкой.

— Как ты думаешь, он догадывается? — как-то ночью спросила она Андре, когда они шептались в ее постели. Он все-таки съездил на неделе к архитектору и договорился, что постройка дома начнется весной, а до тех пор им придется по-прежнему бегать друг к другу на цыпочках.

— Не знаю... — улыбался Андре, гладя ее по лицу, залитому лунным светом. До сих пор ни одна женщина не вызывала в нем такой любви. А Сабрина испытывала к Андре даже большее чувство, чем в свое время к Джону. Тогда она была намного моложе, и чувство ее было не таким глубоким, как сейчас. — Мне кажется, он был бы рад за нас, если бы знал. Вчера я чуть не рассказал ему обо всем.

Сабрина кивнула. Она и представить себе не могла, что сумеет что-нибудь рассказать Джонатану. Он давно упрекал мать в связи с Андре, и она не хотела давать ему козырь в руки, хотя с тех пор как умер его отец, у нее не было мужчин. Но ему этого не понять. От Джона почти месяц не было никаких известий, как и от Камиллы, которая все же вернулась в Атланту. Впрочем, Сабрина и не желала о ней слышать. Она заставила себя снова подумать об Антуане.

— Тебе не кажется, что он расстроится? — Этот мальчик совсем не похож на Джона. Она успела полюбить его.

Андре снова улыбнулся ей.

— С какой стати? Он только порадуется за нас.

Сабрина тоже подозревала это. В эти дни он был необыкновенно добр к ней, помогал, когда они бок о бок работали на виноградниках, что ей всегда нравилось. Через несколько недель после этого разговора именно Антуан оказался рядом, когда Сабрина, весь день проработавшая под палящими лучами солнца, вдруг почувствовала, что у нее закружилась голова, и упала к нему на руки. Антуан усадил ее наземь и сделал холодный компресс, смочив носовой платок водой из фляжки.

— Вам следовало надеть шляпу! — Он отчитывал ее, как ребенка. Сабрине было очень плохо: голова кружилась, все плыло перед глазами, желудок подкатывал к горлу, но она все же умудрилась добрести до дома, поддерживаемая Антуаном.

— Антуан... не говори ничего отцу... пожалуйста... — сказала она, с мольбой смотря на него.

Антуан нахмурился:

— Почему? По-моему, он должен знать об этом. Разве нет? — И вдруг он испугался. Его мать умерла от рака, когда ему было пять лет. Он хорошо помнил, как убивался по ней отец. Антуан с беспокойством смотрел на Сабрину. — Хорошо, я не скажу ему, если вы пообещаете, что сейчас же сходите к врачу. — Казалось, она колебалась; детские воспоминания так растревожили Антуана, что он схватил Сабрину за руку и гневно посмотрел на нее. — Если вы этого не сделаете, я немедленно расскажу обо всем отцу!

— Ладно, ладно. Я всего лишь перегрелась на солнце.

Но вид ее Антуану не нравился. Он заметил, что Сабрина несколько дней почти ничего не ела, и снова спросил ее о враче. Она попыталась отмахнуться, но из этого ничего не вышло.

— Антуан, со мной все в порядке.

— Ничего подобного! — почти закричал он, но это было совсем не похоже на ее ссоры с Джоном. Сабрина была тронута: ясно, он волнуется за нее. И когда приступ повторился, он насильно привел ее в дом. К счастью, Андре в это время был у архитектора. — Ну, Сабрина, вы сами позвоните доктору или это сделать мне?

— Бога ради... — Она смутилась, но на сей раз Антуан не дал ей отвертеться. Он стоял у телефона и угрожающе смотрел на нее. Наконец Сабрина засмеялась. — Какое счастье, Антуан, что ты не мой сын, иначе от тебя не было бы спасения! — Она шутила, но в глубине души была благодарна ему: приятно, когда о тебе кто-то заботится. А теперь у нее таких двое: Андре и его сын... Она позвонила врачу и договорилась, что завтра придет к нему на прием. — А ты знаешь, что он мне скажет?

— Да, — непреклонно заявил он. — Что вы слишком много работаете. Посмотрите на папа́: он тоже много работает, но ведь он днем спит. — Эту привычку Андре привез из Франции. — La sieste*. Наверное, поэтому он так молод и здоров.

— Нет, у меня терпения на это не хватит.

— Хватит, хватит. — Но он был доволен, что добился своего и заставил Сабрину пойти к доктору. — Может быть, подвезти вас завтра?

— Нет, спасибо. У меня еще есть кое-какие дела в городе. — Она не хотела поднимать шум и привлекать к этой поездке внимание Андре.

— Вы скажете мне, в чем дело? — В его глазах стоял панический страх, как у испуганного мальчугана. Она подошла к Антуану и заглянула ему в лицо. Он был намного выше Сабрины, но она чувствовала себя гораздо сильнее его.

---

* Сиеста, послеобеденный отдых *(фр.)*.

— Ничего страшного, Антуан. Я совершенно здорова и, уверяю тебя, прекрасно себя чувствую. Наверное, это просто переутомление из-за матери, суда и... — Она не договорила, но оба знали, что в этот перечень надо было добавить и Джонатана. — Я понервничала и теперь расплачиваюсь за это.

— Я очень переживал, что они так с вами поступили! — Он смотрел на нее так, словно Сабрина была его матерью.

— Я и сама переживала. Может быть, оно и к лучшему, что все разъяснилось. — Но благодаря этому Сабрина потеряла сына. Она увидела в Джоне то, чего никогда не сможет забыть. Никогда... — И пожалуйста, больше не беспокойся обо мне. Я обещаю рассказать тебе все, что скажет врач.

Однако на следующий день, сидя в кабинете врача, Сабрина уже знала, что не сдержит слова. Она обескураженно смотрела на врача, которого знала много лет. На ее лице было написано недоверие.

— Нет, этого не может быть... это невозможно... В последний раз это было... я думала, что сейчас... — Она широко раскрыла глаза. В это было невозможно поверить. Но доктор лишь ласково усмехнулся в ответ:

— Сабрина, это правда. Анализ точный. По крайней мере, когда результат положительный, ошибка исключена. Ты беременна, моя дорогая.

— Но этого не может быть! Ведь в прошлом году у меня начался климакс. У меня не было месячных... — Она подсчитала в уме и ошеломленно уставилась на врача. — Ох... нет... — Два месяца. Он был прав. Почему-то она не связывала это с Андре. Она была счастлива и ни о чем не заботилась. — Я никогда не думала... Боже мой, если бы я вчера не упала в обморок... — Да, тогда она узнала бы о своей беременности только через несколько месяцев. Она все еще не могла поверить в случившееся. — Но ведь дважды мне понадобились годы, чтобы забеременеть, и...

Доктор перегнулся через стол и похлопал ее по руке.

— Ну, моя дорогая, всякий раз бывает по-разному. Откуда ты знаешь, может, проблема была в Джоне...

— О Боже!

При виде ее отчаяния у доктора возникло ужасное подозрение.

— Ты хоть знаешь, кто отец ребенка?

— Еще бы! — Она была шокирована еще сильнее, чем прежде. — Но я понятия не имею, что он об этом подумает. Мы компаньоны и друзья, однако... в нашем возрасте... Мы не собирались... мы... — Слезы переполняли ее глаза и катились по щекам. Какая жестокая судьба! Почему они не встретились пятнадцать лет назад? Тогда это было бы возможно... — Что же мне делать? — Сабрина заплакала навзрыд, высморкалась в протянутый ей платок и посмотрела на доктора. — Вы позаботитесь об этом? — Вопрос был неуместен. Оба знали, что закон запрещает аборты, но иного выхода у нее не было. Он был единственным доктором, которого она знала, не считая старика врача в Сент-Элене, из которой она уехала много лет назад. Доктор печально посмотрел на нее.

— Я не могу этого сделать, Сабрина. И ты это знаешь.

— Мне сорок восемь лет. Уж не думаете ли вы, что я могу позволить себе этого ребенка? Я даже не замужем.

— Ты любишь его?

Она кивнула и снова высморкалась.

— Тогда почему бы тебе не выйти за него и не родить?

— Я не могу. У нас взрослые сыновья. Да мы же станем посмешищем. Ему пятьдесят пять, мне сорок восемь. Но ему ни за что не дашь его годы, он выглядит моложе... а я... Ради Бога, мне пора внуков нянчить!

— Ну и что? Не ты первая, не ты последняя. Два года назад у меня была пятидесятидвухлетняя пациентка. С ней случилось то же самое; правда, она была замужем. Она рожала одновременно со своей дочерью. Сабрина, поверь мне, в жизни и не такое бывает.

— Но я чувствую себя последней дурой. И я не собиралась заставлять его жениться на мне! — Она засмеялась сквозь слезы. — В моем возрасте смешно быть вынужденной выйти замуж из-за беременности... — Она посмотрела на старого врача и снова расплакалась; ее вид вызывал сочувствие. — Господи, какая беда!

— Я тебя понимаю. Это сильное потрясение для каждой женщины. Конечно, Сабрина, в твоих обстоятельствах это непросто. Но он по крайней мере хороший человек? Ты могла бы быть с ним счастлива?

— Да, могла бы. — Но они с Андре никогда не обсуждали этот вопрос, да и с какой стати ему жениться на ней? Их вполне устраивали эти отношения. — Но все же... ребенок в нашем возрасте... — Она подумала о Джонатане и ребенке, которого потеряла до него. Врачи говорили, что это была девочка... Она уже и тогда была не слишком молодой, но в сорок восемь... Уму непостижимо, и тем не менее это случилось. Сабрина снова посмотрела на доктора. Она знала, что должна сделать, но не знала, куда идти... — Вы поможете мне найти врача, который сделает аборт? Я не выдержу этого. Это несправедливо.

— Не тебе об этом судить, — нахмурился он. — Если это случилось, значит, так нужно было. Может быть, однажды ты поймешь, что это Божье благословение. — Он отказывался выполнить ее просьбу. — А теперь, Сабрина, ты придешь ко мне через три недели. За это время постарайся взять себя в руки. Я не вижу причин, почему бы тебе — даже в твоем возрасте — не родить здорового ребенка. Просто тебе придется беречь себя сильнее, чем двадцать лет назад.

Двадцать лет назад... Как смешно, что это произошло именно теперь. Внезапно она разозлилась на него, на себя, на Андре, из-за которого она влипла в историю. Боже мой, она беременна в сорок восемь лет! Правда, сорок восемь ей исполнится в мае. К тому времени она будет на четвертом месяце... Проклятие!

Она вышла из кабинета и поехала домой, думая о том, что сказал ей доктор. О ребенке... об Андре... о том, что это подарок судьбы и с годами они поймут это... Нет, не стоит и думать об этом! Нужно поскорее найти врача, который сделает аборт. Сабрина знала, что у нее в запасе всего несколько недель, прежде чем это станет слишком опасно. Она понятия не имела, к кому обратиться. Как найти врача? Раньше она никогда об этом не думала, да и сейчас не хотела, но куда деваться? Ее преследовали воспоминания о потерянном ребенке, о том горе, которое пережили они с Джоном. Неужели она решится убить ребенка только потому, что так вышло? Но что же ей делать? Сабрина лежала на кровати, и ее тошнило. Вдруг зазвонил телефон. Это был Антуан.

— Что сказал врач? — Он весь день беспокоился о ней, а сейчас, воспользовавшись тем, что отец уехал в город за покупками, сразу же позвонил Сабрине.

— Ничего, дорогой. Я здорова. Я же говорила тебе, это переутомление. — Но она сама слышала, что фальшивит. Конечно, Антуан ей не поверил.

— Он так и сказал?

— Клянусь тебе, — солгала Сабрина, но что ей оставалось? — Я приеду завтра или послезавтра.

— А я думал, что вы вернетесь сегодня вечером. — В голосе Антуана снова звучало беспокойство, словно он был ее сыном; это тронуло ее до слез. Только бы не заплакать! От случившегося немудрено было разреветься.

— Знаешь, выяснилось, что мне надо немного поработать здесь. У вас все в порядке, Антуан?

— Да, все хорошо. — Он рассказал ей, чем они занимались. — Вы уверены, что ничего серьезного нет? — Наконец он немного успокоился. Значит, это не рак. Он всегда боялся этого. На этот раз он боялся за Сабрину.

— Положительно. — О да, положительно. Она подобрала удачное слово. Сабрина с печальной улыбкой продолжала слушать Антуана. А потом к телефону подошел Андре, успевший вернуться из города.

— Что случилось, m'amie? — Иногда он называл ее «мой друг», но когда они по ночам оставались вдвоем, она становилась cherie и mon amour — дорогой и любимой.

— Ничего особенного. Накопилось много почты; придется посидеть и разобрать ее. Может быть, потом я договорюсь, чтобы мне пересылали ее в Напу.

— Да, это мысль.

Какое облегчение слышать его голос! Ей захотелось рассказать ему, что сообщил ей доктор, но она знала, что не имеет на это права. Она не хотела ни к чему принуждать его. Не дай Бог, если он женится на ней из чувства долга. Это все разрушит. Лучше промолчать. Она сама обо всем позаботится, и он ничего не узнает.

— Когда ты вернешься? — В его голосе звучало такое нетерпение, что Сабрина улыбнулась. Она любила его даже сейчас, любила больше, чем прежде, и снова жалела о том, что это не случилось пятнадцать лет назад. Может быть, тогда она рассказала бы ему обо всем, вышла за него замуж и родила ребенка. Но не сейчас.

— Я уже сказала Антуану, что постараюсь приехать завтра или послезавтра. Ты не представляешь, сколько накопилось почты!

— А ты не можешь привезти ее сюда? — Не похоже на Сабрину. Никогда она не задерживалась в городе. — Сабрина, что-то не так? — Он слишком хорошо ее знал. Год совместной работы и два месяца в постели позволили ему до тонкостей изучить ее душу. Он знал ее лучше, чем кто бы то ни было. И хотя вместе они были недолго, родство душ сыграло свою роль.

— Нет, нет, все в порядке, — солгала она ему, как прежде Антуану. — Честное слово. — Она с трудом сдерживала слезы.

— Есть вести от Джона?

— Нет. Никаких. Наверное, очень занят в университете. Все-таки последний курс. — Она всегда старалась оправдать сына.

И хотя Андре не хотел спрашивать, но что-то в ее голосе настораживало его.

— Что-нибудь от Камиллы?

— Слава Богу, нет, — улыбнулась Сабрина. Она ужасно соскучилась по нему, а ведь с тех пор, как они виделись, прошло всего несколько часов. Как нужна ей сейчас его поддержка! Но нет, он не должен ничего заподозрить.

— Приезжай поскорее. — Он сорвался бы и приехал к ней, но столько дел! — Я скучаю по тебе, cherie, — прошептал он в трубку.

По щекам ее катились слезы. Только бы не задрожал голос!

— И я тоже.

Она не спала почти всю ночь, думала, плакала и наконец приняла решение. Утром она взяла телефонный справочник и отыскала фамилию врача, кабинет которого был расположен в районе трущоб, на окраине Тендерлойна. Когда она подъехала туда на такси, то увидела двух пьяных, спавших прямо на улице. Она нерешительно

вошла в подъезд, пропахший мочой и капустой, поднялась по
скрипучим ступенькам и с облегчением вздохнула, увидев безу-
коризненно чистую приемную. Пожилая медсестра пригласила ее
в кабинет. За столом сидел низенький, полный, лысый мужчина,
облаченный в халат без единого пятнышка. Так и не поняв, разочарована она или, наоборот, испытывает облегчение, Сабрина
глубоко вздохнула и начала говорить. Врач подбадривающе улыбался ей.

— Доктор, я... я заранее прошу прощения за мою просьбу.
Дело, которое привело меня к вам... — На глаза навернулись слезы. — Я пришла к вам потому, что я оказалась в отчаянном положении...

Доктор внимательно следил за ней, стараясь угадать, что будет
дальше. За сорок лет практики он привык ко всякому.

— Да? Я сделаю все, что в моих силах.

— Мне надо сделать аборт. Я нашла ваше имя в телефонном
справочнике. Я не знаю, куда мне идти, у кого спрашивать...

Она плакала, не скрывая своих слез. Сабрина думала, что доктор возмутится, вскочит и покажет ей на дверь, но он смотрел на
нее с сочувствием, а затем, тщательно подбирая слова, сказал:

— Мне жаль. Мне очень жаль, миссис Смит, что вы не можете
иметь ребенка. — Она совсем забыла, что записалась на прием как
Джоан Смит. — Вы уверены, что должны прервать беременность?

Он не отказал ей сразу, и у нее появилась маленькая надежда.
Может быть, она попала как раз к тому специалисту, который ей
нужен.

— Мне сорок восемь лет. Я вдова, у меня взрослый сын, в
этом году он заканчивает университет.

Она представила веские доводы, но он, кажется, был не удов-
летворен ее объяснениями.

— А что об этом думает отец ребенка?

— Это мой компаньон. Мы добрые друзья. — Она вспыхнула. — Но он на семь лет старше меня. И у него тоже взрослый сын. Мы не собирались вступать в брак. Это невозможно.

— Вы говорили ему об этом?

Секунду она колебалась, затем ответила отрицательно.

— Я узнала об этом только вчера. Но я не хочу принуждать его. Я позабочусь обо всем сама, а потом уеду домой.

— Вы живете не здесь?

— Да, я живу в другом месте... иногда. — Она намеренно напускала туману, ибо не хотела, чтобы он выяснил, кто она. Ведь он может узнать это без особого труда, и никакая «миссис Смит» ему не помешает. А ей это совсем ни к чему.

— А не кажется ли вам, что вы должны узнать его мнение?

Она покачала головой, и доктор с сочувствием посмотрел на нее. Не в первый и не в последний раз обращаются к нему с просьбой подобного рода.

— Я думаю, вы ошибаетесь, миссис Смит. Он имеет право знать об этом. Да и ваш возраст не может служить серьезной причиной для прерывания беременности. Другие-то женщины рожают. Конечно, вы рискуете, но степень риска невысокая, так как у вас это не первая беременность. Прежде чем решиться на операцию, вам следует тщательно все обдумать. Вы знаете срок беременности?

— Два месяца. — Во всяком случае, не больше, потому что спят они с Андре восемь недель или около того. Прошлой ночью она просчитала все с точностью до дня.

Доктор кивнул:

— Да, времени у вас остается мало.

— Так вы поможете мне?

Врач колебался. Он давно этим не занимался. В последний раз это чуть не стоило жизни молоденькой девушке. Он поклялся, что никогда больше не возьмется за подобную операцию, и с тех пор не нарушал клятвы. Почему-то ему казалось, что если эта женщина сделает аборт, это будет величайшей ошибкой.

— Я не могу, миссис Смит.

— Тогда почему... вы... почему... — гневно ахнула она. — Я думала, когда вы спрашивали меня...

— Я старался убедить вас оставить ребенка.

— Нет, я не буду! — Она вскочила на ноги и заплакала. — Я сделаю это сама, черт побери, если вы мне не поможете!

Она действительно могла так поступить, и врач испугался:

— Я не могу этого сделать. В ваших же интересах и ради моей безопасности! — Он мог лишиться диплома, практики, мог загреметь в тюрьму. Но у него был выход: он направлял одну из пациенток по этому адресу, где сделали операцию, и женщина осталась довольна. Вздохнув, врач взял блокнот и ручку и на чистом листке бумаги написал фамилию и номер телефона.

— Позвоните этому человеку. — Он протянул листок Сабрине.

— Он сделает это? — Она с недоверием посмотрела на врача. Тот мрачно кивнул:

— Да. Это в Чайнатауне*. Раньше он был классным хирургом, пока не попался с поличным... Однажды я посылал к нему пациентку. — Он с грустью посмотрел на Сабрину и снова высказал ей свое мнение: — Но мне кажется, вам надо рожать. Если бы вы влачили нищенское существование... или были больны... будь вы наркоманка или вас изнасиловали бы... но вы кажетесь порядочной, благополучной женщиной, да и ваш друг, по-видимому, такой же. Вы могли бы окружить этого ребенка заботой и любовью. — Он обратил внимание, что женщина одета в добротный шерстяной костюм, и хотя он явно вышел из моды, но был дорогим и доброкачественным. Даже если ее финансовое положение оставляет желать лучшего, она производит впечатление человека, который сумеет выкрутиться из любой ситуации. — Подумайте хорошенько, миссис Смит. Может быть, у вас больше никогда не будет такой возможности, и вы всю жизнь будете казнить себя, что не родили этого ребенка. Подумайте об этом! Еще раз взвесьте все, прежде чем набрать этот номер. — Он указал на листок, который Сабрина держала дрожащей рукой. — Потом будет поздно: даже если вы позже и родите ребенка, все равно будете раскаиваться в содеянном.

Сабрина вспомнила младенца, которого потеряла. Даже рождение Джона не заглушило горечи утраты. Неродившийся ребенок — это несбывшаяся мечта. Нет, только не думать об этом! У нее нет иного выхода. Она встала, пожала ему руку.

---

* Чайнатаун (букв. «китайский город» — *англ.*) — китайский квартал в Сан-Франциско.

— Спасибо вам за помощь. — У нее словно камень с души свалился. Теперь она знает, куда идти, к кому обратиться.

— Обдумайте все! — крикнул он ей вдогонку.

Сабрина приехала домой и долго сидела за рабочим столом. Ей было плохо, она вся дрожала. Трижды она пыталась набрать номер телефона, но все время ошибалась. Наконец ее соединили. Трубку сняла женщина, говорившая с сильным акцентом.

— Я хочу попасть на прием к доктору.

— Кто дал этот номер? — подозрительно спросила та.

Рука у Сабрины дрожала. Вздохнув, она назвала имя врача, которого только что посетила. На том конце провода воцарилось молчание, словно женщина боялась, что их разговор прослушивается. Выдержав паузу, она ответила:

— Он примет вас на следующей неделе.

— Когда?

Опять пауза.

— В среду вечером. — Странно, но в конце концов это же необычный визит. — В шесть часов. Ждите у черного входа. Постучите два раза, потом еще раз. Да, и принесите с собой пятьсот долларов наличными. — Грубый, резкий тон, жесткие слова... Сабрина чуть не вскрикнула. Ее смутила не сумма, а страшная перспектива того, что ее ждет.

— Так он сделает это? — Что толку притворяться? Обе они прекрасно понимали, что ей нужно от врача. Может быть, он специализируется только на этом. Но почему вечером? В конце концов, какая разница! А сколько это продлится?

— Да. Если вам будет плохо, не звоните нам. Он не будет лечить вас.

Сказано прямо, без обиняков. «Куда можно обратиться, если вдруг возникнет такая необходимость?» — подумала Сабрина. Может быть, к врачу, который направил ее на аборт? Она не могла позвонить своему врачу или... Этот вопрос не давал ей покоя. Когда она повесила трубку, ее чуть не вывернуло наизнанку. Она пошла в ванную, опустилась на колени... Страшно подумать, что ждет ее в среду. В шесть часов! Оставалось еще шесть дней. Ужас! Но... назад пути не было.

На следующий день Сабрина вернулась в Напу. Она держалась так, будто ничего не произошло: болтала без умолку, была неестественно весела, работала не покладая рук и даже вознамерилась приготовить ужин, что вызвало дружный смех. Мужчины давно готовили пищу сами, и на нее в том числе. Но Сабрина почти ничего не ела за ужином, да и за завтраком ни к чему не притронулась. Несколько раз она поймала обеспокоенный взгляд Антуана, но он так ни о чем и не спросил ее. Андре, кажется, ничего не подозревал, и каждую ночь они занимались любовью; только во вторник Сабрина отвернулась, притворяясь, что спит, и он поверил. Утром, когда он проснулся, Сабрина уже встала. Андре спустился вниз и увидел ее сидящей у окна. Она задумчиво смотрела на него с улыбкой.

— Что ты так рано, Андре?

— Я хотел спросить тебя о том же, мой друг.

Да, они действительно друзья... Но только не в этом. Она посмотрела на часы — было пять минут седьмого. А через двенадцать часов она поедет в Чайнатаун и заплатит пятьсот долларов наличными за то, чтобы убили его ребенка... У нее закружилась голова, ей стало плохо, она не могла сидеть здесь, рядом с ним... Он поцеловал ей руку.

— Я знаю, любимая, все эти дни ты чем-то расстроена. Я не хочу быть назойливым, я подожду, пока ты сама мне все расскажешь. — Она очень плохо выглядела, хуже, чем всю эту неделю. Белая как полотно. — Что с тобой, любовь моя? Тебя опять мучает эта женщина? — Он имел в виду Камиллу. Сабрина покачала головой, не зная, что сказать, и с трудом сдерживаясь, чтобы не разрыдаться. Она не хотела обманывать его, но сказать правду тоже не могла.

— Понимаешь, Андре, в жизни каждого бывают такие обстоятельства, когда ты сам без чьей-либо помощи должен решать свои личные проблемы. У меня как раз такой случай. — Она впервые что-то утаивала от него. Это задело его за живое, но он понимающе кивнул.

— Нет ничего, чего бы я не мог понять, друг мой. И я сделаю все, что в моих силах, чтобы помочь тебе. Опять Джон? — Она покачала головой. — Финансовые проблемы? — Хотя об этом он знал бы: финансовые обязательства у них общие.

— Нет, с этими проблемами я должна справиться сама. — Она вздохнула и выпрямилась. — Я уеду на несколько дней в город. — Сабрина старательно избегала его взгляда.

— Сабрина, это из-за нас? — В его голосе звучал страх. — Ты должна сказать мне. — Он так любил ее! Кто, как не он, должен знать обо всем... Он слишком стар и не выдержит еще одного удара. — Ты жалеешь, что мы...

Она погасила все его страхи поцелуем и нежно погладила по щеке.

— Нет, нет. Не в этом дело. Это касается только меня.

— Так не бывает. Нет ничего, что мы не могли бы разделить...

— Только не теперь, — печально покачала головой Сабрина.

— Ты больна?

— Нет, ничего страшного. Я слегка расстроена, но это скоро пройдет. В субботу я вернусь. — Трех дней будет вполне достаточно, чтобы прийти в себя после операции. Три горьких дня, полных боли и горьких слез по их ребенку, которому суждено умереть... за пятьсот долларов наличными.

— Почему тебя так долго не будет?

— За это время я отращу бороду и побрею голову, — отшутилась она. Видно, природа была созвучна ее мрачному настроению: небо посерело, потом стало розовато-лиловым, взошло солнце.

— Ты что-то скрываешь от меня. Почему ты не говоришь, что случилось?

— Потому что это мое личное дело.

— Но почему? Нет ничего, чего бы я не разделил с тобой.

Она кивнула. Она тоже так думала. Но... не в этот раз. Надо выкинуть из головы слова обоих врачей: у него есть законное право... спросить его... рассказать ему... дать возможность...

— Андре, позволь мне самой разобраться с моими делами. Давай подождем до субботы. Я вернусь, и поговорим. — Она задумалась, не встанет ли это когда-нибудь между ними. Ее глубоко удручало, что она не сумела скрыть от Андре свою озабоченность. Она изо всех сил старалась удержать оборону. Но он слишком хорошо ее знал.

В этот момент спустились двое французских рабочих, и Сабрина поднялась к себе переодеться. А потом было просто не до этого: сломалась уборочная машина, доставили новый агрегат, и Андре с Антуаном были все время заняты. А когда они встретились вновь, Сабрина собралась уезжать. Было два часа. Времени хватит на то, чтобы заехать в дом Терстонов, помыться, переодеться и добраться до Чайнатауна. На прощание она поцеловала Андре и Антуана. Она была неестественно весела и смешлива, но кого она обманывает?

— До субботы! Смотрите, ведите себя прилично! — сказала она, садясь в машину.

— Я позвоню тебе вечером, — крикнул Андре. Вид у него был усталый. Он очень за нее волнуется, это видно по его напряженному, обеспокоенному взгляду. Ох, как она себя ненавидела!

— Не беспокойся. Я позвоню тебе. — Сабрина надеялась позвонить ему, когда вернется оттуда. Сколько продлится операция, как она перенесет ее и как доберется домой, одному Богу известно... Она собиралась доехать туда и обратно на машине. После ее отъезда Андре и Антуан долго стояли на дороге.

— Что-то случилось, — пробормотал Андре. Больше скрывать Антуан не мог:

— Мне кажется, она больна.

Андре резко повернулся к сыну:

— Почему ты так думаешь?

— Неделю назад, когда мы работали в поле, она упала в обморок.

— Почему же ты ничего не сказал мне? — упрекнул он Антуана. Хорошо, что можно с кем-то поговорить о Сабрине. Оба волновались за нее, а ее притворство настораживало и давало еще больший повод для беспокойства.

— Она взяла с меня обещание, что я ничего не скажу тебе. Я настоял на том, чтобы она пошла к врачу, и пригрозил, что в противном случае молчать не буду!

— Слава Богу, сообразил. Ну и что?

— Она сказала, что доктор ничего не нашел. — Но сам Антуан не верил этому. Нет, он должен в конце концов сказать эти слова, какими бы страшными они ни были... Слезы жгли ему глаза.

Каким бы взрослым он ни казался, в нем было еще очень много детского. Подбородок его дрожал, когда он повернулся к Андре. — Нет, папа... она нездорова. Иногда ей бывает так плохо... Ее тошнит... А на днях она чуть не потеряла сознание.

— Merde!* — Андре побледнел и сжал кулаки. — Ты знаешь, куда она поехала?

Антуан пожал плечами:

— Может быть, сделать анализы или на прием к врачу... Я не знаю. Она сказала мне, что все хорошо.

— Menteuse. — Обманщица. — Ты и сам видишь. Она больна уже целую неделю, а мне так ничего и не сказала. — Взглянув на сына, он понял, что ему надо делать, отбросил инструмент, который все еще держал в руках, и направился к своей машине.

— Куда ты поедешь? — Антуан пошел за ним следом, но он уже знал ответ.

— Я еду за ней. — Андре отрегулировал карбюратор, завел машину, руки его были в земле, но разве теперь до этого? Он не думал ни о чем, только о Сабрине, которую любил больше всего на свете. Надо догнать ее!

— Давай, отец... — Антуан помахал ему рукой.

У него словно камень с души свалился. Сабрина опережала его отца на двадцать одну минуту, но Антуан верил, что отец обязательно догонит ее. Он позаботится о ней, и все будет в порядке. Всю дорогу Андре выжимал полную скорость. Правда, позже, в городе, он все же попал в уличную пробку — у грузовика спустила шина, — а так все обошлось без приключений. На полной скорости он проскочил Бэй-Бридж (слава Богу, тот был открыт, не пришлось тратить время на паром), пронесся по Ноб-Хиллу и у дома Терстонов, о счастье, увидел ее машину. Андре с облегчением вздохнул: успел-таки... Да, она здесь. Он встретится с ней и уж на этот раз докопается до истины. Но когда Андре выехал на улицу, пытаясь найти место для парковки, он увидел, как Сабрина торопливо вышла из дома. Он обратил внимание, как странно она одета: на голове шарф, старое темное пальто, которого он никогда не видел, туфли без каблуков. Она стремительно направилась к своей машине. Внут-

---

* Дерьмо! *(фр.)*

ренний голос подсказывал: надо ехать за ней. Он сел в машину и, соблюдая приличную дистанцию, поехал следом. Она повернула направо, на Джексон-стрит, а затем устремилась на восток. Андре очень удивился, увидев, что Сабрина остановилась в Чайнатауне. Какой в этом смысл? Время ленча давно прошло, а до ужина еще далеко. На миг у него мелькнула мысль, от которой учащенно забилось сердце: а не замешан ли здесь мужчина? Но она одета совсем не для свидания.

Сабрина припарковала машину, перебежала улицу, остановилась у обшарпанного старого дома. Постучала, подождала в нерешительности, постучала опять. Дверь открылась. Небольшая заминка. Андре видел, что Сабрина протянула конверт кому-то, стоящему за дверью. Со своего места он не мог разглядеть, кто это. Ее лицо покрывала мертвенная бледность. Он понял: ей грозит опасность, что-то должно случиться. Может быть, это шантаж? Он выскочил из машины, оставив ее прямо на переходе, и побежал к двери, за которой только что скрылась Сабрина. Может быть, он валяет дурака — пусть, его это совершенно не волнует! Сабрина и так достаточно много испытала, и если кто-то порывается обидеть ее, пусть пеняет на себя. Он убьет их всех, если хоть один волосок упадет с ее головы! Андре постучал один раз, второй — никакого ответа! Тогда он принялся неистово колотить в дверь. Эх, выбить бы ее... Как жаль, что он не догадался захватить с собой Антуана! И тут щелкнул замок.

— Спасибо! — Он широко распахнул дверь, чуть не сбив с ног женщину, стоявшую на пороге, и ворвался в дом. Темный, неосвещенный холл, узкая лестница. Женщина заслонила ему дорогу, стараясь вытолкнуть его за дверь.

— Туда нельзя!

— Только что сюда вошла моя жена, — соврал он хозяйке. — Она ждет меня. — Но, взглянув на эту неряшливо одетую даму — грязный халат, домашние тапочки, — он понял, что никто его там не ждет. Он терялся в догадках, почему все же Сабрина пришла сюда, и тут до него дошло: они же шантажируют ее! — Ее зовут миссис Харт. Где она?!

— Я не знаю. Здесь никого нет... Вы ошибаетесь.

Не говоря ни слова, Андре вытянул руку и прижал женщину к стене.

— Где она? Ну... Быстро! — рявкнул он.

Глаза женщины метнулись вверх. Но Андре уже бежал по лестнице. Женщина с визгом неслась за ним. Она пыталась помешать ему открыть первую дверь на втором этаже, но это лишь облегчило его задачу. Он влетел внутрь и очутился в крошечной комнате с длинным грязным столом и подносом с хирургическими инструментами. В углу комнаты стояли полуодетая Сабрина и высокий потрепанный мужчина, который потянулся за пистолетом. И Сабрина, и женщина громко завизжали. Андре стоял не двигаясь и смотрел на Сабрину, не обращая внимания на пистолет в руке доктора.

— С тобой все в порядке?

Она кивнула. Де Верней перевел взгляд на врача.

— Почему она здесь? — Но он уже обо всем догадался.

— Она пришла сюда по своей воле. Вы из полиции? — Рука мужчины задрожала, но лишь на миг; он продолжал держать Андре под прицелом. Сабрина затаила дыхание.

— Нет, — удивительно спокойно ответил де Верней. Она моя жена, и ей не нужна ваша помощь. Она пришла сюда по ошибке. Вы можете оставить себе деньги, но я заберу ее домой. — Он говорил с хирургом, словно с ребенком. Андре безошибочно определил, что врач пьян. Ему стало плохо при мысли о том, что мог сделать с ней этот коновал. Андре заставил себя забыть об этом и повернулся к Сабрине. — Одевайся! — Он говорил с ней резче, чем с врачом. Теперь де Верней знал, зачем она пришла сюда. Давным-давно он видел нечто подобное в Париже, когда ему был двадцать один год. Девушка, в которую он был влюблен, выжила, но именно тогда Андре поклялся, что ни за что не позволит любимой женщине пережить эти ужасные мгновения. И на протяжении долгих лет он держал свою клятву. Краем глаза он заметил, что Сабрина наконец оделась. Он указал ей на дверь, а сам обратился к мужчине: — Я не знаю и не хочу знать вашего имени! Мы никому не скажем, что были здесь. — Он подтолкнул Сабрину к двери. Поколебавшись, врач опустил пистолет, позволяя Сабрине пройти, а затем взглянул на Андре. Ему понравилась смелость этого человека, и он решил помочь им.

— Если хотите, я все сделаю, пока вы подождете в коридоре. Это не займет много времени.

Андре хотелось ударить его, но вместо этого он вежливо поблагодарил мужчину и, не говоря ни слова, повел Сабрину вниз. Он распахнул входную дверь и вытолкнул ее на улицу. Ни звука не доносилось из здания, которое они только что покинули. Глубоко вздохнув, де Верней подвел Сабрину к брошенной им машине. Прошло не более десяти минут. Если бы он приехал на пять... десять минут позже... Его затрясло при мысли о том, что могло случиться непоправимое. Глядя в сторону, Андре молча открыл дверцу машины и грубо втолкнул ее в салон.

— Андре... — Голос ее дрожал. Наверное, то же самое было бы с ним, если бы он вдруг заговорил. — У меня своя машина... Я могу...

Он повернулся к ней, бледный от гнева.

— Не смей обращаться ко мне... — Голос его звенел как струна. Она была до того напугана, что даже плакать не смела. Они доехали до дома Терстонов; он припарковал машину, и они подошли к подъезду. Руки ее дрожали так, что она не могла вставить ключ в замочную скважину. Он отобрал у нее ключи, открыл дверь, вошел в дом, подождал, пока она войдет за ним следом, и закрыл дверь. Они стояли в холле под куполом. И тут Андре взорвался.

— Господи, какого черта ты там делала? — Андре не хватало слов, чтобы выразить всю силу переполнявшего его гнева. — Да знаешь ли ты, что могла умереть прямо на столе в этой грязной дыре! Ты знаешь, что он был пьян? Ты знаешь это?.. Послушай меня... — Он обеими руками схватил Сабрину за плечи и начал трясти так, что у нее застучали зубы.

— Отпусти меня! — Сабрина вырвалась и зарыдала. — А что мне оставалось? Чего ты ждал? Чтобы я сделала это сама? Я думала об этом! Я не знаю как... — Она опустилась на колени и склонила голову. Только теперь до Сабрины дошло, что она чуть было не погубила себя. Он все знал. Она посмотрела на него снизу вверх. Лицо Сабрины было залито слезами, голос прерывался от рыданий. Вдруг Андре наклонился, обнял ее и прижал к себе. Из его глаз тоже катились слезы. Он то сжимал Сабрину в объятиях, то тормошил, запустив пальцы в ее волосы.

— Как ты могла решиться на такое? Почему ничего не сказала? — Вот как все обернулось. Андре смотрел на нее сверху вниз, убитый горем: она ему не доверяет... — Почему ты ничего мне не сказала? Когда ты узнала об этом? — Он подтолкнул ее к стулу и, как ребенка, усадил к себе на колени. Сабрина выглядела так, словно была близка к обмороку, да и ему было немногим лучше.

— Я узнала об этом на прошлой неделе, — тихо и грустно сказала она. Андре чувствовал, что она дрожит. Не дай Бог пережить это еще раз, думалось Сабрине. Сумела бы она выжить, если бы Андре не пришел вовремя? Только теперь она поняла, как была не права... — Я думала... Я должна была решить сама... Я не хотела заставлять тебя.

По его лицу медленно катились слезы.

— Это ведь и мой ребенок. Ты не подумала, что я тоже имею право знать?

Она ошеломленно кивнула, не в силах говорить.

— Прости меня. Я... — Сабрина снова заплакала, и Андре крепко прижал ее к себе. — Я... я слишком стара... Мы не женаты... Я не хотела, чтобы ты...

Андре внезапно отстранился и посмотрел на нее.

— Как по-твоему, зачем я строю этот дом? Для Антуана? Для чего я все это делаю?

Она глупо захлопала глазами.

— Но ты никогда не говорил...

— Вот уж не думал, что ты такая тупица... — Андре закатил глаза. — Конечно, я хочу жениться на тебе. Я думал, что мы выберем время и поженимся уже в этом году. Мне казалось, что ты знаешь...

— Откуда? — Сабрина была потрясена. — Ты никогда не говорил мне!

— Merde alors!* — Андре недоверчиво уставился на нее. — Ты самая умная и самая глупая женщина на свете!

Она улыбалась сквозь слезы, а Андре целовал ее в глаза. Вдруг его взгляд снова стал серьезным. Никто из них не хотел вспоминать о том, что случилось час назад. Это было самое страшное испытание

---

* Вот черт! (фр.)

в ее, да, наверное, и в его жизни. Она едва не сгубила существо, которое было так дорого им обоим. Андре был уверен, что Сабрина никогда не смогла бы стать прежней: ни физически, ни умственно. При мысли об этом он содрогнулся.

— Скажи мне что-нибудь... Ты действительно так хочешь избавиться от этого ребенка?

Да, от этого вопроса никуда не уйти. Она должна была отчаянно хотеть этого, если решилась на такое... Теперь все казалось ей кошмарным сном.

К его удивлению, Сабрина покачала головой:

— Нет, но я чувствовала, что должна сделать это ради тебя... — Да, правда. И дело вовсе не в возрасте, как это казалось ей неделю назад. Она многое передумала и решилась на это только ради него, чтобы не усложнять ему жизнь, не принуждать, не заставлять его силой жениться на ней...

— Так ты хотела сделать это ради меня? — Андре пришел в ужас, у него снова задрожали руки. — Ты же могла умереть! Ты понимаешь это? Не говоря уже о нашем ребенке, которого ты чуть не погубила!

— Не говори этого... — Сабрина закрыла глаза, и по ее щекам потекли слезы. — Я только думала, что...

Андре тут же остановил ее:

— Хватит уже... Ты была не права. Ты хочешь, чтобы у нас был ребенок?

Эти слова решили все. Кто бы отказался на ее месте? Не сводя с него взгляда, Сабрина кивнула:

— Да. А ты не считаешь, что в моем возрасте это смешно? — робко улыбнулась она, и Андре засмеялся.

— Я ведь старше тебя, но не чувствую себя смешным. Наоборот, — он поцеловал ее шею, — я чувствую себя молодым и сильным.

Сабрина улыбнулась ему, и они поцеловались.

— Так ты хочешь ребенка, Андре?

— Еще бы! Однако я должен спросить тебя, почему ты считала, что это невозможно... Помнится, ты как-то говорила, что ничего подобного не случится... Ну что? — поддразнил он, и кошмар, пережитый в Чайнатауне, начал потихоньку забываться.

— Я ошиблась, — победоносно усмехнулась Сабрина.

— Естественно. Готов поклясться, ты здорово удивилась. Так тебе и надо!

У нее расширились глаза.

— Если бы ты знал, как я была потрясена...

При этих словах в памяти обоих встали страшные воспоминания, и, когда Андре заговорил, голос его был суровым:

— Сабрина, что бы ни случилось с тобой в этой жизни отвратительное, страшное, грязное, грустное, я должен знать обо всем. Нет ничего, что ты должна была бы скрывать от меня. Ничего. Ясно?

— Да. Прости меня... — Она снова заплакала, и Андре крепко обнял ее. — Я почти... — Сабрину снова затрясло, и он принялся качать ее, как ребенка.

— Не думай об этом. Нам посчастливилось. Я следовал за тобой от самого дома. — Сабрина застыла на месте. — Не знаю почему. Я прыгнул в машину через несколько минут после твоего отъезда. У меня было предчувствие, будто должно случиться что-то ужасное. И я оказался прав. Но теперь все кончено. — Андре улыбнулся и заглянул ей в лицо. — У нас будет ребенок, любимая. Ты не чувствуешь гордости?

— Чувствую. Правда, все это выглядит глуповато. Я ощущаю себя бабушкой.

— Ну, до бабушки тебе еще далеко.

Эти слова напомнили ей о другом.

— Как ты думаешь, Джон и Антуан ужасно расстроятся?

Пожалуй, Джон расстроится, а Антуан едва ли... Впрочем, это его нисколько не волновало. Теперь его заботило только одно — здоровье Сабрины и их будущего ребенка.

— Если и расстроятся — tant pis pour ils*. Это наша жизнь и наш ребенок. Они оба взрослые люди, которым пора жить своим умом. Когда у них будут дети, они не будут спрашивать, что мы об этом думаем. Вот и мы не будем спрашивать их мнения.

Она засмеялась: до чего легко у него все получается!

_____

* тем хуже для них *(фр.)*.

— Как просто! Ну что ж, все решено.

— Нет, не все, — улыбнулся он. — Ты забываешь об одной мелочи. Следует признать, что это пустая формальность, но тем не менее... Надо позаботиться о том, чтобы наш ребенок был рожден в законном браке. Сабрина, дорогая, ты выйдешь за меня замуж?

Она усмехнулась:

— Ты серьезно?

Андре снова засмеялся и показал на пока еще плоский живот Сабрины, сидевшей у него на коленях.

— А это серьезно?

— Да, — тоже рассмеялась она. Глаза Сабрины были еще красны от слез, но она была несказанно счастлива. — Очень серьезно.

— Значит, и я серьезно. Ну?..

Она обвила руками его шею.

— Да, да, да... Да!

Андре крепко поцеловал ее в губы, понес по лестнице и осторожно положил на кровать. На этой кровати она родила Джона, но оба они знали, что в этот раз все будет иначе: Сабрина уже не в том возрасте, чтобы рожать дома. Андре хотел соблюсти все предосторожности. Но сейчас они думали не о родах, а о свадьбе.

— И когда же ты выйдешь за меня, любимая? — Андре стоял, скрестив на груди руки, улыбался, и не было на свете мужчины красивее его.

— Не знаю... Может быть, подождем до весенних каникул Джона? Как было бы хорошо, если бы он приехал!

Андре громко рассмеялся и снова показал на живот Сабрины.

— А ты ничего не забыла?

Тут засмеялась и Сабрина.

— Гм-м... Может быть, ты и прав... Наверное, нам следует поторопиться.

— А когда роды? — спохватился он.

— Доктор сказал, что в октябре. — Через семь месяцев. Придется сделать вид, что ребенок родился раньше срока. В ее возрасте вполне возможно родить ребенка на два месяца раньше срока... но не более.

— Как насчет этой субботы?

Откинувшись на подушку, Сабрина улыбалась ему, и не было на свете женщины прелестнее ее.

— Звучит чудесно... Но ты уверен, что действительно хочешь этого?

— Да. Я захотел этого с первого взгляда. Жаль только, что мы так долго ждали. Жаль, что это не произошло двадцать лет назад.

Она подумала о том же. Сколько времени потеряно впустую... Что ж поделаешь, видно, такова их судьба.

— Но суббота еще не скоро!

Она вновь счастливо улыбнулась:

— Давай позвоним и все расскажем Антуану!

— Я позвоню ему попозже и скажу, что все в порядке. Но сначала тебе следует отдохнуть, — заворчал он. — Для будущей мамы это был не самый удачный день; теперь я сам позабочусь о тебе. Поняла? — Он взглянул на часы — начало девятого. — Сейчас я приготовлю тебе что-нибудь. Помни, отныне ты ешь за двоих! — Он наклонился, снова поцеловал ее и побежал вниз готовить ее любимый омлет à la française*.

Но когда Андре вернулся, она не смогла поесть даже за одного. Изнеможение от того, что ей довелось пережить, и ребенок, подраставший в ее чреве, взяли свое: Сабрина лежала в их постели и крепко спала.

Глава 33

В четверг Андре и Сабрина вернулись в Напу, оставив ее машину в городе. Андре специально встал пораньше, чтобы пригнать ее и поставить в арендованный гараж напротив дома Терстонов. Завидев их приближение, Антуан ушел с поля и направился к дому. Был прекрасный солнечный день. Ему навстречу шагнула Сабрина, счастливая, как молоденькая девушка. Трудно было

---

* по-французски *(фр.)*.

поверить, что это та же женщина, которая только вчера уехала отсюда. Накануне вечером Андре звонил Антуану, и в голосе отца слышалось облегчение. Андре ничего не объяснил, но Антуан немедленно догадался, что все в порядке. Сейчас он в этом убедился. А вечером Андре налил сыну бокал шампанского, и они приступили к беседе.

— Нам надо кое-что сказать тебе.

Антуан развлекался как мог: они были похожи на смущенных подростков. Он уже догадался, что это за новость, но лишь частично. Андре и Сабрина решили пока не говорить ему о ребенке.

— Попробую-ка я отгадать, — дурачился он. — Похоже, что...

Сабрина хихикала, а Андре расплылся в улыбке.

— Все правильно, малыш, ты всегда был умницей. В субботу мы женимся.

— Так скоро? — Это было единственное, что его удивило. Он-то думал, что они сообщат ему о своей помолвке... Вдруг его осенило. Он внимательно оглядел Сабрину, но ничего особенного не заметил. «Наверное, еще слишком рано», — подумал Антуан. Но если это правда, то он счастлив за них. Как ему в голову не пришло, чем объяснялась болезнь Сабрины? Он наклонился и расцеловал их в обе щеки. Андре попросил его быть шафером, и в субботу в маленькой городской церкви Антуан стоял рядом с отцом, а Сабрина была одна. Кроме их рабочих, в приделе не было никого. Священник произнес торжественную речь, по щекам невесты потекли слезы, и с этого момента Андре и Сабрина стали мужем и женой. А потом был праздничный обед, приготовленный мужчинами, на котором они выпили целый ящик шампанского. Правда, Сабрина ограничилась лишь одним бокалом. Антуан отвел ее в сторону и нежно обнял.

— Я так счастлив за вас с папа́. Вы отличная пара.

— А я счастлива, что у меня есть вы оба. — Ох, как бы ей хотелось, чтобы Джонатан был таким же добрым... Она позвонила сыну в общежитие и сообщила новость. Воцарилось долгое молчание, за которым последовало несколько прохладных слов.

— Почему такая спешка?

Скоро он это узнает.

— Мы думали, что... Дорогой, как жаль, что ты не можешь быть с нами... — Она переживала, забыв о боли, которую Джон причинил ей вместе с Камиллой.

— А мне ни капельки. Какого черта тебе понадобилось выходить замуж за этого фермера из Франции?

— Джон, нехорошо так говорить. — Сабрину ранили слова сына, но он на это и рассчитывал.

— Ну, ладно, будь счастлива...

— Спасибо. Сынок, ты приедешь на Пасху? — Она послала бы ему денег на дорогу.

— Нет, благодарю. Я еду с друзьями в Нью-Йорк. Но если хочешь, можешь в июне отправить меня в Париж.

— Но ведь это совсем не одно и то же, правда? Я думала, тебе захочется приехать домой и повидаться с нами...

— Уж лучше я повидаю Францию. После окончания мы всей группой собираемся совершить «гранд тур». Что ты на это скажешь? — Ему было наплевать на ее замужество, он всегда думал только о себе.

Обсудим это в другой раз.

— А почему не сейчас? Я должен подготовиться, если поеду с ними.

— Я не хочу, чтобы на меня оказывали давление. Мы поговорим об этом позже, Джон.

— Да Бога ради...

— После окончания университета тебе придется работать. Что ты об этом думаешь? — Раз он отталкивает мать, она ответит ему тем же. Око за око. Это только справедливо. Сабрина редко прибегала к подобным методам, но она разозлилась на его язвительную реплику насчет Андре... «Фермер из Франции»... Нашел фермера! Дерьмо...

— Я почти уверен, что отец Джонсона возьмет меня к себе на работу в Нью-Йорке.

У нее упало сердце, но она этого и ждала.

— Мы впятером собираемся снять в городе дом.

— Слишком дорого. Ты сможешь себе это позволить?

— А почему бы и нет? У тебя же есть дом Терстонов.

— Но я не плачу арендную плату. — Хотя, если бы они с Камиллой тогда победили, может быть, ей и пришлось бы сейчас снимать жилье. — Кстати, как поживает твоя очаровательная бабушка?

— Великолепно. На прошлой неделе я получил от нее письмо.

Сабрина вздохнула, ничего не сказав сыну. Ее раздражало, что Джон поддерживает отношения с Камиллой. Господи, до чего они похожи!

— Ну хорошо, встретимся на церемонии окончания. — Она надеялась, что Камиллы там не будет. Сабрине не хотелось встречаться с ней, но ведь ее внучатый племянник тоже заканчивает университет, и вполне вероятно, что она все же приедет. Сабрина ни о чем не спрашивала Джона, зато он снова спросил ее о поездке. — Я подумаю об этом и дам тебе знать.

Но он решил, что мать хочет посоветоваться с Андре, а тот ведь может и отказать.

— Решай поскорее!

— А если я скажу «нет»?

— Ну, тогда я сам что-нибудь придумаю.

— Попробуй... — холодно сказала она.

Теперь Сабрина осознала все ошибки, которые допустила при воспитании Джона. Со следующим ребенком этого не повторится. Мысли об этом грели ее душу... Она ждет малыша... Другой ребенок... Интересно, каким он будет... На кого будет похож... Она улыбалась про себя.

— Черт побери, мам! Мне необходима эта поездка!

— Так уж и необходима? Тебе хочется поехать, а это совсем другое дело.

Он бросил трубку, так и не поздравив ее еще раз с замужеством и не передав привет Андре. В течение месяца она не получала от него никаких известий. Потом он позвонил и опять стал давить на нее, требуя денег на поездку. На этот раз она посоветовалась с Андре. Тот рискнул выразить свое мнение, хотя и знал, что оно Джону не понравится.

— Ты действительно хочешь знать, что я об этом думаю? — До сих пор он сдерживался, считая, что отношения Сабрины с сыном — ее личное дело, и не хотел касаться этого деликатного вопроса.

— Да, хочу. Он ведет себя так, словно я в долгу перед ним, а я вовсе не уверена, что эта поездка пойдет ему на пользу. С другой стороны, в июне он заканчивает Гарвард, и это было бы ему прекрасным подарком... — Она беспомощно посмотрела на Андре.

— Слишком прекрасным, мне кажется. По-моему, если он так мечтает об этой поездке, он давно должен был начать откладывать на нее деньги. Он даже не задумывается о том, что тебе это трудно. Он считает, что имеет на это право. Так думать мужчине не подобает. Рано или поздно жизнь даст ему суровый урок. Ведь ты не сможешь вечно класть деньги в его протянутую ладонь. После окончания университета ему придется стоять на собственных ногах.

— Я согласна. — Наконец в ней созрела решимость сопротивляться постоянным требованиям сына. Джон был крайне избалованным ребенком, но на сей раз он перешел все границы. — А как же быть с поездкой?

— Я бы отказал ему.

— Я тоже так думаю, — со вздохом согласилась она. — Но мне страшно сказать ему об этом.

Андре сочувственно кивнул. Он знал, сколько трудностей доставил Сабрине Джон, и жалел ее. Джон — грубый, эгоистичный сукин сын. Пожалуй, это была не просто избалованность. Слишком многое досталось ему от бабушки. Андре казалось, что тот таким и родился.

Как Джон отличался от Антуана, который никогда не сказал Сабрине ни одного грубого слова! Пасынку почти двадцать шесть лет, у него пылкий роман с девушкой, которая живет в городе. Теперь всякий раз, когда Антуан смотрел на Сабрину, он убеждался, что его догадка верна. Но ни отец, ни Сабрина ничего не говорили ему, а самому спрашивать об этом не хотелось. Однако в мае он наконец взглянул на Сабрину и улыбнулся.

— Можно задать вам один вопрос?

— Конечно, — засмеялась Сабрина. Она любила его, как родного ребенка; с ним это было куда легче, чем с Джоном. Отказ дать деньги на поездку привел к разрыву. Сабрина не разговаривала с Джоном уже месяц, хотя они все еще собирались поехать в июне в Гарвард на церемонию выпуска.

— Я знаю, что это невежливо. — Он вспыхнул, и никакой загар не смог скрыть этого. Какой он красивый, в который раз подумалось Сабрине. До чего благородное у него лицо. Интересно, насколько сильно его увлечение той девушкой... Может быть, как раз об этом он и хочет поговорить с ней? Но вопрос Антуана застиг ее врасплох. — Вы... у меня будет маленький братик или сестренка?.. — Он не мог вынести ожидания, и Сабрина улыбнулась и кивнула ему, сама вспыхнув до корней волос. Он бережно подхватил ее, поцеловал в щеку и осторожно опустил на землю. — Когда?

Она начала было говорить ему то, о чем они условились с Андре, но передумала. Антуану можно сказать правду. Ведь это он был с ней рядом, когда она, работая на виноградниках, потеряла сознание. Он ведь не дурак и вполне способен сам высчитать срок. Они с Андре не хотели, чтобы об этом знали остальные.

— В октябре, — улыбнулась она, — но официально — на два месяца позже.

Он усмехнулся, оценив ее искренность.

— Я тоже так думал, но не хотел задавать лишних вопросов. — В душе Антуан знал, что отец женился бы на ней в любом случае. — Джон знает?

— Еще нет. Мы скажем ему через месяц, когда поедем на Восток.

— Могу вам сказать: папа дрожит от радости. Когда вы вернулись из Сан-Франциско за несколько дней до свадьбы, он был горд, как мальчишка. — Он не спрашивал Сабрину о том, что случилось в городе, но знал, что все изменилось, и изменилось к лучшему. Словно они наконец узнали, как много значат друг для друга. И он завидовал им. Как бы ему хотелось найти женщину, которую он полюбил бы так же, как отец Сабрину! Но он слишком хорошо знал, что до этого еще далеко. Девушка, с которой он встречался, была веселой, и он заботился о ней, но уже знал, что это ненадолго. Она не отличалась умом и никогда не смеялась над тем же, над чем и он, а Антуану это казалось очень важным... Он снова посмотрел на Сабрину. — Я рад за вас обоих, — сказал он и с улыбкой добавил: — Надеюсь, это будет девочка.

— И я тоже, — шепнула Сабрина, пока они шли по тропинке к дому.

Ее беременность становилась заметной, особенно в брюках, которые Сабрина носила дома. Их новый дом должны были закончить через два месяца. Ей хотелось переехать туда еще до рождения ребенка, но рожать она поедет в Сан-Франциско — на этом настаивал Андре. Он хотел, чтобы ей был обеспечен наилучший уход. Но пока беременность ее совершенно не беспокоила, и даже поездку на Восток она перенесла на удивление легко. Когда они увиделись с Джоном, атмосфера была натянутая. На мать он смотрел враждебно, а Андре вообще игнорировал.

— Наверное, тебя обрадовали мои новости?

— Какие новости? — озадаченно посмотрела на него Сабрина.

— Я писал тебе на прошлой неделе.

— Я ничего не получала. Должно быть, письмо пришло, когда мы уже уехали.

Сабрина застыла на месте, увидев в его глазах слезы.

— Неделю назад бабушку сбил автобус. Она умерла на месте...

Сабрина не сразу поняла, что речь идет о Камилле. Когда до нее дошло, она уставилась на сына, пораженная его искренним горем. Сама она ничего не чувствовала, кроме слабого облегчения.

— Мне жаль слышать это, Джон.

— Ничего тебе не жаль. Ты ненавидела ее. — Он говорил так, будто снова стал ребенком.

Сидя на подоконнике комнаты Джона, Андре наблюдал за пасынком. Сабрина сидела на кровати. Она явно расцвела, прибавила в весе и не могла больше носить старые платья. Пришлось купить новые, свободного покроя. Именно такое было на ней сейчас — шелковое голубое платье под цвет ее глаз. Андре казалось, что Сабрина выглядит намного лучше, чем раньше.

— Нет, Джон. Как я могла ее ненавидеть? Я ее почти не знала. Но ее поведение мне не слишком нравилось. Согласись, она вела себя не слишком порядочно: пыталась выгнать меня из собственного дома после того, как бросила меня ребенком и сорок шесть лет не интересовалась, жива ли я.

Джон пожал плечами: отрицать это было трудно. И тут он с удивлением посмотрел на мать.

— Ты очень растолстела. Наверное, замужество пошло тебе на пользу. — Замечание было довольно бестактным, но Сабрина только рассмеялась.

— Да, ты прав, но поправилась я вовсе не поэтому. — Рано или поздно ей все равно придется сказать ему об этом. Более подходящего момента, пожалуй, не будет. По крайней мере так она думала. — Я знаю, что ты удивишься... По правде говоря, мы тоже были удивлены, когда узнали об этом. — Она перевела дыхание. — Джон, к Рождеству у нас родится ребенок.

— У тебя... что? — Джон посмотрел на них и вскочил со стула. — Не может быть! — Он был в ужасе.

— У меня будет ребенок, — спокойно повторила Сабрина. Она продолжала сидеть на кровати, поглядывая то на Андре, то на сына. — Да, поначалу это немного шокирует, но...

— Вы что, одурели? Боже... Да меня же засмеет весь город! Тебе пятьдесят лет, и одному Богу известно, сколько ему... — Да, он с ними не церемонился. Сабрине стало смешно. Он пришел в такую ярость, словно снова стал маленьким мальчиком. Как отличалось его поведение от реакции Антуана, который сразу побежал в магазин и купил плюшевого медвежонка.

— Не забудьте сказать ей, что это от меня! — Он был уверен, что родится девочка, но Джону было на это наплевать. Он в гневе метался по комнате.

— Знаешь, старина, такое случается, — пытался успокоить пасынка Андре. Ему было неприятно видеть, как юноша ведет себя с матерью, но это его ничуть не удивляло. Джон был инфантилен и безмерно избалован. Складывалось впечатление, что он всегда держит камень за пазухой. — В конце концов ты к этому привыкнешь, как мы. И как Антуан. А он ведь старше тебя. На целых четыре года.

— Да что он, черт побери, понимает? Он разбирается только в своем винограде. Поймите, ради Бога, что я мужчина!

Андре поднялся на ноги. Ему стоило большого труда сдержать себя.

— И мой сын тоже. Он приходится тебе сводным братом, и я попросил бы тебя говорить о нем с уважением, Джонатан!

Они смерили друг друга взглядом, и Джон отступил. Он не был глуп и понимал, что Андре слов на ветер не бросает. Затем он посмотрел на Сабрину и намекнул, что им пора уходить: у него есть планы на вечер. Завтра они встретятся на церемонии, потом пообедают с ним и его другом, а послезавтра все вместе отправятся в Нью-Йорк. Через три дня Джон отправится в плавание на «Нормандии». Все-таки он сумел самостоятельно найти деньги на столь дорогое путешествие... На Сабрину это произвело впечатление. А они с Андре заодно повидаются с Амелией.

— До завтра, Джон. — Сабрина хотела поцеловать сына в щеку, но тот демонстративно повернулся к ним спиной. — Жаль, что он принял все так близко к сердцу, — сказала она Андре, когда они на такси возвращались в отель.

— А ты ждала чего-то другого? Он еще слишком молод. — Андре похлопал ее по руке. — Четыре года в этом возрасте очень большая разница. Антуан уже мужчина, а Джон еще ребенок. Ничего, это придет со временем. Может быть, он чувствует угрозу своему наследству?.. Дом... Земли в Напе...

Это не приходило ей в голову... Интересно, подумал ли об этом Джон?

— Может быть, ты и прав, — кивнула она. — Но подумать только, что случилось с Камиллой!

— И поделом ей! — Андре взглянул на Сабрину. — Она была злая, жадная, порочная, ни на что не способная женщина. Лучше бы она умерла тогда, много-много лет назад, когда об этом заявил твой отец. — Он так и не простил Камилле страдания его жены. Шесть долгих месяцев она мучила Сабрину, а та беспомощно ждала суда, чтобы защитить себя.

— Странно, но я ничего не чувствую. — В этом было трудно признаться. Она только что узнала о смерти матери, но осталась к этому совершенно равнодушна. — Джон очень переживает. Он знал ее четыре года. Видно, у них было много точек соприкосновения.

Сабрина улыбнулась. Ей понравилось его выражение «atomes crochus» — сцепленные атомы, сродство душ. Как ни досадно, так оно и было. Андре абсолютно прав.

На следующий день они присутствовали на церемонии выпуска. Все прошло без сучка и задоринки. Сабрина даже всплакнула, когда увидела в рядах выпускников своего сына. Несмотря на трудности, которые ей доставил Джон, она гордилась сыном... Она дала ему образование, хотя для этого ей пришлось продать рудники, дом в Напе, сады вокруг дома Терстонов... Она сделала свое дело, а он сделал свое. Им обоим было чем гордиться и что праздновать. Вечером они отметили это событие в ресторане. Джон подвыпил, но Андре и Сабрина прекрасно понимали его. Он вел себя лучше, чем обычно; зато в поезде на Нью-Йорк Джон полностью отыгрался: он стыдился показываться в обществе матери.

— Боже мой, что подумают люди? — шептал он.

— Скажи им, что я обжора, — улыбаясь, прошептала она в ответ.

Они спросили его о работе. Он собирался приступить к ней в сентябре, по возвращении из поездки. Он будет работать в фирме отца своего друга, Уильяма Блейка. Когда они провожали Джона, он познакомил Сабрину с Биллом. Рядом с ним стояла очень хорошенькая девушка. Она глаз не сводила с Джона. Сабрина узнала, что девушке восемнадцать лет, что она сестра Билла и — это сразу бросалось в глаза — по уши влюблена в Джона. Узнав, что перед ней его родители, она сразу же представилась:

— Здравствуйте. Меня зовут Арден Блейк. — Она пожала руку Сабрине, потом Андре, мельком взглянула на просторное красное платье Сабрины и тут же начала трещать без умолку о том, какой Джон замечательный, хотя и не обращает на нее никакого внимания. — Папа полагает, что он преуспеет в работе и в жизни. Поэтому он и посылает Джона с Биллом в Европу — это своего рода аванс...

Это возмутило Сабрину, но внешне она осталась спокойной. Джон сказал ей, что сам достал деньги, а на деле он, оказывается, будет три месяца кататься на «Нормандии» в каюте первого класса за чужой счет, не говоря уж об отелях, в которых он будет останавливаться. Она знала Уильяма Блейка-старшего, как и вся страна. Он крупнейший банкир Нью-Йорка: до продажи рудников Джона она неоднократно заключала с ним сделки по вкладам. Ей хотелось придушить сына, но было слишком поздно: корабль должен был вот-вот отчалить. Вместо этого она принялась невинно болтать с Арден, со смехом вспомнив, что в ее возрасте она уже управляла рудниками отца. Глупо было говорить об этом, тем более с невинной девушкой, безумно влюбленной в Джона.

— Мы с мамой и папой в следующем месяце тоже уедем и встретимся с Биллом и Джоном на юге Франции. — Девушка была вне себя от радости, и Сабрина улыбнулась.

— Будьте осторожнее, — предупредила она хорошенькую зеленоглазую блондинку. — Я не слишком доверяю своему сыну.

— Мама говорит, он самый симпатичный молодой человек из всех, кого она знает. Он будет моим кавалером во время моего первого выхода в свет в декабре. — Она светилась от счастья. А когда дали гудок перед отплытием, Джон поцеловал в губы Арден и еще трех девушек, которые пришли проводить его. На борту их было четверо, все выпускники Гарварда. «Как бы они не попали в какую-нибудь переделку», — недовольно подумала Сабрина. Но еще большее омерзение у нее вызывала мысль, что Джон путешествует за чужой счет. Да, Джон остался верен себе: он всегда умел выколотить из нее деньги. Теперь ей не остается ничего другого, как послать чек на приличную сумму Уильяму Блейку-старшему, дабы возместить стоимость поездки. Разве она могла позволить, чтобы ее сын путешествовал в качестве чьего-то гостя! Бог знает, какую душераздирающую историю он им поведал!

— Когда ты вернешься, нам будет нужно кое-что обсудить. — Она многозначительно посмотрела на него и протянула конверт с деньгами — подарок к окончанию университета. Как она гордилась, что Джон сам заплатил за поездку! Приготовила ему тысячу долларов на карманные расходы... Теперь она понимала, что это лишняя трата. — Будь поласковее с Арден Блейк! — шепнула она сыну. — Она милая девушка. — У нее было дурное предчувствие, что сын собирается воспользоваться влюбленностью Арден.

— Она мой ключ к успеху, — усмехнувшись, прошептал он, и Сабрину затошнило.

Позже она увидела, как Арден неистово махала Джону с пристани, а ее мать следила за этим. Сабрине хотелось предупредить ее о том, что собой представляет ее сын. Но разве она могла решиться на такое? А Джон стоял на палубе напротив своей каюты и улыбался им всем. Он был красив, как никогда. Ей и в голову не приходило, что он так хорош собой: высокий, стройный, необыкновенно изящный, яркие голубые глаза, как у Камиллы, агатово-черные волосы и лицо, которое могло бы свести с ума любую женщину! На него было больно смотреть. Когда пароход отчалил, Сабрина со вздохом обернулась к Андре и рассказала ему о том, как Джон отозвался об Арден Блейк и кто финансировал его поездку.

— По крайней мере ты знаешь, что с голоду он не умрет. Для этого он слишком умен.

— Слишком умен, когда это касается его выгоды...

— Иногда мне так хочется, чтобы и Антуан был таким. Он чертовски непрактичен и когда-нибудь просто по миру пойдет. Он думает только об идеалах, принципах и прочей интеллигентской чепухе.

Сабрина улыбнулась. В чем-то Андре был прав, но Антуан такой славный мальчик! Он был очень умен, но часто витал в эмпиреях. Скорее он прочтет философский трактат, чем поест, будет гоняться за туманными, абстрактными идеями, но не сумеет претворить их в жизнь. Он мечтатель, но какая же он прелесть!

— Андре, он чудесный человек. Ты можешь им гордиться.

— А я и горжусь. — Он помог ей сесть в такси, а затем улыбнулся, глядя на ее выпуклый живот. — А как поживает наш маленький дружок? — Несколько недель назад она почувствовала первые толчки, а сейчас младенец вовсю резвился. Андре чувствовал это и был очень доволен. — Что, скачет вверх-вниз?

— Думаю, она будет балериной. Очень уж прыгучая. — Да, куда активнее, чем Джонатан или малыш, которого она потеряла.

— Или футболистом, — улыбнулся Андре.

Днем они навестили своего старого верного друга Амелию, и она искренне порадовалась за них. Их переживания из-за возраста она назвала чепухой.

— Если бы я могла, родила бы сама! — Ей исполнилось девяносто. «Она ужасно хрупкая», — подумала Сабрина. — Наслаждайтесь каждой минутой... Это величайший дар на свете... Дар судьбы.

И они знали, что это правда. Амелия прожила девяносто полных, чудесных, богатых, щедрых лет. Она была примером для всех в отличие от Камиллы. Сабрина вскоре рассказала об этом, но тут вошла сиделка, и им пришлось попрощаться: настал час отдыха, да и Амелия устала. Она поцеловала их на прощание, как делала всегда, и пытливо поглядела Сабрине в глаза.

— Ты пошла в отца, Сабрина. Он был хороший мужчина. А ты хорошая женщина. В тебе нет ни капли от нее. — Да, но в Джоне этой крови хватало с избытком. Глубоко в душе Сабрина сознавала это и горько переживала. Но она предпочла промолчать. — Будьте благодарны судьбе за этого ребенка. — Амелия нежно улыбнулась им обоим. — И пусть она принесет вам великую радость. — Вдруг она рассмеялась. — Я думаю, будет девочка. — Она положила руку на живот Сабрины и снова расцеловалась с ними.

На следующий день они сели на поезд и вернулись домой. Лето Сабрина провела в Напе, а в августе они переехали в новый, только что построенный дом. В сентябре они вернулись в город: Сабрине надо было быть ближе к больнице. Когда Джон вернулся домой, она позвонила ему. Сын чудесно провел время. Пару раз он упомянул имя Арден Блейк. Он уже приступил к новой работе; похоже, благодаря мистеру Блейку она была для него скорее развлечением. Сабрина действительно послала мистеру Блейку чек на крупную сумму, приложив к нему благодарственное письмо, но он отослал чек назад; так продолжалось несколько раз, пока наконец Блейк-старший не принял его. Он сообщил ей, что вся их семья очень любит Джона, а Джон платит им взаимностью.

— На праздники я уезжаю с ними на Палм-Бич! — торжествующе воскликнул он.

Сабрина была разочарована.

— Я думала, что ты приедешь домой. К тому времени появится малыш...

Но это его не интересовало.

— У меня не будет времени: ведь каникулы длятся всего две недели. Может быть, я выберусь к вам летом. Блейки снимают дом в Малибу. Я, наверное, погощу у них.

— А как же твоя работа?

— Я работаю столько же, сколько и Билл. И каникулы у нас одинаковые; такой был уговор.

— Да, работа у тебя не пыльная...

— А почему бы и нет? Я работаю столько же, сколько и он.

— Мне кажется, у него есть хорошая поддержка.

— У меня тоже. — Джон разоткровенничался. — Арден от меня без ума, а мистер Блейк считает, что я очень умный.

— Похоже, ты нашел себе хорошую синекуру. — Конечно, так оно и есть. Но стоило ей заикнуться о неблаговидном способе, которым он раздобыл деньги на поездку в Европу, как он резко оборвал ее:

— А тебе и не надо было платить. Мистер Блейк сказал же, что оплатит все сам.

— Но я не могла позволить ему это, да и ты, Джон, тоже не должен был...

— О Боже, мать, если ты собираешься читать мне проповедь, я повешу трубку.

— Джон, тебе следует подумать об этом, и особенно о твоих отношениях с Арден Блейк. Не используй эту девушку, сынок. Она славная девушка, но невинна как дитя.

— Ради Бога, ей уже восемнадцать лет...

— Ты прекрасно знаешь, что я имею в виду.

Конечно, он знал, но не желал признаваться в этом.

— Ничего страшного. Я не собираюсь никого насиловать.

— Существует масса других способов добиться своего.

Она очень беспокоилась о нем, но, судя по открыткам, которые они получали от него время от времени, он был доволен жизнью. Однако наступил октябрь, и Сабрина потеряла интерес ко всему, кроме себя. Ребенок был крупный, и ей становилось все тяжелее носить его. Она с трудом поднималась по лестнице дома Терстонов. Но назначенный срок прошел, а ничего не произошло. Ребенок не желал появляться на свет. Тогда они с Андре стали подолгу гулять.

— Должно быть, ей там нравится, — вздыхала Сабрина. — Мне кажется, она и не собирается вылезать. — Она уныло посмотрела на Андре, и тот рассмеялся. Сабрина еле ходила и через каждые несколько метров присаживалась отдохнуть. Она чувствовала себя столетней старухой весом фунтов в триста. Но настроение у нее было хорошее.

— А что ты будешь делать, если родится мальчик? Так и будешь называть беднягу «она»?

— Бедняге придется к этому привыкнуть.

Когда прошло лишних три дня, она разбудила сладко спящего Андре в четыре часа утра и с улыбкой сказала:

— Кажется, началось, любовь моя.

— Откуда ты знаешь? — Андре никак не мог проснуться. Ему бы хотелось перенести роды на следующий день. Или хотя бы на утро.

— Поверь мне, я знаю.

— О'кей. — Андре сел и мгновенно пробудился, увидев, что она сложилась пополам. Он мигом соскочил с кровати, взял Сабрину под руку и помог ей дойти до кресла. В ее глазах стоял страх.

— Кажется, я слишком долго ждала... — слегка задыхаясь, пробормотала она. — Не хотелось тебя будить. Во-первых, я не была уверена... Ох-х... — Она схватила Андре за руку, и тот внезапно испугался.

— О Боже... Ты позвонила доктору?

— Нет... Лучше ты... Ох, Андре... О Господи... Звони...

— Что с тобой? — Он с испуганным видом повел ее к кровати и схватил трубку. — Что ему сказать?

Она застонала и упала на кровать.

— Скажи ему, что я уже чувствую головку...

Пока Андре набирал номер, Сабрина стала задыхаться, потом вдруг резко вскрикнула. До сих пор ему не приходилось видеть подобного. Когда родился Антуан, он ждал в приемной больницы и не видел страданий жены.

Врач отозвался, и Андре передал ему слова Сабрины. Тот быстро спросил:

— Так она чувствует, что рожает?

Андре попытался задать ей вопрос, но Сабрина не слышала: она хватала его за рукав, и лицо ее было искажено болью. Все произошло так быстро, что он не мог опомниться.

— Сабрина, послушай меня... Он хочет знать... Сабрина... Пожалуйста...

Услышав, что происходит, доктор крикнул в трубку:

— Звоните в полицию! Я буду там!

— В полицию?! — опешил Андре, но у него не осталось времени ни на раздумья, ни на звонки: Сабрина буквально корчилась на кровати и рыдала.

— О Боже... Ох, Андре... пожалуйста...

— Что мне делать?

— Помоги мне... Пожалуйста...

— Милая... — В его глазах стояли слезы. Он никогда еще не был в таком отчаянии. Семь месяцев назад, когда он вырвал ее из лап подпольного акушера под дулом пистолета, ему было легче. Там было достаточно хладнокровия и храбрости. Но тут требовалось искусство, которого он не знал. Но когда Сабрина повернулась и беспомощно посмотрела на мужа, терзаясь от боли, он внезапно забыл обо всем, потянулся к ней, взял ее за руки и начал успокаивать. Теперь он знал, что ни за что не отдаст ее в больницу. Она разбудила его слишком поздно, а все произошло слишком быстро. Она сбросила с себя одежду и лежала накрытая простыней, как уже было однажды... давным-давно... Да, это казалось ей смутно знакомым. То, что казалось забывшимся, вдруг отчетливо вспомнилось, как предутренний сон. Она взглянула на Андре и впервые за этот час улыбнулась. Лицо ее было влажным, глаза потемнели... Вдруг она изо всех сил натужилась, пока Андре держал ее за плечи; когда приступ прошел, она поглядела на мужа снизу вверх и улыбнулась.

— Я говорила тебе... я хотела... чтобы ребенок... родился... в этом доме... — Выдавливая из себя эти слова, она снова тужилась, и он снова держал ее за плечи, удерживая на месте. Андре видел то же, что и она, и не совсем понимал, что происходит. Он чувствовал только страшное напряжение ее тела и слышал крики, сопровождавшие тяжкие, древние родовые муки. Все тело Андре инстинктивно напряглось. Вдруг Сабрина приподнялась и почти села.

— Ох, Андре... О Господи... Ох нет... Андре...

Казалось, этому не будет конца; он приговаривал что-то бессмысленное, держа ее в объятиях, и слезы бежали по ее щекам. Вдруг она резко вскрикнула, потом еще раз, падая на спину, когда боль отступала, а затем снова тужилась. И вдруг он ощутил, что схватки начали учащаться. Он знал... он знал и чувствовал то же, что и она.

— Давай... давай... давай, милая... Да, ты можешь... — бормотал он.

— Не могу! — Она стонала от боли, и Андре хотелось вырвать из нее ребенка, чтобы прекратить ее муки.

— Можешь!

— О Боже... Ох нет... Андре... — Она отбросила простыню и в муках, хватая его за руку, цепляясь за кровать, тужилась, тужилась... пока не откинулась в изнеможении. Не было сил дышать, двигаться, плакать. И вдруг Андре увидел, как снаружи медленно показалась круглая головка.

— Боже мой... Сабрина! — вскрикнул Андре. Он не верил своим глазам: на него смотрело маленькое личико. И тут он, будто делал это всю свою жизнь, подошел к другому концу кровати и взял в руки крошечную головку. Сабрина снова напряглась — на этот раз показались плечики. Андре тихонько помогал младенцу выбраться из материнской утробы и плакал вместе с Сабриной. А она и плакала, и смеялась одновременно. Тут Андре еще раз поторопил ее, и через минуту новорожденный младенец лежал в руках отца. Андре с удивлением смотрел на жену, показывая ей ребенка. — Девочка! — Он плакал, не стыдясь слез. На свете не было никого красивее и лучше младенца, которого он держал, и женщины, которую он любил. Андре подошел к изголовью кровати. Сабрина откинулась на спину, ее начало трясти. Он укрыл ее простыней и положил на руки ребенка. — Ох, какая она красавица... И ты тоже...

— Я так люблю тебя... — Пуповина все еще соединяла мать и дитя, но у Сабрины уже был такой вид, словно она покорила Эверест. Она с обожанием смотрела на мужа, а он поцеловал мать, а потом дочь.

— Ты поразительная... — Этого они никогда не забудут. Глядя на Сабрину, он знал, что никогда прежде так не любил ее. Она с ребенком на руках была прекраснее всего, что Андре до сих пор видел.

И тогда Сабрина медленно улыбнулась ему. Она еще дрожала, но выглядела очень довольной.

— Ну что, Андре, твоя старушка не ударила в грязь лицом?

А он купался в любви к ней и их ребенку. Ничего чудеснее не было на свете. А когда через десять минут после родов в карете «скорой помощи» прибыли врачи, дверь им открыл Андре, улыбавшийся от уха до уха.

— Добрый вечер, джентльмены! — Он был так счастлив и горд, что «джентльменам» сразу стало ясно: они опоздали. Не тратя времени на разговоры, доктор побежал наверх. Счастливая Сабрина обнимала ребенка.

— Девочка! — радостно объявила она. Андре и врач засмеялись, а затем доктор закрыл дверь, осмотрел обеих, перерезал пуповину, убедился, что с Сабриной все в порядке, и глянул на нее с удивлением.

— Должен заметить, дорогая, не ожидал я от тебя такой прыти!

— Я тоже. — Она засмеялась, потянулась за рукой Андре и с благодарностью посмотрела на мужа. — Если бы не ты, я бы не справилась.

Андре позабавила эта неожиданная похвала.

— Я же ничего не делал, только смотрел. Ты все сделала сама.

Сабрина взглянула на лежащего рядом мирно спящего ребенка.

— Это она все сделала сама. — Малышка и вправду была чудесная.

Доктор снова осмотрел ее и остался доволен и матерью, и ребенком. В малышке добрых семь с половиной фунтов, а то и больше.

— Вообще-то следовало бы отвезти тебя в больницу и оставить там... — Однако в этом не было особой нужды: роды прошли без осложнений. — Как на это смотришь?

Сабрине это предложение было не по душе.

— Нет, я лучше останусь здесь.

— Я так и думал, — ничуть не удивился доктор. — Ну что ж... — Он взглянул на идиллическую картину. Сабрина сияла. — Ладно, я разрешаю тебе остаться дома, но если возникнут какие-нибудь осложнения: жар, недомогания, — доктор обернулся к Андре, — звоните мне немедленно! А ты, Сабрина, на этот раз не тяни до последнего! — погрозил он пальцем.

Она усмехнулась им обоим.

— Я хотела дождаться утра. Ненавижу будить людей посреди ночи.

Мужчины дружно расхохотались. Именно это она и сделала, да еще весьма драматически. Часы показывали пятнадцать минут шестого, и на улице было еще темно. На свет Божий появилась Доминик Амели де Верней. Они с трудом подобрали ей имя, но давно условились, что оно должно подходить и мальчику и девочке.

Когда доктор уехал в карете «скорой помощи», Андре принес жене чашку чая, а служанка, терпеливо дожидавшаяся окончания родов, унесла девочку наверх, чтобы искупать ее, и вскоре принесла ребенка обратно. Постель сменили, Сабрина приняла ванну и снова легла в кровать, потягивая ароматный чай и держа у груди Доминик.

Андре все еще смотрел на нее с недоверием. Небо за окнами посветлело, выглянуло солнышко.

— Ну, какие у нас планы на сегодня, любовь моя? — Они переглянулись и рассмеялись. Каким долгим было ожидание, и как быстро все произошло! Уже засыпая, Сабрина снова вспомнила об ужасном доме в Чайнатауне, о том, как Андре спокойно разговаривал с врачом под дулом пистолета, о том, как они бежали по ступенькам. А теперь рядом с ней лежит крошечная девочка, а у кровати сидит муж...

Когда Сабрина проснулась, они позвонили Антуану. Он собирался идти в поля и немедленно снял трубку. Андре сразу взял быка за рога.

— Это девочка!

— Как, уже? — поразился Антуан. — Боже мой, это чудесно!

— Мы назвали ее Доминик. Она очень красивая, и ей уже два часа... — Андре взглянул на часы, — и четырнадцать минут. — Он сиял, а Антуан от радости потерял дар речи.

— О Боже... Папá... C'est formidable!* А как Сабрина?.. Она в больнице?

Андре не упустил случая подшутить над своим старшим ребенком.

— Я отвечу на все твои вопросы кратко: да, отлично, нет. Да, это formidable; она чувствует себя отлично; нет, она не в больнице. Ребенок родился дома.

---

* Это потрясающе! (фр.)

Сабрина сияла, слушая этот разговор. Она никогда не забудет, что в эти минуты он был с ней рядом и поддерживал ее. Разделить с ним родовые муки... Это дорогого стоило.

— Что? — опешил Антуан. — Дома? Но я думал...

— Я тоже. Но твоя мачеха все взвалила на меня. Она не хотела тревожить мой сон и разбудила меня слишком поздно. И voila*, мадемуазель Доминик появилась на свет через двадцать минут после моего пробуждения! А врач прибыл через десять минут после этого.

— Невероятно!

Андре был словно во сне. Его глаза вновь увлажнились.

— Да, mon fils**, невероятно, но это было прекраснее всего на свете. — Он хотел, чтобы и Антуан когда-нибудь встретил и полюбил женщину, как он свою жену... и чтобы у него родился желанный ребенок, и чтобы его сыну тоже посчастливилось разделить это с женой... Он был рад, что в эти минуты оказался рядом с Сабриной и что все хорошо закончилось. Это было и намного труднее, и намного легче, чем он предполагал. Это была более тяжелая работа, чем он думал, более болезненная, более страшная, более прекрасная, но еще и Доминик сама помогла себе... Он понял, что Сабрине посчастливилось. Когда родился Антуан, его мать мучилась два с лишним дня.

— Знаешь, у тебя это здорово получилось! — пошутил Андре днем, когда Сабрина ела в постели, а Доминик спала в колыбели, которая раньше служила Джону, а теперь была украшена белой кисеей и новыми белыми атласными лентами. — Может, повторим? — поддразнил он.

Сабрина смотрела на него с удивлением.

— Постой, что ты говоришь... Это было совсем не так легко... — Слава Богу, обошлось без осложнений, о которых ее предупреждал врач, но она все же была страшно измучена. — У меня нет желания пережить это вновь.

Оба знали, что в ее возрасте это невозможно, и благодарили судьбу за щедрый подарок. Они расстроились, что не застали на месте Джона: он в это время обедал. Секретарша, которая была у

---

* вот *(фр.).*

** мой сын *(фр.).*

них с Биллом Блейком-младшим на двоих, обещала передать Джону, что звонила мать. Позже он перезвонил Сабрине. Судя по голосу, он был пьян. Его совершенно не интересовала их жизнь, но когда Сабрина сообщила о рождении Доминик, на том конце провода воцарилось молчание. Наверное, их прервали, подумала она.

— Джон?.. Джон?.. Джон?.. Алло. Ох, черт побери! Андре, кажется...

— Я все еще не могу поверить, что ты решилась на это, — наконец подал голос Джон. Он не видел ее больше четырех месяцев. — Я надеялся, что ты все-таки одумаешься, пока не поздно. А ты, мамуля, как я понимаю, влипла. — Он пьяно захихикал, и Сабрина разозлилась.

— Ее зовут Доминик. Она маленькая и очень красивая. Мы ждем тебя с нетерпением, — продолжала она так, словно Джон вне себя от радости, как и они. А Джон в это время что-то высчитывал на пальцах.

— Насколько мне известно, ты должна была родить в декабре, а, мам?.. По-моему, ты вышла замуж где-то в апреле, верно? — Да, ее мальчик не глуп.

— Где-то так, да. Она родилась на два месяца раньше срока.

— Не вешай лапшу, он обрюхатил тебя еще до свадьбы. Поэтому-то вы оба и были «удивлены», как ты изволила выразиться, в июне. Держу пари, что я прав! — Он смеялся в трубку, и Сабрине хотелось придушить его.

— Приезжай скорее домой, Джон. Посмотришь на свою сестру.

— Да, мам, конечно, приеду. Ах да! Поздравляю вас обоих! — съехидничал он.

Какие разные звонки, подумала Сабрина, вешая трубку. Антуан чуть с ума не сошел от радости и едва не заплакал, а Джон цинично и мерзко обвинил мать в том, что она забеременела до свадьбы... Она огорчилась и поглядела на Андре со слезами на глазах.

— Он ни капли не обрадовался. — У нее был вид обиженной девочки. Андре похлопал ее по руке и поцеловал в щеку.

— Джон ревнует. Он слишком долго был единственным ребенком. — Ради Сабрины он готов был отыскать для пасынка любые оправдания. Но на этот раз Сабрина с ним не согласилась:

— А как же Антуан? Ты же знаешь, что собой представляет Джон. Эгоист и дерьмо, который когда-нибудь получит по заслугам. Нельзя так обращаться с людьми и думать, что это сойдет тебе с рук. — Сказав это, она вспомнила об Арден Блейк. Только бы Джон не навредил ей!

Они увидели его лишь в следующем году. Он приехал в июне, когда Доминик было уже восемь месяцев. Едва взглянув на нее, он вошел в дом Терстонов и огляделся с таким видом, будто он, а не кто-то другой был хозяином этого дома. Сабрина внимательно посмотрела на Джона. Он стал еще красивее, чем год назад, когда окончил университет. Через месяц ему исполнится двадцать три года. Высокий, стройный, элегантный... В нем было что-то утонченное, почти декадентское. Сабрина обняла его и улыбнулась. Прошел почти год с тех пор, как они провожали его в плавание на «Нормандии», и Сабрина была рада повидать сына. Она баюкала малышку. Доминик улыбалась брату, но тот, казалось, не обращал на нее внимания.

— Ну, что ты скажешь о мисс Доминик? — Сабрина с гордостью посмотрела на свою грудную дочь и красавца сына.

— Кто?.. А... эта...

— Слушай, Джон, перестань корчить из себя взрослого! Я помню тебя в том же возрасте. Это было не так уж давно.

Он улыбнулся и слегка оттаял.

— Да, да... Она прелесть. Но я предпочитаю девочек другого возраста.

— Это какого же? — шутливо спросила Сабрина, пока они поднимались наверх.

Джон придирчиво оглядел свою комнату. Ничего не изменилось. Она всегда держала его комнату наготове, несмотря на то что он был здесь редким гостем.

— Где-нибудь между двадцатью одним и двадцатью пятью.

— Значит, к Арден Блейк это не относится. — Сабрина не забыла шокирующую реплику Джона, что Арден — «его счастливый билет». — Сейчас ей, должно быть, не больше девятнадцати.

— У тебя отличная память, мам. Да, так оно и есть. Но она исключение из правила.

— Бедная девочка! — закатила глаза мать.

— Ерунда! На следующей неделе они с Биллом возвращаются из Малибу. Можно им погостить здесь пару дней?

— Да, конечно. Только при условии, что будете вести себя прилично. Можете даже поехать в Напу. Но вам с Биллом придется жить в одной комнате. В доме у нас только две комнаты для гостей, — счастливо улыбнулась она. Каким бы несносным временами сын ни был, хорошо, что он вернулся. — Ты же знаешь, мы всегда рады твоему приезду.

— Я полагаю, вы больше не живете в этой дыре.

— Джон!

— А что такого? Вы ведь там жили.

— Только временами. Андре построил прекрасный дом и отдельный коттедж для Антуана.

— Как? Он все еще крутится здесь? — раздраженно спросил Джон.

— Они с Андре ухаживают за виноградниками. Плантация не маленькая, и пока все складывается удачно. Без него Андре не справился бы. — Она вспомнила, что Джон назвал Андре «французским фермером». Правда, на сей раз обошлось без прозвищ.

— Если будет время, может, мы и заедем на пару дней. Они хотят подольше побыть в Сан-Франциско.

— Да, тут есть на что посмотреть. Но в Напе им тоже понравится.

Так оно и случилось. Билл и Арден пришли в восторг. Джон откровенно скучал и злился, но Билл был очарован огромными виноградниками. Он сказал, что отец одно время вкладывал большие деньги во французское виноделие, и весьма удачно.

— Да, я знаю, — улыбнулся ему Андре. — Мы с вашим отцом прекрасно сотрудничали. — Андре рассмешило изумление собеседника, который понял, кто перед ним стоит. Билл обернулся к Джону и объяснил, что Андре и его отец знают друг друга много лет. Только теперь он вспомнил, что Уильям Блейк-старший не провожал их в путешествие на «Нормандии» и не был на выпускной церемонии в Гарварде, потому-то Андре с ним и не увиделся. — Когда я буду в Нью-Йорке, непременно позвоню ему. А пока передайте ему от меня привет и наилучшие пожелания.

— Конечно.

После этого Джон стал относиться к Андре с большим уважением, но Антуана игнорировал по-прежнему. А Сабрина и Арден совершили долгую прогулку с маленькой Доминик, которая мирно лежала в прогулочной коляске, купленной Сабриной где-то в антикварной лавке. Они несколько часов пробродили по тропинкам, знакомым Сабрине с детства, а когда женщины наконец вернулись, четверо мужчин загорали у пруда. Арден поздоровалась с Антуаном, которого еще не видела. Сабрина заметила, что у Антуана полезли глаза на лоб. Весь остаток дня он не спускал с нее глаз, а вечером, когда Билл с Джоном уехали в город поиграть в карты, Арден и Антуан долго о чем-то беседовали. Молодые люди привыкли бросать Арден одну и не обращали на нее никакого внимания. Билл предложил Антуану поехать с ними, но тот отказался, сославшись на неотложные дела, о которых и думать забыл, стоило Биллу и Джону уехать.

Уложив девочку спать, Сабрина с улыбкой взглянула на Андре. Уже стемнело. Антуан и Арден сидели на крыльце и вели задушевную беседу.

— Он очень увлекся ею. Ты заметил?

— Да. — Андре думал о сыне. — А Джон не будет против? Мне кажется, он к ней очень неравнодушен.

— Не думаю. — Сабрина села на кровать. — Мне не нравится его отношение к ней. В прошлом году он назвал ее своим «счастливым билетом». Надеюсь, это была только шутка. Конечно, женитьба на ней позволит ему упрочить свое положение в банке Уильяма Блейка-старшего. Но я не хочу, чтобы он пользовался этим. — Конечно, ее мнение ничего не значит для Джона; на этот счет она не обольщалась. Но Андре тоже не принял этого всерьез.

— Не думаю, что он желает девушке зла. Просто сболтнул для красного словца...

— Надеюсь, что так. Кажется, он ею вовсе не интересуется. — Слишком уж молодые люди торопились уехать в город. Карты были им дороже девушки.

— Чего не скажешь об Антуане, — улыбнулся Андре.

Антуан порвал со своей девушкой и уже несколько месяцев скучал в одиночестве. Но сегодня ему было не до скуки. Они без конца играли с Доминик, смеялись, качали и не спускали ее с рук. Антуан в отличие от Джона души не чаял в сестре.

На следующий день Арден взяла малышку на пруд и принялась играть с ней. Вернувшись из города, где он встречался с крупными оптовиками, Антуан быстро натянул плавки и присоединился к Арден. Они болтали, тихонько смеялись, играли с малышкой, а потом вернули ее матери и продолжили свою бесконечную беседу. Сабрина издали наблюдала за ними. Они так хорошо играли с ребенком, как будто были женаты. Да и возраст у них был вполне подходящий. В обоих было какое-то спокойствие и теплота. Казалось, оба вылеплены из одного теста; оба были блондинами. Идеальная пара... хотя, кажется, никто ничего не замечал. Кроме Джона. Когда Доминик уснула, Джон, появившийся невесть откуда, ласточкой прыгнул в воду и проплыл между Арден и Антуаном. А вечером Билл с Джоном повели Арден в кино, но Антуана с собой не пригласили. В глубокой задумчивости тот сидел на крыльце, курил сигарету за сигаретой и пил домашнее вино.

— Что, не нашел ничего получше этого пойла? — поддразнила его Сабрина, подходя к Антуану и садясь в кресло-качалку. — Милый, у тебя все в порядке? — встревожилась она. Он всегда был такой спокойный... Никто не знал, что у него на уме. Он не желал причинять другим боль и взваливал на себя слишком большую ответственность. Это делало его идеальным управляющим для Андре и бесценным помощником для них обоих.

— О'кей. — Он говорил все с тем же неистребимым французским акцентом. Сабрина улыбнулась. — Ça va*.

— Хорошенькая, правда?

Оба знали, что речь идет об Арден Блейк.

— Более того, — тихо ответил он. — Она необыкновенная. Удивительно глубокая и полная сострадания. Вы знаете, что в прошлом году она шесть месяцев проработала с миссионерами в Перу? Она сказала отцу, что, если он не отпустит ее, она сбежит из дому. И он уступил. Она свободно говорит по-испански, а

---

* Все в порядке *(фр.)*.

французский знает в совершенстве. — Он снова улыбнулся Сабрине. — А сколько мыслей в этой прелестной белокурой головке! Я думаю, Джон и понятия об этом не имеет.

— По-моему, он ею совершенно не интересуется. — Сабрина действительно так думала, но Антуан знал лучше.

— Думаю, вы ошибаетесь. Он просто ждет подходящего момента. Он пока еще не нагулялся, а Арден слишком молода. — В глазах Антуана стояла мудрость старика... Сабрина пораженно умолкла и опечалилась. — Думаю, однажды он все-таки женится на ней. Пока она даже не подозревает об этом, но это неизбежно. Пока он держит ее про запас, но стоит кому-нибудь подойти близко, и... — Оба они подумали о том, как быстро Арден согласилась пойти с Джоном в кино, хотя юноши и не горели желанием развлекать ее. Но ведь она так много рассказала Антуану... — Я знаю, что прав.

— Если он женится на ней, — Сабрина была откровенна с ним, — это будет брак по расчету, Антуан.

— Знаю, — печально улыбнулся он. — Странно заглядывать в будущее, но иногда поступки других предсказать легко. Хочешь остановить их, но это не в твоих силах.

— Это как раз в твоих силах, Антуан! — Сабрине хотелось, чтобы он хоть раз в жизни получил то, чего заслуживал, и не беспокоился о других. Он ни черта не должен Джону: сводный брат всегда презирал его. Непонятно почему, но Сабрина не хотела, чтобы Арден Блейк досталась Джону. Ради ее же собственного блага. Не ради Джона. Она знала, что им обоим это принесло бы много вреда. — Если она тебе дорога, борись за нее!

— Она слишком молода, — вздохнул Антуан и улыбнулся, — и совершенно без ума от Джона. Она любит его лет с пятнадцати. Бороться с этим бесполезно. Она должна перерасти свою любовь, но этого еще не случилось.

— Рано или поздно это случится. Он с ней не слишком любезен.

— Тем хуже. В этом возрасте во всех девушках есть что-то мазохистское.

Сабрина удивленно посмотрела на мудрого не по годам пасынка.

— Попробуй проводить с ней побольше времени...

— Сегодня я так и сделал. Но ведь она здесь ненадолго.

У Сабрины возникла идея, и тем же вечером она поделилась ею с Андре.

— Ты не хочешь послать Антуана в Нью-Йорк? Пусть на месте посмотрит, каковы перспективы сбыта нашей продукции.

Андре недоуменно посмотрел на нее.

— А зачем? Я думаю, мы поедем туда осенью.

— А почему бы не поручить это Антуану?

— Так ты не хочешь в Нью-Йорк?

— Мы можем съездить туда в другой раз.

Он удивленно посмотрел на нее и вдруг усмехнулся:

— Слушай, ты случайно не беременна?

Она засмеялась:

— Нет. Я только подумала, что эта поездка пойдет Антуану на пользу.

— Тут что-то кроется. Не морочь мне голову. Эй, колдунья, отвечай, что ты прячешь в рукаве? — Он подошел к ней, обнял; она засмеялась, и всю ее бесстрастность как рукой сняло...

— Прекрати! Я серьезно...

— Знаю, но что ты имеешь в виду?

— Ладно, слушай... — Она рассказала ему об Арден Блейк и о том, что Антуан увлекся ею.

— Слушай, он уже не ребенок. Ему двадцать семь лет, и он может позаботиться о себе. Если Антуан захочет, он сам может съездить в Нью-Йорк: денег у него для этого хватит. — Они платили ему солидное жалованье, но здесь это не имело значения.

— Он не поедет. Он настоящий джентльмен и не станет отбивать у Джона девушку.

— Ну что же, и будет прав. Почему бы тебе не оставить его в покое? — Андре сердился, но Сабрина не обращала на это ни малейшего внимания.

— Андре, они же идеальная пара!

— Вот пусть он сам этим и занимается.'

— Черт побери, ты невозможен!

Но Андре ничего не пропустил мимо ушей. Утром он как бы случайно поболтал с Антуаном о девушке и ничего не сказал, когда днем Антуан исчез и возвратился лишь вечером. Они устроили пикник у какого-то ручья, он угощал Арден домашним вином и вернулся загорелый, улыбающийся, счастливый. Возможно, они пару раз поцеловались. А вечером, когда Билл с Джоном уехали в город развлекаться с хористочками, Антуан пригласил Арден на прогулку. Когда Арден возвращалась с Биллом в Малибу, она сказала, что надеется снова увидеться с Антуаном. Джон остался в Напе еще на несколько дней, затем уехал на юг к Биллу и Арден, а вскоре вместе с Биллом уехал из Лос-Анджелеса в Нью-Йорк. У Антуана вдруг появились в Малибу какие-то срочные дела, и он навестил Арден и ее мать незадолго до их отъезда в Нью-Йорк. Но об этом он почти ничего не рассказывал ни Сабрине, ни отцу.

— Так что, ты посылаешь его в Нью-Йорк? — Сабрина от души наслаждалась этой интригой.

— Да, — таинственно улыбнулся Андре. — Но он сам попросил меня об этом. Он ищет повода для поездки в Нью-Йорк, но не признается в этом.

Но когда в очередной раз позвонил Джон, оказалось, что он вновь заинтересовался девушкой. Ее имя не сходило у него с языка. Он таскал ее с собой на коктейли, вечеринки, в театр... Сабрина понимала, что Антуан прав: Джон лишь играет с Арден, а сам держит ее про запас. Девушка была слишком молода и принимала все за чистую монету. Но Антуан все-таки поехал в Нью-Йорк повидаться с ней и вернулся домой совершенно подавленный.

— Что случилось? Он что-нибудь сказал тебе? — выпытывала Сабрина у Андре после того, как отец с сыном успели перекинуться парой слов.

— Да. Сказал, что она влюблена в Джона.

— Не может быть! Ведь она была без ума от Антуана!

— После этого Джон занялся ею всерьез, и Арден даже думает, что они скоро обручатся. Она не постеснялась сказать об этом Антуану. Они даже не поцеловались. Только не смей говорить ему, что я обо всем рассказал тебе.

— Можешь быть спокоен... — Она была подавлена не меньше Антуана. — Ах, какое дерьмо! Сукин сын! Шулер!

— Ничего не скажешь, хорошего ты мнения о собственном сыне... Послушай, оставь их в покое. Это их личное дело. Если Антуан по-настоящему любит ее, он будет бороться. Если для Джона это всего лишь игра, рано или поздно она ему надоест. И если у Арден есть кое-что в голове, она сама сделает выбор. Лучшее, что ты можешь сделать, это предоставить их самим себе.

— Я не могу вынести эту неопределенность! — Сабрина рассмеялась, но в душе понимала, что Андре прав.

Несколько месяцев Антуан не упоминал об Арден. Судя по всему, они не переписывались: Сабрина никогда не видела ее писем. Хотя кто знает, может быть, они приходили тогда, когда Сабрина уезжала в город? И когда они разговаривали с Джоном на Рождество, она готова была свернуть ему шею.

— Как Арден, милый?

— Кто?

— Арден Блейк. — Девушка, которую ты отбил у Антуана, засранец, хотелось сказать Сабрине. Она с трудом сдержалась. — Сестра твоего друга Билла.

— Ах да, конечно. У нее все нормально. Сейчас я встречаюсь с девушкой по имени Кристин.

— Откуда она?

Он засмеялся:

— По-моему, из Манчестера. Она англичанка, работает в Нью-Йорке манекенщицей, очень высокая, сексуальная блондинка. — Судя по всему, его привлекали блондинки, сам он был жгучий брюнет.

— И хорошая девушка? — Стоявший рядом и ждавший своей очереди Андре рассмеялся, и Сабрина прыснула: — Ладно, не обращай внимания! — Она была рада, что Джон оставил Арден. Надо будет сообщить об этом Антуану... — А Арден ты видишь?

— Да, время от времени. Как раз на этой неделе я собираюсь поехать к ним в Палм-Бич.

— Когда приедешь?

— Наверное, летом. Может быть, привезу с собой Кристин.

Сабрина вздрогнула. Кажется, у Антуана появляется шанс...

— Это было бы великолепно! Передай Кристин от меня привет!

— Так на чьей ты все же стороне? — возмутился Андре, когда она повесила трубку.

— А ты как думаешь? — улыбнулась Сабрина. Ей хотелось, чтобы Антуан наконец получил то, о чем мечтал. В отличие от Джона он редко думал о себе. Да, похоже, Джон многому научился, но Сабрина знала, что его сущность осталась прежней. Разумеется, Сабрина не желала сыну зла, но и не хотела, чтобы он причинял зло другим. Она была уверена, что при первом же удобном случае он навлечет на Арден Блейк беду. На следующий день Сабрина намекнула Антуану, что у Джона завелась новая пассия.

— Вот и хорошо, — равнодушно ответил тот.

— Антуан... — Она искала способ потактичнее сообщить ему, что Арден свободна и что ветер дует в паруса Антуана. — Он не видится с Арден.

— И это неплохо. — Он улыбнулся, но на лице его не отразилось ни капли воодушевления.

— Тебе она больше не нравится? — Ох, дети, дети, как вас понять? Она посмотрела Антуану в глаза, а тот поцеловал ее в щеку.

— Нет, дорогая мама, — теперь он часто называл ее матерью, — она мне очень нравится. Но она слишком юна и сама не знает, чего хочет. Я не желаю становиться между ними.

— Но почему?

— Потому что я буду страдать, — искренне ответил он.

— Ну и что? — Сабрина была шокирована. — Такова жизнь. Чтобы добиться чего-то, нужно бороться! — разозлилась она. Но Антуан остался безучастным.

— Нет, здесь мне не выиграть. Поверьте мне, я знаю. Она не замечает его недостатков. — Он виновато посмотрел на Сабрину, но та только махнула рукой. Она знала сына лучше, чем кто бы то ни было. — Чем больше я буду стараться, тем сильнее она будет тянуться к Джону.

Он был прав, но Сабрина не могла вынести этого.

— Неужели она настолько слепа?

— Да. Такова юность. Но когда-нибудь она повзрослеет.

— И что потом?

Он пожал плечами:

— Может быть, она выйдет замуж за Джона. Обычно так и бывает.

— Тебя это не волнует?

— Волнует, конечно. Но что, черт побери, я могу поделать? Я понял это, когда ездил в Нью-Йорк, потому и вернулся таким подавленным, прохандрил несколько недель... — Он смущенно улыбнулся, и Сабрину тронула его откровенность. — Но тут я абсолютно бессилен. Меня положили на обе лопатки. Джон очень коварен, он умеет убеждать, а она верит каждому его слову, по крайней мере внешне. Мне кажется, что в глубине ее души скрываются мрачные предчувствия и подозрения. Даже сейчас он постоянно обманывает ее с другими девушками, а она пытается убедить себя, что верит ему. Но, на мой взгляд, у нее есть безошибочное чутье. Сейчас она слишком молода, чтобы доверять ему и слушаться внутреннего голоса. Но однажды она прозреет. — Он грустно посмотрел на Сабрину. — Может быть, это случится после того, как они поженятся и родят двоих детей. Так иногда складывается жизнь...

— А как же ты? — Это и было ее главной заботой. Если Арден действительно так слепа, она заслуживает своей участи. Джон позаботится о себе сам. Но Антуан... — А чем же все это закончится для тебя?

— Небольшой раной, — улыбнулся он. — Я получил хороший урок. Кроме того, мне есть чем заняться. Надо расширять дело, и весной я хочу съездить в Европу...

Но из поездки он вернулся еще более подавленным. Он был абсолютно убежден, что войны не избежать. Гитлер становился все сильнее, и нигде не было покоя. Когда Антуан вернулся, они с отцом неделями обсуждали положение, и наконец испугался даже Андре.

— Знаешь, чего я больше всего боюсь? — признался он Сабрине однажды вечером. — Я боюсь за него! Он достаточно молод, чтобы сломя голову броситься на эту войну. Он убежден, что это его долг. Им движут патриотизм, благородство и прочая дребедень. Его же просто убьют...

При одной мысли об этом у него защемило сердце.

— Ты думаешь, он уедет?

— Не сомневаюсь. Он сам сказал мне об этом.

— О Боже... нет! — Она подумала о Джоне. Невозможно представить его на войне. Но после разговора с Антуаном ее страх только возрос.

— Это все еще моя страна... И она останется ею, сколько бы я ни прожил здесь. И если на нее нападут... я пойду. Все очень просто.

Но все было далеко не просто: каждый раз Сабрина и Андре с замиранием сердца слушали новости. Теперь она хотела, чтобы Антуан женился на Арден Блейк. Тогда, может быть, он не будет так рваться на фронт. Дурные предсказания Антуана начинали сбываться. Война не могла не начаться. Они молились лишь о том, чтобы это случилось попозже. Бог даст, к тому времени Антуан передумает. Может быть, они сумеют убедить его, что он необходим им здесь. Но Сабрина была уверена, что из этого ничего не выйдет, и Андре был согласен с ней.

Чтобы отвлечься от мрачных предчувствий, Андре устроил в доме Терстонов великолепный праздник в честь пятидесятилетия Сабрины. Собралось четыреста человек: люди, которых она любила, о которых заботилась, и те, кого едва знала. Но вечер удался на славу. Даже маленькая Доминик приняла участие в этом празднестве. Она ковыляла по полу в розовом кисейном платье. Светлые кудри, стянутые розовой атласной лентой, ангельская улыбка, большие голубые глаза. Она была их единственной радостью, Сабрина и Андре с каждым днем любили ее все больше. А Антуан вообще сходил по ней с ума. Он был на вечере с очень красивой девушкой. Она приехала из Англии в прошлом году и изучала в Сан-Франциско медицину. Девушка была очень серьезная, но ей не хватало теплоты, одухотворенности и непосредственности Арден Блейк... Сабрина не могла не вспомнить о ней. Джон не приехал, но в прошлый приезд рассказывал, что изредка встречается с Арден Блейк и с Кристин. Он познакомился с француженкой, тоже манекенщицей.

А с какой потрясающей девушкой, еврейкой из Германии, он встречается сейчас! Ее семья эмигрировала в Америку как раз перед тем, как запахло жареным. Накануне отъезда Джон сцепился с Антуаном из-за политики. Он утверждал, что Гитлер много сделал для экономики Германии, да и для Европы мог бы сделать немало хорошего, если бы все остальные ему не мешали. Это привело Антуана в такой гнев, что он разбил два бокала и чашку. Услышав, какой бранью они осыпают друг друга, Сабрина хотела было успокоить сыновей, но Андре не дал ей войти в гостиную.

— Оставь их в покое! Им это на пользу. Они взрослые люди, сами разберутся.

Трудно было привыкнуть к мысли, что их сыновья давно уже не дети. Иногда она об этом забывала.

— Боже мой, они же пьяны! Они убьют друг друга!

— Не волнуйся, не убьют...

Кончилось тем, что рассерженный Антуан выскочил из комнаты, а Джон улегся спать на диване. На следующий день они расстались друзьями. Как ни странно, ссора пошла им на пользу. Антуан даже пообещал Джону позвонить ему в банк, когда будет в Нью-Йорке, чего прежде не бывало. Сабрину это приятно удивило. Как всегда, Андре оказался прав.

— Знаешь, все-таки мужчины очень странный народ... — удивленно сказала Сабрина, вернувшись с вокзала. — Вчера вечером я была уверена, что они вот-вот вцепятся друг другу в глотку.

— Можешь не сомневаться, никогда этого не будет.

Лето выдалось трудным. Виноград уродился на славу, а осенью Антуан и Андре сбились с ног, следя за его сбором. В октябре Доминик исполнилось два года. Потом наступило Рождество, которое Джон снова встречал у Блейков в Палм-Бич. Антуан и не вспоминал об Арден. Зима сменилась весной, весна — летом, дни шли своим чередом, а в июле позвонил Джон и обещал приехать в августе, числа восемнадцатого. Он запинался, мямлил, и Сабрина не могла понять, в чем дело, пока Джон не вышел из поезда и не подал руку самой ослепительной блондинке, которую им доводилось видеть. Когда она подошла ближе, Сабрина испытала еще один шок: перед ней стояла совершенно взрослая Арден Блейк. Ей исполнился двадцать один год, Сабрина не видела ее два года. Боже, как она изменилась за это время! Она была так хороша, что даже дух захватывало. Замысловатая прическа, хорошо подобранная косметика... Она стала стройнее и начала напоминать Джона. Стоя рядом, они представляли собой поистине захватывающее зрелище. Но это была все та же милая Арден, что и прежде.

— Ну, как тебе мой сюрприз? — улыбнулся Джон, переводя взгляд с матери на Арден, когда вечером они все вместе обедали в доме Терстонов. Антуан тоже пришел. Сабрина видела, что он несколько раз придирчиво посмотрел на Арден. Но он был очень замкнут, и Сабрина заподозрила, что этот обед дался ему нелегко.

— Да, конечно, я оценила его. Мы давно не видели Арден. — Она тепло улыбнулась девушке, и та вспыхнула. Румянец на ее щеках совершенно не вязался с ее сильно декольтированным черным платьем, открывавшим большую часть ее белоснежной груди. Антуан смущенно отвел глаза, Джон, казалось, и не замечал этого. В душе Сабрина почему-то надеялась, что он все же не спит с ней.

— Ну, мам, у нас для тебя еще один сюрприз. — Он усмехнулся, а Арден смотрела на него затаив дыхание... Сабрина почувствовала, что у нее останавливается сердце. Внезапно она все поняла и взглянула на Антуана, отчаянно желая защитить его от этого удара. Джон перехватил ее взгляд и продолжил: — Мы собираемся пожениться в июне следующего года. Мы помолвлены.

Сабрина инстинктивно посмотрела на левую руку Арден, и та показала очень красивое бриллиантовое кольцо с сапфиром, которое прикрывала рукой, пока Джон не сообщил им эту новость. Она сияла.

— Вы рады?

Сабрина надолго умолкла, не зная, что и сказать. Молчание неприлично затягивалось, и тут на выручку пришел Андре:

— Конечно, конечно. Мы рады за вас обоих.

Значит, на будущий год, когда она выйдет замуж за Джона, ей будет двадцать два года, Джону — двадцать шесть, а Антуану... У него будет разбито сердце. Но лицо Антуана было совершенно невозмутимо, когда он провозгласил тост за счастливую пару. И именно Антуан сходил за бутылкой лучшего шампанского, сделанного из их собственного винограда.

— Я поздравляю вас! Желаю вам долгих лет жизни, большой любви... счастья...

Андре присоединился к поздравлениям сына. Сабрина пыталась оправиться от первоначального шока, но вечер дался ей нелегко, и она с облегчением вздохнула, когда все разошлись по комнатам. Оставшись наедине с Андре, она высказала ему все, что об этом думает.

— Антуан был прав. — Именно это он и предсказал. Но он предсказал им развод через пять лет, и она была уверена, что так оно и будет. Несмотря на то что внешне они казались потрясающе красивой парой, инстинкт подсказывал Сабрине, что их женитьба — страшная ошибка. — Он не любит ее. Я знаю. Я вижу это по его глазам.

— Сабрина, ты ничего не можешь с этим поделать, — сурово посмотрел на жену Андре. — Самое мудрое — оставить их в покое. Если это ошибка, позволь им самим разобраться. Они же поженятся только через десять месяцев. Для этого и существуют помолвки. Кольцами от расторгнутых помолвок можно вымостить дорогу отсюда до Сиама!

— Я только надеюсь, что она в конце концов прозреет и откажет ему.

Она стала еще более пылко надеяться на это, когда до нее дошли слухи, что Джон провел прошлую ночь в компании двух хористочек. Сабрина ничего не сказала сыну. Он заявил, что собирается встретиться со старыми друзьями, и оставил Арден дома. Сабрина этого не одобрила: сын совсем не изменился. Не изменился и Антуан, и его чувства к невесте Джона. Об этом свидетельствовали горящие взгляды, которые он бросал на Арден. Очевидно, она тоже знала об этом. Их глаза то и дело встречались, и она едва сдерживала слезы. Но настоящий шок ждал их третьего сентября, как раз накануне их возвращения в Нью-Йорк. Антуан принес домой страшную весть. Он ездил по делам в город и по пути услышал радио. Его предсказания сбылись вновь. В Европе началась война. У дверей его встретила оцепеневшая Сабрина. Она тоже слышала сообщение.

— Антуан... — Он не успел ответить, как по ее лицу заструились слезы. Андре вошел сразу вслед за сыном. Лицо его было мрачным.

— Слышали новости? — Не нужно было задавать этот вопрос. Оба кивнули и уставились на него, боясь худшего. Но Андре поразил жену и сына.

— Пожалуйста, не уходи! — Голос его дрожал и срывался. Сообщение привело Андре в ужас, и он сразу же поспешил домой. Нельзя позволить ему уйти на войну... Его мальчик... Его первенец!.. Он не мог сдержать слез. Антуан обнял отца и посмотрел на Арден, которая медленно спускалась с лестницы. Сабрина не знала, сообщил ли он ей о том, что произошло.

— Я должен идти. Должен... Я не могу оставаться здесь, зная, что там происходит.

— Почему? Здесь тоже твоя страна, — не удержалась Сабрина.

— Но Франция — моя родина. Отечество. Мой дом. Я родился там.

— Ты родился там благодаря мне, — в ужасе умолял вмиг постаревший Андре. — Mon fils...* — Слезы катились по его лицу. Сабрина заметила, что Арден тоже плачет. Она не сводила с Антуана глаз. Он подошел к ней и погладил по лицу.

— Когда-нибудь мы увидимся. — Затем он вздохнул и обернулся к остальным. — Несколько минут назад я звонил в консульство. Мы договорились, что я уезжаю сегодня вечером. Поездом я доеду до Нью-Йорка, а оттуда вместе с другими добровольцами мы поплывем на пароходе. — Он взглянул на Андре. — Je n'ai pas le choix, papa**.

Да, для него это было делом чести. Иначе он перестал бы уважать себя. В этом был виноват Андре. Он слишком хорошо воспитал сына. Слишком честного. Слишком гордого. Антуан ни за что не согласился бы прятаться в шести тысячах миль от дома, нуждавшегося в его защите.

Все последующее напоминало кошмарный сон. Антуан собрал вещи, и они проводили его на вокзал. Он два часа говорил с отцом о делах, просил прощения за внезапный отъезд, но не желал задерживаться ни на день. Даже Джон думал, что это глупо.

---

* Мой сын... *(фр.)*

** У меня нет выбора, папа *(фр.)*.

— Ну подожди хотя бы до завтра, старина. Поедешь вместе с нами в приличных условиях. Что ты теряешь?

— Время. Я нужен там именно сейчас. Как я могу терять четыре дня, играть в карты, наедать рожу в вагоне-ресторане, когда на моей родине идет война!

Джон бросил на него иронический взгляд.

— Подождут. Война не кончится, если ты приедешь на неделю позже.

Но Антуан даже не улыбнулся. В два часа ночи они провожали его на вокзале. Поезд был битком набит пассажирами, ехавшими на Восток. На платформе слышалась французская скороговорка. Серые лица, море слез. А когда подошло время прощания, Арден бросилась ему на шею. Антуан поцеловал девушку в щеку и посмотрел на нее сверху вниз.

— Sois sage, mon amie*.

Странное напутствие для девушки, которой вскоре предстояло выйти замуж за другого... Она отрешенно смотрела ему вслед. Когда поезд тронулся, она выкрикнула его имя. Джон потянул ее за руку и повел к машине. Андре рыдал в объятиях Сабрины. Доминик осталась дома. Проводы стали бы слишком сильным потрясением для трехлетнего ребенка, да и вряд ли она поняла бы, что происходит.

— Я никогда не верил, что он уедет... даже когда он сказал, что это его долг... — Андре был безутешен; всю ночь он проплакал у Сабрины на груди. А на следующий день уезжал Джон — еще одно мучение. Будто в одночасье распалась вся семья. Когда Сабрина поцеловала Арден, обе они расплакались, сами не зная почему. Они оплакивали Антуана, но не могли этого выразить. А затем Сабрина снова поцеловала Джона:

— Береги себя... возвращайтесь поскорее!

Андре не поехал на вокзал: он не вынес бы еще одного расставания. Вечером они уехали в Напу. Сабрина вела машину, всю дорогу Андре не вымолвил ни слова.

Антуан позвонил им из Нью-Йорка накануне отплытия, а затем четыре месяца они не получали от него никаких известий. Наконец в январе от него пришло письмо, в котором он сообщал, что жив-

---

* Будь умницей, друг мой (*фр.*).

здоров, что он в Лондоне, временно приписан к королевским воздушным силам и восхищается де Голлем, воспеванию которого и были посвящены все его письма. Каждый день Сабрина бегала к почтовому ящику, а Доминик цеплялась за ее юбку. А когда от Антуана приходило письмо, они неслись назад вдвое быстрее, и Сабрина торжественно вручала его Андре.

И все было бы хорошо... но они жили в постоянном страхе. По сравнению с этим даже свадьба Джона и Арден отходила на второй план. Такой выдающейся свадьбы Нью-Йорк еще не видел. Она состоялась в первую субботу июня в соборе святого Патрика. Билл Блейк был шафером, а маленькая Доминик несла цветы. Двенадцать подружек невесты, друзья жениха и пятьсот человек гостей. Но Сабрина ни на что не обращала внимания. Она думала только об Антуане. Как он? Где он? Казалось, прошло сто лет с тех пор, как они провожали его на вокзале. А когда он написал, что месяца через три получит отпуск и приедет домой, она села и заплакала. Его не было тринадцать месяцев. Слава Богу, он жив! Он был в Северной Африке с де Голлем. У него появилась возможность приехать в Штаты. Он приедет на несколько дней и — о удача! — попадет на день рождения Доминик. Ей исполнится четыре года.

И вот он приехал. Наконец-то они снова оказались вместе, и жизнь уже не казалась такой страшной. Даже Андре перестал быть таким подавленным. И долго-долго после отъезда Антуана в воздухе дома Терстонов витала его незримая аура... Они без конца говорили о виноградниках, обсуждали текущие дела, и Антуан с первой до последней минуты не спускал с рук Доминик. Они слушали его рассказы о войне и де Голле, перед которым он благоговел.

— Придет время, и Америка вступит в войну. — Он был абсолютно уверен в этом.

— Но Рузвельт этого не говорит, — возражала Сабрина.

— Он врет, а тем временем готовится к войне, помяните мое слово!

Она улыбнулась:

— Все еще занимаешься предсказаниями, Антуан?

— К сожалению, не все мои предсказания сбываются, — улыбнулся он в ответ, — но это сбудется. — Он спросил о Джоне и Арден, но на лице его не отразилось никаких эмоций. Он был слишком поглощен войной, де Голлем и прочими делами. Сабрина рассказала ему о великолепной свадьбе и с грустью вспомнила Амелию. Она уже никогда не сможет навестить ее. Амелия умерла через несколько месяцев после рождения Доминик, на девяносто втором году. Она прожила долгую, полную, счастливую жизнь и умерла в свой срок, но Сабрина все равно тосковала по ней.

Антуан собирался повидаться с Арден и Джоном на обратном пути через Нью-Йорк, но вышло так, что ему не хватило времени: отпуск сократили, и он уехал на три дня раньше, чем было задумано, отплыв под покровом ночи на военном корабле. Но он все же успел позвонить и застать Арден. Джона не было дома.

— Они с Биллом на деловом обеде. Он расстроится, что не сумел поговорить с тобой. — Ей хотелось сказать ему, что она была бы рада, если бы муж взял ее с собой. Но, увы, теперь она замужняя дама и должна взвешивать свои слова. — Береги себя! Как поживают Сабрина и Андре?

— Великолепно. Работают. Я рад, что повидался с ними. А Доминик как выросла! — Он засмеялся в трубку, представив себе лицо Арден, а она закрыла глаза и улыбнулась, благодарная тому, что Антуан жив. Она часто думала о нем. Но она счастлива с Джоном. Она знала, что сделала правильный выбор. Они женаты уже четыре месяца. Она надеялась вскоре забеременеть.

— Видел бы ты Доминик на свадьбе. Она была очаровательна!

Мысль о том, что она замужем, все еще причиняла Антуану боль. Пора было заканчивать разговор: у телефона собралась очередь.

— Передавай Джону привет!

— Да, конечно... Береги себя...

После разговора с Антуаном Арден долго сидела у телефона, уставясь в одну точку. Ей хотелось дождаться Джона, но он вернется не раньше трех часов ночи. Так бывало всегда, когда они выезжали куда-нибудь с Биллом.

На следующий день Арден рассказала мужу о звонке Антуана, но тот не проявил к этому никакого интереса: у него жутко болела голова после вчерашнего.

— Дурак он, что ввязался в это дело, — проворчал Джон. — Слава Богу, нашей страной управляют умные люди.

— У Франции не было другого выхода, — с досадой ответила Арден.

— Может быть, ты и права, но у нас-то есть выход; да и американцы в тысячу раз умнее французов...

Приблизительно то же он говорил и на следующий год, когда они приехали в Напу. Сабрина готова была разорвать его.

— Не морочь себе голову, Джон. Я уверена, что Рузвельт блефует. Через год мы тоже будет участвовать в этой войне, если она до тех пор не кончится.

— Черта с два! — Он слишком много выпил. Раз в год они навещали родителей, и на этот раз Джон был рад этой поездке.

Последние два месяца Арден была подавлена. В июне у нее был выкидыш, и она переживала это, словно конец света.

— Ради Бога, это же всего-навсего ребенок... Черт побери, да и ребенка-то никакого не было!

Но она безутешно рыдала, и Сабрина прекрасно ее понимала; она помнила, что чувствовала, когда потеряла своего долгожданного первого ребенка, зачатого ею с Джоном Хартом; прошло немало времени, пока она не забеременела вновь.

— Все пройдет, девочка... Посмотри на меня, потом я родила Джона и Доминик... — Они обменялись улыбками и принялись следить за девочкой, игравшей на поляне со щенком. Ей было почти пять лет, и родители считали ее лучшим ребенком на свете. Она была их отрадой, как и предрекали Сабрине врачи. — В один прекрасный день у тебя родится другой ребенок. Но сейчас тебе тяжело. Почему бы тебе пока не заняться каким-нибудь делом?

Арден пожала плечами, на глазах у нее вновь выступили слезы. Единственное, что она хотела, это поскорее забеременеть, но Джон никогда не бывал дома, а когда все же появлялся, то был пьяным или усталым. Ей было тяжело общаться с ним, но говорить об этом матери Арден не хотелось.

— Ничего, дай срок. После выкидыша я забеременела лишь через два года, а тебе столько не понадобится.

Арден улыбалась, но переубедить ее так и не удалось. Она действительно воспринимала случившееся как конец света. Джон оставил ее в Напе, а сам отправился к друзьям в Сан-Франциско. Сабрина считала это совершенно недопустимым.

— И часто он так поступает? — однажды напрямик спросила она Арден. Та секунду поколебалась, а потом кивнула. В этот раз она была еще красивее и грациознее, хотя и сильно похудела. Она была в тысячу раз лучше манекенщиц, с которыми путался Джон.

— Они с Биллом часто уходят. Несколько месяцев назад отец о чем-то серьезно говорил с братом. Наверное, он считает, что если Билл не будет гулять, то и Джон будет вести себя прилично... — Она виновато посмотрела на свекровь, и Сабрина подбодрила ее. — Но они так давно дружат, что даже па ночь расстаться не могут. Если бы Билл женился... Но он говорит, что ни за что этого не сделает. — Она улыбнулась. — И, судя по его поведению, так оно и будет.

— Да, но Джон-то уже женат. Неужели никто не может напомнить ему об этом? — тем же вечером сердито сказала Сабрина Андрс. Однако тот решительно отказался вмешиваться в это дело.

— Сабрина, он взрослый, женатый человек. Еще будучи мальчишкой, он пренебрегал моими советами. Ну а сейчас и подавно.

— Тогда вмешаюсь я!

— Как хочешь.

Она попыталась, и... сын послал ее ко всем чертям.

— Что она тебе наплела? Плакалась в жилетку? Вот зануда! Прав ее брат: избалованная, вечно хнычущая дрянь! — Он страшно разозлился, с похмелья жутко болела голова.

— Она добрая, порядочная, любящая женщина, и она твоя жена.

— Да? Спасибо, что напомнила.

— А я думала, ты забыл. Во сколько ты вчера пришел домой?

— Это что, судебная расправа? Тебе-то какое дело!

— А такое, что она мне нравится. А ты мой сын, и я знаю, что ты за фрукт. Развлечения, девочки... Слава Богу, ты женатый человек. Вот и веди себя, как подобает семейному человеку! Да ты ведь чуть было не стал отцом несколько месяцев назад...

Он оборвал ее:

— Это была не моя идея. Она сама во всем виновата.

— Так ты не хотел ребенка, Джон? — тихо и грустно спросила Сабрина. Неужели предсказания Антуана не сбудутся? Похоже, что нет.

— Не хотел. Мне нужен этот ребенок, как собаке пятая нога. Куда торопиться? Мне только двадцать семь лет, у нас еще уйма времени...

Да, он по-своему прав, но Арден ужасно хочет ребенка. И вдруг Сабрина не удержалась и задала вопрос, который давно вертелся у нее на языке:

— Ты счастлив с ней, Джон?

Он с подозрением посмотрел на мать.

— Это она подговорила тебя спросить об этом?

— Нет. Почему ты так решил?

— Да потому, что это в ее духе. Она всегда задает дурацкие вопросы. Да не знаю я, черт побери! Я женат на ней! Разве этого мало? Что ей еще от меня надо?

— Много чего. Семья — это не просто церемония. Здесь и любовь, и понимание, и терпение, и время. Сколько времени ты проводишь с ней?

Он пожал плечами:

— Наверное, немного. У меня есть другие дела.

— Какие? Другие женщины?

Он вызывающе посмотрел на нее.

— Может быть. Ну и что? От нее не убудет, ей тоже хватает. Ведь она же забеременела, правда?

Сабрину тошнило от его манер.

— Тогда зачем ты женился на ней?

— Я говорил тебе об этом сто лет назад. — Он не мигая посмотрел Сабрине в глаза. — Она была моим ключом к успеху. Я женился на Арден, чтобы получить хорошую работу и обеспечить себя на всю жизнь.

При этих словах Сабрина чуть не заплакала.

— Ты говоришь серьезно?

Он пожал плечами и отвернулся.

— Она славная девочка. Я знаю, она всегда была без ума от меня.

— А ты сам как к ней относишься?!

— Да так же, как и к остальным девушкам: когда лучше, когда хуже.

— И это все? — Сабрина смотрела на него во все глаза. Кто же этот бесчувственный, равнодушный, эгоистичный человек, которого она когда-то носила под сердцем? Как он стал таким? «Камилла», — подсказал ей внутренний голос... Но он ведь и ее сын... Нет, он еще и бессердечный... — Я думаю, ты совершил ужасную ошибку, — тихо произнесла она. — Эта девочка заслуживает лучшей участи.

— Она и так достаточно счастлива.

— Нет. Она грустная и одинокая. И она догадывается, что значит для тебя не больше, чем пара туфель.

Он машинально опустил глаза, а потом посмотрел на Сабрину. Сказать ему было нечего.

— Чего ты хочешь от меня? Чтобы я притворялся? Она знала, на что идет, когда выходила за меня замуж.

— Да, она сделала глупость, за которую платит дорогой ценой.

— Такова жизнь, мам. — Он криво усмехнулся и встал. До чего же он красив, снова подумала Сабрина. Но красота — это еще не все... Теперь она жалела Арден еще сильнее, чем раньше. Когда Сабрина провожала их на вокзале, она крепко обняла невестку и долго не размыкала объятий.

— Звони, если тебе потребуется моя помощь... — Она заглянула ей в глаза. — Помни это. Я всегда здесь, и ты в любой момент можешь приехать ко мне. — Сабрина упорно приглашала их на Рождество; даже разговор с сыном не мог помешать этому. Но Джон хотел поехать в Палм-Бич: там веселее, да и Билл, верный дружок и собутыльник, будет с ним. Сан-Франциско начинал раздражать Джона до слез. После Бостона, Парижа, Палм-Бич и Нью-Йорка он казался слишком провинциальным. Но Арден была по горло сыта всем этим; она свободнее чувствовала себя в Напе в обществе Сабрины, Андре и Доминик.

— Посмотрим. — Она прижалась к свекрови. Когда поезд тронулся, по щекам Арден текли слезы. Сабрина вспомнила разговор с сыном, и на душу ее лег камень весом в тысячу фунтов. Лишь спустя некоторое время она рассказала об этом Андре, и тот пришел в ужас.

— Антуан был прав.

— Да, я чувствовала, что так оно и будет. Ему надо было бороться за нее.

— Скорее всего он и тут был прав. Но не мог победить. Она с ума сходила по Джону.

— Она совершила смертельную ошибку. Он погубит ее жизнь. — Страшно, когда мать говорит так о собственном сыне, но Сабрина ничего не могла с собой поделать, это была горькая правда. — Только бы она снова не забеременела! Сейчас это все, о чем она мечтает. Но если этого не случится, она прозреет, освободится и начнет новую жизнь.

Конечно, жестоко желать невестке развода с собственным сыном, но Сабрина хотела этого. Однако когда Антуан снова приехал в отпуск, она ничего не сказала об отношениях Арден с Джоном. В этот раз пасынок опоздал на день рождения Доминик, но ненамного: он приехал в конце ноября. А через неделю, когда она провожала его на вокзал, по радио передали страшное сообщение: бомбили Перл-Харбор.

— О Боже! — Она остановила машину и уставилась на Антуана. Они были одни. Андре больше не ездил провожать сына: ему было слишком больно. — Боже, Антуан... Что это значит? — Но она уже и сама знала ответ. Это означало войну... и уход Джона на фронт... Антуан грустно смотрел на нее.

— Мне очень жаль, maman... — Она кивнула, с трудом сдерживая слезы, и нажала на газ; она не хотела, чтобы Антуан опоздал на поезд, хотя в глубине души всегда мечтала об этом, а сегодня больше, чем обычно. Куда катится мир? Весь мир, будь он проклят, охвачен войной, а им приходится волноваться за обоих сыновей, один из которых вместе с де Голлем воюет в Северной Африке, и только Господь знает, куда пошлют второго... Но через несколько дней она это узнала... На следующие сутки после вступления Америки в войну, которое Билл Блейк и Джон отметили жестокой попойкой и так, что Джон чуть не допился до белой горячки, обоих

призвали на военную службу. Вскоре Билла отправили на корабле в
Форт-Дикс, а Джон приехал в Сан-Франциско, откуда он должен
был отбыть по месту назначения. Он привез с собой Арден. Пока
он жил на базе, она могла оставаться с Сабриной и Андре в доме
Терстонов.

— Ну что же, по крайней мере в этом году мы все вместе
встретим Рождество.

Но эта перспектива не слишком обрадовала Джона. Настроение у него было ужасное: все его раздражало, любая мелочь
выводила из себя. Ему было одиноко без Билла, и он срывал зло
на жене. Даже в сочельник он не смог удержаться от грубостей,
и Арден в слезах вышла из-за стола, когда Джон швырнул салфетку на пол.

— Меня тошнит от нее! — Но это продолжалось недолго.
Через четыре дня он получил приказ, а еще через день отплыл на
корабле к месту службы.

Сабрина, Арден, Андре и Доминик провожали его на пирсе, где
собрались толпы народу. Провожающие кричали, рыдали, махали
платками и флагами, а на пристани играл военный оркестр. Во всем
этом чувствовалась какая-то фальшь, словно все происходящее было
детской игрой. Только проводы не были игрой, и, когда они целовались на прощание, Сабрина крепко сжала его руку.

— Я люблю тебя, Джон! — Ох, как давно она не произносила
этих слов: сын не переносил телячьих нежностей. Но именно поэтому Сабрина хотела, чтобы он знал это...

— Я тоже люблю тебя, мам. — В глазах его были слезы.
Затем он взглянул на жену со своей всегдашней кривой улыбкой. —
Береги себя, малыш. Я буду писать тебе время от времени.

Она улыбнулась сквозь слезы и крепко обняла его. Невозможно было поверить в то, что он уезжает. Но когда корабль
отчалил, у Арден началась истерика. Сабрина обняла ее, прижала к себе. Андре смотрел на них, держа на руках Доминик, и
думал о своем сыне. Для каждого настали тяжелые времена, и он
молился лишь о том, чтобы оба мальчика вернулись домой целыми и невредимыми.

— Что ж, поехали домой... — Арден решила пожить пока у родителей мужа, но когда они вернулись в дом Терстонов, то почувствовали себя словно в склепе и в тот же день уехали в Напу. Там легче было переносить тяготы жизни: кротость сельской местности, зеленая трава и голубое небо мешали представить себе, что мир сошел с ума.

А через пять недель после отъезда Джона в дверь постучал мужчина в форме почтового служащего и передал Андре телеграмму. Тот почувствовал, что у него останавливается сердце, вскрыл листок, но слезы застлали глаза прежде, чем он успел разобрать имя: «...Джонатан Терстон-Харт... с глубоким прискорбием сообщаем, что ваш сын погиб...»

Раздался душераздирающий, звериный крик. Так кричала Сабрина, когда рожала его двадцать семь лет назад. Он покинул этот мир так же, как и пришел в него: через сердце его матери... С тем же пронзительным криком она потянулась к Андре; Арден в это время стояла, словно пораженная молнией, и тогда Сабрина шагнула к ней, и все трое, прижавшись друг к другу, просидели до глубокой ночи. Даже Доминик плакала. Она понимала, что ее брат мертв и никогда не вернется домой.

— Какой? — только и спросила она Андре, не понимая, о ком из братьев идет речь.

— Джон, моя радость... Твой брат Джон. — Он посадил малышку на колени и крепко прижал к себе, ощущая чувство вины, что убит Джон, и одновременно облегчение, что жив Антуан. Весь день он не мог смотреть Сабрине в глаза, чувствуя себя безмерно виноватым. Но она все поняла: слишком хорошо она знала своего мужа.

— Не смотри на меня так. — Ее лицо, опухшее от слез, изменилось до неузнаваемости. — Выбирал не ты, а Бог.

После этих слов он подошел, упал в ее объятия и зарыдал, моля Господа, чтобы тот больше не делал подобного выбора. Он не переживет потери Антуана. «Может быть, это и случилось с Джоном, потому что Сабрина сильнее меня», — подумал Андре. Но что бы он ни думал и ни чувствовал, все это не имело значения... Бог дает и берет, и снова дает, и снова берет до тех пор, пока все не потеряет смысла.

Глава 34

— Ну, какие у тебя планы на сегодня? — обернувшись, спросила Сабрина невестку, которая играла с Доминик. Прошло уже пять месяцев после гибели Джона; Арден жила в Напе с семьей мужа и возвращаться домой не собиралась. Шел июнь 1942 года, а в июле должен был приехать на побывку Антуан. Несколько месяцев назад он был ранен в левую руку, но рана была легкая. Единственным ее последствием было то, что он служил теперь в штабе де Голля, и родители благодарили за это судьбу. — Поедешь со мной в город или останешься здесь?

На секунду Арден задумалась, а потом улыбнулась женщине, которую очень любила.

— Поеду в город. А что вы собираетесь там делать?

— Да так, кое-какие домашние дела... — Она не хотела расстраивать Арден, хотя та казалась совершенно здоровой. После гибели Джона выяснилось, что она вновь беременна, но на сей раз выкидыш случился сразу же после ужасного известия.

Значит, этому ребенку не суждено было появиться на свет. — Тяжело было слышать эти слова, но еще тяжелее их вымолвить. Тем не менее Сабрина решилась на это. Ей бы хотелось нянчить ребенка Джона... ее единственного внука... Но плакать о нем было слишком поздно, и все они постепенно приходили в себя после страшного удара. Каждый день вставало солнце, зеленели холмы, наливался соком чудесный виноград. А потом все начиналось сначала, и когда прошло время, жизнь перестала казаться сгустком боли. Сабрине казалось, будто она долго-долго спотыкалась, бродила по земле, не находя дороги домой, а потом пришел Андре и вывел ее из дремучего леса. И у нее были маленькая Доминик, приносившая радость и требовавшая любви, и Арден.

— Что слышно от Антуана? — спросила как бы между прочим Арден, когда они ехали в город. Маленькая Доминик спала у нее на коленях. Малышка очень любила ездить с ними на машине и обожала «тетю Арден» — так она ее называла.

— Ничего особенного. Все нормально. У него все хорошо. Пишет какую-то смешную ерунду про де Голля. — Сабрина нахмурилась. — Но я ведь показывала тебе его последнее письмо. Он собирается скоро приехать, как и обещал.

Арден задумчиво посмотрела в окно, а затем перевела взгляд на спящего ребенка:

— Он очень необычный человек.

Впервые после смерти Джона она заговорила об Антуане. «Не испытывает ли она чувства вины?» — подумала Сабрина. Нельзя было отрицать, что Джон дурно обращался с ней. Кто знает, может, в душе Арден не раз и не два желала ему смерти. Наверное, поэтому ей так тяжело сейчас...

— Много лет назад я чуть не влюбилась в Антуана.

Сабрина улыбнулась.

— Я это знала, — сказала она, не отрывая взгляда от дороги, и тут же коснулась еще более деликатной темы: — Мне кажется, он тоже был влюблен в тебя.

Арден кивнула:

— Знаю, но я тогда сходила с ума по Джону.

— Антуан понимал это. Задолго до вашей свадьбы он предсказал, что ты выйдешь замуж за Джона.

— Правда? — поразилась Арден. — Откуда он знал?..

На этот раз Сабрина рассмеялась:

— Ты сама ответила на свой вопрос. Он очень необычный человек.

Обе женщины обменялись улыбками. Они как раз пересекали новый мост. Сабрине он очень нравился: Голден Гейт — Золотые Ворота. Далеко до него старому Бэй-Бриджу... Она вспомнила те времена, когда здесь ходили пароходы и паровозы... Как быстро пролетело время... Трудно дать ей пятьдесят четыре года, но еще труднее самой поверить в это. Она не чувствовала себя старой. Куда все ушло? И почему так быстро? Почему человеку отпущено так мало времени?.. Эти мысли напоминали ей о Джоне. Именно поэтому она и ехала в город: сегодня здесь должны были установить мемориальную доску.

В стене дома, которая много лет назад была возведена первой, отец сделал небольшую нишу и перед смертью попросил ее установить там доску с его именем. И она сделала это в память о нем... и о Джоне Харте... а теперь и о Джонатане... Все, кто жил в доме Терстонов... Никто из них не будет забыт... все они будут здесь.

Рабочие ждали ее приезда. Сабрина внимательно посмотрела на красивую маленькую бронзовую дощечку, показала ее Арден, и они вышли в сад. Когда-то огромный, теперь он стал совсем маленьким. Сабрина глядела на деревья и яркие цветы, а в это время рабочие сверлили и прикрепляли доску. На ней значилось три имени: Иеремия Арбакл Терстон... Джон Уильямсон Харт... Джонатан Терстон-Харт... Было больно видеть их имена и даты рождения и смерти.

— Зачем вы это сделали? — На нее смотрели большие, грустные глаза Арден.

— Чтобы никто о них не забыл.

— Я никогда не забуду вас. — Рабочие ушли. Арден, не отрываясь, смотрела на Сабрину. — Для меня вы всегда будете частью этого дома.

Сабрина улыбнулась, нежно коснулась ее щеки, а затем посмотрела на доску с именами мужчин, которых она любила.

— Как и они для меня... отец... Джон... Джонатан... — Эти слова вызвали в памяти их лица... Казалось, еще немного, и они оживут... Сабрина посмотрела на Арден. — Когда-нибудь здесь будет выбито мое имя... Андре... твое... Антуана...

Единственное имя, которое должно исчезнуть, это имя Камиллы. Эта доска не про нее. Она предпочла отречься от этого и была вычеркнута из памяти близких.

— Прошлое — важная вещь. Оно живет во мне, оно жило и в этом доме с тех самых пор, как его построили... — Тут она подумала об отце. — Этот дом помнит всех, кто любил его, кто пронес память о нем до нынешних дней. Но настоящее тоже важно. Вот это место для тебя. — Сабрина решилась произнести слова, которые мечтала сказать давным-давно. — А это для Антуана. Возможно, когда-нибудь вы оба поселитесь здесь... — Взгляд упал на Доминик, которая копалась в цветочной клумбе. Внезапно девочка остановилась, словно почувствовав, что мать говорит о ней. — А будущее за ней. Однажды она станет хозяйкой дома Терстонов. Надеюсь, он будет значить для нее не меньше, чем для нас. Она родилась в этом доме. — Сабрина улыбнулась, вспомнив, как появилась на свет Доминик. — Мой отец умер в этом доме... — Она оглянулась на место, которое так хорошо знала и любила, и снова улыбнулась дочери.

Вот наследие, которое она ей оставляет. Вернее, оставит когда-нибудь. Наследие тех, кто жил здесь прежде и оставил здесь свой отпечаток, свое сердце, свою любовь.

СОДЕРЖАНИЕ

Уважаемые читатели!
*Даниэла Стил готова ответить
на Ваши вопросы.
Присылайте их по адресу:*
**129085, Москва, Звездный бульвар, 21
Издательство АСT, отдел рекламы.**

Литературно-художественное издание

Стил Даниэла

Дорога судьбы

Художественный редактор О.Н. Адаскина
Технический редактор О.В. Панкрашина

Подписано в печать 08.02.2000.
Формат 84×108^1/$_{32}$. Усл. печ. л. 24,36.
Тираж 5000 экз. Заказ № 326.

Налоговая льгота – общероссийский классификатор продукции
ОК-00-93, том 2; 953000 – книги, брошюры

Гигиенический сертификат
№ 77.ЦС.01.952.П.01659.Т.98. от 01.09.98 г.

ООО "Фирма "Издательство АСT"
ЛР № 066236 от 22.12.98.
366720, РФ, Республика Ингушетия,
г.Назрань, ул.Московская, 13а
Наши электронные адреса:
WWW.AST.RU
E-mail: astpub@aha.ru

Отпечатано с готовых диапозитивов в типографии издательства
"Самарский Дом печати"
443086, г. Самара, пр. К. Маркса, 201.
Качество печати соответствует предоставленным диапозитивам.